纪念中国经济特区成立30周年丛书

纪念中国经济特区成立30周年丛书

都市文学新景观

——深圳作家作品研究：30年30家

章必功　主　　编
南　翔　执行主编

商务印书馆

2010年·北京

图书在版编目(CIP)数据

都市文学新景观：深圳作家作品研究：30年30家/章必功主编.—北京：商务印书馆，2010
（纪念中国经济特区成立30周年丛书）
ISBN 978-7-100-07217-5

I.都… II.章… III.当代文学-文学研究-深圳市 IV.I206.7

中国版本图书馆CIP数据核字(2010)第108079号

都市文学新景观
——深圳作家作品研究：30年30家
章必功 主　编
南　翔 执行主编

商　务　印　书　馆　出　版
（北京王府井大街36号　邮政编码 100710）
商　务　印　书　馆　发　行
三河市尚艺印装有限公司印刷
ISBN 978-7-100-07217-5

2010年8月第1版　开本 787×1092 1/16
2010年8月北京第1次印刷　印张 26 1/4
定价：47.00元

“纪念中国经济特区成立30周年丛书”编委会

总序

2008年是中国改革开放30周年，2010年是中国经济特区创办30周年。相隔有岁，但特区之建立与改革开放之推行有如孪生弟兄，相继着力，共推中国走向现代文明。若言中国新一轮现代化自改革开放始，其坚实之第一步，则从建立经济特区起。1980年，党中央、国务院以非凡勇气建立经济特区，30年过去，如今各级各类经济开发区已遍地开花，与当年的先行者——经济特区一道，映射中国经济发展之跫然足音。其中，尤以深圳经济特区最具代表性。特区的价值难以尽数，最重要莫过于其试验性。"摸着石头过河"，社会之变革无法在电脑上模拟，任何不慎都可能导致不菲的代价。特区之试验性，上至决策者的政令，下至创业者们义无反顾地"南下"，热血满腔，而前途难知。所幸家国有幸，大事得成。今日，经济特区的建设已是成绩斐然，堪称伟业。凡此种种，无须赘言。

先贤语："三十而立。"30年中，特区在争议声里昂然前行，以速度迅捷与财富累积彰显优势。30年之后，昔日之茁壮少年已成长为成熟稳重的青年，提高城市现代化水平、注重社会综合协调发展成为摆在特区建设者面前新的课题。年岁的增加给了我们盘点的机会，角色的转换更需我们多加理性审视。回顾30年来之成就与缺陷，斟酌当下纠结之矛盾与困境，对于特区而言，此种反思与审视，大有裨益。30年历程，固非一帆风顺，个中甘苦，非回顾，无以显其曲折与别致，面对当今，则无从知晓成就与困顿之所由来。"疏通知远，书教也"，贯通30年历史，恰可观其中之丰赡与缺漏，正可作今天与明日之风帆。而此举，于深圳大学，更是当仁不让之责任。

深圳大学作为深圳经济特区目前唯一一所综合性大学，本身即改革开放之产物。建校虽略晚于特区，但深圳大学自创立始，即秉承"脚踏实地、自强不息"之精神，与特区之发展同声气，为特区之进步尽心力。大学诸君虽身处“滚滚天下财富，岁岁人心浮动”之境地，但能力戒浮躁、潜心向学，自觉加强学养、恪守学范，以做真学问为研究之精义，以追求独立思想为著述之信仰，以回馈社会、造福人民为修学之旨归。历时二十七载，孜孜不倦，本套丛书即为研究成果之一束。

丛书以“纪念中国经济特区成立30周年”为统摄，既宏观中国，又微观深圳，以特区经济研究为主，兼及政治、文学、文化、传媒等社会发展诸方面的论述。各位著者均为学林翘楚，术有专攻，又多在深圳特区工作、生活有年，耳闻目睹鹏城扶摇之历程，切身感知特区变革之硕果，可谓学界中有实力亦最恰当之发言者。丛书之编纂，既为展示深圳大学特区研究这一特色学科之部分成果，更乃致贺深圳特区而立嘉年之薄仪寸礼。丛书本欲涵盖特区教育、法律、艺术等诸方面，但因另有他述，或限于条件，未能周全，亦存憾意。

雄关漫道，迈步从头。特区发展30年为一节，30年之后亦为一始。年初汪洋书记曾三问深圳：而立之年，立起了什么？迎接30年，深圳要做什么？未来30年，深圳要干什么？诚然，30年之中，成绩彪炳，但年岁日增，积年必有陈陋。如何总结过往，破旧立新，谋大格局，成大事业，领航未来，任重道远。

期冀本套丛书能引起关注、批评，并为特区之继续发展略尽薄力。

是为序。

章必功

2010年5月

目录 Contents

卷三

序言

南翔

《都市文学新景观——深圳作家作品研究：30 年 30 家》不揣浅陋、不计得失、不虑臧否，选取了 30 位年龄不同、职业迥异、写法参差有异的作家，就其思想内涵、表现特色以及艺术理想等方面进行赏析与批评。写法不拘，或欣赏，或评述，或纵横比较；选取多样，或集中于作家的某部代表作，或撷取作家某个时期的爆发力，或对作家作品全面扫描。所选作家作品，当然不能够囊括朝气蓬勃的深圳文学创作的全部乃至大部，既非殿堂排座，亦非草野论功，或视之为 30 年后的回眸一瞥，或譬之以登山半途小憩中的一本速写，小则小矣，却不妨成为一扇窗口，可以管窥深圳改革开放 30 年以来文学的一个较有个性与特色的表述，从中把脉深圳文学错落有致的一条思想与审美路径。入选作家作品主要表现为小说创作的实绩，即便一些后来以报告文学、散文著称的作家，其先后也大致涉猎过虚构文学创作。从这些入选作家作品的勾勒描述中，我们可以一探深圳文学的精神内涵和价值取向，倾听一群来自天南海北的作家与一个城市声息相通的精神勾兑，或窃窃私语，或鼙鼓阵阵，或尺幅小品，或斗笔淋漓。

无为青史作证之识，但有投石问路之胆。桃花竟日逐流水，洞在清溪何处边。

是为序。

卷一

丁力论

在深圳的历史与现实中徜徉

白吉秀　曹清华

一、丁力的小说创作历程：做专职作家

丁力走向小说创作之路，是缘于2001年他经历的一次人生低谷。当时，他所供职的上市公司意外退市。作为一个企业的高层管理者，他深受打击，感觉很失落，突然发现自己失去了人生定位。这种人生境遇的前后落差让他无法接受，恍如早先安身于一个企业的王国，于今被扫地出门离开了它，就一无所有，什么也不是了。这次打击使丁力心理上备受煎熬，最后还住进了医院。

然而就是这次住院，让丁力的人生有了转机，让他得以真正进入深圳的历史与现实并在其中徜徉。住院治疗期间，他闲着没事，就看小说。这些小说中，有一本是百花文艺出版社出版的"百花文学奖"的作品集。当时他意外地发现在封二上居然有两张池莉的照片。一场精神对话，似乎命中注定般地就此开始——当时他突然觉得，一个作家，一个写作的人，应该是一个自由的人。联想以前他自己一直是活在某种体制下，无论是作为工程师还是作为一个管理者，都逃脱不了这样或那样的捆缚。这个偶然的念头，让他在出院后回家休养的时候，特意跑去买了本池莉的书看。

他回忆说，当时读到的池莉的作品大概是《池莉作品集》，时代文艺出版社的。看完这本书后，他得出两个结论：第一，池莉确实有才华，她的书之所以畅销不是没原因的；第二，池莉写的是她熟悉的生活，她是武汉人，就写武汉的事。更重要的是，他觉得自己也可以写小说，他的生活阅历绝对不比这位女作家少。以前他认为小说家就是文学家，要有很深厚的功底，觉得写小说是件很难的事，所以大多时候那样的念头只是一闪而过。

可是这次看了池莉的书后，他觉得自己也许可以同样将小说写出来。

后来，他就尝试着写了小说处女作《再婚》，是一个中篇。写完后，他将这篇小说投给了《芳草》。结果顺利登上了该刊版面，发表在2001年《芳草》的第12期。丁力说，这部作品把他自己的切肤之痛写了出来，而成功地发表则坚定了他成为一个作家的信心。他后来把这个中篇改成了一部小长篇《大老板小老板》。2008年，他又把它改成了个大长篇《上市公司》，由清华大学出版社出版。

从《再婚》到《大老板小老板》再到《上市公司》，我们可以看到有一条红线贯穿在丁力这些年的创作活动中。这根红线，就是他写作前的那段生活经历。有人说，作家可分为两类。一类是为了写作而去体验生活，一类是因为有了生活才去写作。而丁力认为，作家为了写作而去体验生活那是伪生活。他甚至认为只有自己经历的生活，并且只有在想成为作家之前经历的生活，那才是真正的生活。他还举高玉宝为例。他说如果高玉宝带着写作目的去生活，他肯定写不出《半夜鸡叫》。而为什么《再婚》这个题材他反复写了三次，就是因为他已有在深圳的这10年的生活积累，而且《上市公司》写的就是他在上市公司感触最深的生活。

小说与人生有着复杂的关系。有的人因为读了别人的小说受到感动，从而走上了新的人生道路；而有的人则是生活把他推向了写作的路，生活中沉淀下来的东西，促使他通过写作表达出来。丁力显然是属于后者。比如他写《再婚》就是他的生活有太多的沉淀。丁力说《再婚》的寓意就是把自己嫁给公司，而公司重组的话等于改嫁，就是这样的意思。《再婚》发表时，丁力已经是一家民营企业的经理。可以说，丁力的生活对他的文学写作产生了重大影响。

丁力走上写作道路也存在偶然因素。《再婚》发表后，接下来丁力又连续发表了几篇作品。一个偶然的机会，《人民文学》杂志社的一位编辑对他说，他的那篇《高位出局》如果不是在《芳草》发表，而是投给《人民文学》，也可能发表。不久，他的《担保》和《涨停板跌停板》两篇小说即先后发表在《人民文学》上，其中《担保》还被小说月刊转载。这两篇小说的刊出给了丁力很大的信心。丁力说，如果不是这样的话，他就会把写小说当作一个业余爱好。而在2002年《芳草》杂志社的笔会上，百花文艺出版社的一位负责人又鼓励他把一个中篇小说改成长篇。并答应他小说改成后可以帮助出版，这就有了后来的长篇小说《为女老板打工》。这部长篇出版之后，丁力发现，出版长篇得到的收入可以满足自己的生活需要，所以自2002年11月中旬起，丁力就决定辞职专事写作。

二、题材的扩充与延伸

《再婚》、《大老板小老板》和《上市公司》的故事框架是共同的。这是因为，小说里头的故事和作家经历的人生相关联。丁力在近八年的时间跨度内，一直为这种人生关联所牵引，对同一题材的写作特别执著，痴心不改。这意味着，有一个观念或者是一种情感一直推动丁力用小说去讲述，去表现。用他自己的话来说，就是想触动一下上市公司的管理内幕。因为他对上市公司的管理内幕最为了解。以《上市公司》这部小说为例。小说一面描写了公司的最高领导者董事长——小说中的董事长黄鑫龙本来是一个农民，他没有背景，也没有高学历，但是他登上了一个集团公司董事长的位置。而在这个公司里面，他俨然就是一个“国王”（董事长把自己当作了“皇帝”）。与此同时，丁力一面还描写了公司里边其他人的生存状态和情感世界。其中最为突出的是，在这个王国中，无论是男人还是女人都很渺小，很无奈。所有来打工的人，你在上市公司这个圈子里都很无奈，即使当上了“宰相”，在这个“王国”里面，你也不可能逃脱这种宿命，“国王”让你死你就得死！事实上，这反映了丁力自己当时的人生境遇。丁力说，那时他有辆宝马车，公家提供的，房子也很宽敞，但是，一旦他离开这个位置的时候，就什么也没有，什么也不是了。跟过去有一段时间领导干部怕离退休差不多。因为他们觉得离退休后就什么也没有了，就是那种从“一呼百应”到“百呼不得一应”的心态。丁力回忆说，《再婚》是有感而发，没有任何的目的。《大老板小老板》是2003年的事了，那时写作是为了生活，而就在2003年，丁力写了整整10部小说。

《再婚》的发表是在2001年，《大老板小老板》是在2003年，《上市公司》则是在2008年，前后相隔，时间跨度很大。写作对于丁力来说，既为文学表达，也为生活依靠。自从辞职专事写作以来，小说写作越来越意味着那就是生活的来源、经济的来源。所以在丁力后来的写作中，随着他的写作追求的变化，他还必须更多地思考如何处理好文学和生活的关系问题。

丁力说，《再婚》是为文学的爱好而写的，而到了《大老板小老板》，则是把中篇改为长篇，是件很简单的事情，这部小说也只是他2003年所写长篇中的一部，得到了不少稿费。到了写《上市公司》，情况就复杂了。他创作了那么多东西以后，感到题材枯竭了，所以要寻找新的生活。这时候他面临好些选择，其一是写新的题材，这是一个新的挑战（丁力尝试至今）。2008年11月出版的《深圳河》就是一个新的尝试。萌生创作《深圳河》的想法，源于2005年深圳市委宣传部的一个提议，其时，丁力也刚好想着要写一部反映深圳改革 30 年的小说，这正是两相契合。2006 年，深圳市文联搞精品工程，丁力便参加了农村城市化题材的写作小组。当时他们在南岭、横岗、龙岗等地调研，他确立的《深圳河》主线就是——“城市化的关键是人的城市化”。2007 年小说完成，取名《三十年河东》。2008 年出版时，应编辑要求更名为《深圳河》。

2007 年出版的《同宗同族》，则导源于报纸上说的一则新闻。新闻中的真人真事再加进自己的想象，便写成了这部长篇。丁力还希望再度重写，并改名为“红道黑道”。丁力亦计划写一本叫“中国红”的小说。在中国，红色是个很特别的颜色，是红领巾的颜色，是红卫兵的颜色，是国旗的颜色。这些都属于扩充题材。丁力还想到延伸题材，因为现在写的是深圳的生活，就那么十几年，他在内地的那段生活还没有写，他的童年时代、青年时代，都可以写。另外，他想重写过去写得太仓促、自己感觉不满意的作品。因为经过这么多年的写作实践，写作技巧方面有了进步，所以希望通过重写，将小说写得更丰满更完美些。已经完成改写的作品，除了《上市公司》，还有《涨停板跌停板》和《透资》等数部。而事实上，这一条路子也是成功的，譬如《上市公司》就再版了三次。

三、批判现实主义：商海涌动中的小说创作

(一) 丁力持什么样的写作立场

回过头来反思自己的写作道路，丁力还是想到了对他产生影响的作家池莉。丁力认为，池莉考虑的是读者怎么喜欢怎么写，她在乎的不是纯文学，在乎的是如何引人入胜，这就是她最成功的地方。丁力说，尽管有很多人不同意这个意见，认为作品就是要有文学性。但是，如果作品卖不掉，文学性再强其影响也是有限的，就如一个漂亮的女人嫁不出去，我们就要找找原因在哪里。事实上，好小说你卖不掉肯定是故事写得不够引人入胜，吸引不了读者。丁力坦承，他现在基本是往这条路走。而且与池莉比，他的优势是，自己能写得更广，因为他本身的生活经历广一些。

丁力至今出版长篇小说已近 30 部。媒体上也有不少关于他的评价。有人把他定义为“财经作家”，有评论者认为他是“金融文学作家”，也有人说他是老板文学的领

路人，畅销的“商情小说”作家，等等，很多名号。而丁力对自己也有一个定位，他说，上面的种种说法，其实就一个意思，就是丁力的写作是关于金融的，金融就是财经，而财经的核心就是老板，商情其实就是商业，都市也与经济相关，而“老板文学”与“打工文学”是相对应的。除上述提法外，北方某大学的一篇论文还提出了一个“丁力文学”的概念。

丁力的创作涉及公司与商情，一个不可回避的问题就是作家的立场。有人说，社会上的人，不是压迫者就是被压迫者。丁力当然也涉及了一个立场问题，也就是他站在什么样的位置写作，为谁而写。丁力说，他属于“批判现实主义”。亦即写老板并不是完全褒扬老板，而是对老板有很多的批评。这叫做“说好人的坏话，说坏人的好话”。比如这个人犯罪了，他就会写出他犯罪的理由，也就是说，在这样的情况下，他不得不犯罪，就是“在其位谋其职”。如果要问这是谁的过错，那只能说是社会的过错。《商场官场》就是这样。这部小说讲述了主人公戴向军投机钻营的一生，他从汽车牌照倒卖到房地产业的暗箱操作，从通讯行业经营到资本运作中的大显身手，以至将各路人马玩弄于股掌之间，然而他却最终逃不出命运的惩罚、正义的审判。小说揭示出了商场和官场之间纵横交织、难以分割的复杂关系，勾画了官员高台跳水进军商界、商人摇身一变成为官员的社会众生相，向读者展示了官商勾结的令人目瞪口呆的内幕。《倾斜的天平》则对比了两位公司老板的不同遭遇，其中，石化集团老总程思涌经营不善，最终使20多亿资产凭空蒸发，还让企业背上了多达几十亿元的债务，后来他引咎辞职，仅受到上级主管部门象征性的通报批评，处罚极轻；而白手起家，从负债经营开始直至为国家创利税达几十亿元的能源集团老总王天容，出事后虽主动交代，最终却被判无期徒刑。小说命名为“倾斜的天平”即旨在引起人们对公平、公正的人类法律目标的反思。其他小说如《上市公司》及《同宗同族》均如此。丁力强调，他的小说离不开写老板，但并不是为老板说话，而是站在一个公众知识分子的立场上来评判这个社会。而且由于社会的官场商场就是他的知识面所在，所以他所批评的就是中国的商场官场。

(二) 商海涌动中的小说创作

中国古代的商业活动起源甚早，商人阶层十分活跃。在中国的传统文化里，“商”处于最末流，商人常常是作为道德的负面形象出现。到了明清时期，随着商业的发展和社会的变化，商人的社会地位、经济地位大为提升。这个时代的商业文学虽有时代赋予的一定的商业气息，却最终没有挣脱植根于小农经济土壤的封建思想的樊篱。从民国时期到新中国建立，出现了表现小资产者和大买办商人的商业内容的小说，如茅盾的《子夜》、《林家铺子》，周而复的《上海的早晨》等作品，但这些作品主要是主流意识形态的话语表达，将商品经济破土萌芽和茁壮成长的过程简单化了。

改革开放之后，商业金融小说大量涌现，如高阳的《胡雪岩》、郭宝昌的《大宅门》、陈杰的《大染坊》等。商人即自此从社会的边缘地带开始向中心转移。进入20世纪90年代，经济生活在整个社会生活中的基础地位日益突凸显，文学开始与经济联姻，经济生活日益成为作家关注的重心之一。于是，以反映当代商业经营活动、描述商人生活为旨归的商业小说迅速崛起。在商业时代的社会氛围影响下，普及化、通俗化的大众文学以及强大的大众传媒，使得文学出现了商品化的趋势，文学的格局、思维和叙事风格发生了改变。作家们直接把笔触深入到市场经济的核心部位，围绕90年代以来的一些商业活动的热点展开叙述，在启蒙与揭秘的叙事变革中，体现出特定的文学价值。作家服从市场需要、尊重读者选择，用叙述为主的表现方式取代了过去以描写为主的表现方式，文学语言进一步生活化、口语化，作品有一种实录性质和亲历色彩，这些都使其小说产生了相当的亲和力和吸引力。

丁力创作的数量可观的商情小说，就是在这种大背景下出现的。2004年，春风文艺出版社以“丁力商情小说系列”的方式一次推出《征婚》、《亲嘴楼的故事》、《大老板小老板》、《应聘》和《从坡坡屋出来的女人》等五部长篇，这是该出版社继“布老虎”之后推出的又一图书系列，创造了同一届书展上推出同一位作家长篇小说数量新纪录。一段时期以来，丁力以《圈子圈套》系列、《高位出局》等商战小说掀起大众阅读的热潮，商战小说于是在“梁凤仪现象”沉寂十余年后再度火爆。丁力这一时期的小说，都是以商业社会的商业活动为写作背景。具体而言，即是以深圳的改革开放为背景，主要写发生于其中的商贸和金融活动。它与围绕一切以经济题材为中心的财经小说和专门的金融小说既有联系又有区别。

财经小说最早产生于经济发达的欧美国家，美国流行的财经小说如阿瑟·亨利的《最后的诊断》和改编成电视剧的《兑换商》等早在20世纪五六十年代就被译介到日本。财经小说由此在日本风靡一时。到80年代中期，以梁凤仪作品为代表的财经小说在我国经济高速发展的香港应运而生。这些财经小说或描写商界巨子的创业历程，或展示大企业错综复杂的人际关系，或披露豪门望族的财产纠葛，反映出企业内幕秘闻，揭示了经济活动规律。但无论阿瑟·亨利也好，梁凤仪也罢，他们大多反映的是上层管理面，很少以下层从业人员为描写对象。与这些小说家的作品及我国传统的商业文化相比，丁力的商情小说有其独特的通俗化、大众化的艺术风格。

(三) 对切身经验的奇特改写

身在商海十几年，丁力对其中的酸甜苦辣有深切的感受。我们之前已经引述过他的相关说法，即，作家为了写作去“体验”的生活是“伪生活”，而他的生活是真实的生活，特别是“下海”之后为了生存和发展而在商业大海中拼搏的心理体验，是带着写作目的去体验生活的作家无法得到的。对这种经验加以提升，便是对社会生活的理性思考和对时代氛围的整体呈现。从精英知识分子到下海经商，这种人生转折使丁力对中国商人的生存状态和内心煎熬感同身受，从而更切近地体察和领悟了中国经济变动的深层奥秘；而从商人转变为作家后，其思想观察又多了一重商人的视角，将知识分子的人生看得更加深刻、清晰。深圳中科智集团董事局主席张锴镛评价丁力时说：“只有做过企业的人，才能把企业家写得这么到位，包括企业家的思想、企业家的行为和企业的盈利模式。而文学家是写不出这么地道的企业家和企业家的活动来的。但是做过企业的人，特别是做过大企业的人，有谁还能像他这样耐得住寂寞写小说呢？所以我说，丁力填补了一项空白。”

丁力的小说主要是凭借真实的素材，以商品经济现代化作为故事展开的背景，串接起广大读者十分关心的社会问题。他将自己的经验和体会作为小说素材，通过艺术概括，忠实、迅速地反映现实生活面貌，表现人性的贤愚美丑，揭示生活的悲欢离合。他的商情小说从现实出发，深刻剖析了处于改革开放经济大浪潮中的国民性的变化。《跳槽》中的张绍康带有体制化生活造就的一种优越感，官本位则是其体制化心理的典型体现。虽然在不满与怨恨中下岗了，但他是高级职称的副处级干部。“在他看来，只要是官，不管是哪里的官，总是可以得到诸多方便和照顾的。”当他依靠关系求职被炒后才有了依靠自身力量解决问题的积极意识。他谦卑地发问：“那你说我下一步该怎么办？”智者的点拨是：“放下架子，去人才大市场应聘。只有通过应聘，你才能真正感受深圳，只有通过自己应聘找到工作做了，并且不断地调换工作，你才能发现自己到底能做什么，或者说自己最适合做什么，最值得做什么。”

《天眼》中的张劲龙和林文轩被工厂除名后从内地来到深圳，曾是工厂主力的他们被迫打破铁饭碗自谋职业，但很快赔光了全部储蓄。二人走投无路时，接受了大学生赵飞跃的建议，最后靠打工买股票发了财。《老板和他身边的男人女人》中的萧秉元当年因为偷看女人洗澡而被劳教，无颜再回工厂，于是到深圳创业获得成功。丁力展现了他们失去工作岗位后的艰难处境，这种展现着重表达的是作者的批判性。他们的茫然无措、上当受骗、不满和抱怨都体现出计划经济长期培育出来的体制化心理和思维方式。丁力通过小说让人思索这一社会问题，并且让人物以一种积极的意识去依靠自身的力量解决问题，寻找和开创事业。在这种批判里，我们也约略看到了“改造国民性”这一思想主题的影子。丁力所批判的是建立在体制内思想框架下的“新国民性”，可贵的是，他真实地描述了在适应体制转换的磨合过程中国民心态的震荡，他还试图给人们指出一条新路。这显示出作家对社会发展变化的敏锐反应，对大众精神文化需求的深切关注。

“小说是那些杰出的叙事家在对故事有了深刻领悟之后的大胆而奇特的改写。故事随时都可能被一个强有力的叙事家演变成小说。”丁力自身的生活阅历，正是他作品成功的基础，而他的大众化文学观也决定了他小说的故事性特别强。这两者都使得他的小说更容易面向大众，面向市场。米兰·昆德拉认为：“你所写的一切与你的生活相连的脐带，并开始探询生活本身而不是你自己的生活时，小说才能真正地充分发展。”丰富的职场经历和生活阅历，使丁力对大众话题和大众需求愈加敏感，故事的讲述更富于戏剧性，他还能进一步去发现卖点，并体现在自己的小说创作中，以此吸引读者视线。

（四）典型作品分析

丁力的《商场官场》，是官场与商场结合比较紧密的小说。官员和商人都是有悠久历史的职业，官场有官场的规矩，商场有商场的规则。而在当下，商海无间，官场有道，商场官场成为一个密不可分的联合体，纵横交织很难切割，于是就有了名利场上的翻云覆雨。丁力敏锐地抓住这一社会热点，用精心编织的故事作为折射官场商场情形的三棱镜。小说主人公戴向军的人生，就展现了官场到商场的复杂走势。他从一名军转干部，到倒卖汽车批条的倒爷，再到呼风唤雨的下海者；由不懂人头马是什么味，到要弄权术得心应手。蝇营狗苟一生，最后却因为财务欺诈、侵吞国有资产等罪名锒铛入狱。他的经历构成了一个复杂的商景图。

这部小说，结构紧凑，情节推进迅速，语言平实耐读，十分口语化，大量商场因子点缀其中，添色不少。投机与黑幕、高明的洗钱手法、深入人心的公关技巧、行贿与索贿……“股市涨跌背后有庄家操盘，商业博弈之外有后台老板做局，潜规则下的政治底线不容践踏，混迹于名利场就一定要懂得厚黑学。”丁力描绘了一个真实的生意场、名利场。余味悠长的结局又让人们掩卷深思。有人把《商场官场》誉为“名利场上的厚黑学”，说“这是一部揭秘中国传统商人资本原罪的长篇力作”。

近年来，多产的丁力也开始注重对小说文本的提升。这表现在他前期作品以财经背景为典型特征，后期逐步加大了人文关怀的分量。不仅展现商界的风云变幻，更注重以人物为中心展开情节，表现各色人物丰富微妙的情感历程，并以之透视人们的经济观、人生观。由南京大学出版社出版的《离婚未遂》，就淡化了财经背景，增加了都市情感生活的元素。作品通过天涯常客同女人的情感纠葛，表现自由作家作为社会人的觉醒与自由需求，力求探索爱情与灵魂的奥秘、理想与现实的冲突。主人公物质上获得成功，精神上却一片荒芜；肉体渴望在都市当中得到满足，精神却希望逃出物欲的海洋。这个表面上风流的文人，心底里却潜藏着人性的善良和对真爱的向往。他情感的多变和精神的困惑，反映了这一群体在体制转化过程中遭遇到的严峻挑战，凸显出其寻找出路的紧迫性。丁力在这部小说当中对“爱和婚姻”的题材选择，注重了世俗思想的直接表达和审美需求的时效性，体现了消费文学的特点。加上延续了实录性质和亲历色彩，这部小说便尤显真实可信。该书自此出发，超越了对具体生活的描述和分析，投入了对历史、现实的更多叩问和探寻，展示了与小说商品性紧密相关的娱乐性、故事性，刻画出新旧体制交替时期，自由作家在灵与肉、物质和精神、新观念与旧思维、传统文化与社会现实的两难选择中的迷茫、困惑、挣扎和追求，从而表现出更大的张力。

丁力在故事的情节结构、矛盾冲突的处理上往往巧用悬念，情节一波三折。小说《有罪释放》，以曾引起社会各界广泛关注的“孙大午案件”为原型，来暴露我国现行金融体制的某种弊端。为增加作品的可读性，并避免法律麻烦，作者巧妙地采用了卡基姆影视的手法：虚构的人物和真实的人物同时出现，并把真实的人和事作为虚构人物关注和谈论的焦点，做到虚与实相互兼容。

丁力的语言生活化，口语化，简洁明了，多采用跳动的句式，明快的节奏。

丁力以其弃商从文的特殊经历，用文字描绘自己谙熟的商情，给我们展示了商场和官场上错综复杂、生动精彩的故事；他用小说对中国商业界所作的人性观照、解读和反思，不但有一种哲理高度，还呈现了其商业文艺观，而这种文艺观，则是他坚持至今的创作方向。

（五）文化消费时代的新宠

随着市场化的发展，文学逐渐在商业语境下沾染了商业操作的痕迹，丁力的创作也充满了商业气息。而当下的社会环境、读者兴趣和大众传播，都对其写作产生着难以估量的影响。人们既厌倦了枯燥的政治说教和宣传，也对精英文化的大而无当、脱离现实失去兴趣，他们便更需要一种贴近自身生活、与个人情感相通的、消遣娱乐的通俗文化。深圳作为中国改革开放的前沿城市，有着特殊的人口构成，是一种“五湖四海”的社会格局。这种格局让深圳毫无阻碍地适时培育生成了一种开放、兼容、创新的移民文化土壤。而由此透现出的瞬息万变、充满生机的现实生活，既对作家形成了巨大诱惑，也使其作品获得了丰富的源泉。丁力由此切入，吸引了读者注意，正是得其时、得其所。

丁力与受众的这种互动关系说明，我们已经进入了一个大众文化时代，所谓的精英文化和草根文化之间的界限，早已被打破、被消解。丁力商情小说中所述及的内容，迎合了阅读受众日益增长的关于股市、债券、自由贸易、商业人际关系等知识的需求。因此，当他试探性地把文学殿堂的门帘掀起一角的时候，欢迎的人们就已打开大门。他在还没有完全准备好的时候，就已被裹挟而入，成为商业时代大众文化的创作者。经济的支持，有利于改变文学以往狭隘的单维政治视角，有利于丰富其表现内容，有利于凸显审美原则的多样性。正因为如此，所以，抱宽容的态度，给商业时代的大众文化一个存在的空间，不但是文化人应有的胸怀，也是发展多元文化的社会需要。

作为深圳的新移民，丁力对文学是这样理解的：“在改革开放的大潮中，我生活的全部集中在两个方面，一是商业，二是文学。商业使我们得以生存，特别是当你想以深圳主流社会的生活方式生存的时候，你就不得不关心商业。文学是我们生存的价值，当我们从事文学创作的时候，我们就感觉自己是有尊严有价值的，特别是当我们不甘心作为金钱的奴隶而又要体面地生活的时候，我们就必须坚持文学。”正是因为坚持大众文化领域的商情小说观，放下包袱，写令人关注的深圳的财经生活，丁力不仅有了可观的收入，完全可以靠稿酬维持生活，而且可以自由表达。

丁力在大众化的商业文化语境中，已经开始注重小说的文本提升。这很重要。当然，这样做，需要作家拒绝浮躁、潜心创作。事实上，文学精品多是潜心创作的结果，人类对文学宗教般的热爱和社会对文化的渴求，客观上需要一个专门从事文学创作的群体。但少数坚持文学第一的刊物，并不足以支撑自由作家的生存。这样就出现了一个矛盾：一方面是出版业的企业化，要求自由作家必须按市场规律创作适销对路的文学产品，而自由作家也因此对市场产生了依赖，他们必须在大众领域里创作出有流行潜质的普及性作品，如此才可能在商海里取一瓢饮；另一方面，又不能不顾及作品的文学意味、文学价值。而市场很难在这方面领作家的情。丁力对此也很无奈。他说："现在的作者很不容易，既要照顾市场，又要照顾文学，还要照顾文学批评家。而批评家的意见，往往与广大读者的喜好相背离。"不过，作家丁力更珍惜写作带给自己的满足和快乐。每到一地，他首先要做的事情就是逛书店，每看到自己的书成排地摆在那里，他都能体会到将军检阅自己的英雄部队那样的自豪。他认为，拥有大量读者是一个作家的莫大荣誉。

如今，自由作家通过精神劳动在商业出版活动中所获得的报酬，是从事文化教育职业的人文知识分子所望尘莫及的。市场为自由作家的人格独立提供了保障，他们经济独立，心灵自由，思想解放，这无疑刺激了作者的创作欲，促进了小说创作的繁荣。丁力认为，在目前和今后一段时间内，以经济活动为背景的小说仍将有很大的市场。他的创作恰好满足了这种需要。他的长篇小说广受读者欢迎，自然也就会受到出版社青睐。目前的情形经常是出版社催他写，写出来立刻就予以发表和出版，且稿酬丰厚。这在客观上也鼓励了他的创作。

四、搭建财经小说的框架

以往的财经小说作者大都是专业作家，而新一轮财经小说的作者多为商界资深人士。这些打拼多年的资深职场人士对本行业的深入了解和体验远非一般作家可比，他们的商情叙事以其专业性、真实性、揭露性、实用性，拥有了与传统小说不同的魅力，吸引了更多读者。而紧张的情节、专业的财经背景知识加上作者传奇的职场经历，又大大提高了财经类小说的可读性，使之成为出版界的新宠。如果说梁凤仪的商战小说揭出了豪门商战的"内幕"，那么，丁力的作品则是生动演绎了职场、商场、情场的全方位角逐，它将同事之间、上下级之间、同行之间展开的权谋与利益争夺，写得很深透。

丁力小说习惯用朴实通俗的话语叙述动人的故事，它们往往是其人生的经历和体验的浓缩。商海、人物、故事和各种专业话语是丁力小说的基本元素，它们既构成了丁力模式，也束缚了丁力的艺术创新。好在模式化中，丁力开始进行个人化叙事的探索，他在以个人经历为主的故事叙述中，看取世相，把触角伸向社会，把视线投向时代。不同的人物、不同的主题从同一个背景推演成不同的故事，带给人不同的感受，让读者获得不同的启示。他在"不变"中求"变"，即在坚守个性的同时，注重强化作品的故事性，颇有亦实亦虚、雅俗共赏之趣。他的全部创作，都是让市场经济渗透于文学，又让文学作用于市场经济领域。

市场经济引发了人们对自身价值的思考，体现在文学中，转而形成了文学在人性与个性上的种种张扬。这造就了丁力的个人化叙事。个人化叙事是一种表述的态度，是一种文学价值理念。在这种理念的引领下，丁力将文学创作这一精神性的艺术活动成功地推向了市场。他的小说也就借此顺势表达出自己的思想和艺术观念，实现了自己的文学理想。而读者在阅读时也不自觉地接受了他的价值观念。值得称道的是，批评界也逐渐将目光投向了商情小说创作这一领域，持续关注它们的成长。有评论家认为："丁力的创作加上之前的《货币战争》、《基金经理》、《输赢》等，初步搭成了大陆财经小说的框架。"

这种财经小说框架的生成或曰搭成，标志着我们已经进入了大众阅读的时代，其根本特征是文学阅读的全民性、寻常化和多样化。民间作家和网络作家的大量涌现和网络创作数量的急剧上升，使文学领域正在发生结构性变化。在波诡云谲的商业化和媒体化语境中，作家开始确立市场和读者观念，更加注重文本的可读性和接受效果。为了使作品获得更大的商业效益和社会影响，作家会策略性地选择那些能最大限度地为市场所接受的创作内容和形式，开足马力加紧生产。但创作的商业化，并不是要取消文学和艺术的高度，因此，作家应坚持独创性、探索性、民族化的积极健康的创作理念，把握文学在个性色彩、民族情怀、地域特色、人文精神等诸多范畴的人本观照。作家可以有更宽泛的价值取向，但不能放弃人文关怀、社会承担、精神守望和道德判断的底线，在彰显个性精神、强化自我意识的同时，作家也要自觉警惕市场化和时尚化的负面影响，必须耐得住寂寞，挡得住诱惑，善于用审视的目光和理性的思考，调整和把握自己，有扬有弃，不断成长。

丁力商情小说以自己的实用、典型、贴近生活和观照人性的大众化创作方法而受到人们的欢迎，这是他在文学事业上的一种可喜收获。

契诃夫有句名言："新手应当永远凭独创的作品开始他的事业。"

丁力正在努力凭独创的作品继续他的事业，努力借此在深圳的历史与现实中徜徉。

五、永不停歇：100部长篇小说

丁力立志写100部长篇小说。丁力相信数量积累到一定程度就会有突变。他举例子说，一个书呆子整天使劲地看书，终有一天是会开窍的。有一个人不会画画，因为从前就拉过几年二胡，一拿起画笔就能画出像样的二胡，甚至在板凳上也可随手画出个二胡。

丁力试图去证明的一点就是——做任何事情不一定都需要天分，只要去多做多实践，当数量积累到一定程度时或许就会有质的飞跃。他想写100部小说起码基于两点：第一是版税，维持自己的基本生活；第二，也是更重要的一点，是他期望这100部小说里能留下一两部精品。创造经典作品当然是可遇不可求的，但繁难不易并不能影响他努力写作的热情，因为他认定只有大量地写，不断地沉淀，才能不负此生。

丁力也发现自己的创作还存在着如下一些不足之处，有待进一步取得突破：其一是小说不感人，没有写些煽情和悲惨的事情，都是写些比较阳光的故事；二是小说的线条单一，故事内容不丰富。丁力说，他写小说总是避免制造巧合，所以小说的枝蔓不够丰富，情节不够复杂，这也是为什么他的作品一直不能改编成电视剧的原因。所以他首先希望自己以后的小说能写出一些感人的故事情节。至于通过制造巧合来扩充小说的枝蔓，他说还没想好自己是否应该这么做：调整一下，向市场屈服，也来制造一些自己觉得很俗的巧合来填充小说。另外，丁力说，他往后会把精力放在创作中短篇小说上。

丁力至今比较满意的作品是《天眼》和《天平》。特别是《天眼》，其情节跌宕起伏，引人入胜；人物性格亦各有特色。

丁力现在仍旧喜欢阅读，主要是看一些经典。一是为了学习，二是为了消遣。他一度喜欢看《日瓦戈医生》，中英文版对照着看，因为曾有一段在国际关系学院强化学习外语的经历，他还达到了笔译的水平。广采博收，是他在深圳的历史与现实中徜徉的一种特殊方式。

他愿意拥有更广阔意义上的生活的自由，但他其实更向往思想的自由，因为作家最重要的就是思想自由。当然，他也希望能更深入地在深圳的历史与现实中徜徉，在小说中自由地安排人物的命运，展示在现实世界里没有实现的一些东西。

千夫长论

寻找失去的天堂

赖欢海

千夫长，1962年出生于内蒙古科尔沁草原。1980年离开草原，进城读书，开始文学创作。1987年定居广州，用鹤野等笔名移植港台模式，开个人写作专栏先河。2002年出版专栏集《野腔野调》。2003年出版魔幻长篇小说《红马》，登上北京图书订货会排行榜。2004年创作首部华文手机小说《城外》（一共60篇，每篇70字，总计4200字，创下18万元手机小说版权买断奇迹），引发文坛内外广泛关注和激烈论争，被誉为文字最昂贵的作家。

1989年起，他在《深圳特区报》、《羊城晚报》等报刊写作专栏文章。除此之外，还从事过广告策划、报刊出版发行等文化工作。现居广州，为广东文学院第二届签约作家。

一、天堂何处：文本“头碗汤”——“崭新的文学消费体验”之是与非

身兼广东文学院签约作家及广东金色田野影视制作有限公司董事长的千夫长，来自内蒙古科尔沁草原。对于“文学”和“商业”这两个容易让人觉得对立的圈子，他有自己的判断与感受：“从商的经历和基础让我能更好地进入创作状态。文学对我来说好像一个牧场，我的作品就是文学牧场上的牛羊，它们的文学品质没有高低之分。”

手机小说《城外》与一般小说的区别，在于文本独具创意，每一章节只有70个字（包括标点符号），是专为手机短信定制而创作的。全文4200字，分为60个章节。每一章节都保持一条短信的完整性。虽是微型结构，却有长篇小说的格局。千夫长介绍说：“《城外》的寓意来自钱钟书的《围城》。小说讲的是围城外的风景，就是已婚

人的婚外恋，两个相爱的人从围城内各自走出，在城外遭遇了一段道德和法律都不支持的激情。”

对于出版手机短信小说《谁让你爱上洋葱》的戴鹏飞与自己争喝手机小说“头碗汤”的传言，千夫长的回应是：“戴鹏飞是我的内蒙古老乡，我们之间根本不存在争斗，因为他的小说是靠主人公互发短信而成篇的，而我的小说则是适合手机连载的小说，根本上是不同的。”

千夫长介绍说，《城外》是一部家庭婚姻问题小说，它以每 70 字为一个章节，在小说中，作者退出了现场叙述，用简约的文字、格言的句式和诙谐的对话来推进情节、营造悬念。而读者在阅读时则通过短信形式，每天限量阅读 2 条各 70 字，一个月可读完全篇。

手机小说的出现引发了读者和文学界的热烈争议。有人批评手机小说的商业性和娱乐性压倒了文学性，它用技术与商业的合谋，转移了公众的注意力，以致把文学变成了一种商业味浓厚的媒体风潮，是文学向商业的一种妥协。推崇者却赞誉手机小说开创了“一种新的文学样式”。华东师范大学吴俊教授认为，手机小说的出现是摸准了时代脉搏的，它创造了一种崭新的文学消费体验，在受众、形式、阅读期待上都发生了根本的变化。它将改变长期以来形成的传统文学的审美标准和阅读方式。“手机小说，这究竟是文学的幸还是不幸？”随着《城外》的问世，这场争论还将延续下去。

当初《城外》写成后，千夫长面向手机短信的运营机构进行了一次竞标，最终创下 18 万元的版权转让费。对于这种“一字千金”的成功商业行为，千夫长表示：“坐冷板凳、生活清苦，这种对作家和文学的悲剧性注解是不对的。我觉得商业和文学是一体的，通过自己的商业头脑让自己的文学作品成为商品，并不会损害文学的尊严。我一面会进行传统小说的创作，如长篇小说《红马》等；另一方面，我也会继续手机小说的创作，既然已经开创了文学、市场和科技的完美结合，那么继续下去就是理所当然的了。”

二、天堂以远：草原的颠沛灵魂

《长调》荣获 2007 年中国小说学会年度小说排行榜第五名。“长调”是一种蒙古族的音乐，但是，《长调》并不是纯粹的音乐小说。作者在封底也有介绍：《长调》不是专门写蒙古草原音乐的小说。应该说，是小说里的元素形成了一首蒙古长调。你们听到的那个有声音的长调，转换成文字，就是由这些琐细的精神肌理构筑成了故事。这就是命运，一个民族的命运，实际上也是一个人的命运。

《长调》讲述的是这样一个故事：13岁的蒙古男孩（阿蒙）走出乡下草原，到小镇寻找曾是活佛的父亲。此时父亲已经被迫还俗成了旗歌舞团的长调歌手。由于时代的和政治的原因，父亲的角色在活佛和歌手、神与人之间变换。在动乱的岁月里，父亲突然神秘失踪。整个故事，主要写了阿蒙的求学以及恋爱的经历，并通过阿蒙的成长和家庭的离合悲欢反映了草原民族生活的变迁。这种变迁，隐然传递出一种天堂的回音：失去与寻找。

长调是贯穿全书的突出意象。放弃练习马头琴，改学长调，与阿蒙寻找父亲相关。有论者指出："在这里，长调已经不光是发自草原独有的深邃苍凉、悠长不绝的声音，更是他与父亲血脉连接和生命延续的一个纽结，同时也是他与尘世隔绝、独自静思的一个寄托。小说写道：'长调从我的口腔飘出，就像风从草原走过。我一下子就能与大自然共呼吸了，匪夷所思，简直神奇极了。'长调是少年阿蒙面对生活，舒解青春阵痛的伴奏，是寻找父亲征程的游吟。"（兴安：《寻找失去的天堂——千夫长长篇小说〈长调〉》，《文艺报》2008年7月1日）

我认为，长调在小说中还有更加深刻的隐喻。悠扬而苍凉的长调实际上反映了草原民族的命运的起伏。长调演奏出来的不仅仅是扣人心弦的音调，更是这个草原民族发自灵魂深处的颤音。而长调旋律与内容的改变，实际上也反映了草原民族传统精神的式微。作者千夫长在接受笔者采访时介绍说："听长调有三个境界：第一，长调一唱出来，你就马上感受到它的空阔、辽远、博大等。第二，听进去以后，你就会感受到苦的调子、苦的味道出来了。发现自己在空旷草原里的渺小。你的感受很复杂，什么都有了。比如你在温暖的春天放牧一群羊，但是暴风雪来了，你的羊走失了。你的欢乐和痛苦、得与失全部在这里不断演绎。第三，再往下听，进入另外一个境界，你就感觉到头顶很热，阳光温暖，有一只神灵的手在抚摸你，这时你会非常感动，你会眼含泪水，你的心肠就像绸子一样柔软。这时候就进入了通神的境界。三个境界是从自然到人再到神。草原上事物的骨骼、事物的肌理就是这样构造的。没有谁大谁小，哪一个都重要。每一个细节都让你震撼。但是五十年代以后表演的长调，我就没有兴趣听了。因为那以后的长调都变成千篇一律的颂歌了。"

仔细品读《长调》，我们会发现这部作品其实也是一部悲剧，一首挽歌。因为在作者的笔下，草原民族固有的精神与气质正在逐渐消失。作品的开头写道："我阿爸是查干寺还俗的五世尼玛活佛。他在两岁半坐床成为活佛，在十三岁的时候还俗回家。十四岁娶了我十八岁的阿妈，十五岁时，我出生，他就离家去了旗镇的歌舞团，即原来的查干庙，当了长调歌手。”这平静的描写中，其实隐含着剧烈的社会变革信息。千百年来草原上形成的社会结构，就此被打破，作为草原精神归宿的佛教也被取缔。历史跨入新的阶段，社会选择了新的形态，宗教开始变得可疑。在20世纪五六十年代的文艺作品里面，人们通常得到的印象是：宗教是反动统治的帮凶，活佛和僧侣更是披着袈裟的特务。因此，《长调》里面描写的“看望”这个词，是政府允许的——政府不能阻止人们来看望神秘的活佛；但是不能用“参拜”这个词，更加不能有下跪、摩顶这些动作。（第9页）实际上这也反映了新社会对佛教的排斥和限制的立场。尤其意味深长的是，查干庙成了歌舞团，活佛成了长调歌手。我们知道，1949年以后的歌舞团并不仅是表演民族歌舞，而且负有宣传教育职能。因此我们可以说，查干庙和活佛还是像过去那样“传教布道”，但是必须宣传当时的方针政策。虽然查干寺和活佛的角色看起来没有什么区别，而实际上是经历了脱胎换骨的变化。从《草原牧民学大寨》、《火车向着韶山跑》等节目名称，就可以看出主流意识形态对草原民族传统精神的渗透。不难想象，表演形式与内容的固化、僵化、空壳化，使得草原传统、草原精神、草原意绪、草原襟抱都被渐次剥离，无论是马头琴还是长调，都很难再听到其中所蕴蓄的本自天然的韵味。

《长调》对草原风物的描写令人赞叹：“湛蓝的天空，蜿蜒的河流，散落的畜群；每一根草叶，每一枝野花，还有隐藏其间的各种昆虫、飞鸟和土拨鼠……”这些荡涤灵魂的风物，宛在眼前。而除此以外，其中对草原上人们自由融合的纯朴人情描绘，也格外温馨感人。如旗镇上格日勒婶子对阿蒙无微不至的关照，那个平时吊儿郎当的“包大卵子”在关键时候挺身而出保护学生，阿蒙和阿茹纯洁的爱情，以及阿蒙和铁山真挚的友谊等等，无不从侧面反映了草原民族的性格。

小说还有两个值得关注的地方。

第一个地方，是在学校的文艺演出中，小女孩雅图报幕时把“毛主席挥手我前进”说成了“毛主席前进我挥手”。这本来只是一次口误，即使大人，都难以避免。尤其蒙古族孩子，出现这样的失误，更加不应该小题大做。因为蒙古族人讲话讲惯了蒙古族语，换成汉语，词序常常就会颠倒。但是这么一颠倒，在一个人妖不分、动荡混乱的时代，事情便人为地变得复杂起来了：这不是变得比毛主席还伟大了吗？于是小女孩马上成了反革命并遭到批判。最后，小女孩因为惊吓过度而精神失常。这种描写，揭示出了人性丑陋和残暴的一面，作者笔尖锋利地刺向了一种畸形的、不正常的社会形态。

另外一个地方，是最后部分所交代的活佛的结局，这也是引起读者最广泛关注的地方。就此，笔者曾经和作者以谈话方式作过较为详细深入的探讨。以下是谈话的记录：

赖欢海：《长调》描写备受牧民敬仰的活佛在“文化大革命”中神秘失踪了，十多年以后才发现他的干尸悬在厕所的顶棚里。我读了以后感到强烈震撼，神圣的活佛竟然悬尸在藏污纳垢的厕所里，这反差太强烈了。这是对那个动乱年代无声而有力的控诉和批判。

千夫长：这个构思，很多人很难接受。我的书在某个出版社准备出版的时候，对方提出了一个非常没有智慧的修改意见，他说能不能不让活佛死在厕所里，让他死在雪山上有莲花的地方。我认为这个建议极其愚蠢。

赖欢海：确实，这倒像是完全没有接触过文学的门外汉说的话。

千夫长：不，他还是大学教授，还是文艺出版社的负责人。主要是他的头脑被老一套的观念束缚死了。对写作者来说，文字上的差异是天分上的差异，更是观念上的差异，他们那个时代落后的写法肯定是这样的了。庄子说过“道在矢溺”，因此可能越污浊的地方越有道。真正洁净的莲花还是出自污泥之中。另外这个世界可能就是一个污浊的世界。

赖欢海：但是我们从活佛的命运还是读到了对动乱年代的批判，神圣的活佛和污浊的厕所反差太强烈了。而且他的尸体是悬在顶棚里，正如同中国古话说的：死无葬身之地。

千夫长：对，这也是一种解读。活佛用这种方法圆寂，确实是对那个时代的蔑视和嘲讽。但是我写的时候没有考虑那么多，我在那里有一个精神平台，对一个具有象征性的肉体凡胎赋予一个极高的精神高度——活佛。到了活佛这个境界，他的精神是没有分别心的。我苦心营造的东西后来被一个女高音歌唱家运用到音乐上，从音乐的角度来描述：当刮大风的时候，一个人在厕所里充当舌头、喉管的作用，这个人在百叶窗之间来回移动，发出不同的声音。这时候厕所变成一个人，一个人又变成一个世界。这是一个强大的精神意象。所以在写作的时候我试图进入人物的精神内核中去。到那时就没有什么分别心了。当然小说产生的阅读效果是不同的。

赖欢海：按照你的最初设想，活佛是自愿还是被迫躲避到厕所里的？从当时的时代背景考虑，相对于大搞阶级斗争、充斥血腥暴力的外部社会，厕所确实不失为一块宁静的净土。

千夫长：你这个解读很好。这两个词用得非常好，一个是自愿，一个是躲避，实际上都包括了。他为什么要躲避呢？第一，世道确实把人逼到了绝境，他无路可走了。一个人被逼的时候可能有多个选择，活佛用佛眼看人间，发现厕所是他真正的清净之地。另外还要注意一个细节，如果尸体放在潮湿的南方，很快就会腐烂了。但是在我们那里不同，即使在春天，一匹马死在沙漠里，只要刮十天西北风，那匹马就会成为干尸，包括内脏都是干的。这种生活细节放在我描写的环境中就极其真实。厕所是以佛眼作出的选择，在佛眼看来，这个世界一切都是乌七八糟的，只有厕所还是个清净之地。从佛的角度看，他没有分别心，对他来说这又有什么呢？这反而又有一个提升。

三、幻灭的天堂："英雄"挽歌

《中年英雄》是千夫长另一部值得关注的长篇小说。在纯文学市场越发不景气的今天，15000册的首印量已经足以证明作者的创作实力。作者在自序中写道："任凭写作背景海阔天空，在我电脑屏幕上晃动表演的，始终是和我一起打拼、伴随广州共同成长的那群朋友，这让我的写作变成一种宿命，我要为那群由青年长成中年的朋友树碑立传。"

"中年"在千夫长看来是有特殊含义的。因为在我们的社会生活中，"青年""中年""老年"经常是界限不清。比如，我们经常看到40岁的人当选为"杰出青年"。显然，"杰出青年"也是"青年"，否则就会犯"白马非马"的错误。对一般人而言，50岁已经是年过半百头发斑白了。但是，如果50岁刚刚当上国家首脑，那就是不折不扣的青年人了——这其中充满了辩证法。

千夫长眼中的"中年人"特指他自己的同龄人——20世纪60年代初期出生的人。《中年英雄》的末尾附录了一部《中年词典》。《中年词典》与韩少功的《马桥词典》类似，收集了几十个与中年有关的词条，其中的"二十年情结"里面明确写道："按照我的中年划分，过了四十岁的人都是中年人了。无论怎样装嫩，季节到了。这代人大都是恢复高考后的前三届，离现在二十年左右，这些人都有一个二十年情结，就像我们当时唱的歌那样，再过二十年，我们再相会，回首往事心中可有愧？现在的中年人，都很喜欢老同学聚会，回首二十年前。”这段话，大致上透出了千夫长写这部作品的内心情绪。

《中年英雄》的主角是三个60年代初期出生的中年男人。徐善与李易是研究生时期的同学，他们80年代中期毕业于著名的中山大学。李易和秋香在大学里面是恋人，但是毕业分配的时候，徐善与秋香留在广州，李易回到了老家，结果徐善和秋香结了婚。

1992年，徐善已经是市政府的副处长。也是在这一年，总设计师的南方重要讲话掀起了一阵阵经济热潮。在李易的怂恿下，徐善也下海经商了，与李易合伙创办了“盟酒”酒业有限公司，生意蒸蒸日上。在商战中，徐善、李易与来自大草原的同龄人巴特尔由对手结成盟友，他们共同占领了广州的大半个酒业市场。但是，几年后，他们三人倾力筹办的“1999花城国际名酒文化节”却在领导被查、台风来袭的双重打击下惨淡收场，三人血本无归。

为了躲债，他们来到了巴特尔的故乡——大草原。草原上热情好客的人们、优美奇异的风光以及美味可口的牛奶羊肉，医治好了他们的身心创伤。三人还像“桃园结义”中的刘关张那样，结为异姓兄弟。

徐善义无反顾地回到广州承担起“酒文化节”的债务。在平息了官司以后，三人准备东山再起，再造辉煌。但是，各种打击却又接踵而来，先是巴特尔得了怪病昏迷不醒，然后徐善和李易开办“星光灿烂影视公司”再次惨遭失败。这期间，李易和秋香旧情复发，徐善与美术学院的研究生美卷也纠缠在一起。

最后的结局可谓是惨不忍睹：巴特尔昏迷了一年多后终于不治死亡，李易生意失败后发了疯，徐善妻离子散，情人也离他而去。不过，与鲁迅先生在《药》里面给“瑜儿的坟上平空添上了一个花环”一样，《中年英雄》最后也给读者留下了一个五味杂陈又多少有些回暖的结尾：徐善带着巴特尔的骨灰回到大草原，遇到的却是美卷母子——他日夜思念的情人与他健康活泼的儿子！对于徐善来说，这确是喜讯，尤其是他的第一个女儿又有先天性疾病。这大概是老天对历经磨难的徐善的补偿吧。

从这三个人的情况来看，作者使用“英雄”一词，未免有点言过其实，他们不仅失去了事业，而且失去了家庭，失去了理智，甚至失去了生命。因此，读者不禁会生出疑问：这里的“英雄”称谓，是不是像19世纪俄罗斯的莱蒙托夫写的《当代英雄》那样，具有讽刺意味呢？

其实，我们从作品最后部分那条“光明的尾巴”里面可以看出，作者对主人公还是抱欣赏的正面态度的。尤其是作者最后的“中年”词条说得非常清楚：“中年人不倚老卖老，还没有老，只是刚到中年。青年和中年，四十岁是一道坎儿，分界线。之前是感性人生，之后，是理性人生。感性人生做事情可以冲动，可以不计较后果，不负责任，输得起，输了，还可以再去搏，心灵充满力量，可以不断去进攻；理性人生做事要考虑后果，对现有的一切都充满责任，已经输不起了，心灵也没有力量了，只能够严密防守。即使明明知道自己背负的东西没那么重要，走到头，也没啥意思，但是就是因为背在自己的肩上了，就要一步一步前行，毫无条件，不能推卸。这不是愚蠢，不是矫情，也不是虚伪，中年人就是卸不下这个重负。这就是一种英雄行为。”

从这段话中，我们可以看出，作者对他笔下的主人公其实不含丝毫嘲讽，而是充满了敬意。这段话，也可以看做60年代生人的内心呐喊和集体宣言，反映了一代人独特的精神气质。

与莱蒙托夫写的《当代英雄》相比较，《中年英雄》也具有较强的讽刺性。不过，《中年英雄》里面的讽刺，主要针对社会现象，而且堪称巧妙。比如，徐善、李易和巴特尔三人为了准备“1999花城国际名酒文化节”，必须打通北京方面的高层关系。结果没有想到，他们联系的大人物，居然是一个为三代领导人掌勺的厨师。徐善、李易是80年代中期毕业的研究生，大约也能算得上是高级知识分子；而巴特尔则号称是成吉思汗的子孙。然而，我们看到，作为文武精英的这三个人物，在一个厨子面前居然低三下四、阿谀奉承。试问，这里还有知识和武道的尊严吗？篇章之中，无疑有着一种彻骨的悲凉。

下面这部分先扬后抑的描写，尤其体现出“含而不露”的讽刺技巧：

当晚，更让我们感到气愤的是在天上人间，老爷子叫来了他的一个老战友，七十多岁，满嘴的山东口音，老爷子让我们叫他老领导的老头儿。

是巴特尔亲自开车接来的。

客观一点说，老头不好色，让他选女孩他不选，给他分配一个，他也没有拒绝。大概是老人家在部队待的时间长了，什么都是党和组织给他分配的，包括他的老伴。虽然分给了他，他没有拒绝，但是他也没有好好待人家，小姐还好说，就一个晚上，几个钟头，如果是那样对待自己的老伴，那个可怜的阿姨可真就是命运凄惨了。

你看他，硬邦邦地坐在那里，严肃着个老脸，好像谁欠他一百万没有还一样。

让他骷盅，他不玩，和他亲热，他不理，就是喝酒。敬酒就喝，不敬自己也喝。

夜总会结束了。看到那些他孙女辈的小姐们都走了，他老人家发火了。

他恼怒地说：这都解放多少年了，妓女现在怎么越来越多？

巴特尔说：老领导，那你说现在妓女这么多怎么办？

老领导：干脆都抓起来，我们当年刚解放时，响应毛主席的号召，把北平市的妓女一夜之间抓得一个不剩。

巴特尔：老领导，现在的妓女应该是属于当年那些前辈的第三代了吧？人数可比那时大得多呀。

老领导：多少也要抓起来，一个不剩，不能够让她们危害社会。

巴特尔：老领导，你们当年抓起来的妓女都送到哪里去了？

老领导自豪地说：响应毛主席的号召，全都送到纺织厂里去了，改造好了，都是优秀的纺织工人。

巴特尔说：老领导，您知道现在的妓女都是从哪里来的吗？她们都是从纺织厂里来的。

老领导愣在了那里，不知如何是好。

大家先是开怀大笑，见老领导那个样子，也就没有兴趣笑下去了。

读到这里，我们不禁对这位老领导肃然起敬：到底是经得起考验的好干部，一身正气，两袖清风。可惜这样的干部今天太少。但是，接下来的描写，却让人大跌眼镜：

于是，一哄而上，去了百金瀚洗桑拿。

洗完桑拿，巴特尔清点战果付小费，据小姐们报告，只有老领导一个人在两个钟头的时间里战绩辉煌。

寥寥数语，完全撕开了身份特殊的这个人物的伪装，暴露了其道貌岸然而又欲望炽盛、表与里成为两张皮的复杂性，以致令所有人都大感意外：

李易说：操，我还以为这个老家伙不食人间烟火呢。

巴特尔说：千夫老师，你说咱们是不是缺爹了，大老远从广州跑来北京伺候这些老不死的。

人物对话，显出了颓靡风气的蔓延之势。其潜台词是在提醒善良的人们要警惕。

作为60年代生人，千夫长很敏锐地捕捉到了他的同龄人的文化心理，并巧妙地加以表现。下面的描写就是典型的例子：

这就是广州的著名人物，歌唱家朱大河老师。徐善和北方呼啸（注：人物笔名）都认识他。看来他又要开演唱会了。每次开演唱会之前，他都要亲自到花市上买一大抱便宜的鲜花，然后用自行车驮回家，晚上全家人一起动手，修剪出来，一束一束扎好，第二天开演唱会时，让女儿的同学和朋友们给他送到台上献花。

朱大河住在徐善的楼上。朱大河每天早晨都要在阳台上练嗓子，唱的永远是同一首歌，就是那句：说不一样，其实也一样。

最近两三年，歌词常常被他随意改掉。

说不一样，其实也一样
说不一样，其实也不一样
说不一样，就是不一样
说你不一样，有啥不一样

据知情人说，每次改词都是朱大河老师的家庭或者事业发生了变化。

这部分描写很是传神，把一个小知识分子处境窘困（用自行车买花）和爱面子好虚荣（让女儿的同学和朋友去献花）的性格弱点表现得活灵活现。

尤其值得注意的，是他反反复复唱的那同一首歌。这首歌其实就是家喻户晓的《当兵的人》。其完整歌词是：

咱当兵的人 有啥不一样
只因为我们都穿着 朴实的军装
咱当兵的人 有啥不一样
自从离开了家乡 就难见到爹娘
说不一样 其实也一样
都是青春的年华 都是热血儿郎
说不一样 其实也一样
一样的足迹留给 山高水长

咱当兵的人 就是不一样
头枕着边关的明月 身披着风霜
咱当兵的人 就是不一样
为了国家的安宁 我们紧握手中枪
说不一样 其实也一样
都在渴望辉煌 都在赢得荣光
说不一样 其实也一样
一样的风采在共和国的旗帜上飞扬
咱当兵的人 有啥不一样
只因为我们都穿着 朴实的军装
咱当兵的人 就是不一样
为了国家的安宁 我们紧握手中枪

激昂雄壮、铿锵有力的军歌，被这位朱大河老师唱得语无伦次、颠三倒四。众所周知，60 年代生人是在军歌与战歌的熏陶中成长的，《英雄赞歌》、《红星照我去战斗》等是他们儿时的精神养料。朱大河自然而然用当代最流行的军歌来表现心情。但是军歌雄壮的旋律与积极的主题和他落魄潦倒的现状形成强烈的反差，从这里可以看出其内心的矛盾与痛苦。由此，习见的书写材料，收到了强烈的反讽效果。这也是作者匠心独运之处。

总之，《中年英雄》反映了英雄主义情结在当代社会的消亡，是一曲不折不扣的“英雄”挽歌。

四、心中的天堂——永远嘹亮的草原长调

千夫长用文学捂暖心中的天堂，捂暖他的草原，书写着蒙古族汉子的血性，书写着一种不可撼动的文化情怀，诠释着华夏融合的悲怆和辉煌，诠释着天堂的沦落与升起。他的文字，与草原苍凉而又高亢的长调、与此中的一切律动，汇合在一处，形成复沓的节奏，永是沉郁，又永是嘹亮。他的作品，他的魂魄，或许就是一种天堂失去之后的寻找，就是一种须髯飘然的精神符号。

卫鸦论

游走于存在、记忆与想象之间

孙巍巍

卫鸦，本名肖永良，1978年出生于湖南娄底，毕业于湖南大学数学与计量经济学院。曾在娄底当地政府部门任职，2001年来深圳后做过研发工程师等。

2004年卫鸦开始迷上文学创作。当时写了一个长篇，连续半年都处在写作状态当中。长篇完成之后，这种状态继续了下来，于是写作也成了他生活中不可缺少的部分。之后，他索性辞去收入颇丰的工作，一心从事纯文学写作，并在中短篇小说领域屡有斩获。

2005年3月在《江河文学》发表第一篇小说《红米》。2005年8月，他做了前面所述的需要咬牙才能做出的决定：辞去家电企业研发工程师工作。而辞去这份工作，实际上即意味着他主动放弃了每月五六千元的稳定收入。对于所作决定，他这样解释："最初辞职是出于一个简单的考虑：反正不缺钱，拿出一段时间来专心写作，也是一种经历，是我人生的一部分。是对写作太有感觉了，太难割舍，如果还要上班，就无法绝对投入到创作状态中去！"辞职的时候，他正在写长篇小说《十里长堤》。[1]

这个时代，能坚守寂寞的文学事业本就不易，而放弃工作专事写作，则更加需要勇气。就像卫鸦曾经说的那样："我想，我们的这种追求，并不是每一个人都拥有的，它是一种勇气之下的产物。借用纪德的话来讲——我们是异端中的异端，总受各种离经叛道、思想的深奥隐晦和抵牾分歧所吸引。"[2]

在卫鸦看来，如果追求的是文学创作所带来的快乐，生活上简朴些并非难以忍受。在宝安31区时，除了最低限度的基本生活外，他和王十月、叶耳等人，每天的大部分时光，几乎都是用于写作和讨论文学，整个生活状态，虽与"不知有汉"很是

[1] 《卫鸦：留下一些文字更有意义》，《深圳晚报》2005年5月21日。

[2] 《我们是异端中的异端——青年作家卫鸦访谈》，《宝安日报》2006年7月3日。

相似，却也因了一种精神的高蹈而十分充盈。

2005 年，卫鸦接受《深圳晚报》记者金柱采访时说："我常这么想：到老了，挣再多钱，抱一堆存折，那也没有抱一堆样刊、留下这么多文字有意义。" 这番话，足证文学对于卫鸦来说有多么重要。

卫鸦发表的主要作品都是中短篇小说，如中篇小说：《被记忆敲打的黄昏》、《被红土串起的记忆》，短篇小说：《唢呐不哭》、《千层底》、《墓碑》等，散见于《花城》、《人民文学》、《天涯》、《中国作家》、《青年文学》、《芙蓉》、《红岩》、《江南》、《清明》等文学刊物。有作品曾入选《中篇小说选刊》、《中华文学选刊》、《广东小说精选》。短篇小说《唢呐不哭》（载《作品》2007 年第 3 期）获"金小说——全国中短篇小说大赛"优秀奖。中篇小说《被时光遗失的影像》（载《青年文学》2007 年第 5 期）获第六届深圳青年文学奖。

2009 年发表的小说有《家长会》（载《 江南》2009 年第 5 期）、《学位》（载《福建文学》2009 年第 8 期）、《烛光晚餐》（载《中华文学选刊》2009 年第 9 期）、中篇《涂抹生活》（载《特区文学》2009 年第 4 期）、《保安》（载《中篇小说选刊》2009 年第 5 期）等等。

寻找"被时光遗失的影像"

汪曾祺老先生曾说，写小说就是写回忆。

亚里士多德也说过：一切可以想象的东西，本质上都是记忆的东西。

读卫鸦小说，比较深的一个印象即为，他也是在写"回忆"。如果借用英语时态的表达习惯则是，卫鸦目前的小说大多也是"回忆"式的，背景和人物大都是"过去时态"，至少是"现在完成时"。对于这一点，他说过一段话："近年来养成的写作习惯就是不断地从回忆里掏取东西，当然，时下的一些东西也在关注，只是很少变成小说。"我觉得一个素材变成小说，需要经过时间的沉淀，让它与写作者产生一定距离感，才有想象的空间。[1]

这段话的核心，便是"不断地从回忆里掏取东西"，而这些"回忆"又大多与"故乡"有关。

---

[1] 《深圳作家访谈录》，中国青年出版社 2009 年版，第 30 页。

2005年3月，他在《江河文学》发表的第一篇小说《红米》就是关于家乡的。他介绍小说创作肇因时这样写道："红米是高寒山区的一种农作物，我故乡某些地方也有，小时候吃过，特别怀念。于是就有了那个作品。"

他在博客文章《创作谈：记忆中的村庄》里的一番深情讲述，同样是一种内心晓谕：

每每写到故乡时，我都必须像个老人那样，静坐在黑暗的角落里，从越来越稀薄的记忆里黯然回望自己的一生。那些记忆就像火花，或明或灭，在它闪起的时候，我必须像捕食的野兽那样瞬间抓住它。对我来说，每一篇小说都像时光在轮回，在我起笔的瞬间，它将我猛然扔进时光深处，有时甚至会搅乱我现在的生活。在写作的过程中，我会进入小说，并且在小说完成后的很长一段时间里难以自拔。不管作为当局人，或者是作为旁观者，对我来说小说都像是一场戏剧，它开演的同时，我不知不觉已置身其中。

批评家谢有顺曾经说过，写作是朝向故乡的精神扎根。[1] 卫鸦目前的创作，大体如此。如同他的小说《被时光遗失的影像》题目所示，卫鸦总是把自己"猛然扔进时光深处"，回到故乡，用他的文字去拾起那些在时光中遗失的人群，用记忆去抵御时光的利剑。

卫鸦认为小说中的现实元素是小说的血肉，而虚构背景则是小说的灵魂，这一切需要凭借想象力来完成。他的中篇小说《被记忆敲打的黄昏》、《被时光遗失的影像》和《被红土串起的记忆》，还有短篇小说《唢呐不哭》、《纸船》等，都是以现实与虚构之间的家乡作为背景的，然后再用"回忆"之线放飞"想象力"。

读他的小说，常须跟随他穿越时间和空间两个维度，走进虚构与现实之间的故乡：那些依河而立的连成片的木房子，每逢鬼节在河里飘飘荡荡的纸船，让人闻言色变的落水鬼……

"红土"一样"坚守"的人物

读过卫鸦不少小说之后，其中的许多人物影像，或赫然在目，或朦胧远去，其样貌既清晰又模糊。他的小说，没有刻意去作人物面孔塑型，甚至，作家在这一点上，

---

[1] 谢有顺：《写作是朝向故乡的精神扎根》，《扬子江评论》2008年第5期。

大多时候，可能是有意为之，因而常觉轮廓模糊。但与此形成鲜明对比的，是很多人物身上，都有那种“红土”一样“坚守”的性格，这令人印象至深。如《墓碑》中几十年如一日的老孔、父亲，《坚守十里长堤》中的老兵，《红土》中的卫老三，《被记忆敲打的黄昏》中的父亲和老孔，《平安夜》中的苏东，《浪淘沙》中的父亲，《老街》中的外公、父亲还有舅舅，《风筝蝴蝶》中的姚依等。

> 后来时间长了，做的好事多了，这种行为才成为父亲身上无法更改的一种习惯，甚至可以说是美德。父亲没少干这类的好事，每看到那些无家可归的路人，不管是认识还是不认识的，父亲都像个活雷锋一样，将其领回家中，当成亲朋好友来好吃好喝地招待，完了还要打发盘缠送他们上路。父亲因此吃过不少亏，也挨过母亲不少训斥。母亲经常说，别人花钱买舒服，就你花钱买亏吃，猪都没那么笨。然而父亲死性不改，继续充当着活菩萨的角色。
>
> ——《浪淘沙》

> 老兵虽然也是一副窝囊的样子，可他却一直坚持说自己是个兵。为了证明自己是个兵，在无所事事的时候，老兵就找来黄土石灰还有沙子，再掺入清水，用铁铲将其搅熟成三合土，然后不停地在长堤上修修补补，从东边补到西边，再从西边补到东边，就像架秋千一样在长堤上来回晃荡。有的时候，老兵出去的时候太阳刚升起来，可是等他回来的时候，太阳正已经落到了山的后面。老兵生命中的许多段落，就那样毫无意义地在长堤上一晃而过。
>
> ——《坚守长堤》

> 平常的时候，他从不出门，整天坐在我家院子里，在我父亲打造出来的那些墓碑上面摸摸索索地忙上半天，然后再对着一堆废弃的边角石料敲个不停。他的姿势特别虔诚，每次坐到那堆石头面前的时候，他就像是一株老树立在院子里，他的下半身几乎是纹丝不动的，上半身却在铁锤和钢錾的牵引下拼命摇晃，这就是我记忆中的那批石匠们所特有的姿势。
>
> ——《被记忆敲打的黄昏》

> 卫老三全然不顾我母亲的劝阻，继续挑着他的水桶不分昼夜地满山飞奔，没

几天就把两只脚底板跑穿了，走起路来一颠一跛，就如同是个瘸子，肩膀上的衣服也被扁担磨出了两个大洞，露出红肿得已经渗出了血色的皮肤。为了从老天爷手里抢回这些树苗，卫老三可谓用心良苦。

那个冬天里，母亲彻底疯狂了，她不分昼夜，充分利用自己的语言天分，将泼妇骂街的本领操练得无比精湛。每天吃饱喝足之后，母亲就放下碗筷，准时跑到院子里开工，像只秋蝉一样聒噪个不停，用嘴巴熟稔地操纵着各种不堪入耳的脏话。

——《红土》

刘再复在《共悟文学的人间》一文中说，一个作家有文字的偏执是正常的，因为所有成功的作家，都带有某种偏执。他们都有文本的策略，就是要把自己的观念、艺术发现、写作方式推向极致，只有推向极致才能走出自己的路来，才不会陷入一种平庸的不幸。

卫鸦小说里的人物和语言，或许就有着刘再复所言的某种程度的“偏执”。

令人特别难忘的是，这些“偏执”的人物又常常会在某个瞬间显示出难能可贵的精神品质，震颤人心。

当我们静下心读卫鸦的小说时，可能会发现，里面的人物，大多是寻常的小人物，比如《红土》里的卫老三、《悬崖》里的大孔、《千层底》里的儿子等。然而那些人物身上，却又有着特殊的、近乎偏执的坚韧与执著。卫鸦常将他们的性格推向某种极致化的境界，从中演绎他们面对生活、承受苦难的内在力量。

祖父喝酒的姿势令人羡慕，在我看来，白酒是那么的苦涩辛辣，似乎只有我祖父才能从中喝出滋味。就像父亲所赐给祖父的生活，虽然清贫孤寂，但祖父却仍然有办法将日子过得有滋有味。我觉得祖父一直都是生活的强者，在困难面前不屈不挠。

令我感到惊讶的是，母亲走进曹屠夫家里之后，我那个在我面前怒气冲冲的父亲，居然一言不发，就像什么事情也没发生过似的，默默地就把这事情挨过去了。父亲除了脾气陡变，让我和祖父同时遭殃之外，在其他人眼里看来，他就像个死人那样没有任何情感波动，就仿佛我家里从来就没有遭遇过这么一场风波。

——《被时光遗失的影像》

在我眼里，卫老三就是个不倒翁，每当遇到重大打击的时候，眼看着就要萎靡不振地倒下去了，可是摇摆几下之后，转眼间又重新巍然屹立起来。在我眼里，他就是一座山，或者是一根擎天的柱子。他调节情绪的速度之快简直令人难以置信，家中失窃的那天晚上，他比我母亲还要悲痛欲绝，一副摇摇欲坠的样子，就仿佛是被人抽去了筋骨，掏空了心肺，可是到了第二天早上，一觉睡过之后，卫老三就把所有的不快全部扔给了我母亲。我母亲还在哭哭啼啼的时候，卫老三早已经喜笑颜开，他苦口婆心地安慰我母亲，他说，想开点，不就两千块钱吗？哭也哭不回的。

——《红土》

方晓在《卫鸦的寻根之旅》一文中说："在卫鸦的小说里尽管也有风雪、苦难、误解、势利和浅薄人心，而且这些有时还占着上风，摆布着人物可怜的命运，但他总是能够在字里行间的绵长气息中透露出一些轻松、温暖、阳光和希望来。他不会做一个远远的冷眼旁观和嘲讽者，而尽可能做到与笔下的人物同呼吸，同情他们，帮他们寻找出路，绝对不会弃他们而去。"

确乎如此。

寻找"英雄"的年代

在《寻找英雄的年代》这篇小说中，卫鸦为我们塑造了一个"另类"的英雄形象。他首先讲述了一个具有传奇色彩、被神化了的英雄——王一枪。但接下来，作者则开始解构"英雄"，解剖王一枪。王一枪自己的叙说，除去了罩在他头上的所有光环。原来，这位英雄，竟然还有鲜为人知的另一面：自私、冷酷。至此，王一枪的"英雄"形象似乎已经轰然垮塌甚至荡然无存。但是，卫鸦并没有按照常规的思维逻辑演绎下去或者就此打住，而是继续描画出自己心中的英雄形象：平凡、猥琐却又不乏传奇色彩。一如他之前所塑造的许多人物形象（比如《坚守长堤》里的老兵、《红土》里的卫老三、《悬崖》里的老孔、《千层底》里的儿子、《月亮摇晃》中的李梅等等）那样，这些人物都极其平凡，甚至显得卑琐。不过，在他们身上，我们又能看到对于做人的基本良知的一种坚守，一种对于心灵原则的坚守。

读《月亮摇晃》，我们不期然与“李梅”相遇；读卫鸦的其他小说，我们则会无一例外地看到一个又一个有着明显缺点却抱着爱与正义的信念、坚守精神家园的人。虽则他们只是很寻常的小人物，但其身上表现出来的特质，却令人无法轻忽。也许就像周国平曾说的“人都是崇高一瞬间，平庸一辈子”般，那些小人物总是在某一个“瞬间”发出人性最耀眼的光芒，而这恰恰是值得人尊敬的地方。

举李梅为例。在丈夫马梁的眼中，李梅是纯粹的物质性动物，也唯有在物质面前，她才热情得出奇。“她一向都是个聪明的女人，精于算计，先是利用孩子迫使他结婚，后来又用孩子作为筹码换走了他的公司”。与丈夫离婚之后，女儿判给了丈夫，李梅带走了所有的财产。然后，她回了四川老家，很快嫁给了一位医生，但并不兑现当初的承诺：结婚之后，就把女儿多多接过去。丈夫马梁更加坚定地认为李梅是一个绝情的女人，连自己亲生的女儿都可以不要。

后来，马梁自感存活的时间不多，就带着女儿远赴四川去找妈妈。但他在小城里刚见到李梅，便遇上了大地震。马梁在被石头压到下面的那一刻——

他听到李梅尖叫了一声，他看到她像头发怒的母兽一样，条件反射似的迅速扑过去，把多多护在了怀里。

等马梁醒来的时候，他看到“李梅用双手和双膝以拱桥的姿势撑在座位上，她的身形看起来像一所结实而又温暖的房子，将多多稳稳地护在下面。然后他看到了多多，多多跟以前相比起来没任何变化，她脸色还是那么健康红润，甚至连饥饿的痕迹都没有留下，这简直是个奇迹。马梁发现多多的嘴角边似乎有血液流过的痕迹，他再去看李梅，李梅的十个手指头全都烂了”。

这时候的李梅，已经不再是他印象中的李梅，而是一个伟大的母亲。在危难时刻，掩埋在李梅心灵深处的那份母爱被瞬间激发出来，令人震撼。

我们再来看看《红土》里的卫老三：

> 伯父又拔了棵树苗，掷到一边。卫老三不再说话，举起拳头就砸，第一拳就击中了伯父的脸。伯父身躯一晃就栽倒在地上，他睁圆眼睛，惊愕地望着卫老

三。他显然不敢相信这是事实，这么多年来，卫老三都对他唯命是从，像只狗一样顺从。可是为了几棵树苗，卫老三居然在他面前举起了拳头。

卫小龙已经十岁了，可是他还没有独立生活的能力，吃喝拉撒全得由卫老三和我母亲照顾。卫老三是个粗人，自己吃饭的时候就像是囫囵吞枣，筷子胡乱扒拉两下，碗就见底了。可是给卫小龙喂饭的时候，卫老三却是那样的小心谨慎，就如同是一只老鸟在喂养自己的雏鸟。每次卫老三都要小心翼翼地把饭菜盛在一个汤匙里，先放在嘴边吹凉，然后再递进卫小龙的嘴巴，即使饭菜是凉的，卫老三也习惯性地保持着这个慈母般的动作。平时闲着没事的时候，卫老三还会像耍杂技似的将卫小龙顶在肩膀上，绕着那片果林四处溜达。

——《红土》

在这些人物身上，我们再一次看到了一种令人心悸的执拗，一种远离了狡猾、虚伪、中庸、善变的率真个性。小说主人公似乎都有着“认死理”的性格逻辑。不过，这种“固执”恰恰代表着对于善良、对于正义的执著坚守。也许这正是卫鸦所刻意经营的一种心灵表达。

卫鸦笔下那些小人物的“固执”品质，或许正在逐渐地为我们所遗忘。而令人担忧的是，健忘，正在成为一个时代的通病和痼疾。

超越现实，抚摸人性

与许多从乡村走进都市的人一样，卫鸦对于乡村和城市都有着复杂的情感。乡村是他创作灵感的重要源泉，而城市——深圳则是他现在生活的地方，也是他追寻文学理想的新起点。

相对于乡村题材，卫鸦也有一些写都市的小说。这类小说主要有：《平安夜》（载《小说林》2007 年第 4 期）、《距离》（载《文学界》2007 年第 12 期）、《蝴蝶风筝》（载《江门文艺》2007 年第 5 期）、《忧伤的南方》（载《江门文艺》2008 年第 3 期）等。其余的还有《出墙》和《溺水者》等。

卫鸦在这些小说中，通过对都市生活的细致体察，非常个人化地揭示了在市场经济转型期，人们的种种心理转变与冲突。尤其是对于城市边缘人种种微妙和尴尬之处的描绘，则完全可以视作卫鸦在文学方面的独特发现和成功开掘，像短篇小说《距离》（载《文学界》2007年第12期），即有相关展示。

对城市边缘人种种微妙和尴尬之处的细致描绘，又使卫鸦的作品寓进了用文学放逐都市抑或乡村的憧憬。这使卫鸦的小说具有了超越现实的力量。他的想象力由此可以在当下现实旧日与存在之间从容游走。

他的写作，其意并不在于批判什么现代都市病，也不在于为弱势群体代言——表达底层平民生存的艰难和不幸。他那些涉及都市的作品，关注的主要还是人和人性本身，逼视现代都市人面对种种诱惑时的选择和心理困境——边缘人身份及其行为、内心的“种种微妙和尴尬之处”。这是卫鸦相当引人注目的地方，这是一种有后劲、催人反思的书写。

的确不为虚言：他关注的始终是人，始终是人性。他自己亦曾这样说：“不管用什么样的叙述手法，用什么样的语言风格，小说的最终目的都是相同的——我们写作，是为了向读者呈现出内心深处的东西，用文字去反映人性深处的一面。”

卫鸦并且还在他的博客中说过一段话：

> 在这样一座快节奏的城市里，不管我们是身居高位，还是身处市井，我们内心的强度都是一样的。我们对情感，对性，对物质，对前景，无不忧心忡忡。当我们得到了物质上的满足之后，我们的生活可以稳定，但内心的彷徨与挣扎永无止息。

对人的内心的关注、对人性的关注，既是一以贯之，又讲得非常坦率明白。

我们不妨来看看他的短篇小说《距离》。

《距离》中女主人公“禾苗”的故事，正是从一个侧面反映了一位农村妇女进入城市之后遭遇的种种尴尬与困境。

丈夫高粱一直不赞成禾苗到深圳打工，说赚钱是男人的事，女人就应该在家好好待着。可是禾苗坚持要来。到深圳之后，禾苗闲了段时间便到高粱的朋友稻谷那里去上班了。禾苗是个很能干的女人，在短短的一年时间里，就连连高升，从杂工升为人事部门的主管了。

可这个时候，丈夫高粱却担心起来。他觉得这样下去，他跟禾苗迟早要玩完。禾苗有任何风吹草动，高粱都要怀疑半天，他觉得禾苗的升迁跟稻谷有关，凭禾苗这么一位农家妇女，怎么可能升这么快？总而言之，他内心的结，无论怎样，都难以解开。为了打消高粱的疑惑，禾苗每天都早早下班，洗衣做饭，把高粱服侍得像皇帝一样。但禾苗越是对高粱好，高粱就越觉得可疑。不管禾苗如何解释，高粱就是不相信。这样一来二去，两口子的感情逐渐开始变味。

到春节，高粱独自回家之后，妻子禾苗在深圳租了套新房，还在稻谷的劝说下添置了新的家具。她梦想着与丈夫开始美好的新生活。没想到，等高粱从老家回到深圳，两口子便闹翻了天，导火索就是禾苗刚经营起来的新家。高粱觉得她完全是浪费钱。住进新房之后，他们又因为买新家具欠下了稻谷的钱这件事而吵架。高粱怀疑她与朋友稻谷之间的关系不正常。第二天，高粱不辞而别。此后坚绝不跟禾苗见面，要离婚，禾苗不答应。

禾苗认为，高粱与她之所以会产生隔阂，是因为嫉妒。禾苗相信，等赚足了钱，把房子和车子都买回来之后，高粱与稻谷之间能够平等对话的时候，高粱也就会回心转意。她目前的任务就是赚钱，疯狂地赚钱。

禾苗工作越来越顺，还在深圳买了套房。当她决定把高粱找回来的时候，却发现他已经与别的女人在一起了。

整个故事就在这里结束。禾苗的遭遇实在是令人感叹。她的悲剧引人深思：到底是什么，让两个原本相爱的人产生如此“距离”？

《距离》刻画的人物形象，比较深刻地揭示出了人性的复杂。这种对人性内涵的触摸，也可以认为是卫鸦小说的一种审美实践。这种触摸，几乎及于卫鸦的所有作品。除了《距离》中的高粱，还有《翻越老墙》中的高粱；有《风筝蝴蝶》中的姚依和马革，还有《月亮摇晃》中的李梅，以及《溺水者》里的尹小泉、大军、苏璃等。这些作品和人物，均较好地体现了这一点。而因着这种人性的复杂，卫鸦的小说也呈现出意蕴的丰富性。

在《小说的艺术》中，昆德拉对小说作过这样的界定：“小说不研究现实，而是研究存在。存在并不是已经发生的，存在是人的可能的场所，是一切人可以成为的，一切人所能够的。小说家发现人们这种或那种可能，画出‘存在的图’。”

卫鸦不乏离当下现实比较近的作品，如《距离》、《忧伤的南方》、《蝴蝶风筝》（载《江门文艺》2007 年第 5 期）及直接写到深圳的《六指》、《红黄蓝》等。当然也有离现实较远的，如《天堂》、《被时光遗失的影像》等，这些小说既有对现实的关注，也有对人性、对存在的思考，更多的是二者的一种融合。但无论是反映现实抑或是指陈久远，他都始终在努力“研究存在”——“发现人们这种或那种可能，画出‘存在的图’”。

卫鸦常常在小说人物身上自觉或不自觉地贯注着某种思考。表现在小说中，十分典型的一面，就是小说中的论说性文字。

> 李梁想，这就是变化之中的乡村吗？他想起了镇上那些蜂拥而起的发廊，想起了流传在乡村里的花边新闻，还想起了许许多多不可思议的事情，一种难以言明的感觉便像蛛网一样将他缠绕起来了。对于乡村的这种从量最终发展到质的变迁，他不知道自己到底是应该感到欣慰，还是感到愤怒。经济发展起来之后，随着生活的富足，信息与通讯的日益的发达，通过耳濡目染之后，在那些曾经看起来是那么忠厚那么老实的父老乡亲面前，一切用道德做成的外衣都已经被撕开了。这新时代的乡村文化就像一个娼妇那样，将丑陋和欲望同时横陈在了人们的眼底。李梁不禁有点茫然。
>
> ——《唢呐不哭》(载《作品》2007 年第 3 期)

在卫鸦小说中，类似的议论有不少。我们知道，一篇小说必然会传达出作者的某种思想，这应当是确定无疑的。但是，这种思想，如果能够通过“人物形象”本身去传达，会不会更好呢？这一点，或许可以留给小说作者更多思考空间。

另外，卫鸦的小说，常会用第一人称来展开叙述。但是，这个承担叙述者角色的“我”，有时候却显得飘忽不定，比如《被时光遗失的影像》，开始是以孩子的视角来写的，但小说中的许多议论又似乎与人物身份不太吻合。

这恐怕是卫鸦今后写作需要注意的地方。

王十月论

推开任何一扇窗户都能看见蓝天

李云龙

漂泊与抵达，应该是地球上自有智慧生物以来即已存在的人类活动，并且，这种几乎可以视为永恒存在的活动现场，不同时代，都留下过令人至为难忘的文学记录。仅就这一点而言，每一时代的现场，便是一扇窗户，而人类的不屈不挠，人类的生生不息，以及人类用文学方式记录、传唱、颂扬的这种生动情景和由此展现出来的精神高度，就是能够透过窗户看见的辽阔蓝天。人类的此种活动，因其既充满艰辛，又予人希望，所以注定会世代承袭。

一个例证是，至于当下，表现出旺盛创作力的青年作家王十月（写出过短篇《出租屋里的磨刀声》、中篇《国家订单》、长篇《无碑》等大批有广泛影响的小说），沿着千百年前祖先踏出的足迹，既偶然又必然地进入了漂泊与抵达的真实现场，其生活与书写，也由此得以最终并轨。当然，我们不敢现在就断言，王十月的文学记录，一定便能因而传之久远——我们更愿意将此看做对他的一种期待。不过，我们应该有理由根据他在创作上的强力爆发，审慎地做出一般性结论：王十月的文学记录能迅速进入大众视野，这应当是我们所身处的社会突破精英化取向，艰难走向平民化时代的一种表征。

一、艰难走向平民化时代的一种表征

法国“新小说”代表作家阿兰·罗布—格里耶在接受采访时，对被人硬派成“写物作家”，曾这样大声申辩：“不。你该读我写的书，不要相信那些批评家的话。”

阿兰·罗布—格里耶这番话，同样适用于王十月。

因为，至今为止，王十月已被批评话语甚至是恶意攻讦所挟持。王十月之被人强行戴上未必合宜的冠冕，实际上见出了理论的尴尬甚至是人性的丑陋。既如此，则我们首先应该做的，就是认真去读一读王十月“写的书”，去真正打开王十月朝向精神高处的这扇窗户。

王十月“写的书”（也包括他散见于各种刊报的文学作品），收贮了城市和乡村的悲、喜、歌、哭。他的长篇小说《浮躁不安》、《31区》、《活物》、《大哥》、《无碑》等，他的中篇小说《记忆1976》、《底色》、《关外》、《落英》、《少年行》、《喇叭裤飘荡在1983》、《在深圳的大街上撒野》、《二人转》、《拯救伍中华》、《国家订单》、《白斑马》等（其中部分作品已收入中篇小说集《国家订单》），他的短篇小说《出租屋里的磨刀声》、《采花帖》、《青楼》、《童谣》、《梅雨》、《绿衣》、《夏枯》、《还头记》、《开冲床的人》、《成长的仪式》、《大鱼》、《口琴獐子语文书》等（其中部分作品已收入短篇小说集《出租屋里的磨刀声》），还有他的散文《寻亲记》、《烂尾楼》、《冷暖间》、《关卡》、《声音》、《总有微光照亮》、《小民安家》等，将他眼中所见、心中所思，将疼痛感伤和温暖慰藉，悉数倾泻于笔端，写出了乡村经验的黯然处、乡村经验的不屈处、乡村经验的闪光处，也写出了城市性格的骄傲处、城市性格的软弱处、城市性格的不堪处。正是因了王十月这种在乡村与城市骨头内部生长出来的写作，所以，对于当代文学而言，对于都市文学而言，王十月“写的书”，即意味着城乡言说的话语系统，开始做着一种有别前时的疆土扩张，因为它开辟了新的领域，择取了新的视角，展开了新的场景，投注了新的力量，启动了新的书写，赋予了新的气象，争取了新的分区，实现了新的互动。如《烦躁不安》、《大哥》、《无碑》之着意于沉稳的现实叙事，《31区》之初入玄幻，《活物》之近于巫鬼，还有王十月的中短篇小说和散文的泥土本色，以及所有这些作品透出的城市与乡村之间无法截然分开的气息交融，等等这些，都昭告着一种新的言说系统（有着楚文化的影子），在抵近都市的同时，在显示出沉默的力量的同时，也在向未来传递土地的体温。

王十月“写的书”，与这个时代最大规模的迁徙相关，是由乡村走向城市的寻梦者以“漂泊”与“抵达”为内核的生命活动的一种物质呈现，是作家王十月对城市与乡村真实得近于残酷的一种心灵拷问。

王十月“写的书”，当然还与一个以土地为原色的作家群的迅速崛起密切相关。王十月们对城乡间涌动不息的人流，有一种完全在场、堪称深入的观察体认。这种观察体认，是王十月们为当下这种世所罕见的城市用工潮奇观留下的“水文取样”。

王十月同样以这种文学的“水文取样”方式，为当下的世界打开了一扇回望风俗良劣、注目人心善恶、凝视道德厚薄的艺术的窗户。这是他献给在经济洪流中沉浮咳呛的古老民族之一份“膨胀的礼物”——“这样膨胀的礼物，这么小的宇宙∖驻扎着阴沉的力量∖产生光源的黑暗”（翟永明：《生命》）。

翟永明用诗歌言及的“膨胀”，恰恰道出了王十月“写的书”所具有的一种内质：它既是原生态又是艺术地演绎了生活潮浪的奔聚冲激，它的全部篇章，差不多都有一种由呈汹涌之势澎湃而来的细节所引致的鼓凸感与胀痛感。它所涵蕴的是生命的枯涸与润泽、不幸与幸运、弃却与不舍、放逐与抗争。它的丰沃，足以构成一个“小的宇宙”。而在这“小的宇宙”里头，分别驻扎着“阴沉的力量”（1. 因艰窘而强韧——《无碑》中的李钟如此，《夏枯》中的前子亦如此。2. 乌云翻滚是暴风雨在逼视）和“产生光源的黑暗”（再引诗人紫薇的著名诗句以作诠释：“在光明泛滥的地方，黑暗也是一盏灯”）。这种“阴沉的力量”，在王十月“写的书”中，代表的，是卑微小草之自我表达，是一种遍野生长的力量，同样也是贴近时代的一种呼号。而“产生光源的黑暗”，在王十月的作品中，则意味着一个群体内心最深的伤口是怎样地裂开与愈合、再裂开再愈合。这种反复裂开和愈合，对于个体生命而言，当然是“黑暗”，而与此同时又生出思想醒觉、理性判断与朴素书写，当然也就是在“产生光源”。

才气纵横的江西青年作家江子（曾清生），在一篇散文中作过这样的追问：什么是信念，什么是信仰；什么是苦行，什么是皈依；什么是分合离散，什么是恩仇义理；什么是慈悲，什么是爱？

我以为，江子的追问，在相当程度上触及了王十月写作的真正意旨——苦行、皈依，慈悲与爱，正是“阴沉的力量”与“产生光源的黑暗”之深层解读。

而无论是“阴沉的力量”也好，“产生光源的黑暗”也罢，那些出自王十月心灵的真诚表达，都显现了信念的高贵、生命的高贵——那是对文学毫无保留的皈依。

曾经未有任何防护、长时间接触浓度极高的苯分子，并在天那水刺鼻有毒气味中从事高强度工作的王十月，忍受着或许随时可能产生的不可逆转之骨髓与遗传损害，在流水线上，在一切浮于表层、高居上头的先生小姐老爷太太们完全无法想象的恶劣环境中，不但在用身体感知，而且在用灵魂感知，并于新世纪的门槛上，毫无预兆却又是势不可挡地以集群性作品，偕同一样有乡村背景的众多作家以集群性态势，进入了当下的文学领域。

王十月之如骐骥一跃，还有那些与王十月有着相同出身、相似成长经历的青年作家之如骏马奔腾，折射出都市新文学追趁芳菲、姿态备具的生动情形——这一情形，让人犹见满眼的绿意葱茏。

一句话，王十月们的出现——当然也不能省去他们的“漂泊”与“抵达”，以及王十月个人生活与其书写的最终并轨——是这个时代值得注意的一个重要事件，是社会艰难走向平民化时代的表征之一。

二、城乡书写的一种多维呈现与深度指陈

王十月在一个趋近平民化时代所建构起来的、属于其个人也属于整个社会的城乡书写，是一种多维呈现与深度指陈。

这种城乡书写，不是单一的“漂泊”，它有着更宽的词境，是向往破茧、渴盼新生、奋力蜕变的灵魂，在迫近与沉没相交替的进程中之自我放逐、自我救赎与自我安顿；它也不是单一的“抵达”，它有着更广的意蕴。即使是“抵达”，我们同样无法简单地目之为“由此及彼”。从文学的角度看，一切与王十月有关的“漂泊”与“抵达”——如随人至武汉等地做小买卖，如成为深圳企业的一名外来工，如被阻于南头关，如蛰伏于宝安31区经营小说等等，这些，都是急剧变革着的当下时代底层生活的多维呈现，都是城乡主客意绪、社会文化心理的深度指陈。它所进入的，是碰撞对峙与包容契合、淡入淡出与逃逸叛离等多种断裂语境。这意味着，人们已经无法依赖既有的阅读经验，来方便模拟出王十月作品中苦难与抗争等种种情状。只有通过王十月“写的书”直逼其内心，人们才能惊讶地发现，王十月式的“回望来路”（王十月语），竟是盘绕回旋、莽苍幽邃——有瘠薄土地沉重的呼吸，见浮华都市游移的眼波，疏离中存在审视，卑微中诞出高贵，从百折不回的“漂泊”，到五味杂陈的“抵达”，它以坚硬的乡村经验为基质，覆盖了高低俯仰、缠夹错杂的人性节点；它以疼痛的城市体认作载具，牵出了阴晴晦明、扭结交织的精神影像。

王十月的长篇新作《无碑》，即十分集中、典型地体现了上述呈现与指陈。

当然，解读王十月的困难在于：他的作品，在无奈“漂泊”的冰凌底下，翻滚着“抵达”的热望。但这种“抵达”，大体只是一种灵魂的召唤，是虚拟的情景，而“漂泊”才是不可改易的真实，是历尽沧桑的“此在”；“抵达”，实际上即为“漂泊”的

开始；“漂泊”与“抵达”同质。

为了能把这个问题说得清楚明白一些，我在此将“家”指定为一种抵达。具体到王十月，即是，生他养他的故乡南湖村，便是属于他的“抵达”。自然，时至今日，问题的答案，已经无需我们去另外找寻，因为它本就明白地摆在我们面前——上述“抵达”，绝非王十月内心所求的目标。虽然他最初的确涌起过类似想法，不过，末了，他还是放弃了这种乡村愿景。随着视界渐宽，他开始了人生的另一场“漂泊”与“抵达”。他不希望像父辈一样，晨耕夕止、秋收冬藏，娶妻生子、终老乡间。他拒绝一种亘古不变、简单复制的生活。

这种拒绝，至关重要，它使王十月的人生，获得了一种变局：与大多数拥有“漂泊”、“抵达”经验，却匆匆来去的乡村行者不同的是，王十月没有任由这种经验成为仅止于让父母怜惜、妻儿惊悸、乡亲惋叹的材料，而是将其与生命的怀想、追寻，与精神的洗濯、净化，交集于一处，变成胸中云海、心头天宇，然后通过生活与书写的并轨，形诸文字，变成自己作品中的“寓言与象征”。

三、“推开任何一扇窗户都能看见蓝天”

这是一种怎样的并轨？这是一种怎样的文字？这是一种怎样的“寓言与象征”？这是一种怎样的云海？这是一种怎样的天宇？

当我还在如此设置问题时，我自己的内心其实已经作出了相应判断：

王十月“写的书”，与时代进程息息相关……

他注重内心感觉。在小说映像的经营上，也力图避开一般程式，喜欢追求独特……

在他的作品当中，我听到了流水划破黄昏的寂静的声音，我甚至感觉到，他的每一部作品，“在时间冷却之前”，都有清泉滴响，而大段的文字便汹涌成河流……

不过，上面这些我认为有力量的，甚至称得上美丽的且有一定诗意的陈述，都不是我所想要的。因为，在做完大密度、大容量的阅读之后，王十月的作品，在我脑海里，只浓缩为相当直白却深藏哲思并迅速击中我心脏的一个诗句：“推开任何一扇窗户都能看见蓝天。”［胡永刚：《与青海有关的记忆》（五首），2008 年 2 月 22 日《青海日报》第六版“江河源”副刊］

不错，王十月的乡村，或许有蓬头垢面，是憔悴不堪的病弱者形容；王十月的城市，或许并不光鲜，是远离名贵的重金属质地。

但我却从中看到了一种“人文转向”：

这是关乎大地与天空之本原的寓言与象征——既忧郁，又爽朗；既灰暗，又明亮；既沉寂，又喧腾；既凝滞，又流动。我说的是《31 区》、《活物》等。

所以，“推开任何一扇窗户都能看见蓝天”。

这是关乎乡村与城市之判断的寓言与象征——乡村不是在奔跑，是蹒跚地在开步走，小心翼翼。城市充满欲望，但也心存爱意。我说的是“烟村系列”。

所以，“推开任何一扇窗户都能看见蓝天”。

这是关乎现实与历史之真相的寓言与象征——现实有朝多个方向前进的可能，但历史总是在朝一个方向前进。历史不能指认，拒绝粉饰，历史本身是诚实的。它可能存在假象，但它一定存在真相。我说的是《烦躁不安》、《大哥》、《无碑》等。

所以，“推开任何一扇窗户都能看见蓝天”。

而既然是“推开任何一扇窗户都能看见蓝天”，那么，或许随意进入王十月“写的书”便好。尽管这种“随意”在实际上即可能意味着若干解读方面的荒诞，与反秩序化倾向、与弱化理论概括倾向、与毁弃既有阅读经验倾向、与消解类型化倾向有重叠之处。

但又何妨如此一试，因为走进去才是最重要的事情。王十月“写的书”就是一种远处，而远处就是文字绵延起伏的群山，就是残雨滴衣的林间之烟霏起处，就是氤氲岚气，就是茫远辽阔的水天一色所在。所以，走吧，只是无论如何不要停留于外围，无论如何不要只绕着王十月的城邦策马骑行、浮光掠影一番，不要为这样即能看见高垣睥睨、依稀楼宇而止于城下。所以，不妨走进去，去试着推开其中的一扇“窗户”，去抬头看一看“蓝天”（这里的“蓝天”，应当就是生活与文学的本真状态）。

确定无疑，王十月“写的书”，就是这样一扇“窗户”。

如果依王十月自己的说法，则其作品——王十月“写的书”（生活与书写并轨的直接成果），是按照“烟村”、“野兽”、“困兽”系列来布局的（见《底层叙事与时代言说——王十月访谈录》《深圳作家访谈录》第 36 页：“我的写作，有多个系列。关于乡村生活的，有‘野兽’系列，主要是两部长篇——《活物》和《31 区》，有‘烟村’系列，目前由十几部短篇组成；而《少年行》则属于我的‘困兽’系列，这个系列目前只写了三部中篇，即《记忆 1976》、《喇叭裤飘荡在 1983》，还有就是这部《少年行》。")。下边，在作品的分析部分，我亦将首先按照王十月这一划分作出相应解读。虽然王十月这种划分方法或许无法真正完全概括其文学实践、文学成就，但因为这是作家的原始构想，所以，我们第一件要做的事情，就是尊重作家本人的意见。当然，在具体陈述中，我将打破由大到小的框架，并将以补遗的方式对不能不提的部分重要作品，作个人化的粗略解读。

（一）烟村系列：复杂的乡村感情

王十月的烟村系列，实际上是指数量接近二十的一组短篇小说。其主要构成为：

刊于《特区文学》2004 年第 6 期的四个短篇：《青楼》、《绝杀》、《黑白》、《清音》；

刊于《西湖》2006 年第 10 期的三个短篇：《马和驴》、《夜行记》、《童谣》；

刊于《小说界》2007 年第 1 期的四个短篇：《湿地》、《梅雨》、《子建还乡》、《驯牛记》；

刊于《芳草》2007 年第 4 期的四个短篇：《蜜蜂》、《绿衣》、《透明的鱼》、《夏枯》；

刊于《广州文艺》2008 年第 6 期的两个短篇：《汛》、《水中央》。

整个烟村系列，和王十月实体的乡村经验，有重合之处，也有背离之处。重合者多，背离者寡。它有温暖、温情、温厚的一面，也有原始、粗蛮、峻厉的一面。其中透露出相当复杂的情绪。据此，我们或可大致认定，这是作家所写人物隐于内心最脆弱的部分，秘不示人。他们的乡村经验，几乎都与城市向往紧相联系，尽管城市记忆随处充斥着忧郁、疼痛，是屐痕处处，也是伤痕累累。这里写出的，是一个时代由封闭走向开放、由农耕情境转向工商情境，二元社会转向多元社会的一地缤纷。这里涉及的是乡村始终在漂泊。作品中人物的漂泊，是一切至今还要承受别离之痛的人们那种生活与精神的常态。乡村的漂泊，没有来处。心灵的漂泊，没有归宿。而这些人物内心情绪之和，当然也就构成了作家自己的文学情绪之荦荦大端。

在这部分作品当中，我们选择《夏枯》、《绿衣》、《落英》、《蜜蜂》、《透明的鱼》作些粗略分析，试着推开那一扇扇"窗户"，看看高远的"蓝天"。

1.《夏枯》

这个短篇，写了烟村一名叫前子的男孩，怀着城市向往，有一种急欲离开乡村的梦想。但他开始即遭到来自家庭的巨大阻力。因为父亲想要他继承乡村医生的职业，前子当然很不情愿接受父亲的安排，他不喜欢背"汤头歌"（背着头痛），不喜欢父亲的职业，不喜欢生他养他的烟村。“前子觉得，烟村无边的水域是牢笼。总有一天，他会逃离这鬼地方。”然而，一段时间里，前子始终未能如愿，他被囚在这烟村，背着在他看来毫无用处的汤头歌。

而在前子父亲看来，生为烟村人，留在烟村，便是一种宿命。父亲且声言，不为良相，便为良医。前子父亲的规劝声，当然难敌前子向外的心思。

后来，前子终于向家里摊了牌。他的心飞离了烟村，他看见了他的未来（这是一个朦胧的、动荡的概念，很难寻找到一个确定的阈值）。前子的心理画图，贴近着的是虚拟的、他从未到过的陌生城市——那个遥远的深圳。

这篇小说当中，王十月借写前子，折射出了乡村怀梦的一代之内心活动。

小说以“夏枯”为题，其现实认知，实际上是突出乡村梦想的易碎。因为夏枯草生命短暂，短暂到只有一个春天，春来时绿，春去时黄。夏枯草身上是存有一些悲情色彩的。

《夏枯》的写作，见出了王十月结构小说的才能。整个故事讲得从容不迫、合于法度。

2.《绿衣》

《绿衣》讲述了绿衣、绿衣母亲（春桃）、绿衣爷爷（实际上是外公）一家人的命运。

春桃虽然出生于乡间，模样却长得很好。不过，她并不满足于过贫困的乡村生活。她的人生追求，就是要“到城里去”，因为她“不喜欢这里，这里的一切，她向往的，是另一片天地”。然而，春桃进城以后，却受困于畸形的所谓恋情——其实就是受了有家室的无良的城里男人的骗，怀上了绿衣。她想在城里找个可以依靠的人安个家的梦，也因之破灭。无奈之下，春桃只好回到家，生下了绿衣。没过多久，她将女儿交给父亲，又独自走向了城市，并在城里头尝尽沉浮起落之苦。她失去尊严地在发廊里麻木赚钱，吞咽着无数辛酸。有限的几次回家看望父亲和女儿，父亲都想把她留在身边，帮她找一户人家以托终身，而且确有一个丧偶的家境比较好的中年人愿意找春桃为妻，但春桃“不甘心”如此，最终还是告别家乡，走进了让她既爱又恨的城市。春桃和其他来自乡村的女孩一样，想用自己的苦涩换取较为优裕的物质生活，成就父辈的荣光与幸福。但春桃自己的遭遇证明，她的这种自我期许，百分之九十，是一种镜花水月。

《绿衣》是一个有社会责任感的作品，小说对乡村女性寄予了相当深的同情，表达了博大的爱意。这一点，不但体现于对母亲春桃的命运书写上，也体现于对女儿绿衣的重蹈覆辙的惋叹上。小说写绿衣，主要是从她九岁时开始写起。她性格很缠人，非常活泼，喜欢疯和野。常常揪爷爷的山羊胡子。尤其是她和母亲一样，心性高，总想着要走出这烟村，走出这片湿地（水域）。

爷爷则常为此担心，怕她不涉世事也去城里，迷失了方向。

然而不成想，还没等绿衣进城，当她的身体还刚刚开始显山露水时，就在烟村的这片水域，被一个从城里来乡下钓鱼的“叔叔”（一头色狼）—— 一个无耻的中年男人骗奸了。等到爷爷隐约察见绿衣的反常处，觉得不对劲时，一切都已晚了。最后，绿衣当然只能偷偷生下女儿“幸”。而为了遮盖这件事，爷爷把幸交给了春桃，并对外宣称，幸是春桃生的孩子。绿衣后来也离开了家，去了母亲所在的城市。而母亲春桃，在女儿进了一家工厂以后，终于放弃了原来在发廊的可疑职业，和女儿一样，做了外来劳务工。而幸在爷爷家里，也开始用幼弱的生命划出与童年绿衣一样的生活轨迹，无忧无虑，天真烂漫。不过，这个没有父亲的孩子，也没有母亲呵护的孩子，到底会不会继续重蹈春桃、绿衣的覆辙呢？小说家并没有在一个容量有限的短篇中作出任何明确的交代。但是，由春桃始，然后继之以绿衣，这种恍如宿命的人生悲剧，谁能保证，到了幸将要成年或者成年之时，就不会再发生了呢？

《绿衣》的整个篇章，有一种回环往复的沉重音律在旋绕——就像是一场周而复始的梦。这个梦，生着黑夜的翼，不容抗拒般君临天下。破灭之后，又冒出一个新的，似乎永无穷期。对于幸来说，未来情形是难以预料的，或许，转眼间，“春天就真的又到了”，而春天，竟是一种充满诱惑的巨大危险。

王十月在这部小说里，至少涉及了两个重大问题。一是乡村女性的青春安全，需要得到全社会的共同关注；二是乡村留守儿童的健康成长，需要得到国家层面的切实关怀。

时代与人物命运这样的主题设置，使这部小说，获得了更宏深的内涵。

3.《落英》

《落英》所刻画的主要人物，是落英老师。

落英老师是烟村最标致的女人，很爱花。在文化和语言上，她给古老烟村（代表了中国广大的乡村）带来了新的气息、新的面目、新的思维。她在生活观念、审美眼光、外在行为上，都力图有不同于乡村的表述，比如说普通话。父母因此很犯愁——“这孩子，心性太高，不该生在农村”。

这几句话，实际上暗示了城乡间文化的距离、地位的落差——落英生得标致却因为乡村身份而花自飘零。而由此扩展，花自飘零，当不仅可指女性的遭际，还可延伸到许多方面。

不过，这篇小说还留有一些遗憾。读《落英》，觉得在对邱林、悦灵的人物处理方面，稍嫌弱一些，像是强行在将篇幅拉长，使人物陷入画图尺规中。整个《落英》，也因而显得有些局促，欠舒展。

4.《蜜蜂》

《蜜蜂》是一个较深入地直接触及烟村人性格的作品。

小说整体的明暗色调，运用得非常好。有心理的明暗、景致的明暗、言语的明暗、命运的明暗、行为的明暗、人性的明暗。里头既有碎裂的、脆薄的部分，又有光亮的、耀眼的部分，有着双重意味。

其宽厚的又带着隐喻象征的书写方式值得注意，个中体现出的是驳杂的烟村性格。乡邻们有包容大度与古道热肠的一面，比如帮周围找盖起了两间小土房；虽然周围找不是大人物，也能对他既亲且热。但烟村也有狭隘饶舌与工于算计的一面。这里显出的，是烟村厚道与狡猾的两面性。

小说以放蜂人周围找的故事为核心，写出了乡村生活的不易。主人公周围找，自己绝不说来历。他腿不好使—— 一条腿长，一条腿短，走路一翘一翘的，因此他总爱说烟村的路不平。这当然是周围找的一种自我调侃，是以此作一种特殊的自我疗伤。其中约略透出了民间智慧与生命的一种韧性——用自嘲的方式，消解苦难与沉重，让生活变得相对有诗意一些、安然一些。对放蜂人的这种细节描述，成为小说诙谐、幽默、轻松的敷彩设色的特征。

尤其是小说家写周围找在漂泊的生活中安妥灵魂——能随遇而安，如此处理，使其书写获得了一种多样性、弹性或曰张力：乡村不仅只是漂泊的灵魂，而且同时也是坚韧的灵魂。这一点，在中年的周围找身上展示得最为充分。其时的周围找，手上多了一根棍子，身边也多了一个女人——周家婶娘。棍子的一端在周围找手上，另一端在女人的手上。周围找牵着女人，在烟村走来走去。成了一道独特的风景。这里有辛酸、感叹，也有抚慰、释怀。

周围找的生活，在小说当中，引人沉思——真实的色彩不是单一的。周围找所在的烟村既活在王十月的作品中，也活在现实中。

小说写周围找每到油菜花开的时候就来——油菜花开花谢，就是他的来时与归期……烟村人少见放蜂的，很好奇，却又害怕，那成千上万的蜜蜂，每个屁股后面都带着枪，被扎上了不是闹着好玩的。

这里出现的烟村，是王十月与现实几无差别的烟村。

而写冬天的蜜蜂，则楔进了人生对漂泊不定生活的猜想。小说家写到这，用了问与答的形式，实际上也就是在通过文学的方式，在将生活与书写，作一种特殊并轨——蜜蜂去了什么地方了呢？有人说是去温暖的南方了，有人说躲进了泥里，还有人说，蜜蜂的寿命就那么长，两三个月，它们的生命就走到了尽头。但孩子们宁愿相信蜜蜂去了温暖的南方。

这里出现的烟村，是王十月与现实并行的烟村。

其中带出的南方意象、城市意象，以及乡村经验的多样性，又更多地属于画图中的烟村。

小说写得相当用心的还有周家婶娘。从邻人向周围找发一声问起，从“哎，你的媳妇子姓么子”这样的话音落地起，周家婶娘就走进了烟村人的生活当中。她长得周正。虽然眼睛不好，但会过日子，心地善良，而且勤快。做饭、洗衣、喂猪，屋子收拾得干干净净，菜园侍弄得也很好，菜园里的菜总是吃不完。有邻居来串门，她就很高兴。后来，她因心肌梗死而离世，引起烟村人的一片唏嘘。

蜜儿是周围找、周家婶娘夫妻俩在幸福桥头拾来的孩子，她是周家婶娘的心肝肉儿。

捡女孩子这一笔，是非常好的安排——这个细节，虽有令人心痛的东西，但却能见出小说家对于乡村的一切，绝无疾言厉色与大张挞伐，更没有存心侮弄与羞辱。其中让人长怀心底的，是一种热力，一种爱与痛相缠绕的感情。尽管沉重多于舒缓，但周家婶娘捡回蜜儿的举动，以及她讨米要饭也要给蜜儿治病的言行，显现了母爱的最平淡处、最琐屑处，却也是最动情处、最迷人处、最灿烂处、最金贵处。

由此，周家婶娘和烟村所代表的艰难中的美，令人竟日怀想。

5.《透明的鱼》

这里没有暖色调的乡村、冷色调的城市之类的指斥。《透明的鱼》没有写乡村败坏城市的胃口，也没有写城市欺凌乡村。这篇小说不是为了抹黑，不是为了将城乡作一种二元分割。

小说的语言是机智的、多彩的、典雅的。景色描写，极有特点：冬季，绿失去，湖却一日日白亮起来，那种亮并不耀眼，也不张扬，亮得含蓄，亮得平和，冬季是个不事张扬的老人。

大自然“哗”的一下，又收了起来，收得干干净净。像张开了一柄花纸伞，张开一个绿亮如泼的烟村。再“哗”的一下……

由这些内容，我们可以大致看到，烟村人和其他地方的人有同的一面，又有不同的一面。其他地方的人勤劳本分、有着闲不住的热情。而烟村人也勤劳，也节俭，但却把日子过得精致安妥，过得悠闲从容，一副自得自足、悠然怡然的模样，天塌下来有长子顶着，做得好不如做得巧。这就是烟村人的生存哲学：有那么一些随遇而安，有那么一些消极懒散。

这些细节的攒集，使这部小说的生活气息显得非常浓烈：如烟村人聚在一处讲古，如烧糌粑，如众妇女在孝儿家用鼎煮剩菜饭、喝酒；如妇女们由戏谑而郑重其事，张罗着要母亲为小小的孝儿与小小的马桂花定亲，如雪中捕鸟，等等，无不营造着一种宁静氛围，而孝儿雪天学大人去河边捉鱼，则又别有气象。

不单是上面提及的这几部小说，实际上，整个烟村系列的写作，从骨子里，都体现出了王十月对于乡村生活的牵挂、怀想，以及对其未来走向的一种思考。这是王十月在生活与书写实现并轨时，向乡村所表达的一种感恩之情。

(二)“野兽”系列：隐晦的乡村叙事

“野兽”系列，是借助变形以作反讽的一种叙事方式。这是王十月之生活与书写并轨的一种非常规样貌。

这个系列，作家自己曾有过相应划分，我们可以据此大致归结为两点，一是该话语系统主要的书写对象当是乡村；二是，这一系列，非为“烟村”系列的单纯明快意象，而是借寓言、玄幻等手段，作乡村现实的深度摹写，并进一步从这一平台出发，讽喻世象，指陈得失。《活物》和《31 区》，正有此特点。

1.《活物》

《活物》是王十月有一定深度的乡村书写。它放弃了平易的小说叙事，转而采用奇幻方式的笔墨描述，这是王十月在完成生活与书写并轨过程中，所着力经营的一部面貌独特具有玄幻色彩的长篇小说。

这部小说没有追随传统方式，而是直指乡村暗处。它所讲述的是发生于白家沟的荒诞故事。

在地理坐标上，《活物》当中的白家沟只是虚拟所在。不过小说所承载的，却是千疮百孔的人性沉沦的主题。另外，作家写这部小说时，并没有用一般的价值判断方式去对世事作简单的正负量度。其中角色，大多远离人为制造的社会定位——也就是没有从明面上分区标定绝对的好人与坏人、是非和对错。但所有与之相关的判断，都隐于细节背后，都是通过细节来表达，通过细节来完成。而且，整个故事，其人物的日常行为与境遇结局都有某种不确定性。小说大量使用隐喻、象征的艺术手法，已经超越了一般的文本蕴含，其藏在小说内部的忧患意识，震撼人心。而整部小说的背景，则时时都在现实与幻景中或平移、或交叠。

（1）人物与乡村暗处

《活物》的人物与乡村暗处，有着不可分割的联系。人物使暗处波澜渐生，暗处使人物本性尽显。如小说劈头所述，即是白大迷糊的儿子白夜丢了——这是事件的开始。而村长白大迷糊只是象征性地派了村民白富贵、白银花找了三天。当然，这两个找人的人，并未尽心尽责去找白夜，而是睡到了一起。这是通过人物的敷衍、不堪来表现乡村暗处。

在人物设置上，略举马角、郑小茶、白大迷糊为例。

① 村民马角。马角发现了抱在一起睡觉的这两个人，要去告发，以图立功。后来，马角果真将这两个人告到了白大迷糊处。白大迷糊追问这一男一女，结果白富贵一言不发，而白银花却不害怕，称希望在梦里得到启示。白大迷糊问有没有什么线索？白银花说，我们睡了三天三夜，梦见了一只蝴蝶，本来就要得到启示了，“可是，这个该死的可恶的让人恶心的马角，却在这个关键时刻把我们弄醒了。我要求严惩马角。在咱们白家沟村，什么时候轮到一个小小的马角来对村民指手画脚、说三道四”。立功心切的马角反而因此落了个百般不是——整个白家沟的伦常失范、人妖颠倒，于此可见一斑，而作家的批判立场，亦能由此大略地探知一二。

为表惩罚，白大迷糊立即对马角说：“从今天起，你的工作就是寻找白夜。不寻到白夜你永远也不许回到白家沟村。”

马角无奈领命，背上道情渔鼓就离开了白家沟村，去寻找白夜去了。马角这一去，几乎完全没有了音讯，没有人知道他是死是活，直到他经历了很长时间找到白夜后回来止。

马角被硬赶去寻找白夜，白大迷糊勒令马角寻不着人不准回白家沟的情节，透露出了白家沟的暗处正在于村民只能听命于他人，个人的去留存殁等只能由别人来决定。其生死，白家沟人是可以不管的，但无论是服从还是屈从甚至盲从，却都必须绝对照办，不容有半点违抗。所以，马角在没有找到白夜之前不能返乡，实际上反映出了白家沟一般村民之生存权的倍受损害，反映出了白家沟乡规之野蛮凶悍，反映出了乡村生态之冷硬荒寒的一面。

② 村长妻子郑小茶。郑小茶是个花一样的女人，是村里最水色、最风情的女子。据说她最少和村里二十个男人有染。自从儿子丢了以后，她就衣冠不整，不吃不喝，不久就变得神一出，鬼一出。白天的郑小茶还是好的，还是那样逢人说人话逢鬼说鬼话，可是一到晚上，就幽灵一样在村子里到处飘，到处飘也还罢了。她还唱，唱那首在白家沟广为流传的《十月怀胎》，唱得凄切得很，她却浑然不觉，别人给说穿了，她自己便连忙否认。有人说她疯了，有人说她梦游。以村长等人为首的老成派指她疯了，少壮派则坚持说她是梦游。

这里的笔锋所指，已经不是简单的乡村人物关系，而是另有所涉。在这样的语境中，郑小茶是疯了还是梦游，显然已非其个人私事，也就是说，郑小茶的疯与否，本身并不重要，只不过因为它已牵扯到权力生态、利益布局等，所以，判定她到底是疯了还是梦游，这时即具有了压倒一切的意义。也正因为此，甚至楚州方面也被惊动。这样的细节所暴露出来的乡村暗处，仍然在于乡村的权力争夺。

③村长白大迷糊。首先，白大迷糊在许多事情上都非常迷糊，包括儿子像谁这样的问题，都可以一概迷糊。不过，举凡涉及权力运作之类的事情，他却又绝不迷糊，而且颐指气使、盛气凌人、不可一世、大发淫威。这些细节所描画出的白家沟之权力生态，寓意深刻。

其次，还有一个细节也令人沉思。白大迷糊听了白银花的提议后说：好，这个提议好。那么白银花，这个任务就由你来完成吧。此后，“村长打了个长长的哈欠，他著名的迷糊劲上来了。村长的这个哈欠打了足有一分钟，哈欠感染了在会场的每一个人，大家都感觉到了困乏。白富贵说：村长……村长倒在桌子上呼呼大睡了起来”。这里显出的乡村暗处，实际上就是人浮于事、无所用心、用人失察、人心涣散。

(2) 迷思与乡村暗处

① 派系迷思与乡村暗处。按照白家沟村祖上留下的村规，村长的人选不是终身制的，村长随时要接受后来者的挑战，而有资格取村长而代之的，必须是村里最会做梦的人。也就是说，因为闹不清楚郑小茶是疯了还是梦游问题，白家沟村因而顿起争执，村长的权威由此受到了前所未有的挑战。围绕这一问题，两派人物之间的争斗越

来越激烈。眼看着要争得你死我活时，事情却突然起了变化——在整个斗争暂时无果的情形下，为了确保权力不致旁落，最后，大家竟然一致通过了白家沟村村委的一个决议：申请由白家沟村的上级行政机关楚州州委派一名医师来鉴定郑小茶是疯了还是进入了梦游状态。电话打到了上级机关，很快，上级就给了答复，说将派出一个三人工作组到白家沟村来，是一个医师，两个助手。在电话里头，上级还充分肯定了白大迷糊的工作。不过，奇怪的是，医生和助手上路三天了，还没到。

这一情节，引出的正是派系迷思。这种两派间的争斗，本已将白家沟闹得天翻地覆，但是，在对权力是好东西、权力需要经营这个问题的认识上，白家沟争得死去活来的这两派却表现出惊人的一致。所以，为了权力，两派居然可以暂时妥协，这也是白家沟权力生态之又一奇特现象。王十月关于乡村暗处的曲折表达，已经越出了狭窄的地理意义之相关指涉。

② 黑室迷思与乡村暗处。白折腾一直在见不得人的密室里谋划，要将白大迷糊把持的村广播站夺过来，将白大迷糊推翻。

谋划于密室，本是古已有之的勾当，白折腾居然无师自通，而且运用得无比娴熟，甚至还能格外留心于喉舌的巨大影响力，白折腾真可以算是乡村天生的权力怪胎、权力怪物了。这一情节，令人凛然生出惊惧。白家沟若果只有阴谋，则如马角之类的普通村民何以生存?

(3) 细节与乡村暗处

① 与白夜身份相关的细节。马角历尽艰辛，最终找到了白夜。他与白夜一行三人，回到了白家沟。由于白家沟村才与楚州方面通过电话，楚州州委已明确地说会立即派三个人来白家沟，而现在，白夜马角等正好是三个人，所以，大家认定，白夜他们就是上级派来的。白夜于是理所当然地就取代了白大迷糊，并开始行使村长的权力。但是，正当白夜在思考如何处置白大迷糊、白折腾几个人时，又有三个人手持楚州方面发来的信函，信函称，此时来的几个人便是白夜医师和他的两个助手，也就是由上级派来的，村长权力的归属，均由手持信函的这几个人中叫白夜者根据调查结果定夺。一时间，小说端的是显得扑朔迷离。

结尾处的这一情节设置，将真正的白夜与白家沟人弄得一头雾水。而真正的白夜，此时，正在失去他原有的身份，并被另一个白夜取而代之。这种荒诞变形的小说写作，里边其实藏着很深的东西。这里的真与假，正见出尘俗投影：乡村暗处。

对于马角而言，白家沟是一个被噩梦纠缠的地方。而走出白家沟，就是在投奔自由。不过，马角最终还是与白夜回到了白家沟，这里也隐约道出自由的虚妄。并且，白夜最终都不知道自己应该算是什么人。与生活拉开距离的这类陈述，如果我理解得不错的话，应当是折射出了乡村身份的尴尬。

而白大迷糊不知道儿子白夜长得像谁，则真是够迷糊的。作者在这里，也显然同样不是为了展示一种完全真实的心灵认知。

换句话说，以传统的胃口来消化这样一个故事，是不大可能的。这是一部与正常叙事伦理相悖的小说。真正藏着的是乡村叙事背后的东西：乡村暗处。

② 关于灭蛆运动的细节。白家沟因为污水横流，蛆虫乱爬，许多村民烂起了脚丫子，这使得整个白家沟村村民需要各人自杀门前蛆（小说所写的灭蛆运动细节，真实含义当然不是如字面上所示，而是意在言外，蛆的意象，实在有很深的隐喻——虽然在《活物》里，蛆还是蛆）。

为了灭蛆，村民们想尽了办法，有的村民甚至跳进了粪坑用网筛将粪水筛过了一遍，可是检查时，还是有八成村民的粪坑里有蛆虫，罪不责众，白大迷糊也只有作罢。但这种没有多大成效的灭蛆运动，却带来了一个严重后果：村里烂脚丫子的人一下子又多出了一百多人。村民们见面问候的第一句话已由那句沿用了几千年的“吃了没”变成了“烂了没”。

小说在这里蕴含了非常特别的内部隐秘。其所揭出的乡村暗处，当为人心的缺乏疗治。

(4) 无法仅仅报之一笑的隐晦表达

上面所引的《活物》当中一句“烂了没”的问候，实在是带着黑色幽默意味的一种表达，是又一种非物质方式的生活与书写的并轨。由此，我们不难联想到时兴的“换了没”这句带着调侃意思的话。这在事实上，已是明白晓示，公众话语已经丢弃了固有模式，而反传统、反崇高、反理性或已成为时尚。此类看似俏皮说辞的背后，其实站着铁青着脸的公序良俗，是社会认知在宣读判词或曰在作无情告示——整个传统正被或已被消解。

白家沟的烂脚丫子病，可以有非常宽泛的定义，隐匿着许多种可能性，是能让人产生丰富联想的一种表达。那已经不是医学所指的单纯的某种疾病。

这种隐晦表达，赋予了《活物》超越一般乡村书写的意义，使其有了更重要的价值。

我们可以回头看一看白折腾的四处游说——白折腾称是白大迷糊决策的失误，才导致了村民们这么多人得了烂脚丫子的病。一时间村民们都很有意见。村里两派势力之间的裂痕则更加深了一层。

这当然不是简单的是与非的较量。小说家其实是借这一情节在更大范围内作一种象征与取譬。这种隐晦表达，无法让人仅仅报之一笑。

（5）新的话语系统

《活物》看似满纸荒唐言，却别有深意。这是一个迄今未被广泛沿用的叙事架构。是新的话语系统。

显而易见，王十月在这部小说中，不是为了讲故事而讲故事，他是在经营一种其实本质上不属于现世的写作方式，这种写作方式与心灵或曰精神相关。内部是迷途、谵妄，是升腾着的变形游走。

《活物》所构筑的现场，远非小说当中真实出现的白家沟，这里的白家沟，兼具真实与玄幻意味，是真中假、假中真。花子与白夜（此二人——花子与白夜，有时候会让人产生共体错觉，这种表达与白夜被别人所冒一般，同样不可思议），一样都是在寻找真相，但真相始终很远。这是中国小说里边，从未出现过的一种似是而非的人物、结构，一种迷思，一种头绪纷繁复杂的表达。

马角与白夜的非现世经历（五显庙、坟墓、桐花、梨花、像六只大公鸡的绿衣人），在这部小说的第二板块中，成为网状结构当中的核心。白家沟的现世经历，与马角与白夜的非现世经历互为表里，是一种对比、穿插、切割，又是一种交织。而无论是白夜（追寻真相）、马角（逃避现实，宁可流浪）的非现世经历，还是白家沟的现世经历，都在各自的语境当中构成一种隐喻。王十月生活与书写的并轨，便因之呈现出一种特殊形态。

2.《31 区》

（1）烟笼雾锁的小说叙事

《31 区》讲述的是盲女孩玻璃的故事。小说以玻璃做梦开头——这是一种直接入题的方式，它省略了繁冗的过程描写，有散文气韵，集多种感觉、多种情绪、多样心理于一处，主体隐含着突围的元素：“冬天的夜晚，盲女孩玻璃做了个梦，在梦里她坐船去到了一个遥远而陌生的地方，醒来后，盲女孩玻璃就走在了 31 区的街道上。玻璃并不知道她到了 31 区，清晨的 31 区，街道上还没有别的行人，几盏年老的路灯，苟延残喘地发出清白的光，迎接着盲女孩玻璃的到来。路灯的光把玻璃的影子拉得时长时短，花里胡哨。玻璃透明的皮肤在路灯的映照下，像一团雪。她的手脚冰凉，像是被寒霜冻过的树枝。”

然后，小说向“玻璃停在了纸货铺门前的街道上”这一情节推进——其中出现的街道，已经被抽象化或者说是高度虚化了。就像近镜头电影画面里头虚化的背景。这种写法，同样避开了琐屑的景物描写，省出笔墨集中写玻璃与纸货铺老板马有贵夫妇。这是一种牺牲闲笔的写法，这对表现人物性格，有一种强化效果。小说家对于重点细节的强化与对节外生枝内容的警惕，说明他在结构故事方面确实是才情沛然。

这部长篇小说，灌注了生存的渴望，传递着灵魂的召唤。

其象征意味相当强。小说漫溢的迷惘困惑与消解，自玻璃的一句问话中透现了出来：“奶奶，为什么人到了31区就化成了一股烟？”玻璃提出的这个问题，形成震悚，让人凛然一惊。而我们，似乎也由此感到了31区陌生气息的湿浊而迷幻，并与小小的玻璃开始有了一种休戚相关的内心呼应。

在其后的深入阅读中，我们的心已经与玻璃紧密相连，有一种担忧攫人魂魄，仿佛有无数的幽灵随时会从某个方位钻出来，向玻璃伸出冰凉的爪子。但盲女玻璃并没有感觉到害怕，她感到的更多是新奇，虽然这陌生的气息中危机四伏。

盲女玻璃其时不知道，她走入了渴望已久的31区。但是，她渴望已久的31区，就是人也会化成一股烟的所在？竟是一切都无声无息、没有晴暖、没有质感、没有可以相握的手、没有可以倚靠的肩、没有心灵温度的所在？处于这样一个所在，命运将会以什么样的方式迎接她的到来？在一切都属于未知的时刻，玻璃来到了这样一个阴森的世界，令人揪心。

后来玻璃就开始做与31区有关的梦，玻璃梦里的31区是黑暗的，到处飘荡着一种古怪的气息，31区的人说话的声音都很遥远，她在31区还见到了奶奶，奶奶和很多的人在说话，奶奶说话的声音也像一股烟。

这种小说文字本身就是烟笼雾罩，让人生出世事怪诞死生难论的沧桑慨叹。

（2）悄然无声的细节推进

《31区》在情节的构建上，保持了王十月一贯的风格，即绝不虎头蛇尾，绝不轻易放过。往下，我们可以看到，关于31区的梦醒了之后，盲女玻璃开始感觉到了烟的存在，那是一种不会发出一点声音的东西，而且没有气息——这是王十月极为敏锐的地方，“烟”在小说里被作家本能地紧紧抓住，并一再顺着烟，引动书里的人物与事件，沉入后续的小说结构中：对于不会发出声音和气息的东西，盲女玻璃都怀有一种本能的警惕。声音对于她来说，就是一个具体的物体，她通过声音来感知身边的世界，她凭气息来感知安全或者危险，感知一个人对他是否怀有恶意。她的世界是由声音和气息组成的，没有颜色，也没有形状。对于无声无息的东西，玻璃觉得它应该是类似于奶奶讲过的鬼一类的东西——沿着烟下来，就这样，小说几乎毫无人工痕迹地悄然到了新的场景内部，这也是“无声无息的东西”。此足以见出王十月心思的细密。

（3）一语传神的心理刻画

小说家写盲女玻璃的心理，一样堪称出色。除了上述与烟相关者外，王十月写玻璃内心的寂寞，即使仅用了一个比喻，也是入骨入髓。作家写道：奶奶走后，玻璃开始陷入了一种无边的寂寞之中，这种寂寞像一只可怜的小蚂蚁爬过她的心尖。

“寂寞像一只可怜的小蚂蚁爬过她的心尖”——这样的描述，确实是一语传神。

（4）“杀机顿现”的文学讲述

我们再看此后小说家如何提振相关的内容：唯一的那个愿同她说话的人（奶奶）走了，玻璃从此失去了可以对话的人。虽说奶奶经常是那样地不耐烦，经常地指鸡骂狗，甚至经常趁着没人时在她的屁股上、背上，在一切不容易发现的地方掐她。奶奶每次掐她时都咬牙切齿地诅咒着，奶奶的诅咒含混不清，也不知是诅咒玻璃，还是诅咒玻璃的母亲，好像都有，有时还诅咒玻璃的父亲。奶奶的诅咒是经常的，奶奶好像生活在诅咒之中。

这种关于奶奶的讲述，当然还是为了突出玻璃的寂寞。尽管奶奶不停地诅咒，并对玻璃说“把你丢到三十一区去，让鬼吃了你”。尽管如此，玻璃还是始终如一地爱她的奶奶。因为她的奶奶，“是唯一还和她说话的人”。小说家用这种几乎令人绝望的表达，彰显出小小玻璃的寂寞之深。但是，即使已经写得如此残酷，王十月竟然还没有收手的打算。他还在牢牢惦记着要怎样将人的心脏揉得粉碎。

“弟弟是个很漂亮的孩子，据说他的眼睛像天上的星星一样明亮。每当母亲在邻居的夸奖声中陶醉时，玻璃都静静地坐在一边，没有人注意她的存在，没有人在乎她的想法。她是一个被遗忘的孩子”。这里的众声喧哗，不也是在磨眼里磨碎玻璃的心？

不是戛然而止于此，不，小说家王十月这时候已经动了“杀机”，他必欲将读者的阅读痛感赶到万丈悬崖边上，必欲逼其纵身一跳，必欲让人无限哀伤而后快。

王十月举起了闪着寒光的利刃，他是用刺刀在写作——在别人谈论弟弟的漂亮聪明时，盲女玻璃开始知道了，别人的世界和她的世界是不一样的。别人的世界里有红的花绿的树，有蓝天，有白云，还有星星。玻璃无法想象这些东西是什么样子的。她的世界里只有声音和气息。一些被人们忽略的东西，组成了盲女玻璃的世界。

在读这样的一些文字时，我们还能做些什么？我们大约只能发一声叹息，大约只能听任这些像刀锋一样锐利的文字直插自己的心脏。

而玻璃小小的寂寞的心，只剩“一朵花开放的声音，一朵花凋谢的声音，一只蚂蚁的歌唱，一只蝴蝶的尖叫……”

这仍是一种隐晦的表述，也是一种苍凉的表述。在这样隐晦而苍凉的表述面前，31 区愈加变得像这座城市裸露的感觉器官。

令人惊叹的是，王十月将细节与小说核心做了很好的接榫，确乎是“推开任何一扇窗户都能看见蓝天”。

而他即使是运用变形手法，玄幻手法，也一样能让生活与书写实现并轨，这的确又是王十月的过人之处。

（三）困兽系列：灼热的乡村渴望

困兽一语，道出了王十月的乡村之难以遏制的出行渴望，这是一座可能随时会喷发的火山，而灼热的岩浆正在地底翻滚。这是王十月实现生活与书写并轨的积极助力。

王十月将《少年行》、《喇叭裤飘荡在 1983》、《记忆 1976》列为“困兽系列”的三个已完成作品。我们则不妨据序对《少年行》与《喇叭裤飘荡在 1983》作些难称妥切的分析。

1.《少年行》

这是非常准确、精当地绘写了乡村少年心性的一篇小说。整个人物与情节，后来在王十月的另一部长篇《大哥》中，均能约略见到——当然，长篇的小说叙事与形象描画，则因篇幅的扩展，内容要厚实得多。

《少年行》写了一个乡村少年群体，这部小说的主要人物，有西狗、四毛、赵大伟，还有就是刘小手，自然还有“我”。“我”叫王红兵，成绩不好，被劝退而辍学。父亲便罚他做农活割完秋庄稼。而到农闲无事可做时，父亲对他也只能放任自流、听之任之。结果，王红兵东游西逛，和上面提到的伙伴，惹了众多麻烦。

这伙少年的主要活动场所是刘小手的小手理发店。刘小手、王红兵、西狗、四毛、赵大伟，都正处在青春的敏感期、躁动期、迷惘期，是多事之秋。虽然不是十恶不赦之徒，但却经常有些出格举动，被人目为“烂柑子”，成为了叛逆少年、问题少年。这伙正走向青春萌发季节的小子，常常坐在发廊门口，对着过往的女孩打口哨，大声说些下流话；他们有自己的偶像——四大杀手。而他们自己也赫然位居“五鬼十三妖”中的“五鬼”之列。

他们渴盼爱情。但是爱神并不青睐他们。他们所拥有的乡村爱情经验，就是给那时的当红女歌星写情书，或者去讨从不正眼看他们的长辫子姑娘的欢心，并为此亦喜亦忧。而对于王红兵而言，乡村的生活哲学，则无比朴素，也从不拐弯抹角。男女双方，唯一可以产生对等或不对等关系的，就是到底是红砖房还是土砖房，能否得到姑娘的爱，只能取决于此。

当然，最终，这伙少年在略略收回心性后，开始真正有了一种强烈的乡村向往——向往城市，向往外边的世界。他们将刘小手理发店更名为“深圳发廊”，以此表达自己内心的热度。

《少年行》里的人物，每一个都个性鲜明。比如极讲义气的西狗，比如鸭司令四毛，比如王红兵满怀激情充当给红遍天下的女歌手写情书的主笔（其实是由《简爱》中照抄爱情表白）。“我”（王红兵）贸贸然跟心仪的姑娘搭讪，却招来一声“有毛病啊”的怒斥。但他不死心，并破天荒地去晨练，为的就是能在自己热爱的姑娘经过时，看见她，换来她的一回眸，甚至是不经意的一瞥。可是她根本就没有朝“我”看一眼。但这无所谓，对于“我”来说，能见到她，“我”就感觉到无限的幸福与满足——这是多么纯洁无瑕的爱情，又是多么青涩与不可思议的爱情，这就是王十月笔下的乡村爱情。

后来，王红兵知道姑娘出嫁的消息，尝到了失恋的滋味，并承受了还在后面的更大的打击。

《少年行》这部小说的意义在于，它是一种非常真实、四散辐射的书写：对乡村少年的心绪与现实处境，深怀着人文悯恤。

较之以烟村系列，《少年行》所勾勒出的农村氛围是死寂的，是压抑的，是让人窒息的。王十月在他的小说中，力图向读者传递这样一个信息：小小少年，如果没有梦，那么，他们就会在乡间默默老去，但他们又不愿意像父辈一样，不愿意在乡间默默老去。所以，对于可能要在乡村一直沉寂地生活，他们发出了呐喊：“可是我们不甘心这样，我们不想过这样的生活。”而现实又似乎总是那样冷冰冰的，“处在青春期尾巴上”的这些少年人，心里无限迷茫，又无可奈何。“不过这样的生活，我们又能过什么样的生活呢？”他们无比苦闷，而因为心中的苦闷无处发泄，于是，“我们聚在一起，我们搞恶作剧，偷鸡摸狗，被人厌恶，是人见人憎的不良少年，是大名鼎鼎的烟村五鬼”。而这一切反社会的举动，所隐藏着的，其实便是对春天的渴望。

王十月在《少年行》里的写作，是由乡村少年的迷惘深入到了世事沧桑。这里有一个重大命题：题材的变化、心理的变化、视角的变化。而最重要的是，它道出了乡村（不独是乡村少年）埋藏最深的内心隐痛——失去身份、失去更多可能、失去平等的工作机会，变成塞万提斯《堂吉诃德》里头的“愁容骑士”（“愁容少年”），永远摆脱不了诱惑（来自空茫天际，来自云端的诱惑）。

王十月的乡村进入了梅雨季节。我们的心情也像梅雨一样，是灰暗的、阴沉的——四毛最终成了指挥鸭群的“司令官”，被称之为人的动物，却渐渐退出了人的视野。“在他的世界里只有鸭子”。他后来被人撞见并指认“强奸一只鸭子”。这时候的四毛，真的不正常了，他领鸭子打仗，可确证他疯了。但悲剧还没有结束，四毛在花样年华——不，花还没有真正绽放，更不用说盛开，还没来得及好好看看这个世界，没有好好看看这个据说无限精彩的世界，他，他就死了……从某种意义上来说，四毛是被这令人窒息的乡村谋杀的，是被一种不公谋杀的，是被一种冷漠、斜睨、鄙夷、无视、拒斥谋杀的。

这就是《少年行》里头浓重的悲剧色彩和令人无法释怀的乡村记忆，而此种色彩和记忆，因为四毛的死变得愈加浓重、愈加令人无法释怀。而因为四毛的死，西狗在航标船上说了一句强烈震撼所有人的话“我们再也不能这样活了！”这是一种什么样的乡村宣言或者乡村告白？

王十月在这里让自己与笔下的人物差不多成为了一体，他借作品中的人物之口，来表达内心纷乱又集中、奔突又淡定、无迹可求又异常鲜明的想法，“不管用什么办法，总之，我们要走出去，这该死的地方不是人待的地方，这里的天空太小了！”这群少年，付出了青春的代价，但总算有了一个方向、答案。

之后，西狗以一根断指（左手的小拇指）为青春作祭，旋即出门打工了。第二年的春天，王红兵也终于离开了烟村。《少年行》为王十月的乡村书写，添加了极有分量的册页。

2.《喇叭裤飘荡在 1983》

这篇小说写得细针密线，情节环环相扣，布局从容；虽未有大的回旋起伏，却酣畅淋漓。

这里的受困者，不但有“我”的哥哥王中秋（目标是考上中专成城里人），也有何丽娟（新华书店营业员），还有街痞子朱卫国，邮递员刘爱民，以及孙立文，王大头。

有些细节是很值得称道的，比如画“果体画”（裸体画），还有“我”对哥哥王中秋令人忍俊不禁的“敲诈”（一本小人书加一根麻花，双方成交），等等。

整个故事很是清澈，线条单一，同样也有烟村的影子，乡土气息很浓。

需要专门提到的是，当时的社会认知，与时尚潮流是格格不入的，是反对穿奇装异服的。一般人认为，穿喇叭裤者就是流氓。不过，毕竟还是有人敢挑战这种社会认知底线，敢于穿喇叭裤，而且敢于在乡间四处招摇。这个细节，代表了封闭向开放、守旧向时尚的一种妥协。在这样的细节展示中，现代观念与传统实现了碰撞、对接。

小说通过街头服饰的变化，写出了传统如何固守自己的领地，又如何悄然后退，从而写出了人心的开始挣脱拘囚、向往自由和捍卫尊严。而“喇叭裤”也即因之以蚕食的方式进入乡村。当然，乡村的“喇叭裤”无法与镇上的街痞子相匹敌。所以，在潮流面前，面目古旧的乡村，似乎永远只能处于从属地位，接受轻蔑眼光的注视，想奋起追赶，却力不从心。这也是乡村的气短之处。

困兽系列，写出了众多乡村人生的渴望与无奈，揭出了王十月乡村生活的隐痛，但也显现出它与书写并轨的更大可能性。

（四）补遗系列：可贵的文学坚守

如前所述，王十月对自己作品的类型划分，当然暂时还未能并难以网罗尽净，甚至，因为他之后的书写愈加宏阔，愈加成熟，愈加别具气象，所以，这种“烟村”、“野兽”、“困兽”的系列划分，只能大致概括他此前的创作实际，而无法涵盖如《无碑》这样影响甚大的文学书写。所以，在这里，我必须作一个补遗（补遗说法未见确当）。这个补遗，当然不可能也无法将王十月的所有未论及的作品囊括进来，只能选我自己认为重要的几个作品列于次。

拟分“几个重要的长篇”与“几个重要的中篇”进行。

1. 几个重要的长篇

（1）《烦躁不安》

长篇《烦躁不安》是王十月对现实生活的冷静审视和艺术绘写，是又一部优秀作品。

这部长篇，与王十月的中期长篇旧作《大哥》、近期长篇新作《无碑》一样，写得厚实、沉稳。整部小说所涉及的情爱纠葛、贫富纠葛、劳资纠葛、人性纠葛，呈现出纷纭丰赡的景象。

小说中的老板黄得行，是南城的土著，他开始是包鱼塘赚了一些钱，后来南城搞开发，土地被工业区征用，年年都有分红。有了资本，便开了一家工艺厂，接其他大厂赶不完的订单。没想到越做越大，有了现在的规模。

但是黄得行却立下了非常苛刻的厂规。凡员工的一言一行，均受厂规约束。稍不留意，即可能会被罚款，甚至被开除。

厂里一直有赶不完的货，工人们便只能三点一线，吃饭——上班——睡觉，连说话的时间都没有。

这种唯利是图与冷酷——包括人的冷酷、规约的冷酷（本质上是人的冷酷），代表了资本获取之反人本的贪婪性与缺乏道义性。

小说着力写了主要人物孙天一。写他与妻子香兰、与处于如柏拉图式的精神爱恋中的情人简洁如、与卖笑女阿涓之间的爱欲纠缠，写他最终失去了所有他爱者与爱他者。这仍是一部悲剧性作品。在孙天一与风尘女子阿涓的交往中，虽然阿涓也动了真情，不过他们最初的接触，却无法离开肉体交易的范畴，有难以启齿处，有轻佻猥琐处，这使《烦躁不安》因之有了更深刻的意义。王十月在这里展示了社会学的一个特殊标本：堕落倒成了社会最真实的一面，人的原罪，在道貌岸然当中加深，没有道德修饰，救赎的路径便在于迷失自我。一切细节都指向一点，阿涓被一头经济动物引诱，掉进了堕落的深渊，被贪图享乐的欲念引诱，掉进了自己挖掘的情色的坟墓。在一个充满陷阱的物欲的世界当中，不能抗拒自我出卖、自我毁灭这种邪恶念头的她，和万千未经世事的女孩一样，都只是待宰的羔羊。

这是令人内心倍感沉痛的地方。

《烦躁不安》当然远不是这样的解读能够诠释妥切的。它在王十月的生活与书写的并轨中，其实有着更重要的位置，应该做更深入的分析。但限于篇幅，这一点，容笔者以专论形式另作评述。

（2）《无碑》

王十月的长篇新作《无碑》，是小说家超越了他此前所有写作的一部大作品，代表着到目前为止其小说的最高成就。（对此，本文拟仅暂作一些简略的、有限的分析，既是篇幅所限，也是存了若干私心——甚至对王十月其他一些重要作品之有保留的论述，也隐然含着这样的意思。）

我之所以称其为大作品，是因为，《无碑》表现了对民族命运的真诚关注，对城乡融合的真诚冀盼，对民生福祉的真诚祈愿，对工商情境的真诚凝视，对人性疗治的真诚告白。小说的真实感、现场感、厚重感、立体感，是通过对瑶台村（可视作社会发展的袖珍样本）之兴衰荣辱的展示来体现的；是通过关乎时代、经济、民俗、社会等的故事演进来体现的；是通过人性播迁、今昔变化等等元素来表现的；是通过小说中主人公老乌看鱼塘，给街上的玩具厂加工塑料产品等活动，一点一滴来体现的；是通过老乌跟着李钟学机修，一班当注塑工，另一班当机修学徒等细节，一丝一缕来体现的。这些细小环节，看上去都是信手拈来，而实际上却是匠心独运。堪称精致、精巧、精彩。这些细节性的表达，渗透于生活的每一个扇面。它和每一个字符呼应、相挽。在细屑处、在平常处，蕴蓄着大构想、大情感、大思考。

《无碑》之所以能当得起大作品称号，是因为，在王十月笔下，瑶台村不是僻处一隅、与世隔绝的孤岛，而是折射出时代性格并透出时代气魄的社会学标本、文化学标本、经济学标本、民俗学标本；小说家所写的人物绝不是从沉船处往孤岛上运东西的鲁宾逊——这是王十月“写的书”当中，卓具眼光见识与气魄担当的部分。整部作品，告别了过去那种更多带着戾气的写作。情感上，有一种更加打动人心的力量。人物性格变得更有厚度、更加繁复，小说生态显得更加复杂，文字植被显得更加茂密、更加完整，艺术上显得更有高度。

《无碑》这部小说的标题，即极易触动我们的记忆神经。与此种记忆相关，且较为确凿可考的例子，有武氏则天的无字碑。武氏此举，大概存有毁誉是非、功过得失任人评说之意。而最近的一个，则是一位年轻女士，为了信仰，献出了自己的生命。骸骨本已下葬，但后来遇两地相互解禁，最终得以身后回归故里。再葬时，树一碑，碑上仅刻三字“归来兮”——魂兮归来，令人不胜欷歔。

王十月的《无碑》当然与上述两类情形，均无关涉。隐然有所指者，当属无碑有碑，必为口碑一类意思。

口碑立于民间，相传既久，则自古活在小民百姓心目中者必众。像包公铁面无私、岳飞精忠报国、赵云勇救幼主、关羽义结桃园这样的故事，在中国老百姓当中，已是世代相传、家喻户晓。不管是信史也好、传说也罢，总之，人们一般都会将自己的社会理想，寄托于自己所衷心礼赞的人物身上。显出一种廉吏情结、忠良情结、英雄情结、义士情结。《无碑》是否属于承袭这样的思路而来呢？王十月是否也要塑造一个不朽的英雄，使之万古流芳呢？要想得到相关答案，当然只能自《无碑》始，当然只能进入《无碑》的文本。

打开《无碑》，我们可以发现，很显然，王十月并没有如此惊世骇俗的打算。他在小说起头，就将《无碑》的这位主人公身份广而告之。原来，小说所讲述的，竟是一个“很平常，很普通，没有什么雄心壮志，也未做出过惊人之举”的人，是个不折不扣的“微不足道的小人物”。这个小人物，人称老乌——“他的姓名与乌没有丝毫关系，他姓李，叫保云，李保云。李保云，也就是老乌”。而瑶台——只是个典型的珠三角小渔村。还取了个好听的名字——云涌。老乌有梦，但现实当中，他的梦既近又远。他想“老老实实打几年工，存点钱，回家盖三间房，娶媳妇，开小店，搞点种植养殖。这就是老乌的中国梦”。但是，老乌最终还是停留在现实当中。尤其因为他左脸上有一块巴掌大的乌青胎记，狰狞可憎。所以大家看他就仿佛看见了史前怪兽般。这块胎记，我想，或许就意味着老乌生命当中永难抹去的低微与卑贱，它与老乌的身份相关。在王十月的小说里边，这种无法选择的生理特征与社会学身份，正好成了老乌人性的一种映衬。丑陋的相貌，更加衬出老乌心地的善良；身份的卑微，更加衬出老乌人性的光芒。

老乌非常宽容——“他在瑶台认识的那些人，无论是敬他者，鄙薄他者，还是帮过他，伤过他者，他都记着人家的好”。和他开过头玩笑，比如牵着一头牛，说两口子出来散步了，母牛生犊子了，说“保云，保云，你们一家三口好幸福哟”，“老乌这人脾气好，只是涨红着脸，却不回一句嘴”。所以，老乌是世界上最善良的人。

老乌的宽容善良还体现在下面这个不容忽视的情节上：老乌独力支撑带着并没有血缘关系的乔乔，视同己出，但他因伤害过他的阿湘再三恳求，宁可自己忍受内心的无限痛楚，最终也还是将乔乔送还给了阿湘。所以，老乌是世界上最宽容善良的人！

老乌极重情义——他念着瑶台村民黄叔（后来做了老板）的好，而且一直如此，不曾稍或忘记。尽管时移世易，厚道的黄叔，后来逐渐沾染上了商人精明狡猾、工于算计的若干习气，但老乌却一直不惜力气地为黄叔干活，由看鱼塘，到给街上的玩具厂加工塑料产品，再到后来跟着李钟学机修。每月也因其老实人说老实话，竟然被黄叔的区区二百元绑架挟持，让内心有亏欠，觉得这工打得有点不地道、不干净。

但就算是这样，他也把忠诚二字摆在最重要的位置。所以他当上了瑶台厂的总务总管，是唯一能直接接触现金的人，而且是天天接触。每天要买许多的菜、米、油、盐……可他从未想过要谋一点好处，更没有占过一丝便宜。

《无碑》以广阔的、繁复的社会书写与文学书写，将老乌和这部小说中有血有肉的那么多人物，描述得无比生动，令人惊叹；与这些人物目光相接间，你或能最近距离地看到他的从容之色，哀怨之状……每一个都是呼之欲出。整部小说，写出了时代痛感、生命痛感、南方气派、中国气派，它必将长久地留在人心的深处，并走进历史的深处。

读《无碑》让我们牢牢记住了老乌，牢牢记住了李钟，牢牢记住了这部小说当中的诸多人物……

作为一种具有现场、现实、现世意味的文学书写，《无碑》刻画了卑微却高贵、尊崇却猥琐的各色人性。这些内质迥异的人性，在无字碑铭的内外且隐且显。有的因其暗香浮动，愈至于久远，而愈令后世敬重；有的因其腥臭扑鼻，而迅速遭到来者鄙弃。

2. 几个重要的中篇

（1）《国家订单》

《国家订单》是追求内心成像的一种写作。

它不是简单地讲述劳资纠纷，而是追索人生或人心真相的一部中篇。

在这部小说当中，小老板的公司是倾覆的破车，小老板则是几近束手无策的船长。小老板在濒临破产之际，一直冀盼能够起死回生。而他所依赖的一是像赖查理那般的外援，二是如李想一类能为企业担重担的中坚。而他依赖的所有这些外力，既使他如见救星、如得股肱，也使他如临深渊、如履薄冰，并最终走投无路爬到高压输电铁塔之上。当然，表面上看，人际关系似乎是逼他走绝路的主因。但是从本质上看，真正让小老板碰壁、失去生存欲望的，是一种经济学、社会学冷酷的内在规律，是一切染着血污的资本所遵循的弱肉强食的丛林法则。

从李想与小老板的关系看，小老板其实待李想不薄，未曾把他当下属看待，甚至还能称得上亲如兄弟。比如，尽管生产形势不好，但他还是能关切地问起李想妻子："刘梅快要生了吧。"而李想开始有些犹豫，但他经过仔细考虑，决定还是向小老板提出辞呈，因为厂里已经开不了工，没有钱发工资了，而他妻子身怀六甲、处处要用钱，生活艰窘，不能不生如此想法。

这里所展现的人物关系，并没有像许多此类作品般，将劳资关系完全定位为你死我活。这是《国家订单》的一种超越。王十月将视角转变为同舟共济、共克时艰，这使王十月的写作变得更宽大。

整部作品，涉及了一个现实命题，实现了整体突破。作家积极经营的，是如何以小说的形式进入城市、进入社会生活，或者说进入城市这头经济动物体内，将城市困守一隅的劳动密集型企业的窘状，与国际金融的动荡局势关联起来，获得了大视野。但如此处理又绝不是对这种变迁作出图解，而是从人类命运这个意义上，用精心选择的细节，真情作出诠释。

当然，作家并不是将这些写得一好百好，小说中也还有诸种矛盾混杂穿插。

小老板为了追求利润，有黑心的一面。但是，作家也赋予了他人性的一面，不是一棒子打死。这部中篇，述及小老板十年前，背着破蛇皮袋离开故乡，这就是一个很好的人性剖面。小老板在心里发誓，一定要发财，当老板，衣锦还乡，他一边做着这样的梦，一边付诸行动。小说写到，小老板出门打工，吃过许多苦，受过许多难，但他没有埋怨生活，没有恨过生活让他所受的苦。从这个意义上说，《国家订单》体现了一种人类观、生命观。而两个小人物直视 911 的画面，让人凛然、肃然、凄然。作家写到此时小老板的眉头皱了起来，有些悲哀地说了一句，不知要死多少人。这个细节尤其映现出小老板的善良根性，说明他还是良知未泯，在对待人类的共同灾难方面，超越了狭隘的民族情绪。

而《国家订单》在写作方式上，走得则更远。

其容量、构思、视野变得大了、宽了、广了。以一个中篇集成了许多矛盾着、分离着又连接着、共生着的各种关系。涉及了民族情绪、国家立场与人类所共同拥有的命运等诸多方面。

这些矛盾关系，主要体现于企业主与工人（小老板与李想及其他工人）的关系方面；体现于家庭关系（小老板夫妇与阿蓝——哪里能说断就断了；李想与刘梅）方面；体现于维权关系（资方利益；工人利益）方面；体现于管理者与工人（李想与张怀恩）的关系方面；体现于企业存亡的制约关系（小老板与赖查理；小老板与李想；小老板 / 张怀恩与其他工人；周城、李想 / 小老板；订单的减少、增加离职 / 加速企业瓦解）方面……

同时，这部作品还体现出一种共生关系：赖查理果然是小老板的救星，小老板的救星就是百十号工人的救星。

《国家订单》所体现出的这些众多关系，都是这部中篇的特殊成像，它使小说具有了更丰富的内涵。在这里，我们当然不想讨论你中有我、我中有你的国家关系，也不想简单地将此称为经济上的仰人鼻息。这些极为浩阔的细节，当然不会仅为某一单个层面而存在，它绝不只是如此简单。比如，二十万面星条旗，还有其中透出的国际生态、经济关系，我想，小说家王十月不是在随便罗列几种新鲜名词，他的小说，攥住了生活的心脏，其笔锋已经很深地楔入其间了。

事实的确如此。

成也赖查理，败也赖查理。这一点实际上涉及到了企业对外部订单的高度依赖性问题。王十月当然不是经济学家。他不可能理出这其中隐含的政治、经济学头绪，更不可能给出相应答案。他只是以一个小说作家的敏锐眼光看出了个中端倪，并用自己的笔记录了这些线索。

这当中，展现了深层次心理书写，文本构建有着百态千姿。其角度在不动中显出了动，写出了不同于一般经济题材的大小博弈、贫富对决，而且写出了底层生活沉淀下来的部分。小说里边，小老板当然不免让人同情，但真正值得关注的，却是外来工的觉醒，他们维权意识的觉醒，更重要的是良知与社会角色意识的觉醒。小说家此时，已实实在在寻找到了一种新的人物视角、新的突破，他的书写，是对新的劳资关系、新的社会体系、新的社会体验的一种本质上的进入。

小说结尾，写爬到高压输电铁塔上面的小老板，扔了手机，扔了美国星条旗；而赖查理扔了手中的美国星条旗样板，骂了一句粗话。结果是小老板扔的美国国旗像黑鸟一样在夜空中掠过。这些细节，具有社会学层面的重要的解读价值。

王十月之不简单，正在于此。毫无夸饰地说，我看好王十月。我以为，他有条件成为一个更好的作家。

（2）《战栗》

《战栗》是一部将漂泊阐释得几乎令人心碎的小说。作家写沙抱着铁的细节，本身就是一种深到骨头里的尖刀的刺入与搅动——沙一手抱着铁，另一只手也抱着铁，确切地说，沙搂的不再是他的儿子铁，而是铁的骨灰。铁到深圳没多久，就出事了。沙接到儿子从建筑工地的脚手架上掉下来的消息后，就真的成了一堆沙。

尤其是关于铁死亡赔偿事宜的叙述，不能不让我们出离愤怒。

建筑公司负责处理“铁”的后事的刘干事，对工人的算计，既让人看见了这类人物的冷血，同时，更反衬出人性的悲哀——生时卑贱如此，死了还如此。这正凸现出人的生存不易。王十月的书写，就像是地火在地下奔突。其中见出的是人物心计，与受资本控制的人性的狡猾。

这部作品中，有两个数字让人触目惊心——三万块加一盒骨灰。这两个数字相加，成了铁留给父母亲的全部遗产。

这样的数字所展现的，是人物关系的多向度、多侧面；是生活现场的喧腾、沉郁、压抑、艰辛与严酷。而更令人如锥刺般疼痛的，是工厂付给铁的父母的这样一笔赔偿金，是由五万块压价而来的，而最后的三万块，就是这样由双方讨价还价而来的，是在刘干事说的厂里最高赔两万块的数目上争取来的。当沙听到厂里只赔两万块钱时，他几乎要尖叫了起来——两万块是一个什么概念？“沙的女人说：我一个儿子，一个活蹦乱跳的儿子，就值两万块钱？——刘干事说……我做主，再给您加五千块。沙的女人说，不行，再加多一万。刘干事生气了，刘干事说，咱这不是做生意。”——在这一系列的细节后面，映照出人性的复杂。资本白森森的利齿，代表一种特殊社会阶层的利益，就这样毫无人性地趴在工人的伤口上，敲骨吸髓，如蝇逐臭。而刘干事久居鲍鱼之肆，不闻其臭，也已变得如资本一般冷酷。在他的眼里，一条鲜活的生命，远不如钱重要——好一个“咱这不是做生意”。一个社会被这样的风气从头熏到脚，每一个汗毛孔都被熏蒸得完全闭合，这样的肌体，何来健康？何来真正的生命力？

最后，沙与老妻离开工厂后，觉得拿着这笔钱，在哪里都不安全。后来，只好宿在墓地。很显然，墓地只是小说家所取的一种隐喻。我们且看，沙说，到处都是人，哪里有安全的地方？后来，沙看到了白影，以为是人。等到弄清不是人以后，沙长长地吁了一口气，安慰女人说，“别怕，是鬼。女人说，吓死我了。我还以为是人呢”。这个细节使我们想到了戴斌小说《对着太阳撒泡尿》中主人公的最后一个动作——这个动作的意味，就是“管它哪里，没人就行”。

《战栗》所揭示的，是人与人之间的对峙、提防、戒惧、敌意。这一书写，说明我们的公共管理与人际情感方面的某种机能或许真的出了问题，公共肌体在发生退行性病变。病在何处？伤在哪里，这恐怕不会仅仅止于小说文本，不会仅仅停留于小说家言，因为它是真实生活片段的提取裁切——仅仅是提取裁切。我们绝不能淡然一笑，绝不可不以为意。因为，历史是会掉转头来审视这样一段光阴的，是会探查这些细节病灶所在的，后来者是会从这个故事逆推社情民意、逆推整个事件原委的，它一定会进入到我们今天或许无法想象的强光照射的视域之内。这是一种预警：“人相食，是要上书的。”

由潜藏的愤激忧伤，向更辽远的人文关怀迸发。城市体认也藏有疼痛，但这种疼痛，多了厚重感。

《战栗》最引人注目的，是恒久的忧伤。它叙述人比鬼可怕，叙述俗世灰暗，写了铁的骨灰、写了胡子、写了十元店、写了平头、写了刘干事（刘干事在房子里踱开了步。一圈，两圈……连转了四圈。刘干事说，好吧，这事我就做主了。大不了，我再去做领导的工作。就是炒我鱿鱼我也认了。那就三万块吧）。

这些细节，存有王十月多少心事、多少哀伤、多少痛苦、多少愤懑？真是欲说还休！

能确定《战栗》仅仅就是揭露丑恶、冷血、残酷吗？想想，似乎是，又似乎不是。但无论如何，小说当中的光头司机、中年女人、中巴……这些内容，所切中的，正是生命的战栗。

王十月的作品，当然不是上述既嫌狭窄又显粗浅更显纷杂的解读能够穷尽的。我们推开的其实只是极为有限的几扇“窗户”，甚至，他还有一批非常重要的作品，比如《大哥》、《白斑马》、《开冲床的人》、《出租屋里的磨刀声》等（另如《寻亲记》、《关长》等重要散文），本文概未论及，难免有重大缺憾。但我想，王十月其实既难穷尽，则我们每一个人又何妨都来推开一扇“窗户”，从王十月“写的书”看过去，转而真正仰望文学的“蓝天”呢？

四、结束语：王十月书写的意义

必然还是要从王十月“写的书”说起。

王十月的书写，对这个时代而言，究竟有何种意义呢？

其意义当在于，他“写的书”，反映的是格外容易被忽略而又格外需要关注的社会生活，描写的是最渺小而又最真实的底层人物，呈现的是最驳杂而又最完整的大众感受。王十月择取的细节，其源头即是城乡生活现场；其情感表达的基础是土地，而其生长点又是城市；这种书写，有乡村情怀，同时又能穿透城市内心；它是漂泊的产儿，又是抵达的孩子；它既有传统文化风骨，又有另类书写特质……要而言之，王十月的书写，表现了平民化时代城乡的人性戕害与复苏，底层意识的遮蔽与觉醒，意味着文学从殿堂走向草野，而草根文化则以有尊严的自弹自唱赢得了主流传播平台的青睐。

如果我们从王十月“写的书”看过去，并真正由此进入更广阔的文学世界，那么，“推开任何一扇窗户”，都必定能够“看见蓝天”，都必定能够看见“这样膨胀的礼物，这么小的宇宙＼驻扎着阴沉的力量＼产生光源的黑暗。”

央歌儿论

影度回廊处，坐看书卷时

曹克颖

秧歌是东北人庆祝丰收的一种舞蹈，粗犷、热烈、狂野，女作家王瑶以此谐音为笔名，创作了大量细腻、生动的文学作品。

央歌儿（王瑶）是东北女孩，地地道道的哈尔滨人，特别豪爽直率。读她的文字就像喝冰镇的哈尔滨啤酒一样轻松、畅快、解渴。她很早就走上了文学创作之路，早在大学一年级时，就曾以《我的太阳》为题，写过一篇黑色幽默小说。虽然因为阴差阳错一直没能发表，但这毕竟是她在文学实践方面迈出的有价值的一步。后来，央歌儿又迷上了写诗——诗歌应该是央歌儿那个时代作家的共同语言。她在《诗林》上发表的组诗《四月》，当可算作央歌儿的处女作。就这样，央歌儿从《四月》出发，开始了她的文学之旅。

郁达夫曾说小说就是作家的自叙传。这种说法或有偏颇之嫌。但无可否认的是，作家的经历多多少少在其作品中能找到影子。

央歌儿就是这样一个明显将个人经历带进作品的作家。

从师范院校毕业后，她自然而然地成了一名中学语文教师。但即使如此，她也没放弃大学时代就开始从事的导游职业。她兼任的这两种职业，以及由此所带出的生活经历与情感体验，成了她小说题材的主要来源。甚至她后来从事编剧工作，其作品中占较大比例的影视戏剧题材，也多源于此。因而，我们可以按题材将央歌儿的小说分为四类：导游系列、校园系列、戏剧人生、故土视角。其中，校园系列则可大致分为教师生活与学生生活两个部分。这种创作集合，构成了央歌儿立体的文学性格图示。

想说爱你不容易——对导游题材的反思

导游题材系列小说是央歌儿小说作品的一大亮点。

由于多年从事导游职业的缘故，央歌儿对这一行可说是了如指掌。在写作中，许多“专业术语”她可以做到信手拈来，又准确熨帖、兴味横出。比如“老鬼”或“老帮子”这样的行话，实际上指的是才二十四五岁但在业内已经打拼多年的导游——因为导游是青春职业，以青春为饭碗，二十四五岁在导游中就已经算是“老迈者”，只待结婚生子后退出历史舞台了。所以在《导游小姐》这篇小说中，“我”年过三十仍混迹其中，完全算得上是老鬼中的极品。因此，那些老鬼们都说“我”该去死了。仅以称呼看，就能大致领略到导游行业青春易逝的特点与个中滋味。

中篇《来的都是客》，是央歌儿抵达深圳后早期发表的小说。小说中的女主人公袁妲奔波于旅行社与家庭之间。身为国际部经理的她，能力出众，可以一次次化险为夷，轻松解决旅行社里出现的种种状况。但是，身为妻子、母亲，她却最多只能混个“基本称职”：婆婆因其工作繁忙无暇照顾孩子而怨声载道，孩子因疏于教育而动辄满口黑话，而丈夫则整日沉迷于牌局，最后不甘寂寞竟然“红杏出墙”。

> 凌晨四点二十火车到站，袁妲家离火车站不远，打车十分钟就到，所以她没让小邓来接站。到了门洞口，袁妲壮了壮胆，拎着旅行箱跌跌撞撞地上了楼。门是反锁的，钥匙来回拧了几圈也没打开。门铃按了十多分钟仍不见小邓来开门。袁妲往家里打电话，没人接。小邓的手机关机。一百多种假设从脑海中闪过。小邓煤气中毒？有盗匪此时正在室内作案？家里换了锁？小邓正和一个女人……突然，她被击中了，一种直觉告诉她这个假设最接近事实。她给小邓打传呼：我从大连回来了，没打开门，上我妈那儿去睡了，你回家后务必打电话给我。
>
> 袁妲拎着箱子悄悄地上了楼，七楼是顶层，再往上是天台。袁妲躲在一个角落里，这儿正好能望见自己家的门，却不容易被发现。天台上堆满杂物，手不小心触到了一片灰网上，袁妲顾不得干净了，只是简单地往墙上抹了两下。她将皮箱放倒，坐在了上面，由于寒冷、愤怒、恐惧，她直打哆嗦。旁边放着个破麻袋，不知是谁家过冬的土豆，已经生了芽子。
>
> 袁妲在心里诘问自己，为什么不趁小邓还没出来之际马上走掉？就因为你和耿志的事没被他撞破，你就可以名正言顺地捉他的奸？不如睁只眼闭只眼算了，

小邓还能念着你的一份情，两下也扯平了，自己从此可以绝无歉疚。捉了奸又能把他们怎么样？这种事情最糟的结果就是人赃并获，一旦真相大白，也就等于把自己逼上了绝路，难道是和他分手？还是能像李淑媛那样隔三差五地到女方单位去骂街？你注定是会放那女人一马的，以保全一个家庭的面子。

现代流行的爱，能买也能偷。

耿志一定还在梦乡呢，如果在他身边这将是多么美好的一夜。放弃了自己一生中难得的机会，鬼使神差地回来了，风尘仆仆地回来了，要面对的却是一场通奸。报应！耿志要知道这些该是多么心痛！

袁妲发现，她对耿志的想念超出了对小邓的恨。她只是一个侦探片的观众在等待悬念揭晓。有谁说过，真相是丑陋的。可更多的人并未因丑陋而放弃对真相的探索。

里扇门响了。接着小邓的头伸了出来，像一只要出洞的老鼠四下张望。

袁妲紧紧攥住两个发芽的土豆。

老鼠摆了一下头。

天哪，是她！同样的贼头贼脑。

袁妲将土豆狠狠地朝那张熟悉的脸掷去……

小说至此戛然而止，悬念丛生。袁妲一直怀揣着对自己学生时代老师耿志的朦胧爱恋，直至长大成人，此情宛在。然而时过境迁，两人都组成了各自的家庭。虽然为偿夙愿，“她”与“他”偷得了一时的鱼水之欢，但袁妲还是较为及时地悬崖勒马了。上一段引文正是袁妲从外地出差回来（从耿志的身边离开），阴差阳错地遇到了自己的丈夫竟然也有情人的一幕。央歌儿没有告诉大家那个鸠占鹊巢的女人是谁，但很显然，她是袁姮和小邓熟识的人；作家也没有继续讲述袁妲的命运会怎样，但通过袁妲的心理描写可想而知又会是一场大战。当那个土豆掷向那张熟悉的脸时，袁妲的担心、愧疚与愤恨就同时爆发了，当然，她所极力维护的那种大团圆结局也就不复存在了。

小说运用近乎白描的手法，真实地展现了现代导游特别是中年女性导游的生存状态：行业竞争的压力，男性客户的骚扰，家庭稳定性的濒于崩溃，个人情感的困惑，欲望的压抑以及道德的束缚等等。小说并未对人物的是与非作任何些许的评论，而是按照事态发展的本来样貌，沿着其固有规律，任其流淌，作者已经退居幕后，只剩下小说中的讲述者个人，在作充分表演。

央歌儿对情节推动的处理有着天赋的灵性。

许多读了央歌儿小说的读者会有这样的感受：她的情节让你觉得不这样发展下去不行，只有这样发展，才是真正的小说，才是真正的故事，才是真正的生活。央歌儿将创作素材稍稍加工就能呈现出一部原生态的作品，像现在流行吃的绿色食品、健康饮食一样，兼具天然的视觉、口感与品质之美，令人倍觉愉悦。

央歌儿的《来的都是客》，在21世纪初的小说界刮起了一股不小的导游风。这篇小说最初发表于《特区文学》，之后《中篇小说选刊》、《小说月报》、《小说选刊》纷纷转载。其中还有一段插曲，录此备查：央歌儿在深圳，最初写了一篇名为“流水飞红”的中篇小说。这篇小说的女主人公汲月，有着与袁妲相同的职业，而且同样面对婚姻、事业、感情生活的困境。与袁妲不同的是，汲月一直积极寻找着改善生活条件的良方，几乎到了有病乱投医的地步。然而几次碰壁之后，汲月不得不向命运低头，做出了最无奈的选择：做职业情人。较之《来的都是客》那种大大咧咧、大刀阔斧的东北腔，《流水飞红》更多了一丝细腻、含蓄的南国风情。或许真应了那条粗枝大叶宜成活的自然规律，《来的都是客》顺利发表，并被《选刊》选中，而《流水飞红》却由于这样那样的原因一再被搁置。

有作家说，小说就像作家的孩子。或许正是因为《流水飞红》的娩出遭遇了这样那样的困难，央歌儿对《流水飞红》这个孩子有着特别的偏爱。她曾在多种场合表示，《流水飞红》比《来的都是客》好。不过，尽管如此，《流水飞红》的发表还是一波三折，最后才柳暗花明。这部中篇的问世，经历了很长的周期——在出版社沉寂了11个月。之后，小说在《大家》发表。接着，《小说选刊》转载，并最终入选“2002中国年度最佳中篇小说”。

《来的都是客》后来又出版了一部同题长篇，虽然也经历了一些曲折和不愉快，但结局却是“阳光总在风雨后”。

诚然，在世人的眼中，导游这一职业充满浪漫色彩，有那么一丝神秘，同时也带有那么一点暧昧。但其中情味，却不是人人都能体察到的。央歌儿深谙其中的喜与乐，也真切尝到了个中的苦与痛。她的导游题材小说，娓娓道来的都是现实的残酷与人情的淡漠，因此这种文学书写带来的情感反馈与社会影响，是双向的、深远的。

对逝水年华的深情追忆——校园题材的入骨描摹

如果说，导游系列题材小说是央歌儿备受器重的长子，那么描写校园生活的那些中短篇就应该是聪明的次子了。当然，这些作品产生的基础，都是现实生活——生活即是文学之母。有过从教经历的央歌儿对校园题材的处理，显得游刃有余。《悼念一只鸭》，既有严肃的神髓，又含着相当意趣。小说讲述了高一（2）班增加了新成员—— 一只名为李团结的鸭子。这只鸭子是幸运的，这个班的学生也是幸运的。班主任老李开通、善良，拥有新的教学理念，在发现学生王浩将鸭子带进课堂时，并没有暴跳如雷，而是借养鸭的机会对学生进行集体主义教育（给鸭子取名叫团结）、爱心教育（全班同学轮流喂鸭子）以及责任教育（让王浩打扫鸭舍卫生）。团结是一只可爱的雄鸭，“毛乎乎的一团，像花”，同学们都很喜欢它，老李也对它爱护有加，买菜时特意买带菜虫的白菜，经常带团结散步，周末甚至带它去公园。然而，团结却屡屡遭受被驱逐的威胁。因此团结又是不幸的，它不能像在农村长大的鸭们那样过着安逸闲适的生活，它面对的是不断地被驱逐、被流放。由于校长看重的是升学率，而非所谓的素质教育，所以团结最后还是被迫离开了班级。无奈之下，老李只有将团结带回家暂时养起来，并定期向同学们汇报李团结“同学”的情况。

第二天是星期五，仿佛成了惯例，每逢早自习的最后五分钟，老李都要向全班同学汇报一下团结“同学”的情况。老李清了清嗓子还没开口，体育委员王浩就像主持人一样宣布：“下面请李老师给我们介绍高一（2）班李团结同学的情况。”

全班同学都笑了起来。老李也乐了，眉开眼笑地讲起了他买菜的时候如何发现那条菜青虫，那虫子如何可爱，团结开始时如何畏惧，后来又如何把它吃掉了，吃掉后又如何眼巴巴地瞅他。

在老李家，团结的命运同样岌岌可危，老伴并不欢迎团结的到来，随时打算将其扫地出门，熟人打算买其回家做药引，禽流感以及女儿即将带小外孙回来的事实逼迫老李不得不做出抉择。老李想将其送人，也想过要他安乐死，但最后都没能做到。小说结尾，老李将准备好的乙醚投进学校的焚烧炉，随着玻璃啪地粉碎，“一朵小蘑菇云升上天空”，团结的命运也像这团即将消散的烟雾一样，扑朔迷离。小说以“悼念”为题，首先就给全文定下了一个悲剧的基调，虽然作者努力用轻快的语言来淡化这种悲剧色彩，但团结未来的命运却难以逆料。

央歌儿说自己是没有责任感的那种人。但在小说中，一种作家反映现实的使命感、思考问题的责任感，却渗透于字里行间，清晰地呈现一种浮凸效果。央歌儿在小说中反映了诸多问题：一、素质教育在中国喊了十多年，但落实到基层，实行的难度还是很大。如前所述，老李留下团结，里面渗透了多重教育目的：集体主义教育、爱心教育、责任感教育等等。就此而言，毫无疑问，老李的初衷是好的。而且在现实中，也的确不乏这样的老师，所以说团结是幸运的，他们班的学生也是幸运的。然而，因为有了升学率这个“紧箍咒”，“升学率是‘1’，其他花样都是‘1’后面的‘0’，保住这个‘1’，才会有一千个好，一万个好，没这个‘1’，所有的‘0’都作废”。正是在这种压倒一切的桎梏束缚之下，素质教育还要暂时靠靠边，像老李这样的教师只能先“稍息”。

由此，又引出了央歌儿的第二个关注点：人与动物能否和谐相处。这个问题从表面上看，似乎更多地涉及生态学范畴。但毫无疑问，我们过于自大的意识、过于良好的感觉，使人类将自己当作了这个星球的主宰，并越来越不知深浅、没有羞耻地充任着各种生灵的上帝。其实，置身现代社会的人们，心已经像钢筋水泥一样坚硬，很难找到一块让爱栖息的柔软的所在。小说中，老李给同学们所讲述的自己的一次见闻发人深省：“一个小孩把个小鸡崽扔到水洼里，小鸡像懂事似的往高处爬，刚爬到小孩的脚边，他飞上去一脚又把鸡踢到水里，我冲过去的时候小鸡都死了，不知是淹死的还是踢死的。那小孩才上一年级，他说不敢往家里拿，他妈不让他养。”这个孩子的母亲不知道，她的一个“不让”导致了儿子残忍的杀戮，而一个生命的消逝，则见证了一颗幼小心灵的一次沦陷。诚然，小鸡小鸭是小动物，在人类看来，它们的生命可以随意被赋予（大量繁殖、饲养），更是可以任意被剥夺（宰杀、虐杀）。虽然一只小鸭只值“五毛钱”！但生命的价值岂可如此计算？生命又怎能容许有贵贱之分？我们不妨来看看小说中人物对如李团结这样“卑微”的生命的看法：老李的老伴一开始就不同意团结的“进驻”，但在老李的软磨硬泡之下还是默许了。不过，一旦威胁来袭（禽流感），加之小外孙就要来了——即使这种威胁是潜在的，甚至是假想的——老伴态度随之变得强硬，且不留余地。邻居倒是对李团结赞许有加，但意思完全不在尊重团结的生命权上，他们只在意它能给人类什么，“我家一个亲戚胸膜积水，人家给个偏方，说用白鸭子煮绿豆水喝。叫别人上农村给买去了，要是买不着就得要你家这鸭子了啊！”“公鸭！就怕以后长杂毛，不纯了，那就没啥大用了，就是吃个肉。要是过一个月还没长杂色毛，那就有药用价值了，跟绿豆一起煮水喝可以消体内积水，去浮肿……”即使是学生王浩买团结回来，也只是抱着玩玩的态度，并未打算对其负上责任。

小说中，这一系列的情节绘写，实际上都与人类的生存哲学、精神取值相关。央歌儿所探讨的素质教育的尴尬处及失败处，也正是这种生存哲学、精神取值的一种延伸。而她的另一篇小说《大战》，则更深刻地反思了家庭教育的责任与义务。

《大战》是央歌儿新近发表的作品，小说一经登载，即受到社会各界广泛关注。虽然是在《人民文学》这样的纯文学杂志上发表的，但它赢得了各层次读者的喜爱。许多母亲将其推荐给自己的子女阅读。《大战》几乎囊括当今校园题材小说的关键元素：高考、早恋、叛逆、单亲等等。小说以一位母亲为叙述者，这位母亲坦诚地将“家丑”抖了出来：女儿在面临高考的节骨眼突然坠入爱河，夫妻二人极力在女儿面前维护名存实亡的婚姻，为的是不影响女儿高考。然而，对于母亲的苦口婆心，孩子并不领情，而且心存抗拒，结果由优秀学生一步步演变为问题学生，甚至是学校的异端。所谓“清官难断家务事”，央歌儿也难断这类家庭琐事，她无法、无力也无意去对此做一种是非评判。于是，一场母女大战，在她的笔下激烈上演了。整部小说是典型的中国式母女关系，重重恩怨，重重纠葛，道不清，说不明，剪不断，理还乱。但小说处理得非常出色之处，也在于此。作者没有简化任何一方的心理，也没有扁平化任何一方的性格特征。相反，小说用刻骨的真实感写出了“我”作为母亲、成年人、妻子、女人的多维特征。作为成年人，“我”品尝过童话的浪漫甜蜜，又领教了生活锋利的刀刃所具有的强大杀伤力。女儿面对爱情时表现出的单纯和勇气，映照出“我”的世俗和怯懦。“我”则因之而屡屡陷于矛盾、愤怒、自责之中。

《大战》篇幅不长，却传达出很多社会信息。其中一条就是对高考制度的反思。文中有一段，其情节很能体现作者对高考制度的冷批判。

> 电视机里，几十万只角马向河边奔来。它们的目的地是对岸。河水湍急，成群的鳄鱼已张开血盆大口。角马群唯一的使命就是向前。哪怕自己的孩子或者父母或者兄弟或者情人正被鳄鱼攻击，也不能回头。河岸高达六米，一些力竭的角马从半空摔下，再次坠入鳄鱼之口，有些则被同类踩踏致死。
>
> 我弄不明白角马为什么非要往对岸迁徙，就问泽俊。
>
> 泽俊直盯着电视，冷笑一声，“是去对岸参加高考吧！”
>
> 我们的轻叹，瞬间被角马的万千蹄声、被这种巨大的声浪卷走了余音。

在央歌儿笔下，几十万只角马当然是高考“百万大军过独木桥”的隐喻。鳄鱼的攻击代表这条路并不平坦、充满不可预知的风险。这正如角马，它们在奔往对岸的过程中，不能顾及自己的亲人，甚至要以践踏同类为代价以换取自己的最终抵达。这与高考有着某种内在联系。高考期间，全家人的目标只有一个，那就是奔到对岸去，考进理想的学校！这期间可以牺牲任何人的利益，可以以任何事情为代价，包括宝贵的亲情、友情和爱情。个人前途被无限放大，而所有人的正常心理诉求，至此已被挤压得难有立锥之地。这就是现今高考体制下的中国教育窘状。明白了这一点，我们还能置身事外、无动于衷，还能轻松得起来、笑得起来吗？当然，小说中的母女最终化干戈为玉帛，有了一个大团圆的结局。但其中的现实因素往往引人感慨：生活当中，究竟有多少亲人被这种畸形心理弄得势如水火、几成寇仇？有多少母女能够幸免于被如此惯性裹挟？

此外，央歌儿的其他同题材小说也堪称精彩。《寂寞少年时》和《鼠惑》揭示少年、未成年人的残忍与冷漠。而具有讽刺意味、引人沉思的是，这种残忍与冷漠，其基因正是来自成人世界。

《韩侨老金》以写实的手法，将职业学校的韩老师做了甚为生动的刻画。写出了其真实嘴脸与人性蜕变——如何由一个鲜族人摇身变为韩侨。作者把这个小人物的异化，表现得淋漓尽致。而《右眼流泪》刻画了一位在事业上成功，在婚姻及对子女教育方面则失败得一塌糊涂的女教师形象。《人质》表现的是物质生活极度丰富条件之下，少年空虚的精神生活以及过于早熟的心理。

影度回廊处：编剧生活的苦与甜

反映编剧生活的《玫瑰在上》称得上是央歌儿自身经历的真实写照。这篇小说采用男性视角，以一位叫特好的作家创作剧本为背景，展示编剧生活的酸甜苦辣。与高度独立的小说写作相比，编剧更倾向集体创作，要考虑制片人、导演等人的意见，必要时还需违背编剧的个人期望与本来意愿。《玫瑰在上》可以说是央歌儿综合许多编剧的遭遇而写成的。现实中，许多作家都是像特好一样，先写小说，写而优则编，如果自己的小说被哪个制片人看好了，买了版权，并交由作者自己改编，则收入颇丰。要是有幸被哪个大导演看中，比如张艺谋、斯皮尔伯格，把小说拍成大片，作家就会在一夜之间大红大紫。当然，从成功的作家到成功的编剧这条道路，并不是一帆风顺的，因为剧本是集体智慧的结晶，剧作家需要与制片人、导演、演员、原作者磨合，甚至要与剧本磨合。小说中，特好即是顶着巨大的心理压力，好不容易把剧本创作出来了，却遭到主办方的全盘否定，其经历的就是从地狱升入天堂、再从天堂坠进地狱、忽而又惊见死生轮回的过程。虽说最后的结局还算皆大欢喜，但其中透出的丝丝苦味耐人咀嚼。

小说中，坦丁是剧组的制片人，也是特好的朋友。两人在讨论剧本时，他们的不同立场，其实就曲折反映了编剧的精神追求与个性沉没：

> “……在这个世界上，永远演绎不完又永远叫人牵肠挂肚的主题是什么？就是爱与死！这两个人就是爱与死的总和。他们爱得苦大仇深又爱得难解难分，他们的死代表一种美好事物的破碎。我这只是建议啊，你可以参考，不一定就照这个路子写，我觉得可以在结尾那儿把两个人一块搞死，这之前，先把他们的爱情戏做足，直达高潮——哎，我可不是让脱裤子啊，在情字上下工夫，高潮之后急转直下，嚓，让观众的心跌入谷底，爱恨交织，五味杂陈，冷水泼头怀里抱着冰。我靠，你就把观众眼泪哗哗往下煽吧！谁家的毛巾一拧，出水，那，我们这个戏就成功了一大半。”
>
> “我认为在文艺作品里，最容易最不负责任的写法就是置人物于死地。”
>
> 坦丁不耐烦地说：“特好，你现在是编剧。在小说里，死绝不是最高境界，在诗歌里也不是，但在电视剧里是！因为比死更高的境界影像没法表达！是不是，特好？”

特好就是受着制片人、导演等人的牵制，以至于身心俱疲，自己辛辛苦苦写的剧本被改得面目全非，却还是被著名导演一票否决。最终，特好与电视台达成妥协，剧本由别人操刀，特好作为编剧之一署了名字，却连剧本看都没看一眼。

现实生活中，央歌儿是一个成功的编剧，从《阿容》开始（实际上央歌儿的第一个剧本是《来的都是客》），央歌儿先后成功创作了《红灯记》和《苍天厚土》等优秀剧本。《苍天厚土》是由安徽省芜湖市委宣传部策划制作的电视剧，这是央歌儿的改编作品，央歌儿在其中融入了三农问题、乡镇企业发展、农村基层选举、税费改革、土地流转等热点元素，意境深远。此外，在情节的设置上，央歌儿继续以往的悲剧情怀。朱淮川和常柳枝“有情人终未成眷属”，留下一个凄美的爱情故事。有人评价央歌儿的剧本“几乎每一个人都在理想与现实的巨大落差中跌宕，他们对人生的期待远远超出命运为他们所作的安排，能抓住的却并非想要的，而期待的那一部分则总是悬在半空，因此他们的命运里充满了各种短暂的过程，不停地等待、寻找，放弃，再等待、再寻找”。故事的最后，漫漫长路上，淮川和他的父亲最终还是分道扬镳，令人叹息——曾“私分”土地的父亲，始终不能理解淮川又把土地集中起来以谋发展的做法。这种人物关系明白晓示，同在土地改革大潮中一道做出巨大贡献的人，即使是父子，也因不同的观念和理想，难以和平共处。这种描写，辟出了另一视角：新农村建设中，矛盾始终存在；土地分分合合，因势而动。以戏剧人生为主线的小说创作，使央歌儿的文学活动，更添绰约风姿。正是影度回廊处，人物竞妖娆。

坐看书卷时：带着扭秧歌的感觉写小说

身为东北人的央歌儿，骨子里透出一股豪爽与英气，所以她在写小说时能娴熟地采用男性视角对她故乡的人、事进行描画。

《范思哲计划》这篇小说，用梦呓一样的语言，将狂人的心理刻画得入木三分。文中的“我”是一个经历车祸留下严重后遗症的男人，生病之前与妻子很是恩爱，两人有一个可爱的儿子。然而一次病情发作之后（疑似脑血栓），“我”的性情大变，不仅性格乖戾，而且心胸狭窄，怀疑妻子与一个叫范思哲的男人有染。“我”一次次伤害贤惠的妻子，可以说最终闹得众叛亲离，连儿子也受不了“我”的病态，自杀未遂。小说结尾，“我”再次发病，而当“我”的灵魂苏醒过来时，家里成了灵堂，妻子一副寡妇打扮，母亲号啕大哭，儿子一副厌世的表情。“我”终于意识到，那个拥有一身臭皮囊的“我”已经死了。不过，等“我”的魂魄钻进这副臭皮囊时，奇迹竟然出现了，肺部恢复了正常功能，能够呼吸了。小说运笔至此，没有继续写下去，而是以“我”的疑问为结尾：“诈尸还魂者将引起何种反响？”这种结局的设置，既有空前的恐怖效果，又颇带哲思，还具有象征意味与结构上的无限延展特性，就像曾经热播的《哈利·波特》系列电影，每一部的结束又意味着新的开始——伏地魔在黑暗中蠢蠢欲动。具体转到央歌儿的小说中来，则成了范思哲的再次复活并使事情显得更加扑朔迷离、出人意表，这是一种令人期待、更令人心悸的细节展示。

央歌儿小说的整体特点，一个是以情节见长，一个就是以语言占优。这直如扭秧歌的两手，一左一右，上下舞动，进退有据，引人瞩目。

《局》这部中篇小说的开头，就可劲地将东北话撂在那儿，“你往我身上扣屎盆子，我就往你身上扔屎橛子！”看似粗鄙至极，却把小叶内心的那种愤怒，表现得甚为传神、力透纸背。公司会计小叶与世无争，却无端卷入一场公司内讧的迷局之中。小说由此展开，以小叶神经质的行动结束。语言精练、直白，像素描，几笔就勾勒出故事的框架。

另一篇以东北为背景的小说《文身》，将时间推到了上个世纪六七十年代。作为小说主人公的男青年双力，为了表达对梅子刻骨铭心的爱，甚至将梅子的肖像刻在了身上。不过世事如棋，难知变局，梅子此后竟然移情别恋，无论双力怎样做都难以再次赢得梅子的心。小说中口语化的市井俚语，看似低俗，却令人感觉到其中力量。而唯其如此，才显出了小说真实的一面。

央歌儿是一个悲剧感觉很出色的人，表现在小说中就是周遭环绕的悲剧气氛令人窒息。如揭示农民疾苦的作品《半颗牙》，其立意是深刻的，有一种源自故土的悲剧情怀。高长根替亲戚长国看了一会儿牌就被警察抓去，放回来后本来指望对方予以赔偿，却因为自己口笨嘴拙，词不达意而败下阵来。当嘴巴不能为自己争得利益时，拳头自然就成了伸张正义的工具，长根长国斗殴的结果是双方各有损失：长根失去一颗牙，长国失去两颗牙，其中一颗是假牙，在长根看来充其量也只能算作半颗牙，但就是这多出的“半颗牙”害得长根被罚款、被拘留，而长国在家却安然无恙。长根不服准备打官司，然而最简单的举证对村里人来说都是困难的，没有人肯为长根说话，因为长国有势力。最后长根走投无路，只能向拉皮条的朱老眯下跪，让女儿被卑污吞噬，而自己只能眼睁睁地看着她做了权势胯下的牺牲品，让尊严成为黑暗之神的祭奠物。坐看书卷，就是坐看人生——央歌儿的小说，既织进了人生的荒寒凉薄，也织进了人生的温情暖意。

央歌儿对生活有一种特别的感悟。她在小说世界里，脚踏实地、积极探索、执著追求、心系远方、目光敏锐、才思过人。如果你在深圳的大街上看到一群人扭东北大秧歌而感到亲切的话，那么，就请你去读央歌儿的小说，这会使你觉得故土并不遥远；如果那秧歌舞令你好奇，让你充满遐想，那么，也请你去读央歌儿的小说，她会向你展示一个别样的异乡。

刘利论

都市的迷离

赖欢海

刘利，女，1969年出生于江苏，现居深圳，1989年毕业于南京大学中文系。曾在外资企业、风险投资机构工作，现为自由职业者。主要从事小说创作，另在《三联生活周刊》、上海《青年报》等报纸杂志发表随笔、散文四十余万字，担任多家报纸杂志的专栏作者。

刘利的小说具有浓厚的学院派色彩，对西方现代派小说的写作技巧作了一定借鉴。这一特点，在《奇迹》的写作当中，表现得较为突出。

一、阿Q式民工

刘利在谈起《奇迹》的创作时说："《奇迹》有一种荒诞派的感觉。它不单单写的是底层，而且是写生活的荒诞。我现在尝试着走这样一条路。去年也用类似的方式写了两三篇，这纯粹是为了探讨人生到底是一个什么模样。我设置了一个人物，我想知道他是怎么回事。这种写法，可能不一定很好读。其实我也很迷惑。因为没有找到既好读又能把事情表达清楚的路子。《密码》的写法代表了我自己思考的方向，写人的内心深处，探讨人的心理轨迹。这个东西反响不一，有的编辑觉得很新颖，有的编辑又觉得很沉闷，看不下去。"

《奇迹》的荒诞性体现在什么地方呢？青年工人崔三强在工作中突然死亡。同事大宋是在医院亲眼看着他死去的。本来就有点神经过敏的大宋这下如同鬼魂附身，把一切有意与无意、相关不相关的事情都牵强附会地扯在一起。下面这些描写就细致入微地反映了他当时的心态：

这回崔三强在他眼前忽然死了，回到公司一说，人们惊讶唏嘘完了就跟他开玩笑：大宋，你不是能通灵吗？看看崔三强跟你回公司没？

人家这么一说，大宋就开始觉得不对劲了。“他一定跟我回来了，”大宋眯缝着的小眼睛又闪出诡异的光芒，“为什么他死的时候我是他身边唯一的熟人？为什么我跟他说的第一句话就说他像鬼？为什么他死前跟我提出了工伤待遇的要求？说要跟我有情后补？还有，为什么他死前唱着哥哥的歌，而且还是唱鬼魂的？为什么？……此中必有蹊跷！”大宋自言自语地喃喃着。

这些描写并不是封建迷信，而是有其现实基础的。当一个人看到朝夕相处的同事在眼前死去时，必定会受到强烈的心理刺激，再加上一些偶然因素（如两人都是张国荣的歌迷）的巧合，引发出胡思乱想并无端生疑也就毫不奇怪了。这种近乎迷信的心态，不是一种愚昧落后的表现，相反，它在发达的工业社会里面，是一代人无所依靠、迷惘困惑而带来的孤独、焦虑、隔阂的一种心理体验。这也是西方现代派小说常见的题材选择与表现样式。

后来的事情是大宋给崔三强创造了一个奇迹，居然给崔三强申请到了工伤死亡待遇，社保局给崔三强发放了近十万元的赔偿金。当然，也亏大宋给崔三强作伪证，说崔三强是在上班时间忽然晕倒然后送往医院不治死亡的。从此之后，大宋果然没做那鬼梦。但是却落下个口头禅：“此中必有蹊跷！”从此更加神秘兮兮，高深莫测。按说事情解决了，应该没有心理包袱了吧？但是奇怪的是，大宋依然举止反常。这恐怕就是西方现代派常说的“非理性”吧。

《奇迹》还继承了中国启蒙文学批判国民性的特点。“崔三强今年回去的时候，就跟我们还有村里的人说，他升拉长了，大家都为他高兴，问这问那，问拉长能管多少人，可不可以介绍人到他手下做？……三强说，拉长权力大得很，管分派活，管出勤扣工资，管拿奖金……这就是他发给大家的名片。”——不过，这张名片是他自己印制的。

衣锦还乡、光宗耀祖是每一个农村外出青年的梦想。即使不能像高中状元或者出将入相那样显赫，每一个农村青年回乡时总要做一些表面上的文章，以求让父老乡亲觉得这个人出去没有白干，比在家乡出息了。在20世纪六七十年代，部队的农村兵回乡探亲，总要跟连长或者指导员借一套四个口袋的军装穿回去，既给自己长脸，也为家族争光（当时中国没有实行军衔制，“一颗红星头上戴，革命红旗挂两边”，军官与士兵的唯一区别就是军官制服的上衣有四个口袋，而士兵制服的上衣只有两个口袋）。新世纪的崔三强在文化心理上和 20 世纪六七十年代的农村兵如出一辙。

值得注意的是，崔三强只是冒充拉长，用作者的话来说就是："我也敢打一块钱的赌，这个职位可能是一张名片所能体现的最小职位。而今，一个开皮包公司的总经理，他都可以印个名片说是寰宇公司大中华区执行总裁。崔三强自印的名片——可以肯定的是，这是他自印的一张名片，他老老实实地印着，他是一个小小的拉长；而他根本不是个拉长，在这点上他可一点不老实。"

崔三强为什么不冒充高一点的职位？我认为，这可以从两方面来解释：一方面体现出他纯朴幼稚的一面，毕竟是做贼心虚，他不敢冒充太高的职位，就像第一次行窃的小偷下手必然是战战兢兢，不敢一下子闹个惊天盗案。另外一方面也体现出他孤陋寡闻、见识粗浅的一面。在他看来，拉长已经是一个可望而不可即的大职位了，就像春节晚会赵本山小品里面的东北老农民总是把铁岭当作举世无双的大都市一样。

接下来的事情还和这张伪造名片有关。崔三强的家属赶来办丧事，知道了事情的真相。于是提出一个出人意料的要求：希望公司追认死者为拉长。这些农村人虽然没有读过多少书，但是却深受中国特色的政治文化的影响。在中国，追认通常是由党组织或者政府出面，作为一种安抚，授予死者一种政治荣誉，比如追认为共产党员，追认为革命烈士等。而向外国老板提出追认拉长的要求，似乎既显得不伦不类、荒唐可笑，又确确实实显得意味深长、令人怅然。当然，外国老板毫不犹豫地答应了这个不费丝毫成本的顺水人情。可以说"追认"在这里一方面隐含了对小人物的一种特殊同情和伤悼，另一方面也蕴藏着怒其不争的复杂意绪，是深具嘲讽与批判功能的神来之笔。作者谈到这个情节时说："这是当时写着写着突然想到的。小说选刊的编辑部主任崔爱珍也说：一看到这个细节就把我抓住了。"

赵月红来到公司，安排在崔三强那个工位。不久她丈夫也来到公司当花匠。但是碍于公司规定，两人不得已隐瞒了夫妻身份。身份虽然不能公开，可这日常功课，不能也无法彻底落下，所以两人趁假日无人，在宿舍过起了夫妻生活。然而很不幸，他们在享受鱼水之欢时，被公司的保安队逮个正着，他们被罚了一百元。罚款以后，男人变了，简直与罚款前那小心翼翼的样子完全判若云泥：

两个人也没心思过年，就着点面包方便面吃了，然后，月红送她老公出门。出门前，他把她摁在墙角门边又做了一回，其时正好新年钟声敲响。这个做了公司花匠的戴眼镜的兽医，发了狂似的边做边骂："老子就是操婊子也用不上花一百块！大过年的，操你这臭娘们还要百多块！老子操死你，这一百块老子不能白出！……”

这样的人物形象、这样的细节，与高晓声笔下的陈奂生形象以及陈奂生进城的细节，颇有异曲同工之妙。陈奂生在刚住进招待所时，一切都小心翼翼，床怕弄脏了，沙发怕坐坏了。但当他交了五块钱以后，他马上来个大变脸，用脚踏沙发，不脱鞋上床。并且这样做还心安理得——因为他是出了钱的。陈奂生和赵月红丈夫的心理几乎完全相同：出了钱就要得到补偿，并且不管用的是什么方法。钱成了他们出格行为的挡箭牌——付了钱，不管如何出格，自己都觉得是理所当然的。与《陈奂生上城》一样，《奇迹》对农民愚昧落后心理意识的批判，可谓入木三分。

《奇迹》作为中篇小说，其篇幅并不长，但却不露痕迹地融合了现代派小说的表现手法和乡土文学的批判精神。从这当中，我们不难发现，作者对生活的观察，确乎是细致入微，而其文学功底，堪称扎实深厚。

二、数字化时代的婚姻

《密码》是一篇构思巧妙的小说，以下是它的相关情节：

雨林是在商场刷卡的时候发现自己忘记了银行密码的。

现在，雨林之所以忽然想给老公买这些贴身穿的小东小西，应该说与爱有关。尽管雨林和老公梁小力的婚姻跟时下许许多多人的婚姻一样，经历了七年之痒审美疲劳左手摸右手等阶段，庆幸的是婚姻这条船还是在风雨飘摇修修补补中见到了彩虹，驶入了正轨。

因了对数字的复杂感受，密码就成了雨林感知世界的重要标识。这阵子雨林觉得天下太平，比较安全，密码就原封不动；如果雨林觉得有些不安了，时下治安情况变坏了，老板的脸色不好了，跟小力的气生大了，甚至莫名其妙跌了跤、心情坏了情绪糟了，密码用的时间长了可能不那么可靠了……雨林首先想到的就是改密码。改密码是一次大规模行动，从银行卡密码、手机密码、电话密码、邮箱密码、网站论坛登录密码到单位保险柜密码、门锁密码、电脑密码……一个都不能放过。一般说来，为方便计，所有的密码雨林都会用同一组数字。这回修改密码还是当天下午的事，就在她准备理钱包之前一阵子，她设置了一个与她跟小力关系有关的密码，在设置这个密码之前，她曾下定决心，再不轻易改动这个密码。她设置过那么多密码，自己的生日，幸运数字，电话号码尾数，还有一些颇为搞笑的数字，比如 7989（七搞八搞）6789（乱七八糟）等等，就是没有设置过与小力有关的数字，这回她决定以她和小力标志性关系的数字为密码，是她觉得，对于她来说，她跟小力的关系是她生活中最重要的一件事，这件事越来越好了，就是生活越来越好，人也越来越有安全感。

她实际上是应该清楚的，而且从情理上来说，是最不应该忘记的。因为是她选了和小力第一次相互交给对方的日期为密码，这个数字在他们结婚初期还作为两人共有的密码使用过，现在重新用回它固然是雨林的一番别有用心。只是，非常糟糕的是，雨林真没有想到，她自己设置了这个数字，竟然偏偏又这么快地把它忘掉了。她只好打电话给丈夫梁小力问密码，由于是打公共电话，雨林在电话里面不好意思明说起他们初夜的事情，说得吞吞吐吐。而那边梁小力刚被老板说了两句，心里不是很舒服，雨林再说密码也就有点烦她，所以不耐烦地挂了电话。

梁小力突然想起了妻子问的密码，于是，他用这个密码打开了妻子的 QQ 和邮箱。里面的通讯记录引起了他的满腹狐疑。正当他在猜疑妻子是不是有外遇的时候，交警大队打来电话，告知他的妻子雨林在街上被汽车撞倒身亡……

这篇小说以悲剧结尾，颇有黑色幽默的味道，而悲剧的罪魁祸首就是那个密码！数字化无疑是科学发达的标志。随着社会的发展，科学技术越来越渗透到人们生活的方方面面。在给人们带来便利的同时，科学技术也让人产生高度依赖，有着不容忽视的负面影响。在人类历史上，就有过科学主义与人文主义之争。因为过于复杂，本文所涉只能从简。但小说描写的这个发生在数字化时代的悲剧，则很值得今天的人们深思。

人们常说：爱情会使聪明人变得愚蠢。一般来说，聪明人通常都是指在科学方面有天赋，对数字关系特别敏感的人。“爱情会使聪明人变得愚蠢”这句话，至少可以说明：科学与爱情，性质上，会在一定条件下产生某种对立。当然。这并不是说，科学与爱情水火不容，而是说科学是侧重于理性的，要求数量的精确性；而爱情是感性的，侧重于整体的感觉。试想，如果一个人找对象的时候完全用数字来表示，身高是多少，体重是多少，上下身比例又是多少，年龄又是多少等等，如果是这样，那么最后结果会是什么样的呢？

数字化固然给人带来无可比拟的便利，但是，一旦忘记了数字，就会带来无法预料的后果：银行卡取不了钱，手机打不通……正如小说里面所说的：

忘了密码，就搞到这么狼狈的地步，这使雨林对于数字的强大力量有了更为深刻的认识。如果说世界上的人有各种各样的信仰，很明确地信奉着各类宗教，比如基督教、天主教、佛教、伊斯兰教之类的；隐性一些，有人相信有钱能使鬼推磨，是个拜金主义者；在有的人眼里，世界乱成一团，人类和地球的灭亡近在眼前，他们是无可救药的悲观主义者；雨林则开始认定自己应该信奉数字哲学，如果有这个教派的话，她一定是个数字教徒。

好一个“数字教徒”！当过于专注并依赖于冷冰冰的数字的时候，人的感情也会变得和数字一样冰冷和僵硬。否则，她怎么可能把刻骨铭心的初夜的日期都忘记了呢？数字化时代的爱情婚姻看来并不是那么浪漫温馨，这恐怕是这篇作品给读者留下的最大启示。小说结尾完全可以看做对这个问题的一段精辟评论：

这场雪覆盖了梁小力脑海里所有的数字，使得数字天才梁小力在相当长的一段时间内，在数字面前根本摸不着东南西北。任何事情和任何人一样，都有可能在某一个瞬间戛然而止，成为永恒之谜，这对习惯于生活在严谨有序的数字世界的梁小力而言，意味着前所未有的困顿和悲哀，他不知道，从此之后，那些爆发或消亡于转瞬之间的生死魅惑，自己又能作出怎样有限的了解与认知？

三、一场游戏一场梦

《情困王兰花》更是极写都市男女的相互盘算和钩心斗角。两人既舍不得对方，心里又另有打算，真真假假、虚虚实实。他们的爱情就像流行歌曲里面唱的那样，完全是“一场游戏一场梦”。小说开头就单刀直入，介绍了两人的情况：我跟王兰花谈情说爱已三年有余，三年来，王兰花从一个二十来岁的大姑娘谈成了奔三十的大龄“剩女”，我也从一个二十来岁的毛头小伙变成了三十挂零的王老五。

按道理讲，这样的一对“剩男剩女”应该早点把终身大事定下来了，但是，一方待价而沽，一方讨价还价，谁也不愿放低条件，我们不妨看看下面这段令人捧腹的描写：王兰花对我倒直言不讳，她说我是她的鸡肋，扔了呢可惜，想结婚又不甘心，王兰花要嫁个什么人？她要物质文明精神文明两手抓，精神上她要她老公永远爱她永不变心永远不找狐狸精，物质上，我们的王兰花要一结婚就退休，然后在她35岁的时候开上国产小宝马，40岁去世界各地云游休假，45岁要住上价值不低于400万的汤耗子。

王兰花既然把她的结婚价码开出来，理所应当，有开价的就可以有还价的。我给她还价到35岁开本田，40岁到不少于5个国家旅游，幸好有东南亚，新马泰一溜就可以玩三四国，好在欧洲大陆也不算大，一趟欧洲游咱们最多可以搞掂十来个国家……到了45岁，她可以住上200平米的复式房。至于一结婚就退休的念头她就免了吧，我不会娶个女人回来养着，别说她有魔鬼身材天使面孔，哪怕她就是魔鬼就是天使我也不会，我才是个朝九晚五的公务员，这种日子我也过腻了，我还指着有个人来养我呢。

爱情和婚姻在这里变成了赤裸裸的交易！尤其令人咋舌的是，双方都做好了"一颗红心，两手准备"，并不准备在对方的这一棵树上吊死：

王兰花来跟我说她有了三个意中人，第一个，王兰花称他为老A，他在一家证券公司做事，已经爬上了部门经理的位置，他可以满足王兰花结婚就退休的首要要求，对于其他的物质条件，他可以满足她七到八成，他比较喜欢王兰花，他给王兰花写MAIL，他说我不是老鼠，可以任你玩耍，你跟我已经认识一年，我们到底该怎么发展你最好给我一个明确说法；第二个是小B，比王兰花还小三岁，小B年轻英俊，抱负远大，他是一位IT从业人士，他可以满足王兰花的物质要求，甚至可以满足得更好，他要30岁开公司，35岁到纳斯达克上市，那时候，不要说国产宝马，400万的汤耗子，就是劳斯莱斯、古堡庄园都会从天上掉下来，当然这也有个前提条件，那就是王兰花要跟他奋斗到35岁，王兰花要负责给他卖他公司的产品。他怎么爱王兰花呢？他给王兰花发短信：兰花兰花我爱你，就像老鼠爱大米。第三个，王兰花才排上我。王兰花跟我商量到底应该选择A或者B或者我这个C，我不能给王兰花一个建议，王兰花首先是我的好朋友，我应该对她的前途负一定责任；其次我跟王兰花一样面临三个选择，第一个是王兰花A；第二个是一个小学教师B，她比王兰花好学上进，表示女性一定要自强自立，所以结婚之后她还会努力工作，有需要还要常常加班，她努力工作甚合我意，但她没王兰花漂亮，尤其不能容忍的是右眼下角有一颗麻点，我看女人，可以相貌平庸，但是绝不能有缺陷，要不是这个麻点，我可以考虑跟她结婚；第三个C比前两位都有竞争力，C有一个自己的美容院，年收入是王兰花的两三倍，她的相貌在前面两者之间，而且，她比王兰花聪明，比女教师温柔，我很倾向于选择C来做情人，但是不敢选她做老婆，因为她比我还聪明，要温柔起来对别的男人也更温柔。

读到这里，我真不知道是自己太落伍了还是现在的人太前卫了，你看，王兰花还在和"我"谈着恋爱，她不仅告诉"我"有ABC三个意中人，还要求"我"给她做参谋，脚踩两只船没有半点的回避与害羞，甚至还在“我”面前大肆张扬。自然，“我”也不是心无旁骛，也有如意算盘。用老话“把婚姻当儿戏”来形容这种新潮观念是最恰当不过了。不过毕竟是新一代的“剩男剩女”，居然能够把儿戏玩出新花样，搞出新意思。

最后，“我”和小学教师结了婚，王兰花依旧在老老少少的各种男人中间周旋。

这篇小说里面描写的男女双方卿卿我我与钩心斗角，跟张爱玲的成名作《倾城之恋》里面的白流苏和范柳原之间的内心依恋与交锋有异曲同工之妙。但是我们看到，《倾城之恋》里面的男女双方多少还有一些情爱方面的吸引，而《情困王兰花》里面男女双方更多的是物欲的纠葛。假设“我”和王兰花遇到《倾城之恋》里面的香港战事，又会是怎么样的结局？在一个高度物化的现世，恐怕很难如白流苏和范柳原那般至少能让人存个念想。更大的可能，是实际到连一个眼神都要计算价值几何。中国民间的俗语道是“夫妻好比同林鸟，大难当头各自飞”，结发夫妻尚且如此，何况这对连“露水夫妻”都算不上的“鸟男女”呢？

看来，迷离的都市，也只能无可奈何地继续迷离下去。

孙向学论

长篇小说中人物品格的超时空性初探

陈康太

一、多样性的哲学表述与超时空性命题

冯友兰先生在《中国哲学简史》一书中认为，一个哲学家的思想体系，既深受他赖以生存的地理环境的影响，又与其所处的历史背景不无关系。而如果我们把这里的“哲学家”一词换成“作家”，当可以明显看到这个观点与区域文学理论是相通的。不过，我们在这里所要考察的对象，并不限于哲学家或作家本身，甚至可以直接一点说，我们之所以试图对“哲学家”一词的内涵重新做出界定，完全是为了对人类精神成果做一种超时空性初探。

冯友兰在解释宗教何以在中国的地位远远不及其他国家时提出的一个观点，同样发人深思——因为追溯这个问题，实际上就是对中国国民传统思想渊源的一种自省。

在冯友兰看来，中国人的哲学意识远超过对宗教信仰的虔诚，由此，我们可以认为，中国并不是一个宗教国家。这是因为，相对宗教而言，我们中国人更崇尚哲学，更热衷此道。也缘于此，宗教所提供的超道德价值，中国人大体上可自辩难、从哲学中汲取。当然，这绝非说中国自先秦以来就已是哲学家遍野、哲学之树参天。不过，哲学家的多寡、臧否，似乎并没有妨碍中国人在哲学方面的好恶、扬弃。先秦诸子百家的思想，尤其是后来成为两大主流的儒家思想和道家思想，即对普通百姓产生了极其深远的影响。甚而时至今日，多次经历过大淘洗的民间，对于儒、道（当然还有释）诸家的关注，依然堪称热度不减，且心有所系，各遵所奉。唯一需要指出的是，对于一个普通人来说，他的哲学思想是不成其为一个体系的。基于此一点，同时在没有找到一个合适词汇之前，我们对即将进行考察的对象，或许暂且需要称其为“伪哲

学家”。这种称呼，虽稍欠恭敬，但考虑到我们的着眼点，并不在于寻找一种恰如其分的称谓，所以，即使未见妥当，亦只能“姑妄言之、姑妄听之”。事实上，我们的最终目的，是要把这样一个对象，置于文学作品中去考察。换言之，我们所考察的这个对象，既非“哲学家”，亦非“作家”，但又与这两者密不可分——我们要考察的是文学作品中的人物和角色，以及这些角色的个性和品格。不过必须声明，我们在这里所冀盼的，是努力采取新的视角，以求对既往做法形成一种屏蔽或者规避，从而免于落入“典型环境”和“典型人物”的窠臼。检视往昔，“典型理论”，流布深广，其影响所及，已使我们的文学判断在很长一段时间内为其所绑缚，从而部分失去了独立个性、独特价值。更值得反思的是，按照正统的“典型理论”说法，一个人物或角色，他的性格与他所处的环境必须是相符的，一个农民必须说农民说的话，一个书生也必讲不出泼妇骂街语。

显而易见，这是一种扁平化理论。

我以为，这种扁平化理论，对于文学多元化判断，并无裨益，至少，它更大的可能，是将导致一种病态文学的泛滥。有鉴于此，我将力图通过质疑和剖析来反诘典型理论，由此宣示一种独立观点，并进而凭借革故实现鼎新，凭借解构实现重构。我希望强调的一个核心命意即是，如果说，传统理论中小说人物性格的形成原因，具有时空性——即一个小说人物的一言一行、其品行禀赋，会受到他所处时代和空间的制约——则我也可以坚持认为，在这种人物性格中，我同样发现了它的超时空性。

这种超时空性，涵盖了人物内心与哲学要义相牵绊的时空性、非典型性、丰富性、多元性、复杂性，这是一种全息影像，或许几乎就是一种悖论。

在阅读深圳作家孙向学的长篇小说时，我常常为其中体现出来的这种超时空性所震慑。

孙向学所著长篇小说《二傻》塑造的农民形象，由其超时空性所带来的艺术感染力是难以尽言的。这种感染力，深植于二傻这个形象以及由这一形象所延伸而出的复杂性和丰富性之中。

最初，我曾经试图以“最典型”的中国农民形象来形容和概括二傻。但反复多次之后发现，自己所做的工作，几乎徒劳无益。于是，我禁不住自问：何谓最典型的中国农民形象？

当然，后来，这个问题几乎完全绕回到了一开始我所引述的冯友兰先生的基本观点上面来。因为，我由二傻这个人物，看到了在中国农民身上延续千年的一种精神品格——“傻”，也看到了同样长盛不衰的一种“哲学”表达——“不傻”。

这种精神品格和“哲学”表达并没有随时空的转换而变化，而是像血缘一样被世代传承了下来。这里，我们想引文学巨匠所塑造的几个不朽形象为例——像托尔斯泰笔下的玛丝洛娃、安娜·卡列尼娜等，像雨果笔下的艾斯美拉达、冉阿让等——借以说明，长篇小说中的人物品格，无一不是映现了真正的时空性与超时空性：那是海洋的前世今生或许还包括其未来，那是这座海洋的确定性与不确定性。当然，从表面看来，这种变与不变，似乎都关乎所谓的典型性，但如果我们细加考察之后就会发现，其实，无论人物的遭际为何，其生存轨迹为何，其哲学特质都不具有所谓的“典型性”。凡具有生命力的人物，都不是单纯的“典型”复制品，而是我们前述的精神品格和“哲学”在文学引领下所共同催生的产儿，而此一过程所呈现出的，又是无限广阔的文学情境，是浩茫时空，是跳踉奔跃的超时空性，是无法穷尽的多元性、复杂性与丰富性。它不是面目可憎的一仍旧贯，而是常读常新的气象万千。

这一点，在孙向学的创作当中，也显示出大致相类的景象。他的《深圳往事》对此似乎表现得更为具体，也似乎更具可比性。自然，我之所以产生如此观感，亦当与该小说人物的多元化、多向度有关。

虽然按照拙见，《深圳往事》所写的人物，其艺术感染力可能整体上不及《二傻》，但《深圳往事》中的主要人物依然显得有血有肉。尤其是赵家四兄弟，四种性格，四种命运，蕴含了比较广阔的社会内容、比较丰盈的文学意味。而尤为难得的是，《深圳往事》正是以“文革”结束到实行改革开放乃至进入新世纪以来的、充满变革精神的这一重要时段为背景，故事讲述，也被放置于其下进行；而空间，则是深圳这座走在改革开放最前沿的先锋城市，这座独具现代品格、堪称中国现代化发展里程碑的海滨城市，这座每天都上演着无数悲喜剧的新兴城市。其城市感性，其城乡融合特点，其奔向现代化的不可阻挡的铿锵步履，或以三度音程方式，或以八度音程方式，彼此交织，高低配合，呼应着进入这座城市的所有追梦者、托起这座城市的所有建设者、盘踞这座城市的所有寄生者发出的高一声低一声的人生壮歌或者悲歌，与他们令人迷醉的、悠远的心灵交响，或者与其令人凛然的、肃杀的性格交锋，产生了一种撞击、一种回旋，并缠绕一处，构成了这座城市的复调。这是一种天籁。而这种超时空性的人物关系、人物品格，亦成为了小说主线，并成为了今天我们所要探讨的命题。正是其间所凸显出的中国农民在“城市化”进程中的心理和思维方式的变化，吸引了我去作另一种深度追索，而非以一种四平八稳的姿态去沿袭旧说并将之当作传承正统衣钵而沾沾自喜。正是透过这些作品角色的对比研究，我不仅看到了孙向学笔下人物所处时空对其的影响和制约，也看到了穿透古今、及于当下的若干性格特质，而更多的，则是看见了始于先秦儒道思想的内化轨迹。这种近似于永恒的质的东西，是超时空的。

诚如我们前此所说，超时空性与时空性，其相互之间，并非绝对排斥。

在我看来，它们应当能够在一种类似二元对立的结构中达到统一。换言之，对于一个文学人物来说，他的性格和思想所表现出来的时空性是相对的，而超时空性则是绝对的。

后结构主义者曾经一度提倡零度写作，他们呼吁作者从作品中退出——大抵上是让作者置身于情感、立场之外。但问题是，在考察小说人物品格的时空性与超时空性时，我们却不能不重新贴近作家本身。必须承认，任何试图称自己创造的小说人物已经完全摆脱作者控制的作家，其底气，都将是不足的。事实也确实如此。所谓零度写作，绝对不是像挥舞这面旗帜者所宣称的那样，是情绪零度、情感零度、立场零度。或许，这一类作家，由外部看起来，似乎是面无表情、对生死无动于衷、完全放弃了立场、封杀了情感，但是，他的作品、他的笔背叛了他、出卖了他——作者的创作过程，就是其粉碎零度写作理念的过程。

换言之，我们认为“零度写作”这种过于绝对化的主张，和其作为一种文学理论的提出是为求引人关注的策略不无关系——即如“五四”新文化运动者为推广白话而狂言文言一文不值一样——因此，它并不是一种能够真正自由实践从而达至成功实践的文学取向，它没有理论的朴实要素，它甚至缺乏操作层面的应具品质。如果我们再进一步剖解零度写作，我们当可发现，一切文学作品所指涉的，实为人物个性、人物品格的时空性规定下所强力逸出的超时空性。

作者当然可以创造出与自己个性完全不同甚至相悖的角色，但这个角色的塑造，仍然是也必须是立足于作者本人的价值取向的。那么从这个角度看，我们也许可以大略上这样说，小说人物品格的时空性是与作者所处年代和空间环境密切相关的，因此它是相对的；而超时空性，则源于作者自觉或不自觉的哲学探寻（包括其路径），源自于其内在的哲学思维特性——哪怕这种“哲学”并不系统、并不漂亮，甚至难入哲学家法眼，但它是根本的，所以是绝对的。

我从孙向学身上以及他的长篇小说中所看到的，或许也正是这一点。

孙向学祖籍沈阳，1960年出生于广西南宁，1964年随父母下放到云贵高原。有意思的是，他笔下的“二傻”，正是云贵地区隆西县王家坳人。小说最精彩的上中卷，其所述故事的发生时间，分别为“1960年前后”和“1973年前后”。这种时间安排，自然不会是偶然的。因为，这部小说故事，既以其熟悉的地域为空间背景，则时间背景，自也不能脱出其个体经验。即如他的后续创作，其小说及小说人物所涉的时空性，又何尝不是如此。1988年，孙向学调入深圳，一直工作至今。此后，他以这样的时空为背景，写下了《调到深圳又如何？》、《深圳往事》（原稿经与作家彭名燕合作进行二次创作，更名《岭南烟云》，由作家出版社出版，这里以2009年版本的《深圳往事》为研读文本）等中短篇小说集和长篇小说。这自然也绝非巧合。本乎此，由孙向学个体经验的时空性土壤中所生长的超时空性，其哲学意义，则可自其小说创作中的时空性与其人物品格的超时空性当中寻获。作家的价值取向，亦可于此较为充分地探知并确认。

在哲学（其实也涉及其他几门学科）的多样性方面，以及相关作家作品的时空性或价值取向（自然也有其多元性、多样性及由此衍生出的多个层级的精神丰富性）方面，费了如许笔墨，我想，我们应该可以比较方便地来进一步探讨长篇小说人物品格的超时空性了。不过，在进一步探讨这个问题之前，我要做的一个准备，就是套用《二傻》一书封面中形容二傻的一句话——“典型的中国农民”。如果顺着这种说法，并且照这种逻辑想问题，那么，或许我们就会命中注定一般难以得出正常结论。假如二傻就是“典型的中国农民”，那么《深圳往事》中的赵家四兄弟是否就代表了新中国改革开放以来在风云变幻时期纷纷走上不同道路的“中国农民”呢？赵家四兄弟，这时候，是否也还是“典型”的中国农民呢？而二傻这个“典型的中国农民”与赵家四兄弟这类“典型的”中国农民，相比较而言，前者是精神品格的“傻”与“哲学”层面的“不傻”，而后者既已走上不同道路，当难用所谓的典型性来做准确全面的概括，则如此是否就属于“非典型”了呢？这样一来，“中国农民”的形象会否因之而溃散或者从此更加完整更加丰富了呢？进一步说，致富后的赵家兄弟是否仍可以用“农民”一词相称呢？这正是我在开篇不惜笔墨力图提示读者注意的问题——“何谓‘最典型’的中国农民形象？”此亦是我选取《二傻》和《深圳往事》作为主要研读对象的原因。

二、二傻：最典型的中国农民？

小说《二傻》一书的封面有这样一段文字："二傻并不'傻'，老老实实做人，勤勤恳恳做事，忠心耿耿，典型的中国农民。然而，在如此复杂的时代背景下，二傻你一个普通农民怎能左右自己的命运？"这段文字应该包含了某种价值判断、某种精神指向。至于这段文字是否出于作者之手，可暂不做查考。但是，若以"最典型的中国农民"字样来形容二傻，则我无论如何不得不始终存疑。在我看来，二傻人生的种种悲喜交织，之所以能打动读者，首先在于他是二傻，首先在于他是独一无二的生命个体。

小说以上中下三卷勾勒了一个普通而又独特的农民二傻的一生，他的一生是悲的：儿时遇上三年自然灾害，先是祖母为捉住野猪让全村人新年吃上肉，赔上了性命；继而是父亲为救整个王家坳免受饥荒，铤而走险偷战备粮，被处以极刑；再后来是母亲耽于不伦之恋，置二傻于不顾，竟而随叔叔私奔。在本已十分艰难的情况下，二傻又因此一下子成了孤儿，这真是五雷轰顶，雪上加霜，伤口撒盐，创巨痛深，足以让一个壮汉大放悲声了。但二傻的一生又是喜的：在灾难和困境面前，他始终没有消极颓废，更没有堕落沉沦，而是表现出了一个普通中国农民的韧性持守与怀真抱素。这种韧性持守与怀真抱素，绝不能简单地归结为传统哲学中面对艰难困苦时所表现出来的逆来顺受、不欲抗争（"典型性"），相反，在他身上，也表现出了余华笔下的福贵（《活着》）那样的人性闪光点（执"典型性"一说者，或也要将此强行归入"典型性"之列）。但是，二傻以他的一股"傻"劲（此亦其非"典型性"），偏偏成了王家坳最风光最了不起的人物，而女儿忆娘的出世更是为他带来了这辈子最大的幸福，也让他有了至深的牵挂。

二傻善良，勤俭，并且任劳任怨，但这只能代表二傻作为一个中国农民的普遍性。中国农民大都"忠心耿耿"，但这种忠心，不是在泛意识形态层面上来讲的，而是立足于对土地的忠心这一层面。中国人的哲学是与土地密不可分的。这是封建社会具有根性价值的一个稳定体系。也就是说，封建时期甚或更古远的时期，中国人的哲学认识——至少是与哲学相关的潜意识，是自觉或不自觉地以土地作为其图腾的。按照郭沫若先生自秦始的划分方法，中华五千年文明，其中有两千多年是封建形态；即使按照王仲荦先生所给的魏晋南北朝分期，封建社会也历经了一千七八百年的发展过程。也就是说，这么长的一段历史发展期，中国人的哲学，都没有离开过土地。

我想，这才是真实无伪的中国哲学的初始生态、才是中国人的思维底蕴，才是未有污染、不受控制的精神原色。那么，何谓封建呢？所谓封建，即指分封建国；封者，城邦土地也。即使在辛亥革命之后，乃至新中国成立之后，这种土地哲学的影响依然在顽强接续、难以磨灭。若说典型性，依恋土地，这当是最具标志意义的“典型性”。但非常有趣的是，二傻对土地的依恋，却并不像其他农民那样强烈——至少未表现得比其他农民有着更难弃却的眷念。事实上，小说上卷“1960 年前后的事”是围绕二傻的父亲王财福展开的，在这一卷中王财福才是真正的主角。但王财福不是普通的农民，而是一个思想觉悟极高的农民。这一点，又恰恰是他人生悲剧的根源所在。人民公社大炼钢铁时，上上下下都号召各村要多给公家送粮，他毫无私心将村中的储备粮全部贡献了出去。结果，炼钢场耗尽人力物力，所炼出的，只不过是一堆废铁。公社头头李书记心疼，王财福更心疼：吃了往年的余粮，上一年的粮食顾不上收割，下一年的农事又要错过了。围绕土地而发生的一切，都正应了那句话：“三分天灾七分人祸。”饥荒袭来，没了储备粮的王家坳“终于死人了”！死亡的弥天阴霾渐渐笼罩在王家坳上空，灾难的夺命根须盘结于土地深处，忧惧的瘆人噩梦蹲踞于人们内心。王财福不得不选择了下下策——“去公社粮所驮粮，该犯啥子罪，二傻他爹心里头清楚，但他也想了许多条理由来为自己辩解，一是再没有粮食王家坳就要死光人了，共产党能见死不救？二是前年公社搞啥子炼钢场，他王家坳挑去了多少粮，公社李书记最清楚不过”。这个时候的王财福，对其奉为精神主宰的意识形态，依然“忠心耿耿”。不过，他不可动摇的那种忠诚，在更古老的哲学与土地面前，已经有了比原来要宽泛得多的联类取譬可能。要而言之，王财福的忠心，其根源所系者，盖在于土地，只不过他所忠于的“土地”，至于末了，仍然还是与其个体的、意识形态化的承诺联系在一起。

1960 年前后的二傻还未成年，但此后的他却继承了父亲的许多品质，这种继承，既有血缘上的，也有生活中的潜移默化。他父亲大公无私，二傻则有一股傻劲，这股傻劲实则是指他的憨厚老实。他可以在水库上独自一人一待就是两年，仅仅是为了李书记那一句好好照看工具的叮嘱。不过，他父亲的一生远远不及二傻那般富有传奇色彩，他的父亲也没有真正试图离开自己的故土。偏是二傻轻而易举就背井离乡，飘然远去——要吃公家饭。而此前，二傻经历了太多不幸：亲人或撒手人寰，或逸去无踪，都以不同方式相继离去，二傻于手足无所措间，顿成孤儿，一切的依靠、依恋，此时，都土崩瓦解、随风而逝。在此情形下，无所依恋则似乎成了他离开土地非常重要的条件。二傻的这种心路历程，倒像在确证他的非“典型性”——不再以土地为唯一归宿。然而，若我们能沉下心来深入作品、深入人物精神世界，则我们又不免心生疑惑：二傻真的是不依恋土地吗？这种踌躇使我颇为意外地想起小说中的一段叙述：王家坳人有个近似滑稽却最真实也最打动人的吹牛传统，即，谁离开王家坳越远，谁就越了不起。正因为这样，孙向学的这部小说中才频频出现别人嘲笑二傻没去过县城的细节。二傻听过嘲笑他的这些话之后，便吹牛说，隆西算条卵，老子连都宁城都去过。这些吹出来的牛皮，在二傻后来的人生中都逐一成了现实。而且，二傻还是王家坳第一个戴上手表的人。只是，二傻所吹“坐过火车”的牛皮，却害死了他。他不但死得意外，而且简直可以算得上死得莫名其妙、死得冤哉枉也——至少从明面上看是如此。我以为这种吹牛传统，不只是王家坳所独有的，而是广泛存于土地的儿女——几乎所有农民的身上，这是农民的梦，也是他们的痛；这里既显出他们狡黠的小农心理，又折射出他们强烈的内心向往。越是深深扎根于土地的农民，越是对远离故土的所谓城镇充满敬畏之情。这是一种充满矛盾的心理——既想走出农村，又觉故土难离；既寄情高远，又魂系乡里。以之观二傻，则二傻也一样难逃这一铁律的规约。虽则孙向学于走笔之间，让我们看到了二傻形象和品格的多个维度。看到了饱尝苦难却思量通过外出以图改变人生的二傻，看到了因之显出个性追寻特质的二傻，看到了怀梦的二傻，看到了生在农村被命运反复拨弄的二傻，看到了与那些不愿弃故乡而去、离土地而去的农民有所不同的二傻，看到了二傻的超越时空性，看到了他的复杂的一面，看到了他品格的多样与难解……孙向学在这种貌似冰冷实则带着温热的小说文字之间，在疾徐有度的勾勒描述之间，将乡村的底色涂抹得晦暗而又明亮，将生活的味道调制得苍凉而又醇厚，将情节的线条搓揉得结实而又柔软，将个人的衷曲书写得沉痛而又婉转，将心理的褶皱诠发得微细而又深刻。而这一切所指，又是二傻急切地盼着能改变命运，能脱离苦海——他是如此地渴望离开王家坳，吃公家粮！这无疑既是对苦难生活的一种沉默抗争，又是因穷到极点而每思挣点脸面“衣锦还乡”心态的别样映现。二傻终究未能真正实现自己的心愿。他因为急着上火车而发生意外，魂断他乡。小说写到这里，出现了近乎超现实的描述，这是锥心刺骨的一种笔墨：二傻“生前没坐过火车，但死了以后，他的骨灰却在火车的软卧里，舒舒服服坐了一晚”，“省人大李副主任（也就是当年的李书记——引者）坐火车送二傻的骨灰回来，不但惊动了隆西县，连地区也惊动了”，“沾了李副主任的光，二傻虽然死得惨，但他的葬礼却是风光无限，惊呆的王家坳人在事情过去了许多年后，仍会津津乐道哩”。作者所用曲笔，透出了某种强烈意味。而此中涉及的二傻的死，悲凉之外，还另有关节，它虽非必然，却像命运预设；表面的不恋土，却以反讽方式、以极端的方式，最终将二傻内心的魂牵旧里，不容抗拒地与决绝出行扭结到了一处，并因之深刻地体现了他骨子里的“故土”观念——这种观念的形成正有超时空特性。

小说的结尾写道：

> 李副主任……看到二傻家的房屋居然还是他当年常来时的那个茅草房时，老泪又掉了出来，忍不住，“妈那个麻屄”这样的粗话又从他嘴里蹦了出来。
>
> 林广播说：“你这个老李真是的，在公开场合不讲粗话二三十年了，现在又讲了！”

这个情节想要点明的，当是李副主任不只同情二傻一人。事实上，李副主任不仅是李财福的好友，更是二傻人生轨迹的见证者。正是李副主任成了二傻这一生与泛意识形态唯一联系的节点。二傻不了解除土地之外的其他信仰，但是他忠于李叔叔，这种忠诚较之他父亲李财福虽是一种退步，却更加实在。李副主任最后“看到二傻的房屋居然还是他当年常来时的那个茅草房时”，他的心情是复杂的。一方面是因为他与二傻父子的交情；另一方面，他总是称王财福为“农民朋友”，而骨子里却与王财福最相通、最相知、最相惜。他看到的不只是二傻的命运，也看到了王财福努力了一生无法改变的命运——中国农民的命运。“妈那个麻屄”是一句粗话，此时却成了和土地有某种天然联系、尚怀有若干真实感情的李副主任借以抒发内心悲愤的最强音。

如果说，用命运的不可捉摸来状二傻，那么，在庞大的农民群体中，他的幸与不幸，或许有着某种代表性。但这种代表性，绝不能称之为“典型性”。事实上，“典型”的中国农民，是否均如二傻一般，这恐怕是任谁都无法、无力准确回答的问题。因为个体与个体之间，其人生走向、人生结局以及相关指标，几乎都是千人千面，而非千人一面。

比较妥帖的做法是，在我们考察二傻以及其他小说人物的形象、品格之既有时空性与超时空性时，理应超越“典型性”的观念桎梏。

三、赵家兄弟：四种命运

据孙向学自己介绍，《深圳往事》是他的首部长篇。2009年重版时，作者这样说道："重翻原稿，幼稚粗糙，不忍卒读。但终究是我的首部长篇习作，弃之可惜，不妨将其成书，留个存念。故大刀阔斧，一改再改，直至四改。"作者所谓"弃之可惜"，只求"留个存念"，或许是他那时的真实想法，又或许是他的自谦之词。不过，当我读过这部小说之后，我对其价值却另有判断。它确有不够均衡的瑕疵——尽管《深圳往事》的改本《岭南烟云》曾获第七届广东省"五个一工程"长篇小说优秀奖——缘于此，我至今依然觉得它的艺术高度不及《二傻》。但饶是如此，我仍十分钟爱这部小说。因为，它在勾勒改革开放风云变幻时期深圳人勇于开拓、不断进取的奋斗史的同时，塑造出的一组人物角色也是意味深长的。我重视这些小说人物，不是因为他们具有比二傻更打动人的感染力，而是因为我从他们身上看到了很多与二傻这位"最典型的中国农民"不一样的个性品格。正是作者着力表现这些不同之处，所以，它才显出了真正的文学个性，并因而具有了独特的文本价值、文学价值。这部名为《深圳往事》的长篇，本身展示了一系列人物的命运沉浮，并由此组成了一个人物画廊或曰人物群像，这其中的许多人物，在我眼前站立、奔跑、歌哭，那不是用栩栩如生就足以形容的一组浮雕，他们是有呼吸的真实的人——真实的赵家四兄弟、真实的扛包人、真实的算命瞎子、真实的逃港者……为了证明我所言非虚，我想举一个近于题外的事实来作为材料支撑：由这部小说（《岭南烟云》）改编而成的电视连续剧《深圳湾》，因其情节张力与人物吸力，一并喜获第七届广东省"五个一工程"电视剧优秀奖。这当然也不是撞中头彩，因为，该部长篇，即使仅从人物的设置及情节的安排看，其起承转合、回环跌宕，本身就已十分扣人心弦，并与电视剧剧本相当接近。或许由于此，我在阅读文本的时候，也确实会情不自禁地联想到广东本土的另一部优秀电视剧《情满珠江》。只是，小说的戏剧化，并非我真正的关注点，我在这部小说中所要寻找的，也绝不仅仅限于此种价值。

我所看重的，是这部小说中四位主人公——赵家四兄弟各自独立的品格与二傻的品格特质相汇集，由此形成了一个完整的体系。我们在前文即已强调过，倘若暂且套用"最典型"的中国农民这种说法，则相对于二傻来说，赵家四兄弟是典型还是非典型的呢？或者是否可以这样说，在"最典型"的中国农民的语词笼盖之下，这几个小说人物的形象和性格是否有互补性呢？而这正是我从开篇就试图想要得到答案的一个问题。换言之，这些角色，在别人看来相异的地方，却恰恰为我探寻小说人物品格的超时空性，提供了很好的研读对象，从这些不同中，我看到了最终的统一，或曰找到了其终极的同一性——而这，能否称之为“典型性”呢？“典型性”是从不同个体中抽取而出，其重要特点，即是作为类型化形象，其中的所有个体，最终均具有克隆效果的高度趋同性。

而我所强调的超时空性，其显著特征，即是每一个体，都具有其无法归类或曰难以套用某种类型来指称的高度排他性，因此，其最终的统一或曰终极的同一性，即是其与另外的人物角色的相异性。明白了这一点，我想，赵家四兄弟与二傻是否具有所谓“典型性”——高度趋同性，当不难做出结论了。

为了使结论能够变得较为扎实一些，且让我们贴近文本更深入地做一点剖解。

《深圳往事》中的“深圳”，实际上指的是特区深圳。小说中的这段“往事”，一开始便发生在改革开放前夕的罗湖石岗村。

赵家老三——赵可家，就是在深圳人的逃港浪潮中最先出场的。赵可家原是村中的地痞小混混，因为擅长游泳，在逃港的浪潮中成了众多旱鸭子的教练。这倒像是做了件好事。而当船只中途沉没时，他更是冒着生命危险救出了好几名乡亲。从这一点可以看出，赵可家本质上还是一个心地善良的人。不过，刚到香港时，他便阴差阳错地加入了黑帮，此后更是卷入帮派争斗而不可自拔。虽迅速发迹，却也百味横陈。

赵家老大赵可建，只是诸多逃港者之一员，只不过他属于最早逃港的那一批。赵可建的命运与赵可家完全不一样，他的发迹史甚至带有一些传奇的色彩：1961 年，赵可建到了香港，初来乍到，只能在码头扛活。他在码头扛包时，遇到了一个算命瞎子。瞎子就给他算命，结果，瞎子算完之后，半天不说话，也不索钱，却直接给赵可建磕了三个响头。瞎子预言，赵可建二十年后将富甲一方——瞎子的预言，最终竟然变为生活现实。这是后话。——赵可建之后跟了一个裁缝师傅，从此开始投身于纺织服装行业。由于经营有方，他的事业发展很快，身家扶摇直上，风光一时。

老二赵可设，是小说的最主要角色。他在小说中的地位远远超过他的三个兄弟。赵可设当过几年兵，又当过村中的武装民兵连长，在深圳人逃港浪潮中他虽然也曾有过思想上的困惑，但最终还是和时任村书记的父亲赵山贵站到了同一战线。当赵可家带领众人逃港时，他协助父亲把四弟赵可乡拉回来，又眼睁睁看着父亲打断了四弟的一条腿。这样一晃就是许多岁月，时代推进到了改革开放的新阶段。此时的赵可设凭着他超出普通农民的胆识和魄力，成为留守深圳建设家乡的创业者。从承包鱼塘到后来担任中日合资公司的中方厂长，再到最后成立自己的公司，他同样干出了一番不容小视的业绩。

与三位兄长相比，四弟赵可乡的命运可谓坎坷，在他 16 岁的那次逃港风波中，赵可乡被自己的爸爸亲手打断了一条腿，这成为了他人生的转折点。伴随着“赵瘸子”的称号而来的，是他一生的自卑与消极，直至生命终结，未有起色。在失手打断儿子一条腿之后，赵山贵因内疚转而对赵可乡采取了放任和纵容的态度，这进一步害了赵可乡。令人悚然一惊的是，正当三位兄长在石岗村声名和地位蒸蒸日上之时，赵可乡却一步步走向堕落、走向殒殁。他不仅毫无成就，更因吸毒而丢掉了性命。他短暂的一生，可悲可叹。

赵家四兄弟的命运各有不同。这种安排，我相信是作者的一种精心设置。而且从小说的后记来看，这其中的赵可建、赵可设等人物，也极可能有其生活原型。我在想，这四种迥然相异的个人命运，是否带有某种象征性质呢？这种相异性，是否就是非“典型性”呢？我发现，循此逻辑，是无法找到答案的。这迫使我再一次调校方向，迫使自己打破所谓“典型性”或非“典型性”的藩篱。正是在这种前提之下，正是在这样一种背景之下，正是自调校起，我开始看到了解决问题的真正路径——看待这四个角色，当不能以典型或非典型一类旧说来硬套，而须按照角色本身的人生轨迹来加以判断：他们的出身本是农民，但呼吁改革的时代却把他们推上了一个不得不直面的分岔口，这种分岔口迫使他们选择了一条摆脱农民身份的道路——这与二傻所走的道路，有着天壤之别——由此，我们再次证得：所谓“典型性”，完全难以涵盖人物的生活轨迹与性格品质。这是确定无疑的。如赵可建，他作为第一批逃港者，后来在香港取得巨大成功，这绝非是“依恋”土地的“典型性”使然。他的成功，也绝不像那个瞎子算命所预言的那样，是什么轻而易举，也有艰苦备尝。他的成功，是建基于其勤劳、诚信等诸多优秀品德之上。我把他视为一个冷静而大度的儒商代表。老二赵可设，则代表了八十年代留守深圳，凭着自己的胆识和勤劳走向富裕的本土人。或者推而广之，他代表的，是八九十年代建设深圳的“拓荒牛”。如果说，在四兄弟当中，有谁与二傻一样，对土地存有一种眷恋、抱一种归宿感的话，那么赵可设是也。他对土地的眷恋之情是最深的。他在这片温暖的土地上艰苦奋斗，最终获得丰厚回报，这是土地对于他的一种恩赐。确实，他的致富之路最早是无法与土地分开的。从承包鱼塘赚得第一桶金，到后来成立自己的公司，他自始至终保留了一个朴实的农民所具有的优良品格。甚至，他最后与红颜知己林笑怡在思想上的渐行渐远，也与此有关。但是，由于地域的不同，也是受农村城市化进程的裹挟，赵可设的人生经历、思维方法，与二傻并无多少相类似之处。甚至对于土地的情感，也有彼此之间的个性差异。这也是所谓的“典型性”所难以涵盖的。而老三赵可家是黑道上的人物，他的选择虽然是偶然的，但同样有其深刻的必然性。这种必然性，不一定是源于赵可家性格上的弱点，也绝非因为赵可家对于土地天生就有什么仇恨。作者的书写，其实是意在告诉人们，这只是风云际会，适逢其时：对于孙向学来说，他实在需要这样一个角色—— 一个在风起云涌的变革时代不慎误入歧途终至走上不归路的年轻人，以此警示世人、晓谕来者。这与二傻骨子里的故土难离，自然相去更远。在改革开放进程中，随着人们的价值观不断受到物欲和拜金主义等形形色色观念的反复、剧烈而无情的冲击，出现赵可家这样的人物自然不是稀奇事情，而这种人物的数量，也绝不会少，所以我称其具有必然性。而不管这种必然性的产生缘由为何，亦与“典型性”无涉，而必与超时空性相关。至于老四赵可乡，则无疑是一个失败者，是这个充满变革精神时代的一个落伍者、沉没者。他处在时代的洪流中，不但意志消沉，不思进取，而且因为父亲兄长的过分溺爱，他立足人世的唯一资本——自尊、自爱、自重、自省、自强、自立，悉数丧失殆尽，因而，他之后再想凭一己之力来挽救自己，在深圳这样一个竞争激烈的地方活得像一个人、活出尊严、活出骨气，已然成为一种奢望。这其实是对土地的一种完全彻底的背叛。如此，他当然根本无法在这样一块需要保持血性的土地上，继续度他苟延残喘的可怜余生。其悲惨结果，尤为发人深思。赵可乡性格品质中背离土地的超时空性、与死神共舞的超时空性，也自然不可能与二傻的土地情结、怀乡情结有何关联。而赵家四兄弟以及这部长篇的其他人物，也绝不能假托所谓“典型性”或者非“典型性”来一番生拉硬拽。

四、悖论

赵家四兄弟的名字串连起来其实是“建设家乡”，这是他们的父亲赵山贵的心愿，也是他人物性格的一个侧面体现。赵山贵是一位农民干部，他与《二傻》中的李书记有着不同。李书记是一个更偏向于意识形态化的人物，在这部小说中，他的一生是通过其职务变迁勾勒出来的，即经由最早的李书记到县革委副主任，一直到最后的省人大副主任。李书记的角色需要以及火候掌握，都是一种难点，这是吃力不讨好的人物设置，拿捏不住分寸，则其形象绘写非但易于流于表面、流于形式，而且还会流于肤浅、流于僵硬。似乎正是因为此，李书记的形象显得始终不如赵山贵的形象具有立体感和鲜活感。赵山贵则不一样。如同二傻继承王财福的品格一样，他的个性品格同样深深地影响了赵家四兄弟，尽管这种影响不一定是直接的、可见的。也正是因为这个缘由，所以，对赵山贵这个人物个性和品格的解读，非常需要耐心。这是完成人物个性品格超时空性探讨的一个不可或缺的节点。

作为一个农民，赵山贵拥有勤劳、朴实的品格，这也是一种土地秉性。但与此同时，他又是一名党员干部，因此他需要带有一种超越意义上的个性品格。他无私、忠诚。为了工作，他顾不上照顾自己的妻儿，在三年自然灾害的时候甚至饿死了爱妻，留下一生的遗憾与愧疚；他为了阻止自己的儿子逃港“叛国”，亲手打断了小儿子的腿。然而以我的角度来看，解读赵山贵不应该停留在这个层面。我从“建设家乡”的取名中看到的，不只是如二傻名字——“建国”那样的意义，虽然二傻取名“建国”是因为他生于1949年，领取身份证时便听从了别人的建议，具有很大的随意性和巧合性，但这并不妨碍这个词本身蕴含的意识形态性。对赵山贵来说，他的一生实际上是献给了他的故土，他生命的热情离不开生养他的故土。而赵家四兄弟的叛逆精神，来自他们所处的这个时代，他们骨子里的精神乡土，则源于他们的父辈、祖辈，乃至整个民族精神和传统哲学。如果要说同一性为何，那么，我相信这种同一性是可以描述的。因此，在性格品质的相异性之外，真正的统一，当是能够与二傻身上的性格和品质相一致的精神和哲学——它由我们的父辈传给我们，由更古老的祖先遗赠给我们这些后来者：构成整个中华民族的个体成员。而这正是我力图找寻的人物性格之超时空性的真正内核。

这个观点是建立在一种悖论成立的基础上的。对于一个作者来说，他的努力方向，毫无疑问，是创造出各不相同、各自独立的鲜活人物形象。以孙向学的《二傻》和《深圳往事》这两部小说来说，无论是二傻，还是赵家四兄弟，抑或是李书记和赵山贵，他们无一不是各自独立、各有特色的角色（小说人物的艺术感染力正在于此)。这样的人物塑造，才是有意义的。要想让自己的小说厚重起来，富含深意，那么，坚持这一点，至关重要，而只有这样，人物才会有根。这个根，不但与小说人物赖以判断和作出选择的思考方式相关，也与其感情和人生追求的最终归宿相关。这个道理与树木是一样的，任何一棵树，不管它归于哪一科哪一属，生于何处，都必须长有深厚的根须，以此汲取大地的养分，而根须在土地上伸延的向度，并不影响它们枝叶纷披、自成一格的形态。顺带要说明的是，与人物性格相异所不同的是，这种关乎价值判断与选择方式、思维逻辑的精神之根，是不会随时空的转换而变化的。

在强调这个悖论成立之后，问题依然存在。这个问题即是，探讨小说人物品格的超时空性究竟意义何在？也许，我在上面所做的某些论述，会让人觉得这是一篇探讨中国农民问题的文章，而这种立意似乎首先要把本文的作者放到一个比“农民”阶层更高的位置上去思考。不过这显然是一种误解。为了能更好地厘清这一点。我想引小说《二傻》中这样一段很有意味的描述：乡文教办杨主任和梁干事来收校舍修缮费和民办教师费，因为早前已经交过教育费，二傻不肯再缴，争执起来，梁干事“手指二傻的鼻尖，说：‘你没有读过书，不懂教育，农民意识’”，这可惹怒了二傻：“老子过都宁越柳州，到湖南修铁路时，你怕是刚刚从你妈肚子里头钻出来，你晓得不？老子是整个玉里乡，哦，那时叫公社，第一个坐火车的，那时候，我比你现在这个牛屄样子还牛屄，但我再牛屄，也不敢，也不会去说哪一个人农民意识。我现在倒是想听听，啥子叫农民意识？”二傻之所以愤怒，是因为所谓“农民意识”其实是带有一种嘲讽和蔑视意味的说法。由此可见，所谓“农民意识”、“农民问题”，都只是固化的解读。如果不幸循此而将孙向学小说中的二傻和赵家兄弟品格的超时空性指向坐实为“农民意识”，则我以为，这样的解读，大谬。

更大的悖论在于，在相当广大的地域范围内，由于深陷底层困窘、遭遇身份尴尬，过去视土地为命根子的农民，已然对土地为本的祖训与传统产生怀疑。到了今天，有相当一部分人，甚至已经开始以务农为耻。但尽管如此，这些出身农家、由土地养育成人的大山之子，对土地又始终怀有特殊的眷恋之情。像二傻这样老实质朴的农民，终其一生的目标，只是在于可以离开王家坳，可以吃公家粮。同样，石岗村人在得知土地被征用户口可以农转非之后，则纷纷激动不已，“天哪，农转非，不就是都成了吃‘皇粮’的城镇户口吗？过去为了农转非，多少人走后门，请客送礼，费尽心机都转不成，现在一下就转成了？这不是吃到了天上掉下来的馅饼吗？”这不仅仅只是孙向学长篇小说中的情节，甚至还是现实生活中不可回避的事实。不过对于孙向学来说，他创造出的二傻这样一个有血有肉的“最典型的中国农民”，在“复杂的时代背景下”，则始终无法左右自己的命运。若说“典型性”，那么，这种类似于宿命的结局，大概可以归为“典型”因素之一吧？当然，对于赵家兄弟来说，他们又何曾真正“典型”地扼住过他们自己命运的喉咙？如果需要有一种“典型性”的、哲学层面的终极同一性，如果要将孙向学笔下人物归入中国传统哲学的最终统一，则赵家兄弟中，至少赵可建、赵可设的命运，能否称为与二傻产生了背离？倘产生了背离，那么，这种背离究竟是缘于作者本人的内心矛盾，还是缘于解读者的悖论，抑或是缘于其他因素？

至少在解读的角度上，本文作者与小说作者的立场是一样的，我敬重小说中人物的品格，因为我自己同样是其中的一员。我和他们是平视的，是心理相容的，不是居高临下，更不是睥睨不屑。我和这些人物之间，有一种超时空性的交流，一种默契，一种对视，一种惺惺相惜。我坚信，孙向学在创作这样的小说和创造这样的角色的时候，他也绝不会是以一种居于高位的方式来思考，他必然是要融入到小说的喜怒哀乐中去的。因为，我在孙向学的散文集《泗城往事》中看到的正是一种赤诚。所以，即使小说作者自己并不一定认同我对这些人物的解读，但我确认，在内心深处，因了长篇小说人物品格的超时空性、现实生活当中作为个体的超时空性，我们彼此间当拥有同一个根，这个根是具有永恒价值的。这是我认同孙向学长篇小说艺术品质的一个重要原因。

《深圳往事》这部小说的最后，写了赵可乡的遗孀肖秋玲在赵可乡死后生下一名男孩，“摆满月酒那天，肖秋玲请大哥、二哥给儿子取名。赵可建、赵可设不约而同说：‘立本’！”人物内心的这种相交通、相碰撞、相爱惜、相期许，实在意味深长。这或许又是另一种方式的“超时空性”？

肖双红论

背转身的都会与洞穿浮华现世的“一百只眼珠”

李云龙

一、刀锋之外的书写：铁画银钩或一种精神响应

肖双红，一个刑警出身的小说作家，一个从外表上几乎看不出任何伟岸潜质的湖北汉子——然而，这只是表面观感而已。

关于肖双红，人们真正应该了解的是，这个样貌普通、作品数量并不算多（代表作品：中篇小说集《随风飘荡》；长篇小说《为不幸沉默》）的资深警察，其实有着迥异于常人的一面：经年不知疲倦地在真假间杂、芳馥与血腥并存的细节中翻检真相；不辞劳苦地在刀锋的闪烁寒光中，穿越万千艰难，让泪和血、伤痛和牺牲化作具有动感和爆发力的铁画银钩，书写出大道之静默而威严的存在，书写公义不死；不趋事功地在骄奢尘寰中，打捞沦落的心灵；不露声色地在都会背转身的刹那，摄下真实的光影；不加歧视地在一个苦难地带，寻找人性的归途。

当然，不必讳言，肖双红的小说，在席卷天地的文字风暴中，并非异常清脆悦耳，或许它尚不足以摇撼文学的山岳。客观地说，他的小说，可能因为评论者短于识见，我们阅读时还暂难找到“照耀一个时代”的特质，但是，它却因为致力于洞穿浮华现世，而注定要烛照这座都会（甚至更广大地域）许多难以察见的角落——任何精神性书写，都注定要烛照（更高层级是照耀）被湮灭于繁华深处的幽暗空间。

这种精神性书写，在所有文学大家处，都显得神完气足。托尔斯泰洞穿幽暗的这种特点（在《复活》、《安娜 · 卡列尼娜》等不朽经典中均体现得相当充分），这种光芒万丈的书写方式，被高尔基、茨威格准确捕获。而茨威格借助高尔基对托翁外貌神

态的恭谨描写，不但将托尔斯泰自身的精神性书写与高氏传神的外貌描写两者巧妙地联系在了一起，而且还作出了创造性延伸——一个举世无匹的例证是，茨威格转引了高尔基的杰出表达，说托翁那对眼睛里“有一百只眼珠”。这是形容托尔斯泰拥有对物质世界的非凡观察力，可以将万事万物尽收眼底；拥有对精神世界的高度洞察力，能穿透一切现象的表层直抵本质。

举出托翁、高氏与茨威格们，自然不是要请尊神以唬人，借此为肖双红打这样一通并不适当的开场锣。我想，这里有一个误区恐怕必须消除，那就是，我们此举绝不是想将肖双红无限拔高。恰恰相反，我们认为，肖双红的书写，甚至包括中国目下大多数作家的书写，与真正的世界级文豪的书写相比，均存有或永难消除的差距（其原因是多方面的）。然而，存有差距，并不意味着就不能心向往之并“跂而望矣”。事实上，我们惊讶地发现，文学史上，不少大人物与未必是大人物者，在对世事的洞察方面，心灵是有某种相通之处的。比如由于有了对吝啬鬼角色细致的观察、概括、刻画，欧洲文学史上因而产生了著名的四大吝啬鬼形象。而中国古代文学当中，也有这样的吝啬鬼，虽则角色未见厚实，显得干瘪，或着墨甚少，仅余有限的若干细节示于人——仅此而已，但作家呈共时性结构的精神响应，却令人震撼。这说明，无论时代，不拘国度，只要是对人性有相应体察，则彼此总归还是“心有戚戚焉”。元杂剧中，郑廷玉的《看钱奴》，写的就是吝啬鬼故事。郑笔下的这个吝啬鬼叫贾仁（看到秀才周荣祖一家走投无路，要将自己的亲生骨肉——一个七岁男孩卖掉，贾仁便口述契约文书，把周荣祖的儿子买来，但最终也只肯付“一贯钞”）；还有明代，号为“三家村老”的徐复祚，也写过一出叫《一文钱》的六折杂剧，主角就是土财主卢至，这是又一个有名的吝啬鬼（爱钱如命，连妻儿卧病在床也不管，自己还到叫花子那里去讨剩饭）；再到清代，吴敬梓写《儒林外史》，其中有一个角色，叫严监生，这个死前还要家人灭掉一根灯芯的家伙，则更是一个家喻户晓的吝啬鬼形象。中外作家中，这种精神响应，具有很高的相关度。而且，不光是对吝啬鬼的书写，还有中国文学的雅颂风习，也是代有传人。明乎此，我们或可有理由这样认为，肖双红之小说创作，洞穿浮华现世，则同样是对这些文学大家的一种精神响应。

二、小说牵手哲学的一种成像：背转身的都会与人性急速下沉的部分

前述的这种精神响应，使肖双红脱离了一般的警察写作视角，比如，他几乎完全撇开了刑事侦查的技术细节还原，几乎抛却了对血腥场面具有感官虐杀性质的敷衍。肖双红的着眼点，在于都会（当然乡村也位于其列）的背转身部分，在于人性的缺损部分，在于社会生态、人性生态的急速下沉部分。而其知性表达的最高理想，是他贯穿于自己的全部写作、始终涌动不息的哲学思考。这，差不多可以称作肖双红的小说胎记。而现实表达不可改易的部分，则是其令人骨头生出寒意的当下书写。他的这种书写，最用力处在于，通过呈现永难启齿的生活背后之精神迷失，进一步牵出此种精神迷失之个人心理动因、群体心理动因以及经济学、社会学、犯罪学等诸多方面的成因。

（一）需要打开：背转身的都会深处与哲学的深处

这种精神响应，在肖双红小说中具象为细节捕捉、人物刻画以及外显的哲学形态描述等。而正是因为这种具象，我准备放弃或许更无拘束的纯粹理性表述，转而从肖双红的小说文本出发，去打开这些有生命的文字。

要真正打开肖双红那些有生命的文字，我们首先就有必要去理清其小说的基本情形。我们前边已经说过，《随风飘荡》是一个中篇小说集。它收了《热风》、《随风飘荡》、《赤潮》、《游魂》、《午夜咖啡》五个中篇。从总的方面看，这几个中篇，都涉及了情与法的内容，它们所体现的，是肖双红小说鲜明的叙事特点：由较为单一化的公安视点，向广角的社会考察开拔；由情节的浮凸效果，向人性的深层观照进发。而且，除了《热风》，其余四部中篇，均采用第一人称，“我”是叙述者；但其叙事角度，又各有不同。《随风飘荡》中，“我”一身而兼二任，既是不可或缺的主要人物，同时又是叙述的关键人物；《赤潮》当中的“我”，则是叙述者兼故事中的重要人物。《游魂》当中，“我”则主要是叙述者。《午夜咖啡》则始为叙述者兼重要角色，次则主要担任叙述者。这种收发由心的人称安排，使这几部中篇，有了一种叙事宽度，不逼仄，不局促。需要重点提及的是《为不幸沉默》，因为这是一部被喧嚣市声遮蔽的小说，是以沉沦女性为书写对象的出色长篇。肖双红所描绘的这些沉沦女性，是社会所羞于承认却几乎无处不在的幽暗角色。她们的群体，事实上已庞大到了冠绝古今的程度。她们的生命，是如此卑微，但她们的做派，又是如此招摇。这种卑微与招摇，

是一口浓痰的标价，而这种只能与一口浓痰等值的卑微与招摇，千真万确地成为了整个群体逃无可逃的最后栖所。这是一个幽暗的群体，更是一个不幸的群体：道德失范、社会成员的无耻诱引加上个体对物欲的可疑仰慕，使她们或被动或主动地将青春焚为了灰烬；而肉体与尊严的双重出卖，则合成了她们空洞的生命与很少能有归程的未来。

在接触了这个群体的无限哀怨之后，肖双红曾有怎样的反应？他或许确曾久久沉默，或许确曾不可抑制地浑身战栗？对于此，我们今天已不忍去向肖双红做更深入的可靠查证。但有一点，当无任何疑问——这是完全可以确认的——那就是，肖双红一定是深怀悲愤，并用在沉默中爆发的方式，记录了这个群体的伤痛与苦难，将笔切入了背转身的都会深处。《为不幸沉默》的成书出版，即是这一持论的直接证明。而无论是中篇也好，长篇也罢，肖双红的小说，都在鼓动羽翅，做着一种强力盘旋，并最终切入哲学深处。

（二）强悍的哲学：生活逻辑的刚性特征

肖双红所述故事的主要背景，是都会；他的小说，在哲学意蕴上，始终保持了一种穿透力。他笔下的人物，其生活逻辑的最终指向，均有一种刚性特征，或失却与错过，或沦落与毁灭，而这种失却、错过或沦落、毁灭，均以难以逆转的运动方式，循着真实的生活轨道行进，绝不旁逸斜出。作家的所有篇章均绝不取进入再退出之捏合苟且笔法。这是其作品至今为止所体现出来的不可转圜处——或许也关乎哲学的强悍。

1.《热风》、《随风飘荡》中的失却与错过

《热风》与《随风飘荡》，是中篇小说集《随风飘荡》中比较纯粹、带着温情又保存着人生遗憾的两部作品。

《热风》这部中篇的男主人公叫王松泽。他的社会角色是警察——某公安分局刑警队中一名富有活力的男队员。这部小说故事生长的基础，我把它理解为失却。而失却，是暗指人生的不完满。整个故事的交汇点，则又是王松泽母子之爱以及松泽与阿秋的邂逅、分离。自这个交汇点生发开来，又能见出两条线：

一条是写松泽当医生的、极有修养的母亲患了癌症，手术不是很成功，癌细胞后来转移到了肾脏上，母亲靠一种精神活着。松泽于是在案件与俗务、单位与家庭之间奔忙，心挂两头。而母亲日子无多，这使松泽在尚无任何两性体验、暂属绝对菜鸟的

情况下，即须面临现实的失却之痛。这里，失却成了一种考验，成了一个特殊群体的生活逻辑的总和——肖双红借此表达的，是一种职业品格。

一条则是写松泽与一个叫阿秋的女孩之间的交往和没有结局。阿秋经营着一家快餐店。这家快餐店被她布置得很有情调：“店里装饰简单，椅子和桌子都有很明快的线条。墙上有一幅20世纪摄影大师奥古斯特·桑德的作品《年轻的庄稼汉》。”松泽很快就被这样的布置所深深吸引。作家在这里，运用了以虚引实的方法——借松泽调动知识储备为画家桑德作心灵注解之“虚”，来引出松泽与甚至还完全陌生的阿秋之间，彼此所作心灵交流之“实”——尽管此时松泽与阿秋并无任何实质性接触。且看作家如此从容运笔：松泽知道，桑德“不只在视觉表现艺术上占有一席之地，也同时是人类文明史的重要印记，几乎所有谈论第一次世界大战之后文化重建工作的论著，都一定会提到他。他以既不嘲笑又不过分推崇的客观态度，拍摄了整个日耳曼民族的众生相来作为他的终生事业。他拍摄的人像广及农村和城市的各阶层人物，任何人看到他的照片都会感受到这就是日耳曼民族。《年轻的庄稼汉》是桑德以‘时代的脸孔’为主题的系列作品中最著名的一幅，摄于1914年。照片中的人物举止都透着自认为最适当的仪容，在不同的脸孔、异样的眼神、不同的姿势和互异的裁切构图中，表现了日耳曼民族的骄傲、倔强、严肃、不轻易放松的同一品性。他们都肩负着同样的传统包袱，在压力下有着同样深沉的忧郁”。这种写法，显出了作家在艺术选择方面的训练有素。宕开一笔、悠闲落墨，实际上是为后面松泽阿秋的相互悦纳作铺垫。“阿秋嫣然一笑”，“松泽干脆站起身来，在店里转。阿秋就轻柔得像朵白云一样跟在后面。松泽边看边想，这里的气氛与别的快餐店不同，它让人觉得宁静和谐……松泽想，能把快餐店里的一切组合得这么完美无缺，店老板一定是个有涵养有远见有品位的人”。作家叙述至此，我们也就无法不去自然勾画出一条平顺轨迹：由相知到相守。这其实就是大多数人“蛮横”的内心逻辑：纯洁的青年男女之间的爱恋，似乎一定会循此毫无阻滞地展开。不过，这种带着相当期待的内心逻辑，却最终被颠覆。臆想的逻辑，被真实生活内在的逻辑给完全粉碎。小说所展现的事实说明，肖双红是一个视众人心理为无物的真正“蛮横”的角色——他不管不顾地按照某种坚硬的逻辑结构故事。完全没有错误，松泽确实与阿秋有了一段热烈交往，甚至有了肌肤之亲。不过，“完全”未有男女恋爱真正经验的松泽，却怎么也想不到，这么有情调的阿秋，背后却早已有了两个男人。而且，把这家快餐店送给阿秋的，就是这“两个男人”中间的一个——名叫“高佬”者。阿秋对松泽作了非常彻底的隐瞒，这让松泽在和阿秋的接触当中，没有任何顾虑毫无保留地投入了巨大热情。经过了一些日子，松泽已在心里描摹将阿秋娶回家后她与妈妈婆媳相亲的景象。然而，他到末了都不知道，阿秋的人生，还有如此惊人的秘密，并且他自始至终都还不知道，自己在受着蒙骗。松泽当然没有等来他所想要得到的结果，而且是失却了这段情感。不管两者的恋爱如何不对等（松泽纯洁、阿秋暧昧），生活刚性的逻辑，亦未产生任何偏移——失却就是失却。而阿秋的失却，更有一种深长意味。她本来有权利追求真正的幸福，可是，她自己给生活亲手设置的轨迹，却强硬地甚至面目狰狞地拉拽着她，使她再也无法回头。不过，她又有优秀的一面，比如有很好的艺术修养；也有善良的一面，比如虽然将自己不完整的身子与松泽的处子身合为一体，却也最终以飘然远去还了松泽自由之身。肖双红对小说人物自身的生活逻辑，作了很好的拿捏。这是具有哲学意味的表达。因为，整个故事，未违背其刚性逻辑来作切分，来人为地造出一个皆大欢喜的团圆结局。

松泽的朋友汉木，其生活，则呈现另一种方式的失却。汉木为人豪爽，交往极广，也愿意助人。不过他脑子里想的几乎就是怎么去睡遍全世界的女人，就是多装些“寡妇拉尿”之类的粗鄙谜语。他失却了本可以更开阔的精神空间。

《随风飘荡》则是一种错过。“我”是一名公务员，不出意外的话，马上就要升任局长，有着相当地位。故事从“我”交代中午要见一位重要客人开始，顺着回忆通道“我”将自己多年前的一段经历与当下两相对接，于是就有了一种缠绵与沉吟：“我”曾到贵州支教扶贫，而在支教这段时间里，“我”遇到了一个有着苗族血统的未婚青年女性、县教育局干部王茗芋。王茗芋由此在“我”的生活里“逗留了一年”，“我”与她之间，也就有了许多值得咀嚼的内心曲折。不过，故事并未走向人们通常希望走的轨道。后来，我回了深圳。而“我”和她，由此多了一种精神系念。当然，中年以后再遇，两人依然未“逾矩”：“我”和“她”的故事，就在两人相见却未有涟漪——王茗芋讲外公传奇离世——处结束。这是一种美丽的错过。之所以称它美丽，是因为，在浮华现世，这种纯粹的精神方式的相恋，早已被毒蘑菇一样遍野生长的滥情挤对得难有存身之地，所以，这种精神爱恋，是美之大者，哪怕心灵之中，只有不向世俗低头的精神在“随风飘荡”——顽强守着锵然“错过”。

这两部中篇，记录了背转身的都会那相当温情的一回眸。

2.《赤潮》、《游魂》、《午夜咖啡》中的沦落与毁灭

《赤潮》、《游魂》与《午夜咖啡》，则写了都会下沉的部分。

《赤潮》有一种亲情迷眼、人心险于兽性的深度表达。

“我”的父亲，靠勤奋努力创下了一份巨大家当——一个超过了亿万资产的企业集团。但识人走眼，仅因为熊雨是自己女儿（已遭遇车祸亡故）的同学，即多方关照，安排她做了自己的秘书。其后，父亲因为觉察到熊雨的不轨行为，执意解除了其秘书职务，但又因一念之差（还是顾及其与女儿是同学），只是把熊雨的工作调换为清洁工，而未扫地出门，结果养虎遗患，祸及自身。父亲的沦落在于，因受亲情蒙蔽，不能知人善任——这是被亲情迷住了眼睛；年事已高，却倚仗手握巨大财富，总有风流韵事——这是被财富迷住了心窍。可叹。

“我”年轻，有留学经历，也愿意为父亲分担压力。但是，我因不受道德约束并因妻子仁明性冷淡，在生活方面，甚为放纵。而整个家族的不幸，也即自此始。我的沦落，是德性输于兽性，理性输于本能，由此累父亲因我的错误而丧生。

熊雨是“我”的情人，也是“我”父亲的秘书。她比“我”年龄要长，在家时就已结婚，且在夷城即长期与厨子李根（后买来假文凭混进当地的警察队伍待了一阵）奸宿。从年龄与经历看，熊雨其实已是标准的残花败柳，但凭着几分姿色和极有手段，她趁“我”一次喝醉酒之机，主动上演了一出“献身”丑剧。有一就有二，此后，熊雨顺理成章地和“我”频频上床。“我”本就是拈花惹草角色，这样一来，正好，也就乐得“照单全收”。“我”堪称欲仙欲死，享尽艳福。然而，不成想，这一切都是熊雨这个女人的阴谋——阴谋的起点，是她宣称自己怀了孕。而揭穿这个阴谋的，也是她自己：她和李根策划害死“我”父亲后，又把“我”骗至深圳郊区的一幢私人住宅内，将“我”击昏绑住。等“我”再醒过来时，她不但逼“我”说出“我”所知道的全部银行账户密码，而且还得意洋洋地告诉“我”：“准确地说，我并没有怀孕。”这是一个让人不寒而栗的女人；阴谋当然一直都存在，但阴谋的真正升级，则是李根到达深圳尤其是潜入“我”父亲独资办的金沙湾度假村之后的事情。“我”迷恋与熊雨的鱼水之欢，即暗示了“我”家噩梦的开始；而李根在“我”生活当中幽灵一般出现之日，则是“我”家悲剧的升级之时。李根的到来，意味着一对狗男女真正的杀人越货阴谋不但就此落地生根，而且必定会枝叶繁茂。熊雨和李根在已经遭到警方追捕的情况下，依然疯狂绑架，便已说明，即使只拣人性残存一项查考，他们的身上都已难觅善良踪迹。

熊雨的沦落与毁灭，在于不能安守本分，在于她扭曲了自己的人生观、金钱观、价值观。当“我”遭到绑架明白了熊雨的用心后，说出“熊雨，你又欺骗我了”这样的话时，熊雨的回答，将其内心作了赤裸裸的表白，她说得如此振振有词：“这个世界本来就充满欺骗。”也正因为这样，她无法回头，只能变本加厉与姘夫李根合谋杀人。熊雨从头至尾一直都是心如蛇蝎，她对于金钱的膜拜和占有欲，最终使她坠入犯罪的万丈深渊。

李根的沦落与毁灭，是因了人之原始兽性的放大。李根与熊雨的臭味相投、狼狈为奸，是邪恶与丑恶的联姻，在他们身上，难以找到任何善良的根，哪怕只是那么一丁点的善良，都难以寻获。从头到尾，他们就像地狱里的鬼魂，眼睛闪着幽光，浑身毒汁流淌。这样的罪恶之徒，我想，肖双红应该是握有原型材料的，也就是说，他写熊雨，写李根，是在案件侦破过程中的一种人物积累，所以是真实可信的。但是，在这两个人的沦落毁灭中，我的观感与肖双红这种来自生活部分的刚性逻辑，又有一些无法重合处，我以为，即使生活逻辑真的不可转圜，也可以让小说逻辑稍微露一点脸。我愿意提醒肖双红的是，此处或可将情节磨得再细些，将人物本身设置得更复杂些，更多变些。恶魔的内心，或也有不为人知的挣扎的一面。

从整个故事来看，《赤潮》显见是取的一种寓意，它昭示的是，在人性的湛蓝大海上，会不时有污染带出现，会有赤潮泛滥。

《游魂》这部小说，取材于当下生活，是有真实案例作支撑的。职业妓女杀人，这本不奇怪。作为被侮辱与被损害者，她们用这种极端的方式，表达对于这个彻底抛弃了她们的悲惨世界的恨意，大体上，也算是一种颤巍巍的人性站立。但《游魂》所写的这个职业妓女杀人事件，却非常特别，因为这个事件当中的被害人，是一位卓具声望的法学教授。这位法学教授，在小说里是单名，连着姓一块叫，就两个字——林鸣。林鸣其时刚刚 50 岁，任教于北京某大学。其被杀的原因似乎并不复杂，他为了发泄满胀的情欲，祸害了当时还是处女、还没有向堕落跨出实质性一步的那位杀人凶手——即因其“恩赐”迅速沉沦，回过头来又杀了他的那位现任妓女。故事似乎有一种因果轮回报应不爽的气息。但这绝不是作家表达的重点，那种看上去很像因果报应的细节联系，或许仅仅是一种巧合。作家所想表达的，是天色向晚，人迹何处，是这样的内心忧惧。试想，代表道德制高点的象牙塔尖，都被莺声燕语所惑，都一头倒在了体香流泻的皮裙底下，可以称之为道德范本的教授，则成了民间百般戏谑的对象，端的是人心不古，斯文扫地！抬望眼，只见千江浊流，万户萧疏，人性的山河破碎，个体又何以家为！至于此，我们才会发现，肖双红这篇小说，实在藏着很深的心思。我们不妨回头来看看活着时的那位林鸣教授：专业造诣很深，有相当的建树，事业上也是雄视四方；多金、多情、多艳遇，到处寻花问柳——连柯明星（此人做过台湾竹联帮一个不小的头目）之妻雪儿，他也敢招惹，而且多次在一起共度良宵，并最终上套，白白丢了500万。还是这位林鸣教授，拿男人的强大作为向异性炫耀的资本，把性爱当作家常便饭。但是，他忘了一句古训，色字头上一把刀——在刀头底下横行无忌，是要付出代价的。林鸣所付出的，是生命的代价。这种代价太大，也太沉重。林鸣教授脑浆迸溅之际，或许没有想到，女性肢体、女性器官，也是杀人利器。颇有才学、极度风流的林鸣教授之沦落毁灭，殊为可惜，让人深思。这种沦落毁灭展示的，是一种人性的自虐自伤，从哲学的因果观看，他只是表面上死于外来暴力，而事实上是死于自己内心失守。林鸣的滥交、拜金，是他的死因；他是法学专家，却对法律缺少敬畏之心，这也是他的死因。就算他的肉体生命没有死在被他祸害的女孩手里，他的道德生命、精神生命，也早已死在了践踏法律的那一刻：“回来以后，教授愣在客厅里。半晌，没有说一句话。从法律意义上讲，他已经犯了强奸罪，如果那女孩去告他，他一世的英名便成了粪土，而且还得坐牢。……最后他作出决定，三十六计走为上策。”肖双红在此处的笔锋所指，是人性的残破、道德的亏欠。

那位职业妓女叫刘惠。在这桩杀人事件中，仇恨是导致她砸碎林鸣脑袋的动因。林鸣夺走了她的贞操，使她失去了让自己活得端正一些、光明一些的理由，从此，她开始急速向社会最黑暗、最肮脏的部分下沉。在她的意识里，林鸣就是她人生悲剧的制造者，所以，她要向林鸣寻仇、索回公道。而索回公道的方式，就是让死神对林鸣进行审判。从这桩案件的整个过程看，最初的受害者当然是刘惠，加害者当然是林鸣。所以，林鸣必须受到法律的制裁。但是，刘惠不懂得运用法律的武器来讨回公道，所以，林鸣最初才能够逍遥法外。然而，践踏了法律，终究还是难逃惩罚的，这种惩罚，或由法律实施，或由另外的当事者实施，总之，天网恢恢，疏而不漏，种瓜种豆，必然要自食其果。而后来，加害、受害关系的被颠倒，也足以说明这一点。自然，从刘惠挥动路易十三酒瓶砸向林鸣的后脑勺起，她便注定了再也不可能会有归程。

刘惠的沦落毁灭，从某种意义上说，比林鸣之死，比他的沦落毁灭，更具有悲剧意味。因为，一个本来对整个世界充满信任、内心纯洁美好的年轻女孩，有无数理由让自己不去憎恨物质性的社会构成，让自己活得更好，活得像阳光一样热情洋溢，像花朵一样色彩绚烂。但是，一个如此庞大的社会网络，却未能有效地保护这些像花朵一样的女孩——包括刘惠，问题到底出在哪里？道德家或许会说，是因为没有了道德约束力；社会学家或许会说，是因为个人不能正确认识社会本质，不清楚个体的社会角色内涵，不能摆正个人的社会位置；法学专家或许会说，是因为整个社会法律意识淡薄，个体成员对法律缺乏必要了解，缺乏起码的敬畏之心……或许，这都对，或许，他们提到的方面，都有太多疏漏缺失。但是，对于更多的刘惠而言，到底又是什么，使她们掉进苦海，掉进万劫不复的深渊呢？肖双红展示的，或是作为个体的刘惠之沦落毁灭，但我想，这种展示的背后，一定还有更深的东西。那么，这种更深的东西，到底是什么？

《午夜咖啡》是一部拥有很高知名度的中篇。说它拥有很高知名度，是因它与安惠君这个名字有着密切联系。安惠君曾是空降而来的大红大紫的深圳警界女性。她从普通办事员升至罗湖公安分局副局长，仅仅用了不足三年时间，创造了该分局的一个“奇迹”。这是众所周知的部分，而当初不大为人知的部分，则是安惠君的个人生活糜烂，索取或接受男警员性贿赂的部分。《午夜咖啡》当中，因为人生态度、处世方式的高度接近，刘丽萍这一形象，自然也就会有安惠君的影子。关于这一点，我还在一些相关文章里看到比较出奇的说法。这些文章称，检察部门查处安惠君，最初就是从这部中篇里头找线索的。我当然不是特别愿意相信在小说里寻找反腐线索的说法。这些说法，或许代表了老百姓对于我们当下反腐现状的一种另类思考与表达，却未必合于事实；即使合于事实，这也只能是“孤本”。不过，绝无疑问的是，在这部小说里边，的确少不了安惠君的一些昔日“光芒”。比如以肉体作升迁资本，比如不择手段来挤垮竞争对手等。小说当中，刘丽萍的角色沦落与毁灭，既直指制度层面的监管不足，也直指公众层面的精神缺漏。小说所传达的哲学思考，若用小说开头的一段话来形容，我想，或可称为确当：“我未能清晰地感受到光线的昏暗是从什么时候开始的。从光明走向黑暗的流程，在不知不觉中产生，又在不知不觉中结束……”“从光明走向黑暗的流程”，这，不也是须遵循一种刚性的逻辑么？不也有某种哲学指向么？

（三）翻转的哲学：小说逻辑的变形特征

生活逻辑或许自有其唯一性形态。但小说是不会只有一种形态的，哲学亦然。肖双红的小说，所透现出的生活逻辑，确实有一种刚性特征。因为，它们就是众多真实细节的提炼。正由于肖双红有这些优越的先天条件，所以他在小说中作人物处理时，便绝不像某些小说家那样，一味让自己变成这些人物的替身，或者让可能的阅读者来充任这类人物——打破刚性的生活逻辑——我们在前边，已数处涉及肖双红这样的表达特点。毫无疑问：肖双红在构思小说时，首先遵循的，即为严酷的生活逻辑。所以他的小说，其细节，可以与现实生活相互重合，是可靠的、鲜活的。不过，这并不等于说，肖双红只愿按照生活逻辑刻板结构故事。他确实在生活逻辑的哲学推演、审美观照方面，有不可移易的一面，然而，肖双红同样注意到了小说自身的多样性、可变性等哲学规律，其小说行进，于是有了共时性与历时性的并存景象：同一剖面的审美观照，是诸多细节的集合——这里所说的集合（唯一、确定、无序），可理解为若干个细节在这个剖面（亦可以理解为点）上的相交，其哲学意味自是偶然遇合。相反，如果呈串接性发生的一种细节集合，穿透了同一个过程，那么，这些细节的散点分布，就是一种必然。

即使无关“必然相交的两个点，就是一种偶然”的哲学阐释，肖双红还是可以借助小说的方式、文学的方式，将哲学做一种翻转。

事实也确实如此。肖双红的小说，仅从逻辑角度看，也并非就是一条道走到黑，它自有其变形的一面、宽大的一面。

这种变形的、宽大的一面，显出了小说的翻转变化，这就是都会的背转身——同样可以将之称为翻转变化。而都会的这种翻转变化——背转身，是否也与哲学相关呢？比如，“军仔死了，阿菊死了，阿琴死得更早一些。但是，时间不会因为他们的死去而停止，社会始终在朝前走。不幸的是一句残忍的名言，渐渐为多数人无奈地接受，人是什么，一半是野兽，一半是天使，人们发现靠教化和博爱促使人们向善，最后难免让教化者本身陷入深深的失望中。由动物进化而来的人类，一直努力地让自己区别于动物界，可惜几千年的文明，常常敌不过几十万几百万基因的力量。”比如，“物质的诱惑每时每刻无时不在，永不间歇地冲击、蚕食着你的意志：一边是艰难孤独的寒酸、劳苦；另一边是繁华耀眼的享受、舒适。你一个人在钢丝上走着，时刻可能跌下去，抗拒诱惑有时比忍受辛苦更不容易”。比如……总之，都会已然翻转身，哲学则在肖双红的眼眸深处。

《为不幸沉默》对于梦境，有过这样一番描述：“风在漆黑的夜里急速奔跑，车窗玻璃吱吱吱地响。我又倒头睡着了，梦很快又展开。我在梦中听到对面床上有呼吸声，一圈又一圈的，像水波一样，是很大的一环套一环的圆圈，有很亮的眼睛在水中闪烁不定，女人的腿、身子、头发在水下忽隐忽现，小鱼在毛发中谨慎地穿行，鱼的身子很扁，像危险的刀片，尾鳍摆动中，有光影在跳动。”生活逻辑本身并不会像梦境里描述的那样。但是，它却能在人物受到主观情绪的暗示、支配时，产生微妙的改变，产生变形——至少在梦境里会是如此。

这种小说变形，非社会常态，与法律无涉。但它却跟肖双红的哲学思考相关。从表面看，这种言说，似乎主要关乎性意识，但是细读之后，你会发现，它其实深藏隐喻，是对麻木不仁生活的一种砍斫。梦，或是一种忘川逝水——“弹指繁华，总随逝水”。这句话说明，梦的不确定性是显而易见的。同时，也只有在梦里，相关哲学意义才是翻转的。不过，梦里的哲学翻转，到底能赢得谁去注意其能指与所指？这，是一种真正的变形与宽大么？

好在，还有肖双红的小说，虽则疼的感觉深入骨髓，深入到每一根神经，但，那些文字毕竟能让我们暂时记得，血管里的血还没有彻底冷却。

那是一种很深的眷顾、很深的烛照、很深的痛惜、很深的爱意——《为不幸沉默》！

这里同样包含变形的宽大的小说逻辑吗？但是，为什么只能是小说，只能是逻辑？……

省略……，省略是一件好东西，就像“女人是一件好东西”（肖双红小说中语）。借此省略，我们终于可以更便捷、更快速地跨越哲学，踱进《为不幸沉默》。

这部悲悯色彩极浓的长篇，屏蔽了那种义正词严的讨伐，是一种忧伤的叙述，是一点一点—— 一点一点的小心的叙述。篇章当中，有斑驳的、血淋淋的青春；有苍白的、匍匐于泥土的生命……

《为不幸沉默》之中，有一个幽暗群体的出没处，那里，就可能有你的姐妹、你的恋人甚至你的母亲！

《为不幸沉默》之中，有足以让你打消罪恶念头的一切！

《为不幸沉默》之中，有韩雨挣扎的灵魂，她为了能让高位瘫痪的丈夫得到救治，不惜走向无比幽暗处——急速下沉！

不一定能说韩雨像佛那样受难，但她未泯的良知，使那么多的正人君子们黯然失色！

《为不幸沉默》在昭示一个道理：良知，应该是所有人内心的神明与青天！

《为不幸沉默》让文字产生链式反应，它在郑重发出警告：请不要当着你的姐妹、你的恋人甚至你的母亲，去亵渎你至亲的人，去干天理不容的勾当！

《为不幸沉默》中的几乎每一个细节，都在反复提醒：你的姐妹、你的恋人甚至你的母亲，她们，都正在因你所需要的口中食，去以肉体和尊严为代价，去挣世间最肮脏的钱（而为了你的活，她们却可以去死——所以，这又是最干净的钱）。她们只能屈辱地活着，苟活着！

《为不幸沉默》在用血浇洗、镀亮这样几行文字：如果你不能去为所有人呼号，如果你不能去拯救那遭受苦难的所有的人！那么，就请你先用忘川奔泻的巨大激流洗干净身与心之后，再去寻找，去满世界寻找——去寻回你的姐妹、你的恋人甚至你的母亲！

成群结队的，是正在受难的她们！

在最后的时光里，口中诵着佛号，头上顶着《圣经》的，是她们！

她们，正齐齐念着：“我所爱的，你何其美好！何其可悦！使人欢畅喜悦……”然后，变成虚空无形无色的气体！

正是从这样令人窒息的情境切入中，我们看到了《为不幸沉默》厚重文本的闪光。这样的文本，有着太多意蕴，有着太多感叹：青春是什么，爱是什么？人生是什么？一切以物的形式出现的过往、现在，又是什么？未来可能会是什么？青春之殇是什么？人性之殇是什么？

这，当然绝不会是“一觞一咏”，面对你苦难的姐妹、你的恋人甚至你的母亲，你怎么可能去这样畅叙幽情！

是更宽大意义上的“国之殇”，而不仅是“葬我于高山之上兮，望我故乡；故乡不可见兮，永不能忘”（于右任老先生原诗为：“葬我于高山之上兮，望我大陆。大陆不可见兮，只有痛哭。葬我于高山之上兮，望我故乡。故乡不可见兮，永不能忘。天苍苍，野茫茫；山之上，国有殇”）。

《为不幸沉默》这样的文本翻转，比任何哲学的翻转，都要更沉重、更震撼。

三、雪线之上的书写：“一百只眼珠”如何洞穿浮华世相

（一）生活如影随形：“局外向局内最有力的反证者”

生活是这样毫无预兆地与你相随左右，直到将你逼到雪线以上，让你缺氧窒息。

这种如影随形，其实也嵌入了我们的当下——正如我们每一个人都不可能撇开生活本身一样，我们进入小说的过程中，也不可能离开文本（我持论所需倚仗的“生活”）。我这样说，是希望能偶尔有兴趣跟着往下走的伴行者，不至于为我将大容量

地引用肖双红的小说原文（这大约是本文当中，我所创造出的一个“史无前例”的做法）而心生厌烦。

生活死盯住了肖双红，而且毫无顾忌地、更加“涎皮涎脸”地、更紧地纠缠着他。正由于这样，肖双红的内心隐痛，当远大于一般人。因为他离生活更近，也离生活的真相更近，所以他时常会遭受难以排遣的忧伤的无情袭击。他如是说：“我只能在叙述中远离生活。但在本质上我的叙述是一种被背叛的生活。我的经验、道德和知识在脱离于生活时，我似乎要强迫自己做一种有益于生活的昭示。但生活只会在本质上去依附那些沉默者，而在精神上，我想通过一个艰难地建立起来的虚构的故事向生活表达我的虔诚、坚定和理性。”但是，肖双红的经验，或者说，他那种将真正的生活经验剥离之后转用直觉勾勒出来的五度空间经验，已与真实生活产生了错位。由于他一直在寻找一条表达其“虔诚、坚定和理性”的途径，因而，他必然要将原本来自生活的经验，做一种抛离，实现“虚构”——当然，这种“虚构”，只是他的一种自我需要而已，只是一种幻象而已。他用直觉勾勒的相关经验，只意味着真实的生活经验在他心灵当中打下的烙印太深，是他急于减轻这样的经验在他内心所造成的伤害之权宜之计。但事实上，肖双红无法靠虚构达到这一目的。他越是想摆脱，真实生活就跟随得越紧，且无比顽强地与他如影随形。尽管他宣称要建立“虚构”的故事，可是故事建立起来之后，我们却直接看见真实生活无耻地出卖了他的“虚构”企图。其实，他自己最终也无奈地意识到了这一点。他通过小说人物之口，这样说道：“我反对任何背叛者，我希望自己能成为生活中一个有力的支持者。支持生活是我的基本立场。与此同时，这个故事也是建立在欲望的基础上的，人的欲望是没有止境的，这是人不如其他动物的地方。人生因欲望而生动，也因欲望而劳累，甚至毁灭。”这段话透出的一个核心意思即是，作家想要在小说当中实现自主“虚构”的努力，已彻底宣告失败。正因为生活是这样强力击打着他的心脏，所以他的文本当中，才会有泪雨滂沱。

假如你觉得这只是一个孤证的话，那么，我们还可以接着往下看：“当我通过早晨的第一道目光来打量我们新的一天时，其实我已对生活付出了我的良心。我对它刻意的理解，并且投入了我的全部的热情。如果这些还不具有对生活的洞察力的话，那么只能说生活刚刚从另一些人的热情中飞奔而来。属于我的，只有一个期待叙述的故事。这个故事是关于我和父亲的，也许还牵扯着其他人。但无论如何，我的父亲一定是这个故事的主角，这位主角把他生命的鲜血洒在深圳，尽管他的鲜血并不可贵，但毕竟是血，而且这血，还向人们昭示着什么。”

我们此前说过，肖双红深入其间的生活，自有一种刚性逻辑，这是没有办法改变的。肖双红在基本的生活构图方面，他始终都没能抗过真实的情境规定，他只能由“局外”再次陷入“局内”彀中：“每一个复杂的人最终都会打败我的企图——热爱生活是一切人的前提。活着，往往暗示着另一种叙述，没有规律，没有畏惧，没有现实性。”他只能慨叹着行进，让真实的生活经验湮没自己的心灵挣扎，并像晚上走夜路的孩子那样吹起自我壮胆或自我安慰的口哨：“这种幻想包括把我们生活的全部，有效地植入我的叙事中。这是他们的精神生活和意志的阶梯。我把他们送到一个陌生的地方——他们自己的语言中。”当然，他的所有这一类期待，都一概落空，“在阳光还没有照亮窗子的时候，我记起了我以往的生活。我在生活中反映过我对劳动者的尊重，但由于工作性质以及历史演变的需要，我很难把我的生活从大量的人群中划开，我属于他们，但我更愿意在回忆我的生活的同时，离开他们。他们的体验游离于汗水、卧室和路面上，他们懂得任何一个人都得解决良心所面临的问题——我为我自己做下了什么而倍感烦躁。一个行动着的人，一个四肢健全者，迟早会在太阳下，在工厂、田野或旅行的路上碰到我，那时我就比这个早晨更为严肃。因为我得当面反映他们的生存所暗示的爱，他们将面对我”。

这是被许多案卷所灌溉出来的细节讲述：“现在，熊雨忽然说，你知道我是什么时候怀孕的吗？没等我回答，熊雨大声喊道，是在金沙湾度假村。她向我重复了一遍，正是在金沙湾度假村，我才看出了熊雨的野心，也知道了那名叫李根的厨师已经悄悄地来到了深圳。”但这种怀孕鬼话，却是真正的“虚构”。除此而外，肖双红对于生活自身逻辑的强大惯性，则始终无力抵御。“太阳出来了，阳光照射在刚刚被吃空的盘子上。熊雨的背影在厨房里晃动。我看着那些盘子的反光，它们反射到我眼睛里，我的心像被掏空了一般，什么也不能装上。太阳已不再是那个圆的了，由于它光线过强，超越了地平线，它居然向这个方向伸出角来，很刺眼。太阳象征了一种带有破坏性的存在”。这种破坏性存在，才是一种真实的存在。肖双红当然想甩脱这种“破坏性存在”，只可惜，他只能听任生活的刚性逻辑，把自己微弱的喊声击得粉碎，只能任书中人物嘀咕抱怨：“令人讨厌的方董事长，她肯定这样嘀咕过。我容忍了她对父亲的不尊重，但我不能容忍她对我本能的凶恶和可耻的指责，同时我真不知道在本能上我到底热爱什么，弃绝什么。”

（二）雪线之上的猜想："一百只眼珠"在哪里聚焦

雪线是一个危险的概念，它所包含的冰冷、没有生机的内在意义，令人心生畏惧。不过，其中亦有岔道："董事长注意到自己的目光在这条腿上响亮地奔泻。"这句同样"响亮"的描写，自然只是对于老年人心怀欲望的一种略带情绪的叙述。不一定有什么微言大义。但是透过整部《赤潮》，却能引动雪线之上的猜想，因为，这种"响亮奔泻"意味深长。

在《随风飘荡》里，"我"和王茗芋之间的是与非，生活逻辑主要反映为一种情节规约，而情感逻辑、小说逻辑，则主要反映着一种哲学浸润。这里没有雪线，但却有足可与雪线形成强烈对照之美丽人性的沛然湿地，有一种润物无声的"暖国"的雨。

《游魂》的雪线意味极强。林鸣的色胆包天、程少通的忽浮忽沉、我的醉态、刘惠的由人而鬼……这些，都成为了一种雪线之上的猜想（其实，又何止是猜想）：谁是这座城市的游魂，谁是尘世的游魂，谁是心灵世界的游魂？阳光倾泻于大地之时，那些被遮蔽的部分，是否也就是游魂一般？

这是故事的一种暗示，"而且还具有某种宿命的意味，这一点也不夸张"："教授显得凶狠、粗暴。他完全忘记了什么理性与道德，恣肆地将潜藏在灵魂和肉体深处的本能奔突暴发。在他眼里，雪儿只是一个自甘堕落玩弄男性的女人，没有什么可以怜惜的。两人扭来打去，雪儿乱咬乱抓，使林鸣教授越发充满了报复的心态。他再一次撕开了雪儿的衣裤，用他那坚硬的仇恨穿透了雪儿的身体，他一直穿进去穿进去，仿佛穿过了雪儿的心脏，并且把它们像炸弹一样灼热地释放出来。"在人性的雪线之上，林鸣已然失去呼吸与知觉。

而刘惠呢？她"在一个草坪上坐下来，用沉醉迷茫的眼神望着草坪的另一端。那里有一座高层楼宇，在它的下面是一块用几何图案拼成的'宇宙城夜总会'招牌。招牌上灯火闪烁，分外耀眼。夜总会的门口有许多女孩围着，一批批地朝里面鱼贯而入，也有男人们三五成群地朝里面拥进。听打工的姐妹们说过，那些女孩都是去'坐台'的。'坐台'也就是做'三陪'小姐，靠陪喝酒、陪唱歌、陪跳舞来赚取小费。她们必须赔着笑脸，让客人满意，风险很大，但收入也高"。心思的开始活络，已经说明，刘惠人性中残存的淳朴本色，已无法阻止雪线诱惑对她的侵蚀。即使没有林鸣的可耻侵夺、知法犯法，她往雪线奔，只是迟早的事情。再往下看吧，可以看一看肖双红对于刘惠还有什么样的处置："坐累了，刘惠站了起来，怀着复杂的心情盲目地靠近夜总会，她不知道自己会干什么。她倚着一根灯柱，怀着一种好奇，观望着夜总会进进出出的人们。头顶上的灯由于反装着灯罩，那雪亮的灯光射上了天空，刚好使刘惠处在半明半暗之中。这种半明半暗的形象，令刘惠无端地心动，她自言自语地说，或许这也是一种选择。”肖双红在这里，分明就是对着所有往雪线上奔跑的群体，发出 SOS 示警信号。事情当然还没有结束，肖双红继续在违背他“虚构”的初衷，用颤抖的声音讲述着刘惠的故事。当确实有男人和她搭讪时，刘惠开始选择逃开了，但是接下来，她的心却是在往雪线之上行进，“看着男人的背影，刘惠有些后悔，差点喊那男人等等，但她终究没有喊出口”。我们从这样的细节描写当中，可以清楚地听见肖双红在向一个寒凉的世界，无助地拼尽力气地一遍又一遍地喊着“救救她们！”

雪线不是都市文化的专利，但是有着“铁胃”的城市，在消化各种各样文化的同时，的确在制造“雪线文化”。

这样一种腐朽文化的生成，也成就了肖双红——他既不幸又幸运地获得了用“一百只眼珠”向都会暗处聚焦的机会。

都会暗处既然是肖双红的聚焦点，他的笔当然一方面拥有了循本来的生活逻辑向下扎根的便利，另一方面，也找到了变形的可能入口：“刘惠不是好的打工妹。每个月 500 元的收入，住在临时搭建的铁皮房子里，南方燥热的气候和超体力的工作，使她从不安心工作。至少她整天在盼望着改变自己的生存环境。在她心生怨气时，她会诅咒那些在深圳开办工厂的资本家 。”当然，她的诅咒并没有改变其命运走向，“相反，她像掉进沼泽地一般不能自拔。在不断地如同机器一样工作的同时，她首先感到的是物欲的不能满足，这使她倍感孤苦和愤懑。与她同事的那些姐妹们，在不满足生活于最低层的时候，有意无意地走了另一条路。有的被人包养成为‘二奶’；有的成了‘三陪’小姐或干脆做‘鸡’。刘惠陷入一个怪圈，她羡慕她们的物欲生活的同时却又反感她们的生活方式”。

生活就是以这种无耻勾引又卑鄙嘲笑的方式，在敲打着这些可怜女孩的神经。

在《游魂》这部中篇里，肖双红极为痛心地记录了刘惠沦落毁灭的诱因：“三年后，在深圳市公安局看守所里，我见到刘惠时，她告诉了我她当时的感受。她说，那场景（肥老板与阿秀偷情，被刘惠撞破——引者）比以后看到的色情电影真实得多。从此，脑际总有两堆白肉在摇晃，摇晃……”肖双红后来就以上情况咨询了一位犯罪心理学专家，专家说，“那场景诱发了犯罪人当时的犯罪潜意识，应该说，在以后的日子里，她有意或无意地受着这样潜意识的支配”。受这样潜意识支配的，又岂止一个刘惠！其实，比刘惠更现实因而或许更不知羞耻者，会不会更堕落、更可怜、更可悲？她们可能对生活有一种本能的狡猾规避，在未来时段里，靠作假、靠抹杀过往取得新的人生支点，将自己打扮成清纯女性，并获得相应好处。但这种充满谎言与欺骗，完全虚假的人生，能是一种真正意义上的人生吗？

《赤潮》里的四川女孩阿秀，就是比刘惠更现实者、对生活有一种本能的狡猾规避者。她有自己的生存“哲学”，她说“我们都是从农村出来的，吃过太多的苦，出来打工，也是为了赚钱。赚钱多了，回家乡也有一个依靠。……找个不知道我底细的人不就行了嘛！……”刘惠说：“人家跟你睡一觉就什么都知道了。”阿秀神秘地笑笑说：“你这个人只会认死理，现代科学发达，不是处女了，到医院做个缝合手术就成了。”在这个故事里，阿秀确实将自己黑色的过去，用她自己所讲述的方式，做了表皮上的清洗。作家这样写道：“三年后，当我决定写这个故事时，我去找寻过阿秀的下落，我希望能从她那儿了解到一些关于刘惠的情况。当我去她和刘惠一起工作的那间工厂时，那间工厂已搬迁到了东莞。留守的几名员工都认识阿秀。从他们零零碎碎的叙述中，我得知，阿秀在与肥佬分手时，肥佬给了阿秀一套公寓，二十万港币。工厂搬迁以后，阿秀辞去了主管的职务，卖掉了公寓，还花四千元人民币，在康明医院做了处女膜缝合手术，然后回她的家乡，找了一位师范学院毕业的研究生结了婚。据说，她在当地成功地开了一间规模不算小的超市，生活得美满富足。但是，人们除了知道她是四川人以外，不知道她的真实身份，因为她打工时，所使用的身份证是假的。”缝合手术做得再成功不过，而且靠如此成功的手术，她在一个师范学院毕业生—— 一个无辜男人面前，永远保守住了那不堪入目也不堪回首的过去之所有秘密。但是，这样的秘密是守住了，而人性的底线，她守住了吗？在这样一种叙述中，肖双红对于刘惠与阿秀的态度，是有区别的。他不忍让刘惠说出那一套既没有廉耻又有辱人格的话，而且让刘惠选择了复仇一途，这是伤悼之中的体恤。尽管刘惠与阿秀，都是在雪线之上行走，但作家对阿秀，采取的，显见是曲折的批判笔法，是一种否定与贬斥。

《午夜咖啡》中的人物，有刘丽萍、徐副部长、黄局长、钱主任、阿琴等。对于所有这些人物在雪线上的行走举动，作家都是各有涉及的。其中，不但有女性主动牺牲尊严和肉体，冲泡暧昧的午夜咖啡（安惠君不是冲泡午夜咖啡的原型，作家直言安惠君远没有这样高雅），而且有男人与女人之间的另类交易——行性贿赂或接受性贿赂，此中有各种欲望的“盘桓、郁结”，真真是万千浊流在涌动汇聚。此时的“午夜咖啡”也就不仅只有物质属性了。因为它既然是桃色活动、龌龊勾当的催情药，则作为刘丽萍午夜时分以身体做交易本钱的一种媒介，必然又是一种隐喻象征。比如或赤裸裸或羞答答的雪线上的行走，即是从极深刻处折射出了人间丑恶。这种洞穿浮华世相的书写，正是借力于聚焦都会暗处的“一百只眼珠”。

四、暴风眼之下的书写：为了将来，需要“引进一点秩序与逻辑”

（一）“快乐的植物”太多，当值的神祇太少

当我们写下这样一句话的时候，我准备再次深度穿过《为不幸沉默》的整个文本，即使招致诟病，我也决无犹豫。

肖双红在《为不幸沉默》当中，借香港医生的口说，“我对大麻感觉不错，印第安人说得好，这是一种快乐的植物。有一次我吸得多了点，整个人有点麻木了，像是没有了意识。但接着，平时那些隐藏在意识背后的记忆开始像烟雾那样冒了出来，它们在我脑子里翻筋斗，拿大顶，闪转腾挪，重新排列组合，构成了奇妙的图像，那种感觉实在是妙不可言。你能体会到吗？……香港医生接着说，你总算是有点长进！敢于尝一口，可你知道有人为什么要抽这个？为什么有人酗酒、吸毒、搞女人？通常，我们会说她们变态、堕落，但什么是变态？什么是堕落？感官体验的极限在哪里？你知道这极限又通往什么地方吗？再比如信仰，信仰是什么东西呢？它跟感官体验真的就那么水火不相容？如果事情真是这样，为什么感官体验者在对肉体的探求中反而得到了某种精神的深度，而那些信仰者却在对精神的探求中得到感官的深度？”读过这段话之后，我总在想，我们周围有太多“快乐的植物”，而太少能管事的当值的神祇。

不过，我们还可以再深入一步去想，神祇再多，自己内心未有神祇值守，也是无济于事的。现在，这么大范围的内外失察、未有神祇值守，积重难返，则真的是要有更多肖双红这样的人来思考整个族群的走向了。这是一个暴风眼之下的沉重话题，它与未来相关，与存亡相关。在这样一种沉重的暴风眼之下的书写面前，我们或许真的应该认真读一读伊塔洛 · 卡尔维诺的话：“我们再回到格诺的主要目标，也就是在一个完全缺乏秩序与逻辑的世界中，引进一点秩序与逻辑。”（《为什么读经典》，意大利伊塔洛 · 卡尔维诺著，黄灿然、李桂蜜译，南京译林出版社 2006 年 8 月第 1 版，第 301 页）

但愿，我们能循此，能为了将来，“引进一点秩序与逻辑”。

（二）为了将来，我们有理由对肖双红进行重新认识

肖双红在暴风眼之下的书写，是一种人性的高贵书写。但是，他最有价值的此类书写，却未能得到应该得到的关注。所以，肖双红是一位被低估的作家。对他的低估，是崇尚物质感官享乐的当下之心窍堵塞的结果。他的被低估，主要体现于社会成员之冷漠对待《为不幸沉默》这一点上。所以，我们还需要回到《为不幸沉默》的整个文本上来——尽管此前我们已费了相当多的篇幅解析《为不幸沉默》，但是，为了能真正将它的价值看得更清楚些，我想，我们还是有必要从另一个角度，进入《为不幸沉默》。

《为不幸沉默》完全不能只称作是一部诉说悲情的书。弄清这一点，绝非多余。我们如果不想让后人极度鄙视我们这一代人的话，那么，我们真的有必要花一点时间，来凝神看一看作家的血色书写。是的，为了将来，我们有理由去对肖双红作出重新认识，有理由重新认识《为不幸沉默》。

《为不幸沉默》，是一部有大爱的书，“我和韩雨早早来到法庭，我们想在这里再次见见阿菊，虽然她患了艾滋病，但是我们没有理由抛弃她”。

《为不幸沉默》是一部充满悯恤的书，“我打开窗户朝楼下的街道看去，冷饮店门口一个干瘦的男人搂住了一个站街的女人，这种身份的姑娘在中国几乎所有的城市都有，在深圳出现就更不足为奇。阿琴死了，但是她的姐妹们还得干下去。这些女人和阿琴一样，这种行业绝不会是从阿琴开始又从阿琴结束。在阴暗的灯光下，她们并不十分引人注目，但她们的眼睛却一直没有放过路上的行人。我就这样一边看着窗外，一边细心地听着门外的声音。到了半夜，楼上突然就响起脚步声。我赶忙开门，一个女人从楼梯口跌跌撞撞地跑下来。在我的不知所措的注视中，这个女人的哭声显得悲怆绝望。我看到她的皮裙尚未拉上锁链，腰部的赘肉闪着白色腻光。她回头说，没见过你这么变态的！女人的声音颤抖着，小姐怎么了，小姐就不是人？”

《为不幸沉默》是一部医学诊断书，审判书。它对良知的缺席、对一个不幸群体的沉陷、对社会成员的麻木、对我们这一代人所需要承担的一切，都做了冷静诊断。这是一种深具未来意义的精神诊断。

《为不幸沉默》本来只是一部小说，但不幸的是，它所指涉的，恰恰是当下无孔不入、无处不在的颓靡时风。我们应当承认，这是一部与高度真实未有太大距离的小说。它的出现，是不幸，因为它毫不容情地撕开了脓疡的创面，撕开了心灵的伤口，

撕开了掩藏于无限繁华后面的都会——不，绝不只是都会——乱相，撕开了假面与低俗。我们如果不能正视这一点，那么，我们就不仅仅是受到责难的问题了——说责难是太过轻描淡写了，我们是必定要受到历史的审判的，受到后来者审判的。历史不可能为我们打圆场，不可能因为这个时代连同活跃其间的各种角色全都成了逝者，而集体予以原谅。不，历史和未来不可能昏昧至于此。

不错，我们是给这个古老国度创造了巨大的财富，但同时，我们也创造了极为耻辱的记录!

《为不幸沉默》的出现，又是一种大幸。它把一种蒙羞的记录，把一个底层社会的千疮百孔，无比真实地呈现出来，敲打我们麻木的心。让我们思考，蒙羞记录的产生，到底意味着什么？或许，当下没有人站出来回答类似问题。但是，无论我们当下愿不愿意，历史都一定会挺身而出代为回答这一切的，未来是一定能够洞察真相的。未来不会因为前人用了什么样的说辞遮蔽、替换、粉饰，就会幼稚地信以为真。未来一定有能力将背后的不幸存在完全曝露于光天化日之下，不管那些关乎这个时代的只言片语表面已经如何风化。未来是不可能因为某种漂亮招贴而不求事实原委、不管青红皂白、不问祸殃肇端的，任何人都不要去指望未来会网开一面、动恻隐之心。真实的情形是，后来者比我们所能想象到的，要聪明得多、勇敢得多，也冷酷得多、无情得多。历史一定会比所有夸饰、沉埋的逻辑要更理性、更峻厉、更有力。

《为不幸沉默》还是肖双红投入了巨大写作热情的一部长篇，是他的生命一种非常重要的展示。这部长篇，讲述的绝不只是王今、韩雨、詹晓明、阿菊（军仔）、小爱、阿敏、阿琴、老板娘的欲望都会的故事。肖双红在小说里讲述的故事，也不只是属于深圳，其幽暗的部分，也绝非深圳所仅有。社会转型期道德、人伦的隳败，事实上已成了时代之痛，成了一个民族亟须解答的重大的严肃问题。这里关乎的不只是某一群体、某一局部的情形，它所关乎的是一个古老国度的当下与未来。

《为不幸沉默》是肖双红小说创作的一次升华。它对浮华现世的烛照，未必完全自觉却在事实上转成了一位普通中国作家对大师的特殊景仰，由此衬出的，则是托翁“一百只眼珠”的神韵。作为长篇小说，《为不幸沉默》把都会背转身的瞬间影像，作了比多数作家都要更精细、更准确、更清晰的摄录，而且绝对权威。这不独得益于作家的观察力、洞察力，还得益于作家特殊的职业——刑警，当然还得益于作家对这一隐秘阶层生活的最近距离的探知，更得益于作家对其社会成因那种近水楼台式的相当深刻的观照。正缘于此，所以这部小说，才未滑向功利化、庸俗化、空壳化歧途。它非常深入，堪称深挚，是一部清醒的书、诚悫的书。其真实可贵处在于，它从未试图将疽痈描画成桃花。在篇章当中，它将都会的暗处看得真真切切，又在暴风眼之下，描述得精到简要："总是在一个细雨迷蒙的日子，夹竹桃灿烂地开放着，在空气中散发着有毒的香气。我们那间小屋的门关着，透过窗户，我可以看见对面灯影下的阿琴。我想，作为一种职业，我们这个社会从来就没有承认过娼妓，但它确实是一种职业，这些人都分散在这个城市里，这个城市的上空的每一粒灰尘都浮动着他们从各个角落散发出来的气息。"

《为不幸沉默》是一部心灵的忏悔录，不是单独为哪一个个体忏悔，而是为整整一代人作忏悔。

《为不幸沉默》是一部有思考的书，是一部有良知的书。对于当下而言，它既是一部时代痛史，也是一部社会留影。它的深度在于洞穿了浮华世相，它不应该为这个时代甚至未来时代所遗忘、所忽视。它提出了与社会学、历史学、伦理学甚至经济、文化等相关方面的许多问题。其中，既有法律层面的满地狼藉，也有道德层面的一片晦暗，还有人性层面的万劫不复。

《为不幸沉默》惜之乎至今没有得到一种可以称之为名实相副的响应，但我保证，这不仅显示出了理论的眼神不济、学界的装聋作哑，而且显示出了当下的猥琐、尘俗的寒凉。它的价值，需要重新发现，或者，毋宁说，它的价值正在留给未来、留给沉淀于疼痛深处的历史。我以为，它或许会如卡尔维诺所言："这个文本的丰富性和创新动力，永不会完全耗尽。"（《狄德罗：〈宿命论者雅克〉》，伊塔洛·卡尔维诺《为什么读经典》第 123 页）

甚至，肖双红及其《为不幸沉默》，还会因其真实的书写、对背转身的都会的书写、刀锋之外的书写、暴风眼之下的书写，获得更大的心灵宽度。

伊塔洛·卡尔维诺在谈到帕斯捷尔纳克反对那些使理想冻结的抽象理论时说，帕氏此举"并非通过对人物、情景或意象的客观描写来达到的，而仅仅是通过偶尔的反思"，不过，"毫无疑问，真正的负极就是这个，无论是明说或暗指。"（《帕斯捷尔纳克与革命》，伊塔洛·卡尔维诺《为什么读经典》第 215 页至第 216 页）

我想借用卡尔维诺这些话语的核心并试图扩而大之的是，肖双红不仅仅通过"偶尔的反思"（甚至是在合适程度内的多向度的必要反思），来达到为当下描出管涌位置并质疑"使理想冻结的抽象理论"的目的，而且还是通过"对人物、情景或意象的客观描写来达到”这一目的的。他的所有小说书写，都在反复证明这一点。

“他从不让他的头脑松懈，也不依靠他那措辞生动的杰出的才能让他在一片浅薄的思想上漂浮。”（《威廉·赫兹利特》，弗吉尼亚·伍尔芙《普通读者 II》，人民文学出版社 2003 年 4 月第 1 版，第 169 页）

肖双红或许与重要的思想家尚存暂时难以缩短的距离，但是，他一定会因其深刻的哲学思考，因其对背转身的都会的形象记录，因其在刀锋之外的书写，因其在暴风眼之下的书写，因其洞穿浮华世相的目力，而进入历史的眼眸深处。

李兰妮论

一个作家与她的旷野书写

吴炫

第七届华语文学传媒大奖，作家李兰妮是“年度散文家”的热门人选。李兰妮之所以会引起如此关注，原因在于，她的文学创作活动，成果丰硕，尤其她的《旷野无人—— 一个抑郁症患者的精神档案》，被认为是“用生命的代价写就的文本”。

作家李兰妮，经历非常丰富。童年不太愉快，青少年时代又四处奔波，20 世纪 80 年代末罹患癌症，自己却一直蒙在鼓里。2000 年，她获知真相，曾一度中断写作，其后经历多次手术，堪称九死一生。2003 年起，又患了抑郁症，病情严重，近五年来必须一直服用赛乐特、奇比特一类抗抑郁药物。病魔接二连三的侵袭，使她几度痛不欲生。抵御病魔，成为她步入中年期后的最主要工作。而此前，她最主要的工作，都是与文字打交道：做记者、办报纸、进文艺创作室、写小说、写散文、编剧本等。她的处女作，发表于上世纪 80 年代初，之后，创作势头一路飙升，中短篇、长篇多所涉猎，有四五部散文集子相继问世，影视剧本在央视的黄金时段热播。在很年轻的时候，她就拿到了“文学创作一级”正高职称，且时任中国作协全委会委员、深圳市作协副主席，获大小奖项无数。正是这样一位女性，在最好的年华，不但遭受着病魔的严重侵害，而且还要时时与死神相对视。她用灵魂作笔，把不幸砸碎，化为墨，诠释着刚强的含义。

李兰妮的文字很讲究。20 世纪 90 年代的散文《画家》、《老人的美屋》、《新故事 · 老故事》等都有很强的可读性，既有信息量而且情感也很真挚。她是通过个体感知来触摸社会脉搏的。因此，她的文字，一方面有很强的时代特色，比如《傍海人家》、《澳门的故事》就是借几对岭南儿女的兴衰荣辱、悲欢离合故事，描绘了深圳与澳门的城市发展历程；另一方面，她的创作又带有很强的自况色彩，《池塘边的绿房子》、《十二岁的小院》是作者童年生活的真实写照。

《旷野无人》则和她以前的创作不同。她书写疾病、剖析自我，直面自己所走过的艰难历程、承担内心黑暗的百般折磨，并且使尽力气，用女性纤弱的手高高举起生命英勇的旗帜。这样的写作，那么苦、那么难、那么来之不易、那么鲜血淋漓、痛彻心肺，读来令人无法不为之动容，无法不感慨万千。然而，这些以血煮沸的文字，至今却仍然被“暴雪”掩埋——在商业化写作大行其道的当下，一些人甚至不愿意向这些血迹斑斑的生命书写，多投去哪怕是匆匆的一瞥！这些以血煮沸的文字之被“暴雪”掩埋的事实说明，我们这个时代不但缺乏足够的审美能力，而且更缺乏足够的人文关怀。面对个体生命发出的足以洞穿黑暗的精神光芒，广大社会成员患了一种选择性失明症。这再次证明，一个群体如果只是追逐金钱、地位、男女性事、花边新闻、赤裸裸的肉欲、极端的享乐主义……一句话，人们如果只是疯狂膜拜物质、捞取现实好处、追逐人性最腥臊的东西的话，那么，对高贵的精神就必然会取蔑视态度并将之弃若敝屣。倘使从这个角度看，确实，《旷野无人》并不是一个与时尚合拍的好读的文本。不过，我们需要提醒大家的是，这个以时下的标准衡量显得并不好读的作品，却是生命的血色书写，每一个字，都是丈量生命尊严、生命高度的符号。所谓的“不好读”，甚至也热不起来，只能是时代的遗憾、生命的遗憾、人性的遗憾、文学的遗憾；另外，我们还想告诉大家的是，一个好的文本，必然拥有一种无声的张力，这种张力体现于作者与写作的斗争之整个过程当中；而且，我们尤其需要告诉大家的是，李兰妮的写作努力，是为了制服躁动的灵魂，为了平息自己内心的不安，完成心灵一次又一次的洁净之旅。它的意义是无法被穷尽、更无法被消解的。当然，击中我灵魂的，还有李兰妮的那种内心仰望——这是一种无比可贵的神性的启迪。我想说的是，李兰妮一直在病中，她的写作不仅仅是一场精神与体力的消耗，更是一次与黑暗的较量、与梦魇的对抗，她赋予细碎文字以坚韧的美丽、强大的力量、不屈的精神。

一、直面“恶之花”

史铁生在《病隙碎笔》中谈到：“生病也是生活体验之一种，甚或算得一项别开生面的游历。这游历当然有风险，但去大河上漂流就安全吗？不同的是，漂流可以事先做些准备，生病通常猝不及防；漂流是自觉的勇猛，生病是被迫的抵抗；漂流，成败都有一份光荣，生病却始终不便夸耀。”

这个不大幸运的作家，因为残疾与病痛，写出来的文字或明或暗都藏着灰色的衬底。他因肾衰竭从1998年开始做透析，两天去一次医院，一做大半天。尽管如此，他却仍然达观。而他抵御命运凌辱的力量，他在病魔疯狂侵袭下依然达观的襟怀，均源于他的精神自救。现代社会大多数人做不到这一点，而是任凭精神残疾蹂躏，加上普通人对这样的精神疾患缺乏认识、重视不够，所以抑郁症越来越呈高发态势。据世界卫生组织统计：当今全球抑郁症的发病率为10.4%，这意味着每十个人中就有一个人受其影响，高居精神疾病榜首。在作家群里，这样的例子更是屡见不鲜，三毛、徐迟、顾城、海子、杨干华、钟子硕……

而李兰妮尤为不幸，非但身罹癌症，而且成了抑郁症患者。其实，在确诊患了抑郁症之前，李兰妮的事业正是如日中天。她创作高产、前途无量。还以女作家身份在40岁时即获得“文学创作一级”的正高职称，这在当时的中国，也属寥寥无几。而大概也就是在这时甚至更早些，抑郁症的魔影却在向她悄然逼近。一个或许具有病理诊断参考意义的依据是，在《旷野无人》之前，李兰妮的创作一半明媚，一半忧伤。

她写电视剧本，在文学创作室做“时代素描”，笔调充斥着热烈的红色，显得慷慨激昂。1998年出版的《傍海人家》，就是以深圳为蓝本，通过小人物的奋斗历程折射一个时代的万丈光芒的。这种积极向上的基调，很是鼓舞人心。这部作品也就随之被搬上荧幕。

但是，她回忆童年往事、谈随想见闻，却又黑暗甚至绝望到了极致。《池塘边的绿房子》，是一个中篇，自叙色彩浓郁。这部小说，大部分虚构的是住院的一段经历，里面满是死亡、病痛、孤独和冷漠。这部作品写于1987年，正是作者遭遇滚滚红尘、内心非常抗拒成为深圳人之时。1990年，她写随笔《画家》，这种抗拒的情绪浮出了水面。篇章当中有这样一个满口乡音的画家，站在落日黄昏的阳台上，忧伤抑郁地说：“多么的——孤独哟——”这差不多就是李兰妮当时情绪的一种真实写照。随着城市的崛起，这口乡音、这个画家业已成为传说。但这种变奏，李兰妮则是感同身受。1987年到1997年的十年间，是她作为一个深圳文化人痛感绝望无助的时期。此后，她就不写小说而改写散文，写“生活在别处的感觉”，没有心情去写散文时，又写影视剧本。写作方式的不断转换，正好从一个侧面折射出她的内心反复经历了何等样的挣扎。

写时代，她要穿上明媚的外衣；写自己，她又无法不沉入忧伤的湖底，必须退入“旷野无人”之境。这样的写作状态，是不健康的。此后情况没有任何好转，反而越来越严重，不但写作，即如平时，她也难以摆脱这种心绪的控制。她总是失眠多梦，就是白天也常常产生幻觉，有好几次都想到自杀。长久以来，她必须始终忍受直面“恶之花”的心理折磨，这几乎就是一场又一场的精神杀戮！我们或许可以站在不知情者的立场上，指责当事人缺乏最大的勇气，也可以批评现代的文化病态。如果仅仅是不知情者，那么，你当然可以有权利轻松地将病态写作——准确地说，应当是描写心灵病态——指为不正常，认为这是不应该被言说、被表现的。但是，你决没有权利鄙视作者的内心退却——这是一颗痛苦灵魂的裸呈。事实上，无论是现实生活，还是虚拟的文学世界，能直面“恶之花”者，能用言语道内心退却者，始终寥寥无几。人们更多时候，习于沉默，一为解脱，二为责任。而打破沉默，则需要极大勇气。因为，打破沉默，就意味着必得将自己的精神伤口再度撕裂。没有勇气，是做不到这一点的。从这个角度来说，打开内心，其实就是决绝地奔赴灵魂的刑场，这不是退却，而是站立，是进击。你有理由为自己的不知情辩护，但没有理由去忽略、去瞧不起直面“恶之花”的勇士。人类总喜欢把自己打扮成强者，然而，人类始终只是弱者。尤其能见出这一点的，是病——没有什么比病更能体现人类的弱。只有在病的时候你才知道，飞翔的精神不得不受制于我们这个衰败的身体，这一切都是不受你控制的。当然，谈论他人的痛苦，是一件简单而容易的事情，即使谈论者内心是怎样的怀着无限同情、怎样的真诚，甚至不论多么撕心裂肺、肝肠寸断，他都能比当事人多一分从容。但所有人言及自己，言及那些亲历的悲苦，又必定总是不堪回首。正因为如此，所以，李兰妮直面“恶之花”的书写，才格外具有灵魂浴火重生的意义和价值。

从 2003 年起，李兰妮开始写认知日记，借此配合医生作抑郁症的辅助治疗。第一篇日记中，她提到：“今天以前，我很怕写日记治病。我怕想到‘写’字，想想就很焦虑。我认为自己做不到。”第四篇日记，她列举出不快乐的一面，并且分析根源。随后的日记，记录的情绪总是反反复复，阴晴不定，内容多是“流水账”和数不清的可怕梦境，有时语言表达也含混不清、絮絮叨叨不合逻辑。最后一篇，倒是以积极的姿态，给自己也给别人留下了一点期盼——她特意在认知日记里写下心愿：“我希望自己从此永远不要忘记：在上帝尚未向人揭示出他的未来计划之前，人类的全部智慧就包括在这四个字中：等待、希望。”

2005 年，她的病情得到控制并开始好转，于是动笔写《旷野无人》。这意味着，她站在了更高处来重新阅读病中的心路历程。之后，她将 116 篇“认知日记”全部公之于众："随笔"是分析病因，其中既有对童年的回忆，也有心理学的引述；"链接"则相关甚广，其内容或是摘引权威书籍，或是录入原始病历，或是粘贴自己从前的文本；最后是"补白"，是一种拾遗，也是一种必要的补充和分析。或许是因为生病的缘故，她的病隙碎笔、呢喃自述，略显松散。如果这是一次倾心的打扮，那么，它没有华丽的辞藻、雕琢的意象作精致的外衣；如果，这是一次随兴的梳洗，那么，它没有巧设的情节、绝妙的悬念作讨喜的妆容；如果这是一次着意的亮相，而似行云流水那般的措辞造句，又是定妆后所必须有的优雅走秀——如果是这样的话，那么，这也是此类文本所缺乏的。甚至，有时候，这些篇章中的某些文字都不免凌乱。然而，正是由于这一点，由于没有矫饰和妆点，才显出了李兰妮直面疾病——直面"恶之花"时最真实的内心，她回归了本我，她是敞开滴血的灵魂写病态感受的，没有隐瞒，不作保留，有时甚至颓废黑暗到了极点，让人看得惊心动魄。那些破碎、跳跃的文字，那种激流暗涌的情绪波动，让我在阅读时甚至觉得艰于呼吸，让我如处狂风恶浪的大海之中。不过，她的这种写作姿态，又是如此之深地打动着我。她在回忆童年、谈及家庭的时候，不做遮掩，不加粉饰，这也使我看到了一个女性的勇气和一个作家的诚恳。

《十岁的一个瞬间》回忆了她在别人家寄宿的一段小插曲。当时，她还是一家军事要塞子弟小学的住校生，父母在没有事前告知她的情况下，就离开了要塞，只把她交给一个熟人照料。一时间，"家没有了"，她只能寄人篱下。过了不久，她便逃回了学校。没有人给她过生日，她便卖了牙膏皮、破凉鞋、小辫子、练习簿，一分两分地凑起来。她用这样攒的钱照了一张相片。相片上面，是一张心事重重、没有笑容、少了天真的十岁孩子的脸。

这段记录，是李兰妮在文本中第一次直面自己的童年。一个瞬间竟成了忧伤的永恒，成为永难愈合的创口。没有欢乐的孩提表情已凝固于瞬间，童年的委屈酸楚则化作了永恒的忧伤。而这种忧伤又不断地在内心累积、放大，终于由水波微漾变成了巨浪滔天。在摘录后的补白里，她提到，书写这个"瞬间"的时候，自己可能已表现出轻度抑郁倾向。

李兰妮的性格本来是坚强的。熟人都觉得，谁都可能患抑郁症，但李兰妮不太可能。然而不幸的是，李兰妮的家族当中，她的祖母、母亲、公公都曾患过抑郁症。家族严重的抑郁病史，加上人事的拂逆挫折——她父母都是军人，因为工作调动，时常身处外省，还频繁地在海岛与城市之间辗转奔走，童年时代起，她就要被迫经常转校——过着一种颠踬生活，这使李兰妮与同龄孩子相比，少了应有的许多欢愉。而母亲的遭遇，更是让她幼小的心灵承受了不可承受之重。十年浩劫期间，李兰妮母亲即退职称病在家。因为出身小知识分子家庭，所以日子过得提心吊胆，难以安宁。外祖父、外祖母在江西老家险些被斗死，却连信也不敢通。母亲曾经偷偷跑到外地往老家寄过两个包裹，还天天担心被造反派追查出来；甚至因为怕暴露自己的家庭出身，竟假扮了三年的文盲。母亲由极其焦虑最后发展到极度的神经质：她在政治上进步、业务上拔尖，而且公私分明，对外人比对自己的儿女更和蔼、更关心，她从不对孩子说我爱你；即使教训子女，也一定要关上门窗，怕小院里处处都有警惕的眼睛，怕让外人听见；甚至，她还要提防自己的子女——李兰妮在小学当了学生中唯一的副连长，因此被工宣队选去押解过一次被斗的老师，母亲便觉得自己的女儿就是一只狼崽子……

无独有偶，军属大院里的每一户人家都是有精神暗疾的，这对李兰妮的成长有很深的负面影响。《十二岁的小院》提到过一个细节：邻居家的小女孩因为一块肥皂被自己母亲暴打。这个细节折射出的，是一个悲剧时代的冷漠无情：

> 小玉子妈回来了。她看见满满一盆子肥皂沫，就赶紧往盆里摸。才摸了一把，就抬脚踹倒了小玲子、小玉子。小玉子妈打人的时候最精神，最漂亮。这时候，她的嘴不歪，脸上白里透红，微微沁着汗，乍看上去，像抹了唱戏的油彩。她打起人来好往脸上抽，有一回，小玉子被她扇得聋了好几天。
>
> ……
>
> 姥姥抱着小珊子，盘腿坐在床角落里，嘟哝道："打。狠点打。三天不挨打，上房揭瓦；三天不挨揍，爬墙上树。"
>
> ……
>
> 小玉子鼻子出血了。黑血像一条脏鼻涕，顺着她的嘴往下巴流。滴在她的小蓝花褂子上。她急忙用手去抹。
>
> ……
>
> 小玉子终于哭了。她总是捡小玲子的破衣裳穿，就身上这件是自己的，而且没有打补丁。"你……赔……"她一手血往妈妈身上抹。
>
> 小玉子妈大怒，抄起床下一把柴刀，"你个该死的东西，老早就想劈了你！"
>
> 妈司令冲了进去，用身子遮住小玉子。"慢点慢点慢——点。"她扯过小玉子妈手里的刀，"不就一条肥皂嘛，再金贵还能比人贵？我赔你一条。以前在家那

么些年，不用洋皂也过来了……”

小玉子妈推开妈司令，一脚踹在小玉子的膝盖弯里，小玉子很响地栽在地板上。

就语言表现力来说，在当代文学的华丽版图上，这一段文字处理显得有些平淡，但作者的忧思、惊诧、同情、悲悯却在这窄小的片段展现得淋漓尽致。没有生死的悲恸，但我却读到深沉的悲哀。童年的世界应该是彩色的，可是在这个“十二岁的小院”里，只剩衰颓的灰色。而性情的扭曲、人伦关系的变形在这部中篇小说里也比比皆是。小玉子妈因为一块小小的肥皂如此暴虐，甚至要“劈”了自己的孩子；姥姥却在一旁称快叫好，眼睁睁看着外孙女被打得鲜血直流；更奇怪的是，小玉子哭不是因为被母亲打，而是因为唯一属于自己的衣服被血迹脏污了……

这一家人有多少亲情和爱？有多少可以表达出来的感情？这是今天的人所无法想象的。我更难以想象的是，这样真实袒露的书写，作家需要鼓起多大的勇气？必须怎样坚韧才能做到？李兰妮在随笔中谈与家庭的隔膜，摘录了多个篇章详尽描述自己与母亲的冲突乃至相互伤害，而链接补白又自我反思，有很强的实证色彩。这样的写作历程，对于一个抑郁症患者来说，是相当不易的。她用直面的姿态告诉人们逃避的可怕；她以锥心的离落播迁与深深的不安告诉人们，抑郁症的成因复杂，它的发生，具体到她所熟悉的朋友邻居，或者具体到她个人与自己的家庭，既是由一段特殊历史制造出来的恶性病毒所致，又是人类自身或家族密码神秘失序使然。它不仅是个人之痛，也是整个时代之痛、社会之痛、人类之痛。对待这种疾病，沉默或是懦弱回避，都只会使自己愈来愈被痛苦所缠绕甚至被吞没。缘于此，她愿意用自己的写作，化作一把利剑，在为疾病所苦的精神伤口上，再狠扎出一道口子，让它鲜血淋漓，以此唤醒麻木冷漠的人们去正视这种日益猖獗的精神疾患，使更多的人能直面“恶之花”。令人感到不安的是，如今，文学被商业化、市场化，作家也不断地自我边缘化，良知在逐渐沉沦，如此一来，直面丑恶、直面苦难的勇气和耐心，也正在逐渐失去。有的人希冀逃避自我，不成想却是在复制痛苦、焦虑、恐惧和绝望；有的人则沉迷于文字游戏之中，甚至逍遥在欲望叙事之内，追逐一种轻薄的把玩，以不痛不痒、没有质感和灵魂的写作，来昭示灵魂的空虚与堕落。相较于这些可怜复又可悲的人群，李兰妮和她的《旷野无人》所体现的，则是直面“恶之花”的一种悲壮行为、一种高贵的精神、一种人格尊严。

二、叩问生命意义

面对疾病与苦痛，需要的当然不仅仅只是忍受，甚至不仅仅只是承担，一个人面对黑暗（包括可怕的记忆）时，只有记录是不够的，更需要有李兰妮这样的生命沉淀，有《旷野无人》这样的多向度抚摸。所以，《旷野无人》绝不仅仅是“一个抑郁症患者的精神档案”。在第七届华语文学传媒大奖上，程永新认为李兰妮的写作“让人心痛，特别让人敬佩，面对疾病她有很多独特的叙述，让你有形而上的思考”。一个作家的写作能为读者带来形而上的思考，就必然触及到了人生和人性。我们看有着相当哲学涵养的作家史铁生，他写小说、随想，提笔就是对人生和人性的大追问，有独特的审美价值。他的《我与地坛》一文在《上海文学》1991 年第 1 期刊出后，韩少功说，这一年只要有一篇《我与地坛》，就是文学的丰年。所以，我们甚至可以说，一切苦难的书写都是载体，作者传递思想的维度是否达到叩问生命意义的高度，才至关重要。《旷野无人》就是这样难能可贵的作品，它对人的经验的拓展，对人的自我的发现，对于我们从身体到心灵的整个这样的疆域勘探，有极大的启发意义。

就当下的文学环境而言，这样沉痛的文本还太少。有评论家认为，中国儒家文化重现实、现世，影响所及，则文学难免偏重于对现实生活的反映和批判、对历史与文化的揭示和扬弃，却独独缺乏对人本和人性善恶的多维思考，尤其是缺少对人类的终极关怀。刘再复先生在答颜纯钩、舒非问时，曾精辟地谈到文学的四个维度，他说：“中国的现代文学只有‘国家、社会、历史’的维度，变成单维文学，从审美内涵讲只有这种维度，还缺少另外三种维度。第一个是叩问存在意义的维度。这个维度与西方文学相比显得很弱，卡夫卡、萨特、加缪、贝克特，都属这一维度，中国只有鲁迅的《野草》、张爱玲的《倾城之恋》有一点。第二个是缺乏超验的维度，就是和神对话的维度，和‘无限’对话的维度，这里的意思不是要写神鬼，而是说要有神秘感和死亡体验，底下一定要有一种东西，就是‘从哪里来到哪里去’的问题意识。本雅明评歌德的小说，表面上写家庭和婚姻，其实是写深藏于命运之中的那种神秘感和死亡象征，这就是超验的维度。第三个是自然的维度，一种是外向自然，也就是大自然，一种是内向自然，就是生命自然。像海明威的《老人与海》，像杰克·伦敦的《野性的呼唤》，像更早一点梅尔维尔的《白鲸》，还有福克纳的《熊》，都有大自然维度。而内向自然是人性，我们也还写得不够。”（转引自《访刘再复谈诺贝尔文学奖与中国文学》，原载《文学世纪》，2000 年第 8 期，第 4 至 12 页）

这里涉及了一个“文学整体观”的问题。刘再复先生所言，实际上主要是在强调当代文学维度的单一和书写的空白。作家们往往缺少一种打通和包容气度，有时又不免浮躁，甚至是沉溺于功利性的写作之中，只在现世浮尘中展开，匮乏的恰恰是对终极价值的不懈追求。这种形而上意义的追求，在无病呻吟的所谓散文铺天盖地而来但文学精神却日见萎缩的今天，实际上更有其特别的价值。当然，仅仅只有李兰妮、仅仅只有《旷野无人》，还远不足以完成“文学整体观”的诠释。不过，让我们能看到希望的是，尽管像李兰妮这样清醒的写作者还很少，可毕竟已经有一位值得尊敬的女性，从“内向自然”这个角度，有意识地发出了一种叩问，一种对生命意义的叩问，而且不计得失地为后来者做了一种精神视野的开拓。

在李兰妮的写作当中，有许许多多生死伴随的极深体会，她研究梦境、也罗列出多种自杀的方式。不论是刻画梦境，还是描绘幻觉中可怖、荒诞、古怪、悲戚或是魔幻的情景……大都令人费解，在朦胧中却又传达出某种神秘难言的象征和启示。

她梦见过一个奇怪的村庄，无人的巷落、村人的衣着言行、灰色的墓地、被红色油漆刷过的楼柱，还有不能自控的无力……种种隐约缥缈的体验触及到了“灵感”、“冥冥中指引”这类词语，甚至还有对未知世界的探讨，尽管有时显得有些语无伦次，但是她对梦境幻觉的分析、对神秘感和死亡体验等事物的追索，体现出一个写作者的谦卑以及对洪荒宇宙的敬畏。所以，她言及自己的病痛时，常常流露出一种深深的宿命感：

> 在我的人生历程里，生病已是常态，不生病倒是非正常生活状态。……
>
> 由于十几岁就因为内分泌落下病，我没有长过青春痘，也没闹过青春期躁动症。从某种角度看，可以说，我不曾拥有青春。我不懂得什么是青春的滋味。
>
> 我生命的春天总与疾病、死亡紧密相连。在我个人的潜意识、神经递质、精神层面中，“春”的种子未曾萌芽就死去了，死因不明。从小到大，我没有追求过完美的生命。在我的心目中，这个世界没有绝对的完美。有人说，没有生过孩子的女人，不是完美的女人。我没有想过要生孩子，更没有想过要做一个完美的女人。

她在书中提到：“很小的时候，我就由疾病、死亡意识到残缺，而这样的残缺是无法圆满的。残缺是人生恒态，残缺于人生有益。我愿意面对残缺。残缺有它无可替代的美。不知残缺，怎知何为圆满？”

其实，这种认知并不是完全消极的。只有胸怀敬畏，才能达观知命，细致与卑微是一种有容乃大的气度。因为淡定，所以达观；因为仁慈，所以宽容。要知道，个人是多么地渺小，世界又是多么的无边无际、神秘莫测，那些内心没有任何敬畏，轻易就把自我那点经验当作终极认知的写作者，是多么狂妄、多么可笑。所有试图以夸大的个人经验充作终极认知的人，其写作，只会是一种无知的、浅薄的文字游戏而已，只是一种自娱自乐而已。而李兰妮则不弃残缺，所有的人、事、物——即使琐碎到空气分子与每一粒尘埃，她都绝不马虎；对所有生命个体，不管是高贵还是卑贱的，她都会给予足够尊重，都倾注着细腻的情感，都是以毫不敷衍的态度去书写、去拥入怀中；甚至回顾与母亲、家庭的隔膜，也多一份释然；看到幼小的新生命，则心存感恩和怜惜；写与小狗相处，写养鸟经历，又带着深深的忏悔……

我尤其欣赏李兰妮对普通人性的考察和安怀，她视角独特，能从平常小事中发掘人性情状。

她的心常常有一种难以言说的隐痛。

她写道：

> 莫名其妙憎恨小动物的人，内心比较阴暗，常年生活在臆想敌的围困中，他们自己跟自己过不去，总觉得自己吃亏，别人占便宜。他们病态地渴望控制一切，一切如己所愿，斤斤计较别人是否爱他尊敬他，但是，他们自己却缺乏爱的能力。
>
> 我带乐乐散步时会见到这样的人。

她列举了年轻人、老年人、儿童对小狗乐乐的不同反应。

> ……各走各的，本不相干，突然老太太就开骂了，指着乐乐就骂：滚开，滚开！有几远滚几远。死畜生，当吃你！
>
> 还遇到过这种老太太，隔老远就破口大骂：死狗，打死你！去死去死，不要让我看见你。
>
> 也有这样的小学生，年龄段往往在初小，放了学，三五成群打打闹闹。见到我牵着乐乐路过，就会有那么一个小男孩带头说：毛妖怪，狗东西，打死你。有时骂

完还不罢休，追着，跟着，想找机会从乐乐背后去踢它。其他几个孩子就兴奋地乱叫，喝彩。

每当这种时候，我心情都不好，不光是为乐乐觉得冤，乐乐受点委屈没什么，我是为这样的人心、人性难过。

我为这样的小孩子的家庭教育而担忧。从孩子的言行可以看出，他的父母没有教他爱自然万物，起码没有教他如何尊重生命。他的家教有失误。

我为这样的老人家难过。年纪一大把，已是知天命耳顺之年，却内心不舒展，心境不祥和，不以慈爱待人接物。活了一辈子，却没有领悟如何做人。

从一个人对待动物的态度，可以深入地看透这个人的内心。

这种对人性人情的考察，总是让人心生悲凉。

她对现代人的缺少爱和安全感、没有归宿的精神面貌，体会很深。还是一段养狗带来的小插曲。她在文中提到一位“白球鞋”女士，被小狗乐乐挠了两下，伤口很浅。道歉、赔钱、陪同打防疫针、付医药费，对方就是誓不罢休，要求追加精神补偿，不依就报警。“白球鞋”的费用要求一升再升，最后，李兰妮竟付了4600块，才息事宁人。事后，她这样分析“白球鞋”：

“白球鞋”代表了社会上一个群体。心地并不坏，知道善恶，有文化，有社会阅历。但是他们有精神疾障。说白了，就是有病。他们凡事必往最坏的方面想，自己吓自己。他们自我保护意识过分发达、泛滥，引起轻度人格分裂、精神分裂。他们在善恶之间挣扎，他们不知道自己有病，只知道做人不能吃亏，要事事聪明会算计。

正是有了这些至情至性的体悟，她才有了对普通人生存状态的俯仰观照。

那些关于抑郁症的书写，都谈到了如今抑郁症病人增多的原因：过度紧张、生活不稳定、信息泛滥、增速、高期望值与实况之间的鸿沟。

……我们只关心职位会不会被别人取代。房要买车要换，人往高处走，迅速拼抢一切资源，工作环境变换沉浮，居住位置东迁西移，家庭的聚散离合伤筋动骨，身边的人事朝是夕非。我们可以相信谁？我们能够求助谁？

我们看鲁迅的《在酒楼上》、钱钟书的《围城》、贾平凹的《废都》，这一个脉络的承袭，都是对知识分子生存命运与精神境遇的探查。而对普通人的生存镜像，却鲜有人问津，难见相关作品。

普通人始终是“沉默的大多数”。他们的生活，可见的是从农村到城市，从一片荒芜到高楼林立、车流滚滚、万家灯火；还有那些不可见的则是：在一座城市的土地下有多少被精神的巨磨碾碎的灵魂。在黑夜苍茫的天空中，总有哭泣的幽灵在游荡。

于是，我们翻开报纸、打开电视，抬眼看见的，既满是无量功德的称颂，也绝不缺少黑暗和苍凉的勾画：校园枪击事件、各类抢劫凶杀、族群流血冲突；暴动骚乱、歹徒横行；嗑药寻死、跳楼自戕……几乎充斥世界的每一个角落。无论经济发达到何种程度，科技的进步令人如何受惠、信息的传递让人如何遂心，即令我们的电脑技术出现了多少次换代，但人与人之间的交流、精神的沟通却没有进步，甚至反而出现倒退，交往中可以见到多少冷漠、阴谋、仇恨、你争我夺。有人认为，普通人的生活是最难写的，因为太平常了。而在我看来，不是平常生活难写，而是因为一些写作者自己的神经越来越麻木，感官不断退化，无法看到那些隐藏在日常褶皱之下的生活细屑，缺少人性感触，因此，写出来的东西，才会要么无关痛痒，要么粉饰太平，反正是一锥子扎不出血来。

两相对照，应该不难看出李兰妮对文本价值和审美品位的追求，确实“壮矣高矣”。她的视野力图超越疾病、超越苦难、超越性别、超越年龄、超越阶级、超越民族、超越历史，抵达人的内心。这正是“旷野无人”的意义所系：在一个喧嚣的社会，大多数现代人的生存本相都已被连根拔起，生存状态与灵魂休憩的凭依，几乎都是悬空的，我们太需要退到精神的旷野歇息、调养、汲取甘泉灵露，我们也太需要内心的澄明。这种内心的澄明，是沉静时抱持的人生自省，是精神的超拔，是灵魂的安妥，是记住生命的要义。也就是李兰妮所说的“原来患难、疾病对我有益”，是巨浪排空之后复归原初的水波不兴，是一种令人动容的朴素。

所以，不论是对人心、人性的考察，还是对普通人生存状态和精神命运的观照，李兰妮始终都是为了叩问生命的意义。在这场艰苦漫长写作过程的最后，她总结道：活着，所有的精气神都用来活着，虽然活着比死去要难。我们都是身负使命的人，我的使命就是得癌症，得抑郁症，不死，老老实实把新的作品写出来。就像我颈部那块长长的伤疤，头颈科专家用相机把它拍下来，作为手术失败的例子，拿到课堂上给未来的医生们展示，以让后来的人活得更健康、更平安。

三、爱与温暖：生命更高、更亮的部分

潘凯雄在《旷野无人》的序言《写在前面》中感言，“所谓文学，即使是优秀的文学也根本无法涵盖这本书丰厚而现实的意蕴，这里是一声发自生命和心灵的呐喊！对于人类，还有什么比生命与心灵更值得珍重、更应该受到呵护呢！”

是的，这种尊重生命、喟叹灵魂的写作，其意义无法穷尽。《旷野无人》关注人心、人性，关注生命的自觉、生命的尊严、生命的质量、生命的顽强与不屈，它意在使更多的人能清醒、冷峻地面对生命的艰难困窘，面对一切幸运与不幸，它体现的是一种生命的热度，是对受伤灵魂的一种抚慰。她的孤独、迷惘、反思，其核心，概在于试图以爱、以温暖在精神的旷野上重筑家园，给绝望的人传递一种力量，为寒凉的心树立一种新的生命信仰。

为此，我把《旷野无人》看做一种“大爱写作”。

好的作家就应该坚持这样一种“大爱写作”，应该赋予作品以温度，那些冰凉刺骨、冷漠无情的文字，既远离人间，也就注定不可能贴近人心。只有怀着温情和真爱，才能让自己的写作不悖性灵、导人向善。而《旷野无人》，若不能深入到这种层面，那么，它就必然也只会是一颗破碎心灵的向隅悲歌，难以走得更远。但它突破了个体悲欢的障碍，越过了小我，真正走向了人类共同的精神高地。所以，《旷野无人》，也同时是一种人本写作、高地写作。阅读李兰妮和她的作品时，我们如果不能看到这一点，如果只把眼光投向那些病痛、忧伤和黑暗，或只把文本当作病相报告，就断难在那些“病隙碎笔”里看出作者的苦心经营。

李兰妮在作品中写下了这样一段满怀悲悯的话：

> 我希望利己利人。
>
> 利己是痛定思痛，我需要反省，需要脱敏，需要想想往下该怎么活。我需要出生入死，成为新人，进入新天新地。
>
> 利人是想助抑郁症病人一臂之力：别放弃！信心、盼望和爱一定能救你出水火。你要先伸出手来，要相信一定有一只手伸过来救你。你的经历可能比我还惨痛，你走的弯路也许比我还多，但是，我们要一起来打破沉默，为自救救人而说，为自救救人而做。

2005年，李兰妮的病情本来已经得到了控制，但是因为这本书，她的抑郁症又再度复发。这是用内心的痛来度己助人。

有些朋友知道她曾有深度抑郁，便偷偷摸摸地打电话向她咨询、要她分析："我这样是不是得了抑郁症？"这些人，各色各样，男女老少都有，教授、高官、巨富、平民……她罹患疾病，已经苦不堪言，却还要或由别人、或由自己一遍又一遍去戳烂创口。这不但是一种牺牲，更是一种无边大爱。她痛心于身边这么多人患了抑郁症却没有人去帮助、引导，她痛心于人的自私、漠然。她在答记者问的时候说："我看到很多杀人案件、暴力案件，都很恶劣，那些杀人的人不少都被认为是很沉默、品质还不错的人，平时邻居都说这人还挺乖。大众和媒体分析这些恶性案件时，总是找社会的原因，找不到工作了什么的，其实这只是个诱因而已，他抑郁到了一定程度，就两个通道，一个是杀人，一个是自杀。没有人知道他的生理方面也出了问题，没有人看到他的伤口，他自己也看不到。"她想通过写自己的经历和思考帮助那些孤独的人们，告诉他们自己是怎样从黑暗中走出来的，于是，她这样写道：

> 我希望有一天，当一个抑郁症病人感到无助时，他（她）会遇到这本书。不是你一个人在难受，不是你一个人在害怕。活着，的确很难。但是，坚持活下去也许就是你今世的使命。我们要做世界的光。

因为这份积极的念想，李兰妮的"痛定思痛"虽然撕心裂肺，但不无温暖和慰藉。

不仅于此，这份坚持还左右了她的文本设想。原本，她有写十几万字的打算，只写认知疗法的过程，以供病友、医生参照、研究。"但是我写着写着，就觉得不对，我觉得应该把我看的书，书里面一些精彩的阐述，都应该链接下来。这样才有公信力。到了后来，我发现应该把我被压抑的童年也链接进去，因为这里面也有童年的伤痛在里面，一个人要找到抑郁的根源，必须从童年、从家族里去找；现在有多少孩子被学校、家庭、父母压抑着……"于是，内容和结构都逐渐丰满，"无心插柳柳成荫"，她将"认知日记"、"随笔"、"链接"、"补白"写下来，四部分最后相辅相成、浑然一体、自然而然，形成一个富有创新意义的"超文本"。虽然跨文本的写作，在文学百花齐放的今天，早已不新鲜，虽然"这种形式的自由"，某些桥接处还不免生硬、断裂、破碎，但是正如潘凯雄所说："面对兰妮的这种写作，重要的根本就不在命名，也不在文体，而在于抑郁症之成因、病状及治疗的完整过程就这样被赤裸裸、真切切地暴露在生理的、病理的、心理的和历史的、家族的、社会的以及文化的光天化日之下。”

甚至，我们可以说这份积极的念想是一场关于爱的发声练习：学会面对、学会忏悔、学会信任、学会爱。李兰妮想对人们说，真正爱一个人，信任一个人，会真实地面对他，面对他的优点和缺点，并无所顾忌地说出他的失误；真正爱一个人，会客观地、公正地看到他的长处短处，并毫不犹豫地说出来。

李兰妮作过如此坦露：

> 我以前一直都有一种心理，就是我凭什么要为我的爹妈活着？小时候他们那样忽略我，凭什么要照顾他们？我有一种怨恨，小时候你那么忽略我，等你们老了，闲着没事干了，就整天扒着我做这个做那个。得了癌症以后，我很认真地想过“我是不是问心无愧？”问心无愧我就可以走了，而且有人也跟我说李兰妮你该得的也都得了。但是现在我觉得，上帝造人，人来到这个世界上，他有他的使命。“信心、盼望和爱，这三个是永远的，最重要的是爱。”我受了很多有意无意的伤害，不要去以恶惩恶。我真正做到跟我父母和解了。我从心底里头原谅理解他们了。我觉得我小时候受的这些苦难都不是他们的错，他们本身也是受害者，这是我很大的一个转变。

因此，《旷野无人》的精神自述，从表面上看，书写的是疾病和苦痛，撕心裂肺、带血带泪，在阴暗的底部，却有暗自涌动的光芒——这束光芒里面有一股温润而绵延的力量，让人心生希望，期待阳光灿烂的日子；而那种美好的张力在无声地展开，或许这是作者所没有完全说出的部分，又恰恰是整部作品最让人肃然起敬的地方。李兰妮说《旷野无人》只是她想表达的十分之一。“一是因为写的时候我抑郁得没法写下去了；写到最后，我就想站在十几层楼上跳下去。第二，有些痛涉及我的家族，例如我的外婆，她也抑郁，我写这本书的时候，她在医院，她的儿子不要他了，我必须顾及家族的反应。”

而那没有写出来的剩下的十分之九，是更深的部分、更痛的部分，是与黑暗的“永结无情游”；也是更高的部分、更亮的部分，是与光明的“相期邈云汉”；它既是青春挽歌，也是生命契约，它揖离了世俗厚意，却拢聚了人间大爱。其中有勇敢的反思、叩问，见出一种思想投射；还有仁厚的原宥、包容，见出一种知性传递；它是废墟上的杜鹃，它是空谷中的幽兰……“它太丰富，太复杂”（《文艺版》1987 年 7 月 25 日载《古船》讨论会之与会者意见），因之，无论是以爱，还是以温暖，都必须“让全社会的人来补上那十分之九”。

李亚威论

触摸深圳，倾听灵魂

陈康太

一

我到深圳已近五年，对这座新兴城市，逐渐形成了一些新的认识，并由此开始产生了一些新的想法。其中一些认识，与初入深圳时比已有根本改易，还有一些则是在原来的基础上作了拓展和深化。随着对这座城市认识的改变，我越来越觉得，重新审视和解读这座城市应该是一项有意义的工作。三十年来，在中国也许没有哪座城市像深圳一样，能在如此短的时间内，拔地而起，领一时风骚，如此地意气风发、光彩夺目，却又那样地市声喧嚣、性格复杂。作为经济特区，她是新中国改革开放的试验田，担负了先行先试的历史重任，承载了"杀出一条血路来"的无限寄望，同时也集中了各种尖锐矛盾，衍生出不少社会问题。这使她不可避免地屡屡成为人们极为关注的焦点。这种关注，包括来自意识形态层面的质疑非难，来自知识分子社会责任层面的固本清源，来自市井民间内蕴求富或仇富心理的评头品足。深圳这座新兴都市，于是不可避免地被蒙上了一层面纱，并一步步走上由人们用写实或夸饰、用理性或感性、用话语或文字构筑起来的神坛。而这座神坛的背后，却处处潜伏着魑魅魍魉各类小鬼，冷不丁要跳出来作祟。因此长期以来，一些人对深圳的了解往往停留于表面，远离真实，并不可靠。换言之，这些人眼中的深圳，可能是抽象的，是被概念化的：速度，快餐，冷漠，拜金主义，文化荒漠……

正因为如此，他们将深圳看成是一个内心粗鄙、行为不端、面目可憎的暴发户。

在这里，人人追名逐利，不讲道义，不论亲情——于是人们义愤填膺，大加抨击。

在这里，深圳土著，无一例外地，在目睹一轮又一轮南下打工者的潮起潮落和无数艰辛之后，在经历由贫到富的身份转换所带来的地位提升之后，心里溢出的只是对物质生活近于病态的一种沉迷与崇拜——于是人们提及深圳时，不免齿冷，心生排斥。

在这里，人性迷失，丑闻不断——而与此种先入为主看法相伴生的，是一个事实被有意无意地放大：由不少港人、台湾人在深圳包养二奶始，再到本地人进而发展到内地入深者有人效仿，对于深圳的恶评，便悄然成型，而且终至“三人成虎”。人们虽暗存艳羡，明里却又必予贬斥。深圳于是俨然成了纯粹的大染缸。这种显然并不客观全面也欠公允厚道的看法、说法，无疑给一座新兴都市增添了引人遐想的负面一笔——于是人们极度鄙夷，誓言唾弃。

然而，深圳果真如此吗？果真只有尔虞我诈、唯利是图吗？果真只剩莺歌燕舞、情色泛滥吗？果真只存灯红酒绿、纸醉金迷吗？果真只是人妖颠倒、罪恶丛生吗？果真只见名利场、温柔乡、销金窟、是非窝吗？

必须承认，深圳作为一座都市发展起来的历史太短暂了，它不仅仅缺乏历史文化的沉淀，更缺少可以为它增添厚重感的本土作家与作品。在众多描写深圳的作品中，没有哪一部可以像老舍写北京、张爱玲写上海一样，把一座都市阐释得如此生动，如此深入人心。如果我们再进一步追溯这种城市文化的力量，在某种意义、某种程度上，甚至可以说，如果将因《雾都孤儿》名世的伦敦，称作是狄更斯不朽的历史巨构的话，那么诞生过卡西莫多与波西米亚人的巴黎，又何尝不是雨果的天才创造、波德莱尔杰出的艺术画图呢？每次阅读本雅明的《发达资本主义时代的抒情诗人》，总使我感慨万端：深圳何时才有属于它的“抒情诗人”？我坚持认为这个诗人必须是抒情的，又是理性的。他必须真正深入到深圳的街头、深圳的市井、深圳的人群当中去，深入到这座城市的灵魂和骨子里去。只有这样，他笔下的深圳才会是最容易触摸到的，最真实的，也是最具个性的。我在一部以深圳为背景的小说的研讨会上，曾经不揣浅陋地说过如下一段话：

北大中文系教授陈平原在他的都市文化研究中不断强调了“记忆”这个词。我想，都市叙事确实是一种关于都市体验与记忆的叙事。不过，在此基础上，我也愿意试图引入另外两个概念：印象与解读。它们和“记忆”建构起一组动态的、有趣的心理过程。这个过程以都市人或具有猎奇心理的旅行者对一座现代城市产生的印象为起点，其中通常掺杂了很大一部分想象的因素，它经由体验者的自我解读内化为记忆性情结，最后以一种必遭曲解的、个人的、全新的方式呈现出来，我们或许可以称之为一种蕴含解读意味的阐释过程，譬如一部试图解读都市的小说，譬如一个试图解读这样的都市小说的读者。

在这种心理认知的层面上，也是在整个深圳文化被曲解的背景下，我意外地看到了深圳作家李亚威编导的《深圳故事》以及她创作的其他一些关于深圳的剧目，她的这些作品，使我深感吃惊。在接触了众多或浅尝辄止或粗制滥造的深圳题材的作品之后，能读到李亚威倾注真情、选取独特角度的剧作，确实让人心头一暖、眼前一亮。尤其是她的《深圳故事》，以一系列平凡实在而不失深刻、既可读又耐读的小故事，向我们展示了一座与众不同的城市。且不论李亚威笔下和镜头里呈现出来的深圳是否高度真实，至少，她在这些作品中所探索的一系列新的命题本身，已经具有很高价值。这些作品，帮助我理出了头绪——她所涉及的，正是我一直以来试图努力索解而迟迟未有答案的问题，即深圳既与北京和上海这些老都市不一样，那么它新在哪里，特在何处？之前人们每每喜欢将深圳与腐败、腐朽、腐臭相联系，总要来个对号入座。然而，人们无视了一个事实的存在，即，绝对不只是深圳才盛行拜金主义，才有糜烂生活对人们心灵的腐蚀，才有传统伦理道德缺失情形，甚至每一座都市乃至每一个地方都在滋生这些东西。也就是说，这类问题其实早就普遍存在。既然如此，我想，用这些普遍现象作为“特征”去描绘和阐释深圳，也就必然是一种以偏概全甚至完全错误的做法。这样去解读一座都市显然行不通。而在深入阅读了李亚威的《深圳故事》系列剧作集之后，我更倾向于以一种新的视角去看深圳，以走近的方式去发现深圳。这个视角、这种方式，并不是全知全能式的，不是上帝式的，或许也会产生误读。但我想，新的视角、新的方式，因其属于真诚走近，所以至少代表着一种价值的回归，至少是对显见谬误的东西的一种修正。由此，我也坚定地认为，这种解读，是一种触摸。盲人摸象，虽不免错讹，但毕竟有可能为了解大象提供一条新途径，这对文学创作和阅读来说，或许是有意义的。

二

李亚威是深圳市文联文艺创作室主任，市电影电视家协会常务副主席、秘书长，也是国家一级编导。我在做她的作品研究时，一开始给她发过短信，也打过电话，却一直没有联系上，由此对她一度产生了一种难以接近的感觉。后来经我的导师南翔先生介绍，得以在市文联与之会面。她衣着得体大方，没有摆任何架子，十分热情地与我交谈，这使我推翻了之前的所有猜测、消除了全部误解。

与深圳作家接触多了，发现其中有不少奇女子，李亚威就是这样一个人。她有着堪称曲折而传奇的经历。自小酷爱音乐，六岁时，拥有了人生的第一把琴，那是母亲送给她的生日礼物。13 岁，加入铁岭地区文工团，后来又考入沈阳音乐学院，学的是小提琴专业。毕业后被分配到了长影乐团。源于对文学的热爱，这个时期的李亚威，开始创作了不少剧本。著名导演、编剧高天红回忆说："她的第一个剧本是用五线纸写的，上面的高音、低音、和声谱号表示什么，只有她懂，其他人谁也看不懂。"[1]成为编剧并不能使李亚威感到满足，很快，她就走上了导演的道路，开始执导自己写的剧本，从此一发不可收拾。高天红对李亚威作了如是评价："当导演是需要综合素质能力的。必须懂剧本、懂摄影、懂美术、懂音乐、懂表演、懂服装、懂道具……到了如今还要懂制片，懂为人，这些都是亚威具备的。"[2]的确，李亚威的成功绝不仅仅得益于她的艺术天赋，不仅仅得益于她对电影、音乐和文学的颖悟与热爱，还得益于她的勤奋与坚持，也得益于她的母亲为她创造了外部条件——是母亲给了她人生的第一把琴，并教给她受用一生的做人之道。这些早年的熏陶，对她此后的人生产生了何其巨大的影响！所以，李亚威在她的《深圳故事》后记里说，要将"故事讲给母亲听"，依恋之深，感念之深，甚为动人。

临来深圳前，那个时候的李亚威，已经是长春电影制片厂艺术处的处长。但她却在即将升任副厂长时，毅然离开长春，南下深圳。她此行，是自己的一次陌生转型，也是一次重大跨越，是一次新的选择，是"寻找一种重新开始的生活"。用著名话剧、影视表演艺术家奚美娟的话来说："她本可以在长影比较洒脱地当她的艺术处处长，在那个熟悉和了解她的电影大本营，研究电影、审查影片，闲时编编剧本，搞搞策划，拍拍电影和电视剧，拉拉小提琴，教教学生。可是她偏偏到了深圳，重新一点一滴的干起。"[3]而《深圳故事》，就是李亚威离开长春电影制片厂来深圳之后，自己编剧、自行执导的一个电视电影系列，目前已经拍了六部。按她自己的设想，还要

[1] 高天红：《亚威的四季》（《深圳故事・跋》），花城出版社 2002 年版，第 502 页。
[2] 同上，第 503 页。
[3] 奚美娟：《朋友亚威》（《深圳故事・序三》），第 8 页。

继续拍下去。转型意味着冒险，续拍意味着压力。这两种选择，都显示了李亚威身上的一种特质——从母亲那里继承而来的坚韧和执著；也见出了她与母亲心灵相通的一种情怀和信念。李亚威说："母亲的爱心和为人是有口皆碑的，她的待人宽厚，舍己为人，是她心底里的境界和情怀，她追求美好、善良的信念，天长地久就长在了我的信念上。"[1] 这影响到了她"在追求改变生活状态的同时，一直在执著追求着她的文化理想状态"，影响到了《深圳故事》的创作。李亚威对此做过一个描述："《深圳故事》大多是以人为出发点，每一个故事我都力求意味深长地诉说这座城市里，追寻理想和美好情操的人以及他们自我观念的一种冲撞。"[2] 我想正是这个原因，使我在读到李亚威这个系列的小故事时，有种"眼前一亮"的感觉。这个系列的电视电影，制作成本非常低，大多是 30 万左右。但即使是这样，剧组在摄制的过程中也常常出现资金不足的情况，从 1997 年至今，《深圳故事》只拍了六部这个事实本身就说明了此一过程中所遭遇的挫折与蕴含的艰辛。

当然，我在李亚威的《深圳故事》中，同样读到了罪恶，也读到了人性的困惑和冲突，但是，这种黑暗的东西，绝不是她作品的全部，甚至不是最重要的，所有这些主题的展开，都源自她对人道和人性的关怀。因此，我从《深圳故事》里最终读到了善良、美好，读到了温情。

除了《深圳故事》之外，李亚威还拍过不少纪录片，其中《火之舞——告诉你一个楚雄》分量最重，成就最为卓著。她以往的创作，透出的是记录者的客观态度和冷静视角，体现的是对"讲情讲事不讲理"这一艺术规律的绝对尊重。而到了《深圳故事》系列，则迥然相异，《深圳故事》里边燃烧着一种爱与恨的人文理想。她将一腔质朴深情倾注于深圳这座城市。她给予这座新兴都市以真诚观照和触摸，她依靠独特的视角和体验，用影像全身心地为年轻的深圳做着艺术表达。因此，《深圳故事》并不是普遍意义上的真实，而是艺术的真实。它由内至外呈现出来的，是一个智者与抒情诗人笔下和内心的都市，是李亚威印象和记忆中的新都市。唯其如此，循着李亚威的视线，解读这座新都市，解读《深圳故事》这个系列电视电影剧作集就显得尤有兴味。

---

[1] 李亚威：《故事讲给母亲听》(《深圳故事·后记》)，第 508 页。

[2] 同上。

三

按李亚威的设想，《深圳故事》系列计划写二十部四十集，每部一个故事，全部故事背景和内容均发生在深圳本土。这些故事文本，以它的质朴，强烈感染着我，让我读来久久不忍释卷，令我震撼不已。尤其是她早期的四部作品：《妈妈飘着长头发》、《红跑车》、《升》和《眼睛》，无论是影片的切入角度，还是挖掘人性的深度，都呈现出一种及于灵魂的力度。不过，她的这个系列虽总是贯穿着一种人文主义关怀，但却是以一种不动声色的艺术手法来表现。她越是试图张扬人性之美，就越要将这种美深藏于文本，以期让读者和观众真正融入到作品中去，同作者产生情感共鸣。无怪乎深圳大学黄玉蓉副教授称李亚威的这些小故事“就好像深圳人的心灵鸡汤、心灵柔顺剂一样”。

《妈妈飘着长头发》讲述的是一个小男孩泼泼错认妈妈的故事。泼泼的母亲在他小的时候即因出了意外去世了，泼泼的父亲为了保护孩子弱小的心灵，就编了一个善意的谎言，告诉孩子妈妈出了国，要过很长时间才能回来。但是没想到，泼泼竟然在公交车站上遇到了一个飘着长头发的女人舒小真——一个幼儿园的老师，与泼泼的妈妈很相像——结果泼泼将她错认为自己的妈妈。舒小真一开始感到很吃惊，也被泼泼纠缠得有点不耐烦（这本是人之常情）。更为麻烦的是，泼泼的出现，使舒小真的新婚丈夫林夕同误以为舒小真在外面一直带着孩子，并且对他隐瞒了事实。而舒小真则认为林夕同根本不信任自己，两人由此产生了隔阂。陷于两难的舒小真发现极度渴望母爱的泼泼其实很懂事，她渐渐被泼泼的纯真和执著所感动，对泼泼家里的情况也有了一些了解。舒小真的同情心由此被激发，自觉照顾起了泼泼，这导致了人们对她的更深误解，并因而被工作单位解雇。此时已决定与丈夫离婚的舒小真，只好无奈搬到了一个四川老乡狭小的房间里去暂住。泼泼的父亲出差回来之后了解到这些情况，对舒小真既感激又内疚，他向幼儿园的园长说明了真相。但倔强的舒小真只想凭借自己的能力，到另一家新的幼儿园重新参加教师资格考试，并终获通过。故事的最后，舒小真没有揭穿泼泼父亲善意的谎言，她假装是与泼泼的父亲离了婚，并承诺会与泼泼父亲两人一直在泼泼的身边爱着他、照顾他。这个故事，一定程度上，是在为一座被人们视作极端冷漠的城市正名。

《红跑车》则通过一辆漂亮的红色跑车引出了一个美女傍大款的故事。如果故事仅止于对这种现象的批判，则显然是极为肤浅和无力的。李亚威没有这样做。她关注的点，其实是人的自我救赎。故事中的女主角梁安安原先跟着大款叶建国，每天只想着去做美容，或去游泳，开车兜风，过着无忧无虑的、近似于被包养的生活。她一直对叶建国抱有一丝幻想，希望有一天叶建国会和他已经分居十年的妻子离婚，这样两人才能名正言顺地生活在一起。而叶建国也并非不喜欢安安，但是他始终没法狠下心来与妻子提出离婚，因为责任，也因为其他一些更复杂的因素。此时，一个名叫梅兰的女人闯入了他们之间的生活。也许此时的叶建国对梅兰并没有非分之想，但梅兰的异常老练世故，使叶、梁之间出现了危机。梅兰精明、能干，又会察言观色。梁安安因之既将梅兰看做了自己的情敌，也就越来越没有安全感。梁安安开始对这种生活感到厌倦。她后来遇到了年轻的出租车司机夏寻，夏寻亲切地叫她姐，两人开始产生心灵共鸣。内心不断挣扎的安安，渐渐萌生出与叶建国分手的想法，她决定自力更生，于是最终搬离了叶建国的家，与夏寻分日班和夜班合租出租车工作，赚钱养活自己。叶建国也终于因为自己的儿子葬身于洪水而深感愧疚。良心发现的他将妻子招弟接到了深圳。安安此时已开始了自己的新生活。她与叶建国正式道别，并将叶送给她的红跑车卖掉，换来一辆出租车，“开着新买的红色出租车融入罗湖周围的出租车的行列中……”

《升》讲述了楚二爷、楚二娘夫妇与养子楚升的故事。这个故事无疑是对中国人“养儿防老”观念的一种有力冲击。楚二爷为人正直，得罪过余镇长，因此不得不委身于街巷之间，以拾破烂为生。不过夫妇两人始终相信，靠辛勤劳动所得来养活自己，并不是一件耻辱的事情。他们认定，那些贪别人小便宜、贪公家大便宜的人才是肮脏的。两口子的生活虽然不富裕，却也过得悠然自得，其乐融融。有一天，楚二爷在一间纸箱厂外面捡到了一个弃婴，一直没有儿女的夫妇俩，欣喜若狂，给他取名楚升，并决定将孩子抚养成人。此后，夫妇俩用心教会他做正直的人，送他上大学，不让人小瞧自己。而楚升也很争气，通过努力，考上了深圳某大学的经济系。然而上了大学的他，却因为虚荣心作祟而不敢在同学面前承认自己的爹娘，以至深深地伤害了两位老人。楚二爷、楚二娘痛心地回到家中，疯狂地试图将与楚升相关的一切记忆抹去。可是当楚升被女友抛弃，又出了意外住院时，两老还是忍不住去探望了儿子。而一直良心不安、在自我谴责中不断挣扎的楚升，也终于幡然悔悟，并百般想着弥补自己的过失，以减轻自己过去给父母造成的伤害。不过，此时的楚二爷、楚二娘早已变得比从前更坦然，他们并不图养子的回报，而是默默地回到了他们自己的老家，只留楚升“跪在养育他生命的地方泪流满面”。

《眼睛》是一部关于夫妻离异的家庭如何保护孩子弱小心灵的故事，与《妈妈飘着长头发》有一些相似，但其视角切入与情节展开却不一样，呈现和挖掘的主题也不尽相同。剧中“眼睛”的意象，也很是发人深思。本剧透过9岁的女儿罗佳地的“眼睛”，观察父母罗文多和乔今莓的离异，角度颇为新颖。罗文多与乔今莓的夫妻关系早已破裂，双方在不告知亲戚和朋友的情况下，偷偷地办理了离婚手续。但为了不给小佳地的童年留下心理阴影，两人决定隐瞒真相，继续同居，等到女儿长大一些、懂事一些、坚强一些时，再相机将实情婉转地告诉她。然而有一天，女儿罗佳地却意外地发现了父母的离婚证书，她无法确定情况是否属实，就打电话去问外婆。乔母震惊追问，罗乔两人不得已，只好道出真相，并正式分居。但就在两人各自展开一段新感情时，罗佳地却不肯死心，她赌气不理乔今莓，甚至试图以离家出走“威胁”父母，来保全这个家。为了替孩子着想，两人不得不选择了复婚。然而复婚后的罗文多和乔今莓并没有感到幸福或快乐，这一点，女儿罗佳地也看在了眼中，最后她终于坚强地接受了父母感情破裂的事实。故事在两代人的相互理解中结束。

文艺评论家杜高在给《深圳故事》写序时称：“这四个故事都可以说是作者透过日常生活的表层，向人性深处的开掘。它们从艺术内容到表现形式，从形象塑造到主题提升，也都表现出李亚威独特的艺术风格和个性。《深圳故事》告诉我们：你从深圳这座城市里将能寻找到真善美，它应当成为现代文明和社会良知的象征。”[1] 显然，李亚威的这一系列故事是有相当思考的，是多义的。也因为此，所以，对这几个看似普通平常的小故事的解读，当然也应该允许是多角度的，就像对深圳这座都市的解读应当是多角度的一样。李亚威对人性的这种触摸和倾听，意味很深。而她把故事放在深圳这座新兴都市的背景下展开，其用心尤为良苦。

四

李亚威是1994年来深圳的。她所身处的深圳，是一座名副其实的移民城市。在特区成立初期，其人口构成的主体，已是由各省市奔赴此地并成为“拓荒牛”的建设者。越到后来，深圳的流动人口比例越高，其人数远远超过本地居民。一个十分有趣的现象是，对深圳的历史文化更感兴趣的，几乎都是来闯深圳的移民。这或许是因为深圳本地居民长久地“身在此山中”，反倒失去了回望历史、反观自身的动力。这个

[1] 杜高：《〈深圳故事〉：向人性深处开掘》（《深圳故事 · 序一》），花城出版社2002年版，第3页。

观点可能不一定正确，但它所折射的却是一座城市的文化根源与文化认同的问题，也是文化构筑的问题。而文化的构筑需要更多的李亚威式的倾听与触摸、观照与浇灌。既然深圳是一座移民城市，那么众多的移民者，就理所当然地应该是它的文化构筑者。因为来自五湖四海的移民者甚至包括匆匆过客，都是深圳的一道别样景观，都赋予了深圳与其他都市不一样的生命特质。李亚威在接受黄玉蓉采访时说："来深圳的人，是多种多样的，有没评上职称的，有没赚到钱的，有没房子的，离了婚的，想寻求自己的理想的，还有一部分是找不到感觉的，还有是想在沸腾的生活中滚一滚的，都来了。整个深圳这个大盘当中，应该说五花八门的观念都有，这里面是五颜六色的。"[1] 必须承认，这些来自五湖四海的移民和拓荒者，不仅仅是深圳经济崛起的重要力量，更是深圳文化构建工程中不可或缺的部分。

由此，我想到一个问题，就是，似乎有必要将"移民"与"漂泊"区别开来。在我看来，"漂泊"是一种短暂的停留，是旅途中的一次休憩。对于一个漂泊者来说，重要的是路过，而非驻扎。而"移民"则意味着扎根，意味着将你的赤诚投入到一个新的地方，开始一段全新的生活。中国人历来有一种"安土重迁"观念，这种观念当是源于对故土的眷顾，对根的依恋。而这种"寻根意识"，总是在远离故土或在迁徙的过程中，显露得更加彻底。因此，对于一个移民者来说，远别故土同时也意味着开始了一段寻根之旅。而历史上亦正是由于中原没落贵族的被迫南迁，才铸就了后来的客家文化。本乎此，则我们可以说对于深圳这座移民城市而言，移民与寻根的双重意义，至于今天，已经无法去做任何一种形式的切割。我们甚至有理由这样说，它的移民者就像波德莱尔笔下巴黎街头的波希米亚人一样重要。

著名诗人吉狄马加在《深圳专业作家丛书·女作家卷》的总序言中用了一段富有诗意和激情的话："深圳人是那样地深爱自己祖先遗留下来的土地，却在时代的洪流中不得不发生惊世骇俗的改变。时代给予那个小渔村的冲击是奇特的、猛烈的、猝不及防的。在毫无精神和物质准备的情况下，深圳人被推上改革开放的最前沿，他们过河的时候甚至连垫脚的石头都摸不着。神奇的是，他们不仅适应了时代，跟上了时代的步伐，更了不起的是，他们能走在时代的前列，创造出人间奇迹。"[2] 我相信他在这

---

[1] 黄玉蓉：《"名"和"家"不是我追逐的——李亚威访谈录》，《深圳作家访谈录》，中国青年出版社 2009 年版，第 104 页。

[2] 吉狄马加：《深圳专业作家丛书·女作家卷》（总序），中国文联出版社 2004 年版，第 2、3 页。

里所指的“深圳人”，一定包括了这座城市的移民，他们在时代的潮流中把自己当作真正的深圳人，拓荒，开垦，平凡而真实。

必须指出，我所提出的“移民”概念并不是统计学意义上的。也许，像舒小真这样的人物，我们无法将之指认为真正意义上的移民者。但她热爱这座城市，并真诚地付出，希望通过自己的劳动深深扎根于此，因此，在我的意识里，她同样属于移民者之一员。

李亚威的《深圳故事》当中，叶建国、梁安安、夏寻、楚二爷、楚二娘、罗文多、乔今莓这些人，几乎都是来自不同地方的移民者。其中写得有相当深度、写得非常鲜活生动的角色，当属舒小真和梁安安。她们两人分别代表了早期到深圳寻找梦想的两类女人。舒小真是如此的善良，她可以为一个与自己毫不相干的小男孩付出那么多而不图任何回报，甚至因此而葬送掉自己的婚姻。作家在这里，无疑是要展示一种人性的高贵。舒小真的丈夫林夕同曾对舒小真的做法当面表示质疑，认为妻子是贪图自己的财产而对他隐瞒了有孩子的事实，欺骗了他。但事实是舒小真一无所图。当两人离婚时，办事人员说：“离婚后，全部财产归男方，包括婚纱。女方有什么意见吗？”“舒小真摇摇头，抓起笔签了字。”这个外表柔弱但内心坚韧的女子，以这种无言的方式，澄清了一切。最后，舒小真成功通过考试，正式成了默林幼儿园的老师。舒小真所做的，既是给自己的一个正名，更是给深圳这座城市的一个正名。你可以试想，如果连舒小真这样的人都接纳不了，让她无法生存下去，那么，这对最开放、最具包容性格的深圳而言，无疑是一种极大的嘲讽。

相比之下，梁安安则代表了另外一类女人，在现实生活中她们承担着人们太多的指责和歧视。她们或者千方百计希望嫁入豪门，或者绞尽脑汁傍大款盼望有一天能被包养。总之就是要轻松地顺势上位，不劳而获。这在实际生活当中，确也不乏其人。而因为此种缘故，在人们心目当中，这种人物，无论其是心甘情愿，还是迫于生计，无论其是彻底堕落，还是幡然醒悟，都会被自然归入到可疑行列之中，其思想行为，一概让人羞于提起。要而言之，她们生来就没有人格尊严。说实话，我最初在看《红跑车》时就曾被这种先入为主的心理所左右。不过，李亚威在这部作品中呈现出来的宽厚内心、真挚情感、善良表达，让我摘下了有色眼镜。深入阅读这部作品后，你会发现内中不但有厚实的人文内蕴，而且还有巧妙构思、新颖立意。梁安安的自我反思和改变即出人意料。她最终从自己编织的梦中醒过来，主动放弃了曾经拥有过的优越、无忧无虑却又了无趣性的生活。她没有离开深圳，而是加入到了出租车司机的行列中，真正地融进了这个都市，成为了一个双脚坚实地站立于大地之上的劳动者。自力更生，重新起航，这难道不是深圳这座城市最值得自豪的精神与魅力之一吗？

五

我一直认为奚美娟对李亚威的评价是十分中肯的："亚威也许不是初期建设深圳的开荒者，但她做了深圳人之后，就与这座城市的命运连在了一起。她踏踏实实，有目标地做一个表达这个城市的人，写那里的故事，把她的理想和追求也同时注入了她的那些故事里，找到一个支撑的点。所以，《深圳故事》就在她的笔下、屏幕上展开了……""其实，亚威在这座移民城市中，表达千姿百态的生活的同时，更多的也是在寻找自己，因为她把自己也融进了这个日新月异的城市，看着这个城市在往前走，往上走，使自己更坚强地找到立足点。所以，她默默无闻地、一步一个脚印地为这座城市留下这个时代里的人文历史。"[1]

或许，将我前面所说的"寻根"的意义与内涵，简单地等同于普遍意义上对传统意识、民族文化心理的追寻，是不恰当的。这很容易使人联想到20世纪80年代兴起的寻根文学浪潮。换一句话来说，我相信深圳的移民者在这座新兴的都市中追寻的，不仅仅是一处落脚地，一种心理上值得依赖的归宿，他们在这个过程中更是在不断寻找自我、安妥灵魂。李亚威是这样，她笔下的人物也同样如此。但是寻找自我并不是一件容易的事情。李亚威曾经说过："每一个故事里，我都讲了一个道理，就是两个'我'在搏斗。这都是自身对自身的矛盾。"[2]我所理解的这两个"我"，可以把它们分别命名为一个"自我"和一个"他者的我"。前者是独立的、自存的自在真我；而后者则因他人而存在，或者依附于他人，或者通过他人感知自身。在这里，我想暂时借鉴萨特关于存在论的一些观点，"我们的身体——其特性即本质上是被他人认识的：我认识的东西就是他人的身体，而我关于我的身体所知道的主要东西来自他人认识它的方式"。为了论述的方便，我们不妨把后者简称为"他者"。若果真如此，则两

---

[1] 奚美娟：《朋友亚威》，《深圳故事·序三》，花城出版社2002年版，第8、9页。

[2] 黄玉蓉：《"名"和"家"不是我追逐的——李亚威访谈录》，第102页。

个“我”搏斗的结果，要么是成为“自我”，要么是成为“他者”。当然，真实的情况是，“自我”与“他者”在人的灵魂深处总是共存的，就像弗洛伊德所指出的意识与潜意识的争斗一样。

仍以梁安安为例。觉醒之前的梁安安在其内心的搏斗中，显然是“自我”败给了“他者”，她的生活乃至感情完全依赖于叶建国，失去独立自由却不自知。正是在这种情况下，梅兰的出现，才使她产生如此巨大的危机意识。与其说，此时的梁安安是深爱着叶建国，不如说，是“他者”的地位使她不愿也无法放弃叶建国。“他者”的悲剧在于，他是被动和弱势的。作为“他者”，梁安安遇见夏寻是她生命中的一个转折，但夏寻不是这个转折中不可或缺者。夏寻只是唤醒了梁安安被隐藏起来的“自我”意识。又如舒小真，她与梁安安的情况完全不一样。舒本身就是一个独立性极强的女性，但是泼泼的出现，还是引发了她内心的一场搏斗。这是非常有趣的一件事情。舒小真通过泼泼深刻地观照到自己的内心，并使内心的“自我”更为强大。楚升的例子则尤为明显，他在升入大学之后，因强烈的自尊、自卑与虚荣，曾一度丧失“自我”，终至悔恨终身。事实上，即使像楚二爷、楚二娘这样正直洒脱的人，又何尝没有陷入过这种自我内心的搏斗呢？夫妇二人抚养楚升，一直想着把他培养成才，考取大学，好为爹娘争一口气，这本身也是一种“他者”的表现，只不过更为隐蔽、更为复杂而已。

应该说，在深圳这座城市，由于来自各方面的诱惑和利害因素太多太复杂，人的内心冲突与搏斗是不可避免的。但是我们可以从另一个角度去思考：这种冲突与碰撞，其实是与深圳这座新兴都市的包容性格不可分割的。只有包容的城市，才具备更加宽广的胸怀，才能去接纳来自五湖四海、怀着不同梦想的拓荒者。哪怕在这些拓荒者当中，各自有各自通往梦想的途径，这些途径，包括了善良和美好，甚至还包括了罪恶和丑陋。为这些拓荒者内在的“自我”与“他者”提供选择机会的，是深圳——所有拓荒者在这座风起云涌的海滨城市的仁厚胸怀。志得意满求进，深圳未加掩抑；灰心丧气盼归，深圳没有嫌弃，而是真诚地予以接纳、安顿，甚至，还默默地为其中的一部分人疗治好了伤口；在所有拓荒者倾力为自己的梦想插上翅膀之时，深圳表现出了最温暖的一面——为漂泊者提供了一个美丽的家园，一片自由的天空，让他们有一种归宿、一种认同、一种灵魂的摩挲，让他们从最初的“他者”成为了真正的“自我”。由此，拓荒者们与深圳最终便形成了不可分割、血肉相连的依存关系。从人本意义、生命意义上说，深圳在“自我”与“他者”这一关系的演变过程当中，其母性的、仁厚的、慈爱的精神特征，非高贵二字不足以形容。当然，尽管深圳未能让所有人都免去内心焦虑、争斗、困苦与不幸，就此意义说，就终极关怀意义说，它或者曾做过自闭的选择，但这都不能否定深圳的内心爱意。因为，对这些拓荒者做出存续或者淘汰选择的，绝不是深圳，而是时间和历史。李亚威说："在所有的故事里边，我都让善的一面和恶的一面来进行搏斗。"她相信宽容、理解和爱的力量，就像她在《眼睛》一剧中表现出来的一样。罗文多和乔今莓当然也渴望真正成为"自我"，独立，自存自在，但是孩子的存在又使他们无法摆脱重重顾虑。孩子发现真相后的剧烈反应和离家出走，使剧情一波三折，甚至到了令人无法呼吸的程度，但最终，宽容、理解和爱使三个人既心有所系又各得其所。

有人说，深圳是一座始终走在改革开放最前沿的城市。在这片热土上，深圳人最早喊出了"时间就是金钱，效率就是生命"的先锋口号，其影响及于华夏；在这片热土上，深圳人率先敲响了拍卖土地的"动地一槌"。但是我始终认为，无论深圳有何种面目，它的先锋意识与精神，从来都未曾与它的包容、多元性格相分离。

六

李亚威从小提琴手到编剧，再到导演，这期间写过的剧本和执导过的电影不少，拿过的奖很多。例如《眼睛》荣获第21届全国电视剧飞天奖和广东省"五个一工程奖"；《升》、《妈妈飘着长头发》荣获中国电视金鹰奖入围及提名奖；41集大型人文风情片《火之舞——告诉你一个真实的楚雄》更是获得了第16届全国电视文艺政府奖"星光奖"、中国广播电视新闻电视社教节目奖和云南省广播电视政府奖创新一等奖，等等。但是，无论李亚威上述作品如何光华耀眼，我自始至终都还是对《深圳故事》系列情有独钟。

诚如此前所述，李亚威继承了她母亲的坚韧和执著，并且带着这份信念来到深圳。为了拍摄《深圳故事》，她曾经把自己的房产作为抵押，没有钱，她把自己有限的钱贴进去，编剧、导演、制片、作词、作曲，所有这一切都由她一个人承担。李亚威用她优秀的剧本和她真诚的待人之道，打动了那么多优秀的演员：奚美娟、陈瑾、王学圻、普超英、侯天来……这些演员甚至愿意不计成本地在她的电影电视中出演角色。《深圳故事》就是这样一部一部出来的。这个过程何其艰辛，何其磨人！尽管目前还只拍了为数不多的几部，离李亚威最初的设想还有很长一段距离，但她始终没有放弃。她说："我经常嚎叫，《深圳故事》我是一定会拍下去的。现在没有资金，没有谁支持我，我默默地在坚持。像当年练小提琴一样，但我相信我的《深圳故事》一个一个出来的时候，会让深圳人找到自己需要的心灵宣泄。著名指挥家张眉将《深圳故事》一部部看完以后泪流满面，她说我没想到你是这样一种表现手段。一个人只有把灵魂放在首位，创作出来的作品才会有滋有味。好的作品要不断叩问良心。不关注社会现实的艺术家是没有良心的。融入是一种能力，到哪儿就应该将根扎到哪儿。"[1]

李亚威将根扎在了深圳，所以她的作品，才会与这座城市，在灵魂深处有一种与之相缠绕的绵长意绪、不尽情思，才会打眼打心。她解读深圳的视角是独特的。用原广东电视台副台长张木桂的话来说："贯穿《深圳故事》的是它独特的人文关怀的主题。人文关怀是一个哲学命题，是从人学的基点来把握文艺精神的价值取向。""《深圳故事》写的是当今中国市场经济最为发达的现代化生活，与国际接轨的城市生活。但李亚威有意识地避开都市的喧嚣，排除世俗的污染，滤去生活的杂质，只保留诗意，保留所感所悟。它宛如一泓清泉，一缕幽香，沁人心脾，令人超凡脱俗。在李亚威的镜头下，没有惊心动魄的故事，没有让人心悸的悬念，她只是以她所学的小提琴那样，娓娓地向观众倾诉人生的体验，既率真又含蓄；不红而娇，淡极始艳，在淡淡的故事情节和隽永的意境中……感悟人生，解读生命。"[2]

李亚威用触摸、用倾听，为我们推出了远离模式化的"深圳"，远离概念化的"都市"。这是正确的。因为，深圳是活的，解读深圳也应该是活的。诚然，要想真正客观真实地把握这座新兴的都市，并不是一件容易的事。但像李亚威这样，怀着一颗赤诚之心，触摸这片土地，"倾听着那些从灵魂深处流出的声音"，虽不尽全面，却最是接近深圳的心脏与灵魂。"这些片子都是描写深圳人的生活、自我冲突的故事，人性在特殊环境下的颠覆和撕裂，是我个人对这座城市的表达。"李亚威说，"这个时代总要有人纪录的，我们的故事要给今天和明天向往美好生活的人们，留下一段历史。"[3]

是的，李亚威用她的灵魂在触摸一座城市、用她的内心在倾听民间，所以，她必将为后来者"留下一段历史"。

---

[1] 黄玉蓉：《"名"和"家"不是我追逐的——李亚威访谈录》第 104 页。

[2] 张木桂：《李亚威和她的〈深圳故事〉》（《深圳故事 · 序二》），第 5、6 页。

[3] 李亚威：《故事讲给母亲听》（《深圳故事 · 后记》），第 508 页。

卷二

李春俊论

灵魂始终奔跑在深圳前方的歌者

黄玉蓉

作为改革开放后崛起的中心城市，“深圳”这两个字眼具有令人无限期待的理由。所以，许多头脑灵活的写手把“深圳”作为卖点，炮制出一些带有“深圳制造”印痕的深圳故事，这些作品水平参差不齐，写作动机更是五花八门。一些作品张扬欲望的旗帜，将深圳妖魔化为一个无恶不作的欲望之都；部分作品将深圳扁平化为一个经济巨人、文化侏儒，似乎生活在这座城市的人们都是只知赚钱没有精神文化需求的经济动物；还有些作品只是被贴上了深圳标签，而内里装着的是放在当代中国任何一个城市都能成立的故事；当然也有作品唱响了时代主旋律，是我们引以为豪的城市文化建设、精神文明建设的重大成果，但它们只描摹了这座城市高歌猛进的豪放面孔，而对她愁肠百结的婉约容颜则略去未表。与上述几类作品相比，笔者不敢妄言李春俊告诉我们的就是一个真实的深圳，但他以自己的所见所闻、所思所想凝结而成的作品至少比较趋近于我们这座城市的当下现实和精神趣味。

李春俊的作品，无论是诗歌还是小说，大都充满了盎然的诗意，深邃的思想，令人深长思之、不忍释卷。无论是反思批判，还是关怀超越，它们都以艺术的方式传递着作家对于栖居之地的考虑和思索，他的书写没有重蹈原样照印日常生活的覆辙，没有追随痛快淋漓暴露当下生活病症的时尚，而是通过一定的道德关涉，一定的使命担当，以精致纯粹的艺术形式，试图照亮当代人疲惫而又沮丧的心灵世界，唤醒他们人性深处原本炽烈的良知和热情。鉴于这些作品丰富的精神内涵，笔者姑且称之为“深圳寓言”，以区别于前述“深圳故事”。

李春俊的小说非常好读，常常一拿起就放不下。尽管好读的畅销的不一定就是好作品，但不容置疑的是，作品的意义生成于读者与文本相遇的那一瞬，当然是相遇的次数越多，文本的意义才被阐发得越深刻，作品的价值才体现得越彻底。所以，好读是好作品的前提。李春俊小说好读的原因在于他擅长捕捉深圳生活中的典型事件和生动细节，然后以不动声色的笔调，将它们敷衍得风生水起、一波三折。他调动自己的文学才华将故事编织得圆融通透、扣人心弦，同时他又动用自己的生活经验，替这些故事添加了很多时尚元素作为调料，比如1976年的法国波尔红酒、XO干邑、多春鱼、夏奈尔5号香水以及新款大霸王等等，这使得他的小说读起来有强烈的当下意味，甚至还有几分香艳的色彩。但李春俊小说的价值不仅仅在于他的故事性，若仅此而已，也就戴不上“深圳寓言”这顶帽子了。往往是在故事的框架产生之后，他会不失时机地往其中装载自己对这座城市深切的爱恋、深沉的思索。而从这一角度来看，前面列举的那些时尚元素、优裕场景又魔术般地一跃而成文化的符码、精神的隐喻，它们有力地烘托出被丰裕物质包裹着的人物灵魂的空虚，同时向我们提出了几个严峻的社会问题：

一、富了之后怎么办

当下社会生活中，先富起来的人们身体上的“富贵病”较早就由医务工作者在疗救，但精神上的“富贵病”谁来关注呢？文艺工作者当然责无旁贷，作家李春俊勇敢地担当起了这一重任。尽管他不能像医务工作者那样，对社会上流行的“富贵病”开出精确的治疗药方，但他思考过、探索过、坚守着、挣扎着，以其殷殷之情努力解答着“富了之后怎么办”这个先富起来的地区所面临的新课题。

（一）感谢生活

李春俊对生活常怀感恩之心，他发自内心地敬畏自然，歌颂生活。正是因为这份虔诚的敬畏，他敏感的心灵时常能够接通真主的心弦，他的神经触角时常能够接收到美妙的天籁之声。他将自己窃听到的大自然心语行诸笔端，变成一串串灵性十足的诗句：“肯定 / 有一种东西 / 来自秋天的深处 / 给叶子以颜色 / 落下的叶子 / 才欢愉地叹息”。[1] 诸如此类与大自然声息相通的篇什在他的诗集中俯拾即是。因为感恩，所以歌

[1] 李春俊：《明亮的秋天》，《西北诗篇或深圳歌谣》，内蒙古人民出版社2002年版，第116页。

颂，李春俊以饱满的激情讴歌着他在深圳体验到的幸福生活。但他的歌颂不是简单地唱赞歌，更不是空洞地喊口号。“……下午的草坪像一块暖和的太阳／金黄而富饶／……而女儿捧着书卷／风和她争翻书页／她把一缕黑发含在嘴角／思索。世界是轻盈的／这个时候，我们被幸福覆盖／在深圳的海滨。”[1]明丽的色彩、温暖的意象、乐陶陶的情趣、暖融融的幸福，还有什么样的赞歌比这样的诗句更打动人心？还有什么样的表白比这样的礼赞更能唤起人们对生活的热爱呢？

（二）拒绝堕落

李春俊的长篇小说《谁比谁坏》是一个探索都市人物质生活充裕后心灵归属问题的文本。小说将故事场景设定在一个声色犬马的富裕之城，城中人连环套似的陷入愈堕落愈空虚、愈空虚愈堕落的恶性循环。商人、公务员、教师、全职太太，一个个都难逃厄运，而这一切似乎都是富足惹的祸。作者不惜笔墨地叙述人物的堕落史，但这些文字的精神旨归在于为那些正在变坏的人物寻找一个安放灵魂的处所。因此，读这部长篇小说时，能明显感觉到人物在滑向堕落的过程中常常又在顽强地拒绝堕落，他们挣扎、对抗着，一边是罪恶的淫声，一边是道德的呼唤。最终，男主人公刘进西在一位可爱女子的引领下爬出了堕落的泥淖。他投入大量时间搞调研、做义工、赴贵州支教，在奉献社会、服务他人的过程中排遣着精神的苦闷，获得了灵魂的安宁。他还带动一度堕落的妻子加入到义工队伍，一家人在扶贫帮弱的社会工作中重新找回了融洽与和睦。

二、城市化后怎么办

众所周知，在日新月异的现代化进程中，我们必须加速城市化，因为城市化程度是现代化水平的重要标尺。早在2004年初，深圳就宣称要全面城市化，做全国第一个“没有农村的城市”。随着最后27万农民全部一次性“农转非”，深圳真正实现了农民市民化、农村城市化的宏伟目标。目标已经实现，但随之带来的一系列问题，比

[1] 李春俊：《海滨公园》，《西北诗篇或深圳歌谣》，第125页。

如村民如何完成从“村里人”到“城里人”的身份转换、城市化工业化带来的环境污染等问题，却不容忽视，李春俊在作品中提出了这些问题并进行了自己的探索。

（一）作别农业文明

《工厂里的稻田》？工厂里能辟稻田吗？在深圳将寸土寸金的工业用地用于农业生产？这样荒诞的行为艺术恐怕只会发生在深圳这样“没有农村的城市”吧？在机器的轰鸣声中，早就“洗脚上田”办工厂的沙塘村农民文叔硬是费大气力、耗巨资在工厂的包围之中整出了一片稻田，从而避免了整个村子都变成石屎森林的局面。后来经老镇长提议，这块意味深长的稻田成为全市独一无二的农村教育基地，它让农民的后代们知道了农村和耕作是怎么回事，让遗忘了土地的人们重新复苏了对土地的记忆，让怀念土地的农民尽情缅怀昔日的耕种生活。稻田的“开辟者”文叔则“躺在稻田旁的凉篷下，像一个帝王似的，目空一切，酣然而眠。那绿中透黄的水稻，在轻风中摇摆着，真美”。[1] 然而，文叔都市农民的美梦并没有持续多久，在强劲发展势头的威逼下，面对投入产出的巨大悬殊，他深感大势已去，不免怀疑种水稻带给他的快乐是真是假。于是他让出了那块土地，尽管立马到手不菲的资金，但他依然闷闷不乐。于是他尝试着离开沙塘村，做起了城里人，但在清明回村祭祖之时，依然彷徨忐忑。这祭祖仪式与其说是对祖先的祭奠，还不如说是对没落了的农业文明、耕读持家传统的无尽惋叹。

《工厂里的稻田》虽然不是李春俊小说中艺术成就最高的一部，但它在深圳文学史乃至深圳改革开放史上存在的意义是相当独特的。它以其罕见的题材和丰厚的内涵承载着一个由渔村发展起来的大都市最后的乡村记忆。而这种不复重现、不可再生的乡土记忆是我们这些深受农业文明滋养的中国人永远的心灵绿荫。文叔工厂里辟稻田的壮举犹如一个悲壮而又无奈的告别手势，指向深圳不可限量同时又无法预测的未来，而文叔这最后一个农夫的形象则永远地镌刻在无数深圳人的心间。

小说的不足之处在于知性的陈述稍多，过于饱满的内容固然有启人深思的力度，但却少了几分令人回味的绵长和引人遐想的空灵。小说有些地方的直抒胸臆破坏了人物形象的丰满和真实，有些地方的指陈现实有些概念化的倾向。前者如文叔的高谈

---

[1] 李春俊：《工厂里的稻田》，第 159 页。

阔论，后者如对沙塘村之民风日下的指斥。可能是源于作家对深圳的“知之深，爱之切”吧，也许作者急于表白自己的观点，解脱自己的灵魂？或者他本来就是一个“意念先行”的作家？虽然整体上无伤大雅，但若能在艺术形式上再作一番精细打磨，它应该是一个可以留存下来、流传开去的文本。而这样的文本在当今信息爆炸、泥沙俱下的写作环境中，其意义显得尤其重要，对于历史较短、文化积淀较少的深圳来说，更是弥足珍贵。因为我们的乡土情感必将随着乡土社会历史的终结而终结，但它却可以在文学艺术作品中得到永远的记载和承传。

（二）控制发展速度

社会发展的步伐犹如历史的车轮，任何人都阻挡不住，但发展太快太滥导致厂多人多污染严重怎么办？面对蓊蓊郁郁的荔枝林毁于一旦的开发代价，面对触目惊心的国有资产流失，面对不可再生资源的被侵占和被毁灭，李春俊忧心如焚，遂以艺术的方式给予了有力的指陈。《谁比谁坏》、《工厂里的稻田》等作品充溢着作家对深圳未来的忧思；而为庆祝深圳经济特区成立 25 周年而作的长诗《深圳之名》则直接抒发了对深圳现状的批判。“没有四季的田野 / 工厂到处疯长，疯长，疯长 / 贪婪的手 / 收割一茬又一茬的青春 // 河流迷失在漫长的隧道 / 因吞食各种液体、各种气味 / 面色狰狞如鬼魅 / 一路踉跄，投珠江自尽”，没有长期对深圳生活的深入体察，没有对这片土地及生长于斯的人们的深切关怀，是写不出这样生动传神的诗句的。

李春俊既有传统文人的敏感，又有当代知识分子的智慧。他不仅指陈了“不应该这么办”，而且指出了“应该怎么办”。他通过作品给出了自己的建议：必须提高引进外资质量，提高环保水平，而走西方工业国家破坏—治理的老路将会得不偿失！不是吗？文叔（《工厂里的稻田》）办工厂破产的遭遇难道不是“三来一补”非深圳发展长久之计的预言？羊笛镇（《谁比谁坏》）最先发展的村子缺少规划，污染严重，迅速败落，再也没有可持续发展的空间。这难道不是违背科学发展观带来的恶果吗？这些来自开发第一线的活生生的案例给一味追求发展速度的好大喜功行为敲响了一记沉重的警钟。好在决策者已经发现了这些问题的严重性，果断决定推迟实现现代化时间表，由“速度深圳”向“效益深圳”转型，这一方面缓解了作家的忧思，另一方面是不是也验证了作家出色的判断力和预测力呢？

在日常生活中李春俊知足常乐，且行且歌，但他是一个秉承着中国传统文人使命感的作家，一个“先天下之忧而忧”的诗人，一个密切关注时代前沿问题的知识分子。这众多身份的叠加，使他无法置身于外。只要这世界上还有一点不谐和音，他的灵魂就始终不得安宁，始终不知疲倦地奔跑在深圳的前方，始终以杜鹃啼血的深情放声歌唱。他梦想诗意的月光不仅仅洒在华侨城，也应该洒在偏僻村镇，洒在打工者聚居的工业区，洒在寂静的原野，广袤的大海。那是一个令人神往的理想境界！

在当前这种价值失范、文化失语、认同紊乱的时代焦虑氛围中，他执著于自己的价值立场，汲汲于考掘现代人的精神意涵。他以自己的写作和思考叩问重商主义消费社会的道德良心，顽强地抗拒着城市化、工业化的巨大声浪，阻止着“经济人理性”的畸形泛滥。对于眼见的丑陋现实，尽管他内心深恶痛疾，或鄙夷不屑，但他不逃避，不放弃，不说教，不呵斥，而是隐身微行于都市的滚滚红尘之中，不断地自审自律，拷问诘难，从容地梳理着我们这座城市全面工业化后的文化逻辑，编织着反映我们这座城市精神特征的深圳寓言。

吴亚丁论

云樯高插望嵯峨

孙巍巍

吴亚丁，男，作家，编剧。江西省南昌市人。出生于20世纪60年代。1978年考入江西大学中文系，就读于汉语言文学专业，获文学学士学位。毕业后，入南昌市政府机关工作，90年代中期南下深圳。

吴亚丁系中国电视艺术家协会会员、中国视协纪录片学术委员会委员、广东省电视艺术家协会会员、深圳市电影电视艺术家协会会员；广东省作家协会会员、深圳市作家协会会员；深圳市戏剧家协会会员；深圳市罗湖区文联第三届、第四届文联委员，现任罗湖区作协主席、文联副主席。

2005年8月，吴亚丁在作家出版社出版长篇小说处女作《谁在黑夜敲打你的窗》。其《一九七五年的大雪》、《勇气》等三个短篇小说，连续获得《中国作家》杂志社2005年、2006年、2007年三届金秋笔会短篇小说一等奖和二等奖。近年还在《特区文学》、《百花洲》和《大家》等文学杂志上，发表了《眺望英格兰》、《柴火》等中、短篇小说。所撰散文《我们应该选择怎样活着》，获中国散文年会2007年度“优秀散文100篇”奖（《散文选刊》等主办）。

《读雪》：重拾文学梦想的前戏

吴亚丁在回望自己的文学之路时，说过如下一番话：

“近年偶入影视一途，兼及戏剧、文学，重拾文学的梦想，工作之余投身创作。”

其实，从中学时代开始，吴亚丁就对文学无限着迷。他对经典有一种贪婪的阅读欲和惊人的领悟力，文字表达也因此打下了良好基础。正是由于这个缘故，他从少年起就在构筑自己的梦想，觉得自己可以成为全世界最好的作家。但是，由于受多变的社会生态牵掣，这个梦还没有真正开始，就被霜雪覆盖掩埋，只能一直蛰伏于他的内心。而与文学再续前缘、真正开始写作已是 2001 年。他获得成功的第一个作品，是电视散文《读雪》，一个蕴蓄着他人生思考与感触的简约精致、意境深远的篇章，内中的许多句子像雪一样晶莹透亮：

> 敏感如思想、晶莹似童真、脆弱像爱情、温暖如幻境。这，就是冰。当水变成冰，热情就在严寒里凝聚，追求就在凝固中升华。假如每个冰雪之际都有一个梦想，我们就有千万个梦想；假如每个青葱生命都有一种渴望，我们就有无数个希望，这千万个梦想和无数的渴望，好像那漫天而来的雪花，飘荡在辽阔的冰雪的国度；这千万个梦想和无数的渴望，好像这遍地比肩相依的冰之造型迎风而立，像这冰雪雄鹰振翅欲飞笑傲人生。

这篇散文的写作，缘于中国广播电视研究会当时的一个盛举——“全国百家电视台文艺采风活动。”各地电视台都竞相到哈尔滨拍摄冰雪节。罗湖区电视制作中心也派出专人拍摄了相关素材，并让吴亚丁写文稿，于是就有了这篇《读雪》。

整篇散文虽只有 500 多字，但优美流畅，颇受好评。片子最后拿了两个奖：一是“优秀采风奖”，一是全国百家电视台电视文艺节目奖铜奖。

此后吴亚丁又与罗湖电视制作中心合作，由他撰稿，由资深导演担纲，拍摄了《深圳写意》、《油坊往事》等电视散文作品。他所写各类电视片，曾在央视、广东卫视、凤凰卫视中文台、凤凰卫视欧洲台、凤凰卫视美洲台、纽约中文台、香港电影频道及深圳台播出，且获得过中国电视金鹰奖提名奖、中国广播影视大奖提名奖、广东省广播电视文艺奖一等奖等多个奖项，还在第 4 至 8 届中国百家电视台电视文艺节目奖中，连续 5 届共拿了 6 枚奖牌，金、银、铜奖俱全。至于此，他写的电视散文全部获奖。其后，因为他自己觉得，拍片子和写作激情不能同步，于是就脱离影视转而开始了小说创作。不过，尽管转移了阵地，但他一度以写电视散文为主的这段经历，却既是他偶然间闯入影视一途、留下清晰脚印的一种标志，也是他长期文学积累的一次漫溢，更是他快速奔向小说创作道路的一个前戏。

《谁在黑夜敲打你的窗》：都市男女的情感温度计

2005年8月，吴亚丁在作家出版社出版处女作——长篇小说《谁在黑夜敲打你的窗》。

他曾说："真正的文学基本都是写人的生存状态。……我就想写一群年轻人在深圳的生存状态，写我对这个城市的生存感受。事实上，我描述的这个群体，在深圳，有相当的代表性。"

《谁在黑夜敲打你的窗》所涉及的地点，我们都耳熟能详：宝安国际机场、地王大厦、东门商业街、深南大道、世界之窗、大梅沙海滨公园、沙头角……作者所描写的人物岩桐、但是、鹿儿、石榴、她她、妮妮等，我们也可能似曾相识。在这部小说里，作者用细腻而又不无伤感的文字，讲述了这些年轻人在深圳的爱情及生活经历。

像其他许许多多为了生活而漂泊在深圳的人一样，吴亚丁笔下的红男绿女们，来到这里追求自己心中的梦想，寻觅自己向往的爱情。

可这个繁华的都市，缺少的恰恰就是爱情。这就是吴亚丁给我们的答案。

小说冷峻的口吻直刺人心："在深圳这样的城市里，是很难产生爱情的。这座移民组成的城市，是那样强烈地消融人们的意志和瓦解人们的感情，它总是将人的注意力吸引向别处，引向物质或金钱。"

从前，有人说"天堂往左，深圳向右"，也曾有某刊物将深圳称为"最有欲望的城市"。那么，深圳究竟是一个怎样的城市呢？不同的作家从个体的视角出发，都在努力给出各不相同的答案。王十月眼中的深圳，盛可以眼中的深圳，还有其他许多作家眼中的深圳，莫不是为礀、为屿、为岸、为崖，千姿百态。甚至来到深圳者，每个人对于这座令自己爱恨交加的城市，应该也都有着各自的感触。而《谁在黑夜敲打你的窗》中，吴亚丁所描述的，则令人感到强烈震撼——深圳是一个缺少爱情的城市：

> 我来到深圳有十几年，我对于深圳的感受，简单说，有几个层次：深圳媒体眼中莺歌燕舞的亮丽深圳；外界媒体和人群毁誉参半的俗世深圳；老百姓口口相传、片言只语生动勾勒的民间深圳。

但是，无论何种层次的深圳，几乎都是爱情难觅。甚至，尽管整部小说贯穿着对于"爱情"的思考和追求，可是最终，那些主人公们，谁也没有得到爱情，谁也没有弄清楚爱情。

岩桐在去西藏的旅行途中邂逅了容貌秀丽但生性敏感的女孩她她，却由于相互的怀疑、误会，彼此最终错过一场美好的爱情；另一位女孩鹿儿爱着岩桐，又因其前男友的出现使两人心生罅隙，关系显得若即若离；因为前男友吸食毒品死去之后，鹿儿也选择了随之而去。气质优雅、漂亮能干的石榴，爱着岩桐的好友但是，可这位潇洒的但是却无法承诺给她婚姻，最终石榴选择了离开。

都市太喧嚣，红尘太嘈杂，我们有一万种可能与爱情擦肩而过。

这部小说所描述的正是凄美得一次又一次擦肩而过。繁华喧闹的都市，竟然深藏寂寞和空虚——多少人冀盼被爱却孤枕难眠？多少人渴望情感却颗粒无收？莺歌燕舞的都市，竟然折翅于太多的可能和选择，压力与顾虑使人患上情感恐惧症。因而，很多的爱情故事，是以浪漫和缠绵开始，却只能以无奈和忧伤结束。

鹿儿是作者花费笔墨最多的人物，也是小说中最能打动人心的角色。小说中的鹿儿把爱情看得比什么都重要，总是在苦思冥想这个世界是否存在真正的爱情，但当属于她的爱情真正来临的时候，她却一个人去了天国。

鹿儿曾经对岩桐说："你知道这个世界什么东西最伤害人吗？……不是武器，不是美国在阿富汗杀死山洞里躲藏着的塔利班、拉丹而使用的热什么弹，也不是成天被美国佬用来威胁这个世界人们生存权利的核弹。这些，都只能使人死亡，使人从肉体上毁灭而已。但是有一种东西具有更强大的力量……那就是爱情。"

在米兰·昆德拉的小说《不朽》中，主人公阿格尼丝与她妹妹劳拉曾经有一段关于"爱"的争论。阿格尼丝认为爱情中最重要的是他人，是自己所爱之人。当我们爱一个人时，应该希望他事事如意，爱情的真谛就在于此，"爱"绝不是意味着只看到自己。而劳拉则认为爱就是爱，它意味着什么毫无意义，爱只是自己的一种体验，它是心中扑腾的一对翅膀，是让自己去做任何事情的一种感受。相比这下，劳拉更强调自我的感受，而很少考虑对方。

鹿儿就像阿格尼丝所说的那样，在爱情中，把所爱的人放到最重要的位置。不过，她还是没有收获爱情，而只收获了"擦肩而过"。如果她能像劳拉说的那样，因为爱而变得自私一些，或许，她就能和岩桐走到一起。但生活没有假设。鹿儿的独特处，正在于她对每一段感情都全身心地去投入而难成正果。她始终无法放下前男友，甚至在知道他吸毒之后，依然带着一颗怜悯的心，坚持去帮助他，照顾他，拉他走出困境。可是最后，鹿儿也终随他而去。

在她的身上，我们看到了爱情的巨大魔力。这是一种比生命本能更强大的力量，它驱使人类像飞蛾似的扑向冲天火柱——义无反顾，哪怕粉身碎骨、化为灼热的空气也在所不惜。

自古以来，不少文学作品为我们塑造出了决绝追求爱情的众多女性形象。如《埃涅阿斯纪》中的狄多女王、《孔雀东南飞》中的刘兰芝、《安娜·卡列尼娜》中的安娜、《高老庄》中的西夏等等。鹿儿亦是如此。鹿儿是为爱而生的，也是因爱而死的。她爱得太执著，爱得太投入，最终导致了香消玉殒的悲剧。

鹿儿的爱人岩桐，则是一个在爱情上追求完美，却又犹豫不定的男人。

鹿儿、她她、妮妮三个女孩子都爱着他，可他始终都没有明确地表示自己的态度。特别是在鹿儿和她她之间，他难以抉择。他接受了现实中美丽多情的鹿儿，但又因为鹿儿身上缺少浪漫气息而下不了决心。

她她则极富个性，充满浪漫气息，让岩桐心灵产生极大震撼，迷醉不已。可一个小的误会，就让他长期陷入猜疑和犹豫中。虽然“对于岩桐来说，她她是那种一旦走入他心里，便长久难以消失的女人”。但是他从没有大胆去追求自己的真爱。

对于妮妮呢，他一方面对她的大胆表白无可奈何，另一方面，又下意识地有所期待。最后，他便是在这样的左顾右盼中，失去了鹿儿、惹恼了她她、惊吓了妮妮。

想起这样一个故事：有一天，柏拉图问老师苏格拉底什么是爱情？老师就让他先到麦田里去，摘一株全麦田里最大最金黄的麦穗来，期间只能摘一次，并且只可向前走，不能回头。

柏拉图于是按照老师说的去做了。结果他两手空空地走出了麦田。老师问他为什么摘不到？ 他说：因为只能摘一次，又不能走回头路，期间即使见到最大最金黄的，因为不知前面是否有更好的，所以没有摘；走到前面时，又发觉总不及之前见到的好，原来最大最金黄的麦穗早已错过了；于是他什么也没摘到。

老师说：这就是“爱情”。

岩桐便是这样一次次地错过了“爱情”。

小说的最后，岩桐自己也反思：“为什么我们总是珍惜已经消逝了的时光，却无视眼前，不去认真把握住现在？”

岩桐的爱情悲剧告诉我们，我们需要相信爱情，要有勇气去追求真爱，还需要弄懂什么是“爱”，并且必须学会怎么珍惜、如何去爱。

爱情，如同世间万物一样，充满缺陷，需要包容，需要呵护。每一个追求真爱的人，都应该接受“爱”的不完美、“爱”的不纯粹。如果过于执著地去追求完美的爱情，也许就会将爱情变为一种“神话”，从而使“爱”成为一种不可能。

著名诗人叶芝曾写下这样几句诗：

多少人爱过你欢乐优美的瞬间，
或虚情或实意地爱过你的美丽，
可有个男人却爱你朝圣的灵魂，
还爱你多变面容上的悲情愁意。

或许我们需要像叶芝那样，毫无保留地容纳情感的全部不确定性，并义无反顾地去拥抱爱情。古希腊罗马人总是认为从实质上讲爱情是悲剧性的，但值得人们为之付出激情。的确，尽管双性人的神话像一把双刃剑横亘在男女之间，人们只能徒劳地寻找原本属于自己的那一半，宿命的力量早已注定了绝望的结局，可人们仍在前赴后继地去决绝追寻。这种情感上的不确定性，使爱的追寻真正成了千面女郎，也成为与人类心灵相关的永恒主题。

《谁在黑夜敲打你的窗》敲开了现代都市男女心灵的一扇窗，从中我们可以瞥见现代人追寻爱情时的困惑、多疑和浮躁。就此而言，这部小说即是一支现代都市男女情感的温度计。

《谁在黑夜敲打你的窗》不仅对于爱的表述非常独特，而且艺术特色比较鲜明，思想内容也比较丰富，李云龙老师在评论中就此作过如下概括：

“与许多小说家讲究色彩搭配以求均衡并因此表现出极端慎重所不同的是，吴亚丁大胆得几至令人瞠目结舌。他简直是率性而为。生与死、真与伪、红与黑、昼与夜、高尚与龌龊、尊显与卑微、节俭与奢侈、幸运与艰难——这些创作元素，他竟然几乎可以全从漂泊无根甚至血泪浸泡的生活细节当中冶炼提取，并将诸多的矛盾体集于一身，以此作为小说的骨骼。可以有歌哭，可以有蛮横，可以有幽怨，可以有调侃，但人物基调却几乎都是淡淡着色，没有绝对的好与坏，没有过度的褒与贬，优秀与平庸只有一堵泥墙，眷恋和割舍唯剩一张薄纸。”

“《谁在黑夜敲打你的窗》，是一部以抒写心理流程取胜的记录城市生活的当代小说。它写得简约……但它同时又写得丰厚，各色人等的生存状况一总其内，各种价值观的激烈碰撞尽收其中，对多元文化奇幻景象的广作摹画，对一座城市青年人生存方式的文学思考，对人性美丑的含蓄歌赞与批判，对人情冷暖、世态炎凉等社会通病的无情披露，对真爱的诗意表达和婉曲哀悼，构成了这部小说的核心价值。”

《一头猪的私奔》：表层好看与深层可读的聚合体

小说故事发生在赣西南的一个小山村里，荷花家里的一头猪被山上的野猪给带跑了，几个月后，这头跑掉的猪又带着六头小猪回来了。这事引起了轰动，全村议论纷纷，慢慢地，风言风语就开始流传了。他们说“如今的世道不仅城里人风流，乡下人也风流了。不仅乡下人风流，连乡下人的猪也风流了。世界真的变了。人偷情好理解，怎么连猪都学会偷情了？”很快，这件事情就传到了外面，到了南昌荷花父亲那里就活生生地变成荷花娘偷情了。

后来，因为荷花家所养的小猪肉好吃，一个猪贩子想把所有的小猪都买去。荷花娘想等猪长大，多卖些钱。村民曹瘸子又建议荷花娘给猪配种，开养猪场。可是她没钱，就想起一个主意：家里没钱，不如让这些猪全被野猪引诱上山去。既然全是母猪，要疯就疯个够吧……说不定又能像上次一样，带回一群新鲜活泼的小猪……不过，荷花娘打开猪栏，那些小猪却不跑。最后娘儿俩把一群小猪赶进了山里。

吴亚丁的这篇小说把理性思考藏掖得很好，让真正的审美和思想内涵包裹在故事的深处。这样的小说表层好看与深层可读相结合，能给人带来凝然的阅读感觉并引人思索。

《一头猪的私奔》给人的启示是：一部小说如何才能“好看”？首先当然就是要有故事。故事既是一篇小说用来容纳生活信息量、思想信息量、审美信息量的物质外壳，同时，经过提取——亦即高度浓缩之后，又应该是其不可或缺的骨骼甚至脏器。正如音乐家是用优美的乐章思维一样，小说家是用故事来引领思维，是用故事来传达自己的情感和思考的。

《一头猪的私奔》表现出来并能让人触摸到的，除了故事的物质外壳与骨骼、脏器等内在部分以外，还有生活的质感。正由于此，整部小说可视作三个信息的某种集合。

《一头猪的私奔》的语言也比较有趣。例如：

“猪是头小母猪，身段修长，憨厚有趣，全无一点羞涩。”

“不知怎的，荷花娘今天才发现栏里全是母猪！她只觉得这个世界十分滑稽，自己生的三个孩子全是女儿不说，如今连猪都全是母的。全是女儿，才这么穷！全是母猪，会怎样呢？这样想，她十二分的沮丧。”

相比较而言，他写农村生活的另一篇小说——《柴火》，则沉重了许多。

《柴火》这篇小说差不多是千千万万打工者辛酸生活的历史缩影。小说写的是看似陈旧习见却又无比沉重的往事，其中蕴含的是对当下不合理现象的一种深沉思考：谁来保护社会弱势群体的利益？农民为社会繁荣做出了应有贡献，尤其是农民工为城市建设受累受罪，干的是最苦最脏的活，但他们的权益却往往得不到最基本的尊重和保障。有些城里人见到他们，从心底里瞧不起。只不过是因为他们满身尘土，就要遭到各种歧视，矮人一头。而事实上，农民工们并没有抱什么奢望，没有过分要求——没有要求一定要像城里人一样得到加班补贴、社保。他们不计较待遇，不横生枝节。只要求在辛勤工作后拿到那份本就属于自己的工资。可是，就是这样低得不能再低的要求，都往往无法得到满足。

在中国这个农村人口占了绝大多数的国家，如果我们无法保障农民的利益，那么现实当中将会产生什么情形？小说主人公柴火的悲剧，正包含了这样一种看似仅属个体却关乎公众的严肃思考。小说当中，柴火的悲剧，不可避免地发生了，作者借着这样一个悲凉事件，警示当下：我们当合力去阻止类似悲剧发生。只有这种悲剧越来越少，我们的社会才可能稳定发展。

《眺望英格兰》：城市叙述的新尝试

在接受笔者采访的时候，吴亚丁曾经说：“2006 年我大多写农村写童年，但城市才是我的主攻方向。”“我个人深深感到，城市生存，现在已经成为整个世界生存的基本方式。而深圳，完全有可能成为中国当代文学的一片新大陆。并且，将愈来愈展示出它的独特性和重要性。”“2006 年和 2007 年，那时我就曾经想过，当代文学应该全面进入城市叙述阶段。”

2008 年，他在《大家》杂志第五期发表了中篇小说《眺望英格兰》。这是吴亚丁描写当下深圳城市生存的一个尝试。

老凡本是乡下人，半生打拼，在东门老街有间赖以谋生的化妆品小店。日子慢慢地有点滋味了。可妻子何茶香突然提出要陪女儿去英国留学。

本来孩子出国是好事，可妻子要一起去，老凡心里便不太能接受，“鸟儿羽毛丰满要飞翔很正常，可是鸟妈妈也要弃巢贴着孩儿一块儿远走高飞，就不太容易理解了”。当然，为了女儿的前途，他最终还是勉强同意了。

女儿和老婆去英国以后，种种不顺就接踵而至。自己在东门开的小店被流氓砸了，店员阿菊也被打伤住进了医院，老凡蒙受了巨大的经济损失。妻子又恰在此时弄丢了作为生活费的1000英镑。妻子和女儿在国外的生活费用，日益成为他的沉重负担。这个时候，真正出了轨的妻子，为圆生根国外的迷梦，祭出了杀手锏，声称老凡在国内有外遇，并拿多年以来双方性格不合为借口，提出离婚。

老凡竭尽全力去挽救自己的婚姻和家庭：

> 虽然他能够感觉到茶香的绝情，可是他已经没有了退路。在悲伤和痛苦的不断磨蚀下，他期望能够用自己的真诚和献身精神打动茶香。他近乎麻木地委托中介，很快将住着的旧房子卖掉，将钱寄往英国。他要证明，为了她（当然，还有女儿），他是可以付出一切的一切的。他相信他们将近20年的爱情和婚姻不会就这样轻易解体。他要用实际行动来证明自己的真诚和无私。
>
> 他像刚来深圳那样，再次到罗湖租了一间价钱便宜的简陋出租屋。但是，最终，老凡的行动没有能打动妻子，她坚持要离婚，甚至冷酷地说爱上了别的男人。
>
> 从朋友康仔的舅舅口中知道了妻子茶香在伦敦的生活真相之后，老凡精神遭受巨大打击。他当晚遭到一群黑衣男人的疯狂毒打被送进了医院。医生认为他可能是脑部受了伤，然而此时，老凡已经没有钱再去做名目繁多的检查，他坚绝不同意住院。
>
> 此后的老凡陷入无限的迷茫与悲凉之中。
>
> 他在一片混沌和虚无中探询和摸索，感到深深的无助和绝望。他感受到了一个世界的冷意——当一个人失去他的最爱时，天空就不再蔚蓝，街道就不再亲切，人群就不再温暖。

小说的结尾颇耐人寻味。

"他碰翻了桌上的瓷杯，温热的咖啡漫了一桌。杯子的碎片，清脆地在地上跳动，然后乖乖地趴下。原来，那是一只烧制有英国国旗图案的瓷杯。英格兰？"

他愣住了。憔悴而疲惫的脸，掠过一片迷茫和憧憬。

对于小说所蕴含的思想内容，李云龙老师在其评论《像晨曦抚摸幽蓝大海的面颊——评吴亚丁中篇小说〈眺望英格兰〉》一文中也有相关分析，这里引出以飨读者：

"眺望者被物化的世界所无情眺望。他真实的眺望，终于成了小说最后被打碎的咖啡瓷杯，这已是灵魂被谋杀的眺望了。眺望的细节停留在了下列蕴藉的虚拟的图景当中，很薄，很脆：'杯子的碎片，响声清脆地在地上跳动，然后乖乖地趴下。原来，那是一只烧制有英国国旗图案的瓷杯。英格兰？'"

"老凡的眺望寂然跌入尘埃，而'英格兰'则由老凡的绝望处升起，高翥，然后如断线风筝，飘向了不可知的虚空。位置倒错的'英格兰'与'眺望'，都变成了盐，纷纷撒落在老凡的累累伤痕上。而他活下去的理由，恐怕也将被这一切迅速毁弃——谁知道呢？"

"这部作品并非只是想如此简单地告诉人们，在生活现场，该干什么不该干什么，它平易的外表底下，掩抑的是一种深长忧思：四下泛滥的颓废的人生哲学，早已代替道德约束而迅速成为新的精神钳制——这里说的不是通常所指的思想禁锢，而是对于过往生活的逃避或者无奈厌倦——并正在渗透到社会的各个方面。这种钳制，引发了低处急切的眺望（或曰冀盼）。而不问青红皂白的眺望，使个人的社会生活成本，骤然增加，但人际之间的亲密度，却呈直线下行趋势。"

正因为小说能如此真诚地直面生活，深入人物心灵，扫描老凡所代表的城市平民群体的生活境遇，所以，我们有理由称，吴亚丁发自内心地给予了当下社会以一种特殊"抚摸"。

如同李云龙老师在《像晨曦抚摸幽蓝大海的面颊——评吴亚丁中篇小说〈眺望英格兰〉》一文中所说的那样，这部小说"勾勒出了一座年轻城市珠光宝气繁华热闹景象之下的普通人的生存境遇与内心悲欢"，"不加夸饰地触及了一般平民为实现梦想而付出的沉重代价，曲折表达了对草根阶层的一种劝谕：想冲破命运之网却力所不逮必招致灭顶之灾"。

小说的叙述为此做了注脚："现在，他年届中年打拼半生，好不容易积蓄了一点财产。却在某个时刻，轻易地被一种心血来潮的行为，席卷而去。他感觉到，平民的财富是如此脆弱，看似稳定的生活，是如此容易土崩瓦解……”

英格兰……只为了一个英格兰！他感觉从女儿和妻子去英格兰之后，他的一切都变了。

老凡的遭遇，不由让人想起“人到中年”这一著名的话题。我们看到的老凡，是深圳的一个普通百姓，到中年之后，家庭、事业、情感方面的压力、苦恼、困惑纷至沓来，这让他穷于应付，有时简直茫然不知所措。作为小人物、小个体，老凡的悲欢只是一己悲欢。但恰恰是这种小人物、小个体的一己悲欢，却引出了大的现代都市命题。

在这个喝口水都得花钱的城市，钱是那么难赚……他忽然恨起这个城市来。……这什么城市啊？为什么这个城市，别人永远比他有钱？为什么他辛辛苦苦许多年，却仍然没有钱？当初为了梦想赚更多钱，他毅然来到这座城市……

长久以来所涉及的都市写作，其实一直存在着相似的问题；许多作家生活在都市，却始终与都市有一种心灵上的疏离感。从京派小说到新感觉派，到当代的都市小说，似乎都呈现出这样一种难称健康的情形。比如沈从文，始终称自己是城市里的“乡下人”，在精神上想象出一个“湘西世界”以作寄托。小说家笔下的都市，也大多是物质化、欲望化的，是病态的，总体上持一种批判的眼光。

《眺望英格兰》和《谁在黑夜敲打你的窗》，当然也有不少对于现代都市的批评与指责。但是，越过这些寒凉的东西，我们又可以看到，吴亚丁总在力图尝试着进入一批人生活的内部，去发现、去捕捉一些未必确定但却细微真实的东西。比如《眺望英格兰》中，老凡对年轻漂亮的女店员阿菊那种若隐若现、似有若无的感情，作者就处理得很有特点，欲言又止、欲说还休，不是一览无遗，而是留有相当余味。特别是老凡带着玫瑰花去医院看阿菊的那段故事，对人物心理的描摹堪称巧妙。

结语

吴亚丁的作品，从内容上来说是多元化的。小说《眺望英格兰》、《谁在黑夜敲打你的窗》关注的是都市人的生活状态，而《一头猪的私奔》写的又是农村生活，《柴火》关注的则是底层人群打工者的悲惨遭遇。另外，他还以散文的形式，宣示着他对于这个世界所作的严肃思考：在物质洪流四处泛滥、欲望失控的都市当中，我们何处安放自己的情感、自己的心灵，如何坚守住一种精神高度。而以散文凝注这种严肃思考的篇什，《我们应该选择怎样活着》是一个代表，这种严肃思考，也使《我们应该选择怎样活着》，获得了中国散文协会“2007年度优秀散文100篇”的奖项。

吴亚丁的最新小说《出租之城》，尚在出版中。不过，在接受笔者访谈时，吴亚丁曾这样解释：“它（系指小说《出租之城》）可以说，是我实践自己所理解的现代文学理念方面的一个尝试。我是怎么理解文学的？具体说，是怎么理解小说的？这将在本书当中有所展现。它既是传统的也是现代的。”我想，内心有一团火的吴亚丁，新近完成的这部作品，当值得我们去期待。

“对于我来说，写作最大的好处就是给我带来了比想象中多得多的快乐。”——吴亚丁如是说。

吴君论

亲爱的深圳所蕴含的丰富与驳杂

董爱霞

随笔：理性而不失幽默

经常会因为喜欢一个作家的散文，进而喜欢这个作家的其他作品，迟子建是一位，吴君也是一位，而她们都是东北作家，尽管她们作品的风格不同，但是她们的散文中都有着一种东北人的直率、自然、不造作，这是我所欣赏的。迟子建有一篇散文《麦田里的守望》，里面有这么一句话：赛林格这混账写出的《麦田里的守望者》真他妈的不错。这是迟子建套用《麦田里的守望者》主人公常用的话来评价这部小说的，我很难想象一个温婉的女作家能这样写，当时我就觉得我一定要认真看看这个作家的作品，结果一看就喜欢上了，温婉与直率的风格在她的作品中尽显无遗。而吴君的散文，应属随笔，归为散文一类，是散文中取材自由、篇幅短小、笔法灵活、富有表现力的一种。在这些随笔的写作中，吴君用充满轻灵随意之美的文体，写出了自己独特的魅力。

吴君写随笔比较多，出版过随笔集《天越冷越好》。她的随笔《显贵的人总是矜持的》，将一个本县城的人（或者被冠之以中心地域的人）之自大态度写得淋漓尽致。文字直率而又不失幽默，堪称畅快。这种畅快，能让深有同感的人疏解内心深处的郁闷，能让不是处在这种境地的人忍俊不禁。这种文字风格，凸现了吴君的个人性格和文学追求。而其直率、自然之中又见蕴含。这一点，在吴君写孝顺的篇章当中可大略体会到。传统意义上的孝顺是远隔千里也会回家看父母，平时多惦记父母。但吴君的散文中，写的却是变味的孝顺。在一个小小的红包面前，平时所做的一切，都变得不值钱，这是多么强烈的讽刺。面子大于实际的孝顺，让人身上感到了一份凉意，淳朴的民风不再，真挚的情感不再，让人心寒。这种写作，体现了吴君的一种散文立场。吴君曾就此说过一段话：“在我看来，随笔和散文其实就是作家的真性情，是一种抒发和记录。感情和立场是真实的很少有虚构的成分。”而随笔当是吴君真实生活态度的体现，不平则鸣、真挚直接。这样的写作给人一种入木三分的感觉，那种对事物的鞭辟入里，表面上近乎“刻薄”，实际上却是直指人心，痛快淋漓。

读《懒》这篇文章，确实让人大觉惊奇。因为要包水饺，姥姥让她摘芹菜，她不想摘，看到了鸡，就突发奇想，让鸡帮助摘（啄），后来干脆就把芹菜绑在树上让鸡自个去啄，而她则梦她的周公去了。童年这档子“懒”的趣事，让她用这样一个故事写活了。

对于爱情，吴君保有一份理性。《爱之深责之切》里面说，“只有挑菜的，才是买菜的”，爱情也是这样，“摆在你面前之人，他无论多么英俊、富有、才气逼人，但如果你知道这是一个与你永远也不会发生故事的人，你就会放得开，大大方方与之开玩笑。”但是在自己真正爱的人面前却无法放开，“她会对心仪的人远远的注视，她会对默认的恋人说：不行。她对宠自己的男人大发脾气，她会对将托付终生的人挑毛病。”“刁难他、挑剔他、绝不迎合，总之无论她怎么折腾，也都是真爱的内容”。“爱之深，责之切”。爱情是什么？每个人有不同的答案，但是每个沉浸在爱情的甜蜜当中的女人，都希望男人能更殷勤一些。即如礼物，不在意其价值，也不计较其多少，哪怕是一件小小的礼物，只要是心爱的人所送，她也会很高兴。吴君的《爱情与买单》里面，就写了爱情与买单的关系：“一定要在男人面前买单的女人是绝了情的女人。铁了心的女人，壮了胆的女人。冷了心的女人，她尝过被这男人负了情，她试过被这男人负了义。她有过被冷落。被视而不见……”记得一位女性朋友曾经说过，每次和男孩子一块吃饭，她都会坚决地付自己的那一份钱，即使那个男孩子是自己心仪的对象，她也无法不去这么做，她说她曾经看见过一个男人因为一个女人的背弃，而杀了女孩子的全家，她不想欠男人的。但就是因为这样，一个本来和她很要好的男孩子，心生退意，并最终放弃。女孩子很优秀，一开始追她的人很多，但后来就慢慢少了，最终她变成了剩女，至今还是单身。她未能明白个中原因（或者不愿意去穷究）。如果她能读吴君的作品，那么，那与“买单”有关的笔墨，当可以为她提供很好的答案。也许男人比女人更明白这个道理：“女人一定要与之争着买单的男人是已与她情感无关的男人。女人一定要与之争着买单的男人是她放弃的男人，是与她从此无关的男人。”

周作人曾说过，随笔当思想博大，见识明达，趣味渊雅。如此，才能深刻而不沉重，轻灵而不虚浮，自然而有品位，闲适而有雅趣。这是写作随笔时应追求的目标。吴君的随笔写作即体现了她对生活和社会的态度：不与世俗同流合污，好与坏都有自己的评判标准。无论别人怎么说怎么做，自己心中始终有一杆秤，满意也好，不满也罢，自己绝不轻易妥协。拒绝附庸风雅，不追逐所谓的时尚潮流——这，就是吴君散文的性格气度。

生存的困境

白烨在《另一种真实——读吴君的〈我们不是一个人类〉》一文中这样评价吴君：《我们不是一个人类》，“给我印象最为深刻的，是作者经由灰泥街这块‘灰色’的故土，写出了个人成长过程中的情感伤痛与人生挫折，写出了庸琐生活背后的人际冷漠与精神病相。可以说，作者在作品中表现出的眼光之冷峻，手腕之强劲，当得起‘心狠手辣’这四个字的评价。通常来说，当我们忆说故乡、回望童年时，尽管酸甜苦辣咸五味俱有，但你会自觉不自觉地删掉那些比较灰暗的东西，彰显那些更为光亮的东西，这实际上是‘为贤者讳，为亲者讳’的传统观念在暗中发生着它的作用。但吴君把这些打破了，超越了，摒弃了，她几乎是板起面孔，铁着心肠，不加删削地书写了故土的麻木、家乡的冷漠，不加修饰地书写了童年的伤痛和成长的悲怆”。白烨对吴君的写作，是一种有保留的首肯，因其直指童年记忆的灰色、怀着刺骨的冷峻来回望，其中堆垒的是和欢乐的两相龃龉，是把与故土不可调和的部分择取展现出来。她的文字，实际上触及了写作根性的问题。谢友顺曾这样说：“写作是记忆的炼金术。离开了记忆，写作就会失去精神的地基。因此，童年记忆往往是一个作家写作的原始起点。在中国，多数作家的童年都生活在乡村或者小镇，这本来是一段绚丽的记忆，可以为作家提供无穷的素材，也可以为作家敞开观察中国的独特视角——毕竟，真正的中国，总是更接近乡村和小镇的。”同为东北作家，同样写童年记忆，迟子建笔下的童年记忆美好而充满温情，所以她的写作更加倾向于自然的美、人性的善及人际关系的亲，是顺达、投合大于纷扰、离散；而吴君则恰恰相反，她写的是肮脏的环境、人性的卑微和邪恶，写的是人与人之间的隔膜与猜忌。两者相较，我以为，迟子建描述的是一个理想化的生存环境，更多的是温慰与晴暖；而吴君却是整个对此作了一个颠覆，在她的小说中没有任何幻想、幻奇、幻境，有的是足够多的冷漠和无情，而温馨亦几乎因此荡然无存。

这是两种不同的写作观。两种不同生活境遇导致了两种不同的小说风格。迟子建的欣悦来源于幸福的童年和温情的人际关系；吴君的生活多了一种动荡，是移民那种漂泊无根的感觉，所以她永远不会有像迟子建一样的踏实、温馨。迟子建世世代代生活在一个小村子里。村民们在那里扎根少则几十年，多则好几代甚至更长时间。大家彼此间都互相包容、互相照顾；而吴君一家，来自外乡，他们内心深处有一种无形中设置的屏障，对落户的这个地方，一时还很难有认同感，他们若想保护自我，要么就是跟人家保持距离，要么就是不通世事情理，或者周旋回避，或者就像浑身长满刺的刺猬一样到处扎人，只有这样他们才能感受到一点属于自己的成就感和存在的真实感。这种情形的产生，其实正是一种表面自大实则自卑的心理使然。他们争吵，他们冷漠，他们通过诋毁别人来抬高自己等等，全都是这种心理的外在体现。吴君的小说《我们不是一个人类》，讲的就是这样一帮移民的生活状态。小说中的灰泥街人就像灰泥街这条街道的名字一样，生活像灰泥，又黑又臭。灰泥街人最不喜欢的也是这条街的名字，因为这戳到了他们的痛处，整条街的烂泥，“黑黄色的、黑褐色的，下雨的时候粘在脚上非常像屎，不下雨的时候就变成了灰尘沾在脸上、衣领上、袖口上、耳根后，而另外一些灰泥却在太阳的照射下开始散发出一种难闻的味道，路过的人，远远地就捂住了鼻子”。灰泥街人被这个城市的本地人称为关里人或农村人，这既是灰泥街人心中永远的痛，也是他们无根心理的肇因。“灰泥街的老人和孩子的地位是平等的”，这里的平等不是通常意义上的平等，而是“你骂我王八蛋时，我就可以骂：我操你祖宗！”是粗俗、没有羞耻感。他们从小就接受着这样的教育，他们的父母也是这样，父母教子女，结果代有传人。小英是灰泥街走出来的有名的企业家，她对外高调地说自己是灰泥街人，并且在灰泥街闹洪灾时，拿出了很大的一笔钱来帮助这里受灾的乡亲。因此，在外面，小英是风光的。有记者想，这样一个有慈善心的企业家，该是在怎样的地方长大的呢？他们于是去采访灰泥街人。可是，灰泥街人并没有谁因为小英捐了善款，就说她好话。相反，他们更多的是对小英心怀嫉妒。在记者采访时，他们诋毁小英，不相信这样一个女人竟可以取得成功。认为她的成功一定是用身体换来的。所以记者到灰泥街采访时，他们嘴里没有一句褒扬的话：“你们不会这么不负责任地就给灰泥街头随便一个什么女人戴上女企业家这样的称号吧”，“你们有没有去检查一下她的企业是不是一个皮包公司，她有没有偷税漏税”。灰泥街人是自卑的，他们用这种臆测与诋毁，来掩饰自己的不安、嫉妒和没有归宿感。他们从来不去关心也不愿意顾及小英内心那种同样无根的苦楚。小英成天听到的是“我们南方人……”“你们北方人……”这样带着地域歧视色彩的话，每天被人耻笑。好在，小英从灰泥街人与本地人的一场场战争中，学到了如何回击歧视、耻笑者的本领，她针锋相对、以牙还牙、绝不退却。她的英勇善战，使那些伶牙俐齿、不怀好意和狠心肠的本地人在企图侮辱她时未能得逞。正是在这样强烈的疏离感的支配下，吴君在小说中着力构建了一种心理和现实的双重追压和怵惕。无论走到哪里，灰泥街人身上始终脱不了一种移民钤印，这使他们觉得自己受了黥刑。既是黥首黥面，身世晦暗，多数时候，还总有抬不起头的感觉。所以只有在和本地人激斗时，他们才能找到一丝心理上的平衡：恶向胆边生，在这个排斥他们的世界中，横下一条心，让自己显出强悍的一面，宣示他们不容别人肆意欺辱，以此求得一点自尊。灰泥街后来改名了，是那个“小时候一天到晚流着清鼻涕，大了一点的时候鼻涕与那两撇胡子纠集在一起”、“眼神胆怯怕羞的”小发出钱改的。小发二十九岁的时候，突然变成了一个相貌堂堂的有钱人，做起了皮鞋生意，开了几家连锁店。一天忽然想做一件流芳千古的事情，就想到了给这条街改名字，而且改成了洋味十足的“菩提街”。但是他没想到的是，他所做的这一切，非但没有引起灰泥街人的热情，反而遭致诟病，几乎所有人都满是不屑，抛出的尽是风凉话：“你不就是钱多了烧的吗？”这里透出的是一种可怕的冷漠。更加不可思议的是，灰泥街人本来很痛恨灰泥街这个名字，但小发给改了名字之后，他们却全都站到了反对改名的阵营一面。竟然或是漠不关心，或是冷言冷语，或是表面鄙夷。藏在事件背后的，则是一种阴暗的公共心态。在灰泥街人看来，这里不属于他们，街名的改与不改，对他们来说，完全无所谓。从此一节，我们可以知道，灰泥街不是名字不好，而是这个地方的人心理不健康。他们潜意识里，时时记得自己额头、面部的那隐形钤记——灰泥街人——那些无根的、不踏实的灰泥街人，他们找不到家的感觉，内心无所附丽。就像他们在年轻的时候，便会想到这样的问题：“百年之后自己的骨头到底埋葬在哪里呢？总之，他们不会想把自己放在这个让人感到不踏实的城市里。”

在小说中，灰泥街人把自己关内的家乡，想象成天堂，他们认为那是他们根的所在地。而在灰泥街，在这样的地方，他们始终不是主人，仅是这个城市那些本地人所称的“盲流子、关里人或者农村人”。灰泥街的人以为回到山东老家，他们就可以找到自己的根，在那里自己可以受到礼遇。但是，因为他们并不是衣锦还乡，而且近亲也都没了，他们回到自认为的根的所在地、他们心目中的天堂后，一样备受冷落。这时，撑起他们精神家园的唯一支柱，轰然倒塌，“精神也就一下子被击垮了”。这无疑还是一种残酷的血色书写。这种书写的驱动力，不能单纯地视为内心寒凉，亦当有一种悲悯。吴君说：“在我看来，移民就是一些为生计奔波或者寻找精神出路的人群。现在有哪个大城市没有移民呢。你看那些从四面八方流向城市的民工，还有寻梦的北漂，还有像流沙一样散落在世界各地的华人，甚至那些不分种族背井离乡的人们。每一个春节在深圳以及全国的汽车、火车站就能够深切地感受到这些。在我住地附近的街上，每天都可以看见一些民工停在街道的两边等着有人来找他们出卖体力。来了一辆汽车他们就跑过去，有的人已经很老了，满头白发，一脸的沧桑，很让人痛心。他们住在哪？他们是从哪儿来的？这当然不只是深圳的问题，而是我们这个时代要面对和亟待解决的问题。”内心没有悲悯的人，是不可能说出这样一番话的。吴君所讲的流落漂泊族群问题，其实也包含移民精神家园的建构问题。这个问题带出了一种更深层次的思考：移民的根，究竟是祖宗所遗，还是文化所系？当移民迁至别处，他们怎样才能被那个既是家又不是家的新的城市或乡村接纳？而新的城市（乡村），应该如何善待他们，如何才能真正予之以安抚，使他们尽快融入这座城市（乡村），有一种真正的认同、一种发自内心的亲近，这是一个重大的文化学、人类学、社会学、伦理学问题。如果这个问题解绝不好，那么，就会导致一个庞大人群始终存有无穷无尽的心理疾患，从而令这个时代不可避免地产生重大隐忧。吴君的小说，有着其思想价值，它所引出的，甚至不只是安抚的问题，实际上还有移民文化建构与多元文化融合的问题。这是吴君的小说以及类似写作，对这个社会的一个特别贡献。吴君涉及了一个严肃的话题。蕴藏于这个话题背后的，其实是一个包括心理救助、族群弥合、人性疗治、社会关怀、文化寻根等在内的浩大的工程。无根的人，别说他们本来就生活在社会的最底层，就算他们的生活质量很好，“没有文化的生活”也会“导致外来务工人员没有归属感，感受不到生活和创业的乐趣，更体会不到创业带来的成果”。

这是一个很大的现实问题，正如吴君所说的：“灰泥街人的命运，是相当一部分中国人曾经经历和正在经历的命运。” 他们是宁姨、老何、老王……她们是小英、小莲、大宝、二宝……他们可能是这里面的一员，也可能是他们某些人的集合体，总之，这个世界上存在着这样的一部分人，他们在这样的环境中生存，他们逃不出灰泥街笼罩在他们身上的阴影。小英成功了，在灰泥街防洪水时，尽了自己的能力去帮助灰泥街，可是灰泥街并不会感恩于她的善举，相反却诋毁她，侮辱她。正如吴君所说：他们“认为她来历不明的财产就是对这条街的侮辱。他们宁愿老死在一条街上，也不愿意看见外面的阳光，生存技能的丧失令他们害怕外面文明社会的反观，这其实是一种逃避”。灰泥街的这种悲哀，已经不再是一个人的悲哀，而是一个群体的悲哀，这也是一种生存的困境，而这种困境，是他们自己亲手制造的。一群被别人瞧不上眼的人，一群把自己也看扁的人，一群找不到根在哪里的人，一个没有温情的世界，一条充满“争吵”的街道，在这种环境下，人们麻木而又自以为是地活着——因为只有这样，他们才能减少痛苦。

也许引用这部小说责编的诠释，能更好地来说明这个问题：“这是一部彻头彻尾再现社会底层民众浮世绘的长篇小说，逼真再现了草根阶层的生活。小说家把焦点集中在上世纪中后叶盲流及他们后代的际遇上……小说用笨的技巧叙述，用憨的结构铺排，用土的语言交代。如此极端，让每一个读者思考，这些男人女人的命运正是我们整个人类曾经的命运缩影。尽管我们可以时尚和事不关己地说：我们不是一个人类。”

将视角深入到深圳的底层生活

底层，是我们现在经常关注的一个字眼，不同人对底层的关注度不一样。同为深圳的作家，林坚、张伟明他们是在一线工作过的打工者，他们写的底层生活，有他们自己的影子在里面，他们记录的是打工者在车间、在流水线上的一种呐喊。中篇小说《亲爱的深圳》，写的也是打工者的一种声音。吴君凭着这部《亲爱的深圳》，和包括毕飞宇的《推拿》、徐坤的《八月狂想曲》、陈忠实的《李十三推磨》在内的13部长、中、短篇小说，获首届小说双年奖，也成为广东省唯一获奖作者。《亲爱的深圳》随之被改编拍成了电影。这是怎样的一部作品，竟引起了这么多的关注、获得了这样的美誉呢？吴君在接受记者的采访时表示：“这篇作品的获奖对我漫长而枯燥的写作历程是极大的鼓励。”的确，《亲爱的深圳》对于吴君而言，有着特殊意义。首先是名字，“这个名字我很喜欢，在写作的时候，它起到了照亮全程的作用。表达着对这座城市一言难尽，百感交集的深情”。其次是作品表现的主旨是诚信与良知，这更是体现了出身东北乡村的吴君对深圳农民工们的关注。她说：“你可以去看看，去想想，良知仍是中国农民的高度。在这个群体中这一品质体现得非常充分。深圳的农民工来自全国各地，短时间内就可以把深圳的各种信息带向四面八方，从长远上看，在深圳工作、生活的情景将带进他们的记忆。深圳正本着一个为历史和民生负责的态度，丰富着农民工的物质和精神生活，保证他们在深圳工作期间的安居乐业和精神愉快。在我看来，一个珍惜个体生命的城市是可喜的。”

深圳是一个来了就不想再走的城市，不管你是富人，还是穷人。《亲爱的深圳》讲的就是这样的一个故事。程小桂和李水库的蜜月还没度完，她就来深圳打工了。她这一来就再也不想回去了。即使是在工厂一线被药水把手腐蚀烂了，也还是觉得深圳好，她想在深圳另找一个富有的人嫁了，不想再回去受苦。李曼丽也是，一个来深圳很多年，三十四五岁的女人，成为了这个城市的一个白领，看似风光的背后却有着不为人知的辛酸，用否认自己的出身来抬高自己，只是想在这个城市中表面活得风光一点。李水库则是以一个旁观者的身份进入这座城市的，他来这里的目的就是要带走自己的妻子程小桂，可是在这座城市里，他活得像一个傻子，一心想带回程小桂，可是没见过世面的李水库已经再也无法说动程小桂了。李水库的心思不在这座城市，因此他无法融入其间，与程小桂也是渐行渐远。

吴君的身份是政府公务员，受过高等教育。这与深圳至今仍然活跃的一批打工作家所走的道路完全不同。其他打工作家都曾在底层生活过，有着不折不扣的打工经历。而吴君则与打工生活离得很远，但吴君却偏偏将视角投注到了这群人身上，那么是由于什么原因促使她去关注这个群体呢？吴君就此做了一个回应，大致的意思是说，她也是在绕了一大圈之后，才开始关注自己生活的城市和周边的一切的。她在一篇访谈中曾经提到：“每天我都穿行在数以万计的女工中间。我看见过到了年关还守在路边等活，不能回家的民工。真实的生活终于开始教育我，说服我。痛和快乐就这样扑面而来。我又有了知觉。我和他们有何不同呢？其实，我们的感情又有什么高低之分！我终于愿意承认这一点。”

她关注这个群体的根源，或还可以追溯到她自己的童年生活和家族的移民经历。正是这样的生活经历，使她对这个群体的困苦遭际感触尤深。吴君的祖父和父亲都是移民，她从小就感受到了移民的不易和艰辛。不过，拍成电影的《亲爱的深圳》，改变了原先的悲剧底色，成为正剧，倡导的是一种和谐的生活氛围。但就其真实性与对心灵的震撼度而言，我还是喜欢小说本身。我觉得小说的悲剧色彩，一方面，与真实的世界相合，更能让人们觉得感同身受，而且尤其能体现出人性中那种善与恶的挣扎。另一方面，恐怕也更能体现吴君的写作风格。她的小说，就是对这个世界的悲痛和苦难进行关注的一个视点，她的文字呼应着她的脉跳，呼应着在底层挣扎的一个群体的脉跳，和她的生命、和那么多人的生命形成巨大的共鸣。这种用血泪浸泡的文字风格，才更像吴君，才更是吴君。温情脉脉的结局，不能体现吴君要写的那种痛，那种深刻。不妨看看与李水库有关的一个情节：李水库只求心安，只求能从良心的谴责中逃离出来。当他看见那个清纯的小女孩，在深圳办完暂住证之后，他狠狠地踩了自己一脚，他疼得脸都变了形，但这种肉体的疼却无法减轻心里的痛，他看见，又一个女孩子加入到了程小桂、李曼丽等人的队伍中去了。

吴君在目前的深圳文学界，非常具有活力。她的小说创作，取得了很的好成绩。作为广东省文学院首届签约青年作家，她曾在《花城》、《大家》、《北京文学》等国内重要期刊发表过多部中、短篇小说。她的小说入选过《小说选刊》、《长篇小说选刊》、《中国中篇小说年选》、《文艺争鸣》及各种小说年选本。出版过中、短篇小说集《有为年代》、《不要爱我》和随笔集《天越冷越好》。她在作家出版社出版的长篇小说《我们不是一个人类》，被媒体评为2004年最值得记忆的五部好小说之一，曾获广东省新人新作奖并入围广东省鲁迅文学奖、中国作协小说选刊奖。2008年，吴君又凭着《亲爱的深圳》获得中国首届小说双年奖，表现出强劲的发展势头。我们期待吴君能够创作出更多的好作品，能将城市的丰富与驳杂、人性的丰富与驳杂，写得更深刻、更直入人心。

谷雪儿论

生命在于折腾：对生与死的执著探究

董爱霞

也许一个不安分的心灵，能够发现更多未知的世界，也许就是这些不安分的因子，让一颗年轻的心灵有勇气去探寻神秘世界的真相。我们仰慕这些人，因为他们走进了我们没有勇气走进的土地，发现了我们没能发现的故事，也记录下了我们同样喜欢的或者美丽、或者神秘、或者正在消亡的一切……他们带给我们的心灵冲击，不仅仅是一时的留存，更是一次次生命的震撼……

我曾被一位摄影家的这种心灵撞击所震撼。这位摄影家孤身一人十一次深入人迹罕至的阿里地区，一次次面对危险，但是他始终不曾放弃，他说那摄人心魄的美好景色吸引着他，让他无法停下前进的步伐。他知道，人类的足迹正在改变着他热爱的土地，他没有能力扭转这一切。但是，他可以用快门把美好的一切记录下来，这是一个摄影热爱者的使命。这使命的背后有多大的困难和艰险，他几乎很少提到，他说那并不重要，重要的是我在做我喜欢的事情，我在欣赏我喜欢的景色，我在做一个摄影家该做的事情，困难相对于这些来说，都微不足道。我深深地受他感染。我知道，感动我心灵的，不仅仅是他的摄影作品，更是他坚定的信念和执著的追求。从他身上，我看到了一种精神、一种使命感、一种大爱、一颗不安分的心灵。

我至今被谷雪儿的这种心灵撞击所震撼。我所熟悉的这位深圳女作家，是谜一般的人物，她身上充满着不尽的激情，抱持执著的信念，同样有一颗不安分的心。她永远都是在不停地追寻、挑战。她有着不容人怀疑的足够勇气，她用自己的行走与书写，为我们展现了一个不一样的世界。当我坐在她的面前看到她拔火罐留下的满腿印记时，我问她有没有想过后果？她没有正面回答，而是说，在她见到纳西族女人的灿烂笑脸时，她就被纳西人捉住了心，爱上了这个民族，她必须这么做。除了这是她在写的一个选题之外，还有更重要的一点，那就是，她内心已经将自己当作了纳西民族的一分子。走进纳西人的生活，当然就成了她的一种挚爱，一种责任，她必须把这个古老民族正在逝去的传统记录下来，否则她无法离开那个地方。她的那本《纳西人的最后殉情》，即是对此的一个有力实证。试想想，一个恐高的人能克服比死都难受的害怕心理，在峭壁悬崖上行走，一个弱女子能出现在荒无人烟的森林里，一个女子不顾殉情题材的禁忌……当一个人需时刻面对一连串这样的问题时，那需要鼓起多大的勇气啊。而谷雪儿正是如此地义无反顾，不惧困难、不计得失、不论毁誉，坚守一个目标：将纳西人的精神祭礼真实地写出来。她说："我是世界上唯一在做殉情题材的女人，强烈的使命感支撑着我毫不动摇地抱定这样一种信念。"

凭着这种执著的信念，谷雪儿花费了四年零七个月的时间，写成了长篇纪实文学《纳西人的最后殉情》。有推介的书评称，这部书是"她历经田野调查，跨越两省，步履艰辛，面对文化禁忌，搜集整理了新中国成立后300多例殉情事件写成的，为研究纳西人殉情提供了不可多得的宝贵资料，堪称纳西殉情文化史上一部经典著作"。专家也称这部作品为"一部类似文化人类学的文学作品"、"一部在行走和在田野工作中完成的果决之作"，"一部对一个民族习俗历史的执著追问"、"一部对一种文明或信仰的痴迷探询"之作。在这部作品的首发式暨研讨会上，来自全国的涉及文学、历史、人类学领域的60余位专家认为它堪称"不可替代的著作"。而谷雪儿自己则称它为"生命之作"，"对我而言它们就是宿命"。一个作家能对自己的作品和研究倾注这样深的情感，甚至倾注生命，仅此一点，我以为，这部作品就具有了不可逼视的尊严与价值。

谷雪儿的这部"生命之作"，与她的一部名为《生命在于折腾》的长篇小说，甚相契合。我觉得用"折腾"来评价谷雪儿相当贴切——这里的折腾，自然不含任何贬义。让我们来大致地了解一下谷雪儿其人的经历：早年毕业于北京广播学院播音系。在企业工作过一段时间；曾涉足过播音主持行业。在企业的这段经历，让她在物质上完全免于匮乏。但她认为自己是一个向往自由的人，所以，她最终辞掉了这份薪酬优厚的工作，开始做自己喜欢的事情。谈到这段往事时，她说，离开企业是"因为那不是我喜欢的，我要做我喜欢的事情"，"我现在是一个物质上什么也不缺的人，我不再为了生存而奔波，我现在要做的就是我喜欢的工作，现在我的主业是写作，我还要去拍纪录片，然后是电影。这些理想的实现也在一步一步地离我越来越近"。她的目标是坚定的，并正在逐步实现自己的理想：由深圳市宣传文化基金资助，谷雪儿拍摄了纪录片《最后的大东巴》。这部纪录片，可以认为是《纳西人的最后殉情》的姊妹篇。

谷雪儿自己称这部新作“既是一部纪录片，也是一部纪实文学，是用镜头对行将湮灭的文化符号的一次执著打捞”。深圳市文联专职副主席杨宏海也曾这样评价谷雪儿：每次看到谷雪儿的作品都会有惊喜，先是诗歌，然后是小说，现在是跟文化人类学相关的纪录片，谷雪儿可谓是深圳的一位“文化奇人”。

谷雪儿喜欢挑战自己，认准的事，她会想尽一切办法，克服困难去做。仅从这里，我们即可大致了解到谷雪儿身上那种属于东北人的敢于冒险和敢闯的劲头。谷雪儿可以放弃很多在别人看来是很好的东西，这种放弃，体现出她只忠实于自己的内心。谷雪儿会因为自己的理想和信念，去追求自己喜欢的事情，不按常理出牌。对她的这种选择，对她的如此折腾，我们或许可以用但丁的一句话来指称：走自己的路，让别人说去吧。

对自由灵魂的向往

孟繁华在评《纳西人的最后殉情》时说：“对作家谷雪儿来说，她在实现了自我挑战的同时，也为纳西人远去的历史提供了新的材料和阐释。这个写作行为本身的刚烈，同她的书写对象在某种意义上就有了‘文化同构’意味。”对此我深有同感。在采访谷雪儿时，我曾经问过她对云南和纳西人的感情，她说：“云南是我的第二故乡……因为你是要做选题，你就必须热爱这个民族，你必须热爱这片土地。这样你才会主动去做，你必须从心里接受，这先决条件一定要具备，我们没有选择，既然你选择了这个民族，从此以后你再也没有选择了。”她内心深处，已经深深地为这种文化浸没，她已经没有了自己的退路，她也不会给自己留退路。责任、灵魂的承诺和对一种文化的探求欲望，已经深深地占据了她的心灵，她只能往前走。

受这种感情支配，谷雪儿的这部作品，带给我们的就绝不仅是一种观点和视角，她带来的还有事实真相。她用笔保存下来的，是第一手资料，是消失了就无法再现的一段真实的历史。当然，记录它保存它，不是要让大家去膜拜荒蛮旧俗。社会在进步，像殉情这类旧的民族风尚，已受先进文明的感召，正在瓦解，渐被招安。它业已失去其存在的根基，这是历史发展到一定阶段的必然选择。我们之所以肯定谷雪儿的这种写作，并不是要提倡保护这种殉情文化，而是认为，作家有必要用自己的笔记录下这段即将成为历史的文化，让后来者回望时，有一个文本根据。如果不去记录，它就可能完全湮灭、真正彻底消亡了。所以，这是一件很急切的事情。谷雪儿深入云南周边地区两年七个月时间，她对这种急切有更深的感受。她说："这部纪实文学是对我在人类学、民俗学方面的猎奇心理的满足，不算是对先前作品的超越。如果有机会的话我想修文化人类学博士，因为我有寻找和拯救濒危文化的使命感。"在我对她进行访谈的时候，她说："我过一两天就要动身去云南了，去拍摄《最后的大东巴》，再不拍，怕再也找不到知道宗教仪式的大东巴了。从深入纳西人的腹地起，到现在，已经有两位大东巴不在了，我是在跟时间赛跑。"无论是谷雪儿写的《纳西人的最后殉情》，还是拍摄的《最后的大东巴》，都让我们了解了纳西人的很多历史风俗，更重要的是保留了很多珍贵的殉情资料。

纳西族殉情的第一个或曰最主要的原因，是婚姻制度的约束。汉化，是纳西族走向进步的关键阶段，但是对于殉情文化来说，这却是一种灾难。纳西族长期以来一直保留着这种自由、浪漫的恋爱风俗，青年男女在结婚前，是允许自由交往的。"各种节日大小庙会，那些穿着艳丽服饰的姑娘们相约同去游玩嬉闹，活泼健硕的小伙子也结队紧跟其后。姑娘们羞答答地手持柳枝或口弦在路旁痴痴地等候自己的心上人。"她们浑身散发着光泽，内心充满着兴奋，期盼着自己心爱的小伙子向自己表达爱慕之情。小伙子则是有目标地选择从姑娘的门前路过，向自己心爱的姑娘注目凝视，直到姑娘羞涩地低下头，然后前去讨东西吃。彼此的这种举动暗示着恋爱可以开始了。当他们确定了恋爱关系后，每当夜幕降临，欢喜的青年男女飞奔到约定的河边或者草坪。静静的夜，雪山圣水，满山杜鹃，在这样天堂般的环境下，她们弹口弦，唱调子，不尽的缠绵、爱恋尽在山间田野中流淌。但美丽、自由、浪漫的恋爱风俗，却与现实的包办婚姻存在着严重的矛盾，当年轻人唯美的爱情与现实冲突时，他们便会渴望永世的爱情，他们选择相信美好的传说，用殉情来达到长相厮守的目的。殉情的类型很多。而殉情的最主要原因是相爱的两个人因为种种阻挠不能在一起。东巴经悲剧民间文学《祭阿萨命》，讲述的是关于主人公阿萨命与拇瓜若因受到父母阻挠殉情的故事。两个纳西男女相爱，却不能在一起，女主人公阿萨命得知心爱的人因相思病死后，出嫁的当天，在经过拇瓜若坟墓时，她奔向坟墓，却突然被一阵狂风刮走，贴在达勒村后的肯赤岩上。阿萨命死后，金沙江两岸的人们，为纪念这个刚烈的纳西女子，修了一座风神姑娘庙。每年六月人们纷纷前来敬香，举行祭风神仪式。如今在金沙江边的达勒观音岩上，可以约略看见一个女性外貌的人骑着一匹骡子贴在岩石上的影像。这是具有代表性的纳西人殉情故事。里面充满浪漫色彩以及人们对殉情的崇敬。但也正是由于这些殉情故事的刻意渲染，使更多的人不顾一切地选择殉情。其实，看似浪漫的殉情故事，并非全都美丽，背后多寓入了现实的无奈。随着1723年汉文化的冲击，孩童订婚这种包办婚姻的守旧形式，被彻底引入丽江地区。这种婚姻，是由双方父母在子女尚幼甚至还在腹中时，就为他们订下婚约。这一包办风气后来非常盛行。于是，年轻人再也不能像从前那样自由择偶。尽管恋爱是自由的，尽管古老的自由恋爱的习俗、程序和形式，仍然在纳西青年男女中传承，但只要一涉及婚姻自主，便会招致父母及家族的强烈反对。顺从父母意愿的青年男女，能堂堂正正享有一个热闹、风光的婚礼。不顺从者则按照汉文化的礼教家规处置——只能火速成婚，甚至是一夜间就必须完成婚礼。父母遵循先例，不再给热恋中的情人见面的机会。他们深知给了见面的机会就是给了殉情的机会。纳西青年性格刚烈，不顺从的占多数。如果反对父母为自己婚姻做主的那一方，说服不了心爱的人，则宁愿一个人去殉情，也不愿嫁或娶自己所不爱的人，而留下来未死的一方，则只能饱受指责，带着耻辱苟且度日、了此余生。

殉情的原因当然不单是婚姻制度的约束，其中也受包括信仰、征兵、贫穷等因素的左右。上述这些方面，几乎都可以导致殉情的发生。

殉情原因二，信仰殉情。纳西族人殉情的精神支持，是“玉龙第三国”的美丽传说。纳西人的信奉灵魂不死，可以直接追溯到东巴教的普及以及纳西文化对灵魂不死的神秘阐释。纳西人认为，正常死亡和非正常死亡者，其灵魂经过东巴“教路”仪式，都将被指引到该去的地方。正常死亡者的灵魂被超度到祖先的居住地，也就是北方一座叫“居那什罗”的神山；而非正常死亡者，他们的灵魂不能认祖归宗，则可通过东巴隆重的大祭风仪式，对殉情者灵魂进行慰藉，指引他们到达美丽的“玉龙第三国”——殉情者的天堂。《鲁般鲁饶》中第一个殉情女开美久命金殉情后，她的灵魂告诉祖布羽勒排：“不需把我抬到祖先火化场，我没有祖先的身份了，不要送我到祖先的故土！请求把我送到‘十二欢乐坡’（‘玉龙第三国’）。”“十二欢乐坡”（又作“十二岩子坡”）是情死鬼魂的归宿地，纳西人将它演变成雪山情国，并把情死国描绘成不同境界的三个国，还让纳西族第一对情死者从情死鬼头目变成爱神。经过东巴教的不断传播，民间又据此形成口传的长诗《游悲》。其故事说：女主人公从小在山上放羊，孤单寂寞；男主人公是次子，分家没有份，就上山打猎。二人相会在深山，互诉苦情，于是相爱，但他们烧香问卜，得到的神谕都是难于成婚。于是便去准备情死的用物。他们双双爬上雪山，经历树上盘恶峰，石上长尖刺的“游翠第一国”和不长草木的“第二国”，过了独木桥，到了“金花不会谢，金果不会落”、没有苍蝇蚊子的理想乐园——“玉龙第三国”，过上了“白鹿当耕牛，斑虎当骑马”的自由生活。因而，在纳西族地区，情死被更多地说成他们去了“玉龙第三国”。

谷雪儿在《纳西族的最后殉情》一书中，对纳西族之所以将殉情描绘得浪漫迷人的缘由，一般性地归结为汉化导致的父系制的确立与封建礼教的规约：“汉文化的强行灌输，父系制家庭的建立，使那些未婚女子面临着婚后失去个人自由，不能再自由地与伙伴进行社交，连自己赚的钱也不能随意支配；男人要求她们必须剪短头发，穿上已婚妇女的服装，整天进行繁重的劳动，过去纳西族的男人除了参加一些家庭劳动外，很少过问农事。过度的艰辛，使纳西族妇女未老先衰，皮肤黝黑，神情疲惫。”这种精神奴役和体力的摧残，使纳西族妇女特别向往《鲁般鲁饶》所勾勒的神话般浪漫的神仙乐土。而在“玉龙第三国”的导引下，“殉情”成了情侣挣脱封建枷锁的唯一出路，纳西女人亦成了殉情的主角。东巴们在为情死者行大祭风仪式时吟诵《鲁般鲁饶》，其目的便是将情死的亡魂送到此地，因为“玉龙第三国”是一个富足的、自由自在的世界。尽管以生命来反抗封建礼教的压迫，从价值和形式上看很消极，但它表现了纳西族青年对爱情的忠贞和对幸福的终极追求。所以，女人在殉情事件当中扮演着毫不畏惧死亡的刚烈、勇敢角色。殉情造就了纳西族本根性的神化崇拜，并最终成为一种精神图腾。谷雪儿曾经说过，在纳西人的心中，他们是信奉灵魂的，因为他们有自己的宗教，这个宗教会告诉他有这样一个世界，这个世界叫玉龙第三国，第三国在人类之上，在众神之下。殉情者的灵魂会被超度到这个地方；不殉情的，其灵魂回到他们祖先的聚居地。他们迁徙过来，认为他们的祖先是在贡嘎山一带。在殉情者的心目中他们可以去一个更好的地方，他们相信灵魂不死，死后可以和心爱的人永远在一起。而正是这种信念让纳西人相信，活着没有得到的自由，死了可以获得，于是他们义无反顾地去走这条路。

殉情原因三，战事不断，爱人去而不返的现实，致使很多有情人双双殉情。民国时期抓壮丁对殉情事件的发生影响甚大。尤其丽江，一直是云南征调兵员的重点地区之一。仅民国期间就有五千多人被抽去当壮丁，回来的仅是少数人。这种数字对比，极大地刺激了恋爱中的纳西青年男女。殉情悲剧便时有发生。

殉情原因四，贫穷。一对幸福生活四十年的夫妻，因为丈夫患了癌症，家里没钱医治。就想要自杀，他的老伴不忍心老伴孤单地离去，两人恩爱几十年，生时没有一起生，死要一起死，这样来生又能做夫妻了。

殉情的原因是多方面的，但是美丽的传说始终是他们的精神支柱，那死后可以去美丽天堂的传说，是他们摆脱黑暗现实的诱惑，影响着他们抛弃一切去选择殉情。

殉情者多数为热恋中的纳西青年男女，殉情是他们为争取婚姻自主权而作出的沿袭祖先文化选择的一种悲剧行为。除了情侣之间的殉情外，另一个现象就是友情殉情。友情殉情在殉情者当中也占一定比例。上世纪 50 年代末，巨甸就发生过数起友情殉情事件，多数为女孩陪死。有时多到几个女孩陪一个女孩而死。相对来说，男孩为友情而死的，数量上明显少于女孩。有一起比较例外。那一次，有十四户人家的孩子失踪，那些伤心的父母，找遍了所能想到的几乎每一个地方，但都没找到失踪孩子的下落。没想到，一个星期以后，村里人竟闻到一阵阵腐尸传来的味道。令父母们担心的事，终于发生了。那些失踪的孩子都选择了殉情而死。

纳西人的殉情，最根本上，是一种对于生命自由极致的追求。这也是谷雪儿的书中一直在传递的一种信息。她告诉人们，是对生命终极自由的向往，促使着纳西人去殉情。这是谷雪儿对信仰力量所做出的特殊诠释。她意在说明，没有信仰的民族是可悲的民族，而纳西人有着一种信仰，虽然这种信仰本身所采用的方式很残酷、很悲壮，但这种为信仰献身的选择，却值得书写，值得后来者沉思。只是，因为这种信仰与社会发展趋势、与现代文明相背离，所以，它也就注定无法摆脱消亡的命运。

谷雪儿的“私奔”情结

谷雪儿是个文学的多面手，她不仅写小说，写纪实文学，她还创作诗歌，甚至文学之外，她还写歌词。她心系彩云之南，深深迷恋那片充满传奇色彩的土地。为此，一位记者曾问同是来自北方的知名女作家李亚威：“谷雪儿身在深圳，心却想着云南，这个现象说明什么？”李亚威回答：“这就是深圳作家的‘私奔’情结，在谷雪儿的诗歌中，有一首诗是这样的：在很远的地方想念深圳，只要我能直立，我就会立足这个世界、回到我梦想的家园。”谷雪儿确曾这样说，深圳“这个没有四季的城市，一个盛产激情与自由，和遭遇爱情的城市，到处是鲜花，她首先是人性的，适合人类居住的。其次，才让我联想起海德格尔的《人，诗意地栖居》”。对于深圳，谷雪儿是褒扬的，没有半点嫌恶，但是对于她的创作来说，她却似乎在有意无意地抛离她所居住的城市——深圳，不仅仅是《纳西人的殉情》这样的作品，就是连诗歌和歌词，也在深圳与远方之间徘徊。

去过香格里拉的人，不会没有听过由容中尔甲作曲并演唱的下面这两首歌：

骑着马我本想走天涯／却发现这里就是我的家／草原上绽放着七彩花／悠悠传来馨香土泥巴／哦香格里拉，美丽的香格里拉／传说白度母在这里安了家／养育了我妈妈的妈妈／从那时人们再也没有离开她／你圣洁地遥望着神秘的拉萨／请听我埋在心底的情话／你是我见过最洁白的哈达／哦香格里拉／哦我心中永远的家／哦我用生命赞美她／香格里拉……

——《香格里拉》

“听说在那遥远的天边／有一片辽阔的草原／有一位美丽的姑娘／她在守望日月的方向／在／太阳出升的地方／有羊群拌着她成长／有一位美丽的姑娘／日夜思念她的心上人／姑娘你为何忧伤／有白云听你歌唱／姑娘你为何忧伤／有雪山看你的模样／你的纯洁感动了上苍／在太阳出升的地方／有羊群拌着她成长／有一位美丽的姑娘／日夜思念她的 心上人／身边小河不停地流淌／泪水她让花儿绽放／有一位美丽的姑娘／是谁让她如此难忘／……

——《凤凰天堂》

但是有几个人能想到，这两首深情曲目的歌词是深圳女作家谷雪儿创作的呢？优美的旋律，在云南，在西部那片草原上经久传唱。歌中对大自然充满着热爱之情。而谷雪儿一如歌中所展示的那样，其天性就喜欢自由奔放，喜欢大自然。正因为这样，所以她才能写出如此深情和优美的歌词。去年在我采访她这段期间，深圳卫视正在播放《卧薪尝胆》，它的主题歌《故园》，也是谷雪儿写的。她喜欢写歌，将自己的感情倾注于歌词之上。不过，作为广东省签约作家，她的主要精力，还是放在小说、散文创作上面，她说写歌仅是自己的业余爱好。这是小说暂时委身“歌词”的“私奔”情结。

谷雪儿还出过两本诗集：《谷雪儿诗集》、《谷雪儿诗选》。深圳作家安石榴，曾经这样评价她的诗歌，读谷雪儿的诗，给人的感觉是一种“生命意象的永恒或重生”。在谷雪儿的诗中，“爱情”、“生命”、“雪”、“童年”、“冬天”等，都是一种生命的象征。“爱情”，在谷雪儿的诗歌中，是沉重的，又是存有希望的。一次次的伤心，一次次的悲伤，心已经伤痕累累，但不管怎么难过，却始终没有绝望，哪怕是在梦中，也充满着希望。每一次的结束，实际上是每一次的重生。这让我们看到了诗人生活的态度，是永远也不放弃的。她总会找一个使自己走出来的方式。这是绝望向希望妥协的“私奔”情结。

一个女人只有在生命中经历刻骨铭心的记忆的时候，才会惧怕某一样东西。谷雪儿惧怕冬天。她在诗歌《死于永恒——献给十七年前已故初恋情人》中写道，“我惧怕冬天，不是它寒冷 / 而是无法承受春天临街的现实 / 是一种责任的思念 / 沉重的思念 / 沉重的思念负担 / 可望在春天深刻地堕落”，“春天，晒干了我的岁月 / 关于死亡的岁月”。这里的惧怕是一种感情的惧怕，是一种生命迹象的惧怕，在春天这个本该生机盎然的世界，“我”却因为曾经的死亡，而不能正视它，接受它，因为它给了“我”巨大的痛苦，“我”在这里看到的是死亡，所以逃离了带给自己痛苦记忆的城市，来到深圳这个没有冬天的城市。逃离冬天是一种“私奔”，而“私奔”又关乎逃离，其间透露出来的内心纠结，又会怎样地让人唏嘘不已！而在另一首诗歌《活在何处》中，她写道：“我是因为惧怕寒冷 / 所以选择了深圳。”深圳则恰恰是一个没有冬天的城市，这也许是一种巧合，但是，我更相信，这是诗人的选择。一段记忆——冬天记忆的遗忘，一段关于诗人不愿提起的经历的遗忘。冬天在这里代表的不仅仅是冬天，而是关于爱人的死亡意象，它是谷雪儿一生的痛，它需要阳光晒暖。而阳光却晃漾于虚空，或是坠入海水深处，用一种细碎的锋芒，再度刺痛谷雪儿的心脏，她只能再度和她的歌逃离，和她的理想“私奔”，听更漏和潮声，低吟“生命在于折腾”。

杨争光论

在历史的记忆中坚守

王华勋

中国的农业文明有着远超千年的历史，关于农村文化和农民品质的文学叙事，是中国自“五四”以来一个世纪的叙事主题。从20世纪二三十年代一直到90年代，农村题材的文学作品构成中国乡土文学多姿多彩的风景。从鲁迅、茅盾等一批“五四”时期成长起来的大家，到十七年的柳青、周立波等，再到新时期的贾平凹、杨争光、韩少功、张炜等一大批作家，他们直面中国农村和农民的生活现实，或饱含激情地展示，或客观冷静地批判。而能够对一个村庄近五十年的发展变迁作出文学的历史性观照的杨争光的长篇小说《从两个蛋开始》，应该算是众多乡土文学作品中为数不多的一部。作者用历史的眼光，以一种平静的心态，不动声色地展示符驮村人在新中国成立后日常生活的点点滴滴，体现出一个作家相当深厚的乡土情结。对于一个作家来说，“他总是自觉不自觉地不能不占有一块生活的土地，一块与其生活、生命实践有着某种血肉联系的土地，一块体现着特定的人类生存方式和文化背景的土地”。杨争光就是这样一位作家，他占有着黄土高原这片一直滋养着他的土地，他也属于这片土地。所以他要在作品中用文学的语言为读者勾勒出中国富于地域特色的农民形象，展示中国西部高原独特的乡村地域文化，观照这厚实的土地上生长的农民的灵魂。

事实上，作为一个在黄土高原上成长起来的作家，关注农村和农民，必然会是杨争光小说创作的主要内容。他的短篇小说《鬼地上的月光》、《赌徒》、《干旱的日子》、《光滑的和粗糙的木橛子》、《上吊的苍蝇和下棋的王八蛋》等，无一不是对农村及农民生存状态的关注。如作者所说：“中国社会最基础的是农民。中国的城市人说到底也是进了城的农民。中国的城市是都市村庄。农民的根性渗透在我们的各个方面，我们的行为方式，依然是农民的行为方式。”就是这样的“农民根性”，让作者在他的作品中对农民及农村有着一种割舍不断的牵挂，也正是这样的牵挂，促使作者倾注心血去关注农村及农民的生存状态。应该说《从两个蛋开始》涵盖了杨争光此前在他的中短篇小说中所体现出的对农村及农民的思考。所以本文将集中地以杨争光《从两个蛋开始》为例证，分析他的乡村和农民情结。当代作家张炜曾做过与杨争光所言相关的一段称述——“我们都将依赖她：面临着一片永远神秘永远陌生的土地。土地接受了阳光的赐予，又滋生一切，所有生命最后都还要融解于土地。土地联结着人的生命的来路与去路。” 虽然在这里，张炜和杨争光的表述多所不同，但二人在言语中，都流露出一种乡土情怀。这并不意味着二人乡土情怀的浓与淡，而是说明，他们各自的表述，只是反映出二人对乡土大地的关注有所侧重。如果说张炜更多的是在关注土地及土地上生存的人与物，关注着人与人、人与土地、人与周围的生物间如何相处的话，那么杨争光所关注的就只是乡村大地上生活的人——农民的生存状态。杨争光、张炜的关于农民问题的写作，是有精神渊源的。20 世纪二三十年代间，鲁迅的乡土书写，已具有精神救赎的意味。鲁迅以一种清丽的文字在对记忆中的故乡作出优美描述（如《社戏》中外婆家的水乡风情，《故乡》中月下的海边沙地）的时候，更侧重于对旧中国农村农民灵魂的愚昧、麻木、冷漠作出理性的观察与冷峻的批判。鲁迅之后，20 世纪 20 年代的一批青年乡土作家，则继承了他的乡土文学批判传统，以一种理性的眼光审视乡村文化的封闭、落后、野蛮和沉闷，继续关注农民灵魂的愚昧、麻木和冷漠，对农民这一古老群体的生态、心态，均作了深刻的剖析和批判。蹇先艾的小说《水葬》写一个叫阿毛的青年，因为偷窃行为被村人处以极刑——沉入水底。作者讲述的就是这样一个令人浑身发冷的水葬故事。对阿毛实行这样的处置，在村人看来是天经地义的。但从作品中我们却看到了这“天经地义”的习俗背后的野蛮：阿毛的母亲一直挂虑着她的儿子，等待着儿子的归来，却不知阿毛已葬身水底。对乡村文化中更为原始野蛮景象作出描写的是许杰的《惨雾》，作品中玉湖、环溪两个村子之间为了一个沙渚进行了血淋淋的族群械斗。械斗的目的只是为了中国传统中所看重的“面子”问题。由此可以看出旧时农民身上体现出的原始性的强悍和民风传统的恶劣。如果说以上二人的作品侧重于表现旧时农民身上的野蛮之气的话，则王鲁彦的《菊英的出嫁》便体现了旧时农村农民思想的愚昧。菊英是一个 8 岁的小姑娘，不幸死于白喉。10 年之后，也就是如果她还活着已 18 岁到了谈婚论嫁的年纪，母亲觉得她应该和活着的人一样有婚嫁的要求，所以就给她张罗了一次冥婚，亲自为她选择一个鬼婿，并选好良辰吉日为她隆重地举行婚配。所有参加的人都是那样的真诚！其实，旧时的农村不仅充斥着野蛮、愚昧之气，农民还饱受生活的、精神的折磨，柔石的《为奴隶的母亲》透过当时在浙东农村流行的“典妻”现象，展现了当时的社会现实，深刻地揭露了传统的封建陋俗对旧时中国女性心灵的戕害。与鲁迅及许杰等青年乡土作家对于乡土的清醒、冷峻的理性批判不同的，是沈从文的乡土小说。沈从文在作品中所展示的，是对湘西乡村优美风光的描绘和对纯朴的乡村灵魂的赞美，其中“呼唤张扬一种健全的、于国家民族前途有意义的生存环境和存在方式”，寄寓着作者对“再造民族文化人格与伦理道德”的希望。

在当代作家的创作中，乡土情结的表露及其切入点也各不相同。韩少功的《爸、爸、爸》及《马桥词典》继承了鲁迅的批判之风，关注的是传统文化对乡村的深刻影响。贾平凹的《腊月 · 正月》、《鸡窝洼人家》则是写改革开放中农民的生活及观念的变化。杨争光虽则同样写出了对乡村、农民的关注，只不过，《从两个蛋开始》已经不是孤立地写某个断片，而是将所要写的村庄——符驮村放到了历史的长河中去考察。作者在这里选取的是符驮村从土改起到当下的一段发展史。作品展示了符驮村人在不同的社会历史背景下的生存状态。杨争光的这种乡土情怀，就体现在他对农民生活状态的观照和农村文化的思考上面。作者将农民放在社会历史的演变中考虑，展示了时代的变迁对农民生存状况及农村文化的影响。所有发展变化都围绕着人的两个方面来集中展现，这两个方面，一个是“吃”，就是粮食问题；一个是“性”，就是繁衍生息问题。在作品中，这两个问题有时还会交结一处。同是写农民和农村，相对而言，杨争光的该部作品以食和性为切入点，这是比较独特的。

生而为人，最基本的要求就是温饱和繁衍生息，或者说生存和发展，这是人类社会的永恒目标，也是文学创作的母题。孔子说“饮食男女，人之大欲存焉”（《礼记 · 礼运》），在《从两个蛋开始》中，从开篇起，杨争光就展示了符驮村村民这一原生态的生存观念，“在他们看起来，人生在世有两件事是经常的，也是最重要的，一个是吃吃喝喝，一个是日日戳戳，后者指的是男女性事”。这不仅是人类原始的生理欲望，也是整个人类社会生存与发展最基本的物质基础。对此，马克思曾用“物质生产”与“自身生产”作了相当精辟的概括。一直以来，文学创作都基本上没有离开这一母题。从民间生活当中，作家深刻体验到在“食”与“性”中贮满着的生命韧性与激情，感觉到这一潜藏在身体内部的粗糙的原始欲望，是构成人类在历史隧洞中艰难跋涉的巨大内在推动力。

在这部作品中，符驮村的人们始终有一个潜意识，即，“性”不但是生理上的需要，更是对繁衍生息责任的一种担当。作品开篇，写的就是雷工作和白云霞在从县城到符驮村的路边小麦地里“好”上了。在媳妇招娣死了以后，北存想要续娶。香香就劝说：“娶媳妇是为了生娃为了暖被窝。你已经有娃了，就剩下暖被窝了。你是咱全村的书记，咱村上那么多媳妇，谁给你暖不成被窝。”因此在以后许多年里，北存“确实和村上形形色色的媳妇睡过觉。”在瓜地看瓜的禄良，总是“拘不住”要在半夜跑回村里和媳妇枣儿“吃”一口。也正是禄良有半夜往家溜的习惯，他才发现了他媳妇和百锁偷情的事情。魁义和儿媳妇秀云好，“在村里不但没闹出一星半点的事情”，而且是“他们好好地活了一辈子”。在符驮村，“性”是人们生活中非常重要的一部分。有哪个男人和别的女人“好”上一回，只要两厢情愿，即使被村里人知道了，大不了也只是各家闲话的材料。有时候，在符驮村，“性”还能帮人解决生活中的实际问题。来来的媳妇米雀硬是用身体作交换，让她公公福娃交出了从地里刨出的一瓦罐银元，之前福娃是死活都不承认挖出银元的事情的。高选的女儿高兰因揪了邻村一草笼苜蓿，让看苜蓿的弄了，方换得不被拉去游街，但后来看苜蓿的倒过来因此赔了高选一百五十块钱才平息了事端。在物质生活匮乏的年月，北存的一个油瓶“像一枚小炸弹，炸断了许多女社员的裤带”。“完了事”，女人不但得到了北存从保管室弄来的半斤菜油，还会让自己的男人多得两个工分。“性”在符驮村演绎出了许许多多的故事，展示着农民作为草根的生活状貌。

当然，“性”在符驮村首要的目的还是作为人的生命的延续。村里流行的俗语就是“富人爱骡马，穷人爱养娃”。因为符驮村人的思想行为，让人感觉到的，是道德规范、纲常伦理也难以扑灭的生命之火的燃烧。因看重宗族香火的延续，上官太平在已经有了四个女儿后，仍不惜倾家荡产，连着溺死两个女婴，终于生下了自己的儿子。也许你会谴责他的愚昧与残忍，但是，在保卫生命之根的行为中，却也分明透露出人性的执迷与悲怆！大贵与二贵是一对娶不上媳妇的同胞兄弟，他们不仅难以承受性的饥渴，更难承受切断家族香火的绝望。机灵的二贵到外地买来了女子，此时，大贵则请二贵将女子转让于他，并声明不在乎二贵已占有了她的身子。包括那个外地来的姑娘，面对丈夫的突然更换，也能表现出格外的平静。这样的行为方式，这种对女性尊严的蔑视与轻辱，若站在当代主流话语立场看，或显然难以容忍。然而，由于作家站在民间的角度，他体验到了大贵们生存的沉重与艰难、无奈与苦涩，因此便能对民间的乡村风俗与价值观念，表现出令人信服的认同与礼赞。前面所提到的二贵在外地买来的女子——这个外表平静的女人，一直安分守己，后来还给大贵生了六个娃。

这里涉及的，实在是人类的繁衍问题。几千年来，祖宗的遗训是“不孝有三，无后为大”（《孟子 · 离娄上》）。这是一个不容背离的传统。所以无论有怎样的动乱，怎样的天灾人祸，中国人都不会忘记人生第一大任务就是传宗接代。这样的传统文化思想在农村，在黄土地上生生不息的农民心中，可以说是根深蒂固的。因而在《从两个蛋开始》中，作者这样描写符驮村的人口生产，“连娶带办的几十个女人像麻袋口倒红薯一样，很快就给伏驮村倒出了一堆娃来”，“不到十年的时间，符驮村净增了一百多口人。几十年以后，他们使符驮村有了一种全新的人气”。

所以，在这部作品中所有对“性”的描写，或者说观照，绝不是一种单纯的低俗的描写，绝不同于庸俗的地摊文学。阅读整部作品，我们会发现其中的“性”，是作者关注农村及农民生存状态，展示农村乡野原生态的一个切入点，它联结了农村的文化，农村的传统习俗，农民的思想意识。

通过前面的分析，我们可以看出，作品中所有与“性”有关的，都牵涉到对农民朴实天性的观照，也可以说作者通过展示符驮村人对“性”的态度，在更深层面上，剖析了符驮村人的人性特点：具备农民特有的纯朴甚至是略显愚昧。这当然也是对符驮村人及天下农民灵魂的剖析。

作品中多次提到了“食色，性也”（《孟子 · 告子上》）。“食”与“性”，粮食与女人，可以说是符驮村人生活的全部。在“性”的方面，符驮村人在延续了符驮村香火的同时，也满足了生理上的快感和需要，香火的延续给符驮村带来了新的人气。在符驮村，“食”和“性”往往是联系在一起的。“食”是符驮村人另一重要的大事，围绕着粮食和吃饭问题，在符驮村演绎出很多故事。小说的开始便写出到符驮村开展土改运动的雷工作因和白云霞在麦地里“好”了一回，对于性的快感他形容为“一种说不清的甜”，以至于在土改工作中发现地主杨柏寿的婆娘那里有糖，于是就有了一种冲动，想确切地知道吃糖的甜与他和白云霞弄完事以后留在他心里的甜是不是一样。雷工作因“食”与“性”栽了跟头，在这个意味深长的事件中，暗含了整部作品的叙事走向，正是作者所要表现的一个村庄在一定时期内的原生态，这部作品是对文学创作中人生母题的一种深刻观照。

因为吃饭问题，可以让人走投无路，背井离乡，被迫外出讨饭。而解决吃饭问题还可以让人拥有全新的生活。这一戏剧性的转变，在作品中是艺术的真实，在农村也是生活的真实。高选迫于生计，不得不用他家固有的两亩地换了一辆独轮车推着他妈出去要饭。是农会主席派人把他从讨饭的路上找回村的，因为农会要解决穷人的生存问题，要给他家分地、分房子。因有了田地和房子，高选从讨饭的路上还颇具戏剧性地顺路带回了媳妇豆花。说到讨媳妇，符驮村的人还会用粮食去甘省一带换女人回来。但这也只是他们在有粮食吃，不再饿肚子的时候，才要考虑去解决的问题。民以食为天，从吃的层面理解，中国历史上，在黄土地里拼命的农民，能够一年到头都吃饱肚子的时候不多。所以很多时候，粮食在他们看来就如生命一样宝贵。当北存带人从赵满堂家的地窖里起出一座小山似的发霉的玉米时，赵满堂悲叹："这是我十几年攒下的心血啊！"与玉米同时坏掉的还有他封在土窑里的十几石因出蛾子而只能作饲料的小麦。农村有句俗语讲"家中有粮心中不慌"，在农民看来，粮食是他们的生命线。所以在孙子们要把土地变成果园的时候，赵满堂会骂他们造孽，并质问他们："不种粮食吃啥？"符驮村人对粮食的看重甚至是达到了崇拜的地步，当然这里的"崇拜"也有另一层意义。有了粮食可以让人活命，但粮食有时也会要了人的命。北存用洋化肥和杂交品种种出了一个硕大的玉米棒子，让符驮村的人大开眼界。就因为北存种出了大玉米棒子，"县长激动地握住北存的手摇了好长时间"，以至于北存担心会把他手里的玉米棒子摇落到地上，所以就专门给县长一只手让他摇。在北存看来，"他宁可让县长把他的手摇坏，也不能让玉米棒子受到损伤"。他还对媳妇招娣说："你就当它是我爷，给我好好地放着。"那个玉米棒子带来的政治上的影响，让北存对它格外地重视。北存对玉米棒子的态度让媳妇招娣对玉米棒子也是诚惶诚恐，夜不能寐，甚至有一种胆怯。在对待玉米棒子的态度上，作品对招娣作了这样的心理刻画：

> 说不定鸡会跑进来的。说不定会有老鼠的。说不定会有贼的。她觉得满世界都充满了危险，不小心就会陷进去。她想她把它放在托盘里是不行的，用花布盖着也不行。她恨不得把那只玉米棒子放在她的肚子里。她觉得最保险的地方是她的肚子。要是能把它放在肚子里多好，她就不会这么提心吊胆牵肠挂肚了。

最后，招娣想出一个存放玉米棒子的方法——把它放进一个木匣子里，玉米棒子总算安全了。防了一圈，但招娣没想到毁坏玉米棒子的是她自己。因招娣失手摔烂了玉米棒子，北存无法进京去见毛主席，这让招娣惊吓过度而亡。玉米棒子事件恐怕是符驮村人崇拜粮食的很好诠释。"吃"留给符驮村人的集体记忆是，村里吃大灶他们放开了使劲地吃，结果是撑大了胃，高撑住狼吞虎咽一顿猛吃，结果最终没能"撑住"，还撑破了胃。在定量用餐后胃里开始发烧，因为吃高粱，他们屙不出而抠屁股；因为吃大白菜，他们拉肚子屙绿水而烂屁股。在特殊时期，吃让符驮村人感受深刻甚至是付出了生命的代价。作品中这样写道："三年困难时期，他们吃树叶树皮和深埋在地里的草根。他们经常坐在各自门外的石头或土堆上，托着浮肿的脸，忍受着喉咙里泛上来的一股又一股酸水……阳光照着他们霉中透绿的脸，阳光很鲜活，可阳光是不能吃的。"由此可以说，吃让符驮村人快乐着，也让符驮村人痛苦着。

符驮村人对粮食虽然很看重，但有的人家还是会把一点可怜的口粮匀给那些外地来的讨饭女子。一些重灾区的农民，为了活命，只好让老婆带着孩子到稍好的地区与那里的光棍汉组成临时的夫妻，到年景好转时再回乡与丈夫团聚，结果便造成了两个家庭经受妻离子散的痛苦。由于作家从民间的视角出发，小说清晰地展示出，在食与性的双重匮乏和恶性循环中，那个时代所演绎出的，更多的是农民的生存悲剧。这应该是符驮村对粮食崇拜的另一个注脚吧。

《从两个蛋开始》写了符驮村五十年的变迁史。符驮村人经历了从土地改革、合作化、人民公社、大跃进、"文革"到毛泽东逝世、改革开放等一系列重大事件。以这些重大事件为背景，作者还原了符驮村人生活和思想的本真。通过对人生母题的关注与展现，表现出作者对农村视野中农民身上所蕴藏的纯朴人性的观照。

在作品中，符驮村人质朴的思想首先表现在他们对生活的态度上。农民的朴实就在于他们在经历了生活的困苦后，对得来不易的安稳一些的生活表现出一种超乎寻常的珍视。土改让高选家不但分得了地和房子，还分到了枕头和被褥，摸着缎子被面，高选媳妇豆花惊讶得发出"像遭了水烫一样"的叫声。因舍不得盖缎面被子，高选和豆花当晚就睡在屋外的石条台阶上，豆花并因此而落下腰疼的毛病。农民这种纯朴的品性，还表现在他们处理邻里纠纷上。百锁和禄良媳妇枣儿偷欢让禄良抓住后，北存出面协调。北存对禄良点明，杀人就要被枪毙，这是明摆着的事情。不过问题没有这么简单，禄良倒是可以一翘辫子走人了事，但关键是村里会因此而少两个精壮劳动力，多出两个寡妇，寡妇若再改嫁，又少两个劳力，"没了劳力咱符驮村的社会主义咋搞？"由此，禄良遂表示，可以不杀百锁，但也不能就这样了结。北存说："如果是公事我可以出面，但这是私事，最好由你们两家自个协商解决。"禄良他爸对北存的这一"公断"给出的评价是"到底是支书，想得周到"。"公大于私"的朴实认识就是这样在农民思想行为中折射出来的。在农村，解决纠纷的传统方式就是族人出面调和。所以，解决禄良与百锁的纠纷问题，是由两个家族的人谈判，这在村里人看来是"合理合情的法则"，而这样得来的结果"也更能让他们心悦诚服"。因此禄良在他父亲“条件对等”的提示下，拒绝了百锁族人提出的给粮、给钱和给衣服的条件。他说：要是那样“枣儿成啥人了？我成啥人了？”他最后提出“我要以牙还牙！”这样的思想和行为，如果放在21世纪的今天，也许有人要用“愚昧”二字来评价，但是禄良的所想所为，就是长时间以来积淀于农村和农民心中的只能用传统文化思想来定义的东西。作品中，村民为解决彼此纠纷而选择的谈判方式及由此带出的结果：取“条件对等”方式，当然体现的还是农民特有的思想行为。

在农村，传统的观念性东西是不容易改变的。或许，乡村当中，儒家思想的浸染，只是一种不自觉的表露。但是，在农村，人们觉得凡事都要有个讲究，恐怕不能不说是儒家传统的一种体现。就像在处理禄良和百锁二人的纠纷时，作为干部的北存不出面，而是由双方族人谈判解决。符驮村拆旧房换新房的运动中，禄良家的旧房要被换成新房。不过新房是要求盖成平顶的，这遭到禄良他爸的反对。原因是房盖成平顶的，房顶的雨水怎么往下流，最后禄良他爸说：“没脊没檐还能叫房？盖猪圈也讲究个顺眼好看哩。”住房是农民生活中的一件大事，房屋的构造式样是农村文化的一部分，也是农民传统文化思想的外在的体现。父子二人因房子问题产生争执，最后禄良他爸说：“我可告诉你，夜饭少吃赢官司少打，这是古人的话，啥意思？你也自个琢磨去。”二人争执到最后，禄良他爸把古人抬了出来。这里，“古人的话”，就代表着一种千百年来人们积淀下来的经验，它就是一种传统。禄良他爸的言语代表了农民的一种传统审美观。观念的东西一旦沉淀下来，极难改变。不过，到了当下，这已不是铁板钉钉绝对不可更改了。在新的历史时期，在优裕的物质生活诱惑下，符驮村及符驮村人的思想观念也悄悄发生了变化。

有人说《从两个蛋开始》是通过一个村庄的历史，去写一个国家的历史。如果从作者对农村和农民的固有情结来看，不如说是在国家的政治社会的大背景下书写一个村庄的变迁史。国家的政治和社会的走向时刻影响着农民的生活、农村的文化和农民的思想。符驮村在承包到户后出现了许多新气象，符驮村人对生活有了新的不同的理解。道明因抗税不交被带到派出所从而学到了不少法律知识，尽管道明觉着受了约束而跳了井，符驮村的人还是由此事而对法律开始有了一定了解，明白了法律是个人不可与之对抗的规条。亮子一家三口在外要饭五年，在家中盖起了二层楼，并且他还就要饭搞起了规模化专业化。粘娃跟他姨夫学，结果做了贼，其人生目标最不济也是“凭手艺弄个够吃够喝，逍遥自在”。符驮村还摆起了麻将桌。卖“肉”的生意在符驮村也市场化了。用符驮村人的话说“人家南方过得富裕，因为人家信的是‘劝赌不劝嫖，笑贫不笑娼’。咱符驮村能出现这种生意证明咱进步了，正在撵南方哩”。这是社会的进步还是倒退，没人能给出答案。也许正如作者所说：“审视我们这个民族的精神价值变迁，能坚守的时候就坚守，守不住了就消解就变通。我们就是这样一路走过来的。”

《从两个蛋开始》不大注重人物性格的刻画，也不着意于演绎人物的命运，只是通过对风俗民情的渲染，特别是凭借原始本真而又富有韵味的乡土语言，营造了一种浓郁、浑融的民间生活氛围。繁芜的具象描写，指向了人类难以摆脱的生存困境，悲怆的情感格调中蕴含了作家对人类命运的忧虑与关切，最终完成的，是对民间世界的全新守望。这并非是说《从两个蛋开始》就是一部完美的作品。或许正是因为作品不太注重对人物性格的刻画，作者的情感可能流于浅表，作品深刻的思想性，或有某种流失。这可能是作品的一种缺憾：“人物内心世界的丰富复杂让位于故事情节发展的清晰和流畅，历史中的纷繁芜杂被删去，代之以简单明了的骨骼和枝干。”作品的这种“简单”和“明了”，在某种程度上，可能会影响读者对作品所蕴含思想的判断，会影响到他们的接触深度与思考深度，会淡化读者与作者因作品而生出的情感共鸣。但是，即使如此，杨争光对农业文明的关注、对农民命运的关注，却依然强烈、力度甚大。用作品中杨富民的一句话作结：“日他妈还是农民可怜哎！”这句话事实上也蕴含了作者对农民的一种难以名状的情感。应该说这是大部分根植于乡村大地的作家对农民所怀有的情感。不过，如何把这种情感融注于文学作品之中，让其转化为强烈的文学感染力，使读者产生长久的共鸣并能深长思之，这恐怕既是当下许多作家所面临的共同困惑，又是需要他们合力解决的问题。

杨黎光论

真实而艺术地记录历史的细节

孙巍巍

杨黎光出生于安徽省的历史文化名城安庆市，自小便受故乡“桐城派”文化传统的影响，阅读了中国古代的大量文化典籍。大学读了中文系，他萌生了当剧作家的理想。不过，大学毕业后，他却在命运的驱使下去了党校和共青团工作。在那里他当了七年的宣传干事，给失足青年做思想教育工作。尽管如此，他却一刻也没有放弃过自己的文学梦想。工作之余，他把失足青年的故事写成了一篇篇文采斐然的纪实文学作品。由于有这样的创作经历与成绩，1984 年，他调到安庆市文联，参与创办了《法制文学选刊》，任编辑部副主任。

1992 年，杨黎光南下深圳，开始了一段新的人生历程，掀开了他文学生涯的新的一页。他先是在《深圳法制报》编辑文艺副刊，接着创办《深圳法制报 · 星期天版》，以大篇幅报道热点焦点事件，格外引人注目；后又调到《深圳特区报》工作，从基层一线干起，担任过夜班编辑、专版编辑、记者一直到深圳报业集团副总编。

来深十多年的时间，是杨黎光文学创作的高峰期，其报告文学创作所取得的成就令人瞩目。他倾力关注重大社会热点事件，及时报道，笔不停挥，不断推出佳作，成为国内唯一一位连续三届摘得“鲁迅文学奖”——中国文学届最高荣誉之一 ——的作家。他的长篇报告文学《没有家园的灵魂——王建业特大受贿案探微》获中国首届“鲁迅文学奖”；中篇报告文学《生死一线——嫩江万名囚犯千里大营救》获中国第二届“鲁迅文学奖”； 长篇报告文学《瘟疫，人类的影子—— “非典”溯源》获中国第三届“鲁迅文学奖”。

他的创作甚至还被称作中国报告文学界的“杨黎光现象”。

2005 年 6 月 26 日，为全国文学界瞩目的中国第三届“鲁迅文学奖”颁奖活动在深圳隆重举行。期间，中国作家协会和深圳市文联联合举办了“中国当代都市文学研讨会”和“杨黎光创作学术研讨会”。会上，国内一些著名学者、评论家对杨黎光的文学创作给予了高度评价。

素有“当代文坛第一编”美誉、审美眼光非常挑剔的《人民文学》原副主编崔道怡先生认为，杨黎光“连中三元”，展示了他雄厚的创作实力，是深圳文学与广东文学的骄傲。

著名报告文学评论家李炳银认为：“杨黎光用报告文学创作的丰硕成果和优异表现，表明自己已经站到了我国报告文学作家最优秀的行列。”长期从事风格理论研究的老评论家何西来感慨地说：“我愿意负责地说，我们是到了可以而且应该对杨黎光的创作风格进行认真深入的研究的时候了。”

专门从事报告文学研究的学院派评论家丁晓原教授则强调：“杨黎光的存在，使文学资源并不丰富的深圳，在当代中国文学的版图上开始呈现出自己独特而醒目的位置。从这一点来看，杨黎光堪称是深圳的‘文学形象’。”

2002年5月，中国报告文学学会评选改革开放以来20部优秀报告文学作品，杨黎光获首届“徐迟报告文学奖”；2003年9月，报告文学《惊天铁案——世纪大盗张子强伏法纪实》获“中国报告文学第二届‘正泰杯’大奖”。

杨黎光可谓是艺术的多面手。除了报告文学，他的小说、散文等均取得了不凡的成就。如他的散文《走不出外婆的目光》在2002年6月获得首届“冰心散文奖”；小说《园青坊老宅》入围第七届“茅盾文学奖”。

另外，他还创作了不少电影剧本、电视剧本，其中包括《青春门》、《天柱情缘》、《欲壑·天网》、《没有家园的灵魂》、《惊天铁案——张子强犯罪集团伏法纪实》等多部电视连续剧。

2006年6月，作家出版社出版《杨黎光文集》（十三卷）。

《没有家园的灵魂》

1995年，杨黎光以原深圳市计划局财贸处长王建业特大受贿案为题材创作了长篇报告文学《没有家园的灵魂》，这是他个人创作道路上一部里程碑式的作品，也是中国当代报告文学的一部力作。

该作从1995年7月13日在《深圳特区报》连载后，即被《十月》、《中华文学选刊》及全国40多家报纸转载，《人民日报》、《光明日报》、《文艺报》也先后发表评论文章。这部报告文学作品，不仅在深圳引起了轰动，而且在全国新闻界和文学界刮起了一股探讨灵魂家园的旋风。

杨黎光介绍这部作品的创作经过时说：

一开始，没有计划写这么长，约在1995年5月初写出第一稿，只有4万多字，主要是此案侦破过程。送审征求意见再修改，大约花费了20天，7月13日《深圳特区报》开始连载。后由于此时案件还未审理终结，我还在继续采访，并等待着审判结果。一审判决下达后，我写出二稿，此时增加到10万多字。

《没有家园的灵魂》创造了中国报告文学创作中少见的现象，作品已发表，事件在发展，读者在参与，作家又继续写作。续篇发表时，全国各地的读者都给杨黎光寄来信件，最远的寄自兰州，还有监狱犯人写来的信，这促使他继续写作、思考。

1996年8月6日，中国报告文学学会、《深圳特区报》、《中华文学选刊》、《十月》杂志社在北京文采阁联合召开了《没有家园的灵魂——王建业特大受贿案探微》作品研讨会。会上，来自北京的著名作家、评论家和各大报社的记者50余人，对《没有家园的灵魂》作了非常中肯的评价。

评论家雷达认为："这部作品通过对两个罪犯的剖析，提出了当代最大的精神课题。王建业找不到自己的精神家园，在这样一个社会转变时期，我们很多人都在经受着考验，遍尝诱惑之苦后，仍然难以找到自己的精神家园。"

杨黎光自己又是怎样看待这部作品的呢？

他说："数年的积累和思考，使我的创作发生了一个非常大的变化，我开始探讨当代人的精神追求，研究商品经济下人的行为异化。我关注着商品经济对人的价值观、道德观的冲击。从人的精神需求与物质欲望的冲突来研究当代人的精神寄托。我用报告文学的形式，来探讨这一重大精神课题。我力求以自己独特的视角、细微的观察、富有哲理的思考和论述，提出一个当代最宽最广也最实际的问题：什么是人的最大财富？"

无论是《没有家园的灵魂》，还是随后推出的《美丽的泡影》、《打捞失落的岁月》，其实都有着一个共同的主题：探讨当代人的精神追求，研究商品经济条件下人的行为异化。无论是王建业，还是曾莉华，乃至2002年出版的《惊天铁案》中的张子强，他们的人生经验确实展现了"商品经济下人的行为异化"。

1997年，《没有家园的灵魂》获得了首届“鲁迅文学奖”和首届“中华文学选刊奖”。五年后，这部广受欢迎的报告文学作品，再度摘取了首届“徐迟报告文学奖”的桂冠。

首都师范大学教授、文学评论家张志忠曾这样评价杨黎光的作品：“在生命与人性的临界点上开掘深度，在生存与毁灭的转换中，在正义与邪恶的边线上，在惩罚与拯救的交替间，寻找人的心灵中最隐秘最微妙的内涵，设身处地，体察入微，拷问灵魂，追溯真情。”

拷问灵魂、惩罚与拯救、开掘人性的深度，这些在《没有家园的灵魂》中都得到了很好的体现。正是因为如此，这部已经问世十多年的作品，至今读来依旧富有艺术震撼力。

杨黎光从探索人性幽秘的角度，力图探求出王建业、史燕青走上犯罪道路的环境原因和性格、心理因素。杨黎光对王建业、史燕青人生经历和灵魂的“探微”向我们揭示了：在名利的诱惑面前，人的灵魂是如何一步步沦陷的。

《没有家园的灵魂》仍然有相当的现实意义，很值得今天的党员干部去读一读。

权钱名利永远诱惑着人心。在物欲的驱使下，许多人铤而走险，最后踏上不归路，而且代有传人。虽然殷鉴不远，但置党纪国法、道德是非于不顾，大肆贪污腐败，一步步迈向“欲壑”深渊者，至今不乏其人。这些人如飞蛾扑火似的前“腐”后继，终落得个像王建业、史燕青般的可悲下场，正显示出人性的复杂之处。

就像评论家李炳银在《追寻与迷失——读杨黎光报告文学〈没有家园的灵魂〉》中所说的那样：“王建业之流是永远地失去了回归家园的路途了，但那些仍在步其后尘，还在这条黑暗路上翻滚摸爬的人们，会从王建业的教训中幡然悔悟，从自己勤奋劳动的欢乐中，找到回归灵魂家园的道路么！？”

《没有家园的灵魂》通过高度真实的案件细节展示，揭出了复杂的人性及不容回避的深层次社会问题，其中所贯注的严肃思考，用文学方式带出的历史追问，现在都还是那么震撼人心。它彰显出报告文学真实的特点，也彰显出真实的力量。李炳银老师曾在他的《报告文学论》中提到：“真实是报告文学的生命，独立的理性评判是报告文学的灵魂，文学艺术的表达是报告文学的翅膀。”《没有家园的灵魂》可谓是三者兼备的佳作。

《伤心的百合——一个好男人的故事》

杨黎光曾说："我在这些年的报告文学写作中，无非是在做两件事：一是把社会悲剧剖析开来放在读者面前，让他们能认识到一些不可重复的教训；二是寻找一种最美好的情感并抒发出来，奉献给读者。"

如果说，《没有家园的灵魂》是"剖析社会悲剧"，那么，《伤心的百合——一个好男人的故事》则是"寻找一种最美好的情感并抒发出来"。其中，包含了杨黎光对当代人情感需求、道德伦理、婚姻责任等诸多社会问题的思考。

《没有家园的灵魂》出来以后，引起很大的轰动，但很多人关注的却是王建业和史燕青的那种感情。这不是杨黎光所要表现的主题，于是他想，既然你们对感情有兴趣，我就专门写个感情的吧。三个月之后，《伤心的百合——一个好男人的故事》便问世了。

故事有两条线：第一条是作者邻居独生女儿圆圆的故事，第二条是书怀和叶小凡的爱情故事。

圆圆，童年便经历了父母亲感情破裂的创伤，在父母亲无休止的争吵中长大。高中毕业没有考上大学，就到外地歌舞团当了一名演员，后来到深圳。原本颇有演唱天赋的她，得了慢性咽炎，很难有更好的发展，只能是个一般的歌唱演员。事业上没什么发展，恋爱上也是波折重重。一次次失败的恋爱，让她从一开始的"玩感觉"到最后实际到一心只想调到母亲身边。于是嫁给了一个厂里的供销科长。结婚之后，圆圆的噩梦就开始了。丈夫抽烟、喝酒，甚至嫖妓，无所不好。结果，染上了性病，还传染给了她。伤心欲绝的她一个人来闯深圳。到深圳之后，她与原来同剧团的一个"小白脸"同居了一段时间，可是，这个男人也很花心，完全没有责任感。从此她很绝望，不再相信这个世界还有好男人。

为了让圆圆重新看到希望，作者给她讲述了一个深圳好男人的故事。这就是书怀，一个为了回避发廊妹，便去路边找剃头师傅理发的男人，一个陪伴癌症妻子 8 年的男人。

书怀，深圳一家大公司的高级工程师，名牌大学毕业，原本有个幸福美满的家庭。32 岁那年，妻子湘纯患了癌症。从此，他本着一个男人的责任和对妻子的爱，陪伴妻子投入到与癌症与死亡的搏斗中，以深情和心血滋润着妻子脆弱的生命之树。这让一个癌症病人存活了 8 年。

这 8 年里，书怀为了妻子东奔西忙，身心疲惫。可是他从未放弃。作者为我们讲述了这样一个细节，令人不禁潸然泪下：书怀喜欢吃香菜，有一天，母亲特意为他做了香菜，满屋子的香味，他却对母亲说："怎么现在香菜也不香了？"原来，长时间的焦灼，他突然失去了大部分的正常嗅觉和味觉，只有糖醋类食品，他才能吃出来点香味。

妻子去世之后，另一个女孩子叶小凡逐渐走进了他的心里。

小凡是书怀大学好友的妹妹，湘纯在广州医院治病的时候，她在医科大学读书，常常到医院来照料湘纯，这给书怀留下了很好的印象。几年后，小凡大学毕业然后结了婚，可是她深爱的丈夫却因患脑癌去世。

在湘纯去世之后，书怀一直都没有再娶。后来，杨黎光了解到书怀挂念着至今单身的小凡，于是从中牵线。书怀和小凡之间便开始接触。当他们感情升温，将要走到一起的时候，小凡却发现书怀的生日正好是她和丈夫海涛结婚的日子，而且她发现书怀的女儿小影长得非常像妈妈湘纯，和书怀在一起的时候，她会感觉湘纯就在身边，心里蒙上了阴影。书怀为了挽救这份感情，就跟小凡说自己不过农历而过阳历生日，可天意弄人，这天恰好是海涛去世的日子。这下小凡就彻底心如死灰了。

在这部报告文学作品中，杨黎光为我们描述了几段美好的感情，书怀和湘纯，小凡和海涛，还有书怀和小凡，他们之间那种坚贞、纯洁的爱情，实在是令人感慨令人羡慕。

虽然书怀和小凡最终是有情无缘，没能走到一起，相伴余生。可他们之间那种感情依然令人心醉。"一对有情人，自相识，到相知，到相爱，又分手，岁月已数载，第一次，两人肌肤相触，而虽然只是小手指那一点点的肌肤相碰，两人却都有些激动。书怀此时，产生了想拥抱小凡的强烈欲望，但是他知道这是绝对不可以的。他只是用自己那只小手指，紧紧地勾着小凡的手指。"

在同一部作品中，杨黎光还给出了他心目中好男人的标准：主要看他的责任心，他对社会和家庭所怀有的责任心。一个有着强烈责任心又能自律的男人，就是一个好男人。

《走不出外婆的目光》

"1998 年，我带着妻子和女儿一同回家看外婆。这时外婆再也认不出我了。由于卧床太久，外婆身上到处都痛，妈妈常扶外婆起来坐一坐。可是外婆怎么坐着都不舒服，好像一个孩子那样吱吱呀呀吵个不停。我知道，是外婆身上疼。于是，我将外婆抱起，然后像抱孩子那样轻轻地摇。外婆把头靠在我的胸前，安静得像一个熟睡的婴儿。我知道，小时候，外婆也是这样抱着我入睡的。”

“妻子用摄像机摄下了这个珍贵镜头，让外婆永远活在我的怀抱里。”

这是杨黎光的散文《走不出外婆的目光》中的片段。这篇看似平实的散文，其实充满着真挚的情感，动人心腑。

杨黎光在《回顾我的文学路》一文中作了这样一段记述：

> 这篇文章发表后，我没有想到有那么多的读者给我来信来电，他们几乎都不是文学爱好者，但都饱含热泪，甚至失声痛哭地同我一道怀念各自的亲人。

远帆在《寻索心灵的家园——杨黎光的深圳十五年》中说：“你读杨黎光的其他作品，像《没有家园的灵魂》，像《生死一线》，甚至是《伤心百合》，你可以体验到他那种尖锐的思维力，你可以体验到他那种仿佛背负人类苦痛的悲悯，你甚至可以感受到字里行间那种浸入骨髓的人文关怀……文字与心灵的牵连力在这里得到了极为契合的表达。”

《走不出外婆的目光》获首届“冰心散文奖”和国家2003年度电视文艺“星光奖”文学节目一等奖。

杨黎光可以说是一个艺术的多面手。这篇《走不出外婆的目光》，只是其真情出之的散文作品之一。2005年以后，杨黎光在散文方面尤其投入了大的精力。

自写成小说《园青坊老宅》之后，杨黎光又在创作一部新的作品，他取了一个很通俗的名字：“我们为什么活得不快乐？”这是他“三部曲”中的第一部，另外两部是关于“死亡”和“灵魂”的。

杨黎光说：“好些年前我就在观察一个问题：中国人人格个性形成的历史文化背景。我已经思考了好多年了，研究了很长时间，笔记都记了好多，准备写部跟过去完全不一样的东西。它既不是简单意义上的报告文学，更不是小说，也不是一个纯粹的学术论文，也许它什么都不是。我这样说，可能有点故弄玄虚，你们等着看吧，这是我真正一个厚积薄发的东西，里面涉及文学、历史、宗教、社会学、哲学等等方面的内容。”[1]

---

[1] 章必功、李勇主编：《深圳作家访谈录》，中国青年出版社2009年版，第184页。

报告文学中的“小说笔法”

长期以来，报告文学的文学性都是一个具有很大争议的问题。有的认为报告文学应该是报告性大于文学性，比如批评家雷达就曾说过“报告文学的本质特征乃是它的报告性”。甚至另一报告文学作家尹卫星在写《中国体育界》时，标明“非文学性报告文学”几个字。

20世纪80年代以后，报告文学创作出现了分化。传统的“小说写法”依然存在，而以报告事件、揭示问题为内容的“综合”、“集纳”等新型报告形式也同时登场。这些作品一反传统，不刻意塑造人物形象，不讲究情节的曲折生动，不注意细节描写，缺乏诗情画意，却大量引用事实材料和数字材料，大段地发表议论，全景而非典型、宏观而非微观、综合而非具象地反映现实。

另一方面，早在1937年，茅盾先生就曾在《关于“报告文学”》一文中提出了报告文学的文学特性问题。他说：“好的报告须要具备小说的所有的艺术上的条件——人物的刻画，环境的描写，氛围的渲染等等。”

当代著名的报告文学作家理由曾说，报告文学应当是智慧和神奇的工艺师，在认真深入地审视玉石材料之后，科学地布局取舍，在有限制的过程中用心思打造出完全属于艺术品的对象来。理由自己的作品，在语言的使用和谋篇布局上就很见功夫，语言的生动华美流畅和布局结构的跌宕起伏，使得他的报告文学在形象生动方面，毫不逊于拥有虚构权利的小说作品。徐迟、黄刚、黄宗英、柯岩、理由等作家几乎把小说笔法运用到了炉火纯青的程度，取得了卓越成就。他们那些具有鲜明文学色彩的报告文学作品，如理由的《扬眉剑出鞘》、陈祖芬的《祖国高于一切》、徐迟的《哥德巴赫猜想》、乔迈的《三门李轶闻》等，都轰动一时，甚至成为了经典。

在长篇报告文学作家中，能如此纯熟地运用小说手法的，杨黎光无疑也是出色的代表之一。

不少评论家都认为他的报告文学中有解不开的“小说情结”，如何西来老师的《报告文学及其小说心结——我看杨黎光》，崔道怡的《他也是小说家——我心目中的杨黎光》。

把小说的笔意带进报告文学的写作中去，成为杨黎光与许多其他报告文学家的重要区别点。比如，在材料的剪裁与组合上，他很重视悬念的设置和故事性的情节推进；注意细节的采集和运用；重视人物的命运、性格和心理等等。运用小说笔法写报告文学，在80年代以理由为代表，但理由以中短篇报告文学为主，没有如杨黎光似的长篇。杨黎光的报告文学，报刊转载、连载率高，易于改成电视剧播映等，都与其带有明显的小说审美特色有关。[1]

杨黎光自己对此也有相关阐述：

“报告文学并非纯客观的描述，我尝试将文学写作的各种手法融入报告文学，用小说的笔法赋予报告文学适当的艺术内涵。例如，在语言运用的技巧上，我尝试将‘影视’的手法糅合其中，恰当的镜头语言能赋予画面以生命力，使读者感受如身处其中。”

前面所谈及的长篇报告文学《伤心的百合——一个好男人的故事》，就特别注重文学技巧的运用。其中包含了丰富的小说元素，包括结构的精巧，细节的描写和大量的人物内心活动等等。在《瘟疫，人类的影子》中，也相当注重“人物塑造”——调动了很多文学手段来塑造人物，而不只是注重记录事件。

杨黎光的报告文学作品还有一个特点，就是自己也站出来清楚表明其思考角度和采访者身份，这样他本人也成了作品中的一个人物。比如《没有家园的灵魂》即清楚表明，“我”是《深圳特区报》的一名记者。在后来的《伤心百合》中，作者“我”干脆成为其中人物进入事件。我们常常可以发现，杨黎光与报告文学中的那些人物，不时地在进行着一种“心灵的对话”。

回顾杨黎光的文学生涯，我们还可以发现，他是由报告文学开始，到小说，再到报告文学，这两年又回到小说，是一个不断转型的过程。他曾多次表示：“我并不想被标签为报告文学家，我一直有小说情结，我这人骨子里是想写小说的。”他发表的第一篇处女作是《月光曲》，是一部中篇报告文学，最早发表在《安徽青年报》上。

1990年，江苏文艺出版社出版了他的长篇小说处女作《走出迷津》。1991年下半年，杨黎光又写出了他的第二部长篇小说《大混沌》；1994年，人民文学出版社出版了《大混沌》。

这部小说通篇使用蒙太奇的表现手法，以葛铭孩提时代随右派母亲来到苦木岭的见闻和二十年后重返苦木岭调查杀害吴伯的凶手为线索，把二十年前后的故事组织起来。整部小说情节跌宕起伏，结构有新的创制，更重要的是，它借用了推理小说的外壳，表达的则是作者对历史与人性的追问。这部作品出版后，得到了评论界的一致好

---

[1] 何西来：《报告文学及其小说情结——我看杨黎光》，《时代文学》2007年第5期。

评。评论者认为，这部小说是以通俗推理小说架构作为外壳，表达深邃人性思考的有深度与力度的佳作。

1992年来深圳以后，杨黎光还写了第三部长篇小说《欲壑·天网》，并在报纸上连载。

《园青坊老宅》：微观地记录历史

到深圳的十几年间，杨黎光虽然一直致力于报告文学创作，但他始终没有停止对长篇小说创作的思考。

2006年12月，人民文学出版社出版了杨黎光的长篇小说新作《园青坊老宅》。这是凝聚了杨黎光多年心血的一部厚重的作品。

就这部小说的创作初衷，他说了一段话：

> 大抱负是没有了，可写作愿望还有。13年前，我就构思了一部长篇小说，后来由于来深圳中断了写作。可十几年来这部构想中的小说的人物始终在脑海中挥之不去。我的愿望是在我还有写作热情的时候，把这部长篇小说写出来，我不急，慢慢地写。作家陈忠实说，他写《白鹿原》是为了死后能有一个枕头。我也把这部小说，当成我的人生回忆，慢慢地体味，慢慢地咀嚼。

这部小说，一经问世，即引起了持续关注。中国作协将其列入2007年"全国重点文学作品工程"，并于2007年11月18日在北京举行了《园青坊老宅》研讨会。

"老宅"的故事在杨黎光心中珍藏多年，虽未下笔，但思考和准备却不曾中断。杨黎光在《回顾我的文学路》一文中提到，"小时候，我的家住在一幢满清时代留下来的大宅子里，这幢有着'三进三堂'的大宅子，里面住了近二十户人家……"为了积累翔实资料，杨黎光还四处走访徽派老宅，对其历史、建筑、古玩等信息作了大量研究。

不少著名评论家给予了《园青坊老宅》很高的评价。

《园青坊老宅》是杨黎光在小说创作上的心血结晶，也是其文学路上的又一个里程碑。

这部长篇在对中国命运有深远影响的20世纪80年代背景上，交织描绘一个个小人物性格命运、一户户小家庭的喜怒哀乐，展开一幅历史与人性的画卷。生活虽有真实依据，作品却是虚构演义。情景的真实生龙活虎，情节的虚构经天纬地。19户30多人，笔墨有浓有淡，却未安排哪一人或哪一户为主人公，刻画的是特定时期和地域的社会缩影。一段段情节，似一棵大树上的果实，同一根系而各具色香；一个个人物，似一节车厢里的乘客，五湖四海又行程一致。它是生活之树、历史之车、社会之景经由作家匠心设计、苦心经营、精心结撰而成。总体和谐完整，细部飘逸灵动，情节情景中回旋着交响乐章。[1]

我以为，这部小说最令人感动的地方，还是对那种贫困生活的真切描写，写出了那种生活中的人性的微妙。正如人们常说的患难见真情一样，艰辛中才见出人性的本质。老宅子里住的每个人几乎都历经艰辛，每个人都历经艰难的磨砺。不管是曾经风光无限的齐家大少爷齐社鼎，还是当年的花花公子“程小开”，或者是生财有道的钱启富，或者是默默无闻的邵长河，或者是贫贱的老光棍曹老三……他们这些人都历经了生活的巨大变故，这种变故当然打上了历史的烙印。

杨黎光仿佛要让人们全盘记住那些艰辛岁月一样，他写困境中的人们的生活最为动人，平实道来，却有让人无限感动的力量。[2]

其实，小说里的爱情也颇令人动容。比如齐社鼎和梅香，连曹老三和何惠芳的那种“感情”也都令人感慨。

杨黎光在接受笔者的访谈时，曾提到：“历史学家是宏观地记录历史，而作家是微观地记录历史。当然记录历史的不仅仅是报告文学，小说也是。真实的作品、优秀的作品都是那个时代真实的反映。比如说，我们可以从《金瓶梅》、《红楼梦》里面读出很多历史的细节：那个时代人们是如何生活、如何思维的，甚至是人们的衣着饮食，这些东西或许只有在文学作品中才能触摸到。历史学家就不可能记录得那么细致那么鲜活。”确乎如此，事实上，他的长篇小说《园青坊老宅》就可以说是这样一部记录历史、记录时代，从而留住历史和留住生命的作品。

著名作家李国文老师看完《园青坊老宅》的初稿后就对杨黎光说，“你这本小说是我期待已久的中国魔幻现实主义小说”，他说：“我看着看着很兴奋，真的希望你能把它扩展到100万字，成为中国魔幻现实主义开山之作。但看到最后，我明白了你志

---

[1]　崔道怡：《他也是小说家——我心目中的杨黎光》，《时代文学》2007年第5期。

[2]　陈晓明：《评杨黎光〈园青坊老宅〉》，《文汇报》2008年4月12日。

不在此，你还是个严肃的现实主义作家。”

杨黎光的创作在强烈昭示：作家的天职是真实地艺术地记录历史的细节。这是杨黎光的文学信念，也是他的文学归属。

结语

杨黎光常说他的职业是一名新闻工作者，写作只是他的业余工作，所以他是“业余作家”。但这个“业余作家”所取得的成就非同寻常。

他的报告文学《没有家园的灵魂》，《伤心的百合——一个好男人的故事》、《美丽的泡影》等作品，其新闻性，思想性与文学性均得到了较完美的结合。每一部都充分体现出一个作家的“责任心”、“使命感”。正如他自己所言，文学家应该有历史家的责任，历史的记录是宏观的，而文学应该对其加以补全，在细节的、微观的角度上对历史、时代进行记录，从而留住历史、留住生命。报告文学家的责任就是记录历史的细节，表现当代事件、人物，让这些事件和人物进入历史。

杨黎光至今仍在为此、为文学禅精竭虑，他依旧手不停挥，笔底常有风雷。

张黎明论

“猫低”之痛

陈康太

如果有人问，深圳有没有属于自己的独特文化？这在过去，或许不会有人感到问得突兀，至少不会对类似提问太在意。因为，人们的印象当中，深圳就是一座文化荒漠——作家王蒙曾经是持这种看法的代表人物。在提出“文化荒漠”这个概念许多年之后，王蒙老先生来到了深圳。有人再向他当面问起这个问题时，他不好意思旧话重提，只是一笑置之。这一笑看似简单，但它背后却藏着许多意味。它包含了老先生对自己看法的一种修正；包含了他对改革开放二三十年来，深圳在本土文化的独特性构建方面所做努力的嘉许，包含了他对迅速成长的深圳文化及其所获成果的赞叹。深圳至于今日所取得的文化成就，不能不让人刮目相看。这是一种前所未有的、相当丰富、极具个性、超乎想象的文化发展奇迹。不管是规模、格局、速度也好，还是形式、内涵、斩获也罢，其豪雄之势令王蒙老先生感到惊讶其实并不意外。而在深圳本土文化的独特性构建这一过程中，出生于深圳或来自五湖四海并最终扎根于深圳的一批优秀的本土作家所作出的贡献，是不容抹杀的，是大墨淋漓的。他们以自己执著的文学探求与优秀的文学作品，奠定了深圳文学在全省乃至全国文化中的应有地位。而出生于深圳，成长于深圳，最后又扎根于深圳的女作家张黎明，正是这些作家当中的一员。

张黎明是中国作家协会会员，国家一级作家，退休前为深圳市文联专业作家。代表作有长篇小说《濠镜是家》、《阿木夫人》、《非常美丽》、《走出边缘》；中篇小说集《猫低》；儿童文学作品集《妈妈也 9 岁》；长篇纪实文学《记忆的刻度——东纵的抗战岁月》等。其中《阿木夫人》获第二届“北方六省一市”文艺图书三等奖；《猫低》获“广东省文学擂台赛”优秀作品奖第一名；《赵小筠的心事》获第六届广东省优秀儿童文学奖；《找太阳玩玩》获全国少儿报刊优秀作品二等奖。

张黎明可以说是一位多产的作家，尤为难得的是，她的作品始终表现出一种高远的文学追求，严肃而未见呆板，蕴藏着非常值得深入挖掘的文学奇珍。她的作品，是她对时代、社会乃至当下诉求、人本内蕴作出独立判断所收获的重要成果，是她人生思考与文学体悟的智慧展示，其中有一种理想、思想之光。例如她的长篇小说《濠镜是家》，即艺术地再现了鸦片战争前的澳门历史，是澳门百年沧桑的全景式的艺术写照。该小说曾在《人民日报 · 海外版》等多家报刊报道和连载，产生了较广泛的影响。成书出版后被收入新闻出版总署编撰的2000年度《中国出版年鉴》，并入围第二届“中国女性文学奖”。还有她的《阿木夫人》，更是一部不可多得的女性主义文学文本，这部小说的深刻性，在于它早已超越了一般的女性主义视角。在张黎明早年的创作当中，特别值得一提的是她的中短篇小说集《猫低》。这部曾获得“广东省文学擂台赛”优秀作品奖第一名的小说集，视野非常开阔，从它所勾画的一些场景，可以明显看到作者目光的敏锐和思想的深邃。譬如《猫低》描写深圳股票市场情形，即相当真实，且深具洞察力。深圳股票市场刚起步时，全民争购股票抽签表的现象，可以看做社会转型的一个表征，其指示性意义在于，其中所包孕的国民心理流变、经济学律动等，预示中国开始进入一个新的蜕变期。而作家所捕捉到的，正是这样一个资本怀春现场。显见超前的是，张黎明在此种捕捉中，透出了几如先知先觉般的隐忧意识。尤为难得的，则是作家的见微知著。她一眼发现了改革开放过程中、经济大潮席卷而来之际，人们道德观和价值观的细微变化，并以文学的方式深刻指出了其弊病所在，揭开了股市浪潮下隐藏起来的伤疤；但她又非仅仅无情鞭笞，也还有真心温慰，对处于经济弱势地位的底层人物不堪重负的灵魂寄予了深切的同情和关怀，并力图标定人性中善良与温暖的部分，始终执著于对美好事物的呼吁和渴求。我把张黎明这些中短篇小说归类为“铜臭时代——坠落之羽——回归温情”三大主题，虽不尽准确，但也希望可借此对她的小说集《猫低》作一个系统性分析。

一、铜臭时代——揭开股市浪潮下的伤疤

毫无疑问，张黎明的小说创作，与我们今天这个时代的生存状态息息相关。正如

吉狄马加在《深圳专业作家丛书 · 女作家卷》序言中所书，张黎明等“七位作家的作品题材和体裁广泛，风格各异，但是无论作品写的是谁，写什么，写到社会哪个层面，我们都可以从中感受到时代和社会的发展变化对人精神世界的深刻影响”[1]。张黎明曾经在其长篇小说《走出边缘》中，热情洋溢而又不失客观地颂扬了改革开放情势下，不怕艰苦、勇于进取、历尽磨难的一批“拓荒牛”——他们是许敖山、林勇、高松以及与其相若的人物。他们浸泡着血和泪的故事可歌可泣，他们为深圳的经济发展杀出了一条血路，他们为深圳的崛起立下了汗马功劳。但张黎明没有一味地去歌功颂德，而是始终坚持站在理性、客观的立场上，去认识这座城市发生着的狂烈变化。她在滚滚而来的经济浪潮中，清醒地看到了拜金主义对人们精神世界的巨大冲击，因此相继写出了像《猫低》、《猴年七月》、《被季节困扰的女人》、《荒年八月》这样尖锐而深刻的作品，勾勒出过度追求金钱、过度追求物质享受的社会病象，沉痛道出人性之失——迷失自我、迷失本性、出卖尊严、出卖灵魂，举凡能出卖的，都可以出卖。她当然未能通过这样的书写，给一个至今仍在发烧的、失去部分判断力的城市乃至国度，开出几副专治糊涂病症的清醒剂、专治高烧病症的退烧药。但这种书写，却具有了警世钟意味。她的这一部分作品，曾引起学术界的关注。中山大学中文系还曾召集过一批研究生专门组织讨论，这些作品中的很大一部分，如《猴年七月》、《荒年八月》等，都是将矛头直接对准了股市狂潮之下人性的扭曲和畸变，揭出的是形形色色的丑陋征象。黄玉蓉认为张黎明笔下的“股市只是人物的活动背景，她并没有用力刻画股市细节，她的创作意图在于揭示股市冲击下的人性裂变”[2]。这种评价是十分中肯的。

在《猴年七月》这篇小说中，“我”为了排队争购股票抽签表，在闷热的天气中饱受日晒雨淋之苦，甚至置病危的父亲于不顾，在妻子的苦苦劝说下，“迈着时代的步伐，马不停蹄，东奔西走，在我垂危的父亲床前仅花费了 5 分钟，就争分夺秒地赶回来了”，何等急切，何等神速，何等敷衍，何等无情。然而，如果张黎明的笔触仅至于止，则作品深度及人物形象的丰满度必将大打折扣。事实上，小说中的“我”并非真正完全无情绝义。相反，“我”的内心其实充满了矛盾与挣扎，良心的鞭挞总使“我”惶惶不安，“就像被三座大山压得我喘不过气来。昨晚一站在

[1] 吉狄马加：《深圳专业作家丛书 · 女作家卷》（总序），中国文联出版社 2004 年版，第 2、3 页。

[2] 该观点见于黄玉蓉与本文作者的来往信件，未于正式论文中提出。

你床前我的心就刺痛，恨不能躺在床上的是我。爸，对不起了，我得拔腿就跑，再不跑，看着你灰白的手灰白的头以及那些乱七八糟侵入你身体的管子，我就下不了决心离开你”。同时，作者对其亦未作简单的非臧即否的书写，而是将这个人物复杂的一面，反复抻扯，多角度展示，是一种立体式刻画。可以说，小说主人公的悲哀在于他给孝顺、亲情与物质获取划上了等号，以为给父亲打个金骨灰盒，以为父亲“躺在金碧辉煌里也该心满意足了”。张黎明写的其实不单单是这样一个个体，她是以个体来写一个时代、一个群体。试问小说主人公的悲哀，又何尝不是我们当下绝大多数人的悲哀呢？小说当中，与“我”排队时搭讪认识的秋山，终于在即将领取抽签表时中暑倒下，而我钱包被盗，只得将父亲的身份证以1000元的价码卖给一个被称为“铆钉”的人，并在“铆钉”的帮助下买到了股票抽签表，“比当年怀抱红宝书还欣喜”。只可惜这种“欣喜”并没能持续多久，接踵而来的，是一个又一个坏消息。小说的结局是“我”的儿子因“我”不管不顾而失踪，父亲仍然处在垂危状态，妻子悲痛欲绝。

《荒年八月》可以称得上是《猴年七月》的姊妹篇。“我”独自一个拉扯三个幼儿长大，在荒年的八月十五，省吃俭用买了最小的一罐奶粉和一只熟盐鸡蛋回家。虽说是荒年，连吃个鸡蛋都如此不易，但场面十分温馨：

“一只蛋三张嘴，你一口我一口不分彼此吃得摇头晃脑，连蛋壳也里里外外舔了三遍。小儿子干脆把整只沾着一点蛋黄粉屑的手放进嘴里洗澡。”“吃完蛋，每人还喝了一杯奶。最后，我用开水冲进喝干净的杯子里，三只杯子冲来冲去，冲出一杯二手‘奶’，我仰起脖子喝光了，没有辜负医生和姐妹们的关怀。”

“这就是我们荒年里最幸福的中秋之夜”，这样的幸福，没有因为物质上的贫乏而产生丝毫褪色，但却在荒年过去后人们逐渐富裕起来的日子里，被股市浪潮冲刷得无比苍白。在一个有月亮的夜晚，“我”和孙子们坐在万年青树下看星星讲故事。这对已是暮年的“我”来说，本应是一件幸福的事，可是，却因孙子的一番话，而平添至深悲凉，变成了一道沥血的伤口——小孙子劝说婆婆别在家里死，要到医院死，理由是妈妈对爸爸说，婆婆“要在医院死，房子才干干净净，人家不害怕才能把房子租出去，人家才给我们好价钱”，而“我”只能“无言以对”。立了遗嘱之后，儿子媳妇们对“我”变得十分冷淡。而这篇小说富有戏剧性的折点，是报上刊登了新股票抽签表发行公告：每人凭身份证可购买一张抽签表。正是由于这个原因，“儿子们突然一个个‘忙’到我身边来了”，三个儿子盯着母亲的一张身份证不放。“身份证揣在怀里像那个荒年八月里的鸡蛋”，但它却没有给“我”带来哪怕只是一星半点的温暖和欢悦，相反，它使“我”内心彻底变得霜寒雪冷。荒年八月里的鸡蛋带来的是幸福，而此时的身份证，只给“我”带来痛苦和失望。“那个一只鸡蛋你一口我一口的荒年八月永远地过去了。”“我”把身份证投进了火炉。因为“这叫身份证的东西”，只是向一位母亲证明了亲情沦丧的残酷现实。最后，“我”被儿子们送进了疯人院，独自一人过着本应是全家团圆的中秋节。十分明显，张黎明在这篇小说中，特意制造了由“荒年里的一只鸡蛋”和“猴年里的一张身份证”这对看似相似实则相反的象征体，以突出“我”心中“幸福”的反差。而且更有意思的，或许是小说中那有些夸张的峰回路转的戏剧效应。所以，这更像是一篇构思精奇的小小说。

《被季节困扰的女人》延续了张黎明这个时期关于“股市——亲情”的对抗模式，小说同样是以第一人称展开叙述：“我”曾经因母亲要去防洪扔下自己不顾而有过离家出走行为，并怨恨着母亲。而“我”也因为沉迷于股市，竟重蹈母亲覆辙，致使“我”女儿也离家出走。这时，“我”一边忙于寻找女儿，一边左顾右盼，对股市的沉浮念念不忘，甚至不惜出卖肉体与男人交易换得股市内部消息。小说中的“我”，自称是一个被季节困扰的女人，事实上，困扰她的，正是她自己的内心。她曾怨恨母亲，如今却开始慢慢体会到母亲当年的心境；她爱女儿，却无法得到女儿的理解；她渴望温情，却不得不面对残酷的社会现实。比起前面两篇小说，《被季节困扰的女人》艺术上更值得称道。作者用细致入微的笔法，刻画出了这个被困扰的女人在寻找女儿过程中，其内心深处产生的微妙变化。这种变化有时候甚至显得有点反复无常。人物所显出的如此变化，固然与人性本身的矛盾性相关，但其笔锋所指，其实还有个人无法左右的环境旋流。这一处理，更能体现出物质生活享乐时代，尤其是全民“争股”时代，现代人价值观念和道德观念所遭致的严重冲击。和她前面的一些作品一样，张黎明的这篇小说，依然只是揭开股市浪潮下人性的伤疤，并未对症下药开出救世良方，她抛给读者的答案仍然是绝望的。只不过，在这里，表达这种绝望情绪的，不是“我”，而是“我”的女儿。女儿想下决心离开眼里只有股票的母亲，跟父亲相依为命。但父亲深陷于纸醉金迷生活当中不能自拔，当然也无暇管她。她终于陷入彷徨无助的境地，事实上，半年前，当她心目中最崇敬的黄老师也放弃理想投入股市的怀抱时，这个小女孩心中一直持有的底线，已经开始崩溃。她曾借日记袒露自己对黄老师的崇敬之情，袒露渴求家庭温暖的心迹。但后来，她停止了写日记，这实际上是宣告，其内心怀有的希望，早已破灭。

黄玉蓉称张黎明的这些作品是“以股市上的悲欢离合为切入点，用漫画的笔法探索了市场经济时代物质与精神的较量、爱情与利益的博弈，逼真地刻画了转型期人们物质和精神状态的急剧变化”[1]。对比上述三篇小说，我们可以发现，它们有意无意地呈现着一种共有模式，即我前述的“股市——亲情”对抗模式。这种模式在《猴年七月》和《被季节困扰的女人》里边，非常集中地体现于关涉主人公思想行为的细节安排上。可以说，“物质与精神”或“爱情与利益”这类对抗体，在小说主人公的心中，并不是一种“非此即彼”的绝对排斥状态。这种对抗体，呈现一种共生共存结构，且总是在同一时间盘踞于主人公内心。但这种结构，又非绝对稳定，而是时时相互较量或博弈厮杀甚至彼此吞噬。其结果，常常是物质胜于精神，爱情为利益让步。所以，我们才会听到“被困扰的女人”那令人心惊肉跳的一句感叹：“女儿没有了可以生……钱一丢就不回头了！”这种处理，貌似不经意，却含泪含血；作家戳穿了温情其表、卑污其内的人性假面具，向一个虚假麻木、猥琐荒唐、自恋功利却又是酒池肉林、酡颜红唇、笙歌盈耳的世界，投去了意味深长的一瞥。

值得注意的是，在张黎明的股市系列小说当中，《浮蝇》显得较为特别。它的独到之处，在于作者不再将目光集中于那些沉迷于股市中的人性扭曲，转而开始关注那些拒绝金钱物欲世界、拒绝世俗的一类人，关注他们在这个充满铜臭的时代中所遭受的压迫与凌辱。在《浮蝇》这个作品中，物质与经济的较量，不再集中于一个人身上，而是在一个股民家庭中展开：一方是执著于自己理想的作家童夫，另一方则是全身心投入到股票市场的妻子和母亲，中间还夹着唯一可以理解父亲、一心想读中文或哲学却被母亲强迫入读金融专业的女儿。在这场较量当中，双方的强弱是显而易见的：坚持理想的童夫生活拮据，辛辛苦苦写作的书稿，因为没有经费而无法出版，“在单位承包改制活动中，成为谁都不愿承包的可怜虫”；而妻子和母亲则常常刻薄地对童夫进行百般挖苦。小说结局依然是悲凉而绝望的：整日火急火燎忙于炒股的妻子和母亲，并不见得收获了胜利，“不知为股票还是电话费”而大打出手；心灰意冷的童夫企图自杀而未遂。小说以清水河大爆炸为背景，引出一个普通家庭因商品经济浪潮的冲击而走向倾覆的故事，以此揭开了经济转型时期人们心头难以愈合的一道伤疤。

[1] 该观点见于黄玉蓉与本文作者的来往信件，未于正式论文中提出。

二、坠落之羽——不堪重负的灵魂在挣扎

如果说，张黎明的上述几篇小说，与市场经济相关，关注的都是股市现象的话，那么，《浮蝇》则可以被看做一个过渡。这个过渡，既是张黎明创作主题的过渡，又是其价值指涉的过渡，还是作家社会心理的过渡。创作主题的过渡，表现于，由批判股市浪潮下的铜臭浊流对现代人价值观念、道德观念的侵蚀，逐渐转变而为揭示物欲时代的话语霸权、财富霸权与情感空洞、精神空洞，逐渐转变而为关注人性坚硬的部分、高贵的部分。其所涉对象，一方面，是拜物教、膨胀的欲望与垮塌的价值观；另一方面，则是在工商情境中独立行走的不妥协精神，甚至是以一种抗御姿态出现的、宁为玉碎的不趋附品格。而这些，又都与价值指涉过渡相联系。小说颇为值得注意的，是这个不愿妥协、取抗御姿态的群体，因其经济上的贫乏，在很大程度上，已经沦为这个时代和社会中的弱势群体。在《浮蝇》当中，作家童夫正是这个群体中之一员，他因为不愿屈服而沦为一个谁都不愿承包的可怜虫。他最后选择自杀的举动，既是一种控诉，更是一种反抗。如此安排情节，或可视为反映了作家一种社会心理的过渡——视角的变化，折射出作家写作心理的变化：由点及于面，由窄小而宽大。相比之下，张黎明短篇小说的代表作《猫低》，则向人们展示了另一种结局。在张黎明的这类作品中，故事结局也多相似，它们总是侧重于这样的指向：即现代社会中处于经济弱势的这一群体，在钱权世界迫压下苦苦挣扎，最后不堪重负，走向坠落。我在这里用“坠落”而不是用“堕落”这个词，是因为，在很多情况下，这样的人群并非都会被钱权同化，更多更大的可能，是在重压之下，走向崩溃。

“猫低”在粤语中是蹲下的意思，但远比“蹲下”一词丰富和形象。尤其是在张黎明的小说中，它既包含了像猫一样弯腰屈膝的动作，又暗示着这一动作的拟物性和屈辱性。《猫低》这篇小说，是围绕一名普通教师阿温展开叙述的。故事包含了两条线，一主一辅，一虚一实，互相照应。主线是阿温的女儿中考超出市重点线10分，却有可能因为没有关系、“不活动”，而只能屈就上区重点。妻子为此苦心劝说，阿温却仍旧犹豫不决。虽然得到老校长及其妹妹的自愿帮助，但在最后时刻他放弃了“活动”机会，结果只能眼睁睁看着同学的儿子差53分还进了市重点，而自己的女儿却被挤掉。辅线是阿温搭乘超载小巴的几次经历：为躲过警察的检查，阿温不得不猫低身体。开始，阿温是被迫“猫低”，而且因为蹲慢了还饱受呵责、凌辱；但到后来，阿温是条件反射般无法控制自己不“猫低”——只要“一听‘猫低’，竟似被人挑了

脚筋，腿一弯就蹲下了”。小说的痛点，就在于一个从来不向任何人挑战，也没有想过要对任何人恭顺低头的老实人，不得不向现实低头。两条线在最后聚拢，面对妻子和女儿的责问和残酷现实的迫压，阿温不堪重负，竟从此患上了一遇刺激就发作的“猫”病。因此小说的辅线反而比主线更具有震撼力和冲击力，因为它是一种虚化的处理，是一种象征，它暗示了处于经济弱势的群体，在钱权勾兑的情势下，被迫屈辱“猫低”的畸形人性生态。这种“猫低”之痛早已穿越小说本身，直达读者的内心。

《快乐狗》是与《猫低》甚为相类的一篇小说，这正是我把两篇小说放在一起讨论的原因。《快乐狗》中的主人公，甚至连名字都没有被提及，他卑微得似乎只配拥有“快乐狗”这个称谓，并以在一座商业大厦门口扮狗为职业养家糊口。他曾经的好朋友添早已成了有钱人，只把这只“快乐狗”当作照相的背景嘲弄取乐。而一中，虽然是快乐狗唯一的朋友，却需要卖腰子筹经费出版著作。当一中完成心愿并跳楼了却余生之后，“快乐狗”则更深刻地感受到了现实的残酷和内心的孤独无助。“快乐狗”也试图跳楼，但却被救了回来。此后竟患上了怪病，“症状极其简单，不肯下班，不肯脱下那狗套子”。这种病症和《猫低》中阿温的“猫”病其实是一样的。我把张黎明在这一类作品中所描绘的弱势群体之遭受灵肉摧残以致精神崩溃后表现出的病态行为，称为现代人的拟物性行为，这是一种近似漫画的笔法。

可以说，无论是《猫低》还是《快乐狗》，作者倾注在主人公身上的正面情感是绝对的、真诚的，这不仅仅是一种单纯的同情感，更带有一种复杂的认同感。这种情感甚而直至小说主人公崩溃发疯，也没有动摇分毫。也就是说，作者宁愿让小说里的主人公最后疯掉，也不愿意让他们被钱权社会同化。因此，这些人物的命运和结局，往往注定了是一场悲剧，但他们真正意义上的人格尊严，却得到了最大限度的保全。而在另一篇小说《悬空和倒下》中，张黎明却为我们提供了另一层次的演绎：已经退休了的余坚曾是20世纪80年代的风云人物，她年轻时被总公司委派到深圳白手起家。官阶不高却一身正气，“干出了大事情，引进侨商，办厂盖楼，打出了天下”。退休之后，她与老伴决定，买下自己在深圳住过的房子。而曾是余坚女性部下的王虹，如今已当上阳光度假村的总经理，她的价值观早已有异于当年，并抛出了“老百姓也腐败就没有腐败了”的言论。当余坚买房遭到接替余坚职务的现任总经理林一明的刁难时，王虹暗中为其穿针引线，与林一明联系；而在此期间，余坚的爱人被骗掉了原先准备用来买房的3万元。骨头一向很硬的余坚，知道爱人被骗的事实经受不住刺激，意志开始动摇，竟考虑接受林一明搞的钱权交易。然而，就在这时，余坚却被一辆叉车压死。余坚的死似乎十分突然，“没有任何预兆”。但我更倾向于认为，这是作者刻意安排的。换言之，我以为是作者自己不满意于余坚后来的意志动摇，是作者自己以突如其来的死亡阻止了余坚的晚节不保。在这里，余坚这个人物，似乎并不是以弱势群体中之一员的身份出现，因为她“曾是80年代的风云人物”，干过大事，打过天下。但即使是这样的人物，仍然逃不过铜臭时代的迫压。由此可见，属于一个时代一个社会的痼疾，对任何一个人而言，都具有杀伤力。因此可以这样说，被张黎明倾注了深切同情的人物，不独只有那些挣扎在社会最底层、身份卑微的弱势群体，而且也包括了正遭受异化危机的整个人类自身。在一个物欲横流的时代，要么被洪流磨掉棱角，要么葬身水底，对抗俗世悲凉，更大的可能，是最后一线生机也被滚滚红尘所完全遮断。就像《猫低》和《快乐狗》这些作品，它们的结局正是验证了对抗时代浊流的悲剧命运，这是一种类似于明知不可为而为之的希腊悲剧精神。基于这种思考，我们不妨把《悬空和倒下》看做张黎明面对一个时代和社会倍感无奈之后的反思与寻找出路。她似乎试图以余坚这样一个“骨头很硬”的人物走向折中的方式，来解决冲突，然而内心又充满着矛盾和疑惑：

> ……似梦非梦的她孤零零一个人，四处都是看不见的陷阱，她不停地走，没有什么目的，心惶惶的，不知道是脚走路还是路走脚，突然一脚踏空，一看，哪里有什么路？一直都是悬在半空……

这段关于余坚内心的描述，其实也是作者自身困惑的真实写照。“哪里有什么路？”和“一直都悬在半空”，实际上意味着与世俗的隔离，如此不食人间烟火，自然不能作为治病的药方。这里写余坚的猝死，表明了作者对折中道路的否定。其结果依然是无路可行。这里的“无路可行”，我以为，恰恰体现了张黎明“积极的社会责任感和清醒的艺术自觉”，因为，她总是“在字里行间灌注了深切的忧虑和批判”意识。

我还必须提及张黎明的另一篇小说《隐痛》，它甚至已经非常接近于一则精彩的象征主义散文诗。我认为这篇小说，在张黎明的中短篇小说中占有十分重要的地位，不仅因为它可以称得上是张黎明在这一段时期所作探索的一个总结，更因为它向读者传递了一个重要信息，它预示了张黎明创作上的一个新的方向。小说以一名叫羽的女孩的视角展开。主人公羽得了一种莫名其妙的病，“身上的某些部位不时隐隐作痛，有时在皮肤浅表，有时在骨头深处，有时又神出鬼没游离在上半身”，因为这种怪病无法检测，羽只好接受医生的提议，吊三天的抗菌消炎特效针。就在打完第一次吊针之后，准备上菜市场买菜的羽，在报纸上看到了一宗命案：一个卖肉小贩因无法忍受一个“当兵的”和工商所的压迫和欺凌，奋起反抗，操刀连续捅倒了四人，其中一个还是刚休完产假的无辜女人。这宗命案在张黎明的另一篇小说《他人》中也被提及，并且两处的细节基本一致，可见这宗命案也许是真有其人其事。这宗命案在进入张黎明的创作视野之后挥之不去。《隐痛》的最早出发点，我相信，应该就是源自作者对这宗命案背后的社会问题的一种思考。由此看来，羽这个角色的设置，其实是作者的精心安排，她似乎象征了我们这个潜伏着一种“莫名其妙的病”的时代和社会，这种怪病无法检测，但它引起的隐痛，却游走于羽的身体内各处。这种暗示性、象征性的“时代弊病”，和张黎明一直以来所批判和鞭笞的现象，是一致的。然而，在作者看来，医生提议打的抗菌消炎特效药似乎丝毫不起作用。“羽有点儿忧郁地盯着一滴滴透明的水，它们真能去掉身体里的无名隐痛？”“她对这种特效药已经失去了信心。”那么，我们不妨再追问下去，张黎明笔下的这种“特效药”究竟又象征了什么呢？从羽看报上关于命案报道的细节，可以隐约见出，“特效药”也许就象征着肉食者眼中消除社会弊病的“良方”。这种勾连，虽然未必完全准确，却至少象征着一种尖锐的对抗方式，这与西药往往具有很大副作用的药性是类似和相通的。非常有趣的是，在否定“抗菌消炎药”之后，张黎明给出的药方，竟与当年冰心在其问题小说中所给药方十分相似，那就是爱和宽容。小说最后通过一连串的假设，暗示了作者对人间温情的呼吁，这种呼吁甚至有点近似于佛家所宣扬的以善感化恶的思想：

> 护士们还在想出许许多多的如果，如果如果如果，如果那个兵说话的声音温和一点，肉贩子不会拿起刀；如果那天晚上肉贩子没有去赌钱，就不会输得很惨，也不会火暴暴拿刀杀人；如果那天没有人私宰生猪，肉贩子没有私宰生猪可卖，工商所不会找他，杀人的事也不会发生。

“肉贩子”在张黎明的小说中，显然可以被归类为弱势群体之一员。但是，在这篇小说中，我们可以看到它与《猫低》和《快乐狗》这样的作品的不同之处。同是悲剧，《隐痛》的结局却不再充斥着浓重的绝望情绪。正是从这里，我们看到了张黎明创作重心的转向。她所关注的重心——关注时代和社会的弊病、弱势群体的挣扎与坠落——开始转向了关注人性的疗救，转而呼唤人间温情、宽容和爱的回归。这无疑是作者在“坠落之羽”部分，对扰攘不休的当下，内心纯净、满怀情意的一种守望。

三、回归温情——人性终将抵达的彼岸

需要强调的一点是，我所归纳的关于张黎明中短篇小说创作主题或重心的三个方面，即“铜臭时代——坠落之羽——回归温情”这三大主题，它们并不完全是按时间的先后顺序呈线性排列的。这些主题及其引发的一系列思考，其实一直交织盘旋于张黎明内心，而且总是以不同方式，悄然融入到张黎明的小说创作当中。也就是说，她有可能会在同一个时期内，反复思考这些交相缠绕的母题。这其中可能有迷惘、矛盾、斗争；也会有通透，有一种豁然开朗，有谐调。我之所以并未按时间先后顺序作线性安排，是因为我认为，这些不断冲突和摩擦的思想，在张黎明的作品中，并非杂乱无章。它们实际上遵从了一个内在的逻辑。这个逻辑，使它们形成了一个由此及彼的走向，具体到张黎明的小说中来说，这种内在逻辑，即是相关于由揭示罪恶向宣扬善和爱渐变的此种过程。在一个铜臭时代中丧失淳朴之心的现代人，开始崇尚拜金主义；股票大潮下人们的疯狂行径，显然成为一个时代的重要特征，金钱成为了张黎明笔下嘲讽和鞭笞的对象。由此种背景所规约，处于经济弱势的群体，无疑承受了比处于强势地位的富人更大的物质和精神压力。这种压力，对于不欲与时代污浊同流的底层民众而言，更值得我们关注。而这一群体的不堪重压走向坠落与崩溃，似乎也暗示着时代希望的某种程度的幻灭。事实上，尽管在我前面所提及和论述过的许多作品中，张黎明也的确流露出了若干绝望情绪，但这并不代表她的小说就可以简单地被归为批判小说，甚至仅仅归为消极面对时代和生活的作品。相反，这些作品，其实还体现了作者对寻找出路的焦虑和积极探索，这是一种不愿臣服于现实、心系时代、有责任感的作家所必然具有的精神。这一点，实在不应该为我们所忽略。

当然，我仍准备指出此中的一些瑕疵。在张黎明的这些作品中，较为普遍地存在着一个小的不足：作者的批判意图似乎过于强烈，语言的凿痕也略嫌明显。我猜想这个问题大概与作者个人的爱憎情感有关，那是一种面对社会病象欲疗治之而不可得的悲怆，是大声疾呼无果而只能以断喝怒斥代之的急切。正是这样一种急切，使作者的

内心往往无法平静，因此才时时急欲流露出批判意图。而只有当作者心境恢复到平静自然状态时，她的思考才是冷静、理性的，她笔下的文字才会更加从容。这种风格上的转变，可从张黎明的创作重心向人性温情偏移时所写下的一系列小说中看出来。而恰恰是这类作品，她写得最好和最耐看——我以为。

譬如《他人》，这个小说讲述的，是一对贫富差距悬殊的表兄弟大存和阿二的故事。表哥大存早年出来闯世界，靠做走私生意发了财；表弟进城投靠表哥，却遭冷遇，被“弹”给一个车房小老板，当了修车学徒。虽说是表兄弟，可是“阿二冷了，大存不热，那点点血缘算什么，表哥表弟自然而然不相往来了”。正如我前面提到过的，这部作品和《隐痛》有一个共同的情节——菜市场里一个卖肉的小贩拿刀捅倒四人，犯下命案。从这个细节中，我们可以看出张黎明作品转型的一些蛛丝马迹。在《隐痛》这篇小说中，作者借羽和护士一问一答的形式，表达了她对冷漠旁观者的愤慨和责问，因为那个被捅了一刀的女人，如果能早一点送到医院来，就不会死。这是对丑陋出镜的现代人的一种挞伐。而巧合的是，在《他人》这个篇章中，命案发生时，大存正开着他的皇冠小车路过，他所见到的那个挣扎中的血人，极有可能就是前面提及的这个女人，然而他却没有帮一把眼前的这个血人，他的“脚停了半秒还是踩落油门”，“被恶鬼追赶似的，一下子把菜市场大门扔到后头”。我相信这并非简单的巧合，而是张黎明有意为之。她有意把大存放在这个地方成为众矢之的，其目的并非刻意渲染他的“为富不仁”，相反，她是要通过这个细节描述，凸显大存内心矛盾的一面：他内心中已趋于衰微的“善”的一面，开始因良知未泯而生出的自责变得强烈起来。我们不妨把这个细节看做小说《他人》的转折点。在经历这个转折点之后，原本醉心于“铜臭时代”的大存，开始了自己的良心拷问，他因此而难以入眠，并渐渐厌倦了富有却精神空虚的生活；而与此相似的是，表弟阿二在亲眼目睹了菜场命案之后，也难以入眠，“那血红的刀子捅过来又捅过去，阿二有点害怕，怕的不是阿甲(即卖肉小贩——笔者注)，怕的是自己的手，这只和阿甲差不多大小的手很想动一动，像阿甲那样动，叫那些瞧不起自己的人胆战心惊，看谁还敢小看自己”。从这些言语中可以见出，处于经济弱势地位的阿二，在承受着巨大的物质和精神压力的情况下，也曾起过像卖肉小贩阿甲那样对抗的念头，但这种尖锐的对抗，其结局必然是悲惨的。念及此，阿二也便只能抱恨收起那种可怕的想法，唯剩不堪重负的心灵在挣扎中不断坠落。大存与阿二在这个点上，其心理最终是交汇到了一起的。这是张黎明这类小说在艺术上的一个成功之处。

小说的结局令人意外却又顺理成章。大年三十晚上，同样内心空虚又孤独的表兄弟二人终于消除了往日的芥蒂，挤到一起，“你一口我一口，轮着喝路易十三，亲热得没了龃龉”。说它令人意外，是因为这是张黎明十分罕见地在小说结局中表现得如此温馨；说它顺理成章，是因为有了前面提及的这许多铺垫，小说从尖锐的对抗到最后回归温情也就是自然而然了。

除了《隐痛》和《他人》这样呈现出张黎明创作主题转变特征的作品之外，不应该被忽视的，还有《极限》和《濒临绝种的人》等小说，它们虽不能被简单地归类为回归温情的作品系列，但其复杂的小说结构和人物命运的最后归宿，却在向读者展示一种不同于《猴年七月》或《猫低》这类文本的艺术品质。从《隐痛》、《他人》到《极限》、《濒临绝种的人》，其人本化调整，既较好地体现了作家对底层的一种终极关怀，也较好地表现出作家对艺术的一种努力追求。这也使张黎明的小说，获得了一种新的生命气象。我以为，如果说《隐痛》和《他人》是这个重心转移的过渡之作的话，那么，张黎明的另一部短篇小说《两个人》，则可以被看做她的小说创作回归温情的一个典范。我在这里并不是特指它比张黎明其他小说优秀，而是要指出，与张黎明的其他中短篇小说相较，这部小说因其回归温情的彻底性而特别值得关注。

也可以这样说，《两个人》是一部结构及思路极其简单明了的小说，其中的基本人物也仅两人而已，是名副其实的“两个人”。这两个人不是普通的关系，而是一对在一起生活了 49 年之久的夫妻。因为生活上积聚已久的相互厌倦和怨恨之情爆发，这对老夫妻决定离婚。但就在这时，壮（丈夫）却意外地中风瘫痪，兰（妻子）不得不承担起照顾丈夫的责任。丈夫中风的情节设置得十分巧妙，这不仅在于它成功“挽救”了一段维系了 49 年的婚姻，更在于它推动了主人公的心理相容进程。小说以此为分界点，写二人心态的渐生变化。往日习惯于大男子主义的壮，开始慢慢体会到妻子多年来任劳任怨的不易；而曾经不堪再忍受丈夫使唤的兰，也开始不再怨恨丈夫。当然，这个变化并不是突如其来的，而是经过了一段时间的磨合，甚至在丈夫刚刚中风时，两人相互之间，连基本的交流也存在着极大障碍。“两个共处一室达 49 年的人，不明不白了许多年，如今要一刻间互相明白竟然这般困难。”二人最终的真正转变发生在一个突然停电的晚上，一枝蜡烛拉近了两个人的距离，点燃了彼此间早已如死水般沉寂的心。“兰一点也不知道此时此刻的自己在壮的眼睛里要多美有多美，也不知道自己是在壮中风以来最想望人的片刻进入壮的房间，壮一下子把兰迎进了心里。”当蜡烛渐渐倾侧烧着了旁边的杂物时，在壮房间里睡着了的兰，一点也没有觉察到。壮试图“唤”醒妻子，但经过一番努力却未能成功。这时，他用尽最后一点力气，将自己撬到了床下。坠地的巨响终于惊醒妻子，蜡烛引燃的火头，得以及时扑灭，未最后酿成灾难。可是，壮自己却因重重跌倒在地，失去知觉。壮走了。作家将妻子这时候的心理，作了十分入情入理又令人觉得酸楚的描述：兰“一直都向往没有壮的生活，当成为真实的时候，她却感到空洞，没有了另一种声音，这声音是自己身体的一部分，他把这带走了，她感到一种从没有过的不可思议的丢失，不是一般的可以寻回的丢失，是那种不可缺不再有的丢失”。两个月后的一天，兰也“无声无息地去了”。张黎明将老夫妻的心理相容细节写得非常扎实，而且于关系弥合的轻拢慢抹间，让两个人在耽于夕阳时节的彼此寻找之际，戛然而止于生命的一种终极高度，整个情节便因之获得了肃穆朴拙却又如草木贲华般的内蕴。壮和兰这般未形诸语言的特殊的生死相依，事实上是在告诉人们：最感动人心的故事，往往不是那些惊天动地、轰轰烈烈的情节，而是这种简单而又质朴的真挚感情的流露，或如一首老歌所唱的：“我能想到最浪漫的事，就是和你一起慢慢变老。”

这种温情，我相信是所有优秀作家都不可或缺的。这种反哺社会、关注人性所应具的悲天悯人情怀，是优秀作家超卓心性、高贵气度之所系，也是优秀作家与格调低下品质恶劣的庸俗作家的分水岭。这种温情，使张黎明获得了更大的写作空间。她对于我们这个时代的思考，对于社会弊端的思考，尤其是对于改革开放以来，深圳这座城市所接纳的负面因子的思考，要比一般作家更为深刻。她毫不留情地揭开了股市浪潮下隐显不定的时代伤疤，对处在经济弱势地位不堪重负艰难求生存的底层人物，寄予了深切的同情。而在她不断思考和探索出路的整个过程中，最后的温情回归，使她的小说创作，达到了新的高度。这种温情，不仅是她创作主题的指归，我相信，也是一切优秀文学作品中人性终将抵达的彼岸。

的确，《猫低》就像它本身的意义所指一样，是一种时代之痛，是一种社会之痛。但是这种疼痛，或可激发我们对时代对社会的反思，或可激发我们对生命对人性缺失的自省。如果这部作品能够真正唤起我们心中的温情、善良、宽容和爱，那么，它便也是我们这个时代这个社会之希望所在。

范明论

从日常出发，探寻爱与真相

钟二毛

从一封家书开始，书写父亲及人间细微而博大的爱；从一则育儿日记开始，描述儿子的成长过程及对幸福的感悟；从一次会场见闻开始，思考官民关系以及人性的卑微；从一滴雨水开始，探寻日常的细微之美以及个人生命的意义……

这就是深圳青年女作家范明散文集《休息日》（珠海出版社 2005 年 6 月第一版）、诗集《听雨集》（中国文联出版社 2009 年 10 月第一版），呈现给读者的日常生活和日常生活背后的情感、心灵镜像。而由范明的散文、诗歌创作切入，我们或可从更宽广、更宏观的角度去观照“羊台山”文学现象。

一、题材取自日常琐事，但与“小女人散文”无关

《休息日》收录散文 100 余篇，分五辑，分别为写亲情的“简单的生活”、写个人生活的“寂寞独语”、写思考人生的“抽屉里的思想”、写读书体会的“生命的香味”、写都市生活的“六月天”。这些文章大多短小精悍，绝大部分在千字之内。

在评述范明散文创作之前，我首先想到的是一个词：“小女人散文。”“小女人散文”作为散文的一种创作现象与流派，已经写进了中国当代文学史。“小女人散文”是 20 世纪 90 年代以来逐渐兴起的一种女性散文，大多数是作家对日常生活、身边小事的一些具体描绘和细小感触的集合体。这种散文不同于从前周作人、梁实秋、鲁迅等写的那一类学者散文，也不同于余秋雨《文化苦旅》那一类文化散文，它们不对历史、哲学、民族、人生作广阔而纵深的探讨，而着眼于自己的家庭，以自己的经历、

小故事为中心，涉及几个朋友圈子、商店、街道、工作单位……由此中一些琐细的事件引发一些真实的生活慨叹。这些写手大多是广州与上海两地的，主要代表作家有红尘、黄爱、东西、素素、黄茵等人。她们的散文也都有一些共同的特征：津津乐道于日常琐事，沉迷于个人情感和体验，多愁善感、温婉动人，有意无意流露出生活富足的优越感，充满小资的浪漫情调。多年来，评论界对“小女人散文”的争议，从未中断，褒贬不一。

与“小女人散文”有相同之处的，是范明的散文创作的内容。在《休息日》一书中，母亲、父亲、孩子、女人、事业、爱情、婚姻、休闲生活，这些熟悉人、身边事都是范明笔下表现的对象，甚至有的篇名就叫《放风筝》、《关于女人》。但是，范明走的又绝对不是“小女人散文”的路线。因为，虽然都是从日常生活写起，范明却在日常生活中寄托了更高层次的人的情感和心灵，还有思辨和承担。比如书中第三辑“抽屉里的思想”、第四辑“生命的香味”，这两辑中的很多文章，渗透着作家对城市、社会、文学的独特思考和不懈追问，其承载的思想，并非轻如日常，尽管这些文章还是从日常切入。

因此，可以这么说，日常生活，仅仅是范明打开我们周遭生活和纷杂世界的一把钥匙，是她作为一个女性作家进入和浸入心灵世界的一条最恰当、最柔软、最有效的秘密通道。

二、从日常出发，以充沛的感情、巧妙的“跨界”，书写细微的人间大爱

散文是一种重视人生体验的文体。面对复杂的人生世界，作家提炼出情、智、趣以启迪读者，唤回人们对生活的心灵感受，使看起来已经陌生、疏远的景观变得富有意味与情调。范明的散文恰恰体现了这方面的艺术魅力。她从日常写起，或浓或淡、或庄或谐、或阔大雄放、或潇洒风流、丰盈机趣、新奇生动，你或许可以批评其中有些散文没有记录时代风云，没有追踪时代步伐，但却不能否认其中所传达的女性特殊情感与体验，所表达的女性独特的个性和心理，它们是那样真挚动人。有鉴于此，我们可以说，一篇将个人情感抒发得酣畅淋漓，而且深深打动读者的散文，比那些空泛表现所谓社会责任的散文，总归要来得亲切得多，阅读这类能引起感情共鸣的文字，总归是件令人欣喜的事情。——显然，这也正是文学和人们所关注并需要解决的问题。

情，亲情、爱情、友情，是范明散文倾注心力最多的主题。女性作家特有的细

腻、秀美、饱满、真挚的语言，自不必说，也无须做过多评价。唯情的表达，却不能不让人心旌摇动。尤为令人动情的是，在描写“情”的创作中，范明采取的是一种完全打开的姿势，让每一个文字都洋溢着充沛的表达力量，完全释放创作过程中的情感，不故作深沉，也不故扮矜持假装理性和严密。在《想念母亲》中，作家开头就写道：“在异地他乡，我时常想念母亲，想念母亲的容颜、叮咛，牵挂母亲日益欠佳的身体。”这种直抒胸臆的开头，第一时间便把读者拉到作家身边，和作家一起完成接下来的“想念”。这种开门见山的行文方式，远比那些故意绕着弯子的写法来得自然，也更真诚。类似的还有《外婆》一文的结尾：“外婆，多想再喝一口您煨的骨头汤，多想再吃一口您做的荷包蛋，多想再听一回您讲的嫦娥玉兔的故事，多想再看一眼您那慈爱的目光啊！”这种喷薄而出的、自然流露的情感呼唤，因为有了前文的叙述，一点都不觉得生疏、矫情，相反让读者找到了一个共鸣点。

勿庸置疑，范明这种来自女作家的情感释放，强烈地冲击了旧散文“论道经邦”的无我之声的传统法则，倾泻而出的，是来自内心深处的强烈感受和体验。其真实、率直的道白，表现出了女性散文特有的艺术魅力。

好马要配好鞍。除了充沛的感情抒发，在表达方式上，范明的散文也在试图寻找新的途径。这些新的表达方式，让范明的散文创作更加具有个性。

我们来看看范明是如何写父亲的：

> 人的一生，应该有信念，应该有追求，只有这样，才不会感到白来这世上一趟。父亲虽然一辈子没有什么非凡的业绩，但他并不平庸，他为着心中的信念，坚定地走下来了，我想，他的一生是无怨无悔的。
>
> 最近，父亲给我来了一封信，这封信我一直带在身边，想起来就拿出来看看。作为一名老党员，他对儿女寄予了厚望，信中有一段是这样写的：
>
> 明儿，“梅花香自苦寒来”，你远离父母到异省他乡，经过十几年的拼搏，由一个涉世未深的女孩直至如今成家立业，在事业上小有成绩，这是你艰苦奋斗的结果，表现了你的勇敢、坚毅、自信、进取等优良品质，这是最大的财富，我们为你感到欣慰和自豪。回想我与你母亲，也是经过许多磨难，走过了数十年的历程，十五六岁离家，由一名中学生，成长为一个军官、干部，又由一个普通工人升职为书记、科长。我们奋斗过，但都不如你那么辉煌，所以你要珍惜来之不易

的成果。正因为你年轻，今后的路还很长，因此要“更上一层楼”，成绩只代表过去，未来还需奋斗，国家“十五”计划已订，未来十年，将是我们国家大发展的十年，也是你到深圳再创业的十年，我们希望你一路走好，一生走好，把握机遇，再创佳绩。“希望乃是生命的灵魂，心神的灯塔，成功的指导者。”我与你母亲衷心祝福一切幸福都围绕着你。

每次读着这封信，我的眼睛都有些湿润，父亲是理解我的，父亲是以党员的标准来要求着他的女儿。最后，我也想说一声，谢谢您，父亲，您的言行将鼓励着我前行。

这篇名为《父亲》的文章，其精妙之处在哪里？实际上就在文章引用的一封家书上。“回想我与你母亲，也是经过许多磨难，走过了数十年的历程，十五六岁离家，由一名中学生，成长为一个军官、干部，又由一个普通工人升职为书记、科长。”这是多么质朴的叙述。“国家‘十五’计划已订，未来十年，将是我们国家大发展的十年，也是你到深圳再创业的十年，我们希望你一路走好，一生走好，把握机遇，再创佳绩。”这又是多么真诚的祝福。这封短短的家书，内涵很是丰富。第一，刻画了一位老父亲的独特形象，每一个读者都可以在心中想象这位饱经沧桑、一生正直、热爱生活的父亲，这个父亲是每个人的父亲。由此，艺术共鸣瞬间产生了，这怎不叫人感动？第二，这种插入书信的方式，是散文“形散神不散”的最佳注释和扩充，在形式上令人耳目一新，独具效果，让人有一种身临其境的现场感。这一封书信的导入，比讲述十个老故事都来得更具冲击力，其形式新颖，取材恰当，自然而然，让读者可以长久记住这篇不一样的文章。当今各类艺术均流行“跨界”，而范明的散文写作，则在早几年前就开始多文体“跨界”了。

除了书信，范明还在散文创作中巧妙插入了日记的形式。比如记录孩子成长的《简单的幸福》，即有这样富有母性柔情的笔墨：

儿子刚出世的头两年，她还有心写写儿子的成长日记，婴儿来到世上的每一天都带给父母新的发现和惊喜。她翻开以前的日记，细细读着：

3月8日

今天为儿子办满月酒。儿子不知不觉满月了，刚生下来时才6斤，现在已经有11斤2两了，长得真快。生产时的疼痛至今仍记忆犹新，但还是被随之而来的喜悦和幸福冲淡了，十月怀胎的辛苦，换得来这么一个让人疼爱的小东西。我们为儿子取名为铭勤，希望他长大后勤劳，勤奋，成大器。

3月15日

勤儿昨晚闹到深夜2点多钟，可能是尿布弄得他不舒服，天气很闷，哭得满身是汗，他爸一直抱着哄，后来换了块尿布儿子才安静下来。

3月21日

儿子已有41天了，越来越可爱。现在，我除了整天围着他转以外，别无他事，有时想来不禁失落，但母亲之所以伟大，或许正因为养育下一代，这是一种生命的延续。

……

成长日记一直写到儿子2岁多的时候便中断了，因为忙和懒，她翻着这日记，为自己的疏忽感到自责，倘若坚持记下去，真可算是一笔财富，等儿子成人她也老了的时候，重温旧日时光，应该会是无比幸福的事情。

现在的生活她觉得万分的满足，有可爱的儿子，她的心境因此平和了许多，世俗中的许多事情也会淡而化之了。儿子给家增添了新的内涵，更给予了她灵魂的某种净化，生活是多么美好。无论儿子成人后将如何飞翔，都会有她无私的爱和无尽的牵挂。原来，幸福就这么简单。

“幸福就这么简单”——原来，幸福可以这么简单。

诗歌创作方面，同样，范明也是用“情”很深。在诗集《听雨集》中，范明用心捕捉、构建了独特的意象，写出了想念母亲的《给母亲》，思念爱人的《大海之恋》等等佳作。尤其不能不提到的是，范明还写了关爱流浪汉的《回家吧，流浪的人》：

乌云落下小雨
夜幕隐匿城市的一角
低矮的洼地
在无风的腥热中喘息
郁闷的气流
散发着浑浊的怪味

流浪的人
在简陋的破茅屋里
没有歌声的沉寂

回家吧，流浪的人
如果可以
请不要选择颠沛流离
家里有热炕和娇儿绕膝
天气渐渐冷了
破旧的茅屋
怎敌得住晚来风疾

可以这么说，范明的诗，既不新潮，也不前卫。一如她的散文，凸显出的是真诚和大爱。

三、从日常出发，从“小我”走向“大我”，将“世俗现象”转换成“思想的力量”

“不是我不明白，这世界变化快。”新世纪以来，随着社会的高速发展，都市“消费文化”观念几乎统治了都市人的日常生活，一切都在追求新奇快。散文写作也是如此，各种报刊上越来越多的是诸如异国风情、夜生活、精英生活等所谓时尚元素的轻松搞笑文字。相反，那些浸透人文思考的文化反思篇章，却早已无人问津。这是一种思想被空置的悲哀。它存在的唯一意义，似乎就是要告诉大家，这个时代已经不需要什么思考了。

范明的散文创作，则抛弃了这种媚俗的所谓时尚，而是在坚持文学形象本体地位的同时，也将思考灌注其间。无疑，思考让范明的散文多了一道亮色——除了写人间情感的暖色外，多了一道沉思的冷色。冷暖两色，让人的情感更丰富更立体更真实，并让范明的散文创作有了新的宽度和高度。

阅读范明的这部分散文，可以感受到作品的核心精神，即人如何在日常生活中选择真正活着，才能形成一种有意义或更有意义的生活。正如一个评论家在评论《休息日》第三辑“抽屉里的思想”时所言：“表面沉静如水，内里却波澜起伏。文中有一种亮而不刺眼的光辉，有一种洗刷了偏激的淡漠，有一种无须声张的厚实，一种并不陡峭的高度。在我们这个四处喧哗着红尘波澜的生活里，在我们业已熟视无睹的世俗现象中看出特别的意味，转换成一种思想的力量。”

范明将“世俗现象”转换成“思想的力量”的文章很多。这些文章，有对男女感情认识的《论情人》：“对于情人现象，大众均处于观望的态度，世情万种，世态万千，能说谁对谁错？每个人有每个人的活法，守住自己的做人原则就行。”（“每个人有每个人的活法，守住自己的做人原则就行”——多么精辟的一个总结陈词）还有对农民群体的《论“农民意识”》：“在我看来，农民自有其可爱之处。勤劳、善良、脚踏实地，据说潮汕人就是如此。许许多多潮汕人背井离乡在这里开小店做生意，虽说是小本经营，但他们踏踏实实，苦，却也乐在其中。有些从内地来的城里人，好高骛远，认为自己有学历，有本事，闯到南方来就得大有所为，非经理老板不为。两相比较，当然其起点不同，但内在的精神却相差甚远。”“让我们还是摒弃粗俗的‘农民意识’，学习勤劳纯朴的‘农民意识’吧”。这样的收尾，彰显了作家的宽广情怀。另有议论中国加入世贸组织的《遵守规则》：“‘以规则为基础’这一观念摆在了我们的面前，作为中国的老百姓，除能感受到入世将给日常的生活带来诸多实惠以外，更要反思一下自己，国家已步入世贸组织的行列，而我们每一个人是否作好了入世的思想准备，换言之，我们的行为准则是否是‘以规则为基础’。现在，我们国家提出依法治国、以德治国的治国方针，也正是社会发展的客观要求，这个方针的制定是正确而及时的。每一位中国人在这样的历史条件下，都应该学会做一个聪明人，转变陈旧落后的思想观念，遵守规则，积极入世，提高素质，创造人生的辉煌，为国家的富强、民主和文明而尽心尽力。”“以规则为基础”的思考，不但是一个普通人的立人之本，也是一个国家的立国之本，这应该既是信条又是一种警示。

当然，范明在创作这一类充满了思辨色彩的散文时，也十分注重创新性，即她在书写日常事物和日常生活时，有意识地从另外一个角度进行挖掘，这给我们带来一种陌生的新奇感，其中流动的是一种异样的冲动，是一种哲理视角的变换。《有一些差别》是一个典型的例子：

那天奉命去采访，说是某位大人物要来，自然是很多人提前把会场布置得好好的，显得井然而严肃，连大声说话的人都觉得有某种负罪感。然而“大人物”到了，一脸亲切的样子，毫无“摆谱”的架式，一下子就平和了我原本不屑的心境。

人的思想与行动总是处在矛盾当中，其实有许多人，从骨子里对权势怀着敬而远之的态度，就本人而言，因工作关系要常常与有点权势的人打交道。但正是由于自己对权势的不亲近，使得工作了好几年也没沾上一点“官”气。看来，一个不善钻营的人，再怎么有得天独厚的条件，终究仍是不善钻营。也许是读了太多“臭知识分子”文章的结果。

在书店买得一本《另一种游戏，另一种规则》的书。当时买这本书的目的仅在于想轻松地读一读闲适的文字，以填补闲来无事的心，尽管已过了如饥似渴让书来滋养性灵的年龄，毕竟，阅读已成了生活中的一部分。不成想，读完这本书的第一篇文章之后，却有说不出的快感。文中写的是作者听克林顿的一次报告的经历，从如何轻易得到了报告会的入场券，到去报告会场看到的简易布置和气氛，到克林顿仅 30 分钟的演讲，到结束时大学生送给克林顿的一件廉价的 T 恤等等，写得有声有色。当掩卷思索时，我不禁联想起那天大人物到来之前的情景，其中一比较，还是有一些差别吧。

官员是人民选出来的，人民之所以选中他，是因为相信他可以为人民谋福利。当官的没把自己当“外人”，与人民站得很近，有着“亲民”作风，这样，官与民的关系才是正常的。不过有时候，一些“官气”正是那些谨小慎微细心呵护的人培养出来的。

这篇短到只有 600 个字的文章，让我们看到的是作家一种不一样的思考。文章最后一句：“不过有时候，一些‘官气’正是那些谨小慎微细心呵护的人培养出来的。”令人拍案叫绝。同时，在“仇官”、“仇富”成为民众的流行性心理的语境中，能作出如此的反向思考实在难得，这也体现出作家观察生活、独立思考、真诚面对内心、说真话的功力和勇气。

不因事小，就放弃思考，不以司空见惯，就人云亦云。这就是思考的力量。可以说，范明的这一类散文，绝大部分摒弃了目前市场上流行的、为讨大众媒体和读者口味喜好的、流于浮光掠影浅尝辄止的不良文风，内涵扎实充盈，决非一时之兴之所至。

在诗歌创作方面，范明一样没有放弃思考。比如《六月的小花伞》中的“不知何

处 / 是我的家园”，《世界是相通的》中的“我可以踩着月光走进 / 你那敞开的风景里么 / 因为世界是相通的”，等等。尤其发人深思的还有这首《忙碌》：

我们比蜜蜂还要忙碌
白天步履匆匆
夜晚也无法安睡

像飞出的箭
急速地射向靶心
顾不上品尝生命的琼浆
忽视了天空的深情
所以，天空下雨哭泣

蜜蜂的忙碌留下了甘甜
我们忙碌，留下了什么

诗歌因为抒情而美丽。但和散文一样，范明的诗歌也因为思考而更加厚重。范明没有一味沉迷于柔情的梦中，而是从“小我”走向“大我”，以女性的情感体验、审美态度以及表达方式，来观照世间百态，真正做到了关注社会、关注人生、思考人性、思考未来，追问生活真相和意义，着力形塑散文的思维品质，用心营造散文的文化氛围。

四、“羊台山”文学现象，培育文学，提升城市气质

除了作家身份，范明还是深圳大浪街道文学刊物《羊台山》的创始人、主编。正因为有了范明的坚持和努力，《羊台山》的影响力已经辐射到了全国，形成了独特的“羊台山”文学现象：自然和人文的融合与互动、城市文化的构想与实践，以《羊台山》为平台，把千千万万的移民作为一种新的表现对象与潜在的创作群体，并积极地去发现其中的创作人才、挖掘其创作潜力。要而言之，“羊台山”文学现象的一个可

圈可点之处，就是追求新梦想、新超越。它对当下文学的独特启示就是：走出大浪去掀起大浪，就是海纳百川，把《羊台山》杂志办成具有独立文学品格的一个平台，而不是把它办成仅仅局促于大浪、在小区域内歌功颂德的一个“宣传栏”。

《羊台山》在继续凝集一种文化精神，它在思考，如何将激情、智慧、勤劳、质朴、坚强、稳健、飘逸、豁达集于一身，以培育独特的文化性格。

“羊台山”文学现象注定将持续下去。因为，它所力求打造的，是主流价值观的灵魂。

正如范明谈到的那样：“文化实际上就是一个价值观的灵魂，所以不能再走文化搭台、经济唱戏的路子，文化是发展、创造力的源泉之一，是想象力、创造力的一个平台。可以说，《羊台山》文学现象是从战略发展的眼光去挖掘我们文化的内涵，为我们的经济发展创造一个新的高地、一个文明的绿洲。同时，文化精神是一种长期积淀的过程，本土的、自然天成的资源需要用心去感觉，挖掘，经营，真正成为创想、创造，就像一棵刚刚栽种的幼苗，需要精心呵护，需要阳光、水和空气的滋养，只有这样才有可能长成参天大树。”而这，才是提升城市气质的必由之路。

由于有了范明们的默默劳作，“羊台山”文学，才有了散文的灵气，有了诗歌的激情。也由于有了高远的文化追求，《羊台山》才从大浪出发，走出了自己的精气神，成为整个文学事业的一分子，并真正铸成了自己的品格，提升着我们的城市气质。

侯军论

栖身现代都市，心藏古典情怀

孙巍巍

侯军13岁时，即写了一部反映小学生生活的20万字小说，引起天津新闻界的注意。此后，南开图书馆给他开了个零号借书证，特许他借书、看书。

18岁放弃上南开大学，进《天津日报》当了记者。1983年25岁时，在全国新闻测试中取得第一名。

著名作家冯骥才在为侯军《读画随笔》一书所作的序中说："他身上既有现代知识分子的探索精神，也有古代文人那种赏玩文化的气质。"

《隋书·经籍四·集志》里云：古者登高能赋，山川能祭，师旅能誓，丧纪能诔，作器能铭，则可以为大夫。

撇开封官赏爵成分，就大略而言，侯军或许够得上"可以为大夫"者。

他各种文体皆通，新闻稿、散文、学术论文、书画评论、钟铭、碑记等，且皆出手不凡。如为沙头角中英街作的《警世钟铭》，为深圳中心公园抗非典纪念碑写的《〈真情英雄〉群雕碑记》、《福田铭》和《鹏城赋》等。

这就是侯军。

侯军有不少头衔：高级记者、文艺评论家、作家，现任深圳报业集团副总编辑兼《深圳特区报》副总编辑，深圳大学兼职教授。

侯军涉及多个方面：18岁步入报海，除本行的新闻传媒采编业务外，对中外艺术史、书画美学、散文写作及中国茶文化等领域兴趣尤为浓厚。

侯军的成就也甚堪称道：现已出版各类专著十余部，有大型史论专著《中华文化大观》、艺术论文集《东方既白》、散文集《青鸟赋》、《那些小人物》以及系列文化访谈《问道集》、艺术随笔集《孤独的大师》等。其中大型史论专著《中华文化大观》

获“天津市政府优秀图书奖”，艺术论文集《东方既白》获深圳市“大鹏文艺奖”，散文集《青鸟赋》获深圳市“青年文学奖”。

重新阐释中国传统遗存，促进传统文化复兴

侯军坚信21世纪将是东方艺术崛起的世纪。

其根据便是他自己多年来的观察、追踪、研究与思考所得。

20世纪90年代初，他即在第一本艺术评论集《东方既白》的序中提出：“未来的21世纪一定是东方的艺术崛起的世纪。”这是他通过对东方艺术的历史，对东西方艺术的比较研究和对当今艺术发展走向的反思和展望，而得出的结论。

他多次谈到，近一百年来中国传统文化一直是被批判的。新中国成立后，这种批判并没有停止，到了“文革”时期更是达到了极致，所有旧的一切都要被破掉。他重提这些陈年旧事当然也不是偶然的，就是觉得这个东西很重要。他认为中国人如果不了解自己的文化根脉，将来会“居无定所，心如飘萍”。所谓重建“精神家园”，实际上最重要的就是重新确认自己的文化身份。

而这种文化身份的重新确认，恐怕就是要回归传统乃至重建文化。

侯军从80年代末开始撰写《东方既白》时，就致力于重新阐释中国传统遗存，促进传统文化的复兴。而他所选择的切入点，就是中国传统书画艺术和中国茶文化。

而且不仅仅是关注，更不是浮光掠影，其实他自己也是书法和茶道的行家。

书法是童子功，他15岁就拜了当时天津一个叫宁书纶的书法家为师。

绘画领域，他进入比较晚，但是进步比较快，起点也比较高。

1985年的一次采访，他结识了著名画家范曾先生。两个人志趣相投，渐渐成了亦师亦友的忘年之交。

在《关于散文的对话》一文中，侯军记录了两人交往的一些场景：

十数年来，我与范曾先生聚首谈艺，问道切磋，经常论及散文，语多警策，不同凡响。范曾先生对中国古典散文浸淫甚深，许多名篇都可以背诵。我曾亲耳聆听范曾先生大段大段地背诵庄子的《逍遥游》、贾谊的《过秦论》、鲍照的《芜城赋》、司马迁的《报任安书》、范仲淹的《岳阳楼记》以及王勃的《滕王阁序》等古典华章，那真是语调铿锵、情绪激昂、一唱三叹、荡气回肠。

对于侯军，范曾先生则毫不吝啬赞誉之词：

我欣赏侯军文中的赋神骈貌。他要伴着“案上青灯，窗外虫鸣”、“沏上一杯清茶，手捧半卷闲书”，他要在自设的寂寞之境，“畅游书海，如同把华夏先哲、异邦智者俱邀来畅叙，不知晨昏夜幕，今夕何夕。你面对一沓稿纸，秉笔沉思，常会恍惚觉得自己正在绝无人烟的荒山险境上踽踽独行，荆棘蓬榛、虫豸虎豹、颓湍急湍、苦雨凄风，时时会侵袭你的心灵。一时间，你辨不清方向，找不到终点，想高歌没有知音，欲问路不见村舍，于是你在静寂中悟到跋涉的艰辛，在求索中尝到了攀登的惊险。你忍不住向那些先行的智者们投去深情的一瞥，然后屏息静气、立定精神，目驰八极、心游万仞。当你在行进间偶然回眸时，却会蓦然发现当初在你面前横亘的丘壑，曾几何时，已被踩在脚下……”这段文字之所以美，乃是由于侯军亲历身受，乃是由于他在积年累月的拾级攀登中，一个字、一对排偶、一段骈俪挣脱着、涌动着、排奡着、跌宕着倾泻而出，方之古人，窃以为王安石的《游褒禅山记》是其类也。在欣赏这些文字之美时，我想你更应欣赏侯军执著追逐、坚毅不拔的精神之美——“其志洁，故其称物芳”。

这段文字足可见范老先生对于后辈侯军的欣赏。范老先生乃当世大家，他的美学思想，对侯军形成自己的文化观念和审美趣味，有着直接而深远的影响。

侯军曾与范曾合出过一本《林泉高致》，一半是画，一半是散文，但又不是传统的画配鉴赏文字的形式。侯军自己也写下了大量的书画评论文章，如他的《读画随笔》。

对于这些文字，他说，“我从来就不是一个专业的美术论者”，“正因为我不是一个专业美术论者，所以我常常会跳出绘画的畛域，用社会的、文学的、历史的、新闻的观点，来观照绘画和画家，不光着眼于专业的技巧，更着眼于人文的透视。这就使得我的论说与那些专业人士拉开了距离”，“我希望自己的美术评论要做到：让圈内人读来言之有理，顺理成章；让圈外人士读来言之有物，雅俗共赏”。[1]

关于茶文化，他从1991年夏天开始，就在《天津日报》上开辟了一个“茶诗话”专栏，每周一篇，连载了大半年时间，共写下了一组30余篇的《茶诗话》，其中不乏佳作，如《品茶悟道》和《茶酒之辩——再谈品茶悟道》，《天人合一——三谈品茶悟道》等。发表的各类茶文化文章已逾百篇，并且被聘为《中国茶文化》杂志的顾问和

[1]　侯军：《收藏记忆·后记》，百花文艺出版社2006年版，第201页。

南昌女子职业学校茶艺专业的客座教授。他曾说："正是因了茶的滋养，才使我的内心逐渐趋于平静而冲融。"

对于侯军来说，关注书法绘画和茶道，都是一种文化的选择。

在他的散文《寻找扇子》(《收藏记忆》) 中，则表达了他对于传统文化遗失的痛惜之情。

散文的两套笔墨：追求"平淡"与提倡"雄风"

侯军第一次来深圳是在1993年春节以后。他当时看了中央电视台播放的一个纪录片《决策》，是讲深圳的，觉得很新鲜，而且邓小平南方重要讲话刚刚传达，他由此对南方顿生向往之情。正好《深圳商报》有个老朋友来电话邀请他到深圳看看，于是他就买了一张机票飞过来了。在此之前，他没有到过深圳。但一到深圳就喜欢上了，就留下来了。

已过而立之年的他毅然选择了南下深圳。在深圳十几年里，他写了为数不少的散文随笔，有散文集《青鸟赋》、《那些小人物》，艺术随笔集《孤独的大师》等。

正如深圳大学教授、著名作家南翔所说的那样：

30多岁以后，由天津南下深圳，虽然长期从事新闻工作，未尝不眼见六路、胸罗八面，领时代风潮之先，然而毕竟又经年地在艺术家的蹊径上踯躅，一颦一笑，举仰行止，都氤氲着传统文化的旨趣，翰墨吮笔尖，丹青啜五指，那是怎样的一种从容澹定！（南翔《青鸟之思》）

他的散文总体上看，大多属于文化散文一类，比如大型史论专著《中华文化大观》、艺术论文集《东方既白》等，所论对象均为茶文化、绘画、书法等。

就如同他自己所言，他有两套笔墨，一是追求"平淡"，二是提倡"雄风"。前者受孙犁先生的影响颇深，后者与范曾先生有莫大关系。

与孙犁先生的结缘，在他的散文《遥寄文星——怀念孙犁先生》中有详细的叙述。侯军对孙犁先生的敬仰之情，从他为孙犁先生所作的挽诗即可见一斑："报海失灵槎，文坛陨巨星。曲终人不见，万古仰高风。"

"不要以为平淡很容易做到，太难了。你写文章华丽容易，气势豪迈也都不难，但写平淡很难。就像骑自行车，骑快容易，慢就很难。我的作品里面，真正褪去雕饰恐怕就是从这本书（《那些小人物》）才开始见到成效。”

这一类散文作品中，有一些颇值得一读。比如《中年忆旧》、《虾的故事》、《秋虫吟》、《阅读小女》（《林泉高致》）、《寻找扇子》、《草龟祭》、《豆腐情结》等篇什。这类姑且以日常叙事性散文冒昧名之的文字，皆于轻松自然中见真情实感。这些散文可见其生活感悟力，也更见其性情。

深圳女作家梁泓漪在其《与大师们在灵魂的空间对话——读侯军的文化艺术随笔》一文中，就此做过一段相关评述：

《收藏记忆》同样是干干净净、简简单单的一套书——《收藏记忆》和《读画随笔》，像极了侯军的为人和品性。说到品性，很有意思，跟侯军接触你会不自觉地被他牵引，而随他徜徉在他的“茶”、“诗”、“画”以及不论何时提笔都极其郑重的“墨香”里。这些“茶”、“诗”、“画”、“墨”的背后，不是呆板的文人气，也不是枯燥老朽的典章韵仄，而是妙趣横生、家长里短的小故事，充满了人间烟火味。

譬如，开篇一文《接受平凡》，让你一眼看去就是平平常常的平民情感。尽管侯军的平民意识很深，但却不粗不糙，他的平民意识很细微，很温和。还有书中收藏的那些关于“豆腐”、“草龟”、“扇子”、“白姐姐”、“紫砂壶”的记忆，让你顿时觉出他的柔软、通达和明理。一句话，侯军的散文要认真看，慢慢读。一个人的厚，不仅表现在本质的朴实，也表现在对待生活的态度和情趣，为人的豁达和顽皮上。[1]

这些意见甚为切当。

侯军在散文中还有另外一套笔墨，那就是重振中国传统散文的“雄风”。

为什么提倡“雄风”？因为他觉得那是当今散文最缺乏的一种风骨和风神。

你看看“文革”前最走红的杨朔这一派散文带来的风气，这种纤细、阴柔，缺乏阳刚之气的文章，萎靡之气太重，女性化太重，甜得差不多像《荔枝蜜》（这是杨朔的散文名篇）了。这种文风一直影响到现在。目前，散文的一个大病就是普遍的柔化，写情感写得很细腻，但都是些小情小调，不大气。[2]

侯军提到，早年，范曾先生经常跟他谈诗论文，曾提出过一个“赋体散文”的新概念，后来又在给他的散文集《青鸟赋》所写的序言中，提出了“赋体散文”的完整思路。范先生在文中提到实践这种文体的人，除了他本人，还有侯军和山东的作家李

---

[1] 《深圳特区报》副刊“文化星空”栏目，2006 年 10 月 10 日。

[2] 章必功、李勇主编：《深圳作家访谈录》，中国青年出版社 2009 年版，第 224 页。

存葆。范曾在《骈赋发微》一文中说："'赋体散文'的概念在我的文章而后在侯军的文章中渐渐化成了现实，而与我们声气相求者，山东文坛盟主李存葆，是其人焉。"

倡导"赋体散文"，并在这种文体重建过程中，登高一呼、醉心实践，且对后学们每多鼓励，应是范老先生对于当代散文的一种贡献。而作为后学的侯军，能同气相求、同声相应，其意义已经远超出了简单的彼此欣赏，他写就《青鸟赋》、《友情赋》等，对于当代散文发展而言，同样是一种有意尝试和有益探索。

"那些小人物"——人生最值得收藏的记忆

2007 年 5 月，由现代出版社出版了侯军最新的散文集《那些小人物——我那十年的私人档案》(以下简称《那些小人物》)。

《那些小人物》写的是作者亲身经历的往事和亲眼看到的人物。虽然他们只是一些小人物，但就反映时代变迁的深刻性而言，则有以小见大之功——可从中窥见那个特殊的时代。作者巧妙运笔，写活了一个又一个小人物，写出了这些小人物在那个特殊时代命运的起伏，引人沉思。

《那些小人物》描写的人物将近 30 个。

这些人物，陈煜在《侯军的"私人档案"》一文中将之大致分为三类：

一类是街坊邻居，如许爷爷、王娘、老方、高大爷、林三奶奶、秀珍姑姑、李伯伯、年老右、柱子大哥等。这一类写得最令人感动。有些篇章，读来让人潸然泪下；第二类是作者的玩伴同学，如张明、陈军、洪卫星、"小要饭儿"、杨家二乖、臭臭儿、老五、廖薇等。这一类写得令人倍感亲切而凄楚；第三类则是那个时代的"弄潮儿"，如董姨、陈主任、老尹、杜家兄弟等，他们的经历与遭遇，最令人感叹而哭笑不得，也最令人深思。

在这些篇章中，最令我感动的是《林三奶奶》与《柱子大哥》，其共同点是两个字："坚守"。林三奶奶、柱子大哥和贯穿所有篇章的作者奶奶一样，可以说都是在用自己微薄的力量，全力守护着内心某种不可摧毁的东西，一种他们认为值得永世坚守的东西，甚至为此不惜付出难以想象的代价。"我从来没有见过一个人竟然在一年时间从一个小伙子变成了半大老头儿。"当读到这句文字时，我禁不住潸然泪下。于是在茫然中我突然惊醒：他们坚守的，就是人类向善的本性啊——在兽性横行、人性沦丧的年代，是他们，这些最普通、最低层、最朴实的人们，死死守住了这个民族所残存的最后几丝人性！

而最令人深思的，恐怕就是《董姨》、《陈主任》和《杜家兄弟》等几篇。这些人的经历与遭遇，极具时代的讽刺意味，如董姨破天荒地斗败陈主任"凯旋"后，却失手害死心肝猫"虎头"，从此一蹶不振；呼风唤雨、权倾一时的陈主任想批斗八十岁的林三奶奶时，儿子却因参加武斗而惨死，以致发生这样的疑问："可为啥听了上级的话，反倒倒了霉呢？"杜家兄弟中的卫国为了捞取政治资本，不惜卖书求荣，把奶奶与哥哥最珍惜的老书一把火烧光，终于成为造反司令，但没风光几天，就被打成现行反革命，被判劳改，惨淡收场。个人与时代的悲剧，皆跃然眼前。[1]

批评家许子东曾研究了"文革"后 20 年中的许多著名作家，如王蒙、阿城、王安忆、张贤亮、韩少功、史铁生、莫言、余华、张承志、梁晓声等。从这些作家的"文革"小说中，他归纳出四种模式：契合大众审美趣味与宣泄需求的"灾难故事"；体现知识分子—干部忧国情怀的"历史反省"；先锋派文学对"文革"的"荒诞叙述"；红卫兵—知青视角的"文革记忆"。作者在结论中指出，这四种模式是迄今为止数量众多的小说体"文革书写"中四条最基本的诠释思路与叙述线索。与这四种模式对应的诠释结论分别是"少数坏人迫害好人"、"坏事最终变成好事"、"很多坏人合作而成的荒谬坏事"和"充满错误但又不肯忏悔"。许子东认为，这四种叙述模式实际都受到官方"文革"历史叙述的限制。

从 70 年代末到 90 年代，"文革"集体记忆一直处在变化之中。从一开始的对林彪和"四人帮"的妖魔化，到 80 年代初的"伤痕"和"反思"，到 80 年代后期的"文化热"，再到 90 年代的普遍淡忘、"阳光灿烂的日子"式的怀念和商业化、娱乐化怀旧，"文革"集体记忆的主要表现内容和表现形式始终是总体政治、社会环境的一部分。

谈到《那些小人物——我那十年的私人档案》的写作，侯军说《那些小人物——我那十年的心灵档案》也可以归入"记忆文学"中，但是他写作那些文字的初衷却并不仅仅是为了"怀旧"：

> 我是"文革"亲身经历者，但我不是亲身参与者。这就使得我的视角有别于人。我们这一代人的童年、少年和青年，正好赶上了史无前例的"文革"十年，这

---

[1] 陈煜：《侯军的"私人档案"》，《文学自由谈》2007 年第 6 期。

> 当然很不幸。你看，我是1967年入小学，1976年初中毕业，全部学生生涯贯穿了整个“文革”十年，一天都不落，书是确实没读多少。然而，换一个角度看，我又很幸运，从小就经风雨见世面，留下了难以磨灭的“文革记忆”。我已经年近半百、两鬓如霜了，我要写自己的童年往事能写什么呢？“文革记忆”是绕不开的题材。因此，我写《那些小人物》其实也是为了偿还自己心灵深处的一笔笔情债。

说到写“文革”题材，前些年主要是两种人在写，第一类是“文革”中挨整的老人家，他们写的主要是在“文革”中的挨斗挨整的痛苦经历。像《牛棚札记》、《干校六记》等，都是很经典的作品。第二类就是文革的参与者，像梁晓声写《今夜有暴风雪》、叶辛写《蹉跎岁月》等——这属于知青文学，还有80年代初期的伤痕文学等。他们以亲身经历者的身份来控诉“文革”。这些作品不能说不好，但是有一定的局限性，难免为亲者讳，为尊者讳，往往一涉及深层的东西就有所保留。而我就不一样了，我只是一个刚记事的孩子，还没有能力参加“文革”，却亲眼目睹了“文革”的种种乱象。这个年龄优势就使我的“文革记忆”非常独特，我可以用非常纯净的眼光、非常平和的心态和非常客观的文笔来写我所见到过的真实故事。

还有一个独特之点，就是我的《那些小人物》写的是民间的“文革”。许多同题材的作品大多是宏大叙事，好像“文革”都是上层的事，而我从孩子的视角，只能看到民间的层面。因此我眼中的“文革”是“上”与“下”的结合。事实上，没有深刻的社会根源，“文革”也搞不成那样。我书里有一篇叫《芒果》，陈军的爸爸作为一个既得利益的获得者，他必须得把他的反对者踩在脚下，因此他就怕不斗争，不斗争，他的房子怎么办？他的地位怎么保证？所以他最拥护“斗争哲学”。这种典型性和深刻性，在我的书里都蕴含着呢，可惜现在的年轻读者往往只是看新鲜，很难解读出来，可以说，我在这本书中所选择的每个细节，背后都有深刻的社会性。我不是说自己的作品有多么好，而是说作品尚未得到深刻的解读。我在书里描绘的是中国低层社会的“文革世相图”，像“杜家兄弟”、“柱子大哥”、“王娘”、“林三奶奶”等，都是只有那个特殊年代才会出现的典型人物。我想，大概需要过若干年人们才能理解我在书中所蕴含的深意。所以，我说我这本书是给我女儿写的。[1]

历史学家诺拉 (Pierre Nora) 曾经说：“历史和记忆不仅不是同义词，而且更可能

---

[1] 章必功、李勇主编：《深圳作家访谈》，第222页。

完全不同。记忆是活的，来自活生生的社会……而历史则只能从已经逝去的过去重构。”侯军的散文集《那些小人物——我那十年的私人档案》，正是鲜活地保存了那段特殊的“记忆”。

“文革”自发生起至今已有四十多年，或许，还有许多历史真相依然被迷雾笼罩，后来者要完全追寻，已属不易，加上中国人大抵善于遗忘，所以对于这段惨烈经历，如果没有冷静客观的民间立场，没有不预设前提的忠实记录，那么，尽管它并非遥不可及，可是要洞察其间物事，必然有着很大困难。另外，“文革”的记忆又主要留存于中年以上的那些人们心里，而现在的年轻人对于“文革”的记忆已经十分淡漠，甚至很少会有人愿意去了解那段不堪回首的过往。如此，既难以为民族立存照，也很难看到今天出现的许多问题之根源所在。正是在这样的情势下，侯军的书写，有着非同一般的意义。从某种程度上说，侯军这本散文集，当是不可或缺的记录历史的一种方式，这，兴许比一般而言的正统历史记录更难能可贵，更能让后人借以看清掩藏于尘埃之下的那段历史和一般民众的心路历程。

“我认为更真实的历史在民间。历史除了教科书之外，还有一个民间读本，你去看民间的历史，往往更能看到历史的真相。我很看重人的记忆，我曾把我的一本散文集定名为《收藏记忆》。我们的民族不能太健忘，我们不能对好多东西装作视而不见，把它回避掉。这是很可怕的事情，也是很危险的。”“一个民族经历这么大的一场浩劫和灾难，怎么去评述它研究它反思它都不过分。”[1]

侯军说得很真诚、很恳切、很沉痛，其中沧桑，个中感受，不免让人联想起“多少楼台烟雨中”的那一声浩叹。好在时移事易，那种惨剧，当不致重演。唯民族不应善忘——这恐怕也是侯军所言的要旨所在。

侯军栖身于现代都市，那远去的一切，都必然只是往者已矣，难以也绝不能再度置身其间，不过因此而催生出的内在情绪，却定当与他心藏的古典情怀有关。

结语

在接受采访的时候，侯军谦虚地说，“我是一个从小无书可读的人，既没上过大

[1] 章必功、李勇主编：《深圳作家访谈》，第222页。

学，更没得过什么学位。因此，我从小就有一种对有学问的人的崇拜。你如果问我内心深处最尊崇的是什么人，我会告诉你，是学者……”20 世纪 80 年代，许多人都称“新闻无学”的时候，他提出了“学者型记者”的想法，如今，他把这种理想变成了现实。他承续传统、健步当下、心系未来，既是符合古典传统的标准文人，又是极富现代意识和开阔视野的现代学者，这种特质，在当下的新闻界实为难得。而也正是由于有了这样的特质，而且永不懈怠，永不敷衍，总是用心阅读社会、阅读生活、阅读经典、善于思考、勤于笔耕，他才能本色当行，才能取得煌煌成就。或许，这就是他成为一名“学者型记者”的全部要诀。

俞莉论

在沉静中前行

赖欢海

作家简介：俞莉，女，安徽大学哲学系毕业。深圳市作协会员。现在深圳市教育系统工作。作品散见于《作品》、《清明》、《青年文学》、《当代小说》、《特区文学》、《芳草》等文学期刊，以及《深圳商报》、《深圳特区报》、《南方都市报》、《深圳晚报》、《新安晚报》、《人民日报（海外版）》等报刊媒体。中篇小说《百合》、《东张西望》、《痕迹》在《江淮晨报》转载。2003年由中央戏剧出版社出版文集《木棉花开》。2006年12月获首届深圳原创网络文学大赛探花奖。

作品发表情况如下：

中篇小说《木棉花开》刊于《清明》

中篇小说《百合》刊于《清明》并在《江淮晨报》连载

中篇小说《东张西望》刊于《清明》并在《江淮晨报》连载

中篇小说《譬如朝露》刊于《清明》

中篇小说《痕迹》刊于《清明》并在《江淮晨报》连载

中篇小说《浪淘沙》刊于《青年文学》

中篇小说《渡我到彼岸》刊于深圳《特区文学》

中篇小说《主妇自白》刊于《芳草》

短篇小说《爱如烟花》刊于《作品》和《深圳晚报》

短篇小说《台风来了》刊于《作品》

短篇小说《今宵酒醒何处》刊于《当代小说》和《南方都市报》

短篇小说《风雨彩虹》刊于《大众文学》

短篇小说《在深圳做媒》刊于《江门文艺》

短篇小说《花落水流》刊于《深圳晚报》

中篇小说《遍地杜鹃》获深圳首届网络文学大赛探花奖。

中篇小说《我们的前世今生》刊于《清明》

中篇小说《日暮乡关》刊于《清明》

短篇小说《和合痣》刊于《芳草小说月刊》

短篇小说《未曾燃放就已熄灭的烟火》刊于《羊城晚报》

一、“爱情啊，你姓什么？”

《遍地杜鹃》这部中篇小说，是反映深圳代课老师题材的作品。这个题材的选取或许也是这篇作品获奖的原因之一。代课老师现象在全国各地都有，但是深圳的代课老师群体人数最多，媒体公布的数字就达到八千人。代课老师问题在深圳已经成为社会关注的一个焦点。而作者本身就当过代课老师（许多正编老师都是从代课老师做起的。这是特区教育长期以来形成的现象之一）。谈起多年前的代课老师经历，作者依旧难忘：来到深圳觉得生存不容易，不像内地那么悠闲。而且工作压力也很大。没有户口，缺乏保障。很多代课老师都经历过这一步，现在可能更加严重。作者说：“我那篇获得网络大赛探花奖的小说就是写代课老师的生存状态。他们来了调不进来，工资又少，与正编老师相差悬殊，逢年过节发礼物也只是发一半。心里感觉很不平衡，同工不同酬。这个阶段我只经历了一年半，比起现在耗了好多年还进不来的代课老师，已经算是幸运的了。现在的代课老师人数更庞大，压力也更大。他们的生存状态令人不能漠然视之。”也正是身边发生的这无数悲欢故事，令她不由得拿起笔来书写特区教育战线上打工仔的酸甜苦辣。

临聘老师的问题现在越来越突出，也引起了越来越广泛的社会关注，深圳于是陆续出台了相关文件。而俞莉的这篇《遍地杜鹃》则写于好几年前，这说明作者眼光是敏锐的。

老师来深圳的原因，通常是由于特区经济远较内地发达。不过，很多人到了深圳以后，才发现僧多粥少。正式老师的编制有限，所以不得已当了代课老师。这其中，很多人是由于个人原因离乡背井来到深圳的，他们希望开创一片新天地，过一种与原来完全不同的生活。

《遍地杜鹃》的主人公叶凡，即是如此。她原来在内地过着幸福生活。大学毕业便当了老师，丈夫潘家强在政府上班，夫荣妻贵。但是潘家强居然和三陪小姐搞在一起，并且把病传染给了她。“病倒是很快治好了，可心中的难言之隐怎可一洗了之呢？”关于她和潘家强的事，原单位已闹得满城风雨。和潘家强闹翻了之后，叶凡一气之下来到深圳，她只想离得越远越好。

几经周折，叶凡开始了她在深圳的代课老师生涯。对于曾经养尊处优的叶凡来说，代课老师的生活可谓是“一夜回到解放前”：“教师是令人羡慕的职业，旱涝保收。但代课教师就不同了，工资比正编老师低一半不说，还极其不稳，随时有被炒鱿鱼的可能，充其量也就是教育战线上一名低廉的打工者。”

上课、考试、评比、差生教育等。周而复始而又单调操心的教学工作，代课同事们的同病相怜而又互相关照，特别是微薄的收入和未卜的命运，等等，这些临聘老师的代课生活，在俞莉笔下得到了生动描绘。本来以为生活已是死水微澜的叶凡，这时认识了优雅博学的已婚中年男人秦海洋。两人渐有交往并暗生情愫，都渴望得到对方，当然都最终“止乎礼”，没有越过男女大防的界限。暑假结束，叶凡即将被学校解聘。这时，秦海洋帮她联系了一所学校，使她得以继续任教。

代课老师这个独到的切入点，是这部小说的可圈可点之处。由于作者有过亲身经历，所以学校的生活写得尤其真实可信。叶凡毅然离开令她感到羞辱的老家南下深圳，也颇显当代知识女性的自立自强性格。

如果说作品有什么不足的话，当在过多着墨于叶凡和秦海洋的感情纠葛，从而在一定程度上掩盖了代课老师因待遇低、无保障等而承受的生活压力。鲁迅先生说过一句著名的话：“活着，爱才有所附丽。”这是告诉我们，生存才是第一位的。而小说过多的言情描写，无疑冲淡了沉重的现实主题，这当是这部优秀小说的一种缺失。我以为，俞莉在以后的创作中，需要充分注意这一问题。

《浪淘沙》可以说是一部现实主义的作品：

20 世纪 80 年代末，叶子考进了离家有三十公里路程的江边水泥厂。

妈妈曾叮嘱过，千万不要在厂里谈对象，那样的话，想回县城就难了。她对女儿是有期许的，认为女儿起码也该找个国家干部。而江边水泥厂，市属企业，说起来好听，可毕竟是在镇上，在荒郊野外。

叶子长得不丑，大大的眼睛，圆圆脸庞，见人就带三分笑，甜蜜蜜的样子，很招人喜爱，曾被封为“厂花”之一。

这被人视为“一枝花”的叶子却独独相中了赵定友。

赵定友在厂里当时算是大龄青年了。他们这一拨进厂的，大多都有了对象，赵定友却是孤家寡人一个。

叶子爱看小说，是个文艺青年。对爱情怀有浪漫的想法。赵定友恰好符合她心目中的这一标准，她似乎打算做爱情天使，要亲手给会写诗但一直患爱情饥渴症的赵定友，送上一个美丽浪漫温馨的梦。

当叶子和赵定友谈恋爱的消息被证实后，厂里的男孩子们集体受挫般地冷落了他们俩一阵。会写诗有啥了不起？还不是工人大老粗一个！大家有点不忿。

但叶子无所谓。沉浸在恋爱甜蜜中的女孩，是不太在乎别人的眼光的。她的世界里只有赵定友这么一个人。

赵定友是厂里第一批社会招工考试招来的工人。那时考大学简直凤毛麟角，镇子上，能考上高中都不错了。赵定友高考差几分。家里又穷，弟妹也多，就没再补习。正好当年招工，赵定友高分考进了水泥厂。全家都很高兴。进了厂，就等于有了铁饭碗。

当然，故事继续发展的必然结果是：叶子和赵定友结了婚。

不过，世事难料。

九年前，江边水泥厂改制，国有企业被人承包下来，叶子和赵定友如许多人一样，双双买断了工龄。他们从领导一切的工人阶级，变成了无业游民。那时有个说法叫“两不找”，就是工厂和个人，你不找我，我不找你。给点钱，从此两清。叶子和赵定友拿到了万把块钱，便夹包滚蛋离开了水泥厂。

下岗以后，他们倾尽所有，还东挪西借凑了20万元买了一条船跑运输。赵定友在江上跑船，叶子平时就到棋牌室打麻将消遣。

叶子就是在一次醉酒后，和杜干部睡到了一起的。

杜干部是邻县人，在春谷县开小饭店。他们是在棋牌室打牌认识的。杜干部原是邻县一家老厂的工会主席，厂倒闭后，他这个工会主席也下岗了。杜干部在大学进修过，似乎比一般人有文化。而且菜烧得好。下岗后，他就开起了饭店。好面子，不在自己县开，一个人跑到春谷县来开。

杜干部和叶子熟了后，经常叫她去吃饭。叶子也就不客气，杜干部烧的菜味道确实好。

如果杜干部再多有一点钱就更好了——如此想法一起，也就意味着这时候的叶子，已经开始有了外心。

年轻时，母亲曾希望叶子将来能找个国家干部。没想到，十几年后，真和一个干部“好”上了，只不过，这个干部是下岗作废的，这个“好”，也是婚姻之外的。想到这一点，叶子有点啼笑皆非。她不知道自己是不是爱杜干部。中年女人，谈爱，似乎是很难为情的一桩事。

赵定友在江里撞船，船沉了，双腿也断了。叶子收拾散了的心，赶到医院服侍丈夫。打这时起，夫妻两人又一起顽强面对艰辛的生活……

如果说浪淘沙是反映小城底层民众生活的困顿，那么，下面这篇《渡我到彼岸》反映的就是大都市高级白领的感情困惑：

> 三十二岁的我和丈夫吴天鹏离婚了。吴天鹏似乎并不愿意离婚，他甚至暗示我，只要我不干涉他的生活，不和他的那些乱七八糟的女人争风吃醋，我的大妇地位就永远不会动摇。
>
> 可是，我不喜欢纠缠不清的生活。与其那样，不如干净地过自己的日子。
>
> 吴天鹏一次性地给了三十万，并且每月还要再给我们三千元生活费。有这些钱，我可以什么都不做，过上好一阵子。也确实，离婚后一年，我什么也没做，就带着简简。事实上，自婚后，我就放弃工作了。前夫是我公司的老板，婚后，我的工作就是转移到了家里。我原来的秘书岗位换了别人。
>
> 吴天鹏是个成功的商人，他以为钱能摆平一切。六年的家庭生活，使我对婚姻失去了信心。唯一的收获是简简。
>
> 简简四岁了。我想，我还是应该出来工作，做个自食其力的女人。
>
> 然而，并不容易。在深圳，有哪一份工作适合一个拖着小孩、三十多岁的女子呢？况且，我已有七年没有工作了。
>
> 简简同学的妈妈介绍我进了保险公司。在推销保险的过程中，我认识了有家庭的中年社科学者赵有木，并且很快与他厮混在一起。
>
> 最后，我与赵有木结束了不伦之恋，而与我的邻居，文雅深情、近乎完美但中年丧妻的四十多岁的萧医生结婚了，过上了幸福的生活。

欲望的挣扎，造就了都市社会的畸恋。《渡我到彼岸》里面的赵有木，是个年近

50 岁的中年人，“刚见他第一眼时，我从来没想到会与这个男人有什么关系。中等一般的身材，肚腩突出，毫不起眼的五官，就像是上帝制造的时候，开了小差，草草完成的毛坯。头上的草场过早地退化，露出油亮的脑门”。显然，其貌不扬的他，对于三十多岁离婚的“我”，毫无吸引力可言。赵有木不仅外表丑陋，而且内心也十分猥琐、自私。我们看下面这段描写：

当我第一次和赵有木睡过之后，赵有木给了我 5 元钱，说，我要去办公室，手头上还有点事处理，你自己回吧，在路边坐 ××× 路大巴，可以直接到家。刹那间，我仿佛吞了只苍蝇，有说不出的难受。我原以为他会送我回去。现在，他却给了我 5 元钱。这算作什么？

我感到屈辱。我决定，再不和他来往。权当自己一不小心踩到一泡牛粪。

可是，悲哀的是，我居然没有服从内心的决定。几天之后，当赵有木再次诚恳地打电话给我，叫我过去喝茶，我一下子就忘记了当初的屈辱。

读了这段描写，真是令人啼笑皆非。这段生动深刻的描写也是作者匠心独具的地方。首先，用现在流行的话来说，“我”并“不差钱”，出去工作只是为了打发无聊时光。但是，这个猥琐的男人居然把两人的关系与金钱挂上钩，这不是实际上变成卖淫嫖娼了？而且，就算他是在付嫖资，恐怕全中国也没有五元钱这么便宜的嫖资吧？就是打发叫花子也不止五元钱，何况是一个和他上床的知识女性、外语学院的高材生？可悲的是，“我”却屡屡和他偷情而不能自拔。这就是欲望从中作祟。正如主人公自己所说的那样：“除了肉体的交流，我不知道，还有什么把我们拴在一起。”当然，除了纯粹的生理欲望以外，“我”与赵有木的交往还出于心理上的虚荣。对于这部作品，笔者与作者有一段专门的探讨：

问：我发现你小说里的女性，和其他女作家小说里面的女性，都有一个共同的特点，当这些女性遇到男人的追求时，最后都很容易上钩了，即使这些男人形象修养方面很糟糕，像你的《渡我到彼岸》里面的那个中年男人。你解释一下，这是什么原因？

答：我在《渡我到彼岸里》里面，主要写了一个女人的成长。她的成长就是对自己的一种拯救。小说的前后部分，其实是一个对比。前面部分主要写人性的弱点，这个女人离了婚，她有生存的压力，也有感情的需要。在这样一种状态下，女人是很容易被男人攻下来的。她开始处于一种空虚期和软弱期，这时候她的弱点，她作为女人的那种虚弱和欲望，就会支配她的行动。女人是不断成长的，而且男人也在这其中起促进作用。小说后面的男医生是一个比较美好的形象，现实生活中可能没有这样完美的人。他和女主人公是一种精神上的呼应和珍惜。前面女主人公和中年男人主要是一种欲的关系，后面和男医生则是一种精神上的提升和感情的净化。从前面的欲到后面的爱表现了一种女性自我的洗礼。

二、必须旗帜鲜明地反对婚外恋

俞莉的作品，几乎无一例外地涉及了现代都市人的婚姻和感情问题。在今天这样的社会转型期，人们的道德伦理观念，已发生了很大变化。家庭作为社会的细胞，自然会受到冲击。而小说则是生活的反映。在作者笔下，那种人们所向往的传统的心心相印、坚贞不渝等美满婚姻很少见到。相反，她笔下的婚姻爱情大都是伤感的、破碎的、矛盾的、忧伤的。如果用一句话来概括俞莉作品的主题，那无疑就是：感情的困惑和婚姻的困境。

在俞莉的作品里面，女性——无论是高端的还是低端的，无论是高级白领还是下岗女工，都身不由己地卷进婚外恋的漩涡。仿佛这竟然成了当代女性情感生活的“主旋律”。

《浪淘沙》写道：

> 据社会观察人士说，过去女人第一次留给丈夫，现在女人第一胎留给丈夫。叶子的第一次，第一胎都给了丈夫，还有什么对不住他的呢？所有的钱也都给了他支持他的事业去了，自己一无所有。而赵定友又给她带来了什么？担惊受怕，端茶送水，接屎接尿，她叶子也算对得起他了。腰伤之后，连性生活也一并中断了。
>
> 对赵定友的不满和生理上的本能，叶子稀里糊涂半推半就地接受了杜干部。

在《遍地杜鹃》里面，对于白领们的婚外恋，俞莉则又是另外一番描写：

回到住处，叶凡才想起匆忙中手机丢在家里。拿起来，上面有一个未接电话，是秦海洋的。叶凡叹了口气。还要再打来干什么？他有那样一个美满的家，至少表面上是这样。叶凡想起酒席上，三口之家的情形。儿子可爱，太太优雅，这一切离不开秦海洋的经营吧？虽然，他曾抱怨过他的家庭，抱怨他和太太缺少共同语言，但，抱怨归抱怨，日子还不是水波不兴地过下去。中年人的家庭最是危机四伏，经过一段时间的审美疲劳，大家又是无法分开的伴侣了。

这里提到一个关键词“审美疲劳”。正如时下流行的顺口溜所说的：握住小姐的手，好像回到十八九；握住情人的手，酸甜苦辣全都有；握住女同学的手，后悔当初没下手；握住老婆的手，如同左手握右手，一点感觉也没有。

喜新厌旧，大概是人性的通病。古代的秦香莲之于陈世美，现代的高加林之于刘巧珍，就是被作为典型加以批判的。但是，现在的人又无法为这些地下状态的感情，放弃已有的一切，尤其是孩子。于是婚外恋就自然而然产生了。在过去，除了夫妻关系以外，其他男女间的亲密交往一律被斥责为“不正当的男女关系”。那时候，一个人如果被确定有“不正当的男女关系”，轻则千夫所指，身败名裂；重则丢官丢职，甚至身陷囹圄。毫无疑问，婚外恋是属于典型的“不正当男女关系”。时间到了改革开放进行已30年的今天，社会上对婚外恋的态度，已有实质改变。不少人对此越来越多地持宽容与理解态度，而当事者无须像过去那样为此付出沉重代价。这无疑是社会更加开明的一种表现。但是，若果以此为由，放纵自己，甚至以婚外恋为荣，则完全就是一种不负责任的表现，既是对自己不负责，也是对对方不负责，更是对双方的家庭不负责。婚外恋的高发生率，无疑会引发严重的社会问题。不是说家庭是社会的细胞吗？婚外恋就是导致家庭解体的罪魁祸首！“细胞”都解体了，又谈何“安定团结的大好局面”？因此，尽管可能有很多人觉得这种理性的声音很刺耳，我们还是要大声疾呼：必须旗帜鲜明地反对婚外恋！

婚外恋流行——或者说盛行，在当代社会已经是一个无可回避的现实。据我曾经采访过的一位女作家估计，在城市，尤其是像深圳这样的大都市，婚外恋的比例已经高达百分之八十。对于为什么描写那么多的婚外恋，俞莉说：“这是社会存在的现象，自然无法回避。婚姻家庭问题通常也是女作家比较关心的问题。从爱本身来说，只有是与不是，没有对与错。它也可能发生在婚外。理想的婚姻是爱情的结晶，但也有许多婚姻并不是因爱情而诞生，反而可能因为金钱、利益等其他物质因素。在今天出卖爱情的例子还少吗？即便是因爱情而结合的婚姻，也有可能发生变化。所以，今天的社会，对爱情婚姻的考验更大。我个人蛮钟意古老的那句话：执子之手，与子偕老。爱情是个太不好说的东西。它很美，也很艰难。人不能只滔滔不绝谈情说爱，还要落实到柴米油盐过日子，只有过日子才是伟大的，只有肯与你一起好好过日子的，才是值得珍惜的。王安忆在《香港的情与爱》中写道，夫妻交融是靠着时间的磨练，有滴水穿石的性质。不要小看它的力量。我的小说里涉及婚外情，但婚外情并不是我要歌颂的。”

现代社会日趋激烈的生存竞争和空前巨大的生活压力，应该是造成读书人感情困惑和婚姻困境的原因之一。辩证唯物主义的基本原理就是存在决定意识，如果食不果腹、居无定所，一切的花前月下、卿卿我我都无从谈起。如果爱情与生存不可兼顾，这时候，生存无疑是第一位的。所以有评论家指出：

深圳是中国经济最发达的、观念最开放的地方，但却可能是最不浪漫的城市。所以在俞莉的笔下，男女之间的故事，便蒙上一层无奈的灰色，甚至是畸形的黑色，独独少了曼妙爱情的七彩。故事的主角大多是年轻女性，阿玲、麦子、阿巧、豆豆、田、花儿，一个个大龄单身女青年，孤独而无奈地徘徊在婚姻的边缘。同居、婚变、做“二奶”、婚外恋等，成了故事的主题，在沉重的生活压力下，找个肯给自己家庭，甚至退而求其次，肯给自己饭吃，肯为自己付房租的男人，成了她们的追求——颇似张爱玲笔下20世纪30年代旧上海的“女结婚员”——但在世纪末的90年代乃至新的世纪里，故事早已没有了30年代的含蓄。（南翔：《木棉花开几人知》）

现代社会是一个物质化的社会，因此，当爱情遇到物质和功利因素时，很少有不败下阵来的。《譬如朝露》里面，写了一个美容小姐和一个小老板的交往。女方对这份难得的爱情是孤注一掷的，想方设法拴住对方，但最后还是竹篮子打水一场空。这里面固然有她性格的缺点，如嫉妒、不依不饶、不给男方留下空间等。但是最重要的，还是小说最后揭示的原因：他不愿意结婚，只是没有合适的结婚对象，当他找到一个有家庭背景的银行女职员时，怎么可能会要她这个没有户口的打工妹呢？

俞莉笔下的这些都市男女所上演的一幕幕灰暗的活剧、悲剧、闹剧，给人们提供了生动的另类情感体验。对于情窦初开的年轻人来说，权当是打了一次预防针——毕竟人们还是希望“有情人终成眷属”。对于那些正处于婚姻围城的“过来人”而言，恐怕还是要多问问自己：“爱情啊，你姓什么？”

卷三

徐东论

颍水有清泉

曹克颖

徐东，男，山东郓城人，有着宋江式的豪侠与仗义，同时也有儒雅的名士风范，打过工，参过军，曾深入火炉（武汉），也曾上过雪山（西藏），足迹遍及祖国的山南水北；在武汉参加作协，在北京搞行为艺术，小说越写越多，工资却越赚越少；现定居深圳，从事一份与文学有关的工作，业余时间继续着他的文学梦之旅，被称为深圳本土作家。

徐东是一个勤于创作的人，拉开徐东发表作品的目录清单，不难发现，他几乎每月都有新作问世，有时甚至是多部。上帝对勤奋的人有着特殊的偏爱，或许徐东是神拣选出来的人，所以他的长篇《单身》获得深圳第五届青年文学奖，他的《欧珠的远方》获得新浪第三届博客大赛最佳短篇小说奖，他的《齐春华的爱情》获得首届全国鲲鹏文学奖……所以他越来越受文学界关注，成为今日的徐东。

一、都市梦想破灭录

徐东小说创作可分为两个时期，第一个时期是描述现实生活中青年谋生的困顿、对未来的迷茫以及对存在的怀疑。《单身》、《齐春华的爱情》是其中的代表作。此一时期的小说可称为“都市系列小说”。第二个时期是虚构想象中的西藏故事，即后来结集而成的《欧珠的远方》，此部分小说姑且称之为“西藏系列小说”。

徐东的“都市系列小说”，大多反映青年在都市求生存的苦闷感，这种苦闷感有生的苦闷，也有性的苦闷。《单身》中的“我”周旋于几个女友之间，对爱情却始终不得要领。所以，这是一本解读当下都市生活以及当代人情感世界的小说；《齐春华的爱情》中，齐春华寻求的爱情泡沫最终破灭，这些多少都有些现实的影子。但我觉得《一场点石成金的表演》更能代表徐东这一代人的心声。

不妨让我们进入《一场点石成金的表演》，来看看徐东小说中梦想破灭的前世今生。

梦是人人都有的，你做过梦，我做过梦，他做过梦，人人都做梦，无人不做梦。从古至今，大量的文学作品铺排梦的文学，其中的极品莫过于《红楼梦》。分析人士指出，《红楼梦》这个题目，精确地讲，应有"繁华梦"、"富贵梦"、"爱情梦"的内涵[1]。细观徐东的《一场点石成金的表演》，也是一场对梦想的追寻，不过，这是得而复失的都市梦想破灭录。

小说开篇富有哲理："我对一些人的忠告是：绝不要轻易地说出自己的梦想。"因为据"我"的经验，把自己的梦想告诉别人，结果"我"的梦想变成了大家的梦想，那个梦想就不再是"我"的了。这样，"我"就变成了没有梦想的人。小说耳语般的叙述，娓娓道来的舒缓节奏，使愿闻其详的读者逐渐为之吸引。都市产业化的喧嚣，物欲化的诱惑，都逐渐吞噬着人们的梦想——那些纯洁的或者是曾经纯洁的梦想。

失去梦想是可怕的，没有梦想更可怕，小说当中的"我"，终日无所事事，甚至不知道自己做的是什么工作，荒诞、无序、漂泊感造成了"我"的失眠，并进而造成了"我"的深夜游荡。

游荡的"我"遇到了那个可以点石成金的人。那个人给了"我"一个梦想，虽然"我"认为别人的梦想不能成为自己的梦想，但他最终使"我"相信，一个人的若干个想法是可以让许多人来完成的，方式就是一场点石成金的表演。

两个人去了一个市场。表演者问道：如果可以让一百块钱变成两张，大家想不想亲眼看一看？亲自试一试？

很多人都想看看他如何变的。于是就有很多人抽出一百元的票子，他选中了一个票子上带"8"的。"8"代表"发"，他扬扬手中的票子说，现在请大家听好了，一张变两张，这位女士，你现在要是后悔还来得及。那位女人脸上布满期待的表情，连忙说，不会，不会，我不会后悔。

然后，点石成金的人开始了魔术表演，将钱打开以后果然是两张，但是那两张都是一块的票子。

---

[1]　章必功：《〈红楼〉讲稿》，文化艺术出版社1996年版。

很多人都笑了，他把钱送给那个人，然后对众人说：我告诉你们一个真理，贪心是要付出代价的。谢谢这位女士，真诚地感谢您的参与，十分感谢您为大家带来一次大饱眼福的机会。他深深地鞠躬，那女人愣了一会儿，转身走进了人群。

众人散去之后，我问，那张一百的呢？

他面带笑意地说，变成了两张一块的了啊……

这实际上就是一种骗术，后来，他的骗术成了“我”谋生的方法。“我”觉得自己就像一个传教士一样，在中国的大地上，在人群里传播着“贪心是需要付出代价的”这一道理。我开始又找回了自己丢失的梦想，虽然那个梦想已不是我从前的梦想。小说至此结束。读完这个故事，读者可能会觉得荒诞：这种骗子怎么可能存在呢？其实，现实往往就是荒诞的构成。徐东只不过是找到了其中一个表达方式而已。

都市人大都处于“我”这种“混沌”状态：身体疲惫或亚健康，心理多少有些障碍，有份工作却终日觉得无所事事，曾经的梦想变成了镜花水月，以至于最终迷失了自己。那个魔术师是现实的化身，他可以给你一个梦想，也可以摧毁你所有的幻想。当大梦初醒时，现实就给我们上了生动的一课。百元大钞象征着人们对金钱、对物欲的贪恋，无疑，“一张变两张”，是人人都追求的梦想，但如果仅凭做梦来实现梦想的话，那永远只是一种奢望。

二、带着灵魂去远足

童话般的故事，纯洁的心灵，水晶般明亮的语言。这是短篇小说集《欧珠的远方》带给我的第一波震撼。这是一本以其中一篇小说命名的短篇小说集，也是一本写给心灵的书，是心灵讲给心灵的故事集，适合在你心灵缺氧的时候随时捧读。当然，如果想在这里找到生存之道、权谋之术，可能你会失望而归。因为这本书远离尘嚣，远离俗事，甚至，远离现代社会。这是一本来自远方的书，这同样是一本关于远方的书。

徐东在西藏当了三年兵，离开西藏十年后，他用三年时间完成了西藏系列短篇小说的写作。或许是“近乡情更怯”（西藏可以看做徐东的第二故乡，当然随着作家的漂泊，他已有了第N个故乡，未知深圳是否是他的最后一站），或许是“距离产生美”，离开西藏后，他反而写出了像西藏天空一样纯洁的小说。在徐东写实的都市与写意的西藏之间，我会毫不犹豫地选择写意的西藏，我喜欢，不仅因为它与众不同，而是我知道这完全靠作家的想象，与地域无关，换成新疆或者内蒙古都会有欧珠一样的人，都会有他心目中的远方。西藏只是徐东编故事的发酵粉，因着那里的天，因着那里的水，因着那里的美好自然流淌而出。

一个叫欧珠的男人，整日蹲在县城寺庙的墙根下晒太阳。他的心里没有世俗的位置，有的只是那个被他称作远方的石头，或者说，是因为有了那块他奉为至宝的石头，所以他才终日怀有对远方的憧憬。他的心灵对生命的渴求完全是特立独行的，没有对物质的过高要求（每日吃糌粑即可），没有对肉体欢愉的尘俗渴求（妻子红杏出墙，他也未追究，或是无意追究。这像是受了禅的晓示，物我两忘，不与世间争短长——或也预示着欧珠已下定决心要去远足），有的只是对阳光的依恋、对远方——应该说是对未知世界的期盼，最后他踏上远方之路，他要去追求什么，他的远方又在哪里？属于高原的宁静还是城市的喧嚣？他是在逃避生活的责任还是生命的意义？读者似乎找不到答案，因为作者没有告知。当然，欧珠自己内心是给了自己答案的，只是他并没有说出来而已。小说主人公欧珠内心有一种无法言说的期待，因之他要带着灵魂作一次远足。而这种期待，或许就是他真正的归宿，不论这种归宿是苦难还是幸福，走向远方的欧珠已经觉得自己在飞了。或许，这事实上也正是欧珠所要的答案，亦即读者尚未能找到的答案。

作者说："这是一部关于过去的书，也是一部关于未来的书，而阅读时，它又是关于现在，关于内心的书。"欧珠是被认为有些傻气的人，然而就是这个不善言辞，傻里傻气的欧珠，讲起话来还是很有力量的。次仁是个生意人，对整日在墙根底下晒太阳的欧珠充满嘲笑。次仁"手里拿着两块石头，放在欧珠的面前说，欧珠，欧珠，睡着了吗？把这两块石头当成你要卖的东西吧……我想你要是在拉萨守个地摊儿，卖一些零碎货的话，一天下来也是可以有一些收入的啊。"

"墙根边其他的人都笑起来，根本没有想到如果次仁把那两块石头放在他们面前，他们也是可以成为取笑的对象的。"

"欧珠看看次仁，又看看那些发出笑声的人说，你们都很高兴啊……我心里的东西是搬不到地面上的，也不会有人出钱买。"

平时和欧珠在一起晒太阳的人看到次仁取笑欧珠就纷纷跟着笑起来，这种场景似曾相识，好像鲁迅先生笔下的那群"鸭"，大家都是一副"事不关己，高高挂起"的神态。这是在遥远的欧珠的世界，然而与我们现在的世界又是何其相似。欧珠那句"你们都很高兴啊"看似愚钝，却蕴含哲思，笑与被笑的人其实是可以对调的。次仁看不起以欧珠为代表的在寺庙墙根下晒太阳的那些懒汉，嘲笑他（当然也包括“他们”），显然是因为自己贩卖皮毛，能去拉萨那样的大城市，而在心理上自觉有着优势；欧珠的心里没有那么多物欲，或者说他把心的大部分位置，让给了那个遥远的“远方”，所以，在欧珠的眼中，谁更愚蠢，谁更应该被嘲笑，即使不加言说，这也已判然分明。读者可从下面的细节描述中得到答案。

你心里能有什么呢？我看只有糌粑和奶茶吧！

我的心里有什么，谁也看不见……我想只要有茶喝，有糌粑吃，我就满足了啊！

如果没有梅朵和你那两个能干的孩子，我看你就不会这样说了吧！

你们看，天上的太阳很亮，很亮的太阳照见的一切都很真实，你说‘如果’，我看所有的假设都是很可笑的啊……生意人，赶快去挣你的钱去吧！

在墙根下晒太阳的人又笑了起来，他们觉着不爱说话的欧珠，一旦说起话来，还是很有力量的。次仁本想跟欧珠开个小小的玩笑，没想到却被欧珠取笑了。”

本来，生意人应该更关注现实生活，而整日沉浸在虚幻与遥远之中的欧珠，似乎与现实是格格不入的。但在这一场欧珠与次仁之间看似平和实则暗藏锋芒的对话中，被嘲笑的欧珠占尽了先机：欧珠是在追求虚无缥缈的远方，但他也关注有茶喝，有糌粑吃的现实生活。如果不是手中那块光滑的石头，欧珠或许早就离开了吧？

现实中，欧珠这样的人是要被视为异类的，或者，换句比较委婉的话说，是“大智若愚”。总之，社会很难有欧珠们生存的空间。或许是出于此种考虑，徐东没有轻易地给欧珠下定论。在小说的结尾，欧珠放弃勤劳美丽的妻子，放弃聪明能干的儿女，放弃唾手可得的糌粑与酥油茶，带着他的石头，带着他对远方的梦一样的憧憬，选择了出走。欧珠出走会怎样，善良的徐东没有说，而善良的读者或许早就猜到了。如果就欧珠出走的命运将会如何这一问题展开一场讨论，那么，这种讨论或许会像娜拉出走时的讨论一样，引起轩然大波。当年对娜拉出走讨论的结果，是任谁都未能真正替娜拉找到一种理想归宿。而欧珠，其命运，和娜拉的命运应该是相同的。因为，那个远方可能永远不存在。

三、插上想象的翅膀去飞翔

很多作家都承认，想象力是好作家必不可少的武器。但是随着年龄的增长，想象力或会不断地被削弱，代之而来的可能是常识、现实。能够长时间保持旺盛、丰富的想象力的，郑渊洁是一位，徐东也是一位。这样的作家之所以能在30岁之后仍保持旺盛的想象力，大概源于小时候的清灵心境得到保持。上小学一年级时，徐东的数学成绩不好，一次考完试发下试卷，看见上面写着零分。年幼的徐东并不知道零分意味着什么，还以为自己得分了，特别高兴，回到家里，举着试卷高兴地对妈妈说："妈，你看，我得分了，我得分了。"母亲看了十分生气，说你这个孩子拿了鸭蛋还这么得意。应该说，正是这种天真、纯真，使徐东能够保持丰富的想象力，进而插上想象的翅膀在小说世界翱翔。徐东的想象既是灵动的，又是务实的，他充分展开想象，并借此自如优美地表达出他内心的东西。用玻璃一样洁净透明的语言和内容上的自由想象，抒写着他对生活的感悟。他的小说充满诗意，像民间传说一样美好，又有淡淡的宗教情感和温和的哲学况味。

小说集中的那些人物，欧珠、格列、拉姆、罗布、其米、旺堆、扎西、杰布、桑珠、平措、达娃……住在油画一样的世界里，过着简单得近乎原始的生活，有着和天空一样纯净的心，读着这样的故事，你会觉得他们既是真实地存在于西藏的人，又像是模糊的梦幻中的人，因此，阅读就变成了一种插着想象的翅膀进行的飞翔。这种飞一般的感觉，是许多作家梦寐以求的。借着这种飞一般的感觉，可直达一种清灵高妙的境界。

除了语言的灵动清纯和想象力的自如游动，徐东的小说还写出了一种心灵重压的纾解，主人公同样与欧珠一样，在远方的召唤下，了无牵绊，灵魂纯净。作者所写的，是一些自由自在的人，他们不是没有责任，但是他们的心摆脱了羁绊，在想象的天空自由驰骋。《赛马与彩注》中，有一个天真、执著的昂仁，为了他一见倾心的女人龙娜泽，不得不参加自己并不擅长的赛马，为的是赢得作为彩注的龙娜泽。就因为龙娜泽阿爸吉桑醉酒后说要在赛马节那一天把龙娜泽当彩注，许配给赛马场最优秀的骑手。昂仁花了大价钱买了一匹"像雪一样的白马"，擅长骑射的吉桑也喜欢这马，于是同意昂仁把马养在自己家中，并教昂仁骑射。比赛结束，"昂仁是中彩注的人，可是昂仁没有想到，谁都没有想到，龙娜泽竟然失踪了"。小说至此，似乎与其他小说相比，没有什么突出之处，但执著的昂仁，或者说善良的徐东等到了这样一个结局：

"直到三年后，龙娜泽抱着三岁大小的孩子回到了家里，又过了一个月昂仁这才娶了她。昂仁实在是太爱龙娜泽了，因此也没打算问龙娜泽跟着的那个男人究竟是什么人，他只知道有一个男人给了龙娜泽当时想要的爱情，不知为什么又离开了她。”

生活在“远方”的人们，心灵也像西藏的天空那样纯净，其貌不扬的昂仁，却有一颗水晶般的心，他的心像大海一样宽广，能容下龙娜泽的任何瑕疵，这样的小说，不知那些终日生活在尘嚣之中，视传统礼教为精神圣经的俗人读后，会作何感想？

《赛马与彩注》虽然是虚构的，但徐东在其中融入了许多现实因素：单相思、执著追求、情人的背叛、宽宥与包容。徐东笔下的昂仁其貌不扬，身材也不够伟岸。而正是这样的处理，使徐东的小说，首先背离了才子佳人的传统创作模式；对于龙娜泽形象的刻画，徐东用墨较少，但却采用与其人物形象极为相似的写法，即从行动上表现性格。龙娜泽不喜欢阿爸的安排，不喜欢相貌平平的昂仁，同样不喜欢命运的安排。她没有过多的语言，没有明面上拼死不从的激烈反抗，但她选择的方式却是最决绝、很是出人意料的——与心爱的男人一起出逃，虽然最终她所爱的男人弃她而去，但却还有一个深爱她的男人自始至终在无怨无悔地等着她，并一无嫌恶地接纳了她的一切，勇敢爱着也盲目爱着的龙娜泽，其遭遇堪称幸运。

在“欧珠”的世界里，在徐东的想象中，在他的笔下，活着的是真正的人，真正懂得生活真谛的人，他们的心是他们的疆域，而他们的心又海阔天空。想离开家就走了，想去远方就去了，想爱谁就爱了，尘世中的问题不是问题，想做什么才是问题。人是可以这样活着的，没有渣滓，没有邪恶，一切安详如混沌之初。故事是可以这样讲的，小说是可以这样写的。

在《贡加贡的时光》中，徐东讲述了两个童话故事。一个讲的是慈爱的父亲给体弱多病的女儿寻找传说中神奇的镜子，据说这面魔镜可以根治女儿的病，但两个女儿等到头发都白了，还是不见父亲归来，她们于是就化成了两座山峰。带着镜子回来的父亲伤心欲绝，也化成了慕士塔格雪山，而镜子变成了卡拉库里湖。另一个故事，讲的是一对恋人想要知道爱的过去与未来，在慕士塔格下起程到传说中的贡加贡，那个永恒的爱之地，最终女孩桑琼没能经受住贡加贡的寒冷，在男孩西多的怀抱里缓缓倒下，她化成一柄利剑，任由西多劈向无情的天空。两个爱的故事，一样的凄美结局，徐东的想象驾驭着他的灵感，在故事与哲理之间徜徉，父亲历经千辛万苦带着镜子回来，却再也不能挽回女儿的生命；桑琼最终没能陪伴西多翻过那两座山峰，贡加贡的时光被西多砍得纷纷坠落。苦涩？哀愁？这大约永远只是成人的童话。

四、语言是音乐

我一向有一种感觉：好的小说比一部好的电影还要好上一百倍！电影说白了是导演一个人的表演，灯光、音响、演员的表演、台词都围绕导演的指挥棒转，这样的作品呈现给欣赏者，其欣赏空间必然受到一定限制。欣赏电影首先要有设备，不论是在家里、露天还是电影院，阅读小说就不同了，只要光线不是很暗，一个识字的人站着、坐着，甚至躺着、趴着都可以充分调动灯光、音响、主人公、对话等，甚至气味，还有无法探知的心灵秘境。这样，作者、阅读者共同完成了小成本的电影制作——作者的描述加上读者的想象，各种场景一应俱全，何其快哉乐哉！制造这样的一种阅读快乐，首先有赖于作者的努力，然后是有赖于阅读者的再创作能力。这里，作者高超的想象力、结构的驾驭力以及语言的表现力是第一位的。我想，徐东能算得上是一个阅读快乐的高明的制造者。因为除了想象力、结构驾驭力之外，徐东还具备出色的语言表现力。而好的语言就是一种音乐，绕梁三日而不绝，令人心向往之。

在《拉姆的歌声》中，徐东演绎了一场现代版的柏拉图之恋。达娃历经岁月的艰辛和生活的磨难，为的是寻找会唱歌的拉姆，“拉姆的歌儿唱得太美了，所有听见她的歌的男人都觉得她的歌比她本人还要美，所有听过拉姆的歌声的人都会想有她一样的好嗓子。男人有了那样的好嗓子，他们就不会缺少女人了，女人有了那样的好嗓子，男人们就会主动来献殷勤”。拉姆知道有个叫达娃的男人正在找她，心中不由地滋生了对达娃的爱情，于是也开始寻找达娃，当两个有情人终于找到对方之后，时间已然过去多年，“达娃已经不再是英俊的达娃，拉姆也不再是漂亮的拉姆”。虽然人已老迈，虽然歌声不再，达娃依然要幸福地牵着拉姆的手，共同前行。

小说中，拉姆的声音犹如天籁。她的嗓子“是那蓝蓝的天空给的，是那高高的雪山给的，是那清澈的流水给的，是那青青的草地给的”。徐东的这本小说集所运用的语言也像天籁之音一样，如一首空灵的乐曲，流淌在读者的心中。他用童话般的语言讲述来自天堂的故事。在潺潺的流水边，在青青的草地上，在洁净的天空下，拉姆的歌声在徐东诗意的语言描述中，徐徐飘来，轻盈而不失沉稳，如梦似幻。

拉姆在和达娃相遇的那一刻，觉得自己又变成了小姑娘，又有了唱歌的欲望，“拉姆忍不住轻轻地唱，后来就放开了唱。拉姆的歌声唱落了她脸上的皱纹，唱青了她的白发，她的歌声使天变得更蓝了，她的歌声唱回了过去。”这是一个童话式的结局，王子和公主从此过上幸福的生活。至此，读惯了纸醉金迷，看倦了迷茫沉沦的人们，若回头再看看徐东为我们设计的这个成人童话，会遭遇什么呢？难道不是心又归为宁静？这种心的回归，则正是语言净化的结果！

我们知道，用小说表达自己的情感意志，比用散文和诗歌直抒胸臆要艰难。但徐东在他的小说中，显然突破了这一技术层面上的难题，他用灵动优美的语言抒写他心中的歌，而且如此婉转迷人。

海德格尔曾倡导“诗意地栖居在大地上”，而在作家江小笛看来，徐东的诗意“更重要的表现于他对西藏的想象力为我们建构了一个理想的彼岸，为我们这些在此岸的世界中苟延残喘的人们找到了精神的家园”。“在西藏的那段时间，我改变了很多，对我心灵潜在的影响很大，很难忘，很美好。”徐东怀念西藏，他喜欢一醒来就能看到远处雪山的感觉，陶醉在那种如油画般美丽的景色里。的确，徐东的语言与西藏的天空一样纯净，那些傻傻的主人公比世俗中的聪明人更易抵达事物的本真。他的小说真正体现了人性本善。

徐东在小说中说：“我怕我一说话，世界就变了。”因为“有些事物就要被惊动了”。有徐东的小说和没徐东的小说，世界是不一样的。徐东用小说开口说话，许多事物已经被惊动了。小说集面世之后，引起了评论界广泛的关注。贺绍俊说，他的追求多少有些像一个乌托邦，但难能可贵的是，他将这个乌托邦付诸行动，这就有了他的意象小说。李敬泽说，《欧珠的远方》在他的外部，是远处的地方，也在他的内部，是心中的向往、梦想。孙智正说，这些小说首先是小说，同时是诗、哲学和语言……

许多作家在创作之初往往抱有避免千篇一律或千人一面的初衷，但当作品发表后，经常事与愿违。徐东有了《欧珠的远方》至少不会有此担忧了，因为他是特别的，与众不同的。如果你也像作者那样，渴望现实之外的生活；渴望更自由、更安静、更爱；渴望感受内心与明天的美好与灿烂；渴望有所期待的时刻，会有什么从天而降……那么，请来读徐东。

高成论

时代、文学的“圣地”及其他：兼谈一种文学观念

陈劲松

一、我们的时代与文学选择

德国汉学家顾彬声言“中国当代文学全是垃圾”，他的这一说法未必非常客观公允，却部分道出了值得许多人正视的中国当代文学的某种走向。显然，无论其出于何种原因及思考而作出以上判断，这对当下中国文学的触动都是极其强烈的。顾彬的观点虽因考察方法与角度的不同而难免失之偏颇，然而却至少在一定程度上反映了中国当代文学缺乏经典作品的不争事实。今天，“中国崛起”的声音已响彻寰宇，反映在文学创作上，即是长篇小说以每年超千部的产量显现出欣欣向荣的表象。与此同时，我们的文坛则逐渐随着市场经济的浪潮日益娱乐化、庸俗化、侏儒化。可见，多数时候，一个时代的经济发展与文学繁荣并不同步。因此，美国学者哈罗 · 布鲁姆将这个时代称之为“混乱的时代”。所谓混乱，意即价值观的扭曲和信仰的畸变。关于这一点，作家路遥早已指出：“在当代的现实生活中，我们常常看到这样一种现象：物质财富增加了，人们的精神境界和道德水平却下降了；拜金主义和人们之间表现出来的冷漠态度，在我们的生活中大量存在着。……如果我们不能在全社会范围内克服这种不幸的现象，那么我们就很难完成一切具有崇高意义的使命。”时至今日，逝去的路遥所深怀的这种忧虑，非但未能消除，反倒因为社会成员的集体麻木而愈来愈显得彤云密布。

人类追求现代化的步伐，从其一开始就似乎再也难以停歇。对中国而言，现代化固然带来了经济的腾飞和物质的丰富，但精神的萎缩和道德的失范，也不折不扣地成为这个时代的病相。要知道，“现代化从来就是一面双刃剑，它一面以利锋斩断一切

保守、僵化、迷信等的思想观念和习惯势力，另一面又以冷酷的锋刃对人的温情、质朴以及一切已经建立起来的伦理秩序和道德体系日加凌逼。”[1] 正是在这个意义上，谢有顺教授冷静而客观地说道：“这是一个大时代，也是一个灵魂受苦的时代。所谓大时代，是因为它问题丛生，有智慧的人，自可从这些问题中‘先立其大’；所谓灵魂受苦，是说众人的生命多闷在欲望里面，超拔不出来，心里散乱，文笔浮华，开不出有重量的精神境界，这样，在我们身边站立起来的就不过是一堆物质。即便是为文，也多半是耍小聪明，走经验主义和趣味主义的路子，无法实现生命上的翻转，更没有心灵的方向，看上去虽然热闹，精神根底上其实还是一片迷茫。”[2] 他进而指出：“中国当代文学中，这些年几乎没有站立起来什么新的价值，有的不过是数量上的经验的增长，精神低迷这一根本事实丝毫没有改变，生命在本质上还是一片虚无。”[3] 而在我看来，造成这种迷茫与虚无的根源，盖因“在一个新潮迭涌、乱象纷呈的环境里写作，其实是一件很艰难的事情，因为，病态地求新求变的风气，很难使人沉静下来，很容易使人谋虚逐妄，很容易使人蔑视规范和拒绝传统。”[4] 于是，更多的作家选择了回避沉重，迎合轻浮；选择了抛弃精神，拥抱世俗。故而我想，顾彬认为“中国当代文学全是垃圾”，是否系针对此而言的呢？

因此，面对时代的浮躁与喧嚣，重提作家“为谁写”、“为何写”、“写什么”以及“如何写”等诸多常识性问题，显然并非多余。因为这个时代已有太多的作家，对上述问题视而不见，他们的写作，仅仅为个人写、为名利写，往往热衷于写性和欲望，漫不经心毫无立场，既缺少对生命应有的尊重和对存在的必要追问，又不屑于对人性进行细致挖掘和对灵魂进行深度探索，而是躲进象牙塔里成一统，无病呻吟顾影自盼。对于此类文学，我将其视为“失重的文学”，缺乏根基，永远是飘在空中的。值得庆幸的是，尚有一批孜孜不倦的作家，以其真诚的写作姿态创作出不少厚重的作品，从而不至于让这个时代的文学显得过于贫瘠和苍白。譬如贾平凹、王安忆、莫言、格非、毕飞宇、麦家、东西、郑小琼等，当然，这份名单还可以开列得更长一些。不过在这里，我最想谈论的是一位深圳作家，他叫高成。我因阅读其长篇小说《新地》（人民文学出版社 2007 年 8 月出版）而得知，在深圳这座物欲充斥的现代

---

[1]　黄永健：《凝神注思——批判与探索的轨迹》，海天出版社 2007 年版，第 5 页。

[2]　谢有顺：《文学的常道 · 自序：中国当代文学的有与无》，作家出版社 2009 年版。

[3]　同上。

[4]　李建军：《时代及其文学的敌人》中国工人出版社 2004 年版，第 7 页。

化都市，仍有像高成这样有着文学自律与道德坚守精神的作家。高成花了八年时间写作《新地》，八年里，他每天下了班，拖着疲惫的双腿走回家，还要撑着昏沉沉的脑袋想：今天精神状态怎样？晚上还能写么？而他也坦言，自己常常是回到家，难抵身心俱疲，倒向床板。可是，他很快又和自己“铆劲”，硬撑着散架的身体，用冷水冲洗一阵，然后再回到电脑前，敲下当天必须完成的文字。甚至出差，他也同样不敢懈怠，总要带上手稿，或带上笔记本电脑，忙完一天的工作，再坐到酒店里写作。他在小说后记里告诉读者，写这部长篇的过程中，要重敲因电脑死机丢失的二十余万字，要与搅人心意的人事抗争，还要与耳鸣较量、与其他病魔搏斗……因此，作家南翔评价说，在这物欲横流的社会里，作者能够沉下心来，用这么长时间写这部长篇小说，而且这么认真，实属不易。因为对深圳人而言，生存问题是很现实也很残酷的。作者从内地闯荡深圳十余年，品尝到不少酸甜苦辣，也看到这里的人们，有着怎样的沉沦与奋争、浮躁与坚守、倾轧与善举、彷徨与前行，他遂而将这种种感受写进了自己的小说里。

由此，我想到了一个关于写作的更深层次的问题。在这个混乱而又嘈杂的时代，我们究竟该作出怎样的文学选择？诚然，“我们的时代无时无刻不在选择着文学，而我们的文学也在不断地选择着自己在时代生活中扮演的角色或自身对时代最敏感的问题，这种双向的选择越是刻板、僵硬、整一化，文学就不会真正繁盛；越是多样而自由，文学就能不断焕发活力”。[1] 而在这种自由选择的背后，我认为还应有着“寻找人”、“发现人”、“肯定人”的文学思想与审美品质，毕竟文学归根到底是人学。诚如谢有顺教授所说：“文学实在是最日常的事物，凌空蹈虚、好高骛远反而远离了文学的本心。好的文学，应该告诉我们人类是如何生活的，也应该告诉我们人类是怎样走来的，又将如何走下去。也就是说，文学中的‘生活世界’，还应与‘人心世界’对接。”[2] 为此，他进一步强调：“文学是灵魂的叙事，人心的呢喃，这是任何时候都不能动摇的根本指向。”[3]“文学如果不能从生命、灵魂里开出一个新的世界，终究没有出路……守住生命的立场，肯定这个世界的常道，使文学写作接续上灵魂的血管，这是文学的根本出路，古今不变。”[4]

---

[1]　雷达：《我们时代的文学选择》，《文艺争鸣》2009 年第 12 期。

[2]　谢有顺：《此时的事物 · 序》，江苏教育出版社 2005 年版。

[3]　同上。

[4]　谢有顺：《文学的常道 · 自序：中国当代文学的有与无》。

作家高成则认为，在现实世界，人必须敬重苦难，才会有悲悯情怀，才会有大爱，这个世界也才会和谐。一如其长篇小说《新地》中的主人公宇军所说，人活着目的都一样，其实都是为了好好活着、快快乐乐地活着。也许，这才应是我们时代的生活态度与文学选择。

二、挖掘“存在”，拷问“自我”

高成自幼与绘画、文学结缘。当过兵，做过新闻文化工作，任过报纸、杂志主任、主编。20 世纪 80 年代开始创作，并陆续在国家、省、市级报刊、电台发表小说、散文、新闻、报告文学等百余万字。著有长篇小说《新地》及多部中短篇小说。曾多次荣获国家、省级文学与新闻奖。事实上，高成的确是一个用心写作的人。从他的文学观中我们即可窥出端倪：“在过去相当长的文学实践中，我们的作家大都醉心于编织惊心动魄的故事、宏大的叙事题材等等，表面看来是对社会现实的反映，是主旋律，也显得热闹非常，但是说到对人性的挖掘，对人内心世界的拷问却是浅而又浅。于是乎，我们从小说中便经常可以看到大量的雷同的情节、雷同的故事、雷同的人物，甚至雷同的语言。而这种小说怎么能够长久？又怎么能够打动读者的心灵呢？”追求并突出“对人性的挖掘，对人内心世界的拷问”，这是高成小说创作所坚持的重要文学维度。他的写作是“向下的、慢的”，但在“慢”中有着令人品咂的味道，恰似文火熬炖后的一瓮清汤，淡香爽口。他的小说作品由短篇到中长篇，总数不是太多，但都有着一以贯之的鲜明主题，那就是贴近现实，关注存在，并在此基础上展开对生命意义的探求。

高成小说故事的发生地，大多是在他所居住的深圳。因了种种原由，深圳迅速成为一座充满活力、深具魅力又富有创造力的现代化城市，同时成为东方文化和西方文化、黄土文化和沿海文化的交汇点。自建立特区以来，中国内陆各省份的数百万异乡人，离开父母、抛家别舍，从四面八方汇聚于此，或投资兴业办厂，或谋生打工淘金。有论者指出，对每一个深圳人来说，深圳都是介于天堂和地狱之间的炼狱，有人物质上成功了，精神却跌入万劫不复的地狱，有人事业上失败了，精神却升华了，事业的磨难成为他们体味人生的宝贵财富，成为人生新起点的基石，成为百折不挠的直接动因，成为不可摇撼的坚定信念。而叙写深圳生活，描摹深圳场景，塑造深圳人物，展示深圳风情是高成小说的关键词。

短篇小说《月晕》讲述的是一个暗恋故事。作者意在强调，常常看起来美好的爱情，背后却暗藏着不为人知的秘密，犹如月晕，朦胧得看不清。因自身平胸颇感自卑而去整形的贺莉丽，最终因手术后遗症而失去了“我”的好感。这种追求美反而沦为美的奴隶甚至牺牲品的女性镜像，折射出当前一些女性迷失自我的社会病象。在这部作品中，我们所读到的，是表面上看起来赏心悦目的美，可能与真正的美大异其趣，若盲目追求，可能适得其反。这或许正是作家对饮食男女的一种善意提醒。

《画友》讲述的则是一个回忆性故事。三十年前，潘宇明，一个性格内向、热爱绘画艺术的少年，最终却因强奸未遂继而杀害邻家小妹被枪决。在那个人性备受压抑、人格严重扭曲的年代，潘宇明之死很难说到底是个人的不幸还是时代的不幸。作者由此展开深入思考：谁来对这段历史负责呢？

《倩倩》中的主人公倩倩，无疑是这个商业时代被损害的悲剧女性。她被骗被伤害的经历固然让人同情，但其好逸恶劳的性格，使她遭到强奸，并被抛弃……当她意识到这一切时，为时已晚。作品似乎意在告诉世人，在任何时代，女性总是最容易受到伤害的。而其背后的潜台词，又似乎是女性自爱与“救救女人”。

而在《彩旗飘飘》中，企图“家外彩旗飘飘，家中红旗不倒”的黄宝泉老板，最终因艾滋病命丧黄泉。小说通过一个简单的“因果报应”故事，对这个一味追求物欲享受的时代进行了无情的鞭挞与讽刺。

《女人与狗》依然是个悲剧，小说中的陶兰兰亦是一个悲剧女子。当她失去丈夫的关怀与温情后，将自己的生活和精神寄托在一条狗身上，甚至从它身上获得性的安慰。最终，因狗的离去导致陶兰兰的自杀。对此，我们似乎很难从传统伦理道德角度予以评判。生活在现代都市中的人们，仿佛得了感情萎缩症，失去了爱与被爱的能力。

高成的多数小说，紧紧围绕“人”的生存境遇和“人”的道德情怀展开叙述，以无比真实的现场感和极端尖锐的洞察力，抒写出这个时代的“恶之花”。批评家李建军认为：“真正的小说关心的是人、叙写的是人在某种特殊的生存环境里的人生遭遇和内心体验，小说家的写作目的，就是要通过有意味的情节想象和具有典型性的人物形象，帮助读者认识社会，认识生活，向读者提供人生的经验和智慧，从而对读者人格成长和道德生活发生积极的影响。”[1] 事实上，这个世界上真正伟大的文学作品，无

[1]　李建军：《时代及其文学的敌人》，中国工人出版社 2004 年版，第 15 页。

不对人类道德思想产生重大影响，譬如托尔斯泰的《战争与和平》、肖洛霍夫的《静静的顿河》、雨果的《悲惨世界》、普鲁斯特的《追忆似水年华》、马尔克斯的《百年孤独》、曹雪芹的《红楼梦》、鲁迅的《呐喊》、路遥的《平凡的世界》，等等。高成的写作，自然不能与上述任何一位文学大师或重要作家比肩，甚至，他也无意与同时代的许多作家论短长。但他兢兢业业，坚持不懈，始终用道德情怀来充盈自己的内心与作品，始终坚定地朝这个方向迈步，始终坚持让自己的作品贴近当下、描画人性、温慰人心、昭示人生，并且从来不事张扬——而这，恰恰是高成最为可贵之处。

在高成其他中短篇如《一把折叠扇》、《“二奶”月儿》、《瞒瞒瞒》以及《傻女》等小说中，作者以同样娴熟的笔法，塑造了小男、月儿、小蓉和傻女等女性形象，通过她们的悲剧故事，传达出作者内心深处的悲悯情怀。别尔嘉耶夫说：“关于生活的意义问题，关于从恶与苦难中拯救人、人民和全人类的问题，是艺术创作中最占优势的问题。”从高成的作品中，我看到了他作为一个小说家，对身边的人，尤其是对不幸的人们所抱有的同情、关爱和怜悯。在我看来，“对处于极端贫困和不幸境地的人予以同情和怜悯，帮助和抚慰，乃是一个具有宗教性质的道德体系的基本倾向，也是衡量一个道德体系是否健全的基本尺度”。[1] 事实上，“这也是衡量一个作家的写作态度与写作道德是否‘健全’的基本尺度”。[2] 因此，尽管高成的小说作品在文学性与审美性方面还有待提升，但其始终“向内”的写作态度，始终挖掘“存在”、拷问“自我”的文学追求，以及始终从人性出发的叙述角度，无疑是值得肯定的。

三、《新地》：时代及文学的“圣地”

中国改革开放30年，经济的快速发展令世界瞩目。然而，在财富的迅速积累过程中，我们的价值观、道德观以及人生观都受到不同程度的冲击，尤其是新世纪以来，在社会重大转型的大背景下，中国人的精神和信仰经受着严峻考验。

高成的长篇小说《新地》，其写作缘起，即系于此。作者以饱满的激情，用8年时间打造的这部“史诗性”长篇小说，以深圳新地大酒楼为主要场景，以改革开放为

---

[1]　李建军：《时代及其文学的敌人》，第210页。

[2]　同上，第298页。

主要背景，讲述了发生于“抗美援朝”、“文化大革命”、“改革开放”、“东南亚金融风暴”等重大历史时期中的人和事。通过对宇军、陈静萍和徐宝泉、季莲娜两对主要人物的刻画，从不同侧面反映了众多人物在各个历史时期的生存状态和命运，从而烘托出中国和深圳在改革开放的30年里，人们在物质世界中的精神惶惑、坚守与追求。作为一部凝结了作者八年心血、反映“两个30年”现实生活和深刻剖析现代人际关系与人性的长篇，《新地》洋洋洒洒近50万字，是一部需要阅读耐心的作品。在小说后记中，高成告诉我们：“在这部长篇小说中，我想通过讲述一个特殊时期——‘两个30年’（中国改革开放30年和深圳改革开放30年），和特定环境——‘新地大酒楼’，以及现实世界里的‘这一个’，试图透视现代都市中，人的生存与命运，试图重拾探讨了许多年却并未解决好的命题：作为人，从与母体分离的那一刻起，似乎欢乐的时光总是那么短暂，总要面对或遭遇许多意想不到的苦难，然后慢慢变老直至死亡。”并进一步追问：“那么，在从生到死的这个过程中，人该怎样活着呢？人活着为什么呢？人内心的‘圣地’又在哪里呢？”

小说正是在这种追问中展开故事叙述并进行人物塑造的。新地大酒楼在时代的风云激荡里，俨然是一个五彩缤纷、璀璨斑斓的世界，呈现着光怪陆离的影像，使人恍入神秘莫测、如梦似幻的境地。主人公宇军是一个对事业执著、深厚内敛、忍辱负重又疾恶如仇的男子汉。他从老家来到深圳后，成为新地大酒楼的负责人，到了深圳一年多，才对理想与现实的距离，特别是对现实的残酷，有了更深切的体会。在酒楼待了近两年，宇军似乎仍然难以适应这种生活。他不禁自问，难道是我选择错了，还是别的什么原因？是这社会变化得太快，还是自己一点都没有变？问了无数遍却没有确切答案，带给他的唯有茫然和沮丧。但是有一点他是清楚的，那就是，人要随着世事的、环境的变化而变化。变，是永远不变的。可是一会儿，他又不明白了，那就是现在的人怎么都变得面目全非了呢？事实上，宇军的茫然和沮丧根深蒂固地存在于每一个深圳男人的头脑中。因为这座城市给男人一种无形的压力。“你要混得人模狗样要让女人爱，十八般武艺，至少你得有那么几般。你每天要面对生存的压力，面对那么多诱惑。钱，这个历来被中国文人视为粪土的东西，如今却如此耀眼夺目如此芬芳四溢。就连‘爱情’这世间最圣洁最伟大最崇高最美丽的‘安琪儿’，在它面前，也瑟瑟发抖、俯首称臣了”。[1] 这就是现实，这就是现代社会的残酷现实。因此，对这里的男人

[1] 高成：《新地》，人民文学出版社2007年版，第98—102页。

来说，“当你追求什么时，譬如你选择的职业、你感兴趣的工作，就可能意味着失去什么，譬如你所钟爱的女人；反之，你想竭力拥有你钟爱的女人时，便可能意味着将失去你所谓的事业，至少你不得不放弃一些什么，譬如时间，譬如兴趣。于是久而久之，你会身不由己地淡漠了兴趣、消磨了意志，而最终成为一个‘平凡’的人，以达成两个人的相融。现实生活中，这种‘非此即彼’的矛盾，有时候就这么尖锐”。[1]

宇军的女朋友陈静萍，一位对爱情忠贞并有着近乎完美追求的女孩，以自己的努力打拼，终于在深圳谋得一席之地，最后因工作出色而得到公司赏识，被派驻美国。有时候，这位纯洁美丽的姑娘，也会凭着有限的知识，去思考两性，去思考男人。在她看来，男人大概不外乎这样：当你向他倾注全部感情时，特别是当你把女人最宝贵的东西交给他时，你就打折扣了；而这时候，作为女人，你就被牢牢地拴住了，根本不用戒指什么的。所以在静萍眼里，中国传统的贞节观是多么神圣、多么伟大啊。然而，就是这样一位自视甚高的女孩，和自己心爱的男人奔赴美国后，却不幸沾上了毒品，最终葬送了自己的爱情和婚姻。

小说中的另一位主人公徐宝泉，乃香港徐氏集团和新地大酒楼董事长。他是一个唯利是图、惜金如命，虚伪、有手段、有经济头脑的商人。早在20世纪80年代，他已是中国全民经商大潮中的“弄潮儿”。赚取人生的第一桶金后，徐宝泉相信，人生就是由无数的偶然因素构成的。他认为命运分开来就是生命和运气，生命是父母给的，运气是老天赐的。在他办公室里，挂有一条横幅“立天之道曰仁与义”。在他看来，人只要沾了“仁”“义”两个字，再“乘势而为”，就没有什么事情做不成。而对于自己在爱情和婚姻上的出轨，他的逻辑是：好色男人，比那些不好色男人，显得更年轻也更富有创造力。面对金融风暴中的不良商家，他也不免慨叹“是啊，怎么能这么不讲信用呢？一个个怎么都变得像泼皮了！这些，又都是从什么时候开始的呢？中国可是个礼仪之邦，中华民族可是个勤劳、善良、诚实的民族啊！”自己追寻答案未果，于是他就想，世道的变迁，就像不断变幻的光影，难以预料。

小说中，宇军的父亲在梦中告诫宇军，千万不要悲观。因为我们每个人来到这个世界，其实都是不容易的。但是为了幸福，为了梦想，也为了心中的圣地，才需要我们加倍地努力。作者以“新地”两个字作为小说标题，应是代表着一种象征和希望。“新地”两个字，用广东话发音再转为普通话即为“圣地”。作品通过透视发

---

[1]　高成：《新地》，第98—102页。

生在新地大酒楼里的人和事，扫描深圳这个中国改革开放的前沿阵地30年来的重大变化，辐射中国在30年改革开放进程中，乃至新中国建立60年以来所发生的重大事件，表达出这样一种思想和理念：我们每个人在不断追求物质财富的同时，还应当追寻精神的力量、文化的力量、道德的力量，从而去寻找我们内心的“圣地”。唯其如此，我们的国家才会稳健发展，人民才会幸福安康。当然，小说中的“新地大酒楼”仅仅是个缩影，甚至可以视为一种象征。因为在现代都市里，我们看到的不只是鲜花与阳光，还有阴霾、龌龊以及苦难。因此高成说，希望读到这些文字的朋友联想到：在未来的岁月里，在中国960万平方公里的土地上，那些即将变成现代都市的城镇和乡村，同样将有着类似的人物出现、类似的故事发生，人们同样还将遭遇苦难。

高成还说，《新地》要表达的思想正是：中国改革开放30年，经济快速发展，但人们的精神（文化）失落了，人们的内心缺失了信仰。也就是说，我们不知道我们活着为什么？我们的精神圣地在哪里？于是我们需要重拾这样一个命题：人活着为什么？对于小说创作的此种情怀与旨归，一定程度上反映出他的为人品格和小说品质。“世界文学史上，凡是今天还焕发着光辉的作品，无一例外都是深究世界和生命奥秘的，是复杂的，带着根本性的疑问的。人为什么活着？人为什么会恐惧？活着为什么这么艰难？绝望怎么产生的？等等。有了这种问题意识之后，作品的精神品格就复杂了，而复杂常常是伟大作品的品质。不是故意弄得复杂，而是精神世界太过于丰富。一些作品的失败，就是因为它太简单了，太直接了，太白了，一目了然，没有可以深究和回味的东西。……真正的好作家应该在存在的问题上长驱直入，深深地钻探世界和人性的真相，它的文学品格才会复杂、深邃、博大。……那些伟大的文学和思想能留下来，就在于它们呈现了一些非凡的东西，并给人类留下了许多永恒的疑问”。[1]

透过高成的小说创作，我们不难看出其价值取向和文学立场。而我想，也许正是基于上述文学信念和追求，高成才会在汶川地震发生后，无暇顾及生命危险，第一时间赶赴灾区，并深入到灾民中间采访，从而创作出《77天，汶川大地震亲历记》这样一部厚重的纪实性作品的吧。

---

[1] 《贾平凹谢有顺对话录》，苏州大学出版社2003年版，第157—165页。

四、文学因何而伟大

高成在小说《新地》中曾借主人公宇军胞弟宇冬之口，道出了这个时代的文学现状：“你看这年头有几个坐下来好好写书的？要不就写一堆垃圾，怎么赚钱才是主要的！前几年时兴下海，一时间，当官的下海，文人也下海……这些现象其实说穿了，就是中国人的浮躁和从众心理使然，还有就是穷怕了；但是追根究底，这些都是造成中国投机成风的根本原因！两年前我说过，价值观被严重扭曲的现象，现在有多大改观呢？有时候想起来真觉得悲哀！……这年头是，文化、思想根本就没有什么价值，因为人们一时还看不到它的价值。而物质价值可以立竿见影，人们就都去拼命追逐！……这年头，也不知怎么了，好像人除了钱就是性，精神都变得如此脆弱！”身处当代文坛的我们，想必已对这种现象见怪不怪。由此，我想起了法国著名哲学家、思想家和作家萨特在其《什么是文学》一文中，也曾对上述类似文学现象做了极其形象的描述：“但是我们不注意他们提供的证据，因为对于他们企图证明的事情我们毫不关心。他们揭露的弊端与我们的时代无关；另一些使我们义愤填膺的弊端，他们却根本想不到；历史推翻了他们的某些预言，而那些日后证实了的预言则因为它们变成事实是那么久以前的事情，我们忘了这曾是他们的真知灼见；他们的有些思想已完全死去，另一些思想则为全人类接受，以致被我们看做老生常谈。于是这些作家最出色的证据已失去时效，我们今天欣赏的只是推理的条理分明和严密性；他们煞费苦心的经营在我们眼里只是一个装饰品，一个为展开主题而构造的漂亮建筑物，与另一些建筑物，如巴赫的赋格曲和阿尔汉布拉宫的阿拉伯装饰图案一样没有实际用途。”[1]为此，萨特提出他心目中理想的文学作品：“我们既非过分感动，又非完全信服，于是可以安全地享受众所周知能从艺术品得到的有节制的快感。这便是‘真正’的‘纯粹’的文学：一种呈现为客观形式的主观性，一种经过古怪的安排后变得与沉默相等的言词，一个对自身有争议的思想，一种理性，但它又是疯狂戴上的面具，一种永恒，但它暗示自己仅是历史的一个瞬间，一种历史瞬间，但它通过它揭露的底蕴，突然指向永恒的人，一种永久的教训，但它与教训者本人的明确意志相左。”[2]

---

[1] ［法］萨特：《什么是文学》，见《萨特读本》，［法］让－保尔·萨特著、艾珉选编，人民文学出版社2005年版，第537—539页。

[2] 同上。

宇冬对文坛现状的感慨和萨特对理想文学的描绘，足以引起我们对文学写作的理性思考。新时期以来的30年，中国文学获得长足发展确乎是客观事实，但文学离其思想性、艺术性、审美性等本真要素渐行渐远亦是不容忽视的事实。尤其是20世纪90年代以来，因受商品经济大潮的冲击以及互联网的发展，从事文学写作的人越来越多，中国文学进入一个“人人是作家”的时代。从某种意义上而言，这种局面的出现对繁荣文学创作有一定积极作用，但随之带来的问题是，写的人越多，产生的文学垃圾也就越多，鱼龙混杂良莠不齐，与此同时，真正崇尚文学阅读的人却并没有随之增加。有论者认为，我们今天有小说、诗歌、散文等，但是却鲜有文学，文学本身的存在方式被连根拔起，不再从其历史的土壤中汲取任何的营养，不再有存在的任何新发现，文学本身发展的历史停滞了，而依其惯性产生出来的只是非艺术性的文字作品而已。

众多作家不再将文学写作视为一件神圣的事情，在他们眼中，文学写作变得和吃喝拉撒睡一般，成为个人日常生活的组成部分。他们的潜台词很明白：文学就是文学，哪有那么多理想啊，沉重啊，担当啊，我就是为自己写作。不错，文学必须首先是文学，这是进行文学创作的先决条件。然而，若仅仅只是一堆堆庸常文字的垒砌，读者凭什么要去阅读？文学又因何而伟大？很显然，看待文学要像看待哲学、美学等其他艺术类型一样，必须要有一颗敬畏之心和一份真诚之情，方可结出有“价值”的硕果来。波普尔在写于1952年的《猜想与反驳》中说：“真正的哲学问题总是植根于哲学之外的迫切问题，如果这些根基腐烂，它们也就消亡。”由此我们也可以这么说：文学的价值并不仅由文学本身构成，文学如果不植根于文学之外的问题，也注定会“腐烂”并进而“消亡”的。仅仅追求“文学就是文学”的文学，注定难以成为伟大的文学。

那么，文学之外的问题所指为何？古人讲“天道人心”，蕴涵即为真理、博爱、苦难、拯救和人类心灵等重大问题，这些问题同样应是文学之外的问题。也就是说，文学写作除了关注其本身的文学性之外，还应关注人的生存境况这一“迫切问题”。在我看来，“文学为人生”和“文学为艺术”都不错，但都不够完美，若将两者结合起来，做到既有“为人生”的责任与担当，又有“为艺术”的审美与情感，则何其伟大！“真正的作家把文学当作讨论生活的一种方式。他关心、同情弱者和不幸的人们。他把写作当作帮助人们摆脱苦难、获得拯救的伟大的伦理行为。他大胆地抨击罪恶，无畏地追求真理，执著地探寻生活的意义”。[1] 作家贾平凹也认为，“作品要写出人类性的东西，要有现代意识，也就是人类意识”，“衡量一部作品，主要看心灵方面的东西和文字方面的东西，心灵的东西在文字背后，是渗透出来的”。[2] 在此意义上，文学如何与现实生活接轨，如何从精神气质上与时代同步，如何适应现代人性等等这些问题，都是值得我们思考的。伟大的文学不是迎合而是引领读者向善、向美、向崇高，对社会与人生进行思考。

回到高成的小说创作。从短篇到中篇再到长篇，高成的作品，对“人的生存境况”，始终给以了热切关注。这是其小说的可贵品质。当然，这并不意味着我已认定，高成的小说已达到上文所说的高度。我绝无将高成小说作任何拔高之意。我只是想强调，高成的努力态度，是值得我们所有人尊敬的。其实，作为一个小说家，高成还有更广阔的提升空间，其作品还需在“思想性”之外作出更多的文学性追求，因为“文学的不二之法表现在小说中，就是小说作品中所透出的文学性，就是作家用审美的、艺术的眼光对生活、人心所做的投视和探索，并且将这一投视和探索用专业的表现技巧进行的再现”。[3] 唯其如此，高成以及更多的中国作家，才能创作出更多向真正的甚至伟大的文学靠拢的作品来。

最后，让我以中国现代文学馆副馆长、批评家吴义勤的话结束本文：“我们不缺能迅速敏锐地捕捉和表现时代的现实主义作家，也不缺关心历史、文化甚至人类命运的‘思想家’，但我们缺少那些对于艺术的完美有高度敏感和追求的真正的‘艺术家’。”[4]

---

[1]　李建军：《时代及其文学的敌人》，第 7、15、210、298 页。

[2]　《贾平凹谢有顺对话录》，第 157—165 页。

[3]　黄惟群：《文学的不二之法》，《南方文坛》2009 年第 5 期。

[4]　吴义勤：《长篇的轻与重》，《雨花》1998 年第 4 期。

曹征路论

那儿的追求

曹清华

继《那儿》之后，曹征路又写成了几部中篇小说。发表的有《赶尸匠的子孙》、《测谎记》、《霓虹》、《豆选事件》等。与《那儿》及之前其他的作品比较，小说故事的背景在不断地变换，人物的社会角色绝不雷同，就是叙事者的位置，语言风格等亦鲜有重复之处。《霓虹》采用日记体，把故事和人物放到一个妓女的眼中。曹征路说，他不重复自己。他的小说一篇一个形式，带给读者不同的人物、去处和境界。然而，在这变换的背后，有一双眼睛在凝视着，有一种声音在倾诉。正如王晓明所说——读他的小说，为之一振：这个时代到底还是有真的声音！[1]

一

倘用“题材”一词，《那儿》被归入“工人”一类，《赶尸匠的子孙》则属于“农民”，冠以更大的帽子，就是农村、农民、农业，为“三农”所有。那《测谎记》呢？不太像“知识分子”。“工人”？更不对。《霓虹》写的是妓女，属“妓女题材”无疑，然而这“妓女”却连结着《那儿》里面的“下岗女工”杜月梅杜师傅的故事。杜师傅的身份是“妓女”还是“女工”？抑或“妓女工”（“农民工”）？题材的划分如事物的分类，从属于建构知识或体制的权宜之计。曹征路的小说，当属“街谈巷语，道听途说者之所造”。作者既远在知识与权力网络的边缘，小说更是孜孜捡拾

[1] 王晓明：《泡沫底下的越界这路》，《当代作家评论》2005 年第 6 期。

那些清晰明了的“题材”之外的“琐屑之言”。然而正是这琐屑之处，记录着身边的“现实”，折射出一个时代的面貌。

曹征路的小说充满隐喻。小而言之，如被放逐的“罗蒂”，进口的“测谎仪”，在“赶尸匠”的吆喝下走上回乡路的真假僵尸……从大处说，他的不少作品就是一个大的时代的隐喻。就说“那儿”两字吧。“那儿”是“老年痴呆症”口中的“言语”碎片，是逝去的岁月在她的语言系统中留下的印痕。这一飘浮在历史中的语言残片，不只是在现实中已经无所指，就是其语言形式都已经发生变异。当人们纠正其“那儿”的语音错误时，这位“老年痴呆症”的外婆，仍旧一如既往地延续着她不无哲理意味的对现实和未来的叙述——“那儿好”/“好，大头去那儿了，那儿好！”/“走了好，那儿好啊！”事实上，如果沿着“小舅”和“罗蒂”的故事逻辑前行，我们着实需要“那儿”给我们一个去处，那是一个怎样浩大，没有边际，不可描述的虚空的存在呢？

《赶尸匠的子孙》与《那儿》比较，更有历史的纵深感。“赶尸匠”行走在远去的传说中，已经是留存于人们的叙述、记载中的历史陈迹。然而在小说故事里，这“赶尸匠”的吆喝声却由远而近，从儿时的游戏到现实中“我”的盗尸壮举，从祖辈生活时的偏僻小镇到当今“旅游经济考察团”的表演舞台——年代已经久远的“赶尸匠”手中摇着的“摄魂铃”，敲着的“小阴锣”，口中的“念念有词”，已经在我们的耳边鸣响！小说的结尾，“我”跳起来宣称，我们都是“赶尸匠的子孙”，“连升子”（这位昔日的读书人今日的连乡长）便回应：“我们都是赶尸匠的子孙”；“我”演赶尸匠，“连升子”便“背尸”；“我喊，左脚一朵花（一泡屎）哎。他就朝右边跳一下。我喊，右脚冰渣渣（有水）哎，他就朝左边跳一下。我说前头大路直哎，他就摇着膀子两腿直直朝前挪。……”这一故事结局，把“我”（叙事者/隐含作者/读者）、“连乡长”（掌权者），“旅游经济考察团”（老板）、民众、统统编入一个赶尸、演尸、看尸的没有开头不见结束的大合唱中。尸体的腐臭离我们有多远？

《测谎记》何尝不是如此？曹征路曾概括这“说谎”的新潮流——今天的说谎者不相信他们自己的说辞，却“要一本正经地说，反反复复地说，年年说月月说天天说”；而且说谎成了“一种生活的常态，身体机能也适应了，有时说精彩了还真能悲情四溢把自己感动”。这一说谎的潮流显然没有“题材”的界线“阶级”的区别。《那儿》发生在城市，城市里小骗者有“西门庆”一般的写手（不包括叙事者“我”）、崇尚“后现代”的主编、留美博士，大骗者有港龙公司以及支撑这公司的各色势力；《赶尸匠的子孙》既为偏僻乡村所特有，也土生土长出“连升子”的有关发展与旅游的豪言壮语，还伴生了赶尸者“我”“一具尸体两次烧”的发财之道。《测谎记》的结尾则宣判了“朗京生”的死刑，临“死”之前，朗京生却是在进行“一个更大的策划，要把全中国都感动的大策划”！

曹征路说，他的写作和一个失业的工人、一个失地的农民的喃喃诉说没有什么区别，他不需要主义和技巧，只需要说出皇帝新衣的那一点点率真。曹征路的这一写作定位无意间与古人的小说观念相吻合——小说家者流，盖出于稗官——以时下稗官之卑微，其唯有在写作和想象中给“说谎”施刑！

二

唯一不会“说谎”的是“罗蒂”。它没有来历，没有身份，“不懂贫穷和富有，也不懂高贵和低贱，更不懂文化与禁忌”——罗蒂完全独立于这个时代与社会的层层纠葛之外。在这样一个特异的符号之上，小说故事勾勒出了一个不同寻常的人格理想——它有黑缎子一样的毛皮；它眼睛上方的两个黑点，“像黑夜里的星星”；它执著，坚定，不妥协，就是身赴死地，也仍旧“冷峻，高傲，威风不减”。然而在这现实的巨网中，罗蒂没有栖居之所，它被猜忌、放逐、摧残，最终只落得个“义狗”的谥名。在小说中与罗蒂相呼应、对照，映衬的是诚实的“小舅”，小说直接陈述了他们之间相同的“方式”，相同的“绝望”，相同的“命运”。他们是小说故事中的异数，是一面镜子，照出了这现实的猥琐、苟且与躁动。

我很难赞同一些研究者所说，小舅罗蒂是一个“英雄”，代表着一个新兴群体，预示着一个阶级的未来。事实上，小说中的这些人物、符号与故事，意在探索、呼唤另一种生活的可能性，着力于为我们洞开一个更广阔的情感和价值空间。正如作者所说，小舅是他的审美理想，罗蒂让他激动不已，因为他向往一种“有情有义、有尊严的、高傲的生活”。引用大家所熟悉的一段福柯的论断，知识分子不是要去告知别人必须去做什么，也不是去规范他人的政治意图。知识分子应该不断地去质疑那些被假定为当然的东西，去动摇人们的心理习惯以及思考与行为的方式，去驱逐那些为人们所熟悉而接受的东西。 曹征路所说的“审美理想”为我们的社会思考提供了一个参照，在我们的情感世界中唤醒了别样的东西，然而所有这些并不依附于一个想象中的阶级，也不确切的生长于某一特定的社会位置。甚至我断言，在曹征路的小说世界里，并没有一个界线分明的社会存在。

小说《赶尸匠的子孙》就是一个例证。在故事的开头，主人公“我”——任义，延续的是“罗蒂”的故事。他们有一个共同的名字，一样的身世之谜，甚至使用大致相同的方式展现了他们的义与勇——与罗蒂的自杀对照，任义十一岁时便以自焚相威胁来解救他被无端监禁的养父。与此同时，这位不爱说话，不会读书，从“老赶尸匠”那里继承了“心诚”、“不偷奸耍滑”，而且练就一身力气、胆量的年轻人，甚至让人看到了“小舅”的身影。小舅的坚韧、纯朴在“我”这里找到了继承者。然而，与《那儿》里面的“罗蒂”与“小舅”的多少有点英雄意味的结局相比较，“我”却挤进了一条正相反的路——作为天堂山的儿子，赶尸匠的传人，“我”从偏远闭塞的天堂镇出发，一个脚印深过一个脚印地投身到了外部世界的大漩涡中。

“我”的起步是出于那个“从小就奸”“捉住鬼都能卖钱”叫大刘子的一段精彩修辞。“我”蹲了三年监牢再回到天堂镇，发现世道完全变了。大刘子“仗义”为“我”建构了一整段崭新的天堂历史，为“我”重新划分了天堂镇的社会人事，把“我”安置到了一个让人不寒而栗的历史时空和人事网络当中。“我”无奈之下接受了大刘子兑换祖传剃头铺的交易。“我的想法全变了”的那一刻发生在父亲的坟头。“我”告别了那个“让我人见人欺”的老赶尸匠的传统，决计不再“按人家的路数去做了”——“既然大家都有点子，大家都晓得算计，为么事我就不能想点子呢？”而且我坚信，我“要想就想绝点子”，因为“我”——赶尸匠的儿子——打小就与别人不一样！

“我”从盗取方家嘴子的孤老太的尸体开始，走出了这第一步。而正是这第一步，祖上所传给“我”的作为一个“赶尸匠的子孙”所必需的胆量、力气和手艺全部派上了用场。“我”承包了乡里的丧葬办，之后在城里注册了“文明丧葬礼仪服务公司”，公司扩大规模直至经营“死尸”的国际贸易。到小说的结尾，“我”凭借“老板”的身份，得以跻身于徐书记、连乡长们共同操纵的现代“赶尸”的大汇演中。此时“我”的“户口”已经迁到城里，儿子在城里上学，而且“将来我们还要到省城，到北京到上海”——这个在社会大网络中纵横捭阖的“我”到底来自哪一群体、属于哪一阶层？“我”在社会中真的有一个明确的位置？

小说故事中没有与“我”一同离开天堂镇的是“我”从小青梅竹马的妻子巧巧。当发现“我”所从事的盗尸勾当的真相之后，巧巧无法忍受萦绕于“我”周身的死尸的腐臭。巧巧疯了。这一偌大的世界只有精神病院成了巧巧的归宿。唯在小说结尾当“我”加入“赶尸”的大汇演时，巧巧的歌声才隐隐约约地在“我”耳边响起：哥喂你是那空心的菜／良心卖光你才家来／要卖你再下力地卖／卖完肚肺你卖死胎——巧巧成为这部小说中唯一一双看取真实揭除假面的眼睛！而巧巧何尝又不是“我”（隐含作者／读者）所向往的另外一种声音？谁能说出巧巧身上寄托着哪一个阶级哪一个群体的未来想象？

三

“拷问自己”是曹征路一篇创作谈的标题。他如是自问：在今天，倘若我有个贪污的机会，我真的能拍案而起，像在公开场合骂得那么义愤填膺吗？在今天，倘若我有个亲戚不光彩地发达了，我真的能守住自己不向他伸手甚至划清界线吗？看世界杯，我真希望那黑哨能帮咱们一把；进市场，我也会买盗版的光盘；吃大餐，我也希望掏公家的钱买单。指责别人不公正的同时，自己能不能守住规则守住法律守住道德？在今天，我还能忠实于朋友忠诚于事业吗？我还能相信圣人相信宣言相信承诺吗？面对邪恶我还敢挺身而出主持公道吗？……曹征路的回答是：恐怕不能。

小说中，曹征路以另一种方式在拷问自己。不仅如此，他还通过叙事的设计，引导读者进入自身的反省当中。《那儿》里面，尽管叙述者“我”只是故事中一个良知尚存的旁观者，但“我”却占去了原本应属于故事主人公“小舅”的相当一部分篇幅。作者亦一度强调《那儿》更是一个关于“我”的故事。与“我”相比，“小舅”整不出“材料”，无法进行书面表达，“小舅”要“开口”，必须 向“我”这位寄生在一张“后现代”报纸之下的“知识分子”求助。事实上，“我”是一个双重表达者：一方面“我”充当着小说故事本身的讲述人和裁判；另一方面，“我”是小舅所要讲述故事的书写者和整理者。小说的开头，“我”处于旁观的位置，对“小舅”的言行充满了不解和好奇。当“我”从小说故事的讲述者，晋升为“小舅”力求讲述的故事的整理者之后，“我”的旁观者的身份发生了变化，“我”开始走进“小舅”的精神世界。这令“我”感到愤怒。当“我”最后一次从矿机厂经过时，“我”甚至已经离开了那个鼓吹“后现代潮流”的报纸，不再是一名乞食于“表达”的写作者。“我”的叙事位置和社会身份的变化，无疑寄托了作者对自身“表达”行为的反省与思考。

到《赶尸匠的子孙》这部小说，第一人称的叙述者与故事主人公已经合二为一——“我”不仅制造恶行，而且是这恶行的目击者和辩护人。阅读中，给我留下了深刻印象的，是小说不惜笔墨所叙述的“我”唯一的一次亲身扒坟盗尸的情节。作者不仅细致入微地描述了“我”挖尸背尸的动作以及坟穴内死尸的状貌，而且展开了“我”内心为自己所作的种种辩护。这一情节设计的功能在于，一方面“我”的亲身经历把小说的“写作者”和“阅读者”均带入了那个与死尸面贴面的情境当中，让“我们”无法回避地呼吸、触摸、感受死尸的破败与腐臭；另一方面，“我们”又不经意间归顺于叙述者有关“我”的行为的辩解和修辞，对“我”被逼上梁山、绝处求生的举动倾注同情，甚至心向往之。事实上，读完这部小说，谁不会认识到在这“赶死尸”的表演中，大家既是参与者又是观赏者？谁的身上不会沾染死尸的异味？

《霓虹》则采用了日记体的形式，从一个妓女的角度，对那些自称为“妓女”的代言人提出质疑和抗议。作者一如继往反思“代言”，可是他自己的写作又如何能脱出这一“代言”吊诡？作者如是拷问自己。

四

小说创作之余，曹征路还有另一项揭假面的工作。他最近发表了评论文章《纯文学“向上”了吗？》一文，与一位研究者讨论“纯文学”。这位研究者主张“纯文学”、“文学性”与“文学自律”，批评新近出现的“第三世界文学”的口号。就自身实际论，曹征路并不赞同批评界把他归入“第三世界文学”、“左翼文学”等旗号之下，他毫不讳言自己主张“没有主义”，自己的写作不受主义的约束。他写下这篇反驳的文章，其实意在揭示所谓的“纯文学”的“虚幻性”。“纯文学”者，在新文学史中不是一个新鲜的词。当年梁实秋笔下的“天才”、“普遍的人性”对应的，就是时下纯文学论者手中的“普遍的情感”、“飞翔的精神的翅膀”这一说法。鲁迅曾指出，“文学就是表现这最基本的人性”一类的表述，显得“矛盾而空虚”。曹征路则以“橱窗里不停变幻时装的塑料模特儿”来比喻“纯文学”，这也是旨在揭示这些概念的空与假。

事实上，大量“纯文学”一类貌似高深而又空洞无所指的词语和概念，只是以空茫形态弥漫于我们四周，其所编织出的，也是无关现实的虚假的种种迷梦。针对这种情形，曹征路有关文学文化的讨论与批评，正实践着他小说创作同样的功能——戳破这皇帝的新装，发出真的声音。甚至他在批评的写作中，亦使用着文学的手法——他通过比喻、对照来实现贬痼弊和剥画皮的目的。面对形形色色似是而非的说法，他是如此地不依不饶、针锋相对。大的方面，曹征路针对的是知识界有关于我们时代的命名与定性，诸如“新新中国”、“脱第三世界化”、“脱贫困化”等。在自己的批评文章中，曹征路提醒人们，这定性命名的事，早有人在投票了，他认为时下大量流至海外用来购买身份绿卡的钞票完全可视为选票，正是这些不动声色而又数量庞大的“选票”，在给我们所身处的现实和将来投票，在正确地为我们定性。针对种种用来描述中国现实的“后学”理论，由那些“掌握在极端保守思潮手中的西方的最激进的思想武器”，曹征路想到了助剿太平天国运动的美国人华尔率领的洋枪队——“武器先进，威风八面，只不过是帮朝廷打老百姓”。小的方面，曹征路则针对着文学上的鼓吹“形式创新至上”。在这“形式至上”的论调里面，曹征路看到的是“中学为体西学为用”、“保名教是以保国家”，看到的是慈禧老佛爷手中的时尚与潮流，这位老佛爷尽管镇压了维新运动，却喜欢玩照相机与坐火车！

曹征路在《新文学运动百年祭》一文中呼唤文学精神。他用了一个朴素的句子为文学定义——“文学是别一种认识世界的方法”。他希望他的创作能够“真实地记录下我能感受到的时代变迁”。

梅毅论

穿行在当代和历史之间

黄玉蓉

梅毅，男，中国作家协会会员，国家一级作家，现任职于深圳某金融机构。赫连勃勃大王是其网名和笔名。他1993年研究生毕业到深圳工作后开始创作，著有《纯真年代》、《生命的伤口》、《赫尔辛基的逃亡》、《表层》等多部中篇小说，并出版了“伪青春三部曲”——《南方的日光机场》、《失重岁月》、《城市碎片》等三部长篇小说（中国青年出版社等出版），还出版有长篇社会学译著《人类行为》（中国社科出版社）。2004年起，他以“赫连勃勃大王”为名开始“中国历史大散文”的写作，相继出版长篇历史散文集《隐蔽的历史》、《历史的人性》、《华丽血时代》、《帝国的正午》、《刀锋上的文明》、《帝国如风》、《大明朝的另类史》、《亡天下——南明痛史》（世界知识出版社、陕西师范大学出版社等）。香港中华书局则出版了他的《历史长河的悲喜英雄》、《帝王将相的博弈真相》繁体字版。

梅毅的创作大致可以归入两个领域：以当代城市生活为题材的小说和以历史事件及人物为题材的散文、小说。

小长篇《失重岁月》（文化艺术出版社2002年1月出版）以感伤而悲悯的笔调，讲述了几个外省青年在南方城市漂泊沉沦的青春记忆。正如小说的标题所示，在那种纸醉金迷、欲望肆虐的城市背景下，也许是经济利益的巨大引力使得不甘平庸的男男女女们向着金钱一路加速运动，从而引起身体和灵魂的双重迷乱——一种典型的失重状态。爱情与欲望胶着，金钱将友谊置换，忠诚被阴险暗算……作家通过演绎几个外省青年的挣扎浮沉史，形象地勾勒出转型期南方城市的精神危机。众多“南漂一族”欲望膨胀、追名逐利，在钱权色的交易中放浪形骸，唯有“我”表面随波逐流，内心则顽强地抵抗着社会恶俗的侵蚀，追求一种灵魂的自在。但这种“众人皆醉我独醒”

的姿态是以微讽、调侃甚至自我作践的方式表现的，充满了小人物的苦涩和卑微，也镌刻着几许时代的颓废气息。作家以不动声色、不事张扬的叙述风格接通了读者心中那根同情的琴弦，从而使得文学打动人心的艺术力量得以彰显。

长篇小说《南方·爱》以第一人称口吻，通过延展一个名叫“魏延”的金融界白领在南方城市的闯荡经历，展现了转型期社会价值崩溃、道德缺失、理想撤退的混乱复杂，表达了物质时代人们物质生活极大丰富的同时，精神生活极度病态的时代真相。小说中的主人公们尽管都受过高等教育，且智商属于同龄人当中的佼佼者，其机遇的获取则堪称幸运，但在欲望的诱惑下，他们的人格越来越猥琐，灵魂越来越空虚，精神荒原亟待拯救和重建。主人公们或多或少呈现出一些精神病相：林学明以鲜血淋漓地活剖耗子为乐事；江学文由唯美主义者迅速堕落为实用主义者，为了赚取转深圳户口的好处费，他一年半内四次与人假结婚；陈振宁看似幸福不过，没有任何问题，但却留下一封绝笔信后安安静静地离世了；田红生在日本茶寮“饰厕”大出洋相，反常的家庭生活暴露出他病态的人生追求；饱受自我困惑折磨的艺术家甘洛雨，常年为商人守别墅大门，商人低价买进他的作品却将它们藏于地下室，只待这位天才夭亡后再拿出来高价兜售。除了鱼龙混杂的金融界，作家还将批判的锋芒指向学术界、教育界：税务部门主办专门发表评职称文章的刊物，副局长指令手下捉刀，原样抄袭的文章竟然蒙混过关得以发表；老教授看似一本正经实则贪婪变态……利欲熏心、弄虚作假、压抑阴沉、沦为欲望囚徒的人们，众多触目惊心的时代弊病，看似平静的海面下其实暗流涌动——梅毅的文字功底，使他能娴熟地将恶心场面描写得令人产生恶心的生理反应。这些读起来恶心想起来绝望的文字无异于一记时代警钟：人啊，停下一味追逐物质的踉跄脚步吧，早些关注自身的心灵健康，否则，挣再多钱也不够治病！生理病、心理病、社会病、时代病……

梅毅这一时期的小说直面转型期社会复杂混乱的社会现实，从不回避社会矛盾和阴暗面，写尽了当代青年初入社会的彷徨与苦楚，呈现出一定的自然主义倾向。主人公闯荡南方行为中所包含的实现自我价值的积极意义，没有得到较好阐扬。作者叙事，喜追求原生态的客观呈现，读者读完作品后往往会情绪低迷，甚至绝望颓废。这种阅读效果，一方面可以看做作品确实具备了较强的艺术感染力；另一方面，也可理解为作者在创作中消隐了主体意识，在审美形态上，缺乏宏观审视和提炼升华。与这一问题相关连的，是小说的结构处于一种无聚焦状态。结构应该是长篇小说最重要的艺术参数，但在梅毅书写当代城市生活的几部长篇小说中，或有结构松散、章节之间缺乏内在张力的缺憾。

写历史和写小说是两种完全不同的创作路径，历史写作以缜密可靠取胜，小说创作则以虚构空灵见长，但梅毅早年练就的写作记忆和多年积淀的历史素养，使得他能用两套笔墨，自由地穿行在当代和历史之间。梅毅非历史科班出身，但他对历史有狂热喜好，加上自幼训练出的扎实的古文阅读功底，以及新世纪初的全民读史热潮的濡染，种种合力使他于2004年开始历史写作。他先是在天涯网站煮酒论史栏目小试牛刀，靠网友的追捧，制造了不俗的阅读神话，然后由网络转向纸媒出书，短短四年就写出了十本大部头作品，被称为“历史写作第一狂人”。

有人说，“当年明月”的历史写作是替历史学家写给大众看的，杜车别的历史写作是替大众写给历史学家看的。由此延伸，则梅毅的历史写作，是文学家写给大众和历史学家看的。作品雅俗共赏的美学特征、华丽大气的文字风格和言必有据的表述原则，造就了它的读者群：那些希望在了解历史的同时也能体验到文学作品生动、幽默、丰富内涵的大众，爱看；那些希望能补充、调剂自己的专业阅读，挑战禁锢的专业思维的历史学家，也爱看。

历史写作的推陈出新，往往建立在对史料的创造性理解和艺术化处理之上。这两种技能，梅毅都具备。喜好历史和古文，在历史典籍中浸淫多年的他，具备创造性地运用史料的智识；十几年的文字生涯，练就了他对历史作出艺术化处理的技能。为追求客观呈现历史，他不辞劳苦猛攻史料，千方百计搜集论据，实地考察。在创作中他本着历史唯物主义态度，史海钩沉，披沙拣金，为我们厘清了一团团扑朔迷离的历史乱麻。汉魏隋唐、宋元明清，刀光剑影，城池灰灭，王朝更替，他能抽丝剥茧、细加甄别。他用精巧的构思、丰富的史料和灵动的文字，让众多原本呆板地陈列在故纸堆上的历史人物和历史事件，重新活了过来：在历史烟尘中原本面目模糊的他们，其尔虞我诈却是那样地令人触目惊心；他们的生死爱欲几与常人无异。总之，梅毅的创作，使得原本凝固的、只存现于发黄古籍中的历史，变成活灵活现的人物画卷和鲜活动人的当代言说。

梅毅的历史写作选材，走的是一条剑走偏锋、出奇制胜的路子。他不追热门题材，而是着意于湮没在历史之中的、较少有人关注且自己有独特发现的偏僻时段，从而开创了历史文学的崭新表现路数。他小心翼翼地挖掘出曾被忽略的历史“小人物”的人性光辉，塑造了令人耳目一新的历史人物形象，同时也拉近了一度面目冷峻、表情僵硬的历史与普通大众之间的关系，让曾经板结的历史土壤变得疏松亲切。他的

《华丽血时代》是写南北朝的；《玉体横陈》是写北朝齐国的；《亡天下——南明痛史》表现了明崇祯帝死后的南明小朝廷的历史细节；《极乐诱惑》是探讨太平天国的兴亡原因的。这些宏大历史的罅隙，都是传统历史研究最难推陈出新的时段，但梅毅硬是凭借自己扎实的史料功底和出色的写作才华，打开了尘封的历史，创作出一部部优秀的历史文学作品。尤其是《玉体横陈》所写的北朝齐国，一般通史只是简单地一笔带过，但作者却将之敷演成一部精致的历史小说，实在令人惊奇。

正由于此，梅毅的历史写作，才能成绩斐然、卷帙浩繁。这里点评他的几部代表性作品。

《玉体横陈》书名，看似恶俗挑逗，实则事出有因。一句唐诗巧妙地建立起书名与内容的关联，那就是晚唐诗人李商隐咏叹北齐亡国的《北齐二首》中的诗句：小怜玉体横陈夜，已报周师入晋阳！作品在结构及笔法上深受普鲁斯特《追忆似水年华》和兰陵笑笑生《金瓶梅》的影响。这种与中外名著的血脉渊源，奠定了这部历史小说不俗的文学品味，我们也得以底气十足地将之纳入一个较高水准的文学谱系来作理性观照。作品打破传统小说以时间或空间为序的惯常写法，构建出博格森所说的“心理时间的蛛网”。通篇以历史人物连环套似的回忆展开主体情节，形形色色的历史当事人的意识流程融会于小说结构的全过程，作家完全从文本间隐遁，任由人物独白、联想和回忆自然绵延，从而使叙事场景成为一种共时并行状态，刻画出了生动的艺术形象。小说的章节转换由前一个故事中最后出现的人物完成，“新人”的登场自然牵引出下一个故事，从而推动情节的链条有序向前。这种“移步换景”的创造性写法，对作者来说实际上是一种全知全觉的叙述视角。视角的解放，又使作者得以自由穿越时空隧道进入历史现场，灵活调遣当时的事件、人物和场景，近距离勘察“剧中人”幽暗微妙的内心世界，从而得心应手地接通纷繁杂乱的历史事件之间似断实连的内部通道，洞察隐藏在历史罅隙间的经年秘密。写作中作者发挥自己的小说写作特长，以超常的想象力和娴熟的表现技巧从容不迫地阐幽表微，将历史人物的生死爱欲、恩怨哀乐逐一道来。从字里行间我们似乎嗅得到宫廷厮杀的血腥气息，就连剧中人的服装质地、脂粉成色似乎都能触摸得到！那些杀人如麻、你死我活的权利争斗让人掩卷之后还会不寒而栗。他的文字让我们的历史感觉如此真切！而且，这部小说的独特价值还在于它为历史人物的变态行为提供了一种病理剖析，比如文中高欢诸子的变态性行为、高洋类似人格分裂的精神状态、胡太后沉溺欢爱的反常表现，等等，作者都通过情节设置作出了病理分析式交代，有一种拨云见日的功效。因此，可以说这部作品的意义超越了历史，也超越了文学，它将历史文学的创作带入了一个崭新的境地。

太平天国运动（1843 — 1864）因其历时之长、规模之大、来势之猛，将中国农民运动推向了高潮，是中国历史上另一个敏感期。它对近代中国的政治、经济、文化、思想都产生了深刻影响，100 多年来它一直是中国近现代史研究的重要课题，该领域丰富的研究著述使得它成为史学界的“五朵金花”之一。但梅毅认为现有的研究成果未能准确地号准历史的脉搏，于是他在 2008 年推出了 30 万字的《极乐诱惑：太平天国的兴亡》。作者试图通过广泛搜罗中西文献，深入细致分析人物事件，重磅出击，正本清源，还原一段客观的历史情景。作品以通俗平实的方式，把现今学术界关于太平天国的争论以讲故事的方式叙述出来，通过对历史人物的悲欢离合与成败得失的揭示，解构了历史教科书对太平天国片面的、政治化的解读，以翔实的史料不言自明地呈现了太平天国的功过是非。

《大明朝的另类史》描述了大明王朝三百年间的重大历史事件，深刻地揭示了这一王朝的兴衰秘密。作品的遣词造句考虑了当下读者的阅读习惯，一扫传统历史研究著作沉闷、生硬的风格，也不同于寡淡无味的大白话式翻译，其“另类历史”的真相探究，给读者带来趣味无限的历史阅读感觉。

在《华丽血时代》中，作家将创作的触角指向中国历史上混乱难言的时段——魏晋南北朝时代。当时社会极其动荡，人民生活相当艰难，但是人们思想活跃、创造力旺盛，各种政权势力你方唱罢我登场的状况，在最大程度上促成了中华历史上的第一次民族大融合，并为日后隋唐盛世的大一统，作好了民族心理准备。作家撷取这一历史时期最具戏剧性的典型人物作为聚焦点，以点带面，通过讲述人物的经历，展示真实的历史事件，并由此呈现一种鲜活的历史真相，对隐蔽的历史作出了一个当代人的揣度和诠释。

谢宏论

蕴藏在温暖和轻快背后的伤感与沉重

汤奇云　吴春蕾

一、话剧式小说叙事

深圳有那样多的传奇故事，甚至在外来人看来，深圳本身就是一个传奇故事，流行歌里也早就这么唱了（如《春天的故事》）。在一般的文学作者看来，满地都是写小说的好材料。然而，在深圳的写作群体中，谢宏却似乎有着“买椟还珠”的嫌疑，偏偏要抛弃这么些“珠宝”，把那些寻常人与寻常事拿来做材料，写出了《貌合神离》、《深圳往事》、《文身师》等长篇小说和《温柔与狂暴》、《自游人》等小说集。倒是从他的这些小说里，能够看到那些游走或蛰居在深圳的楼宇与大街小巷里（可能不叫小巷，而应该叫城中村）的市民们的生存真相和精神实况。那些银行职员机械的点钞训练；那些文身师们的自得与无奈；那些城中村中的股份制公司里的“半市民”们的适应与落寞。

“买椟还珠”，本是指此人浑身冒傻气，有眼无珠不识货。但以康德的无目的的目的性美学观点来看，这恰恰是一种艺术家气质呢。唐代的李白不也“神经”地喊出：“五花马，千金裘，呼儿将出换美酒”吗？只要是自己所看重的，喜爱的，自己认为美的，哪怕是一个美丽的空壳，真正的艺术家都会不计功利，不顾流俗而对其执“敝帚自珍”态度。而且，那些传奇人和传奇事，历来都属于少数，寻常人与寻常事属于多数。这种买椟还珠的艺术家，似乎又投入了最广大的人民群众的怀抱，站在大众的立场来言说，这就是把握了现代艺术的最基本的人文精神。从这一点看来，占了便宜的似乎还是这种人。对于一个真正的艺术家来说，他似乎总是不屑于在一种半成品式的材料上下工夫，那样显示不出他的功力，他更相信把别人认为是废料的东西做成人人难以置信的艺术品，这才能真正显示自己的手段。这大约也是一种“化腐朽为神奇”吧。

谢宏的小说叙事风格就表现为对深圳这“新都市”市民日常人生的平静诉说。与其他外来作家笔下的深圳相比，谢宏的小说少了许多浮躁、呐喊、愤怒、猎奇的印象，显得更加真实，更能让人接近。这可能与谢宏是深圳文坛少有的本土成长起来的作家有关，因而不是以一种外来者新奇或猎奇的眼光来看待这座城市。可能在他的眼里，在这大时代变幻的背景下，生活在这座城里的人和其他城市里的人没有什么不同，不同的是人的心性。因此，他总是带着一种宽容、淡定而平和的心态，来观察、记录生活在这座城市里男男女女心底里的戏剧与冲突。但他又不是以一种“看戏”的姿态来看待他笔下的人物，而是把自己融入他小说里的男男女女中，与他们一同婚恋婚变，一起辞职下岗，一起吵闹，一起聚会谈笑。当他以一些短句与设问，引来他笔下人物真正开始登台时，他又总会及时从他小说场景的中心位置默默后退而成为边缘化角色，他用简短而温柔的词句记录他们的情态和潜台词。当一幕戏剧将要落幕时，他则会从容而淡定地漫步来到舞台的中央，并又会用他的短句或一个电话，推出他参与的另一幕戏剧——心灵的戏剧。我们且看一段《深圳往事》中王志文的观察与记录：

> 一天，我爸来找我，这让我有点吃惊。他有点风尘仆仆的味道。他将胡子刮掉了，下巴和腮帮子胡子拉渣都泛出青光，他穿着中山装，蓝布的那种，颜色洗得有点淡，但很整齐，他这模样，我偶然见过，那是他要去总公司汇报工作时才会这样打扮。我爸神情腼腆，朝我的同事点点头，说话拘谨。我看他欲言又止，就对头儿说，我出去几分钟。
>
> 回到办公室，我给杜丽电话，说还在凉亭见面。
>
> ……
>
> 我剥开一粒花生，说，安弟考上了。杜丽嚼着花生，说，这是好事。我说我爸找过我。杜丽抬头看我一眼，问，找你干吗呢？我说安弟读自费的。杜丽说自费就自费吧。我说我爸要我支持。杜丽顿了一下，将花生吞下。她望着水库的远处没说话。我问她干吗不说话。杜丽笑了一下，说，这是你的家事啊。我感到心里有什么东西在下滑，朝一个我说不出的深渊里直坠下去。

“我爸”的尴尬，杜丽的冷淡，“我”心底里的悲凉，都被谢宏以最经济的笔墨，以话剧般的方式收束和记录在他的小说里，展示了他所感受到的真实的深圳人生。这正应了这部小说的题记里所宣示的："我朝着自己内心的激情与忧伤奔去。"

谢宏在一篇采访中这样坦言他的创作态度和立场。他说："深圳很包容，它的文化是多元的，很杂，却比较相容。所以，尽管它浮躁，但我心态还好，还可以与之相处，还能够在此生存下去。我希望在写作的时候，可以淡化深圳这个背景，使之模糊一点，而带有更广泛的城市意义。"也就是说，他不是为写深圳而写深圳，他也不想做深圳的民间历史学家，去记载着"正史"所遗忘的点滴历史；而是要以深圳人为思考对象，寻找现代人生存的终极意义。

谢宏的写作起点，是从1984年上高中时开始的，一直延续到现在，时间长达二十多年。他个人的成长，与深圳这座城市发展的每一步，是紧密地联系在一起的。这是一个互相嵌入各自肌体的过程，涉及精神和物质的层面，而谢宏个人的生活，也打下了这座独特城市特有的烙印。谢宏像许多生活在这座城市里的人一样，一方面，他是个俗世的人，认可和理解这座城市人群所共有的价值观。同时，他也能超脱世俗生存，以最简单化的关于人的生存哲理安慰和开导着这座城市里矛盾、苦恼的一群：他的朋友，他的同学，他的前妻，乃至他的红颜知己。

这么多年来，他自己的精神世界，也经历过和这座城市一样丰富多彩的变化，对新生的事物，他的内心也焦虑过、兴奋过。在他的价值观的形成过程中，也经由了一个不断否定、怀疑、肯定或者重新肯定的过程。但他一直在执著地用他的文学创作来探究他自己乃至身边人的人生问题。对于写作，谢宏曾这样阐释："在写作上我更关心人性方面的问题，我对大环境不大关注，我只关注小人物的命运，只关注人在大环境之中的内心世界。我探究他们的内心，其实也是在探究我自己的内心世界。写作就是我探究世界的一种方式。我对自己的要求，就是勤奋努力地写作，超越自己的过去，向前迈进。"

谢宏的作品，几乎都是以市民小人物为主角。它力求刻画的，是这些小人物们在现代都市生活中的种种正常或扭曲心态。深圳这个迅速崛起的城市，经济发展与精神文明越来越呈现反比例趋向。各种压力造成个人和自我之间紧张的矛盾和冲突，这种现象和状态使得"城市病"相当流行。在患病的人们身上，人性各个方面极端化，生存状态中的各种困境使得人性的复杂性、深刻性都得到了最大程度的呈现。不管是《纹身师》中的杨羽，还是《貌合神离》中的李白，谢宏在作品中始终反映的，是人性在传统和现实两种生活方式挤压下所产生的扭曲、变形；对此，作品中的人物不得不无奈接受，总是处在不得不被动应对的状态。谢宏用最宽容的人文悲悯，同情处于各种困境中的小人物们，并在某种程度上给以希望，为其寻找出路，甚至尝试给“病人们”开些药方。从谢宏的作品中，我们可以感受到作家对都市人深切而宽厚的精神关怀。

二、生存错位后的人物类型

我们还是随着谢宏的激情表述，一道去感受这群生存位置错位后的小人物们的焦虑与放达，去面对那些银行职员、经商奇才、自由职业写作者、漂泊异乡又回到深圳的“候鸟”、焦虑的打工妹、打工仔、含辛茹苦的母亲、失意的父亲、唠叨的祖母、委屈的孩童……去碰触他们的激情与梦想，去抚摩他们的恩怨与挣扎。如此，我们才能具体感受这种对日常人生的话剧式叙事的小说意义。

（一）“貌合神离”的人

长篇《貌合神离》以这座城市的新兴白领阶层为对象，主要描述了一个银行职员闲适安逸的日常生活以及内在的精神焦虑。主人公李白思想狂放，却又性格拘谨，表面上装得世故，其实显得稚气十足。他想把生活过得有声有色，但现实却总是迫使他回到琐屑平庸中来。他心仪同事李清照，却又拙于表达，结果错失良缘。他知道金钱的重要，但又时刻想超脱其外。他羡慕武侠英雄的我行我素，但也只能遁入武侠书中飘游五湖四海，最后沦为一个离婚后与儿子争看卡通，又被单位炒鱿鱼的人。

现代李白既开朗又拘谨，既单纯又成熟，既脱俗又世故，既浪漫又现实，长期处于情感与理智相互背离，现实生活与想象完全错位的境况之中。因此他的生活时时有错位，时时有荒诞，他通常自言自语“我被锁上了”、“我究竟是哪条鱼”这些与现代生活充满错位的话语，这些话语很容易置换成另一套的话语“我到底是谁”。李白到底是谁？对此，他始终无法回答，始终无法确认自己的身份。如此“貌合神离”（该词可有两解。此处取后一义，释为“表面相像而实质不同”。亦可仅借其一张皮）的人，在我们生活中处处存在，甚至可以这样说，我们每个人都是“貌合神离”的人。造成这样的生活，我们认为应该归咎于人与生俱来的欲望。社会竞争的压力日渐加大，物质生活在人们心目中所占据的位置越来越重要，欲望也开始作祟。特别是在群体生活中，在某种划一的“标准”里，或说在生存的压力下，我们还没有真正完全享有“自由”的基础，所以为了生存，我们所做的，可能不是我们喜欢做的；我们说的，可能不是我们想说的，这就是当今生活的真相。而对此，我们可能早就已经是熟视无睹。谢宏曾说：“李白那个形象代表了我心目中一个小人物，他那样一个小人物在这个社会的种种欲望、焦虑、困惑等等。我还想强调一点，在这样一个社会里面，我们的生活方式要得到大家的认可，或者说你能够生存下来是艰难的。”

主人公李白在现实生活中，由于外界的压力，内心充满了焦虑，但表面上他还是得克制自己。这种焦虑和紧张，时刻有爆发的可能，但他企图努力将这种爆发的可能性压制住。这两种张力在临界点达到平衡和消解。日常面对的是雷同琐碎的工作，和琐碎雷同的家庭生活。于是，李白开始变得有点郁闷。他先是倦怠，和妻子的话越来越少，并且越来越烦躁，以致和客户吵起架来。紧接着，连他的鼻子也出了问题，空气中似乎有种怪味，让他不停地打起了喷嚏。当他无法再承受这打喷嚏的频率时，李白终于忍不住出手了——他去抢银行了！但是，他所有的爆发的行为，也不过是用钞票抽几下售票员的那张长脸，只不过在午夜空旷的大街上狂飙一会儿自行车，只不过偶尔沉浸于和李清照的暧昧关系中，只不过意识到自己是条被困在缸中的金鱼罢了。

在小说的下半部分，李白换了一个地方工作，不过依然在银行，除了多了一个儿子，生活还是原样地继续着。于是，我们也无法期待他人生更多的精彩和节外生枝。但是，我们的李白开始有点变化了。他连偶尔的爆发都懒得实施了，离婚之后的他，开始爱上了一样东西——卡通书。这其实也是一脉相承的，从《鹿鼎记》到卡通书，李白越来越爱躲入另一个世界，当生活一如既往而焦虑无处不在的时候，或许，这已经成了一种必然的选择。这种飘浮不定的状态如同阳光下的阴影在毒化着精神，李白们在都市里失去了激情，只能在烦琐平庸的现实生活中焦虑。其实，故事内外的人们都无法摆脱这样的焦虑感，并往往会选择在恍惚不定的状态中到处逃遁，从侠客梦中逃到卡通之中，最后不知所终。故事叙述必须就此结束，而故事外的人们还在焦虑中不断地游荡。故事的结尾中，李白一点也不焦灼，但带给读者的却还是沉重的焦虑感。

这部小说的特别之处还是李白半夜骑自行车的怪癖，这个细节让人思考很多东西。用巴桥的话讲，在他温文的外表底下，总有种“令人不安的东西”。这也许就是写作者的某种在场感和思考状态。当人们对自己的精神境况日渐麻木甚至有意规避时，作为写作者的谢宏选择了小说的方式作出警示。

我们已经在前面解释过，“貌合神离”的本意，是指表面亲近而实怀二心的人际关系状态。在谢宏的小说中，“貌合神离”则用来描述现代人错位生存的内在感受。谢宏坚信，无论古今中外的人，都希望按照自己的自由意志和情趣来生活。但在快速崛起的现代科技社会里，强大的科技社会伦理却在合法的现代文明旗帜下，处处制约着人的自由意志，在“异化”着人的生存状态，使人的生存演变为一种物质生活的空壳，了无情趣。因了李白，或者说是李白背后的谢宏——较早自觉到这种生存异化的人，于是才有这种令人不安的焦虑和荒诞的逃逸行为。

书写、同情在现代物质生活下的个体自由意志的逃逸行为，并以此来批判现代文明理性光环下的黑暗，一直是谢宏前期小说的主题。环看当代小说创作，谢宏的这一发现，又确有着文学先声的意味。可能谢宏认为，李白的生存感受具有无可辩驳的真实性与普泛性，但由于文学的个性化和具体化，妨碍了这种真实性与普泛性的传递。因而，又有了《赵小月的假期》、《赌运》、《我爱卡通》等作品。这些作品中的人物，也同样充满了荒谬感与无奈感——被既定的单位生存体制生存样态所挟持或阻断。

赵小月（《赵小月的假期》）和丈夫外出旅行，却接到同事李前的电话，说有关内退的名额需要考试。于是各种压力逐渐布满本该轻松的旅程。傍晚的西湖美景，被李前的电话弄得忐忑不安的赵小月无心欣赏，而且还要勉强丈夫急忙赶回宾馆等待电话。丈夫王强虽然一肚子怨言，但是看着赵小月被考试这个消息弄得郁郁不欢的样子，想发火也只好强忍着。 在《赵小月的假期》中，早就视国有银行工作为鸡肋的职员们都想得到内退名额。“三个名额要由考试成绩来确定，成绩最好的前三位，就有资格内退”，“只听说过考试不及格的要下岗，现在怎么是成绩好的才下岗？” 这一细节的设置与《第二十二条军规》有异曲同工之妙。尽管这一设想在小说中并未真正兑现，但现实生活中这种荒谬的悖反现象并非绝无仅有。于是接下来的情节中，赵小月就被考试这个不大不小却刚好把唯一的阳光给遮住的乌云，弄得心神不宁。在饭店一心只牵挂着考试的事情而吃睡不安，丈夫的求欢因她的一句“你就只想到这事，烦死了”彻底夭折，甚至连去观光都想着去买考试的资料。为了应付生存的压力，赵小月不顾丈夫的反感，提前回到家里，准备复习考试，却发现这不过是李前和别的同事之间的一个玩笑式的赌约。谢宏就是通过这些貌似轻松的故事，揭示了都市人在现代快节奏生活中的一种难以言状的生存厌烦感。赵小月并没有错，害怕考试也不是罪过，但现代生活中的种种困境却让人的心灵一次次犯罪。人物心灵的创伤也被无奈荒谬的生存困境不断地折磨愈合，继而又折磨、又愈合。就像被缚在悬崖边上的普罗米修斯一样，不断地忍受着现实这个上帝派来的神鹰啄肉之苦。苦海无边，何处是岸？人类一思考，上帝就发笑。所以，人们也只有通过开玩笑来打发无奈人生了。

再看看另一个银行职员马力的无奈人生。如果说《貌合神离》里的李白被无奈的生活逼迫得无处可逃，最终只有压抑。那么，《赌徒》、《我爱卡通》里的马力则面对无奈，做出了自己的抉择。

短篇小说《赌徒》中的马力本不是一个嗜赌的人，去葡京赌场只为在离开澳门的前夜完成一个旅游程序，但就在他像完成任务一样将最后九个筹码统统倒进老虎机准备回去睡觉时，老虎机却像拉肚子似的，不停地拉下金蛋，让他一下子赢了200万港币。真正的“小说”从这开始了。这飞来横财马上又招致失业横祸，他因赌博而被银行解雇。作家将主人公进退两难的尴尬处境呈现得淋漓尽致：不承认钱的来路，他拿不到这笔钱，还要被无时不在的猜疑盘问折腾得不得安宁；说出钱的来路后，他却被指控违背行规，必须下岗。但他“捐出这笔钱能否不下岗”的卑微请求也被拒绝。这个细节真实地说明都市小人物的生存境遇，令人不由得喟然长叹。然而，生活虽然处处充满了困境，但总还是会有摆脱困境的办法，因此作者并没有让马力一直生活于无可奈何之中。文章的最后，马力通过开书店，经营武侠小说，终于找到了将爱好与赚钱结合在一起的工作。《赌徒》的最后这般写着：“马力自嘲他的生活，像古代的游侠在金盆洗手之后，开一个小店以了残生。说完马力哈哈大笑起来。”谢宏开始为他笔下的小人物们寻求出路，这样的结局让读者觉得安慰，毕竟写作并不只是书写困境，生活中还是需要希望的。

在《我爱卡通》中，马力又和儿子一起爱上了卡通。虽然为此而丢了工作，但马力却因此找到了一个最终可以实现自我、有意义有趣味的工作。这两部短篇中，谢宏通过马力这个人物进行城市生活的代言，从发出警示到伸出援手。工作总会有的，问题总会解决的。怎么才能实现自我价值，做些有意义并带趣味的事情呢？无须过虑，“粮食会有的，面包会有的，一切都会有的”。尽管我们能做的就是面对，思考，努力在力所能及的范围内做出修正，且个人的力量很渺小，但如果每个人都做了，就会变得有力量。

(二)"自游"状态的人

在现代社会，自由是一个美好的字眼，既是当下人生存的基本价值信仰，也是上述逃逸者的全部追求。但如果只是追求对传统体制生存方式的逃逸，而缺乏对自由精神价值层面的主体把握，就只能演变为一种没有终极追求方向而游离在外的"自游人"，一种现代价值虚无主义者。他们只是为反叛而反叛，并没有做到上述李白们的为自由而反叛。《自游人》里的马力，以及《新生活》里的"我"，就是这种社会体制转型期里的"新人类"。谢宏对这种"新人类"，在他的小说书写中，既表现出一如既往的同情，更灌注了他的担忧。

《自游人》里的马力深刻地反映出谢宏这种独特的人文观念。马力是一个游走在都市边缘的孤独者。多年经商，表面上有些风光，实际上却捉襟见肘，生活和事业都频现危机。马力的生活状态被谢宏命名为"自游"状态。这是一种自主的游动，充满了变数和不确定性。但是，这个"自游"却绝对不是"自由"，在变动中充斥着的是艰辛和痛苦，失落和无助。"自游人"意味着脱离原有计划经济体制所进行的人生冒险。这种冒险，既充满了财富的诱惑，个性伸展的可能性，也潜伏着看不见的危险。马力最后突发性的死亡，可以看做这部小说的一个高潮。它既是对"自游"状态的悲剧性提示，也是对转型期中国这类特殊人群生存命运的一种寓言性思考。马力的人生相当精彩，因为自由。但是人生精彩，并不等于精神精彩。如何让精神出彩，成为一个灵魂上的自游人？或许我们要学习马力生前那种在都市生活中寻找个性和自我，积极面对困境的生存方式。谢宏无疑是想告诉我们，在这样一个多变的社会，压抑与焦虑是无处不在的。但是，只要从你的心灵出发，积极乐观地去应对，努力向着人生的目标前行，终有化解这些负面情绪的可能。作者积极的审美态度，使得作品更易让人接受。

《新生活》里的"我"更加无奈。"我"本来是为了帮朋友拿钱给其在国外的女儿，但大半个月过去了，钱还放在我这儿。"我"这人认真，总将别人的事情当作自己的事情办。本来就是小事一桩，倒成了自己的心病。最后弄得事情没办成，还弄得自己心烦气躁、生气郁闷。在严重压抑的情况下，"我"与小霞争吵之后扇了她一巴掌，最后还给自己带来麻烦，警察找上门。无奈与空虚之后，"我"只能大骂一句粗话以发泄内心的压抑和苦闷。帮人是天经地义的好事，可好心却未必能做成好事。如今的社会，好人也难当。当然，谢宏的意图并不在于刻意描绘压抑的生活，这样的事件在生活中随处可见。作者更多的是想告诉读者，压抑是可以宣泄的，如同“我”在文章最后于百般压抑下大声来一句恶骂。

（三）“悬空”状态的人

为了“自由”而反叛、逃逸，逃逸之后只能变成“自游人”；而自游又无所归依，失去方向，回归又不情愿，于是他们发现，自己已经变成了上不着天、下不着地的“悬空人”。这让我们很容易想起茅盾在20世纪20年代末写作的《幻灭》、《动摇》、《追求》（总称为《蚀》）“三部曲”。谢宏实质上也是在写有着反叛意识的现代人之生存状态（主要是指精神状态）的“三部曲”。只是，茅盾总是在试图给笔下的人物以人生指导，而谢宏要实在得多，他只能给他的人物倾注忧郁的目光，与人物一道咀嚼忧伤。

《悬空人》用“我”这个局外人的眼光，关注老林这个悬空人的生活。老林移民到新西兰，却活在“移民监”的圈子里，说着“还是国内好”却觉得回国没有趣味，不喜欢新西兰却不想回国。作品中，老林说：“当初在国内，还是挺有事业的，嘲笑那些知足常乐者，没想到，自己搞移民花费不少的力气，等终于成功出来后，才发现浪费了不少的时间。才发现，要搞老本行，却发现你能想到的，人家都想到了，华人都聪明绝顶。如果想搞个小本生意，比如搞家咖啡馆或者什么小店，是不成什么问题的，但后来想一想，也挺没有意思的，只好作罢。” 老林虽然混到PR的身份，却找不到北，回去或继续待下去，都是问题，都不适应。就像悬在半空中的人，上不着天，下不着地，去哪里都没有归宿。活着是受罪吗？还是人们在作茧自缚？这些不仅表达了谢宏对海外一族的小人物们生存状况的关注，更体现了谢宏带给读者的另一种思考。

（四）“两张脸”的人

《两张脸》本是写农村青年黄孔去城市投奔女友杨艳的一个小品式的故事。但打工妹杨艳被新环境改造后的那张灿烂的笑脸，却让人感受到弱小者生存的不尽辛酸。

黄孔还没有下车，钱包就被偷，对于完全陌生的环境，黄孔沮丧惊慌，见到杨艳之后的黄孔，对于初到的城市有着极不适应的惶恐，甚至以爆粗来宣泄。黄孔最不能理解的就是杨艳的笑脸，不管受到多大委屈和侮辱，杨艳都以笑面对。对于适应了环境的杨艳，不愿提起从前，用笑脸埋藏过去。这期间要经历多少苦涩和心酸，我们无从得知。正如同杨艳一样，她一遍又一遍地问黄孔：“你喜欢我的那张苦瓜脸？”她也不知道自己的笑脸好还是苦瓜脸好。

对于这篇小说，谢宏有着自己的见解：“我应该赞成杨艳后来的生活，人生来是追求幸福快乐的，没有人来这个世界是为了追求痛苦的，也许你会遭受意外的事情，但是每个人活着肯定是为了追求更好的生活，更好的爱情，住更好的房子，我觉得是应该的。我想表达的不是世俗生活是怎么样的，而是他对生活的新的理解，你可以说她是妥协，但是我觉得，她对每个人笑有什么不好呢？”环境对人的改变究竟有多大？一个人拥有的脸孔或许不止两张。人们在不同场合变换着不同的面具，扮演着不同的角色。作者实际上是在试着告诉我们，如果不能改变环境，那就改变自己吧。

作为孩童的杨小动和他穷困的父亲就没有杨艳的那份适应能力了，于是他们所展示的便只能是愤怒的苦瓜脸和委屈的哭脸了。《树上的鸟巢》写到两个家庭中的孩子读书上学的现实生活。两个家庭是完全不一样的，有钱人和穷人家教育孩子的方式完全不同。第一个家庭的节奏是慢的，他不着急，小孩读不了书可以给钱上，甚至可以养他一辈子。而另一个家庭的节奏是快的，因为穷人对读书总是渴望的，总是艰难的，穷人要改变生存境况，大概都将希望放在小孩的读书上了。所以父亲对儿子成绩的好坏很在乎，他很看重，很认真，这使得他们的情绪急躁和焦虑。两个家庭生活上的相同点还是有的，比如说：两个家庭都明白“要想在这个城市出人头地，就得靠文化。自己的文化水平不高，但一定要让孩子们的文化水平比自己高”；两个家庭的孩子都面临着升学的压力，而且还要面临来自家庭父母的压力。孩子们在成长路上所付出的沉重代价，让人忧心忡忡。最可怜的人物是杨小动。小动父母都是清洁工人，父亲杨成长文化不高，教育孩子有心无力，望子成龙的念头却无比强烈。在小动成绩一次次下降而老师也据此反馈的情况下，他对儿子失去了信心与信任，总是动辄打骂。工作的不顺心，生活的不安稳，让杨成长备受压力。在巨大的压力面前，他的心理也开始扭曲。于是在工作上，他私自将剪枝的长度进行修改以报复滥用公权的刘科长。作品还写到了学校教育的瑕疵与缺陷。小动的班主任黄老师，对孩子基本的信任和尊重都没有，有的只是训导、数落和向家长报告。可怜的小动，因为回家路上被树上落下的鸟粪弄脏了衣服而被老师批评，回到家里又被父亲打骂，到最后他用哭诉来表达心声：“老师不相信我，你也不相信我吗？”这个细节让人深思，城市生活中的困境，不仅是大人们需要面对，连孩子都受到了牵连。卢梭曾说，孩子们一到成人们手里就要变坏。看来这说法至今都并不过时。

在《像候鸟一样》中，老实巴交的王喜则已换上一张狡黠的脸。候鸟似的外来工王喜来深圳打工，爱人小娟不在身边，寂寞的王喜要忍住欲望，可是刘医生以类似诱惑的方式给了他一个巨大的考验。王喜与刘医生之间最终有了暧昧情事，但因为两人身份的不同，偷情竟演变成了一场强奸案。故事的最后小娟自己砍掉一个指头，阻止了刘医生对丈夫的法律起诉。谢宏曾经这样称述本篇小说的写作情形："《像候鸟一样》的原型就是装修工。我写他对性有一种渴望，但是又不想犯罪。我写的就是他想要寻找一种途径，既能够满足自己的意淫，但是又不会严重到强奸别人的程度。《像候鸟一样》虽然是与底层有关的小说，但我不想从道德层面简单地做批评，而是更多地从人性、情感、生存等方面去做综合的考虑。"王喜性格当中含着狡黠的成分，比如他拿女性和房子做比较。他说，这个房子（女人），我没有进去呀，我只是敲敲门呀。王喜是一个很精明的人，看得懂女医生是挑逗他，只是她用文明人的方法、用受过教育的方法来挑逗。最令人回味的是小说末尾王喜的话："在深圳也有不少打工的人中了六合彩，成了百万富翁。"这种寻梦成功的极低概率，虽然暗示着下面这样一个事实——都市以它精致冷漠的面孔，处处在拒绝外来者的真实介入，但却依然遮不断南来北往的人们对都市生活心怀憧憬。因此，如同每年过冬，候鸟们都会寻找到适合自己的温暖地带一样，每年都有王喜们来叩动这座城市的大门。

三、脸相背后扭曲的情感世界

《身边的故事》里面袁莉有句话，代表着谢宏小说对都市人情感世界的言说立场。袁莉说："来深圳的人，也许都有一段自己的故事，说不说出来，那是他或者她自己的事情。"谢宏总是在力图给我们述说这些人"说不出来"的情感故事。但是，谢宏小说中的情爱故事并没有成为一种"噱头"，而是成为了他考虑现代人际关系和现代人生存感受的一条通道。

《貌合神离》中李白、杨小薇的夫妻之情始终是一种平静和琐碎，这种平静则是悲观的，向着琐碎生活本身而来的。两人争吵、分居、互相折磨。后来经历了动荡的小两口又走到了一起，还生了个"爱情的结晶"，但随之而来的自然又是生活的平静与琐碎。最后两人的情感生活平淡到似乎从来没有情感的碰撞，“李白凌晨醒来，杨小薇已躺在他的身边，但没用手臂搂住他，她用手抱住自己。李白想起从前，很多时间，杨小薇都是搂住李白睡的。这情景让李白突然想起一个流行的笑话，说什么‘握住小姐的手，好像回到十八九，握住老婆的手，好像左手握右手’，现在杨小薇可能也在想，抱他也是像抱她自己一样，所以干脆就自己抱自己得了”。平庸的生活，让婚姻也变成了一件琐碎的小事，不再有情感的流露和沟通，更不会谈及情感的滋润。因为回家后各忙各的，夫妻俩“不能好好说话”，最后孤独的李白和他同样孤独的妻子只好分道扬镳。

《文身师》里杨羽和王悦的夫妻之情，也因为平庸的生活而变得更古怪、扭曲。前妻王悦因受不了平淡的家庭生活，天天打扮得花枝招展、露胳膊露腿地去过夜生活，作为丈夫的杨羽也同样在心理上忍受不了妻子的这种生活方式，于是家庭开始出现摩擦。甚至到最后，杨羽动手打了人，当然杨羽也因此走到了他人生的最低谷，他不仅被片警教训受其奚落，而且还被王悦找来的打手报复并离了婚。王悦的性格形成很大因素是因为害怕、孤独，她想摆脱这样的心理困境，因此天天去过夜生活。“有多少男人围了她在转啊，她也对此蛮自豪的，她像蝴蝶在其中飞来飞去，她也像一只蜜蜂，采摘花蜜，早出晚归，出席各种饭局宴席，终日显得兴致勃勃的”。表面上王悦的生活十分丰富多彩，可是她的内心却充满孤单。缺乏安全感的她后来还想利用怀孕的事实来威胁杨羽和她复婚，但是杨羽十分厌恶王悦的所作所为，杨羽一直都想着如何逃离王悦的控制，当然不会再入彀中。杨羽对王悦的感觉：“我对她是那么陌生，以前我以为我了解她，其实我不了解她，甚至现在我也无法读懂她。我不习惯她的翻手为云，覆手为雨的做法。说到底，我也想换一种活法。”离婚之后的杨羽依旧受到王悦的折磨，身心疲惫，直到最后王悦彻底放手离开后，杨羽才开始过上新的生活。像这样的婚姻不能单纯用不幸来概括，婚姻的困境造成人们心理的不适应，人们的行为因而开始显得扭曲，困于其间的男女们试图改变这种不适应的婚姻状况，于是美好的婚姻早变成阳光下的肥皂泡，一碰就碎。

谢宏另一部作品中的婚姻让人觉得更加悲哀。《嘴巴找耳朵》里卓仪和艾小明的突然相爱和突然离异，让人感觉爱情和婚姻就像一场游戏一样短暂，更像一场梦一样不可捉摸。雨后的下午，卓仪突然爆发的一场忧伤的哭泣，让艾小明爱上了卓仪。婚后的卓仪并不幸福，因为艾小明的不解风情，更是因为自己的美貌成为了爱情和婚姻之间的障碍。艾小明心胸狭小，时刻紧盯着卓仪。这让卓仪的生活陷入一种被监禁状态。卓仪美丽的身躯，让艾小明疯狂迷恋，甚至提出，在家里卓仪可以不用穿衣，可以光着身子穿高跟鞋走猫步。而一旦卓仪想出去工作，艾小明就把女儿艾静仪当作手中的牌，百般劝说卓仪待在家里以防别人有非分之想。后来卓仪去服装店工作，艾小明便天天开着出租车守在店门口，艾小明对卓仪的美的占有已经畸形化，卓仪的生活也早已没有情趣可言。卓仪回原单位工作，艾小明就写信到单位领导那儿，诬陷卓仪，并且动员单位能动员的一切人，劝说卓仪回家。被痛苦折磨的卓仪，渴望找人倾诉，然而她半夜给陌生的邻居打电话时却什么也说不出，只是发出让人沉重的喘息和哭泣声。最后无法忍受的卓仪终于主动和艾小明提出离婚。可是离婚后的卓仪依然不快乐，对幸福的渴望已经被欲望剥夺。卓仪本来就想着寻找一个懂得欣赏自己的男人，然而理想和现实的巨大差距，让她的生活越来越处于困境之中，她想摆脱困境，可却又不断陷入新的困局之中，越陷越深。其婚姻的不幸，究其根源还是因为人们的身心与生活不相适应。

《深圳往事》中的一段婚恋状况的描写最具讽刺意味。当年的一次晚会上，女生杜丽身着黑色天鹅绒晚礼服，在荡漾的蔚蓝色波光中，伴随着海潮声和海鸥鸣叫声，深情款款地朗诵男生王志文的诗作。可日后奉子成婚的他们，被现实生活的粗砺庸俗消磨得诗意殆尽，最后以协议离婚草草收场。婚姻成了爱情的坟墓。这篇小说更深长的意味可能在于，身处连爱情都没有的社会里，什么才是婚姻真正的坟墓？或是生活本身的不确定？果真如此，则或是社会愈来愈发达使然？难道人们的情感是因为高度物化而越来越干涸？难道是物质、权利、现实，还有五花八门的诱惑，让人们一起以最不可思议的方式叛离本心，迷失了最原始的自己？

《与足球有关》叙述的是都市夫妻在压力和焦虑状态下的一种突然失控的行为。丈夫罗米，因为妻子米罗讲解足球赛干扰了生活，而导致了杀妻惨剧。杀人的动机，难道真的是因为足球吗？“全世界都闹哄哄的，你随处可见哈欠连天又亢奋无比的人们，做出各种狂欢而疯狂的事儿”。《与足球有关》写绝了现代人对理想、亲情和自然的疏离，在这些慰藉灵魂的元素被一一抽空之后，他们只有孤独地绝尘而去。

《霓虹》同样塑造了一个为追求永恒爱情而自殒于华年的美少妇形象。她与丈夫白手起家，过上了富足日子，两人情深意笃。但她不育，他却又盼子，敏感多情的她怕他养情人，于是用一种特别的方式，企图让自己瞬间的美丽永远定格在他心中。尽管这也许只是一次别出心裁的“行为艺术”，但那种海枯石烂、地老天荒的古老情愫，却让厌倦了爱情游戏的现代都市人感受到爱情的存在。这点，在《飞翔或行走》中也有体现：男女主人公不约而同地用染白头发的方式，作为自己与恋人白头偕老的爱情宣言。可这样表现情感的方式，除了给人无法喘气的沉重感之外，难有其他。

《马儿、骑手和草》中的爱情结局则与“吃”有着密切关联。秦燕的男朋友陈辉是老板，“总是拉她去吃馆子，像要完成一项任务，被什么催迫着似的，吃得你心神不定”，让她觉得“缺少一种情调和悠闲，永远都像是客户之间的应酬似的”。而在鲁兵家里，虽然是第二次见面，她却给正在生病的他做了一顿虽然家常却非常有意义的饭。这让鲁兵觉得既“蛮协调”，又“不拘谨，话题也越谈越开”。正是这顿饭，让鲁兵产生了“家”的感觉：“家就该这样”。这同样使秦燕体验并找到了不安全的陈辉所不能给予的安全与踏实。秦燕由陈辉转向了鲁兵，由“宿舍”找回了“家”，爱情由此找到了归宿。正是这种最常见又最不易得到的“家”的温馨，改变了生活的轨迹，结局突变，但变得有趣、有神、有力。

显然，谢宏也并不是把市民们的全部情感都写成灰色与肉欲，也有不少温暖和意外。在现代社会，其实每个人都不缺乏对爱的渴求与爱的能力，但普遍缺乏爱的技巧。

《以爱情的名义》叙述的是一个有关“爱情回忆”的故事。唐歌与“我”，是大学同学，两人同时爱上了刘小丽。不料，他们写给刘小丽的情书，却被刘作为报复前男友的工具。伤心之余，唐歌砍伤了刘小丽，被捕入狱，而“我”却意外地与刘小丽的同学苏红结为连理。十余年后，在与“时间的角力”中，“我”领悟到“坚持不一定取得胜利”，人生的遗憾与收获，常常无法与人类本身趋利避害式的心理设防、与执著求索的心理期待相匹配。爱情总是在你无法预料的时候发生，“我”因受到打击而留下的后遗症，也被心理专业的苏红医治好了。“我”对刘小丽的爱被人玩弄，而后又被唐歌的杀人事件折磨得精神脆弱，这些都是“我”收获苏红对自己的爱情所付出的代价。《花与果》中，大龄处女吕志青苦苦追求情与性的水乳交融。昔日校友杨志的出现让她坚守多年的信念霎时崩溃，两人之间绽放的情欲之花帮助她很快收获了一枚婚姻之果。尽管这可能只是一桩情性错位、灵肉分离的世俗婚姻，可它的现实意义似乎大于先前那没有结果的空劳守望。 生活就像一盒巧克力，你永远不知道里面是什么味道。爱情也一样，转角遇到爱随处可见，下一秒你会遇见谁也永远无法预料。

纯粹的情感都禁受不起现实的折磨，那么暧昧就顺理成章地充满都市生活的每一个角落。人们的感情处于游离状态，这样离暧昧就很近，而离爱情却很远。《风景与人》叙述一个保险推销员与一个“二奶”之间奇妙的故事。“我”在女朋友走后极其无聊，后发现了一架望远镜，也引发了后文的窥视事件。“我将视线转向斜对面的一栋住宅楼。滑过几扇窗户之后，我在五楼的一扇窗户停了下来。那窗户的纱质窗帘未拉严，留了一尺宽的缝开着。我看见一个女人的背部，穿着素色纱质的睡衣，长长的头发像黑色的瀑布，流在雪白的肩膀上，她的两肩很窄。我听看相人说，肩窄的女人命好，因为有什么负担都会卸去的。她不时在屋子里晃过来，又晃过去。我看见她有时打很长时间的电话，有时又半躺在沙发上看电视，一会是悠闲的样子，一会又是焦躁不安。”女人在居室里身体毫无保留地“敞开”与动作无所顾忌地“展示”，一方面令窥视者兴奋不已，同时又进一步诱导了“窥视”这一行为的变本加厉，这就促使故事向更为隐蔽的方向发展。不仅如此，“窥视”这一行为动作的结果带来了人物心理的剧变，由此引发窥视者对女人身体的兴趣及要占有的欲望。借助这一视角，小说将男人的阴暗性心理与女人的空虚无聊，淋漓尽致地呈现出来。两个陌生人，由于寂寞和欲望走到了一处，而这都起因于偷窥这一动作及其伴随而来的撩拨，其后，则又因女子的失踪和自己女友的回归，一切又飘散于风中。谢宏通过对都市中暧昧情感的审视，深刻揭示了都市生活中人与人之间情感的隐秘性和瞬间性，并进而写出了都市人缺乏交流与沟通的焦虑状态。

与此同类的故事还有《远与近》。《远与近》中的王小堂借住在表哥的家里，无意之间，发现了对面楼上的一个女人与一个男人之间的性爱场面。于是，这便成了小堂每天晚上必须温习的功课，直到有一天，他突然发现，那个女人原来竟然与自己同住一座楼，而那个男子也并非他的丈夫。小说就这样透过一个乡下少年的眼睛，写出了都市人在情感与欲望之间的暧昧状态。 这就像小说《远和近》中表哥所说：“那个女人当然想别人关注她，或者说她也想勾引那男的，但她绝不想他缠上自己，影响到自己的家庭。”确实如此。对面房间的女人不厌其烦地大曝隐私，但遇到邻居近距离地询问打听时，却不愿透露自己的任何个人信息。她守口如瓶的行为可视作自我的封闭，而远离人群时主动地大曝隐私，又何尝不是因过于封闭和孤独导致的非常态行为？当代都市人摆脱不了的孤独感、虚无感、压抑感，和各种另类的、暧昧的、隐匿的情感和欲望，都可以在这类“窥视”中尽情地释放和肆意地滋生。小说中男女身体的宣泄体现为郁结而爆发的力量，其中渗透了游戏与犹疑、冷漠与懒散、疯狂与好奇、激情与玩弄。对于现代都市各色人等的欲求，有些东西似乎近在咫尺，却又远在天涯；似乎伸手可触，却又遥不可及，比如爱情。

《温柔与狂暴》中，情窦初开的少年对美丽的阿英姐产生了懵懵懂懂的情愫，那种透明的纯真和动人的痴迷令人心醉。可对于一个年幼无知的少年来说，那份痴情只能是可望不可即的镜中花、水中月。正如这书的题目一样，总是能在貌似温柔的外表下，感觉到狂暴的撕裂和血腥。生活的本质本来就是这样，对许多事物你只要仔细观察，得出的就是这样的结论。人人都想在生活中活得真实，但生活中总有许多不如意的地方，总有许多让我们愤怒的东西，这就是生活的本来面目，我们讨厌但又必须面对。正如《爱情、旅行和阴谋》中所说："爱情是否也像旅行一样，乐趣和刺激都在途中？""多数旅行者还不是冲着风景点去的？我想那倒不一定，有的人只迷恋过程，并非结局，只不过常有阴差阳错的意外发生。"只有经历过才能看出生活的真面目来。为了追求身体的放纵，"我"在欲望的挑拨下产生了一夜情，结果却因此被人敲诈。这就是随心所欲所需要付出的代价。

谢宏很多爱情题材的小说都不可避免地写到了性爱场景，但他并不是为吸引读者眼球而大肆渲染那些令人眼热心跳的场面，而是简洁干净地点到为止。比如《文身师》里：

> 我和朱颜的搏斗是激烈的，整个卧室都摇起来。然后就慢慢静下来，整个房间，飘满暧昧的体香、汗味、药酒的味道。身体里积聚下来的汗水，在大火的烧烤下，一下子就消融掉，汽化起来，飞向了天空，我觉得自己也飘了起来。

谢宏将更多的笔墨投向对人物精神体验的描摹，这种风格在《马儿、骑手和草》中体现得最明显。而《像候鸟一样》中城市农民工王喜的性心理状态更像是一个沉重的文化隐喻。与当前那些身体写作盛行、人性原欲升腾的文本相比，谢宏的这种写法无疑是一个特立独行的另类。他超越了感官欲望的沉迷，注重人物精神状态的开掘，让一度迷失的都市人获得了一种焦虑的释放和精神的升华。

谢宏说："写作中，你是在寻找一种可能，也就是另一种生活的可能性。"谢宏通过对都市生活的独到观察，非常"个人化"地记录了中国都市在市场经济转型期的发育过程、心理转变和多种不确定的可能性。他考察了都市生活的很多侧面，比如都市小职员的生活（例如《貌合神离》中的李白）、城市知识分子的情感状态（例如《深圳往事》中的杜丽）、城市打工者与城市之间的故事（例如《像候鸟一样》中的王喜）、旅居海外城市的华人生活（例如《悬空人》中的老林）等等。他尝试找出生活的真相，以及解决困境的种种可能。

情感细腻而深刻，语言简练而幽默，既有宽容悲悯之心又不乏激情，常常在不动声色之中传递出一种沉潜的人生哲学与思考。这是谢宏写作的重要特点。谢宏采用一种更为宽容、理性、温暖的视角，对都市人生的种种微妙、尴尬之处，以及都市生存的焦虑与忧伤状态进行了细致观察。谢宏力图通过小说表现平常人物背后的生存困境，执著于都市的性格状写；对都市人群及其前卫的生活、暧昧的情感，则有着出色的把握与表现。因此，人物内心世界和情感世界，也成为谢宏小说的蓝图，其各种各样的可能形貌，奠定了谢宏作品的多样性。

四、我们的阅读感受

谢宏及时捕捉到了那些日益显现出来的现实生活景象，并将存在于这种生活表象之下的人物性格之复杂性，作了曲尽其妙的描画。而且，作者并没有沉迷于这一病态的描写，也没有和作品中的人物一起悲观地沉沦，而是怀着宽忍的目光仔细观察，探求一种从欲望的沉醉和泛滥到走向新生和正轨之途。谢宏小说不仅仅是宣泄痛苦，更多的是面对现实，走出困境。在现当代文坛中，谢宏小说书写的特殊性就在于作者始终坚信，总有一种方式可以活出人生的意义，生活中的现实困境也总有办法能寻找到出路。因此，谢宏小说中为笔下人物提供破解现实困局的种种尝试，就是一种温暖的人文精神，这也体现了谢宏小说的创作价值。总的来讲，谢宏小说的叙事中心是都市小人物的灰色人生以及他们的苦涩情感，然而他的作品并不阴暗灰冷，反而充满一种难得的可贵的古典与纯真、温暖与希望。

谢宏的作品也会充满一种伤感与沉重，但不会轻易表现在文字的表面，而是深深蕴藏在温暖和轻快的背后，让人无法轻易察觉。这样明朗的气息，时刻与灰暗的格局互相辉映，让人切实感受到都市人生"两张脸"的生存本相。读他的作品需要平心静气、反复品味，这样才有可能领悟到他小说美学的意味，才可能穿越小说的文本层，抵达或者无限接近其水草丰美、内涵丰厚的意蕴层，让人获得灵魂的休憩和精神的启迪。 这些充满思辨色彩的故事让我们蓦然惊觉：原来我们平淡枯燥的日常生活也蕴藏着如此丰富的哲理并等待着我们去发现，它启发我们更好地认识自身以及自身所处的时代。谢宏真实地说出了生活的某些真相，某些不为人知的细节，作品中所用的意象和事实都堪称淳朴且具备质感。还须提及的是谢宏习惯用具体事例描写情感，所以其作品的情感尤显真挚，极具感染力。

傅雷在评论张爱玲小说时曾说："是非好恶，不妨直说，说错了看错了，自有人指正。"傅雷的姿态不妨成为我们的参照。当然，我们同时也看到，谢宏的作品多数都以第一人称"我"来展开故事，这样的书写角度，能让故事中各个阶层的人物角色及时换位，从而使人可以自不同角度去真实体会这个城市。但在某种程度上，这种自我述说的写作模式，也许会造成作品格局略小、不够恢弘的情形。而且，小品式故事的讲述或有人工痕迹太重之失，而书写现代小说所必备的描述与展示功夫，似尚待加强。

总的说来，谢宏的作品，在温暖和轻快背后蕴藏着伤感与沉重，它使人在长怀感动的同时，精神与之悄然形成呼应，顾盼之间，掩卷之时，沉思之际，不觉已是身入此中……

彭名燕论

见证贵族的诞生

王华勋

站在2008年末回望历史，倏然发现，中国已经在改革开放的风风雨雨中走过了30年。作为改革开放的前沿阵地，深圳在这30年中的发展、变化，用“天翻地覆”一词来形容，是再恰当不过了。开山填海的隆隆炮声鼓动起年轻人开拓创新的激情。“时间就是金钱，效率就是生命”的口号，在改革开放初期的深圳蛇口，犹如一股强烈的冲击波，在人们的思想深处产生猛烈震荡，并从此逐渐改变着人们的时间观念、效率观念。昔日的小渔村早已不见踪影，取而代之的是拔地而起的一幢幢高楼、纵横交织的宽阔的柏油马路、青草绿树和满城鲜花。改革开放是如此不可阻挡，持续向纵深推进，中国向现代化前进的步伐铿锵有力，而历史已悄然留在前行者的身后。面对历史，人们用不同的方式记录着中国改革开放30年所取得的重大成就。作家彭名燕，便是以独特的视角、文学的镜头，记录下了改革开放以来深圳发展的点点滴滴。《世纪贵族》、《岭南烟云》（与孙向学合著）等都是她关于深圳的文学记忆。彭名燕以作家的身份，以文学的方式，见证了特区的昨天，关注着特区的今天和明天。

彭名燕从20世纪80年代开始文学创作。至今已有500余万字的作品问世。她始终带着深情去关注深圳，对这座美丽的城市怀有一种特别的爱。未入深圳之前，深圳影业公司曾请彭名燕写过一个电影剧本，这使她有机会接触到了深圳，接触到了深圳的一个企业家，期间，她还跟着人家去和外商谈判。自此，深圳就在她心里扎下了根。

1989年，彭名燕应中共深圳市委宣传部之邀来到深圳，深入采访了深圳赛格集团。在此基础上，她创作出长篇小说《世纪贵族》。谈到这部小说的创作，彭名燕曾说，“我对电子企业情有独钟”，“就这个行业，我的故事都写不完，总是习惯地用它作故事的背景”。在她看来，“中国的电子企业远不够强大，和国际上的电子企业相比差距太大”。正是寄希望于中国电子企业的发展壮大，所以作者多少年来一直关注着这一领域并始终抱着满腔热忱，悉心尽力为之创作不息。她说：“我在写这些作品时，我觉得我热爱上了深圳的电子行业，这个高科技的独特的领域。”

特区之“特”，就在于它是改革开放的试验场。特区的设立，促使人们不断转变和更新观念，积极借鉴西方先进经验，探索中国的科技、经济发展之路。长篇小说《世纪贵族》所选择的背景，正是这样一个潮声震耳的时代。这部长篇，以文学的手法，展示了一个国有企业在深圳由小到大的曲折发展历程，艺术地再现了中国新型管理人才的成长历程。

故事一开始就是一场心智的较量，凯华电子厂是上世纪 80 年代之初创办的一家国营小企业。厂长胡鹏，来自北京国营大厂的领导层。凯华的主要业务为来料加工，替国外的大公司组装电子产品。为了能给厂子拉到业务，凯华电子厂的厂长胡鹏和其副手于松涛，如约在广州东方宾馆大厅见到了香港商人江锦萱小姐，对方高贵的装束与气质，令胡、于二人瞠目。但江小姐傲慢的态度又使得二人既尴尬又愤怒。江锦萱的奚落让聪明而富有城府的于松涛既羞且怒。但当他看透江小姐高贵于外自卑于内的本质后，于松涛随机应变，在言语上对江小姐的傲慢予以还击，为双方的谈判赢得机会。此后的一次会面地点，是白天鹅酒吧。胡鹏、于松涛再次和港商江小姐相见，江锦萱那种颐指气使的态度和连连甩出的揶揄之词让胡鹏愤而离去。于松涛此时则沉着应对，以他分外帅气的外表和落落大方的举止，再次击破江小姐的傲慢，并开始扭转了被动局面，掌握了双方谈判的主动权，到最后，凯华艰难但扬眉吐气地赢得了加工合同。于松涛让一个高傲的、从没在男人面前输过的香港女人第一次在心里承认自己输了，江锦萱“有些懊丧起来：我输了，第一仗输给姓于的男人了，她老驱不走这输家的窝囊感。两万五千元数目不大，但她毕竟是输了”。

由于港商江小姐在提供的元器件中做了手脚，凯华电子厂组装的三洋名牌收录机一出厂就成了废品，“连《人民日报》也毫不留情地报道了三洋名牌给凯华组装成废品，在上海，还与飞跃电视机搭配出售的消息”。这让胡鹏和于松涛背负了不小的压力。同时也在二人中间埋下了矛盾的种子。在凯华困难的时候，连银行都不肯贷款给他们，银行贷款科科长说：“我倒是希望通过你们之间的竞争把那些没有实力的挤垮，剩下真正有潜力、有希望的，我们银行愿锦上添花，助他们向更大更高发展，而不搞雪中送炭，白救那些没有存活希望的企业。”

经过三洋收录机等一系列事件后，胡鹏和于松涛在企业经营思路上的分歧越来越大，胡鹏眼中的于松涛总是有一大堆不切实际的想法，太狂妄。而在于松涛看来，胡鹏对于厂子的问题总是过于自信，作为厂长的胡鹏曾是北京国营大厂的领导，但是“北京和特区、大厂和区区小厂之间隔了十万八千里，恰恰你能管好大厂就是管不好小厂，你能管好北京就是管不好特区”。

应三洋公司副总裁吉村的邀请，胡鹏和于松涛去香港考察电子工业。胡鹏被香港繁华的气势给镇住了，面对一个个国外知名电子公司的招牌，于松涛由窒息而愤怒，他突然明白“香港的繁华是逃港者的功劳，世界先进的电子工业是人创造的，并不是上帝或是菩萨创造的”。他暗地里想“凭中国人的聪明就扭转不了自己的乾坤？！”于松涛突然勃发起一种要创造出中国的西门子、松下、硅谷……的野心，他决定要追赶世界上最先进的技术！背着胡鹏，于松涛暗地里联络几家公司要搞集团公司，并且他也与国务院相关部门及市里负责人进行了沟通，说了自己的想法，得到了相关方面的支持。在是否组建集团公司的事情上胡鹏与于松涛有着完全不同的态度，这也导致了二人在事业上的分道扬镳。在胡、于二人的明争暗斗中，最终思想传统而又有点保守的胡鹏，离开凯华，去了金湾港管理局做了主任。于松涛则成功实现了他组建电子集团公司的愿望。于松涛成功组建了新亚电子集团公司，公司召开成立大会的当天，还请来副总理为公司剪彩。于松涛此举说明，特区是属于有想法又有胆量的人的特区，也许它真是能够成就人的梦想的特区。正如于松涛所言，在这里，“用传统方式做人，没人瞧得起你，许多过去软弱的人到这里都变硬朗了，特区就是这样，你有尾巴不要夹住，你有本事不要怕露，不然，人家无法认识你，你又怎样去实现抱负？”这或许就是特区之特别所在。

由此，人们会再度想起“时间就是金钱，效率就是生命”这句口号。这句著名的口号，曾被书写在矗立于蛇口工业区微波山下的一个巨大牌子上，并传遍四面八方，轰动一时。这句口号，为蛇口工业区的创始人袁庚于1980年所提出。它道出了当年蛇口工业区（被誉为“特区中的特区”）的思路及做法的核心价值。正是因为有了这一灵魂，有了各方支持，有了深圳建设者的拼尽全力，深圳才能名动天下，“深圳速度”才会闻名全国甚至全世界。深圳这昔日的小渔村创造了人间奇迹，为我国的改革开放闯出了一片广阔的新天地，为我国的改革开放提供了丰富而宝贵的经验。深圳发展寓含了经济学标本意义，其实同样寓含着文学的标本意义。20世纪80年代中期来到深圳的彭名燕，洞察并发现了这种双重的标本意义。她敏锐地意识到了特区之

“特”，并真正感受到了特区人敢为天下先的精神气度。她深情地通过自己的笔，写出了这种城市品格之“特”与城市建设者精神之“特”。作品中，于松涛所说的那番话，正是对特区人精神品质的一个准确描述。特区人发扬了中华民族吃苦耐劳的优良传统，在事业上充满激情与活力，思想睿智，敢想敢为。换句话说，是特区的政策给了来闯深圳的人一个充分展示自我、发展自我的空间。这在胡、于二人的矛盾冲突中，有一定体现。作品所折射出的，是深圳特区的“一斑”。特区就是要让人尽量放飞理想，只有敢为天下先的人才配做深圳特区各行业的领航者。在这里就是要打破传统，只有不断地总结、突破，不断创新才可能真正生存下去。大到企业小至个人，都无法回避特区这种既成的社会现实。这是生存竞争的规律。如果说，于松涛们是一把锋芒未露的好刀的话，那特区及其环境就是一块很好的磨刀石。靠不断砥砺，于松涛们才得到机会脱颖而出。

较之于胡鹏，于松涛是一个敢于突破敢于创新的人。胡与于形成了一个鲜明而有趣的对比。胡鹏最终也就是曾经的凯华电子厂的经理——时兴的叫法是前经理或过气的经理，而于松涛则真的就坐上了新亚电子集团董事长的位子。作品向我们展示的，当然不是一种简单的静止的历史图景。彭名燕在小说里，其实还埋设了这样一条线索：在汹涌澎湃的时代洪流中，于松涛能否稳立潮头呢？

且看彭名燕如何在篇章中用心经营。

就在新亚电子集团阔步向前的时刻，毕业于清华大学企管系的一位叫黎少荣的研究生，慕名找到了董事长于松涛。黎毛遂自荐，想要在新亚集团谋得一职。这位毛遂自荐的黎少荣很幸运。他非常顺利地就进入了深圳最大的新亚集团公司，而且做了战略发展部部长助理。试用三个月后，黎少荣被正式聘用为战略发展部部长，他的才干得到了于松涛的认可。黎少荣凭着自己敏捷的思维和雄辩的口才，进入了新亚集团。他一进入工作的角色，就锋芒初露。这也正印证了于松涛的那句话，“特区就是这样，你有尾巴不要夹住，你有本事不要怕露”。黎少荣自尊心极强，很敏感。于松涛对他说：“小伙子，记住，少说点话，多做点事，走到哪里都讨人喜欢，本事再大不是说出来的。”这本是一句忠告，但黎耿耿于怀，他感到郁郁寡欢，不住琢磨，以至于非要向于松涛问个明白不可。纠缠于细枝末节，使黎少荣给了于松涛一个心胸狭隘的印象，这更加重了黎少荣心中的不快。而黎少荣得理不让人、咄咄逼人的语言锋芒，则也加深了于松涛对他的成见。两人之间的矛盾，就这样不断积累加深。

对于松涛和黎少荣两个人来说，他们共同的性格特点就是大胆而前卫，有着敏锐的思想和扎实的专业知识，自尊心极强而又心胸狭隘。如果要说有什么不同的话，那就是，于比黎有着更丰富的社会经验；而黎精通英语，年轻，精力充沛，这又是于所不能企及的。所有这些同与不同，都成了两人在后来的工作中狭路相逢、处处争斗的深层原因。两人的矛盾似乎十分有趣地诠释着中国自古就有的一句俗语：一山不容二虎。

在与港商江小姐业务往来的斗智斗勇中，于和黎的分歧进一步加大。工作上，两人之间摩擦不断。黎不满于的目空一切，飞扬拔扈；于也不喜欢黎谈吐间的锋芒毕露以及小事上的斤斤计较。彭名燕的这一处理，堪称出色，于松涛的性格，由此显出了立体效果，非常丰满——人们所看到的，是一个矛盾的复合体。于松涛自己讲，“你有尾巴不要夹住，你有本事不要怕露”。但对黎少荣的张扬、自信又感到如鲠在喉，明显表示出不满。不过，于松涛又很欣赏黎少荣的聪明才干。在于松涛的眼里，黎少荣就像一个刚下架的黄瓜，顶花带刺，又如手中的一只刺猬，捋也不是，拍也不是。事实上，在胡鹏面前的于松涛，又何尝不是于松涛眼中的黎少荣。而且黎少荣觉得，在深圳要聘我的公司多了，大不了“我就来个反炒鱿鱼”。正如作品中所说，“对于松涛满腹怀疑的黎少荣，常常会因为突然出现的其他情况，转而对于松涛钦佩不已，原本想反炒于松涛鱿鱼的他，常常又会一变而为愿效犬马之劳”。在很多事情上，两个人的性格表现得极度相似，这让他们既相互欣赏又相互排斥。

由于经营不善，新亚集团下属的云翔公司几乎破产。而当初，正是黎少荣在董事会上发出不同声音，大胆提出扶持云翔的。没想到，待到云翔濒临破产之时，他又语惊四座，提出一个别人想都不敢想的建议——让云翔破产。黎少荣之所以会提出这样的建议，是因为，在他看来，“宣布云翔破产，变卖所有的动产和不动产，集团的损失还能挽回一部分”。这个建议理所当然地遭到了众人的一致反对，因为，在深圳，还从来没有过这样的先例。破产是什么？就是关门倒闭，这在今天，可以算得上是市场经济活动中出现的一种常态的经济行为。但是在当时，即使对于刚刚起步的特区企业而言，也绝对是一个危险举动，是闯禁区或是趟雷区。黎少荣在这件事情上，察见了市场经济的发展趋势、深层结构与运行规律，这显而易见是非常超前的。他敢于提出让云翔公司破产，足见其对新事物的接受与消化之快。不过云翔并没有进入破产程序。而是在市企管办和银行的协助下，由新亚集团对云翔公司当初贷款担保人的房产进行了拍卖，挽回了损失。对这次拍卖，小说作者下笔时，是含了深意的。她似乎在拭亮笼罩其上的“先行先试”光环，将之称为深圳历史上的“首宗抵押房产公开拍卖”，更是“中国第一次抵押房产拍卖”。在一次与港商江锦萱谈判归来的路上，黎少荣的一番话，道出了特区内企业在发展壮大过程中所遇到的困扰："香港没有我们的生产和销售网点，你永远摆脱不了被动。国家只让我们的合资企业内销百分之三十，百分之七十外销，是逼着我们向海外杀出一条血路，要不办特区有什么意义？可我们迟迟杀不出去，依然被这些中间商卡住脖子，还不敢对他们喘大气，请问，集团的优势在哪里？""特区的意义"、"集团的优势"，这些词，道出了特区人对特区的深刻理解。为了让新亚走向世界，于松涛他们要"借船出海"，在香港要先有一个立足点，而且是由生产与销售环节共同构成的立足点。新亚集团拍得了香港女皇电脑公司的产权。但集团资金的不足又让于松涛面前困难重重，在银行方面的引导下，他们决定通过公司上市来筹集资金。在对公司股份制知识的了解与见解方面，作为年经人的黎少荣，凭借自己充沛的精力和敏锐前瞻的眼光，在寻求集团健康发展的航路方面，不断站立到了改革创新的潮头之上。于松涛对其在思想谋略上走在自己前面心中很是不痛快。日常工作中，两人的冲突已越来越多；而因集团高层人事安排所产生的矛盾，于、黎二人渐行渐远。在于松涛看来，黎少荣是"一个处处想出风头，总想压自己一把的年轻人"，"他如果提拔他，就如同放虎归山，他自己也是一头虎，一山岂能容二虎？一旦自相残杀起来，必然两败俱伤，他抖了将近十年才抖起来的威风，绝不能垮在一个毛孩子手中。甘副总那种平平庸庸、会拍马屁的人，他虽然根本瞧不起，但他却宁愿用这类人而不愿用他很瞧得起的黎少荣之流。事情就是这么简单，他需要的是：一、绝对服从，二、不能与别人平分秋色。他因为爱才，起用了黎少荣；又因为妒才，冷落了黎少荣。他就像当年的胡鹏，而黎少荣就像当年的他。当年的胡鹏防着他，如今的他又防着黎少荣，都是为了一个权字，历史就是这样惊人的相似，人与人的心路历程也是这样的相似！"更让于松涛无法容忍的是，他最心爱的妻子，最后也卷入了二人之间的冲突。有着极强报复心理的于松涛因与黎少荣说不清的矛盾，使得他和妻子之间也日渐疏远，引起家庭失和，妻子也因此红杏出墙。而给于松涛戴上绿帽子的，正是他工作上的对手黎少荣。于、黎二人结怨，至此已深到了如于松涛所说"一山不容二虎"的地步。妻子的背叛，加上情敌又是自己在集团中难以容下又离不开的人，使于松涛陷于进退维谷的境地。最后，他还是在香港江锦萱小姐的规劝下，暂时离开新亚，到一个高级企业管理培训班报了名，全脱产在那里学习——这个培训班组织者，是美国的美中工业发展基金会所；参加者，则均为排得上号的中国企业的经理；学习期限，是半年时间。最终，于松涛以退为进，提拔黎少荣做了集团副总。此举既为集团留住了人才，同时也确保了他辛辛苦苦创立的新亚不倒。

作品借于松涛的口道出了千百年来的人才悖论、人际关系怪圈，“当年的胡鹏防着他，如今的他防着黎少荣，都是为了一个权字，历史就是这样惊人的相似，人与人的心路历程也是这样的相似！”这可能是人类永远也无法破解的怪圈。人物间矛盾的设置，是推动小说故事情节发展的重要内驱力，由此，虚构变得有了意义，成了艺术的真实。而这样的艺术真实，很大程度上又反过来折射出生活的真实。作者借助于艺术的真实，还原了生活的真实。由于上述数点，她的小说，显出了一种张力。作品中，人物之间的矛盾冲突交结在一起，层层推进，达到无法化解的地步。最后，作者让港商江锦萱小姐出面，化解了一个不可调和的矛盾。其实，仔细分析，于松涛的离开，与其说是一种权宜之计，不如说是作者善意的安排更为恰切。且不说一个香港商人这样做的可能性有多大，就说一个外人介入一个集团公司内部的人事纠纷（尤其当中还掺杂了男女苟且之情及辱人之恨），如此出面调停，其几率即使不能说为零，至少极低。退一步来看，江小姐出于个人情感原因，促成于松涛去美国参加中国企业经理高级企业管理培训班，这也只是作品浪漫主义的构想。其二，一个为期半年的企业经理高级企业管理培训班能够改变于松涛吗？我们试想，如果答案是肯定的。那么从80年代初胡鹏、于松涛来到深圳创业，由于二人的性格原因，他们的矛盾一直不断升级，最后矛盾缓和还是因为胡鹏离开凯华。组建集团公司后，又来了一个黎少荣，二人性格表现出惊人的相似。他们共事，是从集团组建之初再到公司上市，然后到走出国门走向海外。这期间，他们经历了多少事！但于松涛性格没有发生丝毫变化。要说有变化，也只是于、黎二人之间的矛盾更加不可调和。再说，像于松涛那样聪明的人如果能缓和两人之间的关系，他应该早就行动了。况且组建并打造集团公司，于松涛倾注了全部精力，得到黎少荣这样一个少有的人才，对于公司未来的发展意味着什么，于松涛心中不会不清楚，他会忍心看着公司一步步走向衰落？作家在这种人物关系的安排上，显然是有悖情理的。不过，我理解，这倒像是作家为了让小说卷起波澜，在避开惯常的情节发展逻辑而取这样的走向。只是，虽然作家可能是想使故事讲述更曲折、更吸引人，但总体效果，却未必一定最好。因为，事实上，于、黎二人的矛盾，结果是未见缓解反倒愈趋紧张。所以说半年的培训改变一个人，只能是一种善意的想法。正因为如此，作者在小说结尾让新亚集团的人事安排出现一个显得浪漫的团圆结局，应该说，是有疵点的。当然，我们也可以从不太合常道却也有可取之处的方向，去理解这部小说。

《世纪贵族》记录了国营凯华电子厂从一个简单的来料加工的小企业，到联合行内其他企业组建集团公司，再到集团上市，最终挺进国际市场的波澜壮阔的征程。反映了国有企业在改革开放进程中，由小到大、由弱到强的艰难而可喜的变化。而于彭名燕那种显得有悖情理的情节安排中，我们读到的则是在市场经济条件下，我国企业高级管理人才的成长历程，由胡鹏而于松涛而黎少荣，他们一代更比一代强。这或许是未必合理却情至深处的一种提顿。正是基于这一点，我们才会得出这样的结论：《世纪贵族》在这一个点上，虽“不太合常道却也有可取之处”。

众所周知，设立特区是为了探索一种新的经济模式，并没有现成的经验可资借鉴。就企业来说，这种新的经济模式，与计划经济体制相去十万八千里，如果仍然以计划经济体制下的老眼光看问题，以老思路来想问题，那么，企业必然无法生存。这里具有标本意义的，是胡鹏说的一句话：一个堂堂北京国营大厂的领导，还能管不好一个特区的小企业？而取其而代之的于松涛，若干年后不是也拿当年胡鹏看他的眼光那样看黎少荣？他唯恐自己在经营、管理的思路上落在黎后，但事实证明，他们所倚赖的，是旧经验，他们所取的，是旧的思维模式，而旧的老气横秋的东西，必然要逊位于新的富有朝气的东西。长江后浪推前浪，这是历史发展的铁则，是无法更改的。年轻人有年轻人的优势，精力充沛，思想前卫、眼光敏锐。这是坐在集团老总位子上的于松涛所不及的，当然更是无法超越的。但他这种旧的思维习惯，却让他生出了一种与常人无异的想法：“抖了将近十年才抖起来的威风，绝不能垮在一个毛孩子手中。”在这种惯性思维的挟制下，他对黎少荣所做的一切，自然也“都是为了一个权字”。所以说，不管作品在人际关系与情节发展的内在逻辑方面，会让人生出怎样的迷惑，会有多少质疑，但它在文学表达、思想承载甚至在世态解析这些点上，都是有价值的。因为，作品最能引发读者作更深一层思考的方面就是，一个新的经济体，当以何种姿态，去推动整个社会进步；又当以何种姿态，去迎接崭新的明天来临；而在这一切发生之前，又应该做一些什么样的准备。正如作品最后冰莹所说：“有强大的实力战胜对手，但你却不一定能战胜自己，越强壮的人越难战胜和超越自己，这是许多倒下去的人的教训。”这是作品结尾冰莹送给于松涛的忠告。从美国学习归来的于松涛，到底能不能成为市场经济大潮中的更为理性、更为优秀的弄潮儿？他是不是能在特区土地上引领国有企业健康发展，成为管理领域真正的贵族？这其实是彭名燕留下的一个悬念，也是作品留给读者的几道思考题。当然，这部小说的思想价值还不止于此。作品还包含着这样一种重要命题：特区是要造就一个引领国有企业健康发展管理领域的贵族？还是要建立起一套造就企业管理领域贵族的制度，让特区成为一块造就“世纪贵族”的土壤?

与深圳其他作家的创作不同，彭名燕没有把创作的目光放在低层打工者的生活层面，也没有摹写个体企业在特区的艰难生存情形。她把中国的电子企业在特区的发展作为一条主线，力图表现的是特区深圳作为改革开放的试验场对新的思想观念、西方先进科学技术、先进的生产及管理理念的消化吸收。因此，作者对改革开放以来深圳发生的具有创世纪意味的事件，如引进外资、与外商外企的合作、企业的破产拍卖、公司股票上市、20 世纪 90 年代深圳的股票认购大潮等，都在作品中作了艺术映射。因此，可以认为，《世纪贵族》所表现的，不只是一个企业在深圳的发展壮大史，不只是一个企业高层管理者的成长历程，而且是特区深圳发展历史的一个侧影。

一部好的作品，往往出自作家对周围生活的细心体悟，作家的创作总是要根植于他生活的土壤，带着他脚下泥土的气息的。贾平凹不断地写着他的商州，张炜总离不开他胶东西北部的小平原，迟子建让她笔下的人物总活动在东北的老林子里，韩少功一直倾情于他湖南的乡村，就连他后来移居海南也还是写湖南的乡村。与这些作家一样，彭名燕也在写着她所熟悉的生活。不过她写的不是乡村，是都市。彭名燕生活在都市，感受着都市的脉动，都市就是她创作的一方沃土。我们在阅读彭名燕时，会为她对一座城市投入的热情所深深感动，尤其会为她的高度认同感所震撼。她似乎略去了远离故园时所有人都可能会产生的心理困扰，或者更准确一点说，她以最短时间，成功地作了一种心理调适。而能如此高效地缩短心理适应期，或许与她曾经在北京电影学院学习的经历有关——彭名燕能很快进入创作角色。这里的“进入角色”是个人生活的融入，更是一种心理上的融入。来到深圳，彭名燕不是游离在城市的边缘，而是视自己为这个城市的一分子，她审视着它，感受着这座城市的脉息，并孜孜不倦地书写着都市的生活。于是，她真正成了这座城市的主人公，成了深圳的女儿。彭名燕于 20 世纪 80 年代中期来到深圳，她很快就与这座城市心心相印。《世纪贵族》是她来深圳后创作的第一部长篇小说，通过作品我们完全可以感受到她的内心所深藏的热情、真情。她记录了深圳的发展变化，她细致地描画着城市面貌，多个时期、多个阶段的多个地域、多个点，都显得精微、传神。无论是写破破烂烂的深圳老街、“街边小店小铺传出收录机里三流香港歌星嗲声嗲调的粤语歌，腻得连空气也发粘了”；还是写繁华的香港，“那些气势逼人、骄傲显贵的大霓虹灯”；或是写当时深圳抢购股票的疯狂场景，以及写深圳在经济领域创造的“中国第一拍”（企业破产拍卖）。这些，都与作者对深圳的堪称透彻的了解密不可分。整部作品的构思、表现，都是建立在作者对深圳过去的详细了解，对现在的真切体悟的基础之上。

彭名燕曾说："我这个人天性比较乐观，大大咧咧，心不细也不敏感，不太像个女人。你看，朋友叫我什么？有人叫我彭哥，有人叫我燕哥……"（彭名燕：《拒绝刺激》）由此便可看出，彭名燕是一个天性爽朗乐观的作家，她有着极好的人缘。但她其实有细腻的一面，对此，她说过这样一句话："现实生活中我是很粗心的人，我把我的细腻放在了作品中。"因此，彭名燕自己所称述的粗心，只是一种外在表现。而正是她的"大大咧咧"，让她能够广交朋友，这又为她了解深圳并融入这座城市，创造了很好的条件。深圳虽然是移民城市，但在很多方面仍彰显出其明显的岭南文化特色。作为小说家，彭名燕非常注意了解这座城市的文化、把握这座城市的脾性。据她讲，在她周围有不少客家朋友，通过这些客家朋友，她了解了令人迷醉的岭南客家文化。除此，她还学会了讲广州白话，唱客家山歌。她把从朋友处了解来的农家文化，融入到她的另一部作品《岭南烟云》（与孙向学合著）中。相对于《世纪贵族》展示一个企业在深圳的发展来说，《岭南烟云》则是从另外一个角度述说深圳的历史演进。作品讲述了石岗村半个世纪的发展变迁，昔日的小乡村融入今天的大都市，赵可设父子带领村民完成了从乡村到都市的跨越。关于作品所展示的独特的岭南文化特色，在作品的封底有这样的评说："小说中的人物、细节、故事无不流露出南国乡土的浓墨重彩，无不密集了南国风情中所独有的品象特质……"《人民文学》原主编、资深评论家崔道怡对作品这样评价："《岭南烟云》的故事情节是有特色的，有魅力的，它的特色在于展示了岭南地区的生活景象，别的地方是演绎不出来的。" 因此，就作品中所表现的一个渔村之客家民俗文化蕴含来说，作家给予了读者以生活的真实感。在作品中，当赵可设得知陈二平三个月大的孩子因营养不良而生病时，"突然想起父亲经常爱用的治病偏方……一大早，他悄悄去牛棚铲了一堆黄牛屎，忍住恶心，用竹竿在塘里刮洗干净了粪，留下没有消化的草根，拿回家煲了一壶水，用玻璃瓶装好，热热地揣在怀里，向二平家走去"。 类似的细节性体现，还有写客家人丧葬习俗的部分，"按客家人的习俗，人去世入土后第三年，要二次下葬，叫'起身'。这个'起身'的习俗相当恐怖也相当美好……"就连客家人的婚宴也被作者在作品中穿插得缤纷多彩。这些生活习俗对于一个从北方移居过来的人来说顶多是新奇，但在作家那里就成了创作的源泉，那是一个作家难得的生活积累，是一种创作留存。所以《南方文坛》主编张燕玲这样评论《岭南烟云》："这是一部有个性的岭南叙事，这个岭南叙事应该说在一定程度上，为今天本土化写作提供了一种艺术的可能性。这种岭南叙事是什么呢？就是把岭南的民间文化融入文学叙事的一种努力。”

彭名燕对深圳这座城市的融入，还表现在她对深圳历史的一种纵向了解。在《岭南烟云》中，这种纵向了解，即具象为石岗村当年的逃港大潮、村民的海上走私、渔村的发展及最后融入真正的现代都市。作品以林笑怡逃港的情节为开端。村民为逃港更为了追求一种理想的生活，在水塘中练习游泳；赵家的小儿子因逃港被父亲赵山贵打折了双腿。作品中对村民走私的描写，就更真实可感。黑夜中，赵可设与陈二平一起撑着小木船划向公海。那鬼怪似的快艇，“表面上看，这是一艘运咸鱼的船，赵可设看见船舱里满满的臭鱼，他想这一定是伪装，缉私的人一上船，准得捂着鼻子，掉头就跑。紧接着，又是一个惊讶，快艇的船员手脚之麻利，没等赵可设缓过劲来，堆放臭鱼的地方已经腾空，露出了藏在船舱底层，银光炯炯的电子表，全是金属外壳，国产表还没见过这么薄这么靓的款式。船上的人将二平等人手中的麻袋夺过去，一对一，说一声：‘数好。’然后用工兵铲一铲铲将电子表铲进麻袋……”第一次走私，让赵可设神秘又紧张，“当二平把四千二人民币扔给赵可设时，他眼泪都快流出来了，那是钱不是纸，这辈子还没见过这么大笔的硬纸。他相信走私是挡不住的诱惑……”

当逃港和走私都成为历史的时候，赵可设带领村民发展村办企业，他们走向现代工业的新天地，而把渔村留给了历史；当石岗村的电子企业最终发展成为电子产业的时候，石岗村也走完了其农村的城市化进程，最后融入了这座都市。这部作品表现出一个作家对都市生活的理解与把握。处处体现出彭名燕作为一个作家的职业敏感。

作为一个移居者，彭名燕以积极的态度融入深圳这座城市，作为一个作家，她见证着深圳特区的变迁，以文学的方式记录着深圳的发展。正因为此，所以深圳大学教授、作家南翔称《岭南烟云》：“非常深刻地洞察了深圳发展的这段历史”，“小说中的人物，通过个人叙事和个人生命历程，带出了深圳的一段历史。”我们期待她始终充满活力与激情，取得更多的创作实绩。

谯楼论

惜墨如金

董爱霞

谯楼其人

获得过“长江文艺奖”的深圳青年作家毕亮曾经这样评价谯楼的作品，他说第一次欣赏谯楼的散文，是在2001年深秋，“我坐在窗外飘着落叶的图书馆里，一口气读完刊在《散文》杂志头条的文字，读完后，我又回头看了一眼标题，并再次阅读这则散文，这一回，我读得相当慢。之后，我记住了‘谯楼’这个名字，并在心里想，这样的文字得有些历练的人才弄得出来”，“起初，我并不晓得谯楼是在读大学生，看他的文字，想起码也应该是三十好几奔四十的人”。读毕亮的这段文字，我引发了同样的感触。记得读大学时，读到谯楼的《父亲母亲之间》，觉得这篇散文写得很好。后来当了老师，也时常引用这篇文章作为范文，给学生讲解，那时的感觉和毕亮是一样的。后来，一个采访的机会让我知道了谯楼，并且知道这么多年来我一直欣赏的散文作者，还这么年轻。事实上，他写这篇文章时，正在读大学。

谯楼读高中时就开始了散文创作，出手不凡，几乎每篇都是精品，虽然年轻，在散文界却已是小有名气，当有出版社想要给他结集出版时，谯楼发现自己的散文创作竟不足以结成一个集子，这实在令人诧异。如果对谯楼的了解再深一点，可能就会明白为什么谯楼不急于去屈从功利化的创作欲望了。《宝安日报》记者彭芳在名为“纯粹笔下的现实探求——作家谯楼访谈”的文章中，这样写道：“从1996年写作到现在，谯楼说自己肯定是深圳文联签约作家当中作品最少的一个。谯楼说，他不会为了写作而写作，只有心中有了想法，有了认为值得去写作、创作的内容的时候，他才会去写。不熬夜，不加班，不搞突击，每个下午的三点到五点，写作四五百字。一个短篇可以写上两周，一个中篇甚至可以写上两三个月，显然，他的创作与一般的作家不分昼夜、奋笔疾书的情形不一样。谯楼说，作品少，但是自己在写作的过程中所享受的乐趣并不比别人少。”在谯楼的博客中，我们也经常会看到“昨天晚上熬夜到一点，终于写完了一个拖了长达半个月之久的短篇小说，名叫《丝瓜和南瓜》，七千多点字”、“今年，我一个小说都没写。每每和朋友谈起来，总是惭愧。于是，我就决定，打算开始写新小说了”等等诸如此类的话。他说：“我满意得很。因为我并不以写作为生，写作是我的爱好，就像别人抽烟喝酒一样。我没有什么压力，想写就写，随心所欲”。可是就是这样一个“不勤奋”的作家，2006年凭借短篇小说《走到最后》和中篇小说《几厘米的温暖》一手摘双奖，分获第五届深圳青年文学奖和2006年度深圳原创网络文学拉力赛大奖，一鸣惊人。所以，少，并不代表着不重视；没有天天写，并不代表着不喜欢，只是时机未到。谯楼的惜墨如金，实则更是一种对文学负责任的态度。

散文：对爱的书写

“在一切文体之中，散文是最亲切、最平实、最透明的言谈，不像诗可以破空而来，绝尘而去，也不像小说可以戴上人物的假面具，事件的隐身衣。散文家理当维持与读者对话的形态，所以其人品尽在文中，伪装不得”，这是易家彦对散文的一种评价。散文是作家对人生的钟爱，不是观察，而是观赏，是拥有爱心的人对人生的拥抱，如果缺少这些，就不能有精美的散文了。多少年来，我们看到了很多虚伪的文字，究其根由，就是一个假字在作怪，散文之不可强为，道理就在这里。有人说：“家就是一篇散文。”好的散文就像一个有凝聚力的家，能将两个生长于不同环境且具有不同性格的人结合在世间一隅，制造出一些锅碗瓢盆的交响，制造出一波三折来，但是不管什么状况，这个家都要有一个神，一个充满凝聚力的神，没有一个神这个家就散了。那么，这个神是什么呢？它就是真情实感，就是一种爱。一篇散文缺少了这个凝聚力，就失去了生命力。

当然，每个人的经历不一样，对世界关注的角度也不一样，他们的创作风格和创作内容也不尽相同。这就向我们阐释了一个道理，那便是一个作家的生活经历对其创作的影响，小说有，散文更有，因为散文就是一种真情实感的表达，是作家写作中最真实的一面，它反映了作家的人格、生活态度以及对世界的理解，有人说它是作家从自我经验到自我实现的过程，它内里拥有着作者对于自我的一种喜好、一种价值观的过滤。一篇好的散文是作家洗尽铅华后的精华所在。谯楼的散文没有浓墨重彩，但却兼具自然、朴实、丰盈、润泽等诸多品质。他笔下的亲情、爱情、童年无不是自我亲身经历的体现，无不饱含着他深厚而真挚的情感。

对父爱的书写，近于无言。《父亲》是谯楼发表比较早的散文之一。这篇散文，把一个不善言辞、默默关心儿子的父亲形象真切地表现了出来。父亲为了让孩子安心读书，四处借钱却自己默默承担，不让儿子知道，怕孩子在外面受苦受累。在车站给儿子买了一碗肉丝面，自己却连一个三角钱的锅贴也舍不得买，而父亲回家却还有三十几里地的路要走。《寒假杂忆》也是回忆父亲的一篇散文。寒假到了，“我”本来不打算回家，父亲打来电话说，“过年了，你不在，家里冷清，回来过年吧，你妈你弟娃天天都念着你，天天都念着你回来呢”。可“我”心里最清楚，是他最想我回家的。在“我”回去的那一天，父亲很早就去车站等了，天气冷得路上一个人也没有，父亲却在一直等“我”，幸亏“我”赶上了最后一班车，要不父亲会等“我”一晚上。回校要带钱，家里没有钱，父亲去乡长家借，可是乡长说要把自家的女儿说亲给“我”，父亲就没再提借钱的事情了，宁愿自己辛苦，也不会辛苦孩子。“我”知道父亲很辛苦，也不再像以前那样打牌了。父亲打鼾，为了“我”睡好觉，一夜没合眼，但父亲第二天天不亮就要去卖木材。每次“我”走的时候，父亲都会站在那电线杆处送“我”，这次没有，因为父亲为了“我”的学费，天不亮就去卖木材了。“电线杆一个人，孤零零地站在寒风里”。很悲凉，然而却是对深沉父爱的一种表达。在《路过一个小镇》中，父亲带自己走过的那一段温馨的路，成为自己心中永恒的温馨之路，珍藏在记忆中。在《父亲和他的树》中，父亲对树的感情，和对儿子的爱是连在一起的，树就是儿子的平安，就是儿子的前途，当树死了之后，父亲比谁都伤心。谯楼散文中这些片断，几乎都没有那些大事件、大转折，但却都能沁入读者的心里。因为这每一个片断，都是和父亲的爱连在一起的。父亲对儿子的爱都体现在这每一件事情里面，尽管谯楼没有站出来直接抒情，但每一件事情，都饱含感情，用一种无言而深挚的爱打动人、征服人。

对爱情的书写，系于无言。谯楼笔下的爱情都是朴实而平凡的。他在写《父亲母亲之间》时，那一个个的细节，那不需要语言表达的一个个动作，都体现了父亲和母亲之间浓浓的关怀之情和深深的爱意。“父亲从未对母亲说过‘我爱你’。母亲也从未对父亲说过‘我爱你’。但是，我知道，父亲母亲之间，有爱。大爱”。母亲是在父亲天天挨批斗的时候嫁给他的，在最难熬的日子里，母亲和父亲始终不离不弃，一直同甘共苦。大爱无言，彼此关心，彼此关爱，这才是谯楼笔下的爱，才是生活中真正的爱，决非是情感小说里那种轰轰烈烈的刷上了油彩的所谓的爱，这种真正的、真实的、毫无虚饰的爱，已经越来越为当下的人所忽略。谯楼笔下的爱，有一种永恒的力量，活着；而当下许多的人，他们所谓的爱，是与金钱、物欲、权势、利益等值的，散发出的是腐臭味道，已死。所以，无言的爱、内心的爱、非物质的爱，当更能恒久。这里，谯楼在给了我们一个关于爱的故事的同时，也给了我们一个爱的启发。这篇散文发表于《散文》2000 年第 11 期，被《作家文摘》、《散文选刊》、《读者》、《青年文摘》、《中华文学选刊》、《中外书摘》、《中学生阅读》等 20 多家选刊转载，入选年度中国散文排行榜，入选新加坡大学阅读教材及全国中学语文阅读教材。在《坐火车去远方》这篇散文中，写的是他与和他一起去远方的女孩子，“就这样靠着，甚至永远也不要醒来”。这是谯楼的爱情理想，也是他现实世界中的爱情，一直就这样相偎相依地走到永远。

对童年的回忆，贵在无言。《我们一起玩》是谯楼的一篇回忆童年的散文。文章对孩子们天真无邪的童年的书写，细腻鲜活。小男孩的母亲跟人私奔了，村里的孩子听信大人的话，嘲笑小男孩，并且不和他玩。一次，小男孩被他们嘲笑的话激怒了，他挥出的拳头和那“穿透阳光的愤怒和悲伤”把“我”震呆了。其他的小孩子则和他打了起来。“我”哭着去拖小伙伴，可是没人理“我”，大人来了，打架才停了下来，孩子们被大人吼回去了，每家都是黄荆条抽打肉屁股的闷声和小伙伴们很压抑的哭声。以后再见到小男孩，没人再骂他，小男孩这时却走向了“我们”，给了“我”和大家每人一块糖，挨着“我们”坐了下来。“我们”和他玩起了斗鸡，大家玩在了一起。小男孩说：“下午我还想和你们一起耍。”大家一起笑了。这篇散文展现了孩子们纯真的天性。《画本：〈三打白骨精〉》也是谯楼书写童年的一篇散文，写小孩愿意将喜欢的东西据为已有，心理刻画很是细腻。四娃的母亲因为要说亲，求我母亲帮忙，所以即使是我把四娃借我的画本弄丢了，四娃的母亲也只是说丢了就丢了。而小孩子则迥乎不同，他们对自己喜欢的东西看得很紧，也特别在乎。比如四娃，我弄丢他的画本以后，他见了我就会要我赔。而我是因为喜欢，并能在同学面前炫耀自己也有稀罕物事，可以扬眉吐气，就想将画本据为已有，满足自己的虚荣心。这些，既把小孩子之间的“纠纷”写得活灵活现，也把儿童心理写得特别传神。此处所说的“无言”，是一种天真与烂漫、宁馨与温情。

我们每一个人对于童年都有着自己的理解，只是每个人选取的角度不同而已。谯楼的散文写的是他生活中很宁馨和温情的一面。也正是这宁馨温情的一面，在他记忆深处留下了不可磨灭的印记。所以他的散文，给自己以力量的同时，也给别人以启发。谯楼的写作，始终都在指向散文的一个奥秘，即，散文的妙处在于，哪怕是生活中的一点小事，你都可以去表达，都可以写，小中有大，任何有限都可以达至无限。而即使是小事，你通过它，一样可以作很宽大的表达，可以通过这样小而朴实、小而美丽的细节，承载感人的故事。而这，也正是谯楼抓住阅读者心灵的一个重要因素。此一方面，谯楼是非常得心应手的，他知道怎样的生活片断是他也是读者所愿意接受的，并且喜欢接受的。

小说：彰显人性矛盾的极致

谯楼的散文充满了爱，充满了温暖和温情，而且多是对过去经历的回忆。而他的小说则与散文的风格截然不同。在对谯楼的访谈中，我曾经问过这么一个问题："写了十年的散文，你的散文在文学界已经小有名气，现在为什么转写小说？这可又是一个新的起点。"谯楼说："散文虽然好，但毕竟容量有限。在我的理解里，散文是温情、温暖的，有义务表达生活的美好，再现人性的温情和柔软，是对现有社会秩序和道德的维护；而小说则刚好相反，它必须冷静地揭示生活中那些往往被掩藏起来的东西，必须指向人性深处的丑和恶，它是一种破坏与重建，所以它可以承载散文承载不了的东西。"也许，这就是今天我们能看到谯楼写小说的一个很重要的原因，散文已经承载不了他要表达的东西，只有诉诸小说，他才更能表达自己，表达对这个社会的关注。

《走到最后》是谯楼的短篇小说。小说揭示了留守老人和孩子孤苦无依的生活状态。老人宗德的儿子在外打工，犯了罪，被抓进了监狱，媳妇跟人跑了，宗德不敢跟老伴说这些，因为常年卧病在床的妻子靠的就是这点希望支撑着活下来，他怕一说，妻子就再也支撑不下去了。继子因为怕老婆，不敢和他们交往。一个捡来的小孙子，才读六年级。宗德只能靠自己平时编竹笼卖，换钱，维持一家人的生计。在收割稻谷的时候，宗德想请继子帮忙，可是继子和继子的媳妇把他赶了出来，宗德同样不敢跟老伴说，只能自己拖着年迈的身体去收割稻谷。老人凄惨的生活让我们流泪，而这也正反映了现实世界中存在着的人情冷暖。在深圳的小说家中，更多人关注的，是这座城市中打工人群的悲惨生活，却很少去关注打工者背后的那群人——他们的父母、子女。他们的生活让我们感到更凄惨、孤独、无助、贫困，这些都是留守者的现实境遇。谯楼笔下的宗德就是典型代表。一个本来应该享受天伦之乐的老人，却要承担一家人的生计，过着毫无保障的生活，让人觉得这个家随时都会遭遇危机，随时会坍塌。而同样有着如此遭遇的，绝不仅仅是宗德一家，这是一个群体——留守群体。也许打工者会从外头带回丰厚的物质，可是家中老人、妻子、孩子所需要的精神支持，在遭遇缺失之痛后，谁又能来弥补？而既没有物质，又没有精神上的支撑，则更是苦不堪言。苦，不仅仅是艰难的打工者，也是没有依靠的老小。即如老人宗德，儿子的不争气，继子的冷漠，本足以使他完全绝望，只是因为有一份牵挂，老人才能撑着，一直坚强地撑着……

《人都是有故事的》讲述了江南和两个女人在深圳所演绎的悲剧爱情故事。江南大学毕业后来到深圳，认识了李小爱，并以闪电般的速度和李小爱确定恋爱关系，刚开始的江南是幸福的，“基本过着衣来伸手饭来张口的日子，除开李小爱每天做饭洗碗洗衣服拖地不说，如果上班，江南早上起来，李小爱已经把他要穿的衣服整齐地放在床头了，鸡蛋和牛奶也早就放在桌子上了，就连牙膏都挤好放好了，手机、坐公车的零钱、办公室的钥匙，也都在江南的裤兜里了。周末没事，江南在电脑上玩着游戏，李小爱就一旁安静地看着，看一会，给江南续杯水，然后又跪在地上不厌其烦地擦地板。江南说，你又在擦地板啊，早上起来才擦了的你又擦啊？李小爱就笑一笑，说，刚刚不小心弄脏了一点。”甚至江南都想“这么好的女人，一辈子给自己当老婆该多好”。但是随着时间的推移，他们开始吵架，李小爱开始变得疑神疑鬼，与江南吵架逐渐升级，每次江南都说分手，可真要分手，江南又不舍得，这时的江南又怀疑“李小爱怎么会是这个样子的呢？以前她可不是这个样子啊。然而李小爱以前的乖巧样子，又并不清晰。李小爱以前真的那么乖巧吗？”最后一次和李小爱吵架是在请女同事唱歌的时候。李小爱无法忍受江南为自己点了一份橙汁——“江南说是她平时最爱的橙汁”——而为女同事点了一份很贵的珍珠酸奶，她觉得江南在勾引自己的同事。结果可想而知，不但聚会现场一片狼藉，“地面上满是玻璃水杯和镜子的碎片。空气里满是酒精的味道”，而且他们的心灵现场也是“沿溯阻绝”——这一次的争吵让他们真的分手了。“江南忽然对现在的生活彻底绝望了。”李小爱大学时同寝室的女孩子跳楼了，“女孩子跳楼后的那几个晚上，李小爱经常在半夜吓醒，她总听见那个女孩子在上铺哭，女孩子说，你不要走，你不要走，我把什么都给你了，我都怀上你的孩子了，你不要走。”

江南认识吴雅婷的时候，和李小爱还热恋着，也并没有关注她。可是和李小爱分手以后，他和吴雅婷有了交往。但是吴雅婷不是处女的事实，却一直让江南不好受。他开始怀疑吴雅婷和自己交往之前的为人，这折磨着江南，让他无法释怀。而这也就筑成了悲剧。在这种心境下，他去约会了自己的前女友李小爱，又和她有了关系，而且觉得自己对她的爱才是真的，想和吴雅婷分手。吴雅婷发现了，被强烈的背叛激怒，她那颗伤痕累累的心，已不能再接受这样的打击，于是她在说出自己曾经被抛弃的经历后，采取了极端的方式和江南同归于尽。

爱情本身没有谁对谁错，但是心灵曾经的创伤，却是悲剧形成的一个很重要原因。李小爱因为室友的自杀而在心里留下阴影，不能以正确的心态对待自己的男友和人的正常交往，她的逻辑是：“男人最多只能爱女人十二个月，如果说你曾经还爱过我的话，那么你现在肯定已经不再爱我了，因为我们在一起已经十五个月了。”这使她对爱情总存有疑虑，和江南的分手也就成了必然。吴雅婷因为曾经被狠心的男人抛弃，并再次面对男友的背叛，她所感到的只有绝望，所以她选择用结束生命来结束一切。每个人的背后都有自己的故事，像李小爱、吴雅婷，她们背后的故事，就是她们曾经历的那些可怕的事情，她们的心灵受到了刺激，这种创伤直接影响了她们的爱情观，她们无法用宽容的态度，对待生活中本来平常的男女之间的分分合合，因为在她们的心目中，爱情应该是什么样子，已经早就被定位了。如果脱离了她们设想的轨道，她们就要开始怀疑甚至采用更加极端的方式报复。因为她们觉得自己是受害者。她们愿意付出，但是不能忍受背叛。而如何避免由这种心灵创伤而引发的悲剧，或者如何减轻这种心灵创痛的伤害，谯楼小说虽未言及，没有明确答案，而且他也无意交给大家现成的方法，但其所涉，既然可能是我们每一个人身边的现实，则实际上已经在暗示，遇此情形，当取何种判断。无疑，生活中随处都存在着生死情仇，谯楼所表现的，也正是现实中可能或已经发生的事情。因此，谯楼小说是在生活的土壤中诞出的，它对现实中的情感选择、情感处理，亦当是一种很好的启发。

谯楼的中篇小说《两厘米的温暖》讲述了一个小偷在深圳的另类生活。小说写了一个小偷和两个女子的感情经历。前女友汤灿因为没法忍受小偷整天去偷、不见天日的生活，希望他能过正常人的生活。可是这个以偷为业的空空妙手角色，早已经习惯了不劳而获，这令他无法找到自己想要的工作。无法让他回头，女友只好离开了他。从此，他的生活也就活在被女友抛弃的阴影之下。李莎的出现使得小偷的生活有了转机，借助一次偷的机会，小偷在李莎的帮助下，找到了一份清闲而又高薪的工作，可是，一心想着报复前女友的小偷，这时却忘记谁让他有了今天的生活，他因为自己的日子变好了，就又去联系前女友，这事被李莎知道了。于是，李莎无法忍受，她向那个猥琐男人所在公司的老总说出了实情。小偷被解雇了，又恢复了以前的穷困生活，李莎也从此离开了他。颓废了很长时间的小偷，终于醒悟自己真正需要的人是谁了，但他又不能彻底告别过去，想过年偷点钱寄给父母和正在读书的弟妹。行窃时，他被便衣警察逮了个正着。小偷抱着一线希望让警察给李莎打电话，可是没打通。在警察打算打电话通知他在老家的父母时，他却绝望地叫了起来："不！你们不能给我家里打电话！"

这篇小说的特别之处，就在于把视角投向了小偷这一特殊群体。对于谯楼这篇视角独特的小说，我们可能会很好奇，可能会问，谯楼怎么对这一群体的生活体察得甚为细致呢？没有真实的生活体验，那不就只能是凭空想象了吗？对此，谯楼有过解释。他曾经告诉记者，这篇获奖小说描写的是关于小偷的故事，而文章的灵感却来自一个真实的故事。几个月前，他一个朋友的钱包被偷了，令人意外的是，这名小偷居然根据钱包里的名片打电话给他的朋友，说钱包里的证件可以免费归还给他。更让谯楼感到戏剧性的是，这个朋友在和小偷周旋的过程中，竟然和这个小偷成为了朋友，后来在他朋友的劝说下，小偷最终放弃了偷窃，去关外的一家工厂打工。在写作的过程中，遇到想不明白的地方，他还咨询了自己的警察朋友。所有这些，再加上谯楼的写作积累，这篇小说最终获得评委青睐，赢得了网络小说大奖。

当然，这部小说令我们赞赏之处，主要还在于对于人性的描写。人总是有着这样那样的劣根性，当某个人没有得到一样东西的时候，就特别地想得到它，其实他并没有想清楚，自己内心里到底是否真的喜欢，只是觉得自己现在有能力去做了，就要得到它，至于得到以后，目标实现以后，是否有意义，是否要付出代价，他并不会考虑那么多。小说中的小偷，就是这样的一个典型。当他在李莎的帮助下，成为尊地中国投资有限公司的总经理助理的时候，他觉得自己有资本去追她的前女友汤灿了，于是他就开始利用这个资本去追她，其实他并不是还爱着汤灿，他只是想通过这个来挽回自尊和面子。但是他却忘了自己是怎么才有这个资本的，他把一个正在全身心地爱她的女人李莎，给抛在了脑后。而李莎的性格决定了小偷的背叛是要付出代价的，她爱小偷，但是她不会容忍他背叛自己，不会容忍他和另一个女人给她的羞辱。所以，小偷注定要被打回原形。而小偷一再旧病复发，所持的是一个表面上似乎光明正大的理由，那就是为自己的老父亲和两个弟弟寄钱。可是这种目的与实际手段的背离，让我们在对小偷的情感生成与评判上，又恨又爱，既欲惩治又不忍一棍子打死。正如我们在前面所提及的，文章的结尾，讲到小偷在进行偷窃时，被警察抓捕，没有可以告知的人，警察只好告知他的父母，这时的小偷发出了歇斯底里的声音，“不！你们不能给我家里打电话！”温情与残酷在此达到了极致。一种角色：好儿子，好兄长；另一种角色：小偷，恶汉。这两种身份集于一个人，此时，我们当很难仅仅用善恶的简单标准来评判。而这种人，这种情形，既存在于小说中，也的确存在于我们的现实生活中。对人性温暖和美好爱情的追求，并不是仅仅在那些所谓的好人那里才有，实际上，一些处于弱势或者是在某一些方面存在缺失的人，也一样有。从人性的角度看，对于这样的人我们不能一概以道德的标准称量，更不能因为他们犯了罪，就把他们一棍子打死。这种人文关怀，我们至今还很少有。或者说我们没有想方设法走进这类人的生活中，去感受他们的精神世界。而当他们出现在我们面前时，我们或者被他们的表象所迷惑，或者被他们的劣迹所吓倒，失去了正确评判的眼光，无法再用宽容的心去接纳他们。

谯楼的小说，给我们留下了一个很大的想象空间，他不会把话说死了，每次在我们热切地想继续知道最后的结尾时，他的小说已经提前结束了。有人称这是“临界点上的舞蹈”，我觉得是非常确切的，情节是他把你引到那里的，但是他停住了，你还在无限的想象。《几厘米的温暖》的结局就是这样的。谯楼小说给我们留下的思考，恰好也源于此。对于小偷，我们到底应该把他归为那一类呢？好人或者坏人，或者都不是？作者并没有做出评判。小说留下的想象空间，同样很大。小偷找到李莎没有，警察打电话给他父母没有，结果怎么样？这些，我们都不知道，而谯楼的高明处，也正在于他不说，始终躲在幕后，无言地喊着“哥只是个传说”，让读者去自己想象，自己完善，以此令阅读对象意犹未尽，兴味盎然。

黎珍宇论

自我超越，追求卓越

黄玉蓉

黎珍宇，女，1956年出生于深圳。毕业于宝安卫生学校、北京鲁迅文学院、深圳大学国际文化传播系研究生班。当过医务工作者、市政府机关干部、新闻记者。1990年成为中国作家协会会员。曾任广东省文学院客座院士、深圳市文艺创作室专业作家。1972年高中毕业时开始文学创作。著有长篇小说《再见，船长》、《生命的湖》、《无土流浪》、《界河儿女》、《富男富女》、《守望书香》、《走出婚嫁》等，中短篇小说《你我相逢在香港》、《女子公寓》、《高楼净土》、《咸水淡水》、《这里没有红灯区》、《三界》、《老情》等，诗集《女性的发现》、《拥抱自由》等，共300多万字。

黎珍宇是伴随深圳这座城市一同成长起来的本土作家，可谓一头勤勤恳恳的深圳文学拓荒牛。特区成立不久，深圳刚像内地城市一样实行专业作家制度时，黎珍宇就谢绝《深圳特区报》的挽留，走上专业作家道路。早期新闻记者的经历训练了她敏锐的观察能力和出色的表达技巧，同时也为她打下了厚实的生活底子。此后20多年，她的生活以写作为圆心，以生活与写作的距离为半径，读万卷书，行万里路，广泛涉猎古今中外的人类文明精华，足迹遍及世界文明的发源地，不断开创艺术新境界。她不满足于“深圳作家”、“女性作家”之类的身份定位，她希望自己成为一个出色的人民作家，对人类文明的传承和进化有所担当；她希望成为一个优秀的华文作家，能够通过创作让汉语的精髓得到充分展示、让其魅力达到极致。因此，她像海绵吸水一样不断地学习充电，又像创作机器一样勤奋创作，不断超越自我。

纵观黎珍宇20多年来300多万言的创作成果我们不难发现：她没有一部作品是在重复过去，她执著地寻找着最合适的文体、最到位的文字来承载自己的生活体验，她不停地操练着不同的文体，超越着自己的创造极限，而这些不同笔墨风格不同创作类型的尝试又为她最终唱出最美的灵魂和声立下了汗马功劳。

她的主打体裁无疑是小说。无论是长篇、中篇还是短篇，她都创作出了在全国范围内叫得响的代表作。这得益于在创作小说成功之前，她所作的大量的艺术储备。早年当新闻记者的她写了大量的人物速写和社会新闻，这种“童子功”让她在描写人物时能够寥寥几笔就画出人物的神韵，使人物形象呼之欲出。比如在《富男富女》开篇，她是这样描写品貌平庸、经历不幸的弃妇任为赛的：“她眼神忧伤，脸色萎黄，五小身材，发如枯草。整个人看上去给人一种年久失修的颓墙败瓦的感觉。” 而大量社会新闻的撰写使得她的叙事具有强烈的现场感和可读性，培养了她作为一名人民作家的社会责任感。她作品中充溢的那种爱憎分明的是非感、不平则鸣的正义感和愤激感，均可看做这种责任感的外化。

早年的诗歌创作经历使得她的语言朴素清新、简淡隽永，犹如一幅大胆留白的中国水墨画，往往于不经意之间就能轻轻拨动人性深处的隐痛深哀。比如在纪实散文集《种金花》中，作者写到自己为多了解一些九街历史而去采访一位国民政府时期当过文史小官的老居民。“我去了，在一间古老的临街小屋找到了他，一位陈姓的独居老者。他的后代都去了香港，剩下他守着南头古城的夕阳……我问，他答，终是问不出个究竟来。只有那屋内四方形的天井，透泻着千万年不变的阳光，闲静地照着发霉的宅院”。隐忍不发的情感、错落流转的时空、岁月沧桑的况味，如此丰富的内涵浓缩在简练含蓄的表达之中，真可谓“言有尽而意无穷”。

创作文学作品之余，黎珍宇还腾出一套笔墨撰写了一些文艺评论和随笔，这类文字是她注重加强自身理论修养、不断反思创作得失、进行理论总结和艺术提升的成果。她通过自己的切身体验悟出只有写出了鲜明的本土色彩才能使文学更具世界性、普适性。她认为创作必须在坚持本土性的同时，关注人类共同的生存本质、生命状态和精神世界，从本土性中见出世界性的意义和价值。她的长篇论文《从特区女性文学形象看特区女性意识的成长》梳理了中国女性文学艰难的发展历程，并以此为背景剖析了特区社会经济发展状况对特区女性文学的孕育之功。尤其出彩的是：作家以自己创作的大量女性小说为素材，张扬了创作主体鲜明的女性意识。

除了不断地进行文体实验，黎珍宇的自我超越还表现在她不断开拓新的创作领域上。“创作是作家经历的自叙传。”很多作家都是从书写自己的人生经历和感悟开始创作的。黎珍宇最初也是以她的女性文学创作引起文坛关注的。她的《再见，船长》、《生命的湖》、《无土流浪》等长篇三部曲甫一出版，便受到青年朋友们的热烈欢迎。

这组长篇三部曲以跨时空、多视角的表现方式唱出了出生于1956年的一代中国青年的生存困境和人生尴尬。

《再见，船长》以1956年出生于中国的当代“亚当和夏娃”为主人公，探讨了这一年龄段的中国女性在生理和精神层面的成长问题，小说共分二十五章，每章都以“夏娃”致“亚当”的书信展开文本。“夏娃”在信中向一位假想中的理想爱人形象——船长倾诉自己所经历的心海波涛，包括探索爱的真谛、追求两性平等、追寻生命意义等精神追求的诸多方面。作品以书信为外壳，包裹的内核则是女主人公从上幼儿园性意识萌动到成年后结婚生子二十多年的人生履历，其细腻的笔触径直抵达女主人公蓁儿最隐秘、最深刻的内心体验。作品还以蓁儿的视角揭示了女性在两性交往中遭受的诸多痛楚——婚姻的不幸、堕胎的痛苦、家务的繁重……黎珍宇充分调动起作为女性的生命体验、作为医生的专业经验和作为作家的文学想象，以思辨的语言和充沛的激情探索了女性本能等生命奥秘和成长经验，表达了对两性和谐、男女平等世界的向往。在1980年代，女性隐秘幽深的内心世界还是一块较少有作家开发的文学领地。《再见，船长》1986年写毕，1988年出版，当时的中国女性文学大都还在书写女性在爱情与事业之间举棋不定、追求独立平等之类的主题。《再见，船长》独特的选材角度和表达方式体现了作家在女性问题上的超前意识，这部真正意义上的女性小说展示了深圳女性文学的前卫性，体现了深圳文化的现代性和先锋性。因为就一般情况而言，在经济落后、意识陈旧的前现代阶段不会产生类似的文本。

“三部曲”的另一部《生命的湖》以一种社会人的眼光来回视整个青春时代，是一部献给亲人的歌，作品通过描写家庭环境对人性的影响表现了女性成长过程的艰辛；《无土流浪》则对女性自身的弱点提出了质疑和反思，女主角蓁儿在经受情感和婚姻重创后依然能以一颗平常心看待男性，依然没有丧失寻求女性生存意义的信念。

除了这组长篇三部曲，黎珍宇在1980年代末1990年代初还集中推出过一批探讨女性问题的中篇：《这里没有红灯区》、《面对破碎的妻子们》、《女子公寓》、《宇宙从不解释》、《独行女人》、《亮丽而黯淡的游荡》、《再生禁忌》、《恕我不陪你洒脱》等。这些作品在艺术上相当成熟，对女性问题的探索达到了相当的深度和广度。

中篇小说《这里没有红灯区》写做过纺织女工的东妮利用自己的年轻貌美和出色的交际能力，周旋于权贵富豪之间，从他们那里获取奢侈的物质生活资料。在高校做讲师的“我”同情她，试图把她拉回健康的人生之路，但却遭到了误解和谴责。东妮认为“这时代，没有什么茶花女和娜娜”，“我”的关心被她指责为残忍地“居高临下审视、分析我，试图从精神上来统治和占有另一个人……比那些愿意与之公平交易的人更无耻更卑劣”。好作品往往能让人们读后掩卷长思，《这里没有红灯区》就具有这样的功力。它带给人们的思索是多维的。作家通过这个具有多义性主题的故事，勘测了当代女性内心世界的复杂和幽深，原生态地呈现了当前社会价值体系的紊乱和破碎，同时有力地表达了时代的困惑和疑虑：为什么在妇女社会地位日益上升的今天，有些女性心甘情愿地沦为自物化和被物化的对象，却还自以为是、自欺欺人地“坚守”精神的自由和平等？这究竟是社会的进步还是退化？但东妮为了弟妹的发展不惜牺牲自己的行为，却让她的故事笼罩上了一层温情又凄冷的色彩，也让人不得不理性地思考她这种行为方式和价值观念在当代社会中存在的合理性。从另一角度来看，我们也可以认为：商品社会颠覆了传统的价值观念体系，其试图新建的价值观依然顽固地将男权社会的本质暴露无遗，牺牲的还是女性的身体和尊严。性工作者所受到的欺压是双重的，玩弄她们的男性自不待言，就连带着善意目的试图拯救她们的男性，事实上也对她们造成了心灵的伤害。黎珍宇以她对深圳社会现实和普遍人性的体察入微，用文学书写，较早地对这种可怕的倾向作出了有力的回应和抵制。

在中篇小说《面对破碎的妻子们》中，远君在遭遇丈夫的婚外情和家庭暴力后愤然提出离婚，但出于经济上的弱势无奈和公公婆婆对她的承诺，又在开庭前一天撤诉；韦琳在夜总会的包房看见丈夫搂着“鸡婆”同唱“地久天长”，气得要立马离婚，冷静之后却撑起“工作狂”的假面，暂时搁置了气急之下作出的离婚计划；婉如是一位一切以丈夫和家庭为中心的标准贤妻良母，她拼死拼活筑起一个看起来坚实牢固的家庭，却依然摆脱不了再三被丈夫戴“绿头巾”的遭遇。即便如此，她也一直犹疑不定、反复无常，担心离婚损害自己的名誉，影响子女的成长……小说中几位现代女性离婚计划搁浅的原因，与1933年老舍先生在长篇小说《离婚》中塑造的旧女性忍气吞声、维持破碎婚姻的理由不无相若之处，这种跨越了半个多世纪的类似情形沉重地告诉我们：虽然当今女性对自己的婚姻已经有了相当的自主权，“合则过不合则离”、“好说好散”已成为社会上大多数人对婚姻的态度，但当“破碎的婚姻”真正降临到自己头上时，能取“宁为玉碎，不为瓦全”决绝姿态的，毕竟只是少数。为数不少的女性对男性一再妥协，一任破碎的婚姻苟延残喘。这种现象与当代中国妇女的现实生活态度是一致的。即使是曾以睥睨万物的口吻喊出惊世骇俗的时代宣言——“你不可改变我”的刘西鸿，也被评论家分析出有将女性的生活价值寄托于婚姻的心理倾向，“婚姻作为女人唯一的、绝对的归宿的表达，在刘西鸿的作品中渐趋清晰”，“至此，在刘西鸿的作品中，女人的困境的解脱指向了婚姻，指向了一个传统的秩序化归宿”。

中篇《宇宙从不解释》以冷美人杨晓阳医生惊世骇俗的爱情经历和微妙复杂的爱情心理为样本，探讨了现代城市女性对爱情的认识。杨晓阳身边不乏追求者，张大夫就是一个外人看来理想的结婚对象。他们也有互相爱慕之心，但却始终缺乏激情和决心，晓阳自己知道症结所在："他是另一种人，就是那种你必须在他面前完美起来的人。……仰着头与对方谈话，必然双方都累，即便是理解，也是肤浅的。人与人，只有平等的，只有同类，才有真正的沟通。"她将自己的第一次献给了初恋情人，体验到一种金钱与价值交换无法达到的境界。他们以思念的形式爱了许多年，也恨了许多年，但这也许就是他们之间爱的唯一存在形式，所以她最终理智地决定还是嫁给适合做丈夫和孩子父亲的张大夫。而张大夫并没有对她婚前失去贞操多加计较，反而真诚地认为是杨晓阳的初恋情人解开了她的心锁，让她获得了新生。自此，他们过上了平静的婚姻生活。另外，作品中另一位女青年对爱情由肤浅到深刻的认识转化，也反映了作家对女性爱情心理细致入微的体察，对爱情真谛深刻而准确的揭示。小说写道：想通过嫁个好人家来提携弟妹的小护士兰兰，自以为天天来找他就能抓牢他，但当她从假想恋人的脸上见到一种令人心碎的表情时，她幡然省悟：爱情也许不仅仅是搂搂抱抱快快乐乐的东西，它可能还是痛苦、伤害、忏悔等等字眼的代名词。

经过了十多年(指从1980年代末至21世纪初)的潜心思考和一系列中篇小说（如《女子公寓》、《独行女人》、《亮丽而黯淡的游荡》等作品）的创作操练，黎珍宇在长篇小说《走出婚嫁》中艺术地阐释了她对婚姻问题成熟而前卫的观点。小说主人公杜丽莎是一位徘徊在传统和现代之间的知识女性。她渴望典雅、浪漫的爱情，反抗传统、落后的婚姻制度，不再把婚姻看做女人的成果和归宿，不愿从属和依赖男性。因为一段刻骨铭心的初恋体验，她走进了人格存在严重缺陷的医生路见恒混乱不堪的个人生活当中，经受了一段痛苦而屈辱的感情历练。在丽莎"以心养心"的感化之后，精诚所至，路见恒身上的暴烈之气少了许多，但他始终缺少丽莎所需要的忠诚情怀。因此，丽莎毅然将他打入记忆的冷宫，就像"以前中国男人把他用过的女人打入冷宫"一样。原本就医术精湛的她潜心研究"中国的珍珠玫瑰"获得成功，推动中医药走出国门，走向世界，实现了弘扬民族文化的伟大理想。她终于超越了爱欲婚嫁，走出了历史文化对女性设置的感情迷宫。应该说，黎珍宇在这部长篇中表现的婚恋观是相当超前的，对人性的探索也达到了相当的深度。但由于艺术上的欠缺(比如太多理性的议论冲淡了人物形象，多处直白的陈述减损了作品韵味)和宣传上的失误（无论在线文献还是纸质媒体，几乎见不到该书的介绍评论，就连作品封底的内容简介也撰写得粗疏随意，未能切中作品的主题和思想精髓），该作品因此未能引起应有的关注，更别说重视。但事实上，可以毫不夸张地说，它是特区女性精神成长史上的一座重要里程碑。该作品未能引起反响的读者接受状况，再次证明了“观念先行”的创作倾向对小说美学品质的伤害。如何将思想和艺术完美地融合在作品中，则依然是深圳作家需要修炼的功夫。

总之，黎珍宇的这批女性题材小说，让我们再一次认识到：文学的确是人类认识自我的最好方式。作家以自己对生活的独特发现为介质，展示了当代爱情、婚姻、家庭的复杂形态，探索了不同的爱的形式和多样化的生活方式。这种种形态和方式已经随人类社会的发展和进化应运而生了，在我们还没有作好应对它们的准备时，作家就以她的先知先觉抓住问题的要害，探索人性的复杂，引导人们在认识自己、建设优雅精神生活的征程中前进了一大步。我们惊讶于作家能够挣脱时代的局限，将这一题材挖掘得如此深刻，表现得如此细腻。可以说，作家对当代爱情、婚姻、家庭以及与此相关的人生问题的体悟达到了澄明通透之境，叙事技巧也迈进了圆融娴熟的阶段。

但她并未止步不前，也无意于在这一领域彳亍复制，单纯做这一领域的权威作家。稍作休整之后，她又将创作触角伸向特区火热的经济领域，选择了一个沉重的现代城市发展题材，试图通过大手笔的创作，表现民族和社会的“兴观群怨”。为此她不惜用几年的时间深入大型国企挂职锻炼，在亲身体验中获得了鲜活的创作素材。她试图通过选取最能代表特区市场经济运作模式的金融、房地产领域的冰山一角，全景式地展现特区人抗御腐败、丑恶、投机的行为方式与心理情境，追蹑艰难走向现代化的时代步履。

随笔集《种金花》是作者为回顾深圳经济特区成立20周年而创作的，从中我们不仅可以了解深圳文化的筚路蓝缕，也可窥见作家的心路历程。作品以“特区历史的亲历者和见证人”的身份，以大量私人珍藏的历史资料和当年作为新闻工作者的亲身经历，回忆了深圳文化的垦荒岁月，回顾了特区建设初期重要的事件——许多珍贵的“第一次”对深圳的文化历史作出了客观细腻的分析。作者认为深圳是通往海外的岭南重镇，海洋文明的兴起之地，并非没有历史和文化的小渔村。作者讲了自己大量的亲身经历，回顾了自己二十年创作道路的个中甘苦，宣扬了自己的创作理念，批判了文化出版市场的不正之风和文化道德堕落的严峻现实。作家还对自己的创作进行了一些理论总结和艺术提升。

虽然她反感“土著作家”的提法，但这种身份依然烙印一般打在她的作品上。她有时也有意识地去挖掘一些本土题材，找寻一些本土的光华，写出了原汁原味的本土特色。但不少时候，她为了捍卫本土的利益，而对“外省人”有一种愤激之气，有时还不无偏见。比如在《守望书香》等作品中，很容易读到她对外省女人的鄙夷不屑；“贪吃的外来孔武人士，把一个美好的、深圳人建设了多年的文明世界肢解了……”这种指陈也许是事实，但眼光却不无片面；至于她高声呼吁的“离乡别井而来深圳求生存求发展的各式人等，并非是高人一等的‘侵略者’，更没有资格排斥原居民和掠夺当地的资源”。这种呼吁颇能代表一部分原居民的心声，确实应该引起有关决策者的重视。

戴斌论

让生活自身来说话

汤奇云　陈静莹

前言

直至当今，中国现代小说的书写已经快经历近百年的历史了。如果我们的判断没有错的话，从整体来说，小说的叙事立场也经历了三次转换：先是“五四”时期的“为人生”的书写，特别是书写广大平民的人生；其后在相当长的一个时期里，则演变成“为主义”的书写；而到了20世纪80年代末90年代初，就主要是一种“为文化”的书写了。

而所谓的“为文化”的书写，主要是指在全球化和现代化浪潮中，大部分作家开始摆脱政治意识形态的束缚，借用各种西方文化思想或观念来重新审视社会与人生，以达到为其所奉行的各种文化立场和历史观进行辩护的目的。因而，也就造就了当今小说界真正的众声喧哗的局面。以至于评论界被动地产生了一种新的批评方式——文化批评：对小说进行文化阐释或文化解读。评论家们必须比照着那些文化哲学书籍，才能与作家们对话，才能言说作家们的作品。这当然是一种非常好也是非常难得的局面，它意味着思想活跃，对社会、历史、人生乃至自身的发现多多，对原有价值的重新评估也是全面而深入的。现代人文精神正是也只有在这种多元文化观点的辨证与交锋中才能真正得到阐扬与接续，其构建工程才能稳步得到推进。

然而，在这种文化小说热闹的景象下面，却掩盖了当下文学的一个致命的缺陷——对当下人生活中的血泪与心汁的漠视。作家们普遍坐在书斋里，或成名后正在走向书斋，以思想精英或文化精英的姿态剪裁人生，构想着文化小说。文学成为了作家文化思想的表达，而不是生活自身的表白。这就是一种典型的“灯下黑”现象。尽管小说家们前所未有地醉心于写作技巧的创新，但文学中生活气息的丧失，还是使得作家呈现出一种思想家式的苍白的面容。文学感染人打动人的艺术魅力自然就逊色了许多。

戴斌的小说恰恰就是这灯下黑暗圈层中的一星火光。他的小说就是让生活自身来说话。因此，阅读他的小说，不需要你调动过多的脑细胞去追踪作家缥缈高妙的思想，而只需要你用自己的身与心，去体味和感知小说中人物的呼吸与呐喊，由此，你即能收获到一种灵魂的震撼，情绪的感染。他的小说的这种独特性，是评论界不应忽视的。

一、为了一句话的小说——论《深南大道》和《天堂围》

“深南大道，美——呀！天堂一样，美——呀！……”最初，无数的小菊们带着对城市美好的想象来到这里。但是，一种战栗的落寞之感油然而生：城市，最美的，也是最丑的。

“深南大道”是十六岁的女工小菊心中对深圳美好的想象，就因为在深圳打工的表姐回到家乡，告诉她说：“深南大道是深圳最漂亮的地方，从南头关进关，一直到火车站，两边全是漂亮得不得了的风景，据说比香港还漂亮呢。你到了深圳一定要到深南大道去看一看，看过了就说明你没有白去深圳，回来后你也不会感到遗憾，人一辈子总要见见世面的，对不？”……“我就最喜欢到深南路走，不开心我就去走，走着走着就开心了……什么都有，你去看过了就知道了，反正美得像天堂一样！”

所以，小菊怀着对深圳这座城市、对城市生活最美好的想象，只身一人来到了深圳，只是单纯地想看一看深南大道，看一看天堂一样美的深南大道。可她也只是到了关外，要看深南大道还得进关。进关就得去办边防证，但是，对于他们这些没有得到身份认证的打工者来说，办一张边防证是多么刁难他们的一件事情。所以，许多不法分子就利用办假证赚他们这些打工者的钱。被骗了几次后，小菊得到一张真的边防证，却失去了一张处女膜，被不知名的丑恶警察在她年幼的体内播下了种子，换回一句连她自己也没弄明白的取笑——“纯天然的绿色食品”。结果，一个 16 岁的女孩在深圳怀了孕，这种痛和耻，令她几乎无法承受，但她却没有一个亲人、朋友可以与之诉说和分担。最后，她只能偷偷躲到工厂的宿舍里，生下了一个孩子。她自身因为失血过多而死，而孩子七天后也死了。她是千千万万来深圳打工者中最普通而典型的初出社会的女性形象——年轻、其貌不扬、老实、社会阅历浅；缺乏生存的技能，缺乏生活的经验，因而很容易相信别人，甚至自己被别人施暴了也不懂得保护自己。

如果说“深南大道”是深圳这座美丽城市骄傲的象征，那么“天堂围”则是这座城市最虚幻的取譬。它似有似无，实际则丑陋，却有着最让人感受到温暖的名字，就像带刺的玫瑰花般吸引着人们不断来采摘。

天堂围，是李立新从来没有到过的地方。他只是听到中巴车上售票员的站名提示后，开始对这个地方产生出了一种美好向往。所谓“天堂围”，也许并不是天堂，也许它确实有吸引力，只是没有想象中那么美，只是华而不实罢了。李立新来深圳，一是因为在家乡偷挖金沙赚钱，被警察追捕，急着想远走他乡，以逃避法律的严惩；二是因为想来寻找初恋情人谭军红。此前谭军红因嫌弃李立新身无分文，甩开他从家乡到了深圳。而渴望在深圳有所发展的李立新，刚找到一个落脚、安身、打工的去处，就被下了一个咒语：在大过年时，替老板娘杀鸭，鸭子绕着他喷血三圈，从此走上厄运——感情、事业没有一样顺利，最后死在异乡。

实际上，天堂围不是现实生活中深圳的天堂围，只是李立新脑海里的美好想象，是渴望深圳给他温暖的“天堂”。他向往踏上这个天堂般的地方，而最后受不了肥壮厂长的冷血和羞辱，一气之下杀死了厂长。跑不掉的李立新最后被追出来的厂里人打死在路上，在去天堂围的路上。这次，他的灵魂终于可以到天堂围了，去那里看看了。

戴斌笔下人物的一个最大特点，就是从农村来，心中充满了对城市最美好的想象。或者说，是“深南大道”和“天堂围”之类的诱惑，成了戴斌小说中人物迈向人生羞辱之旅的动因。他们希望在年轻的时候，到天堂一样美的深圳淘淘金，寻找自己的梦想。于是，他们见证了深圳奇迹，也创造了深圳速度。可以理解和想象，他们在精神上和物质上，赤裸裸地来到这座城市后，有着一种怎样的冲动和喜悦。他们本是沾染着泥土气息来到深圳的，可是在面对这梦幻般的世界时，他们手足无措，甚至连在家里学的一些砌墙编箢的手艺都用不上。其实，他们还来不及手足无措，就被城市机器带上了连他们自身也不明白的命运之旅。

就像《深南大道》中的深圳警察所说的那样：“这么多年来，打工妹打工仔像割韭菜似的，一茬一茬地，一茬一茬地涌到深圳，日日夜夜拼死拼命地工作，为这个城市创造了多少财富？所以，你在深南大道上每走一步，都要知道你是踩在一沓一沓的钱上！”他们来到城市，用自己的血汗去建设这座城市，可最终却没有办法享受他们的劳动成果。哪怕，只是看一看天堂一样美的深南大道，哪怕只是去看一看前方的天堂围。

小菊掩饰自己生产时的巨大疼痛时所哼唱的“深南大道，美——呀！天堂一样，美——呀！……”李立新在踏上公共汽车时，售票员说的那句提示语——“前方天堂围……”无疑，都是戴斌替小菊和李立新们在现时代发出的新的“呐喊”或内心的呼唤。所以，读戴斌的小说， 总让人产生一种莫明的隐痛。这种对深圳的疼痛书写，犹如一股来自地壳深处的力量，虽不惊天动地，却蕴蓄无穷。我们细心感受一下就可以体会出，这两篇小说给人的锥心般的难受与疼痛感，最终正是来源于这两句貌似简单的话。这两句话，成为了小说人物行为的动力，也恰恰成为了这两篇小说的营构中心。我们读多了围绕着一两个人物或一段历史来写的小说，突然看到这种围绕着一句话来写的小说，其小说修辞的简约与清新之感自不待言。当然，也可能是戴斌没有中过“文学概论”之类的权威训导的毒，因此能够自主地用心来倾听嘈杂的日常话语中最能刺疼自己的话语，用他的“破小说”（戴斌自己的谦辞）形式传达出来。其实，连我们这些如木石般心肠的现代都市人，都能感受到这几句话的锥心疼痛，又何“破”之有呢？

二、草根也有崇高的一刻——论《地》和《暖冬》

《深南大道》里的小菊，一个人无助地在宿舍下铺生孩子，她喊着：“妈妈呀，我该怎么办呀，妈妈呀……痛啊，妈妈，为什么这样痛呀！妈妈！”当人们伤痛的时候，就自然而然地呼喊着母亲。母亲，仿佛我们心中的神，给我们以灵魂的救赎，伤痛的抚慰。除了呼喊母亲，还有大地，来自家乡的土地情怀——家乡的土地，成为了人们奋斗的动力；哪怕连深圳这座城市边缘的一块苦瓜地，也成为了这些农民工们化解仇恨的推力。

这些来自土地的“草根”，本能地想在这座城市“扎根”。但这座城市的地，是如此的光洁美丽、气象万千，又是如此的坚硬无语、难如所愿。所以，像蚂蚁一样勤劳的他们，分布在城市的每一角落，工厂、店铺、大街、码头、工地，甚至不见天日的数百米地层的深处。他们在工地的烈日下和着水泥浆的时候，在流水线上看着经自己忙碌制成的产品无声地流入下一道工序的时候，还想着家乡抛荒的田地，屋后那干净清凉的山泉，家乡那一朵朵紫云英……他们依旧怀念大地与家乡。这是戴斌的小说对这群“草根”们心灵的温暖关照，也是一种人道的劝慰。毕竟他们来自底层，他们负重、压抑，离大地还是最近的一群。下面我们以《地》和《暖冬》作为分析的案例。

土地，是农民的根。《地》中因为土地所衍生出的一切：人生、命运、感情、女人，都在“地”的影响中错综复杂地纠结在一起。主人公黄卫星因为是地主的孙子，从小被人斗到大，捉弄到大，但他却是一个能在别人的蔑视与欺压中努力生存下来的人。在灯火阑珊的深圳，黄卫星也拼命地在赚钱——从打工到后来因为赌博作弊而被打，致使手指残疾后做起咨客，甚至做“鸭”。他能那么拼命，都是为了赚钱买回他在家乡失去的土地；他失去尊严、离开自己心爱的女人而去做“鸭”，也是为了赚钱去赎回土地。

然而，黄卫星被很悲壮地毁灭了，壮烈地“牺牲”了——他父亲终于在别人肯出高价的情况下，又一次把土地给卖了。黄卫星的心血化为乌有，一切灰飞烟灭。他失去了自己，失去了爱人，失去了一切。因为土地，他那么不顾一切，最终却什么也没有得到。这使我们想起了上世纪 30 年代老舍笔下的骆驼祥子。只是，祥子是为了拥有自己的人力车；而黄卫星是为了象征家族尊严的土地。或许黄卫星就是当今的骆驼祥子，社会历史依然在漫不经心地踯躅着。

如果说黄卫星家乡的土地，是他来深圳奋斗的动力；那么，《暖冬》中的深圳苦瓜地，就是这些小人物来到深圳之后，化解他们所受的委屈、所遭受苦难的推力。这依然让人感觉很凄惨，很苦痛。

《暖冬》记录了在苦瓜地生活着的一对苦命夫妻：刘芙蓉和陈拐子。这是一种关于城市边缘生活的叙事。故事人物的境况，一如贴在他们家门口的那幅对联：只手遮天地；独眼照乾坤。横批：有子就好。他们所生活的苦瓜地，是一步步被城市化的进程“逼”出来的。苦瓜地，就是他们作为一个城市边缘人生存的唯一资源与“居所”。但是，他们流浪汉般生活在这块看似繁荣却充满血泪的土地上。作者没有取线性表达，而是向往其前、沉思其后——先是惊叹在这闹市的边缘，居然还有如此安静诗意的农家日子，这再一次唤醒了作者久藏心中之晴耕雨读的人生憧憬。作者感慨地说：“我在深圳已经生活 10 年了，真是厌倦了，像条在浑浊水中待了太久的鱼，真想找个地方吃口清水。”不过，这只是表象。之后，作者的文学批判精神开始上扬：在这暖冬照耀的苦瓜地上，当苦瓜藤下的故事一个个浮出水面时，怎能不让人郁结怅怏——这应该是作者的别一种“惊叹”（非对安静诗意的惊叹，而是无限悲慨）。论及此处，我们也被作者的意绪难平所牵动，只能仿效古人长叹一声“夫复何言”，而余下的可以做的事情，大约亦只能是借相关的数学术语，来导出我们的一个局部结论：“据此可得”，为陈拐子、刘芙蓉夫妻所作泣血书写，不仅源自作者的思想贯注，也同样源自其情感袒露。

苦瓜地的生活使得刘芙蓉一点一点地化解了她对陈拐子的怨恨。原本她怨恨他的无能；怨恨因为受他牵累，她才带着满耳的骂声——这些骂声全都是家里她妹妹发出来的——远离了家乡的亲人；怨恨因为陈拐子的坑害，她的命才苦得比苦瓜还要苦……但这一切，在挖掘机要拆掉这对苦命夫妻好不容易才建起来的房屋的那一刻，在陈拐子拼命拦阻拆迁行动、用饭碗砸向逼人毁屋的钢铁家伙的那一刻，迅速消解了——“在她心里结痂多年的那一团淤血，迅速消散了，她真心真意地原谅了他”。所以，当刘芙蓉得到了陈拐子一点一点凑足的十万块“协议款”时，她最终选择留下陪着陈拐子共度一生，选择跟他一起过这种苦日子。也许，她明白，在这都市，只有这外表残疾、猥琐的陈拐子心灵深处对她满怀真情真义。所以，她选择靠日久生情的爱留下来，活下去。

在戴斌的作品中，《暖冬》对性爱情景写得最少，而对那些具有乡土、乡情、乡义的情节，则又写得最细腻，让人得到唯美的品读愉悦。但失去手指的陈拐子，还有瞎了眼的刘芙蓉，感觉就像是一个唯美画面中的两个无法填满的黑洞，不知从哪里重重地压下来，要压碎每个人的心房，让人长怀挥之不去的哀伤。而《地》中，黄卫星和向艳两个人压米的血淋淋场面，也有着很强烈的疼痛感：黄卫星用大米来压着自己的屁股，以提高自己做咨客的资本——只因为屁股大穿旗袍会好看。而向艳则用25公斤的东北大米，压掉了她肚子里面黄卫星的那点骨血，压掉了他们的爱情。戴斌能这样写，能写出这种感觉很重要。这使他的写作，躲过了白开水般毫无兴味的表达，避开了文字的排污口，而以独特的文学经营，传递了一种无法言说的悲伤、一种人生催逼的凄凉，令人内心顿成荒原。

两部作品，表现了两种宿命。一个失去了一切，一个得到了温暖，但却都是带着黑洞般的温暖。无论得到了的，失去的，都不美满。戴斌用他的土地情怀书写的，是土地带给这些小人物的疼痛记忆。从戴斌的具体作品看，他所描写的打工者生活，不单单局限于工厂这一个点，而是延展到了婚姻、家庭场景这样的面，甚至衔接到了暖冬里的苦瓜地上，揭示了“草根”们愿为土地和真情付出自己的一切。这里呈现了那些不无悲壮却是久违的崇高的心灵。

三、扑向爱，逃离情，最后只留下欲——论戴斌的情爱小说

傅雷曾这样评价张爱玲小说里的人物：“明知挣扎无益，便不挣扎了。执著也是徒然，便舍弃了。这是地道的东方精神。明哲与解脱；可同时是卑怯，懦弱，懒惰，虚无。”戴斌笔下的人物怀着对城市美好的想象来到深圳后，一点一点地失落，使他们心中的希望在一瞬间幻灭。土地情结，最终不能唤醒他们的灵魂。他们要在这座城市的屋檐下，一点一滴种植最后的希望。

戴斌写了一系列的情爱小说，如《男人的江湖》、《女人的江湖》、《我长得这么丑，我容易吗？》、《献血》等等。或许有些模式难免雷同，就像在述说我们日常道听途说过的几千几万遍的故事。但是，这些年轻的小人物离开家乡，离开了他们熟悉而慈祥的土地，来到了这不属于自己的城市，以其自身的资本与本能要求，来寻求爱的滋养与身心唯一的慰籍，就应该是合乎人道主义的正常行为。从这一角度来看，戴斌所判断的“他们最初是来这里寻找爱情的”，和他对草根们这一心灵隐秘的发现与反复述说，在这物质与功利横行的社会，就无不具有人文关怀与精神提升意义。比如《零售爱情》里面的李可要，就是开着破吉普车寻找爱情；比如《对着太阳撒泡尿》中的土豆，也许是想要报复初恋情人；比如《天堂围》中的李立新，也许是为了寻找初恋情人；比如《献血》里的马贡，也许只是为了赚钱娶媳妇……

这些“土豆”们生活在都市的社会底层，生活的深处。对于城市，对于他们工作过、生活过的环境，不仅感受甚深，更可以说是渴念甚深。城市的便捷和富裕，自身的艰难与穷困，让他们对于生活有着不同于一般人的理解。殊不知，同样粗糙的生活磨砺了他们青春、细腻而敏感的心。他们想要爱情，甚至希望靠着爱情，在这座梦幻又如地狱般的城市活下去。爱情，甚至成为了他们在城市屋檐下一点一滴种植的希望。

情爱，从来就是人生的重要内容。在传统农业社会当中，美好爱情可能是追求美好人生的主要目标；而在现代都市的人生当中，爱情出现了畸变，爱情只能叫情欲，

它已演变成一种都市人生的成本，一种资源，一部分人演绎人生的手段，一种超越道德的本能的透支。对于来自农村来自底层的城市漂泊者来说尤其如此。但是，他们只是来到城市后，才发现了这种畸变。而他们又抛不开原初的对爱情的人生意义的理解，因而只能在两者的扭曲中痛苦。

“土豆”们在城市屋檐下种植爱情时，这种参与式的情欲游戏，往往就成为了他们自我认识的学校，也成为这些草根或土豆重建自我人格与尊严的平台。这是戴斌的又一发现。

也许因为曾被伤害过，所以来到深圳后的爱情，变得现实，变得赤裸裸，变得只剩下欲望的渴求，虽然心中仍会渴望纯真的爱情。所以，戴斌笔下的男人，对女人的需要，只限于肉体。比如《对着太阳撒泡尿》里的土豆对待二奶余亚，贪恋的只是她的身体，虽然“这个女人将我的生活打理得熨熨贴贴，又不要我的钱，不但不要，而且还掏钱为我买这买那”，但土豆不止一次强调说，“她也没有将后半生托付给我的意思，我不必对她的未来负责，何乐而不为呢”。

戴斌小说中的男人都是爱逃跑的男人。土豆就是一个爱逃跑的男人，从《男人的江湖》一直跑到《女人的江湖》里。他明白：男女间的事，在深圳远没有内地那么一本正经地伪善，总是很坦白，就算没有成功，也没什么，人们会说，只不过是一场游戏而已。因为深圳的爱情，从来都是跟季节有关的。所以季节来了，就有爱情，季节走了，爱情也逝去了。而土豆，也就是害怕自己陷入爱情泥潭难以自拔。所以，选择逃离爱情，这甚至成为了这些男女“土豆”们的情爱行为定势。这使得他们总是成为爱情的反季节货品，当真的遇到爱情时，他选择了逃跑，可跑不掉时，他又勇敢地想抓住他爱的女人，但此时却发现，她也跑掉了。

戴斌小说里面的男人爱逃跑，可能是源于这个男人的自卑感。太低贱的女人，他看不上；太高雅的女人，他得不到。就比如：《欲火中烧》里的土豆对阿芳和麦家二小姐——“我”作为麦家的保安，是一个旁观者、一个救星，是一个想改变自己命运的小人物。在管家阿芳这类下人面前，我从容应付，自信十足；而面对受了伤的二小姐麦穗，我则怀有怜悯之心。我甚至不顾一切地去保护她、帮助她，并从此而让自己重新认识到了生命的意义。“我”想找到凶手，让所有人对“我”大吃一惊。“我”拥有阿芳是从容而潇洒的，而碰到麦穗，只是给她一个抚慰，一个肩膀依靠都让“我”感到骨子里的底气不足。可见，阿芳更大程度上是“我”成长的伴侣，让我得到温慰，变得伟岸而富有力量；而麦穗的一靠，则让“我”变得柔软而多情。但如此心如飘萍、踌躇两端，又令“我”无所适从。

所以，他们注定要逃跑。

然而，这种未必确定的自卑心理，让那些男人们的担当最终委顿。这是一件令人沮丧的事情。而由其衍生出的问题，他们又要始终面对，并且始终逃不了。这关乎发现与甄别，关乎灵魂与思考。而一个作家是应该有很深邃的灵魂和对生活很深刻的思考的。戴斌的小说创作，就有这样一种思考。令人深感吃惊的是，他最后总是以逃跑或失去的方式来总结他的思考。这种书写，堪称深及内心，一定是需要突入到灵魂层面的。这种书写，同样意味深长。也许，都市生活有太多的九曲十八弯了，看不懂时，戴斌和他笔下的男女“土豆”们就想逃跑。

如果说他们逃跑是没有拥有爱的自信力的表现方式，那么，他们心中想要超越自卑的渴求就会通过环境的变化表达出来。比如《欲火中烧》里的土豆，他作为麦公馆的保安，一想到风风光光的麦家，居然沦落到要两个佣人商量拯救，他内心深处的那份自卑感便被隐藏起来。他天真地想通过自己破案而改变自己的命运。最后，默默地破了案的他，却没有要到没有道义的那一笔钱，即使他觉得自己最少应该得到那一笔劳务费。《我长得这么丑，我容易吗》中的“我”——胡七索，王经理——某财经大学的高材生，他们一无所有地来到深圳，想要在这里赚一大笔钱，玩女人，娶个老婆，过逍遥的日子，过“高”品质的生活。他们渴望摆脱一无所有的窘况，所以他们不择手段地往上爬。即使要牺牲一辈子的幸福，娶个有钱但是很丑的老婆，也愿意。胡七索、王经理就都娶了个有权有势的老婆，但都是奇丑无比的女人，比如阿宁。但她们这些女人是深圳的女人，有深圳户口，她们的家人在深圳有一定权势和地位。一无所有的胡七索和王经理天真地以为，娶了深圳老婆，就能一辈子留在深圳，融入到深圳的上流社会，升官发达，过上风风光光的日子。没想到最后却跌得更深——胡七索为了换回自由，一无所有地离婚了；王经理因为忍受不了老婆的控制，想要追求自己的爱情，最终被有权势的老婆送进了监狱。

成于老婆，败于老婆。所以，自卑的他们，即使不逃跑，作出了抗争，但想要超越，也还是超越不了。对待生活，每个人都有权利追求属于自己的幸福。即使，他们生活在底层，是打工者，他们也需要这种权利。所以，爱情是他们打工生活永恒的话题。戴斌笔下的打工者是很传统的男人，他们总渴望家里有一个够传统的老婆，贤惠、单纯，而自己则可以在外面有很多个情人。当然，他们对娶老婆，对拣择要进入自己的婚姻当中、要和自己生活一辈子的女孩是挑剔的，甚至要求她们是处女。但他们又喜欢玩弄女人，特别是那些不是处女的风情万种的女人，因为他们怕负责任。他们发现，深圳是个一夜情泛滥的城市。小说中记录了这些男人、女人寻找一夜情的心理状态及其过程。就像《在稻田与巢穴间》里写的："这是个罪恶的世界，我们是罪恶的受害者，同时也是罪恶的制造者"。生活似乎已失去了全部意义，"我们寻寻觅觅，却免不了蝇营狗苟，我们勾心斗角，却总是随波逐流；我们精心算计，却免不了囊中羞涩，我们殷勤保养，却总是虚弱衰老……就这样不死不活地生活着"。

那么戴斌笔下的女"土豆"们呢？《对着太阳撒泡尿》中写道：深圳就是这样，女人如果漂亮一点，就会有人说她是被包起来的；如果这个女人碰巧赚了点钱、或者事业比较成功，那么就会被人坐实，这钱肯定是靠卖身赚来的，好像女人除了身子，就没有脑子似的。

在戴斌的爱情故事中，也有着许多独立自主的女人。她们主动地进入男人的生活，最终又主动地退出。比如《我们如水的日子》里的张倩，这个聪明、独立、有头脑又有点浪漫的女人，懂得如何抓住男人并得到他，享受其中的过程；《就是这么回事》里的阿华，敢作敢当，有着摆脱打工者被人主宰命运的强烈想法和果断行动。较之其他打工者，她更清醒或者是更悲观之处，在于她深刻认识到了打工者的悲哀——到头来还是一场空。这些独立自主的女性，都想拥有自己的事业，并且坚信能够获得成功，甚至有些执著到痴迷的境界，认为即使失败了也无怨无悔。《零售爱情》的如钩，精明，而且渴望性爱和孩子。她以偷情的方式得到了李可要的精子，圆了做母亲的梦。但因为过程的肮脏，她选择了逃离这座看似幸福却有着无限痛苦且带给她巨大伤害的城市，去做一个单身妈妈。《李可要的破吉普》里的售楼小姐赵玫红，则是周旋于三个男人之中的高手：老杨把她当成心中的"维纳斯"，当成梦中情人，当成捧在手心里的宝贝；吴扬把她当成一双鞋，穿过了，见到有新款上市就换掉；而李可要则把她当成自己破吉普车上的女伴，当成一个可以跟他在车上做爱的女人。而赵玫红自己，则是一个被深圳这座城市糟蹋了的女人，要不怎么会发出"如果你们家生了女儿，千万别叫她来深圳"之类的呼喊？《骰子》中的许多，坚强、主动，当发现"他"心不在焉时，她努力地想要留住"他"，不过，当她最后发现，土豆并没有把他的赌注押在她身上时，她毅然选择了离去。即使离开深圳回到家乡后，要嫁给一个下岗工人，她也愿意。留给土豆的，是她坚强的背影。

戴斌还满怀同情地书写了"二奶"们（也是一种女"土豆"）尴尬而屈辱的情爱人生。在深圳，二奶似乎已经成为了一种暧昧而时尚的职业。在深圳包二奶，则似乎成了有钱、有权男人生活的一种时尚与潮流。在众多的二奶形象中，戴斌往往把她们书写成堕落（如果用传统的道德观念来评判）而又不是彻底堕落的状态，是一种在稻田和巢穴间徘徊的“骑驴找马”的状态。比如《在稻田与巢穴间》的纳敏，她就像一只小鸟，白天在019（即给了她工作的卫生局干部）的稻田里啄食，晚上在“我”的巢穴里睡觉。从好的方面看，这是一出美妙的组合；但从不好的地方看，稻田不给她提供巢穴，巢穴不给她提供啄食，而且不但不提供，稻田和巢穴还要争风吃醋，相互排斥，相互撕扯着这小鸟美丽的羽毛。所以，纳敏就是这只没有安全感的小鸟。“我”理解她，可是“我”接受不了，所以“我”让纳敏怀上了“我”的孩子后，又喝令她打掉了。“我”明白也清楚地知道：深圳有很多像纳敏这样的女人，在稻田与巢穴间徘徊，将心与身分成两瓣，在稻田里让心蒙尘，在巢穴中又让身体倍受折磨，无可奈何却又乐此不疲。你永远也弄不懂她们在寻找什么，她们到底要什么，因为她们自己也搞不懂。但人生的结局是没有圆满的，她们的悲剧只能由她们自己来上演。

戴斌小说中的二奶还有很多是因为对爱情绝望而自虐的女人。显然，这是作家企图走进二奶们的心灵世界，并替她们寻找“堕落”根由的注解。比如《情爱原生态》中的胡小梅就是其中的一个“注解”。她找个老头本是想作践自己，伤男人的心，但没有达到目的，却因祸得福发现生活原来可以这样过，她像个自己要求下地狱的人，却在地狱中找到了乐趣，并不需要任何人的拯救。所以，胡小梅过起了所谓二奶的日子。她其实不是提供性服务的二奶，而是给无妻、无儿、无女的“三无”香港老头提供心灵的依靠。她是一个受过高等教育的高才生，她选择这条道路，选择顶着一个所谓二奶的名声过她的一生，是个糊涂而自虐的女人。她爱上了土豆，可是心里知道因为她是二奶，虽然她并没有为老男人提供性服务，她被他包起来，只是老头对她有一种孩子般的依恋之情。我想，胡小梅会爱上土豆，是因为在她与老头的世界里，没有爱情，没有性爱。人一旦空虚了，就会想办法填补这种空虚。但胡小梅是一个让人觉得她其实很纯洁但空虚的二奶。

女人堕落的时候，她是在自虐，她想通过伤害自己的身体和自己的心，随意而行地作践自己时，甚至会疯狂到可以把自己的生命都伤害掉。爱情中的女人，受伤是最多的。戴斌小说中所有女人的悲剧，都是爱情惹出来的。如果没有爱情，女人活不下去，而一旦有了爱情，女人又生活在爱与恨交织的痛苦中。被爱情抛弃时，女人会逃跑，当跑不掉的时候，她想报复。比如出卖自己的身体，花掉男人的钱。但女人报复男人的方式太少太少，所以她最决绝的方式就是选择死亡，永远地离开。这是她最不痛苦的逃避与复仇方式。

可以发现，戴斌所写的这些人物中，那些没有学历、没有一技之长的打工者中，那些有漂亮脸蛋、身材好的女人最终大多不是成了坐台小姐就是做了被男人包养起来的二奶。在这些人身上有许多的无奈与痛苦，她们以为自己依附了一个在深圳有钱、有权、有势的男人，就可以融入这座城市。然而，当她们身心疲惫时，才发现自己还是在这个城市的边缘，在这座城市徘徊。在《我长得这么丑，我容易吗》这部作品中，小菊定定地看着胡七索说："老公，我们还有一个去处，我们为什么不回到家乡去呢？"胡七索说："这怎么可能。你要知道，其实我们这帮人同时也是被家乡所抛弃的人，到家里去比在深圳活命更难呀。"原来，他们就是这么一群被家乡被深圳抛弃的人，他们是深圳的边缘人，进不来，回不去，所以他们一直在苦苦地挣扎。甚至，连爱情都没有。

所以，戴斌在最新的长篇小说《献血》中用《空空歌》来总结他所写的爱情故事。让我们不免推想到他可能随着情爱故事写作的行进，已经皈依了佛教。男欢女爱、逃跑与追逐，最后其实就是"一场辛苦一场空；从头到尾细思量，恰是南柯一梦中"。不仅仅是《献血》中的马贡，几乎深圳的绝大部分人都是这样——"深圳就是那个不停转动的圈轮，来自五湖四海、一拨又一拨的人，挤在上面跑呀跑的，跑得筋疲力尽、心神交瘁，可还得拼命地跑，直至跑死，真不知道这是为了什么"。所以坐台女郎阿燕骂道："是你让我翻透爱情的秘笈，四个字，去他妈的！"

他们实际上心里明白：在深圳这地方，说爱情是可耻的，可笑的，不可以拿到桌面上来谈的，只有欲望才是可以堂而皇之地公之于世的。面对欲望，人们在帮你的时候感觉到娱乐，小桥流水，杨柳飞花，多么快乐开心；而爱情，人们则感觉那是一阙悲剧的揭幕，当黑色的帷幕徐徐拉起，人们就像见到棺材一样一哄而散，大吉大利，你自己玩去吧。

甚至，在他们过得这么痛不欲生的时候，性就成为他们发泄的对象。正如《我长得这么丑，我容易吗》中胡七索所说，"对于目前这个混乱的世道，我对爱情的态度是：惹不起，躲得起。我宁可用欲来代表或者说是代替爱，这样即使在受到伤害时，也好认为自己是罪有应得，怨不得别人的。好在不管怎么样伟大、光荣、正确的爱情，最终的结局都是以上床而落幕的，与其兜一个那么大的圈子、找出那么多的理由再说上床，不如直截了当地说上床了多好"。

"人类最大的悲剧往往是内在的。外来的苦难，至少有客观的原因可得而诅咒、反抗、攻击；且还有同情的机会。至于个人在情欲主宰之下所招致的祸害，非但失去了泄仇的目标，且更遭到‘自作自受’一类的谴责”。无论是男性民工成为城市暴力的符码，还是女性充当城市道德沦丧的形象，其中都透出一种深深的不平而鸣的情绪。他们在自作自受痛苦过后，终于明白了——深圳，没有爱情。

城市不需要土豆们的爱情，只需要他们源源不断的性资源。“二奶”就是城市里这种畸形供求关系的产物。戴斌的情爱小说，就揭示了处于这种畸形社会关系中“土豆”们的生存状态和感受。

可是，最终连爱情都没有的他们，得靠什么活下去啊？！这是戴斌在他的小说里提出的又一问题。但显然，戴斌的这类新“问题小说”，没有道德家式地将问题的产生归咎于这些青年男女们自身，而是指涉着充满了江湖险恶的都市社会。江湖风大浪急，既无舟楫可凭，手中又无长篙，只有赤裸身体的这些男女土豆们，仅剩绝望的愤怒与怨恨了。

四、“土豆”们的愤怒与诅咒
——论《对着太阳撒泡尿》、《有钱就单身》、《献血》等

烦恼，焦急，挣扎，全无结果。恶梦没有边际，也无从逃避。反复的折磨，生死的苦难，在此只是师出无名的空耗时间，只是浪费生命。青春，热情，幻想，希望，都没有存身的地方。作为一介平民，也不是一无是处，至少我可以献血。在这城市，却既回不去，又进不来。命运的轨迹似乎总是一切从零开始，又归于零。所以，老子可以不干了！

他们原本是怀着对城市最美好的想象，充满希望来到这里的。他们想要轰轰烈烈地干出一番大事业。可是城市和乡村的巨大落差，使他们成为边缘人。他们用他们最真挚的爱情来交换，却换不来他们想要的人生。所以，他们报复了，利用性资源来复仇。无论男人，还是女人。城市的每一处肌肤，每一条动脉，每一粒细胞，无不与他们息息相关。他们辛勤的汗水已融汇于城市的血管中。他们通过这种方式来参与城市现代化建设过程，可是到头来越混越差，这座城市榨干了他们最后一滴血后，还会把他们遗弃掉。于是，戴斌愤怒了，他笔下的人物愤怒了。于是开始骂人了，痛痛快快地呐喊出来自底层的声音——老子不干了！

在《对着太阳撒泡尿》的结尾，土豆所导演的一场可笑的复仇闹剧失败了。像一只热锅上的蚂蚁的他，在深圳街头乱窜着，狂暴而虚弱，当看见太阳浮出水面，被镀上一层美丽的颜色时，他对着金光闪闪的太阳痛痛快快撒了一泡尿。这结尾，意境像诗一样美，人物动作却离奇而低俗。这动作是一种宣泄，一种释放，一种解脱。对于这些无奈的搏斗者来说，他们来到深圳得到的与失去的，所拥有的与错过的，因为爱而受苦受累着的一切一切，在此刻变得从容不迫，他们在向这个城市做出强烈抗击。就像《有钱就单身》里的老赵，被压迫到最后，打了丈母娘又踢死了自己老婆肚子里的孩子，同样发出了那声——老子不干了！

不是那句代表深圳精神、带着无比自豪的“时间就是金钱，效率就是生命”，而是最粗俗的“他妈的，老子不干了！”但这呐喊声惊天动地啊！喊出了打工者心中积压了许久的脾气、怒气还有怨气，喊出了他们的反抗的声音，喊出了他们久违的尊严。

首先，他们在骂街：深圳这鸟地方就是这样，稍稍有一点钱的男人，便只想玩，而没钱玩不动的男人呢，女人又没拿眼睛看他；另一群处在这中间的，没有什么钱，但很有干劲和希望的男人，就像马贡这样的，则又只是想混着，期望有朝一日能出人头地，满满一腔“匈奴未灭，何以家为”的抱负，其实骨子缝里屁都不是，只是一群无法也不愿承受生命之重的软蛋。

其次，他们在骂直接挤压他们的权势者：他们仗势欺人，常常贼喊抓贼。他们掌控这个社会的某些特权，所以为所欲为，可以强奸、杀人、放火，打着“为民除害、行侠仗义”的口号，干着最龌龊的勾当。从他们的身上，可以看到处于特权阶层的人们对打工者的鄙视与践踏，给一个打工妹一张边防证，却糟蹋了她的一生，甚至剥夺了她的生命。

戴斌小说中还描述了这群城市边缘人的深圳印象：说深圳是个发达的地方吧，可自己还是那么落后，甚至想做个好人也只能以献血的方式进行；说深圳是个富有的地方吧，可自己十四五年的奋斗，最终落得个两手空空，想赚点小钱过日子，干的却是违法的勾当；说深圳是个美丽的地方吧，可自己的青春已日渐走远，生命力也耗损得一塌糊涂，剩下的只是一具衰竭、病残的行尸走肉；说深圳是个充满机遇的城市吧，可自己从来压根儿就没有看到过机遇，更没有与机遇失之交臂的时候，想留下点遗憾都不行；说深圳是个年轻的充满活力的城市吧，年轻倒是年轻，到处都是十六七岁的暗娼，每当华灯初上，便站在街边拉客；至于充满活力，这倒未必，亚健康和老年病也像暗娼一般，充斥着深圳的每个角落……就像马贡，他就是这个站在深圳这只美丽的孔雀屁眼边上的人。人家窗户里飞进去的是阳光，而他窗户里飞进去的，全是苍蝇。

《献血》里的苏胖子干脆说：深圳是个巨大的集贸市场，我们都是来赶集的农民。我们手上虽然没有农产品，可我们本身就是一个地地道道的农产品，我们是农民生养的，玩着泥巴长大的，我们不是农产品谁是？我们卖不了其他的，就卖自己，我们卖血、卖汗、卖青春、卖灵魂、卖肉体，能卖出去的，我们都卖，不对吗？ 对他们来说，深圳就是一个欲望的深渊，来自五湖四海的人在这里深深堕落，无力抗争，不能自拔。

戴斌的小说中还有最特别的骂——他几乎在骂社会、骂别人的同时，也给自己小人物的命运下了一个个的咒语。这咒语就像被他施加了魔法，形成了一片苍凉的气氛，从开场起就罩住了全篇的故事人物。所以他笔下的人物一直活得很凄惨，逃离不了这咒语。难道，这就是所谓的命运？“一切都是命中注定”，这是我国民间百姓不能掌握自身命运的一种徒叹，往往被今天科学的人生观视为迷信，但这又确实是小人物扛不过大时代时宽慰自己的唯一方式。戴斌来自底层，他不仅熟悉这种思维方式，更是智慧地利用了这种话语方式来结构他的小说。比如《我长得这么丑，我容易吗？》的咒语是“穷人的欲望总是以坐牢而告终”。潮州男人为了赚更多的钱，铤而走险贩卖假钞；王经理为了逃脱被书记女儿掌控的命运，追求他所渴望得到的爱情，被老婆送入监狱……这些人不择手段地工作，想改变自己的命运，到头来还是一无所有。《水桐》里面的咒语是“接下来是世道打乱，水桐命金贵，活不长”；而在《天堂围》里面，保安李立新则是因为在大过年的时候，杀鸭，鸭子绕着他喷血三圈，从此遭遇厄运。就连《情爱原生态》中，戴斌也给他的小说中人物的遭遇下了一个咒语，在这个故事中，朋友阿伟在麻将桌上跟胡小梅和土豆开的玩笑，冥冥中也成了他们最后的命运结局：假如你们两个结婚了，生个小孩不是小鱼儿便是韦小宝。后来，当土豆意识到他想要找个处女当老婆的想法很可笑，买了钻戒想要跟胡小梅结婚，想要永远珍惜胡小梅时，胡小梅已经跟老男人到香港去生孩子去了。所以，土豆这个可怜虫的命运，也正如他总挂在嘴边所说的：“他是一个不可救药的混蛋……”

戴斌小说中人物的咒骂与咒语始终贯穿在他的作品中，就像莎士比亚戏剧里面哈姆雷特愤怒的控诉和对自身命运的不解。这种粗口式的咒骂和宿命式的咒语，饱含着屈辱的土豆们这些当代社会底层人物的愤怒与哀怨。感觉器官健全的人，都可以从戴斌小说中感受到这种来自生活的骚动的气息。因此，这种诅咒是另一种“呐喊”，这是来自时代底层的声音。交织着咒骂与呐喊的声音，化作一首首别样沉雄的交响曲，冲击我们的情感世界！

五、为了戴斌，我们有必要批判

来自时代底层的呐喊声，使戴斌的小说具备了从压迫的巨石底下往外挣扎的坚强和勇气。但仅此不够，还要而且更要时时保持灵魂的清醒和自救。正因为此，所以需要批判戴斌。

戴斌的小说，在平实的叙述中散发着粗糙人生艰辛的滋味，当然也有淡淡的淳朴，淡淡的温情。纵观戴斌的小说，其格调都是些小人物的苦难与面对苦难命运的无奈。戴斌说：“写苦难不是他的本意，在他作品中的人物，必须是善良，善良是拯救我们人类灵魂的正确道路。”

本来，小说就应该把人们带入自己已经不在意了的伦理迷离困境，让人们记起自己在道德行为中的脆弱，指出面对困境的人们由此产生的灵魂和身体上的病痛。它使世俗生活的事件虚无化，进入事件的本质，然后又从本质的层面重新把世俗生活创造出来，构成了一个真实的生活世界。正象米兰·昆德拉在谈法国作家普鲁斯特的《追忆似水年华》这部小说时所说：“他写这部小说并非为了讲他的生活，而是为了通过读者的眼睛照亮他们的生活：‘每一个读者在阅读的时候，都是他自己的读者。作家的作品只不过是作家送给读者的某种视觉工具，以让他可以分辨出如果没有这本书他可能就在自己身上看不到的东西。读者如果在自己身上认出了书中所说的东西，那就证明这本书具有真理性’。”

但读戴斌的小说，我们常常有种幻灭感，想逃离，觉得得不到力量。好的小说应该给人一种精神的力量与支持。戴斌小说中的人物都是缺少这种力量支持的。读戴斌的小说几乎要让我们充满一种幻灭感。可它是真实的、现实的，让人无法逃避却还得坚忍着呼吸它的腥臊腐臭气息。戴斌的小说，写得太现实，太赤裸裸了。小说不是现实，它可以是现实的书写，历史的补遗。但是更重要的是，它要给读者一种乐观向上的生活信念。不是吗？生活的确是充满苦难的，可是阅读小说，通过感受别人的人生，读者更多的是想要得到一种精神的力量。戴斌想要通过自在地书写自己熟悉的生活，用文字去唤醒和熏陶别人。由此看来，戴斌是否是想用悲剧和给人一种幻灭感来唤醒人类的灵魂呢？

海明威说："在平静的海面上，每个人都可以成为领航员。"只有那些能够带领自己的航船闯过风高浪大、暗礁林立、暗流涌动的海域的人，才是真正的领航员。只有能够承受得住这句话的拷问的人，才配得上领航员的称号。戴斌的创作是心灵的呼唤，是一种真实的文学。真实筑就了其最具冲击力的文学力量，但却有了文学表现上的粗糙和审美情趣上的乏味，粗糙的文字风格和稚嫩的艺术表现力既是其独特的气质，也是其受到批评的把柄。

戴斌是一个善于写中篇的作家，就如他所说的："故事很充足，就像一部电影的感觉。"但应该说他的长篇是写得很一般的，比如《献血》；他的许多长篇都是靠几个短篇接起来的，缺乏逻辑上的连贯性。戴斌的小说里，叙述节奏太快，跳跃性太强，虽给人以快感，却难留下深刻的印象。比如《我长得这么丑，我容易吗》许多人一看到之后，就一口气地读完了，但没有了想要再回头看一遍的冲动。

离奇的情节和细节，始终是戴斌最擅长的一手。这也是戴斌小说里面出故事的地方。比如：《第六天回家》当中的憋尿；《地》当中何根顺偷摸向艳晾在阳台上的底裤；《地》当中黄卫星压自己的屁股、向艳压掉了肚子里她与黄卫星的孩子；《天堂围》杀鸭的场面、捡到了塞有女用卫生纸的大母鸡。戴斌说过他写小说最重要的一点是"细节先行"。比如：《地》里面黄卫星做鸭，是为了含住富婆的乳头她才睡得着。虽然小说中，叙述者也往往以配角的身份见证了这一个个特别的场景，寓入了作家的同情，但作家形象定位，在这当中，只流于一般的社会见证者一类角色。

现代小说的书写，应该像绘一幅国画，应虚实结合，以实写虚，而这虚的部分就是指人物的精神或称之为灵魂的世界。由于虚的部分没有呈现好而显得实的部分太足，从而使得戴斌的小说给人的印象是，他在描写漂浮与挣扎在苦海里的一个个无头人。小说中的人物只有浩叹，只有眼泪，只有离奇的动作，如《地》中青年男子"压米"的动作，《深南大道》中产妇把痛苦的呻吟转换成撕心裂肺的歌唱。

勾勒得不够深刻，是因为对人物个性与环境二者的关系思考得不够深刻，并且作品的重心过于偏向一般叙述而流于庸俗的调情。人物主角的缺陷，也就是作品本身的缺陷。现代小说，必须在叙事中注入作家的现代眼光和现代情怀，不仅能通过故事的叙写和人物的刻画，让人看到社会现实真相，更能让人感受到作家应对现实的智慧，真正成为人类灵魂的工程师。

小说家最大的秘密，就是能跟着创作的任务同时演化。生活的经验是无穷的。现实世界所有的事物，都不过是片段的材料，片段的暗示，经小说家用心理学家的眼光，科学家的耐心，宗教家的热诚，依照严密的逻辑推索下去，忘记了自我，化身为故事中的角色，陪着他们作身心的探险，陪他们笑，陪他们哭，这样才能获得作者实际未曾经历的经历。

我们不责备作者的题材只限于打工生活，或者是只限于其中的男女问题。作家对外部世界，其实比常人更敏感，他们可能会在一段时间内执著于某个方向，但他们绝不会一成不变，因为毕竟还有更多的选择。心灵的窗子不会嫌开得太多，因为可以免除单调与闭塞。我们寄望于戴斌，少一些怨悱，多一些深度；少一些辞藻，多一些思考，如此，作品才会有更完满的收获。

戴斌来自底层，但我们有理由期待他给我们带来更多的惊喜。即使，他书写的是疼痛，来自深圳这座繁华都市的疼痛。

六、感谢戴斌，为我们提供了另一种文学

文学如果远离底层人的生存状态，与人之存在价值疏淡，作品无疑失掉了血脉。人之生存的叙述和探寻包含两个方面，一是人的生存状态，怎样一个活法；一是人之存在的价值，即人的生命意义。二者缺失任何一面，文学境界与审美意境都会出现缺失。文学是什么？文学就是要人性的呼喊和呐喊。作家是什么？作家就是要把人性的呐喊声写出来，这就够了。所以感谢戴斌，为我们书写了深圳的另一种记忆。

戴斌，是成千上万打工者的代言人，为深圳感知疼痛，书写深圳的疼痛记忆。他感知到的不仅是现代文明的进步和喧嚣，还有压抑着的苦闷、难解的孤独。漂泊在异乡的孤独、生存的艰难、精神上的苦闷、梦想的迷茫与失离，令无数打工者渴望倾诉、渴望交流、渴望慰藉，文学成为其中部分人倾诉的高雅手段。

忧愁是如何消散的，用笔诉说；文字，是最深的慰藉。戴斌的作品很平凡，但平凡并不远离人生，更不远离文学。戴斌弥补了目前创作的缺失，为我们提供了一个新的生活世界，也提供了一种真正的立足民间、书写民间的文学文本。

戴斌从来不高高在上，他的作品是出于自己生命的体验，写到打工者的精神世界

里去，写出种种冲突——如劳动者和资方的冲突、农业文明与现代经济社会的冲突、农村与城市的冲突，尤其是写出了打工人的灵魂嬗变之痛。

戴斌笔下的人物，没有办法，生活在底层，最起码在几年内甚至十几年内都不会有所改观。他们游走在城市和乡村之间，常常不知身在何处，更弄不清楚自己的身份。这并不是因为他们知识浅陋，缺乏思辨的能力，而是缺少被理解、被关爱。他们住的是工厂宿舍或狭小简陋的廉租房，但他们其实更缺少一个安置心灵的家，他们没有所属的组织可以依靠。

戴斌笔下的人物，他可能木讷，可能语无伦次，但往往简单而直接，没有遮拦。难得的声音来自最基本的诉求，来自内心的呐喊，灼热甚至滚烫，落满车间铿锵金属的味道。因为活得不自然，他们的声音是尖锐的，沾着生活的苦味。生活中的每一个细小的颗粒都被他们细细品咂过，他们的每一个微笑都是最美丽最自然的绽放。让我们知道，他们的每一句话、每一个声音都是来自真实的内心。

再次作一种追问——文学是什么？答曰：文学就是人性的呼喊和呐喊。

又问：作家是什么？再答：作家就是要把人性的呐喊声写出来，这就够了。

更直接一点说，作家是都市的良心，是社会底层的良知。戴斌说他想唤醒人，其实，作为一个打工文学的作家，他有发言权，是代表千千万万的打工者在说话。事实上，文学作品最大的功效就是展现他们的生活。如果能够淋漓尽致地把作家想表达的东西展现出来，呼喊出来，就够了。至于人们怎么理解，则完全可以见仁见智。我们以为，戴斌的作品当中，更多的是一种宣泄，一种呐喊。

也许，戴斌没有专业作家深厚的文学功力，也没有畅销作家强大的号召力，他处于生活的底层，他所描写的生活，是让人感受到疼痛的生活。 戴斌说他用怜悯心来写作，他想要书写人性最后的底线——善良。这是他的人文关怀，他有一颗善良的心，有讲故事的良好技能，这也是他可以成为一流作家的理由。

我们想对戴斌说：

——来自底层，但是“不要忘了，文学意义上的奋斗和个人生活意义上的奋斗，是不一样的。偏远、边缘或是乡野的生活经验，往往是作家拥有的最大资本。这些背景对于没有力量的人来说，是一个沉重的十字架，是要极力洗去的羞辱的‘红字’，但对于真正有力量的人来说，这些背景才是你力量的来源，是你可以依靠的广阔原野”。

——“逃避”不应该是你再次面对现实的精神姿态。你的创作应该从不同的的层次上表达对底层的深切关怀，并通过自己独特的艺术方式来哭泣、来思考、来愤怒、来呐喊，让生命之花在这种无法预测、无法安排、无法控制、无法逃避的生活世界中，开放得更加自由自在，更加绚丽多姿，更具有让人震撼、让人沉思、让人坚强的力量。

戴斌，为我们感知深圳的疼痛，书写深圳的疼痛记忆，为底层的千千万万打工者呐喊，这是生活中的声音，文学需要这种生活的意义。

文学要提供生活的意义，述说日常生活的点点滴滴——这就是戴斌小说的文学价值。

南翔论

青松寒不落，碧海阔愈澄

李云龙

南翔，是中国作家当中颇具内涵的一位多面手，是南方文坛知名的学者作家，也是深圳乃至南方文学界理论与创作并举的资深小说家，其严肃的创作态度令人印象深刻。缘此，则我们或可作以下判读：无论寒流怎样吹刮，他的文学书写，都如傲雪青松，不改本色，愈益坚劲；不管虹影如何变幻，他的心灵世界，都像蔚蓝大海，永是辽阔，更加清澄。

在竞折团荷、暗逐逝波的当下，精神迷失已成常态。因此，心灵的救赎，成了整个社会非常沉重、不容回避的话题。而作家们此时最重要的一项使命，就是用严肃的写作遏制颓靡的写作，也便是提供好的精神产品，以此揭出病相、疗治人心、留住美丽、引燃希望。

南翔即是以严肃的写作，在文学世界燃起希望之火，并且建造起一个灵魂的栖息地——既属于他自己，也属于热爱他的人。南翔（当然还有其他严肃作家们）的书写，因其严肃的内质成为精神回响。所以，真正沉下心来亲近文学、阅读南翔，或许就如在春天行走，久历寒凉后感受到的会是一种和暖，因为他的击筑行歌、深怀悲悯；因为他的韧性思考、奋力追问；因为他的沉静相望、无声一握；因为他的不拔之志、高卧岭南。

第一部分 松涛报暖最关情，沉静原来百态新

一、词气纵横成箫鼓，耽情学术自相宜

（一）芳馥相宜：南翔略说

南翔的理论研究与文学创作，均有不俗成绩；其学术主张与教学实践，均有品鉴意义。

南翔不是以闪光的标签而是以学术成果与文学作品的芳馥气息，告知他的存在。

他在学术方面、文学方面乃至文化方面，积累甚富，涉猎很广，不仅其个人阅读为多学科交融，其学术活动系多维度推进，而且其创作实践，也属跨时空覆盖：远近史事，争收眼底；新旧风物，咸集心头。

以学术论，则其所著观点鲜明、见解新颖、论述系统、证据扎实；以文学论，则其所作词气纵横、笔意深挚、箫鼓相随、血脉动宕。

（二）又闻箫鼓：南翔次说

无论学术研究还是文学实践，南翔所作挖掘剖析、概括提升、检视梳理、摹写刻画，都是心之所出、意之所至。即使有万途千辙，他也不辞繁难。所以，南翔的成功，绝非偶然。当然，成功不是南翔的全部，且即使仅以成功论，则他最成功的，亦是他在作品里所深藏的一种昔时风骨。在当下，这种昔时风骨，虽然几成独行侠夜里的歌吹，但是，它对于日益残缺的人性，无疑是一种沉郁的边声。无论社会走向为何，此种昔时风骨，都会是缓解麻木浮躁症状的一种清醒剂。对于无根的时代病患者而言，则不妨把去探知南翔们的内心、去走进他们的作品，看做精神洗礼；即使仅从短视的角度去考虑问题，也可将之比作沙弥敲钟击磬以度自身，比作受困的人性将辞瓦缶之浅而转居镜湖之深。

南翔作品所深藏的昔时风骨，是一种坚守，也是一种建树，它包蕴了真理追求、社会观察、时代记录、文化传播等多元特性。而正是这种昔时风骨、这种坚守与建树，让我们得以又闻箫鼓，得以无限抵近南翔的孜孜不倦、奋力书写、深邃沉静、厚重澄明。

二、澄湖万顷深见底，清冰一片光照人：南翔学术活动及成就概览

要研究南翔，就不能绕过他的双重身份——学者与作家，就不能绕过他的多向度活动——学术、文学、文化乃至社会。而在他的所有活动中，有两个主要方面尤值得注意：学术与文学双栖，理论与创作并行。

当然，要对南翔究竟是以学术名世还是以文学名世的问题，来作一个非此即彼的判断，是困难的。因为，具体到南翔身上，这两者，无法截然分开。首先，南翔在长期的文学实践中，既用了极大心力孜孜于写作，同时又潜心于理论掘发——他对理论的总结与探究，是一以贯之的。而且，南翔的理论与实践，是一种双向互动的关系，他是倾力为文、“心地坚实，可以行远”的实践者，又是独具只眼、通览全局的理论家。这种学术便利与文学历练，成就了南翔的双向打通，使他在学术上，视野更宽广，列举更具象，概括更沉着，脉络更明晰；在文学上，则题材更多元，风格更多样，个性更独特，含蕴更深刻。其所有的学术与文学实践，都无不指向这一点。正因为此，所以，本文拟便宜行事，主要从其学术、文学（兼及文化、社会）活动及成就切入，在行为逻辑、文本惯性上，形成纵、横两个方向的解读，大致上，就是希望借此对其作一个与实际情形较为相符的观照。不过，显而易见，要在文学澄碧的万顷湖面之上，在跃动起伏的波光浪影当中，对南翔作一种为某个角度所拘的观照，或许就是在乱生春色中失去焦距。以一个不见得合适的比喻形容，此当如翠鸟伸喙一啄，难衔涓滴。而唯一可得安慰者，是幸有扑面而来的照人清光，倒也令试水者心神一振。

（一）气色横罩海，波涛上漫天：南翔主要学术活动

南翔的主要研究方向为中国现当代文学。其学术个性体现在以下方面：探赜索隐，钩沉扶奇，追踪前沿，洞察流变，借古鉴今，广采博收，用力既勤，钻研亦深，弃陈言，尚新说，重提升，有实践。

其主要学术活动，则一是依托深圳大学文学院中国当代文学创作与研究中心，潜心于当代作家论暨创作论的研究；二是依托专业学术刊物及传播媒介，旗帜鲜明地提出具有创新性的学术主张（如“三个三”等）。

（二）兰叶春葳蕤，桂华秋皎洁：南翔的主要学术成就

1. 逸才赡藻重梳篦，花信当时存此声：《当代文学创作新论》（上下卷）

其理论专著《当代文学创作新论》（上下卷），体现了其学术观点大要及学术成就主体。这部专著，既有对当代重要文学现象、作家创作的概括梳理——如对当代小说的“反讽性审美倾向”、“戏仿语境”、“悲悯性主题”、“状态性”等的如数家珍；如对“叙事性”、“情感质素”、相关语境的“故事性和寓意性”、“幻奇性”、“结构理性”等的逐一道来；如站在世纪的门槛上“回顾90年代的小说”之广角察看等，又有对传统意义上的成熟作品、现代意义或后现代意义上形貌独特作品的欣赏分析——如对铁凝、王安忆等人作品的中肯论述；如对马原作品所体现出的小说实验的弹性现象之公允评价等等。既是宏观扫描，又是微观透视；既是整体获取，又是单个拣择。所选样本，均深具当下意义、类分意义。而艺术探寻、准确造影、深度剖解、知性提升，更显其理论价值。另外，作者在这部专著中，对整个华文文学的关注，同样体现出了其视角的宽广度和绝不狭隘的民族包容意识。所论华文作家，其人，则深受中华传统濡养；其作，则各美其美又毫无滞碍地融合为一个整体。对于华文文学、华文作家的热切关注，是《当代文学创作新论》的一个精神亮点，它突破了地域的限制、文化背景的限制。而在这种勤于采撷的背后，当然是南翔的不随时风、殚精竭虑，倾注于其中的，则是巨大热情。正是由于南翔奉献出了这部《当代文学创作新论》，人们才从他的理论梳理当中，看到了华文文学尤其动人的别样神韵。

在《当代文学创作新论》的上下两卷中，上卷辑《当下小说的审美倾向》、《当下小说的艺术张力》等10个章节；下卷则辑《当下深圳文学的生态观照》、《留住文字的绿意——董桥语言的波俏》等8个章节。

值得推重的是，这部专著，表现出了相当的理论勇气、学术眼光。

第一，它突破了泛意识形态的话语规制，将着眼点放在了文学现象本身、作家本身、作品本身，真正回归于文学本体、学术本体、人性本体。

其中论及的当下小说的审美倾向之反讽性、悲悯性、状态性三个维度，实际上关乎小说如何进入文学的核心命意问题，此即为，小说既要是人性的镜像，又要是生活的观察舷窗，还要是社会最本真的画卷，更要是心灵最宁静的居所。这里透出的，有及于各种世相的关注，更有超越狭隘经验的生命关怀。南翔此点，也映现了其在理论研究方面，一样怀着温热的心。所以他的理论构建、阐述及延展，不是冷冰冰的，而是有温度的，它比一切失重的理论更丰盈、更仁厚、更接近上帝的精神意旨。

第二，它突破了“从学术到学术”甚至“从学术到臆断”的理论言说藩篱，将着眼点放在了学术的谨严缜密、句比字栉、披沙拣金、往复求证等方面，放在了文学的求新求变、多元生成、叙事推演、结构理性等方面，真正回归于学术态度、学术立场、学术创造、学术价值本身。而且既能坚持纯学术绝不俯仰随人的清正之气，又能察纳雅言、不拘门户。它抗拒以僵化的学术名词来捆束、来限制开放的理论文本，抗拒将理论变作现成或生造名词的堆砌；抗拒以灰尘满身的泥古书写来替代鲜活的文学现实，抗拒将理论逐渐边缘化，变成文学的附庸；抗拒以王顾左右、自说自话来替代总在挣脱既有程式的文学想象，抗拒将理论与文学此在相割裂，抗拒将理论变为喋喋不休的怨妇，也抗拒学术话语暴力。本此，我们即可从大的方面作结，南翔在理论上最值得肯定的一点，甚或可以称之为其学术品格中最可贵的一点，是唯真、唯实、唯特、唯新。他不是从学术到学术，而是将作家亲身经历的对文学现实的多重体验，与学术探寻相互结合，另辟蹊径，建成基站，以为理论的信号源、捕捉仪、测试台、倍增器。比如，南翔在这部理论专著当中，即旗帜鲜明地主张：“精神是属于时代的，也是属于个性的。文学的精神性是通过一个个鲜活的个性来书写的，或敞放或沉潜，或佻达或矜持，或响遏行云或温文儒雅……精神性展现，才是文学个性的终极。”[1]这是南翔关于文学精神性的一个非常重要的论述。南翔一方面否认了那种无视生活现实的大而无当的空洞理论，另一方面，南翔又在摒弃“伪文学”——这种“伪文学”完全蔑视精神性活动（蔑视，是这种“伪文学”的又一重伪装。实际上，这种“伪文学”在精神上具有很强的诱惑力，所以带有更大的欺骗性）因而无法真正与言文学——的同时，提出了构建由鲜活个性熔铸成的精神性主张。如此主张，当是对一切智小言大、虚饰矫情、追腥逐臭、羞辱人性的谬说的一种坚决批判。

第三，它突破了繁缛的学术陈词与花哨的“学术创新”之论述羁绊、论述陷阱，将着眼点放在了对文学本质、小说核心、人性焦点的体验上面，真正回归于学术灵魂、学术品质、学术源流、学术发展本身。这种回归，使《当代文学创作新论》有了高度。它与相当一部分学术著作的区别在于，《当代文学创作新论》实现了作家与学者的真正交互、打通、融合，自始至终拒绝浮游于表层的、架空的各式理论辞藻之间，而是注重考察作家作品实际，体现出扎实深入的下盘功夫。

（1）《当代文学创作新论》注重对作家叙事方式的考察

南翔对叙事的饱满、情节的推动力等理论问题，有着深刻见解。

---

[1]　南翔：《当代文学创作新论》，中国戏剧出版社 2002 年版，第 83 页。

他认为："叙事性是小说身份的重要证明。不仅故事其实也属叙事的部分，而且叙事还包含作家的语言表述、思维方式与写作方式。我们这里所说的叙事，主要讲的是小说所拥有的关系诸要素，这种关系，既相关事件，也相关人物，还相关小说所体现的意义指向。"[1] 从这段话当中，我们可以大略了解到南翔对于叙事的推重。而这种推重，当然与他既是理论工作者又是作家的身份大有关系。南翔从理论的角度，自文学现象中抽取最本质的部分，寥寥数语，直奔要害；又从文学的角度，从自身经验中，自他人的文学书写中翻检最鲜活的部分，罗列举证，推及其余。

在这部专著中，南翔更是专门辟出"当下小说的叙事策略"一章，对故事结构、主题埋设、叙事回避原则、小说的间离效果等详加论述。

他首先写道："故事结构是小说叙事的重要一翼。故事结构是小说家预设小说情节的框架，它的搭砌，主要以人物命运的演进为规范。……单纯，对于篇幅不大的小说不仅是讲述方便的需要，也是一条美学原则……"[2] 为了证明之，他花大量篇幅分析了余华在小说《许三观卖血记》中的相关实践，这种分析十分细致，是一种完全贴近文本、深具呼应意味的理论阐述。

其次，对于主题埋设，南翔也有重要见解。

他在一丝不苟地转述完朱辉小说《变脸》所写主人公的遭遇及结局之后，接着展开了对这部作品的精当剖解。他敏锐地指出："……故事在完成了叙事性的同时也完成了主题的埋设。主题埋设时的影射性，是这类小说不同于以往小说主题构想的地方，其影射性既跟随故事前进，在故事止步的地方达到目的，同时又是一个开放的坐标体系，不可拘泥于一两个既成的解释。"[3] 这里提到的影射性，我理解，当是指，在文本限定的框架内，作家的书写命意自然形成一种辐射，其覆盖范围，既及于小说故事的原生态，又及于小说故事的发展形态甚至可能的任何形态。它串接整个故事，影响故事走向、人物命运，穿透整个文本，形成观照效应，同时，也为小说文本注入多义性、不确定性。

又次，南翔议及小说的叙事时，谈到了完整性、回避性原则。

他认为："小说的叙事可以停顿、可以回溯、可以横生枝节、千回百转，但是它的主导人物与命运的故事一般说来，不能不是大致完整的……叙事依据作家的事先

---

[1] 南翔：《当代文学创作新论》，第17—18页。

[2] 同上，第43页。

[3] 同上，第47页。

预设或依情节的展开而推进，推进的过程能够表现作家的叙事功力和才情。”[1] 在接下来的论述当中，南翔仍以《许三观卖血记》为例，说明小说有一个完整的情节链，而“锁住情节链的是斯情斯境的不能不然”[2]。再由此往下，南翔则郑重地以“一乐”（《许三观卖血记》中的人物）的行为作例子，来述及任何作家“必有自己的‘回避性’举动”[3]，并且认为，“好的回避性应该是另一情节的展开，换句话说，在前一情节结束的地方应该是后一情节的大幕开启”[4]。在充分剖析的基础上，南翔从容得出结论：“小说的叙事的回避原则应该是，一、人物的命运取向有不得不然之势；二、尽可能不与人同甚至不与自己（以前的作品）同；三、虽是回避，却势有尽而理未穷，文有尽而意未穷。这里，回避固然是作者的‘技穷’，也是作者才情的再次闪光。穷途末路与柳暗花明、庭院盆景与高山青松、涓涓溪流与黄河之水天上来交融在一起。”南翔所述，大体上是讲，作家的书写，不是将同一生活经验反复翻炒，重复同一构思，重复同一叙事套路，重复他人（与人同），重复自己（与己同），而是需要采取正确的回避性叙事策略，使自己的小说叙述可以出人意表。这是从叙事角度，论作家当如何突破与创新。

再次，南翔针对叙事的间离性效果与两种潜在危险，专门作了精要论述。

南翔在论及这类问题时说：“毋庸讳言，任何作者的解构，或者与读者取同一立场，都是‘作秀’，读者的旁观者立场，不可能因作者的低调、解构或‘无奈’而越位。说白了，作者的叙述越‘坦白’，越具有化解形式的意义，其自我感觉的独创或原创价值就越高。”[5]“在大多数作家那里，我们当然无法要求其叙事的间离性具有多么深刻的意义可供阐发，但是文本的价值取向，因为间离而变得有些扑朔迷离则是不争的事实。于是我们看到，一方面，间离的叙事使得小说的节奏发生弛缓性的变化，增大了阅读的思考性；另一方面，因为叙事者的解构或旁生枝节，令小说的所指更为丰富了。”[6] 对于间离性效果，南翔作了准确的评估，从正面肯定小说叙事间离性的积极作用。与此同时，南翔也看到了叙事的间离性的不足，一是容易给小说带来“隔”

[1] 南翔：《当代文学创作新论》，第 48 页。
[2] 同上。
[3] 同上，第 49 页。
[4] 同上，第 49—50 页。
[5] 同上，第 53 页。
[6] 同上。

的副作用，二是把握不好，则易于误入歧途，既误作家自己，也误读者。他写道，“有两种潜在的危险不能不提，一是作者为了达到寓意朦胧的效果，其间离的叙事与整个文本脱节太远，甚至不顾文本的整体立意，滔滔不绝，废话连篇；二是为间离而间离，出语格涩、突兀，每常在阅读的会心之处阻断，大大影响阅读的效果”[1]。南翔对叙事策略乃至小说的整个叙事母题的陈述，既是对带共同性、普遍性、规律性问题的一种理论总结，也是对小说叙事未来走向的一种预言，而他对可能发生的失误提出警示，也确证了南翔的理论自有其温度。

（2）《当代文学创作新论》注重对作家思想维度的考察

南翔在《当代文学创作新论》当中，列举了刘小枫关于叙事家的三种分类，并曲折地借刘小枫的说法，来达到表明自己观点的目的。刘小枫眼里的三类叙事家为，叙事作家、叙事艺术家和叙事思想家。南翔列举完刘小枫的这三种分类后，带着强烈倾向性对此作出点评：他激赏的是后者。后者是哪一类？就是叙事思想家。南翔在这里意欲传递的，就是他的内心信息，即，作家不能仅仅做一个叙事家，而一样要做思想者。只有将思想与叙事完美结合的叙事家，才是不朽的叙事家。南翔还引了刘小枫所说的一段话——那是刘自述为波兰已故电影导演基斯洛夫斯基所倾倒的理由：“他用感觉思想，或者说用身体思想，而不是使用理论或学说思想。”[2]显然，南翔在对刘小枫说法的弃取间，再次表现出了不俯仰随人的可贵学术品质。他通过自己的思考，去挖掘，去分析，去判断。对于刘小枫将感觉与思想捏合在一起的即兴表达，南翔有自己的定则，他接受了刘小枫合理的内核，但作了更深入的探讨。南翔说：“感觉与思想原本分属于两个范畴，之所以把二者捏合在一块，是强调与生发出作家或艺术家的原创性，把作家或艺术家的思想与意识形态的现成结论与大众的通俗思想相区别。”[3]接着，南翔进一步论述道：“刘小枫以哲学为其思考的出发点与归宿，故而强调思想本位。其实思想与感性并不矛盾，在大多数情况下，作家是不能离开思想来构思主题和结构故事的。作家的故事理性体现在两个方面，一方面是意义表述的丰富性，另一方面是故事讲述的完美性。”[4]这些论述，都自觉或不自觉地透出了南翔对作家思想维度的一种考察欲望。一方面，南翔同样激赏作家通过作品传达给他人的思想，不过另

---

[1] 南翔：《当代文学创作新论》，第 53 页。

[2] 同上，第 68 页。

[3] 同上。

[4] 同上。

一方面，南翔又希望这些思想不是借助于纯粹理性的刻板表达，而是要有感性，要有文学性，要能打动人。

在这一专题中，南翔用了很长篇幅来分析莫言创作小说《倒立》、夏商创作《沉默就是千言万语》、池莉创作《怀念声名狼藉的日子》的实践得失。虽然南翔自己标明“本题主要阐发故事语境生成的若干现象”，但事实上，以刘小枫关于思想取向的观点开篇的这些论述，还有对上述作家的考察，都无法离开思想维度的统制。

这部专著论述作家对死亡的处理，也凸显出南翔对作家作品思想含蕴、思想开掘的深度探求：“以往小说中的死亡，要么以其负载的主题获取意义，要么以其酷烈而引至悲怆，当今小说的死亡无疑有很多平实的表现，浦来逵（叶兆言小说《浦来逵的痛苦》中的人物——引者）是因痛苦被有意无意地抑制、一朝得以宣泄而摇动人心的。一个大男人当街痛哭，这是一个意味浓烈的画面，摒弃其幕后的故事，将人性的感伤抽象出来，或许更具有普遍的意义。”[1] 在《当代文学创作新论》的同一章、同一题中，南翔如此作结：“悲悯性的拓展与滋养，对当下小说的益处显而易见，客观上改变了当代文学的酷寒景观。值得注意的是，当一种色调被普遍袭用的时候，格式化的表现或许就难以避免。”[2]

上面两处所提到的，其实都关乎作家须善于思考、善于开创新的写作路径的问题。尤其对格式化表现的充满警惕，更显示出南翔对思想维度的一种整体看法。他提出对死亡处理的意见，当然就是希望作家们有一种新思维，即使“惟陈言之务去，戛戛乎其难哉”（韩愈《与李翊书》），也当不遗余力。南翔在此描出了毫不滞涩的理论航迹，比之于那些深陷于文学表象苦海无法近岸的学者们，这种在理论概括上的一鞭先著、举重若轻，几如“折得一枝香在手”，殷勤赠与早行人。而南翔的一语中的，比之于那些不得要领的繁言缛说，则尤见出其文字功夫。

（3）《当代文学创作新论》注重对作家审美立场的考察

南翔《当代文学创作新论》的第一章，论的就是“当下小说的审美倾向”，这足见南翔对于审美问题的重视。在这一章节中，他写道：“小说意义的悬置同样不意味小说远离或背叛审美前景，只不过它的审美更为宏阔、更为练达，也更为技巧一些，

[1] 南翔：《当代文学创作新论》，第 11 页。

[2] 同上。

这毋宁是当代小说成熟的一个标志。”[1]这段话，当是在表明，即使小说的意义暂时被悬置，但小说的审美特质，亦不可能因此丧失，而且由于文本具有更大的开放性，指涉范围更加宽广，情感落差更大，甚至其流动方向也未必确定，审美环境亦愈形复杂，则其审美才会更加宏阔；另外，因其调动各类体验的频度不断增加，则其审美或亦会趋于练达；又由于意义的暂时悬置，未有定例可循，则不但须在结构时费思量，而且在材料选择上，也要精心剪裁，要调动一切手段，使小说真正成为一种艺术负载、艺术创造、艺术奇珍。

南翔在此所指称的审美，我理解，它绝不仅仅是涉及小说文本与作家自身，它还涉及受众审美心理的拢聚、滋养、成熟，其审美感受之有形和无形的切入、奔突与置换，涉及公众对美的接受度，涉及阅读观念、方式、目标的注入或确立；不但可以指文本的内在，也可以指文本的外在。这类外在是什么呢？这类外在，即是指受众的集合体（阅读者、评论者）。这种集合体，由被称为参与小说审美、进行“二度创作”（不闻也久）的阅读者与评论者（评论者与阅读者不能截然分开。评论者是带着自觉意识、以文本解构与精神解构为目的的阅读者）构成。这种审美活动，不但涉及作家自身的审美眼光、审美选择、审美水准，而且涉及受众的相关指标。这种审美，于受众而言，可以是立场、情感在审美维度上的宣示与释放，也可以是更宽大意义上的接受与拒斥。对于小说文本，阅读者、评论者，都必有其自身的相应取向，立场的、情感的、文化的、生活的、事理的等等。这类取向，在审美维度上，与小说家、文本自身形成或对接、或交互、或错位的态势。而深入到小说情境当中的，无论是阅读者，还是评论者，都难免或受到作品细节埋设的暗示，为其牵引，或忘却小说与生活的屏障阻碍，因而陷入其中不能自拔。比如读《红楼梦》者，不但有伤心欲绝的，还有自杀殒身的。

我们还可以作出更多考察。实际上，在《当代文学创作新论》里边，南翔所指的审美倾向（当然也是一种审美维度），已经覆盖了所有章节的几乎绝大部分内容。比如叙事，比如结构，比如艺术张力，比如语言，比如多维旨趣，比如……

所有这些，都体现出了南翔的审美态度与立场、主张与选择。不过，若要说到审美喜好，则真正最能体现南翔此一点的，未必是这种理论阐述。或许，最能体现南翔审美喜好的，正在于他论严歌苓、白先勇、董桥、王璞、龙应台、张五常等华文作家

---

[1]　南翔：《当代文学创作新论》，第 4 页。

时的一些细节表露：比如，叙事与心灵关系的确立，是关乎叙事还是审美？我想，其答案绝不为单选。比如，读《红楼梦》写大家族与读《家》写大家族，谁美，谁更令人“耿耿难忘（南翔喜用此语）”？这里牵涉到了作家如何才能不被狭隘的美学观点所束缚的问题。比如，留住文字的绿意；比如“本位、情境、错位”；比如，白杨树的湖中倒影；比如，佻达，恢弘，精警……

叙事、思想、审美，这几个方面，南翔言之既详，我亦勉力抄录，虽然这种挂一漏万的抄录，其精神量度、理论厚度难及原著之万一，但以如此之长的篇幅，来罕见地作一种阐发，其实已经包含着整篇《青松寒不落，碧海阔愈澄——南翔论》的后续布局——不，还有比此文的后续布局重要得多的一个节点，这就是南翔此后提出的一个重要学术主张，应与《当代文学创作新论》有不可分割的血缘关系。这个重要的学术主张，也就是南翔在多个地方提及的“三个信息量”。南翔的“三个信息量”是他在理论上所作出的进一步概括、梳理、简化、提炼。毫无疑问，“三个信息量”的主张，南翔确曾在多个场合作出过表述，确乎是长时间的沉潜所得，确乎不是灵机一动的产物，而是长期酝酿的结果。但不管这个酝酿过程有多长，它总还是有一个源头。这个源头，即是南翔对于文学现象最初始、最凝神的那一瞥。而这初始的一瞥，便是他在《当代文学创作新论》当中，关于叙事、思想、审美之理性思考的最初萌芽。这种萌芽促成了南翔不懈怠的理论思考、长期的理论探索、手不停挥的理论写作实践，其最集中、最丰硕的成果，就是《当代文学创作新论》的成书。这一理论著作的酝酿、问世，为“三个信息量”主张的成型、成熟，作了极为重要的思想培育、理论培育。换句话说，因为先有了《当代文学创作新论》中的叙事、思想、审美诸要素，才有后来被南翔所延伸简括抽取出来的“三个信息量”[1]。而这“三个信息量”，后来又由南翔自己作了补充与扩展，变得更丰富、更厚实又更简明，呈现出“三个三”文学主张的既鼎立又融合之势。

2. 山色江涵雁初飞，入檐新影月低眉：“三个三”文学主张

“三个三”文学主张——即“三个景观，三大信息量，三个坐标”（南翔《文学演进 60 年》：此为 2009 年 9 月 25 日下午，南翔在深圳大学国际会议厅所举行的国庆 60 周年第四场报告会上所作报告）。南翔将“三个景观”描述为：涌现了一大批优秀作家作品；流派纷呈，百花齐放；刊物众多，中篇凸显。将“三大信息量”描述为：生

---

[1]　章必功主编：《深圳作家访谈录》，中国青年出版社 2009 年版，第 357 页。

活信息量、思想信息量和审美信息量。将“三个坐标”描述为：一是对现实社会生活的反映和批判，二是对历史和文化的揭示和扬弃，三是对人本身的存在和人性善恶的多维思考，尤其是对人类的终极关怀。

“三个三”文学主张，是南翔对于自己在学术探索、文学活动方面的一次理论性总结。这既是他多年理论思考成果的一种提取，也是他文学创作成就的一种升华。这种文学主张的意义在于，它是对远离生活真实、远离普遍真理、远离历史真相、远离美学要义言行的一种矫正救失，是革除陈言、匡正人心、摒弃谬说的一种文学上的“扶危济困”（或许其间还包孕着一种打通隔膜心灵的崭新内核）。

3. 试墨书新竹，张琴和古松：“四个打通”

“四个打通”即，理论与创作的打通；古代与现当代的打通；文学写作与新闻诸体写作的打通；课堂与社会的打通（甚至还可以作出不同置换）。这种打通理论，尤其是“理论与创作的打通、古代与现当代的打通、文学写作与新闻诸体写作的打通”方面，南翔自己奉行甚力。不但是身份打通、时空打通，甚至职业打通、情境打通等诸多方面，南翔后来都在自己的创作活动中，作了极大努力。

南翔提出的这几个打通，尤其是理论与创作的打通，其实也是很重要的文学乃至学术、教育主张。它不但有积极的理论意义，也有很高的实践价值（对此，特别是对理论与创作的打通问题，我在后文将有专节文字述及）。

于此前后，南翔还给海内外大量刊报、学术杂志写过为数甚众的学术论文、文艺评论等多体文字。

4. 千峰随雨暗，一径入云斜：论文

先后发表《困窘与选择》、《耽迷于东方既白》等一批学术专论（散见于《文艺理论家》、《南昌大学学报》、《深圳大学学报》等学刊、学报及国内外其他刊报）。在这些论文中，南翔始终注目理论与实际的打通问题，有很强针对性，论述规范，例举切当，观点鲜明。只作纯学术交流，不搞攻讦。但对时弊，则南翔也未有温良恭俭让，而是每每痛切陈辞，“不顾时忌，昌言正论”。这对抗御低俗、削除窳劣以树立良好学术风气，大有益处。

比如在《困窘与选择》一文中，南翔即指出：“好读的小说，尤其是中短篇小说，情节线宜单纯、紧凑、顺畅。长篇小说，枝蔓及场景可以多些，但必须各各自成章节，由微观可读汇至宏观可读。刘恒的小说一般都具有单纯、紧凑、顺畅的情节。……方方的《风景》，其内容符合表层可读的特性，但容纳的人物太多，难以细腻地发展故事情节，玲珑剔透地刻画人物，故与此相背。人物越少些故事性可要求弱些，人物越多些则故事性要求强些，这也是表层可读的特点。”[1] 这里，南翔提出要“由微观可读汇至宏观可读”，并细致地剖析了刘恒、方方等人的作品。这是一种深入到作家作品实际，深入到具体文本的做法，是一种学术规范：在充分占有材料的基础上，再跳出文本（上升到理论高度），用简省的笔墨将自己的观察思考所得加以概述，形成理论实体。

比如《耽迷于“东方既白”》[2]，提出了“‘否定’孕育着新生”的观点，即是有理有据，行文周至，论据扎实（我在全文中，将多次使用这个词）。而对一些具有理论探讨意义的问题，则褒贬相宜，分寸适当，具有说服力。

如评西方艺术。南翔在肯定西方艺术家“在艺术之旅的探险中，当然有许多启悟后人的经验”的同时，又直截指出其致命缺失：“但恣意而无节制、争相以‘新’、‘异’相标识，也的确产生了许多负面影响。个中最甚者，莫过于把艺术之车推到了几乎是万劫不复的泥淖——把艺术变成吃饭便溺一样的人皆可为，变成非艺术。”

在潜心于学术研究的同时，南翔还在文学方面取得了相当高的成就。他的文学活动与他的学术活动，彼此促进，相得益彰。文学活动为学术活动提供了可靠的自身体悟、例证、研究样本和实验平台，是上佳的理论培育基地；而学术活动又为文学活动树立了清晰、明亮、牢固的理论灯塔。这两者互为近水楼台，而受益最大者，当自南翔起。

第二部分　海韵驱寒尤有意，浩茫正待千帆行

一、春声环绕动南海，寄情文学见本真

（一）笔趣高简书意态，山川寂寥是画图：南翔文学活动综述

由于有了学术活动的亮灯挥鞭、前引后追，南翔的文学活动，才愈加显得松青柏绿、目标坚定，这表现于数十年不眠不休式的写作当中，表现于数百万之巨的字码

[1]　南翔：《困窘与选择》，载《文艺理论家》1990 年第 1 期。

[2]　南翔：《耽迷于“东方既白”》，载《读书》1995 年第 2 期。

堆垒之上。他用心血凝成的这数百万字，集成了六部长篇、六十余部中篇及若干短篇(另有微型小说若干)、一部学术专著、两部长篇报告文学集、一本散文集（还有散见于各种刊报迄今尚未集齐的相当一部分各体文字)。这些集子，这些文字，都是一颗坚韧心灵的沉静展列。从这种展列中，我们即可大致见到一位用生命写作的书生之不惜体力，它们真实记录了南翔作为文学情人的用情之深、之专；而今年，其中篇小说集《女人的葵花》之出版与长篇新作《万丈红尘》之完成初稿，则完全可以看做他对自己 30 年创作生涯的一种特殊回顾和纪念。

由南翔的上述情形，我们可以了解到，南翔的文学活动，既有风云荡薄、江声婉转、水阔山遥、浑似画图的小说创作，又有笔趣高简、心意恳挚、天地纷纭、寂寥委曲的散文随笔创作，还有涧远洲平、云峰嵯峨、遥听管弦、独占芳菲的文化评论创作。而这类“坐月何曾夜，听松不似晴”的文学活动，力量又更多地集中于其小说创作方面。

（二）云构海天瑶图碧，一声啼破春日长：南翔文学活动分期、成就及总体评价

诚然，在不同时期——从最初的文学试笔算起，南翔对文学的理解，或有深浅之分；其作品水准，或有参差之别，这在艺术上则表现为非线性发展，因时段不同或有变化，但有一点，南翔是始终不变的，这就是他对于文学的至诚。也正是因了这种至诚，南翔在文学道路上才得以行远，才有其整体成就。

1. 棹击中流，浩荡千里：南翔文学活动分期；主要文学活动、成就概览

（1）月寒日暖，风雨行舟：南翔文学活动分期

南翔的文学试笔，是从中学时期始，后到铁路上工作，也一直坚持，未曾稍或放弃。当初写得最多的是诗歌，写过几年后，便转向了散文等方面的写作。但是比较正式地创作小说，或者说是真正开始小说创作，则起因于江西大学当代文学课。当时，一位较为年轻的女老师授当代文学课程，有一次，女老师留下了一道作业，就是让全班同学写一篇小说，题目不限。南翔的这次作业完成得很出色，习作故事性强，人物鲜活。他的小说，得了高分，受到老师表扬。由此，他也就雄心勃勃地去选择了一条小说创作之路。

南翔对自己的文学活动作过相关陈述：“……至大三，在《福建文学》发表了铁路题材的短篇《在一个小站》”；“到大学毕业前夕，在《清明》上发了第一个中篇，叫《第八个副局长》，也是写铁路的”；“第一个长篇《没有终点的轨迹》，发在《百花

洲》上。也是写铁路”。

这段话道的是南翔前期的文学准备、文学积累之足、之厚、之深、之不易。而他提到的这几个作品，则是他整个文学生涯的奠基作。

南翔的文学生涯，大致可以分成两个阶段。

第一个阶段，是自20世纪80年代初起至90年代初中期。南翔这一阶段的创作，尤其是较早时段的创作，尚显出许多可能性。还有若干摇摆、起伏。

第二个阶段，则自90年代中后期起至21世纪。南翔这一阶段的创作，已经真正走向了成熟。作品显出一定纵深度，背景设置考究，故事节奏感强，人物关系繁复，篇章布局巧妙，性格刻画细腻，语言精美，涉笔成趣，富有韵味，卓然成为一家。

（2）湍飞浪激，苍茫海气：南翔主要文学活动、成就概览

① 浪花如雪，潮音如诉：小说、散文、文化评论诸体写作概览

南翔之能自成一家，当然不是因为踝躞不前与敷衍取巧，而是在于始终坚持与潜心创造。如上所述，南翔的文学活动，迄今已达三十年之久。三十年来他一直矢志不渝，将主要精力集中于小说、散文、文艺评论诸体写作，作品已积五百余万字，构成了近景扑鹿、远图沉静的文学胜境。

亦如前述，南翔写过长篇、中篇、短篇、微型小说以及各体文字，整体上，这些文字都非常圆熟、优雅，且有弹性、有磁性、有灵性。比如《南方的爱》第二章“相忘如宾”的结尾段，极简短的几句，却有相当的概括力、表现力：“秦始明越笑越响，旁若无人，笑得一个肚腩颠颠颤颤，整个休息厅都飞满了他亮得灼眼的笑声。”[1] 同样是《南方的爱》第四章“倾诉如歌”的结尾，其情其境，令人神往：“走到窗前，看得见笔架山那边，晚霞纷披，和渐次明亮的大厦灯火连在了一起。”这样的书写，在南翔小说里，随处可见。真正让人觉得“亮得灼眼”！

② 烟波淼淼，鼓钟喈喈：南翔最重要的文学活动及成就概览：小说及散文写作

南翔最重要的文学活动，还是小说写作，尤其是中篇、长篇小说写作。这是南翔耗尽心智的部分。当然，散文随笔写作也是他文学活动当中，不可分割而且具有十足重量的部分。

下面，我们拟分阶段概略地将其创作成就，作一种未必合宜的罗列。

a.“寂兮寥兮，独立不改”：第一阶段，中篇近三十部，长篇四部，短篇若干。

---

[1] 南翔：《南方的爱》，人民文学出版社2000年版，第94页。

长篇：

《相思如梦》（春风文艺出版社，1992年。该部长篇原名《没有终点的轨迹》，系南翔长篇处女作，发于《百花洲》）、《无处归心》（安徽文艺出版社，1993年）、《海南的大陆女人》（中国青年出版社，1993年）、《英雄无悔》（广州出版社，1996年）。

中篇（未全录）：

《第八个副局长》（《清明》1983年第2期）、《夕阳》（《清明》1984年第1期）、《黑耳鸢》（《清明》1988年第4期）、《谁是祖父的子孙》、《四个放飞的女人》（《清明》1989年第4期）、《悠远》、《白的光》、《失去的蟠龙重宝》、《空山》、《淘洗》、《米兰在海南》、《道是无情》、《不要问我从哪里来》、《不要问我到哪里去》（《清明》1991年第3期）、《永无旁证》（《当代》1993年第3期）、《阳光下的坦白》等。

短篇：《前尘》等。

此一时期，南翔自己感觉写得比较满意的长篇，是《无处归心》。但引起过较大反响的，则是《海南的大陆女人》。

b.“凌虚诗笔，一曲天然”：第二阶段，中篇三十余部，长篇两部，短篇若干。

(a) 长篇：充满生命力的书写——发掘生活而又敞放想象

《南方的爱》（人民文学出版社2000年版）

《大学逸事》（花城出版社2001年版）

(b) 中篇小说集《前尘》（花城出版社2007年版）

中篇（未全录）：

《因果》（《人民文学》1996年第12期）、《硕士点》（《清明》2001年第5期）、《寻找匿名者》（《上海小说》2001年第5期）、《博士点》（《中国作家》2001年第8期）、《今夜无人入睡》（《中国作家》2002年第10期）、《三年树人》（北京文学2003年第9期）、《博士后》（《中国作家》2003年第12期）、《律师事务所轶事》（《啄木鸟》2001年第10期）、《辞官记》（《上海小说》2004年第1期）、《铁壳船》（《时代文学》2004年第6期）、《东半球，西半球》（《上海小说》2005年第1期）、《我的秘书生涯》（《人民文学》2005年第6期）、《陷落》（《山花》2005年第12期）、《1937年12月的南京》（《北京文学》2006年第9期）、《火车头上的倒立》（《山花》2006年第9期）、《人质》（《福建文学》2007年第8期）、《沉默的袁江》（《时代文学》2008年第1期）、《表弟办厂》（《广州文艺》“独家精选”2009年第3期。后收入中篇小说集《女人的葵花》时，更名为《表弟》）、《女人的葵花》（《北京文学》2009年第5期）。

(c) 短篇（含微型小说）：如在《中国作家》（2006年第9期）所发之《短篇二题》、《文学界》所发之《世相——南翔短小说一束》，亦十分出彩，均暂录于此，不作过度展开。

c. 彩云当空，舒卷天际：散文随笔：南翔在散文随笔方面，堪称辞彩斐然，气象迷人。

散文随笔集：《叛逆与飞翔》。主要选取作者多年来在全国各地报刊发表的散文随笔，内容分为“阐发篇”、“游历篇”、“缅怀篇”、“记人篇”、“叙事篇”、“观察篇”、“评说篇”等，“或揄扬美好的人性，或阐扬生活的理趣，或评点身边的物事，或追挽已逝的情怀……”书中篇什曾陆续发表于《随笔》、《书屋》、《散文》、《中华散文》、《美文》、《山花》、《文学自由谈》、《中华读书报》，以及香港《明报》、《大公报》、《文学世纪》和《城市文艺》等报刊，曾收入《散文》（海外版）、《杂文选刊》、《随笔佳作》、《报刊文摘》等多种选（报）刊。

（3）星辰灿烂，风樯远渡：南翔小说创作走向、部分代表作品内容概述及阶段类分、南翔文学书写取得的重要突破、南翔文学书写的成就

南翔的创作，开始甚早。

一路登高，势头劲健，是他小说创作的总体走向。尤其后一阶段，其重要作品的推出，呈现翻波涌浪之势；而南翔文学书写所呈现的理论自觉与艺术自觉，则是其对自身的一种突破，获得了一种冲击力。借助这种冲击力，南翔在文学书写方面取得了不容忽视的成就。

① 潦水尽净，寒潭始清：第一阶段

a. 云韶辞曲，停桡静听：南翔文学活动的几个标志性事件

第一部短篇小说《在一个小站》；从第一部中篇小说《第八个副局长》到《黑耳鸢》再到《失落的蟠龙重宝》；从第一部长篇小说《没有终点的轨迹》到《无处归心》。

(a) 晓星高悬，屐痕何处：第一个短篇《在一个小站》

根据南翔前面的自述，我们知道，他在读大学三年级时（1980），便在《福建文学》发表了第一部短篇小说《在一个小站》，这是他走向文坛的初次试步。这篇写铁路题材的小说，将一个四等小站的人生故事，写得有声有色，有很深的情感寄托，也有不少的怅叹，体现出了南翔结构故事、刻画人物性格的很好潜质。多年以后，当时的发稿编辑遇见了南翔，还告诉了他一桩秘闻：这篇小说，差点获了一个奖。这件旧事，说明南翔的起点甚高。

(b) 烟津阒然，皓苍渺远：第一部中篇小说《第八个副局长》

1982 年，大学四年级时，《清明》发表了他的第一部中篇小说《第八个副局长》，这个中篇，人物的安排，也颇显出南翔之内秀。

如果说，《在一个小站》是南翔短篇小说的处女作，是他一生文学事业的重要开始，是其内心向往所获得的精神回馈的话，那么，《第八个副局长》则是南翔所写中篇在文学杂志上的首次亮相，是更激越的精神回响。这种亮相意味着，南翔的中篇创作坚实地迈出了第一步。确实，无论是《在一个小站》的发表，还是《第八个副局长》的刊出，对于南翔而言，都既是他在纯文学领域所作展示得到了专业认同，是一种成功，同时也是他矢志蹈海、扬帆出航的一种义无反顾的无声言说，是一种鼓舞。但是，作为一种方向捕捉，《第八个副局长》之登上《清明》版面，尤应视为南翔一生韧性写作的大事件。因为，中篇小说，是到目前为止南翔文学活动中最为吃重的部分。而《第八个副局长》，既然是南翔的中篇处女作，则其意义，自不待言。

单从背景看，这部小说，正好覆盖了两个时代的交汇处：一个旧的时代已告结束，而另一个新的时代刚开始不久。新旧交替所带来的，不仅是时间上的后来者取代先行者，而且还有精神上的颠倒失据、仓皇辞庙、两无所容、黯然退守，还有心理上的调适与推进，有立场上的摇摆与丧失，有道德上的假面与伪装。

这些，其实都与“两匹战马的屁股宽度”相关——美国铁路有一个奇怪规定，即，两条铁轨的标准间距是 4.85 英尺。这个标准，当然沿用的是英国旧制，而英国的这一标准，又源自古罗马战车的宽度，亦即与两匹战马的屁股等宽——我这里所采用的，当然只是一个俏皮说法而已，这句话的真实意思其实就是，南翔的《第八个副局长》用文学的方式，揭示了历史的一种惯性。沿袭历史旧制，是一种惯性；人性的异化，是一种惯性。这种惯性，在南翔所展示的小说背景乃至整体叙事当中，得到了某种程度的验证。即使这种验证，呈现的是两种不同状态：或含蓄，或清晰。历史的巨大惯性，既然携带了暂难抗御所造成的诸多问题，则其展示，不免令人沉思。十年重创，曾让整个中国都濒临危局。一段不忍回眸的历史，给一个古老民族留下了太多迷思，造成了太多创痛。这是一个问题堆积如山、民生凋敝、百废待举的时段。整部小说即是将背景放置于此一时段当中，是以铁路系统为剖解对象，写了机关内部的局一级干部如卢强、徐子国的真诚与高昌凯的虚伪表演，作家所涉细节的展示与两种观念的交锋，见出了人性的高贵与阴晦。

(c) 江草初绿，高柳弄晴：第一部长篇《没有终点的轨迹》(《相思如梦》)

如南翔自述中所言，他的第一部长篇，仍然是写铁路生活。最初的这种经营，演练意义大于文学展示的意义。不过这部作品的许多部分，仍透出了南翔文学特质的一些重要方面，比如静而深挚，淡却情浓，文字畅达，用笔从容等。这部长篇的刊载，是南翔文学书写中无法省略的一个重大事件。

存在一定遗憾的是，《没有终点的轨迹》显得尚欠火候。它选择的是铁路题材，主要采取纪实手法，讲述几组既平行又穿插、彼此缠绕的故事。这部长篇，其主要场景为运行的列车，而人物相对简单，一位女车长，外加一位主办列车员，还有一位司炉工。女车长甫湘有了情人，为了情人的事，她到头头那里求情，反遭情人误解，并最终被其抛弃，使之领略了人心的难测；迟小林是主办列车员，升了车长，却被人打成重伤，好事变坏事；司炉工叫胡天波，他内心很不安分，金钱美女全想要，可又不走正道，其结果，当然是被告发，难逃牢狱之灾。这部小说的人物摹写，虽有可圈可点之处，如三个人物的个性，都各有特点，但故事的辐射力，却不够强大，这或许是因为，此时的南翔，在长篇领域尚属初次试笔，所以人物关系的展开，明显受到一定束缚，难说充分，较拘泥于铁路本身情事。整部小说，勾勒的是庸常的来而复去的上下班情景，是一种较少浪花、较少激溅的生活采撷。其篇章特点，是以清浅书写（不起浪花的写法）载若干质诘惋叹（如对小人物之满足于自身日复一日永续单调生活的一种存疑），布局不算大气，而小说叙事也给人一种微末浅淡的感觉。尽管这种微末浅淡，并未怎么影响情感寄托，甚至，清浅书写或就是南翔当时的追求，但场景的小格局、人物关系的小格局，却至少说明，南翔此时对长篇的整体认识，还有误区或者缺失，离开阔境界尚远；而运笔的略显拘束则实际上反映出，南翔在驾驭复杂结构方面，并非是天纵奇才（这从另一侧面证明，南翔的成就，完全是他勤奋、坚持得来的）。再深入一步说，清浅书写以及书写对象的甘于岑寂，虽也能触及人性当中美的一面，不过，作为小说，我以为，它应该要有广阔一些的东西，应该要有比庸常真实更高阔的抒写。而南翔这部小说，在其平淡的用笔后面，遗憾的是未能贯注更深的内涵。所以，虽则小说人物的日常细节，比如他们的境遇，比如他们的平民追求，比如他们的彼此交往，都得到了一定绘写，有真实意蕴，也是俗世图景，然而，对于人生，尤其是人心，其运思却又显得较为单薄。南翔这部长篇给人的观感说明，小说书写，如果止于浅表层次，止于条块，那么就势必显得琐碎，势必会产生倾侧，势必难以承载更有力量的东西。的确，这部小说，在精神性书写上，比之中篇《失去的蟠龙重宝》与短篇《前尘》，都显出了一定不足，较难引起受众足够强烈的心灵激荡。

《在一个小站》、《第八个副局长》与《没有终点的轨迹》的新鲜出炉，都是南翔生命中极为重要的事件，因为，它标志着南翔在文学上开始了真正无休无止的攀越。

b. 皓练渐洁，轻埃莫霑：南翔中短篇小说的重要跨越

(a) 月华穿窗，重景余光：《黑耳鸢》；《谁是祖父的子孙》、《淘洗》

从具体情况看，到了20世纪80年代中后期、90年代初，南翔的创作，进入了此阶段的一个相对稳定期、高产期。《黑耳鸢》写了一群大学的哲学老师，这是一个值得注意的群体，他们既是尘俗的，要吃饭、买票，要食人间烟火，但又昧于世故，遭遇到了种种尴尬，其用笔，曲折有致，蕴含甚深。这部中篇的发表，同样可以视为南翔创作生涯中一个很重要的事件——它意味着南翔的小说写作有了一种实质性提升，实现了重要跨越。我们理解，对于南翔而言，《黑耳鸢》的发表，是"企稳向好"，拓宽了中篇空间，带来了"负势竞上，互相轩邈，争高直指，千百成峰"的生动局面——如《谁是祖父的子孙》、《淘洗》等中篇获奖，一批佳作相继问世，具有相当意义。

(b) 仰视天宇，俯登云树：《失去的蟠龙重宝》、《不要问我从哪里来》；《前尘》

自《黑耳鸢》之后，南翔陆续发表了《四个放飞的女人》（所谓"四个放飞的女人"即指四个外出骗婚的已婚农村妇女：月珍还有另外三个自杀的女性）、《白的光》（人物是美术系的一群研究生、青年教师及本科生、旁听生；事件是他们办画展，到处求爷爷告奶奶，写出了艺术在现实面前的不堪）、《失去的蟠龙重宝》、《空山》（写的是退伍战士陈禾根的人生理想。他只是要到家里找一个不错的工作，以迎娶心上人。这时的他立功心切，进了山里，却被洪水卷走）、《不要问我从哪里来》等中篇。此一时期，南翔除写作了长篇《没有终点的轨迹》外，还发表了《前尘》等短篇小说若干。如前所述，《没有终点的轨迹》大抵上还属于演练性质的书写。不过，这一时期，南翔的中短篇小说，如中篇《失去的蟠龙重宝》与短篇《前尘》，却收获丰厚，一经发表，即赢得广泛好评。因此，可以说，南翔这时虽有一些摇摆，但大势却是上扬的。他在生活开掘、作品提炼方面，已逐渐形成相关的艺术自觉。这种艺术自觉，是一种心灵穿透、文本穿透。所以，此一时期，他的不少作品，生活细节开始写得更扎实。这些，同样见于他的中篇如《失去的蟠龙重宝》、短篇《前尘》的写作上面。

《失去的蟠龙重宝》体现了南翔对于社会、人生、人性之发现挖掘思考的阶段性成果，是一部具有代表性的作品。作为一部故事性非常强、构思非常独特、具有高度美学意义的中篇小说，《失去的蟠龙重宝》将人性写得复杂，写得曲尽其妙，达到了

相当的深度。

《前尘》则是南翔这一时期短篇小说具有代表意义的美丽展示。它写得相当纯净，透出心灵的安谧。

《失去的蟠龙重宝》与《前尘》都堪称出色，是南翔这一时期的重要小说，它们是南翔“民国系列”书写的前奏。《失去的蟠龙重宝》那种凄美、凄冷，令人读来有一种肺肝被揪扯的感觉，其文字内部深蕴凉意；而《前尘》那种静美、纯美，则令人读来又可深味到文字当中的暖情。凉热交替的变奏，很好地体现了南翔文学书写的高度可塑性。

《不要问我从哪里来》也是南翔一个有特别意味的作品。说它有特别意味，是因为，它属于“海南的大陆人”系列当中的一篇，同时，它又和这个系列的其他篇章一道，完成了南翔关于“理论与创作打通”这一重要学术主张的衍射过程，实现了文本打通、角色打通——后面亦有专门内容述及南翔其他小说的此类现象。

这个作品是“海南热”催生的一部具有实验性质的中篇。这种实验性，体现于南翔将叙述描写与纪实亲历相间杂。如吴萍，是作品中人物，这是一种身份间离，但他所承担的叙事者角色，却又与作家相重合，所以这里又有一种身份认同。这部小说写了徐国华的“创业史”（同时又是“覆亡史”）。徐创办海风实业公司的过程，即是海南情境的一种映射。徐国华最后没有成功，是因为他还没有参透特区的真正个性，没有能跟上特区步伐，还缺乏历练。他遭到挫败，但不一定就是软弱者、低能儿。徐国华海风公司的覆亡，实际上还体现出一个大时代的复杂与经济社会的酷寒。当然，这部小说不仅写了徐国华的覆亡史，也写了周高阳的功成名就，还写了卢小姐人性的弱点。各样场景，五色迷离。作家将这类书写，一再伸延，让现实与可能呈多元交叠。如此方式，或许也是作家所做的一种特别尝试。

c. 水碧山青，堪可入画：长篇小说的可喜斩获，《相思如梦》、《无处归心》、《海南的大陆女人》、《英雄无悔》。

这一阶段，南翔相当属意于长篇冲刺，集中力量打了一段时间的攻坚战。

一如前述，《相思如梦》实际上即为发表在《百花洲》杂志的长篇《没有终点的轨迹》。交由出版社正式出版时更改为现名。这部小说对铁路生活的书写，有一种内心温婉，笔墨深挚感性。这大略反映了南翔的职业情结，隐约透出“行行家渐远，更苦得书稀”的韵致。

《无处归心》是写苦难史、奋斗史。作家用文字进入多种生命情态。有人的精神创伤，有婚姻的拘囚，有奔出围城的欲望……作品以杨志清、杨家龙父子的人生流向作为这部小说的一根重要线索，深层剖解人物灵魂，比如剖解父亲杨志清贪污公款（仅两百元）的心理动因，剖解杨家龙与妻子郦水惠进行冷战的非理性甚至悲剧性的真实内心，构成了一种特殊的文学绘写。作家还写了小江、颖芯等人：小江嫁人不免草率，颖芯毅然跟了高洁。文本的多义性、作家书写的悲悯性、生活的复杂性和各种情绪在此处相交织。

《海南的大陆女人》应该是作家向下、向内——深入生活、深入人物内心获得的重要成果。比如，南翔十多次前往海南，甚至还利用课程轮空时间，到海南的企业体验生活。他到海南的直接成果，就是通过观察、思考，将亲身的见闻、经历提炼加工，作出艺术剪裁，并据此写成了“海南的大陆人”系列小说（共计七部。后由中国青年出版社冠以《海南的大陆女人》之名，正式结集作为长篇出版）。关于海南之行，南翔在《永无旁证》中，曾这样写道：“海南有种既杂乱又活泼的东西在吸引我，四周的环境能促使你保持一种机敏的反应和追寻，疲惫也罢，繁杂也罢，恼怒也罢，但却伴随着寻觅的充实。”这是小说中人物的内心活动，但又何尝不是南翔的内心陈述。这种内心陈述，折射出的既是主人公的心理变迁，更是南翔对海南生活的总体感受与判读。其总体感受和判读，即成为“海南的大陆人”中篇系列的写作动因与核心。当然，“海南的大陆人”系列当中的这七部小说，既因此成篇，则它所写的，也就必然是大陆人到海南的寻梦经历：或者幸运上天堂，或者不幸下地狱，生活上受磨折煎熬，精神上经淘洗炙烤，演绎了人生悲欢，描画了人性明暗。这组作品（《淘洗》、《米兰在海南》、《道是无情》、《不要问我从哪里来》、《不要问我到哪里去》、《永无旁证》、《阳光下的坦白》）使南翔的创作显得更宏肆，使其小说背景更宽广，使其生活书写更切近。这个系列，是南翔走向生活现场最为可喜的收获。有评论家认为，这种书写牺牲了历史深度，而我认为，这些作品，恰恰像鹰从光的切面进入。这也是一种深度，一种哲学意义上的深度。它与那位评论家所说的深度，当有本质不同。那位评论家所指的深度，或许更多的是着眼于历史的长度，是与纵深相关，但未必一定与真正的深度相关。真正的深度，甚至可以是片刻，是转瞬间——瞬间即成永恒。人性的深度，社会的深度，历史的深度，莫不如是。

《英雄无悔》是一部“反腐败”题材的小说。由同名电视剧改编而来。作者意在通过这部小说，呼唤正义并试图重新建立一种清明的社会秩序，其中写出了一种入世情结、浮生样貌，在对英雄人生与沉沦人生的探索中，显出了高岸深谷、远雪烟光的情境，是那种春冰犹在、腊梅迎霜、柳条披拂的奇特景象。

② 江山胜处，锦色华年：第二阶段

a. 剑阁峥嵘，峨眉横绝：南翔文学书写的多个标志性成果

(a) 直取自然，清旷超拔：《南方的爱》出版

《南方的爱》是一部集多样性、多义性、多元性于一身的长篇小说。这部小说的问世，是南翔文学书写具有标志意义的事件之一。它的出版，使南翔和他的文学书写继续保有了稳定的读者群，同时也为其赢得了荣誉——获“广东省新人新作奖”。它扎实的细节，对于人心那种手术探查似的剖解，浓郁的南方气息，绵延而来的艺术力量，深蕴其中的古典清韵、文学价值……尤其是内里起伏穿插的各种爱恨情仇、人性纠结，直令阅读者低回不已，心神像被一种暗寓小说字里行间的力牵动、撕扯、锯开、劈碎，其爱切，其恨深，其情痴，其境真，让你无法不想起李攀龙的著名点评：“月光如画，泪深于酒，情景两到。”（李攀龙《草堂诗余隽》）

这部小说的多样性、多义性、多元性，大略体现在以下三个方面。

i. 有广阔的社会内容

仅第一章“好风如水”，即牵涉到情、法、爱、欲，真、伪、正、邪等多样性社会内容，时间和空间的转换，在这一节里，也通过德宝、吴小姐、秦始明、刘灿、黎春芬、萧海等人物的现实行为和回忆以及他们之间的关系勾连和心理周折，逐一完成，显得井然有序，如机场、居室、公司；深圳、黄山、内地；历史、现实；真实、虚拟等。这是一种包孕丰富的书写。吴小姐的真相曝露，德宝的顾盼有情，刘灿的驭夫有道，秦总的未失人味，还有种种相关情节——小说所沉淀的社会内容，在多元基础上，具有了令人难以一时穷尽的多义性。

ii. 有深刻的角色隐喻意义

《南方的爱》在角色摹绘上，比之于南翔前期的一些长篇、中篇，明显有了突破。第一，作者的书写绝不被某种情节扣死，不是像《相思如梦》（《没有终点的轨迹》）、《英雄无悔》那样，略显被动地为有限的空间场面、仄逼的心理景象所框住，而是在“表层好看”之下，还挖出了“深层可读”。即是说，人物、情境都已经不是一种明面上所能见到的样貌，而是在这种明面样貌后面，另有一种深层解读的角色隐喻。

这里要着重提到两个人，一是吴小姐，二是凌峰的顶头上司、已五十六岁的某局长（这是我从评论角度瞥见的一个重要人物。这里所说的重要性，不是传统意义上、文本篇幅情节所系意义上所指涉的重要性，仅为从评论角度所见之作家的一种特殊书

写方面的重要性。我在之后的行文中，仍将继续以其为剖解对象）。这两个人物，都不是我们在通常意义上所理解的主要角色。那么，这两个人物究竟有什么格外引人注目之处呢？我想，要理解这一点，就需要揭出他们各自的真面目：他们各有“所长”，“术有专攻”。一个是吴小姐欺诈有术，一个是局长保官有术。通过这样的细节研读，我们或许就会明白，对这两个人物的刻画，作家显而易见不是随心所欲、无意识的书写。因为作家写的吴小姐，如果简单看，就是一个做皮肉生意并兼做讹人买卖者。但这样简单的阅读，与作家的本意应该相距很远。因为色欲和暴力，完全不是作家书写、设置这一人物的目的。南翔的目的，就是要唤起人们对于自身所处环境的关注，去由此作出思考，让人们真正怀有一种问题意识、忧患意识。如果我们能够察见人物内心的杀伐现场，我们就一定不会仅剩对这个叫吴小姐者的谴责和厌弃！应该说，吴小姐的本性原不坏，但在一个污浊的环境当中，却迅速堕向了黑暗的渊薮，这到底是性格悲剧，还是时代悲剧、社会悲剧？抑或是这些因素相互作用而导致的呢？作家到底在这个人物的现实角色之后，赋予了她什么样的角色隐喻呢？如果能循此去想问题，则我们当可弄清其中原委，就会真正明白，作家在这里，绝不是要推出一个大街上一抓一把的角色，来“增彩添色”，来取媚某种阅读口味；作家一定是痛感此在苍凉、哀伤，而抵近这样一个其所不愿、不忍、不欲，也不堪、不宜、不便抵近的秽臭所在。这种角色的特别隐喻意义，与吴小姐这个人物相关联，在现实世界中，一样有其多义性、延展性，可以是吴小姐，也可以是郑小姐，或是某某小姐。但是，当作家将人物确定之后，吴小姐又只能是吴小姐，而不可能是其他人。因为她区别于刘灿，区别于黎春芬，区别于鞶鞶，区别于任何角色。因为她的灵魂已被熏染至于完全失去原色，只是将想象和虚构的身世、经历当作自己的故事讲述，真实的自我则在一个虚无隐秘的世界消失，让另一个“我”（吴小姐的心理替身）招摇过市，浓妆艳抹、堂而皇之登上本该属于真实的吴小姐的角色舞台，并且，绝无任何胆怯地就在这样一种高遮掩性小说语境中，演出种种人生活剧、闹剧、丑剧。而对局长的角色刻画，一样具有相当的隐喻意义。局长在整个保官过程中，外显的角色特征与其内隐的角色特征完全间离。这是作家一种有深度的书写，有深度的角色刻画，是具有突破表征的书写。这种角色隐喻方式的书写，自此开始，几乎成为南翔后续创作的一种艺术自觉。像《大学轶事》里的相当一些篇章，也包括单独成篇的《博士后》，都能大略看见这种景象（比如金处长，比如范广式教授，比如尹小锋，比如芯莱等等）。这样的书写，同样是多样、多义、多元的。

iii. 有明亮的棱镜聚焦效果。

列夫·托尔斯泰在《诗与诗论》中说："每一个作家的特色是把所看见的生动的事物像一块棱镜一样，集中在焦点上。"[1] 尽管，老托尔斯泰在这里是针对每一个作家来讲的，持一种普适性的说法。但我却很愿意用如此说法来指称南翔。这是因为，南翔在他的中后期小说写作当中，甚至是他的散文书写当中，都非常鲜明地表现出了此种特点。比如，每一个人物既可以是一块棱镜，又可以是一个焦点。像《南方的爱》当中的德宝，他作为一块棱镜，将作家所看见的生动的事物"集中在焦点上"——在深圳黄田机场，这块"棱镜"看见了"窗外雨丝绵密，几个机场工作人员在空旷的场地上张扬着手臂，一架载梯车在滴溜溜打转。天空是淡青色的"，看见了"颦颦抬起泪眼"……举凡作家所看见的生动的事物，德宝都逐一将它映现了出来。同时，德宝本身也是焦点。与吴小姐相识，为吴小姐所讹，他是一个焦点。萧海夺走其妻黎春芬，或者说是黎春芬有意勾搭萧海，作为丈夫的德宝，是一个焦点。与子屏论短长，称正是因为尊重子屏，所以才绝不会给子屏钱，在这一情节当中，德宝是焦点。海德曼、小五、阿冬之间扑朔迷离的关系，牵涉到德宝办的"秋博展"种种难以解开的结，一切指向，都是要彻底坑死德宝，这里的焦点还是德宝。颦颦最终要去支教，德宝对颦颦"深有意味地说，此心依旧"，这里的焦点，仍是德宝。德宝这一形象，通过这种或似棱镜或为焦点的多向度反复蒸煮、熬制，变得相当丰满。其善良的一面，其情真意切的一面，其未有历练的一面，其始终难被击倒的一面，在这里展现得真是非常动人。最难得的是，南翔写这些人物，写德宝，不是用那些脸谱化的、图解的东西来填充，而是举手投足间、一颦一笑间，都有相当的情致与韵味，而且人物性格是一种自然凝集，其心理流动呈现一种"悄立市桥人不识，一星如月看多时"（清人黄仲则《癸巳除夕偶成》）的景象。此种自然凝集与悄然相看的性格、心理摹写，在《沉默的袁江》、《人质》、《女人的葵花》、《表弟》（《广州文艺》原发稿题目叫《表弟办厂》）这些出色的中篇当中，都能找到相似的处理，但这种相若处理，又不是复制，而是呼应，都是多样、多义、多元。比如《人质》里的特警狙击手，在接到命令狙杀犯罪嫌疑人时，作家并未大肆渲染他的复杂心理，而是用一个击中嫌疑人手部的动作，道出了狙击手的内心活动。这是一种多么克制又多么奔放的描写！这种描写，难道不是"自然凝集与悄然相看"的绝妙注脚吗？而比之于德宝，那位狙击手的心理流程，更

[1] 列夫·托尔斯泰著、袁水拍译：《诗与诗论》，上海森林出版社 1948 年版，第 107 页。

胜于既有外部表达又兼具沉潜内质的德宝式样。这是独一无二的写法——对，独一无二！南翔的这种写法，自然不是某一时间的偶一得之——偶一得之当然有，但这里不是。这种在其不少的篇章里边都能寻获的笔墨，绝不是偶一得之！是什么？这只能视为作家一以贯之的写法了。南翔此种棱镜式与焦点式的写作，我想，当不是简简单单的"每一个作家的特色了"。就像鲁迅写"孔乙己、祥林嫂、子君"等，写"阿Q、王胡、小D"们，写"华老栓、康大叔、赵太爷"等一样，大概有接触机会的作家，都能见到这些生动情境的，但怎么写，却是因人而异。

(b) 山红涧碧，风物妍华：一批有影响的中篇相继发表

《博士点》、《今夜无人入睡》、《博士后》、《铁壳船》、《东半球，西半球》、《我的秘书生涯》、《火车头上的倒立》、《人质》、《沉默的袁江》、《表弟办厂》（即《表弟》）、《女人的葵花》……

南翔的中篇，有许多须细加咀嚼的生活意味、思想意味、美学意味。

i. 高密度的生活信息量

《我的秘书生涯》起笔就来了一种信息轰炸："史秘书，在忙吗？下午快下班的时候，秘书长给我打来一个电话。秘书长说话办事向来干净利索，一如他精致的着装、锃亮的皮鞋和一丝不苟的头发。他称我秘书的时候，一般都是有点要紧事情，不然，他会径捷地称小史。并非因为秘书长比一个秘书大得多，柳胜利才敢直呼小史的；须知那些常委、副市长们，多半从不称小史而称史秘书，我知道他们对鄙人的尊敬，实际上是对市长的尊敬。得知我即将从一般公务员走向市长秘书岗位的前两天，那在师专法律系做教授的老爸就对我耳提面命道：'史偶然，你知道秘书是什么吗？是助手，是跟班，是勤务，是侍从……古往今来，更难听的，我不讲你也知道！总之，绝不像某些人认为的那样，是一人之下，万人之上。晚近十几二十年，秘书助纣为虐、为虎作伥、狐假虎威、蝇营狗苟者不知凡几，报纸电台电视，多有反面报道。当然，其实正面的也有很多。但是，秘书的角色定位决定了其工作的不容易出彩，而容易出事。所以，你硬要去，我就送你一句古话：战战兢兢，如临深渊，如履薄冰。儿子呀，你好自为之吧。'"这种信息量之密集程度，令人喘不过气来；《博士点》当中，且看"蔡总一通自掴自嘲"的话："勾栏里出来的不是戏子就是票友，青楼里出来的不是婊子就是嫖客，报社出来的不是骗子就是傻瓜……"，这全是民间语言，而只有民间语言，才最有生活气息，因为它就来自流动的活着的生活，是民间智慧的结晶。还有，"教育学博士点是G师大目前为止唯一的博士点，五年前干下这个博士点的时候，方

书记在全校教职员工大会上说，博士点零的突破意味着什么呢？意味着我们抱回来一只大母鸡，大母鸡抱回来不是为了吃它的肉，而是为了让它下蛋的，为让它接二连三下蛋，我们两千教职员工都要努力！”还有小说与方书记说辞相关的叙事：“各系各专业让母鸡下蛋的热情很高……无奈五年过去，弹指一挥间，不见教育学这只母鸡下出哪怕一只软壳蛋。”这些既幽默又沉重的话语陈述，无不是来自生活。再看《今夜无人入睡》：“毓海就选了一个路边的农家饭店，停车，吃饭。马路对面有几个穿红着绿的女子柳枝一般摇动着叫客，那边挂着温州饭店、扬州炒饭、南昌米粉、川辣牛肉、永新狗肉。”《博士后》：“新的大学是由原水利学院、工业大学、医科大学、商业学院和原大学五合一合并而成。有促狭的学生，趁省厅领导陪同两个司长下来视察之机，夤夜在前门石壁上用油漆刷上‘五味子大学’几个隶书。害得校办费了半个工作日，又洗又刷，五个字还依稀可辨。不用说，刷油漆的就是原大学的天之骄子……”南翔的文学书写，处处与生活相关联，均有宏富的生活信息。正因为此，所以，我们无法在此作一个哪怕只称得上粗略的列举。然而仅从所举这一鳞半爪之中，我们或亦可窥见南翔作品生活信息量承载之一斑。

ii. 高价值的思想信息量

南翔的作品，非常值得注意的，是思想信息量。

这种思想信息量，是在细节当中表露出来，是从惯常方式当中流泻出来，是在作家自己的“云共山高下”的篇章经营当中不知不觉地汩汩渗透出来的。

《东半球，西半球》里边，裘彬彬边开车边琢磨，琢磨什么呢？“……孤独是避不开推不去的，文化这个东西他妈的真厉害，深入骨髓与大脑，而且是与大地气候打通的，在温哥华那种闲着的紧张，敞放的郁闷，真是难以描述。然而，在这里，就有你的事业你的根吗？”这里的细节，透现出三个方面的思考，一是事业的根到底在哪？文化的根到底在哪？华人的根到底在哪？这种思考所涉及的，就是一个高价值思想信息量——没有文化的濡养，或者说受着异质文化的袭扰，人当如何自处？思想的根何在？族群的根何在？这种通过涉外故事来表达一种文化隐忧的书写，一定与作家长久以来深心所系有关。

《铁壳船》几乎通篇都是惯常方式的叙事，故事以杨大头与擦鞋女的私情、杨大头被派出所捉去不担心被拘留，而是担心高额罚款开头，然后再多节点地写他的故事。这些故事其实都是写这个在抚家河边上讨生活的人之旧时今日。这些惯常的方式，其实都与抚家河的变迁有关。且看作家下面一段描写：“抚家河臭气扑鼻，尤其夜里，眼睛几乎关闭，鼻子狗灵猫尖的，满腔腐臭难当。先面前还有俊伢子俏妹子搭了肩勾了手，在那些散离离败了像的船上去谈爱捻拢的，后来梁河那边整出一片河边公园，就一股劲都跑那边去了。没人光顾的抚家河就越发尸臭尸臭，臭得连自称鼻子生了茧子的杨大头都不能每天去了。”再联系到小说所写过去抚家河的水清鱼跃情境，则作家笔锋所指，我想，大概也不用我在这里饶舌了吧！这些惯常方式所传递出来的，其实就是一种忧思，一种痛惜，是血在血管里涛浪一般奔涌。这里蕴含的是一个思想者的高端表达。

《沉默的袁江》的篇章经营很用心思。小说开头与中间的部分，几乎是不动声色。看上去，大略感觉就是写新闻单位的人际关系、粉红故事，甚至写与下面乡镇基层打交道时面临的种种难题与考验。直到真正深入进去之后，特别是“秦老师”为保住袁江而不惜殒身时，我们才会发现，作家在整个篇章经营当中，实在是用心良苦，他要以整个故事告诉大家的是，“我们对于关乎人类存亡的头等大事，到底还有谁真的在投去哪怕只是匆匆一瞥！”让人内心陡然生出寒意的还有——杨桦问当地人秦老师的事情，但得到的答复却是“秦老师？哪块的秦老师？不晓得。男的女的？找老师何不问学校去吵……”“居然都不知道。沿几近崩塌的河堤一路躬身问过来，都是真实的摇头。摇头的个个热气腾腾、周身冒汗”。杨桦这时候才醒悟，“原以为无人不知的秦老师，那个为了保住袁江最后以身殉职的秦老师，在哪里安眠？”

这才是悲哀所在！这种以整块整块内容来推动思想流泻、以极端方式来传递思想信息的篇章经营，已足可见南翔之为南翔了。

iii. 高纯度的审美信息量

南翔小说里有着高纯度的审美信息量，那是纯美的景象、纯美的事物、纯美的书写。

《女人的葵花》景色描写称得上极为出色：“月亮从山背升起，一湖清波滟滟，岸边的苇草尖尖上有千万个光屁股娃娃在喧哗跳跃，撞得一片丁当乱响。”月光映照于湖面，而湖面倒映着月光，这水波漾动间的月光投射于苇尖上，一片晃眼的闪烁，爆出声与色、光与影的交响。这样的书写，令人叹为观止。这是何等纯美又何等生动的景象！生动得就像每一个字眼都浸在湖水当中，湿润光洁，都在歌唱、霎眼，像“千万个光屁股娃娃”，互相也在“撞得一片丁当乱响”，并在倾泻于心间的波光潋滟当中，一阵“喧哗跳跃”，与我们相拊掌。

《火车头上的倒立》，则写出了夫妻家常生活的情形，这也是非常美丽的一种描写："罗大车临出门的时候，天色麻麻亮，金秀把他叫住了。金秀只嗨了一声，罗大车就一脚前一脚后地定在门槛上。金秀招呼老公的方式有很多种，叫老罗，叫一鸣，叫老三，也模仿车站那些娘们对司机的叫法：叫大车，叫油包。火车司机外面的工作服，常年不洗不换，称之为油包。也有叫火屎鬼的，蒸汽机车烧煤，煤渣特多，有贫寒或节俭人家，捡拾煤渣为烧煮。煤渣又称火屎。比较起来，罗大车倒是最中意这清清爽爽的一声嗨！不仅这嗨的一声有几多女人的温婉，还因为这一声嗨里头，一准有女人的关切和缠绵！"这里有强大温软的生活细节，也有人物内心那种丰富纯美的交流。

《沉默的袁江》写旧时景物，旧时人心，也让人怀想："……水是漾漾的，浊里透清。水枯的时候，浅处清可见底……"

南翔在《东半球，西半球》里写叶嘉莹教授，那是既令人肃然起敬的书写，又是令人心向往之的书写："……自70年代末频频来到大陆讲学的著名古代文学专家叶嘉莹教授，就是不列颠哥伦比亚大学的终身教授。想到这么一所著名的大学有一个中国老太太在做学问，而且做得这么好，就令人感怀与感念。叶嘉莹教授1989年退休以后，当选为加拿大皇家学会院士。她的文章有两个特点，一是引用西方现代理论圆通而不晦涩，再是文章清澈畅达如山涧流水。"这种肃然起敬，全因了这位"令人感怀与感念"的老太太，而这种心向往之，则全是因了老太太文章的"圆通而不晦涩"，"清澈畅达如山涧流水"。

c. 月吐山郭，天色清澄：《前尘》的结集出版

前尘的结集出版，既是南翔文学书写当中一件值得纪念的事，也是他抚摸历史、感念"前尘"、回望旧时文化星空的一种情感检视。这些篇章当中，写女性的坚贞刚烈、写男性的真率诚悫、写博闻多识、写生死相托，莫不是在追怀旧时月色。这些以民国题材为主线的书写，既有一个民族的蒙受苦难，也有一个民族的不屈抗争；既是怒斥侵略者的兽性，也是礼拜殉国者的忠勇；既是瞻眺雅望深恩，也是重温嘉言懿行，或直陈其事或婉曲用笔的文字，是"淡淡著烟浓著月"，是一种心灵安放。

d. 春泉流响，桃花满溪：散文集《叛逆与飞翔》

值得提到的是，南翔发表散文，也是始自大学低中年级段。江西大学冬天奇冷，夏天更是溽暑蒸人，酷热难当。但是南翔却只默不作声地将稿纸铺在宿舍简陋的桌子上，开始忘我地写作。他写的一篇《说香道臭》，后来发在《江西日报》上。这些文字，即使是初登版面，也显出了南翔很好的写作潜质。而之后的散文写作，南翔

则是迅速走向成熟。许多用小说表达起来嫌慢的，嫌不彻底的，情动于中、不吐不快的，也就以散文来承载，点染之间，意绪难平，或如浪激涛奔，或如江流回转；心思内敛，或如湖噙月影，或如波含翠色；情至深处，或如泽国汪洋，或如浚潭泓深，当然也就甚为动人。如《父亲后来的日子》："……父亲依然为健康生存着高兴，我姐弟也很受感染。……想到早几年，我在外地，为父亲过生日写了一篇文章《子欲养而亲健在》刊出，以志庆贺，那是一种怎样的人伦欢娱啊。又联想到，'文革'中，父亲几欲自杀，是母亲的愤怒与毅然上台陪斗，挽救了他但求一死的懦弱。母亲因白内障手术失败，两眼近乎失明，近十年来，每天都是父亲执母亲之手，一步一步，去菜场买菜、散步，成了小区的一道风景。假如父亲不在了，我们如何能够想象没有父亲的生活？母亲托何以寄余生？"这样和心灵同构、同质、同步、同歌哭的文字，怎能不令人读来动容！所以，这些散文，几乎每一篇都能触摸到南翔的心跳，感受到他的深情。必须提到的是，他为自己作品所写的序言，亦均为堪称出色的汉语表达。如《前尘》自序《腹有气韵品自高》："文学对既往的书写，与历史教科书的臧否扬抑，着眼点不同；文学对人物的书写，尤看重的并非其端正的思想，标准照似的行止，而是被大时代话语遗忘的栩栩如生的个性。那种率见性情、俯仰自由、我行我素、癖好不遮、胸臆无碍的面目，其实任何时代都有，只不过，大时代的火车轰轰隆隆过后，路边的野菊花狗尾巴草之类，要么零落，要么被遗忘的居多……但是这种性情人物，不为其小而色泽暗褪，相反，恰恰因为其铺垫了人性的诚悫、踏实和温馨，成为文学是人学的生动注解。"[1] 如《当代文学创作新论》自序《不在穷途》："审美多元、影视铺陈以及互联网的大举覆盖，改变了人们的欣赏乃至生活习惯，但是文学文本并没有死，也不会死，因为，文字是我们的襁褓，是我们世世代代赖以生存的精神土地。准此，则可以说文学不在穷途，文学是一棵常青树。"[2] 南翔的这些文字，使热爱阅读，对文本寄予深心的爱的人们，看到了文学不死的未来！而南翔另有相当多的为人作序和作评论（评点）的文字，也一样绝不虚与委蛇。如《心地坚实者，可以行远》评一位年轻作者的作品，则是以诗一般的语言深情致意："整篇小说以信天游的曲调托起，宛如麦客手里时时揩拭的那支唢呐，清脆一声，是沉闷之中的宕然，是呜咽之中的嘹亮。作品的调子是喧腾的，眼光是女性的，故事是哀婉之中不肯多行一步的缱绻，人

[1] 南翔：《前尘》，花城出版社 2007 年版。

[2] 南翔：《当代文学创作新论》。

物是柴米油盐之侧时相顾盼的悯恤。”[1] 这样的评论，既切中肯綮，又回味悠长。而南翔的整体文学书写，均极显识见才具、文本特质与理论自觉、艺术自觉。

b. 谷静云生，随峰万转：南翔文学书写的理论自觉与艺术自觉

南翔的文学书写很值得推重的一种品质，就是在理论与艺术上均显出了高度自觉。而这种理论自觉与艺术自觉也是其第二阶段所取得的最重要的突破。

(a) 南翔文学书写的理论自觉

南翔的文学书写，是有高度的书写，是一种将收贮于内心的生活信息翻检淘洗、抉剔打磨，再与文学涵育相连通的书写，这种书写的前导，即为理论自觉。理论自觉不独是纯粹的理论，实际上，它因了长期的学术浸淫，长期的理论思考，长期的逻辑训练，已然成了一种理论直觉、一种与理论神经共享直达通道的第六感官，它甚至高于本能直觉，是一种在理论素养基础上建立起来的超现实能力，是一种在小说、散文创作之前即形成的一种理论气场，并且与这种创作过程始终相随，成为理论与文学回路中的探测器、传感器、蜂鸣器、矫正器。这一说法，似乎有人会觉得玄乎其玄。但这是千真万确的。除了《当代文学创作新论》这部理论著作中有太多相关例证之外，南翔第二阶段的创作实践，均有如此指向性。《女人的葵花》中对于桂德林（出逃之后化名吴细根）整个经历的叙述，作家有太多机会可以将小说处理成一部情节离奇曲折的追逃小说，但是，作家却偏偏走向了另一条路径，不是按人们的阅读习惯结构小说，而是大出意外，让他跑到一座水库里边，替人干起差不多是养鱼巡湖守水库的二老板了。这种看似有疑问的方式，却正是小说最贴近人心、最见性格力量的方式，是小说拥有女人所种漫坡葵花意象的起点，是这篇小说的逻辑节点。正是这种逻辑节点的存在，我们看到了一种另类身份的男人—— 一个原始、有雄性冲击力、有爱意还很宽厚但又有神秘身份的男人。而这个男人处于这座安谧的湖中，将寻短见的女人救起，并且善待她，抚慰她，最后与她在湖上相依相偎。女人喜欢上了他，但也因为喜欢他，所以把他的真实身份告诉了警方，并且带着警察来抓他。而女人之所以报告警方，是想让他最后能够以自由身来与自己相守，而不是整日里担惊受怕。这其实就是一种特殊的爱意表达。那么这个故事的讲述，到底可以在哪里看到这样的理论自觉呢？一是桂德林身份的间离！这种身份间离，就是一种理论自觉。二是叙事间离。南翔叙事，避开惯常方式，是一种间离；将女人心理，也作了一种理论间离。从反向出

[1] 南翔：《心地坚实者，可以行远》，载《北京文学》2006 年第 7 期。

牌。南翔这一时期的几乎所有篇章，甚至所有人物，几乎都有相应的间离处理。比如《沉默的袁江》里秦老师的自杀、庹明明外出采访的憋屈、杨桦最后寻秦老师墓时问当地人的内心泣血；比如《铁壳船》里的杨大头怕警察竟然不是怕拘留，而是怕高额罚款，还有擦鞋女的暧昧相跟又几乎有那么一种死心塌地……这些细节，这些人物心理，都有这种间离处理。个案可以视为无意识，但这种群发性“事件”，就绝不能以兴之所至或无意识来说事了。这一定是作家内心那种理论的血红素起了作用。

(b) 南翔文学书写的艺术自觉

南翔的文学书写，同时还有一种艺术自觉。所谓艺术自觉，就是不仅不为某一种艺术方式所囿，而且不断突破已有的格局，努力更新已有的艺术模块，并且在题材上、结构上、运笔上，使摆脱自我、摆脱既有程式变成现实作为。这既是一种意识潜隐、创作渴望，更是一种文本姿态、书写默契。在南翔小说里边，时时有一种艺术光华——这种光华，我们仅从已列举的若干例子，即可大略见到。这种光华，当然不是与生俱来，而是通过思想的萃取、生活的累积、艺术的浸染，才逐渐显现出来的，是刮垢磨光，更是病蚌成珠，这是一种极其需要毅力的持之以恒、吐纳吸收。

南翔的艺术自觉，除了作品当中所体现者外，还体现于其相关言论上。南翔说：“我喜欢看周有光的文章，喜欢读他的《周有光百岁口述》……他说到毛泽东书房里头，所有的书都是平放的。他这样一句话……是告诉我们，书房里放的都是线装书——线装书只能平放。我们平时的表达，可能就是：所有的书都是线装书。而周先生他来一句，说所有的书都是平放的。这不一样，给人的感受就不一样，给人的印象特别深，就有画面出来。”[1]

这里，南翔所说的，足证他对文学书写的追求之力，对艺术感觉的推崇之真，对艺术细节的专注之深，对文学书写的用力之勤。至此，我们大约可以明白一个道理了，那就是，南翔之所以能够走向文学高地，是靠了他内心时常捂暖的思想追寻、文学追寻、艺术追寻。

在许多场合，南翔亦喜对友人谈其他作家处理得很成功的小说细节。比如他曾提到，一位作家写响声之大，不是像一般人那样的写法，而是通过写树上的鸟来达到写作目的。怎么写呢？南翔说，那位作家笔墨很经济，只是写，震落了一地羽毛。

这就是南翔：心里藏着的就是这样一些与文学、与艺术相关的内容，琢磨的就是

---

[1]　章必功主编：《深圳作家访谈录》，中国青年出版社 2009 年版，第 359 页。

这样的人事风物。他心里时常都在孵化艺术的精妙细节。

c. 数峰水墨，一江丹青：南翔文学书写的成就

南翔文学书写的成就，主要体现于其思想、艺术表达方面。总体说，南翔的文学书写，有一种平民、人本、诗性特质，这种特质更多体现于其作品涵蕴的宽厚、语言内质的明亮上，体现于其理论与实践的多重打通上。

(a) 雁字渐远，清韵难穷：南翔文学书写的文本特质

i. 沧波如带，高帆风迴：平民化书写

南翔的笔触，涉及各色人物，各种世相：涉及各个阶层，涉及各种场景，涉及各类时段。但无论何种书写，他的作品，对平民都始终有一种格外的眷顾。

比如《永无旁证》里的“我”，比如《女儿窗前的洋娃娃》里的“父亲”，比如《柳全保同学，你好》里的“梅琦”，比如《博士后》里的“鲁斌”、“老叔鲁一筋”、“金附子教授”等。他们都在按照自己的逻辑往前走，但始终要受到不明来源的力量的掣肘。所以，他们各自的前行途路上又生出了许多无法量度的变数，这样的书写，几乎贯穿于南翔小说的所有篇幅。而对于他们命运的关注，就成了南翔小说当中负载最重的内容，对于他们在小说当中命运的安排，则又见出作家的平民意识、平民思想，因为作家在处理几乎所有人物关系上，都始终以平民所思所想所爱所憎为凭依，为基点。作家当然也有超越，但这种超越，则是不使自己的笔沾“水”（草草应付）、沾“腥”（遍洒脏污），是拒绝暧昧与曲意逢迎，拒绝被人牵着鼻子走。这其实是南翔在将自己推向险境，不媚俗，不重复，自然就需要逼着自己去经营另外的小说构思。而所有这些经营当中，最根本的还是平民化、平民化内容。

比如《南方的爱》，德宝在深圳的遭遇，作家可以为其找到许多种可能，甚至，只要作家高兴，突破自己的底线，甚至还可以写得肉感满纸，写得无比香艳，写得非常暴力，写得血溅当场，写得令如蝇逐臭者血脉贲张，写得令寻求刺激者，大呼过瘾。但作家是严肃的，作家也是温情的，因为他的思考深度，因为他的审美理想，因为他的人文底线。作家确实写出了德宝自身的缺点，甚至写了他有些难为人道的隐秘作为，但这不是作家写作的主轴，作家之所以这样处理，全在于其想写出人性的丰沃处、复杂处。作家主要着墨的，实际还是德宝在深圳的平民理想，德宝没有被滚滚红尘吞噬，其实这正是作家留情处、温良处。此种平民化写作，在南翔的小说当中，比比皆是。比如《前尘》、《海南的大陆女人》、《相思如梦》、《无处归心》、《英雄无悔》、《大学轶事》，还有那么多的中短篇小说，如《第八个副局长》、《黑耳鸢》、《永无旁

证》、《因果》、《短篇二题》、还有《表弟办厂》（收入由湖南文艺出版社出版的中篇小说集《女人的葵花》时，更名为《表弟》）等等……所有这些篇章，表达的都是平民理想、平民立场、平民关怀、终极关怀；比如他的散文，对普通民众有一种发自内心的关注、摹写、怀想（《香格里拉的老王》、《初识邱娥国》）。那是一种知己、贴心的书写，是与平民的心灵对话；还有《父亲后来的日子》、《遥念冯牧》、《性情中人吴宓》、《母亲的眼睛》、《底层需要关怀的两面》……所有那些令人低回不已的散文，那些和泪写成的文字，又有哪一篇不是平民观念的折射？它所彰显的，是南翔内心未有任何矫饰的最真实、最动人的部分。

我们还可以用另外一些具体材料来证明他这种平民思想。

南翔在理论研究方面，比如《当代文学创作新论》之评严歌苓的“心灵有负的证明”一章中，他激赏严歌苓的写作，认为其人物处理“有属于自己的独到阐释”，而将作对照的文本中的人物书写，评价为“缺乏灵魂深度”，认为文学作品，即使是写坏人，“也应该是充满文学气息的坏人”[1]。什么是“文学气息”，除了指文学内涵之外，其余的当就是指合于平民认知水平，同时又能代表他们的审美理想的气息，就是将善良美好进行到底，将化解仇恨进行到底，将人性最深挚的部分进行到底。这就是平民思想一种很有风致的回归。

南翔在文化方面、在文学方面，在各种场合，都不遗余力地宣传着自己的平民思想。他一是向文学界、向社会大声疾呼，要有终极关怀；二是在自己的作品中渗透进平民思想——此点，已在前面有相关说明。

南翔对于当下的缺少终极关怀问题，不但曾在报告会上口头讲，而且还曾在报社记者采访他时，以此作为专题发表谈话，并将相关思想渗透于自己的各体书写当中。南翔所呼吁的，是对平民的终极关怀，一种最广大的、最深情的、最真诚的、最暖人心扉的终极关怀。

这种文本特质，使南翔的小说，具有了思考力、亲和力。

ii. 博揽物态，云霓明灭：人本化书写

南翔小说的人本化书写，与其平民化特质有相重合之处，但又不尽相同。

其平民化特质，指的是以平民情怀引领文本走向，以平民视角解读人物角色，以平民话语书写平民生活，或传递其诉求，或同情其不幸，或减轻其苦痛，或抚慰其心灵。

---

[1] 南翔：《当代文学创作新论》，第173页。

而人本化特质，则是指强调人的根本需求，是强调人的生命权、生存权，是强调人的尊严、人的教化、人的发展。

《人质》即焕发出一种人本化光彩。作品写警方那位狙击手，不是为了张扬过去时代那种义正词严、行动凌厉、唯命是从的律条，而是让这个杀人机器一般的狙击手，在更深层次上，回复于人性，回复人的身份。这种角度的选取，体现出了南翔的人本化书写的特质。这种选择角度，见出了作家的先有思考，先有预设。即使是那个劫持者，虽然犯了罪，却也被作家安排狙击手抗命，只击中了他的手。这种人本化写作，体现出的是对人的生命的一种尊重，是对生命的一种爱意。是真正的以人为本。当然，我们可以列举出足够多的理由，来指责那位抗命的狙击手，来指责他击发时那种内心姑息、内心软弱。但是，恰恰是这种内心姑息、内心软弱，才使我们读到了人性之美、人性之善。这是那种动辄施以杀伐的写作所难以比肩的。这也是南翔人本化书写的一种形象阐释。

比如《女人的葵花》，作家对桂德林（吴细根）的处理，也是一种既有生活酷寒又有人性浪漫的温情笔墨。

iii. 细柳摇风、杂花生树：诗性书写

南翔的文学书写，是相当典雅的书写，有一种诗性特质。这种诗性特质，既存于宁静、悠远、儒雅、清新、明亮、飘逸之中；也存于肃然、幽深、哀婉、疼痛、凝重、沉默之内。

南翔的作品，书“旧时月色”，录当下风雨，用情深，立意高，文脉厚，造境美，元气沛然，意味良多。

(b)“江流有声，断岸千尺”：南翔小说的艺术特质

南翔小说值得注意的艺术特质，是其文本、角色、场域等的多重打通与缤纷世相的呈现。

i. 南翔小说与社会的打通

南翔的小说，涉及面很宽，完全称得上达于草野、及于市井、入于园囿、出于馆舍，有民风民俗的展示，有画皮假面的披露。南翔笔下的文本生态、社会生态，正是“江流有声，断岸千尺”。《前尘》里边，有情场、官场、职场、战场；有老宅、空门、影院、码头；有老爷、太太、侍女、武夫；有壮士、书生、洋人、鬼子……《南方的爱》触及的社会面之广，令人叹为观止。其实，南翔每一部小说，既是文本打通、角色打通、场域打通、今昔打通，又是几乎不与己同，所以，这些作品组合起来，即可

看见万花筒一样的缤纷世相。

ii. 文本打通、角色打通

《大学轶事》一共集有六个中篇。而对这几个中篇，南翔采取了一种特殊处理方式，一是将中篇与长篇打通，二是中篇的篇章之间打通，三是人物衔接的打通。南翔在写作这六个中篇时，确乎是藏了机巧的，“博士点、硕士点、本科生、专科生、成人班、校长们”，其平台都是一个，那就是作为象牙塔尖的大学。南翔在写这几个中篇时，一定有相应“图谋”，那就是，写成六个中篇，既彼此独立，又能相互串接，形成长篇架构。这就是文本打通。而且，南翔还在文本当中，作了一种人物埋设、角色打通，细节巧妙，此心玲珑。

还有《南方的爱》里的吴细根与《女人的葵花》里桂德林的化名吴细根，这种不同文本里的角色打通，也是饶有兴味的。如果大家觉得这种说法，不足以说明这一点，那么，我们可以看一下南翔怎么进入文本——让自己进入小说文本。

有意思的是，南翔用自己的名字入于小说，这种角色打通，当会令人觉得，小说家此时，真如巴尔扎克与高老头，作家已经与笔下人物，有一种牵挂，有一种情感依赖了。写到高老头死了，巴尔扎克竟然号啕大哭，人皆不解，巴谓，高老头死了。不知南翔是否亦如此。我想，当一个作家进入角色，尤其是将自己当作小说中人以后，必会经历一种或喜或悲的情感“晕车”。这类角色打通，就已是灵魂的历险了。

iii. 场域打通

场域，作为科学符号的物质形式，既可涵盖场景、场合、地域等概念，也应该可以指心境、心性、心绪等概念。它从一种客观存在内化为一种心理存在时，这种过程，必然既会是行为过程，也会是心理过程，它可能体现于人物心理、行为的各个方面，这是现实场域与心理场域的打通。心理打通，对于心怀坦荡者而言，非常明亮，人所能当得起。但是，对于心怀鬼胎者，若这样指称，那就太便宜他们了。为此，我想以“暗昧打通”，来形容这类并非光明磊落者的内心打通。

《南方的爱》在场域打通的处理上是出色的，形成了现实场域与暗昧场域的双向打通。

某局办公室主任凌峰，本来对自己的仕进，并未用太多心思，只是有一天，他却突然发现56岁的局长爱上了书法。爱上本也不稀奇，稀奇的是，那天当凌峰因为人事安排，怕自己被人误解赶忙到局长家陈情时，想不到局长竟然抛出一番“蛋子、腰子”说辞，并称“蛋子上是腰子，肾强则阳壮，男人阳不壮，还有什么胆子！”意思是给凌峰打气鼓劲，要他继续顺着梯子爬上更高位置。而其时，凌峰“任办公室主任才四个多月”[1]。这个细节，到底在什么地方发生了现实场域与暗昧场域的打通呢？

且让我们试作分析。

《南方的爱》所写凌峰的顶头上司——年已56岁的局长，其实并非主要角色。不过，这个并非主要角色的“局长”（还有相关者），却成为南翔这部小说人格剖解的重要对象。说得更明白一些，即是，“局长”的形象挖掘，触及了人格层面、人性层面的水下冰山，并且实现了一种明与暗——现实场域与暗昧场域的打通。这正是南翔《南方的爱》重要的艺术贡献，也是南翔在寻找人性孔洞方面、丰富小说表现力方面作出的重要探索。这样的小说实践，无疑是积极的、可贵的。这样的小说写作，显现出了南翔这位学者作家思考之深、挖掘之深，也显出了南翔非同寻常的笔力——不动声色，于似乎并非刻意安排的人物身上，聚合了人性的明暗映照、心理场域的上下其手、利益分割的生死角逐，把一种表面上波平浪静、实际上暗涌旋动的亚文化潜流，通过文字，骤然曝露于公众视野。这令我想起了鲁迅先生写的《药》。对于《药》，一直以来，人们都多把目光投注于华老栓买人血馒头治华小栓的肺痨病，或者多喜谈论夏瑜坟头的花圈，却很少去论及刽子手康大叔。其实，刽子手康大叔，一样表现出了现实场域与心理场域的打通。他对于现实场域的认知，一方面是公众认知——即行刑，是手起刀落，习见人头下地；但是心理场域，他却有一种特殊呈现，既是待价而沽，即以人血沾馒头，将之再行沽与人，又是一种久历后的麻木。期待呢，有一点，那就是成交——“一手交钱，一手交货”。所以康大叔代表了一种冷血和贪婪。他的在场，就是一种更浓重意味上的黑色侵凌。《南方的爱》里的局长，当然不是康大叔，但他的在场，却分明有着格外的意味。这种意味是什么？当然不是“独上江楼思渺然，月光如水水如天”。可能是什么？不妨再往深里想，或许就是“同来望月人何处，风景依稀似去年”吧！

当然还可以再贴近文本对这种打通作一种抽取。当我们阅读《南方的爱》时，我们看到的局长，其内心是被掩藏的，他的日常所言、所行，只是某种内心镜像。他和现实保持着既亲密又疏远的关系。这即是说，真实的局长形象，未必就是人们现实中见到的形象——这类双面人、多面人，生活当中何其多也！亲见的，未必就是真实的。真实的，未必就是具象的。作家在生活的背后，发现了这种人性隐秘，在人心内

[1]　南翔：《南方的爱》，第75页。

部，发现了暗昧世界。这也是南翔书写的特质。由于南翔如此用笔，文学画廊中，才施施然走来了这样一位局长大人。这既是南翔的深刻处，也是他的不容忽视处。

还是让我们回到小说本身吧！

局长眼见50岁的副局长想取自己而代之，内心不客气地就盘算开了，决定要干点什么。不过他老奸巨猾，一直在谋划一个保乌纱行动。他的行动方式，就是练习书法。那么，练习书法怎么会与保乌纱相关呢？原来，这竟是局长对新上任的项副市长之业余喜好几经琢磨后的个人心得，是秘不示人的独特发现。项副市长喜欢啥？喜欢书法！

至此，我们才恍然大悟，局长练书法，完全就是为了能与项副市长搭上线。不过，光练书法，即使书法练得再好，也绝不可能搭上线。既如此，那又有什么办法能在项副市长面前讨喜呢？这里，我们发现，这种场域的打通，确实就像九曲黄河一样拐了九九八十一道弯。原来“山人自有妙计”，局长可以给项副市长“送枕头”——这里的枕头当然不是真的枕头，而是指揣摩上意，投其所好。项副市长需要什么样的枕头呢？这自然跟书法有关。且听局长高论——局长对凌峰说：“想困觉的人，送一个枕头比送一包银子强。那天吃饭，项副市长说，参加了国内好多书法展，可是还没来得及出集子，语气分明有些遗憾。我听出来了，注意到了，其他人却没有听出来。”[1]局长说完这些话，觉得意犹未尽，又紧接着说：“这是一个机会吧？”而局长暗示凌峰要敢于争副局长的位置，绝非只是要提携凌峰，给凌峰机会，而是还有他自己的小九九。他其实是想让凌峰跟在自己后面去操作这件事情，凌峰只是幕后的角色，只能替自己鞍前马后跑腿——当然表面上都是为项副市长出力，其实功劳最后只能归在局长头上，凌峰绝不能想着要分一杯羹。他是让凌峰把一应事情办好，等结果完满时，自己能体面出来以表心意——其实是邀功讨好。待哄得项副市长欢喜了，则这上下的关系既亲且近，什么话都好说了，什么问题都可以迎刃而解了。这，才是局长的真实用意。听完局长一席话，凌峰忙答，他有朋友在出版社工作。局长当即要凌峰赶紧去跑这件事。

从上述数节，我们还可以看到现实场域与暗昧场域的打通。

一是，原本张口即为一本正经说辞的局长，心理上也在接受——或许是自己长时段偏爱而久有心得、很有心得。我们从表面上看不出这一点，只好姑且认为他是从外

[1] 南翔：《南方的爱》，第75页。

界接受过来的吧——怡情悦性的带色彩的语汇濡养，一般人是眼到口到心到，局长倒好，是心到眼到口才到，而且这口到，是只在极小范围内才偶露口风的。而反过来，这种心理景观，又影响到人物的现实景观，从而形成一种相互间的作用，这就是一种现实场域与暗昧场域的双向打通。

二是，原本声称要退休的局长，根本就不想退出历史舞台。这是一种惯性，一种权力惯性，是一种权力渴望，也是一种权力恐惧；是一种权力崇拜，也是一种权力谄媚。这里的局长，外在的部分，是顺其自然，而内在的部分，却是剑拔弩张。这种写人性内外两张皮的笔墨，将权力追逐者的暗昧，简直表现得入木三分。而且，此节内容，本非充满火药味的情境，只是下属见上司，上司说着体己话，只是局长在临帖，翰墨飘香，晴暖宜人！但是，局长的心思、凌峰的心思、其余人的心思，竟在这尺幅之中，水石相激，迷雾四起，巨浪排空，吞天沃日——却又是火药味十足！软性的争斗，完全可以闹出大动静，甚至上演全武行，《三岔口》、《打渔杀家》，但作家始终从容走笔，在情节推进、人物安排、场景布置上，水到渠成，绝不为某种图解需要所左右。现实场域与暗昧场域的如此打通，确实像绵里藏针。如此南翔，特别高明。三是，局长的善弄权谋简直到了极致。在琢磨别人方面，其心思真是深难见底。一方面，他对外施的是障眼法，示人以弱、以愚、以怯，叫人误以为他是既知天命，再无留意，冷眼看自己的副手出招。但是另一方面，他却暗里较劲，用太极的四两拨千斤方式，将对手力道化解，并想方设法接近项副市长，以求得保全自己的最重要力量，并在对手猝不及防之际，一击即中，使其无法还手。

这种社会世相的刻写，这种心灵世相的描绘，正是万花灿烂，落英缤纷。而这种内和外的打通，明和暗的打通，不同场景的打通，文本和现实的打通，作家谋划与情节惯性的打通，所有这些双向的、多向的打通，即组成了南翔小说蔚为大观的现实场域与心理场域的打通（对那些玩弄权谋者，仍只能以暗昧打通指称）。

南翔是幸福的，当许多人在横冲直撞未有方向之际，他凭借学者身份的便利，以理论之力，以思想之力，以小说艺术之力，以文本特质之力，推倒了理论与实践之间的高墙，一径前行，每能于惯常处，见“浩荡青冥，訇然中开”。这使南翔的书写，能时时入于“一夜东风起，万山春色归”的奇境。

iv. 今昔打通

南翔的文学书写，实现了今昔打通。这种今昔打通，不仅是时间上的打通，更是心灵上的、艺术上的打通，是“思接千载，视通万里”。

具体而言，这种打通，或可认为主要体现于心灵打通、题材打通。

心灵打通：《表弟》

这种心灵打通，首先即指能将前后细节所涉及的心理空间打通。也便是说，这种打通，是所有细节，都有一个共同指向性，那就是，在整部小说当中，它们都是朝着小说的心理表达、终极的情感体验而去，就是纵向、横向在心灵上的打通，当下与往昔在心灵上的打通，远与近在心灵上的打通，低端与高端在心灵上的打通。即使相关人物的表现细节，也要与核心人物的表现细节，最终能在旋涡中心实现一种打通。一切都不是游离的，一切都是奔心灵上的打通而去。

其次，这种心灵打通，是指作家与小说中人物有一种高度的心理认同，具体说来就是，凡涉及心灵书写（深切心理体验）的，都要能抵近书写，甚至真正合为一体，作家就是书中人物，而不是站在高处看热闹者，作家的书写不是以现代处理来替代复杂心理。反面的例子，就是着胡人衣说汉人话，端古陶碗吃肯德基。比如《武林外传》一类，即是用偷梁换柱、移花接木方式，来遮掩对昔时人物心理体察的缺位。实现这种心灵打通，对于作家的要求甚高。既需有阅读汲取，还需有作家个人的用心揣摩。

南翔举凡涉及这种心理认同书写，都必是与笔下人物十指相扣、情意相通的。这是一种需倾注极深感情的成熟书写。

深入到对象的思想、情感内部，甚至直接卷进人物的悲欢情感旋涡当中，这是南翔小说非常具有杀伤力的地方。比如《表弟》当中的叙事者“我”，其实即融进了作家自己的生活经历。那种家族兴衰的自足小康、曲折艰难；男女聚合的不离不弃、生死诀别……作家在每一处书写当中，几乎都有过内心摩挲，都分明映现出了他的闪闪泪光。“趁着月明星稀，扑在田塍上扎撒着两只青筋暴露、直似鹰爪的大手，一边扑打一边痛哭：不该呀”的外公，也就永远让“我”有了一种牵挂。“我”讲述这些细节时，其实也就是在跟外公一道扑在田塍上痛哭！还有裹了小脚的外婆，在工作队组织人批斗外公时，为了不让外公成为范地主第二（范地主也只是薄有田产，却因为自辩了几句，讲他的田地多半是祖上的承传，结果死于乱棍梭镖之下），竟然也跟着磕头如捣蒜。当念及这些情事时，“我”的心脏到底经历过多少回绞痛呢？而写到“我”二舅告诉“我”母亲外公外婆经历的这一幕，当时感叹说“你晓得财产是多么遭人爱又多么遭人恨的东西……你晓得爹爹为何要在田塍上痛呼，不该呀……”时，“我”母亲“立刻双眉一剪，扯起嘴角道，我哪里不晓得，他后悔不该得了田地，自己套了索子，早知如此，还不如让我们任家儿女都拿了血汗钱去读书，个个当官留洋，置什么鬼田地呢！”这时候的“我”犹自和母亲一样“心气难平”。特别是后来小军的离世，让“我”再次感到阴阳相隔的寒冷。“我”对“表弟”的每一点回忆、挽悼，从叙述角度看，南翔似乎都是出语幽幽，并未奋不顾身挺身而出，但奇怪的是，这每一个细节，都看得你心里一阵一阵抽紧、抽紧，一直向下沉，坠入万丈深渊。作家这样着笔，“表弟最初的发家，是从贩卖青蛙泥鳅黄鳝开始的，这样讲，好像不大准确，事实上，他一开始是亲手捕捉这些田中活物、口中美食，再卖给上门收购者”。但因为要执松脂照明，“松脂噼里啪啦掉在手背上，烫得一手背燎泡。……但是很快就用上了文明的电筒”。之所以鸟枪换炮，“那是因为母亲心疼了”。表弟特别乖巧，当母亲给大家分苹果时，表弟会在得到分到的那一份时，“把苹果塞在母亲怀里。那一年，表弟才五岁。这个细节，放大了表弟在母亲心目中的位置。母亲喜欢说一句：三岁看老”。“我”这样讲着表弟的故事：“……他要爬货车去。就是表弟这次爬货车，使我终生内疚。”为什么会生出内疚呢？是因为，“我”虽然细致到甚至没有忘记给表弟查好这趟叫 1413 的货运列车到达广州的正点时间，并告诉他货车晚点没商量，要多带一点水和吃的东西，还用电话通知了表弟，然而却百密一疏，没有想起要告诉表弟不能进装有会移动滚落的大物件的车厢当中，结果造成了严重后果。表弟准时爬上了这趟货运列车，但不幸在列车急刹车时被移位滚落的大木箱压伤，瘸了腿。“我”大为自责并耿耿于怀：“不该忽略的细节是，应该告诉表弟，要选择那些没有大木箱的安全的车厢。”再看：“开饭店之前，表弟特意从广州绕道深圳，和我见了一面”，“我道，晓得你从来心大。你是想帮外公和舅舅扳本呢！他的眼睛跳起一抹火花，道，还是你懂得我的心思”。后来因为表弟生意做得成功，所以，“我”多所鼓励、予以嘉勉，但又因为表弟心太大，要炒期货，“我”又想法劝阻，然而表弟的反应是：“沉默了一会，表弟道，谢谢表哥夸奖，有好消息，再告诉你。”不过，等来的不是喜讯：“一个月之后，我等来的不是表弟的好消息，而是如同南方骤然而来的雨雪冰冻一样寒冷的音讯：表弟因孤注一掷炒黄金期权失利，坠楼重伤！”……这些细节，似乎与“我”对表弟的伤悼并未有直接关系。但事实上，这种种细节的每一次添加，都是一种蓄积、沉淀、发酵直至爆发。看似平常讲述，却情意至深。表弟活着的时候，这些细节都是“我”这个当表哥的，在贴心贴肺亲近表弟，那是一种宝爱。表弟去了，这些细节，就全部汇合在一起，成为情感海面上的狂风巨浪。那悉数涌上“我”心头的一点一滴，却原来，都是“我”在念他的生前事，是“耿耿难忘”。这时回过头来看，我们才会发现，南翔每一着笔，都沾着泪和血，都像是在拿一条结实的带刺的鞭子在抽打着“我”和读者的神经。这样的书写，又哪里仅仅是一个作家在叙事，又哪里仅仅是一个局外人在转述！从这样的篇章之间，你分明可以听到作家那无法掩抑的号啕痛哭。

有人认为，过于投入心神的写作，是失去理性的写作，主张作家还是应该与角色保持一定距离。其实，作家写作，就应当是更彻底地进入人物内心，真正和他们一道经生历死，敢爱敢恨，穿越风雨！体验越深，角色融入更切近，更完整，更动情——或许，还远不止于此。

题材打通

题材打通，也是一种题材拢聚。但拢聚，只是一种简单堆积，不是真正打通。这里所说的打通，既有类似《表弟》当中细节力量的不断壮大，也有类似同一部小说中“我”二舅对“我”母亲所发感慨那般的命意放射（亦可称之为辐射）与贯穿——为了更好地说明这一点，我再引前边已经出现过的二舅的那句话：“你晓得财产是多么遭人爱又多么遭人恨的东西……”这句话竟然一语成谶，既道出了外公的遭际，也道出了表弟小军的不幸。任家几代人全都祸出于此。外公和小军的财产梦都是被时代、被人性阻断。作家这样的处理是不经意处最用心，极平凡处不平凡。——还有《前尘》这样空间、心理跨度都很大的题材打通。这种打通，难度很高，它实际上还涉及历史评价、真相还原、心理定位、情感流向等诸多问题，较难实现打通。但是，南翔在这个方面，做得非常好。一是，将这类题材的打通，先行放在人性冷暖上边。这就解决了许多棘手问题，使作家可以按着共同接受的原则入题。《方家三侍女》中，丽珠与舒云，方先生、方太太和他们的儿子二少爷方卫征，华荣和牛宝，魏婆子和水秀，方卫征嫂子和非非等人，方家这些人物，齐集一处，引出了旧时代大家庭许多不为人知的秘辛。这里，作家所做的打通，即是将这些人物之间的处世态度、行为特征，贴近于人性进行打通。这就使整个书写，既有纷纭复杂的一面——多样、多义、多元，又有单纯宁静的一面——集中于人性的点上。二是，将这类题材再放到精神追怀上面。我觉得，这又是作家一个相当引人注目的地方。比如凤梧、拉贝、魏特琳、慧敏等，他们身上所透射出来的性格光芒，涉及人类共同追求的精神传统，这许多复杂的部分，都被拢聚到了一个点上，并且都被南翔用一种诗性观照将其打通。这比前面将生活的驳杂部分仅仅贴近一般人性的意义（比如死生爱欲等），去做一种连缀并完成穿透，其精神意味、文学意味要更强烈。据此，我们说，南翔的文学书写，是很值得研究的。因为，这种打通，不但是在为小说理论提供一种视角，也是在为文学书写提供一个成熟样本。

2. 涛波混漾，浮天浴日：南翔作品总体评价

南翔的各体写作，都容纳了很大信息量，均自出心裁，别具一格；均情真意切，出语成珠玉；均典雅凝练，见光影斑斓。

整体看，南翔的作品，思想深邃，辞气清雅，情境生动，水木幽奇，浓淡卷舒，是云上音画，是数峰水墨，是一江丹青。

二、仰瞻青壁开天罅，斗转寒湾避石棱

（一）碧流萦注泛脂水，深静月华衔半弯：南翔文学书写的不足与意义

南翔的文学书写，当然不是一好百好，以具体作品论，其不足仍然偶或可见。

1. 苍茫海国，何处烟横：南翔文学书写的不足

(1) 内心中正的一丝欠缺。南翔作品，或温婉、或深沉、或清新、或土味十足(如《三年树人》、《铁壳船》、《火车头上的倒立》等许多篇章，都有民间俚语，读来令人忍俊不禁)，这一类占绝大多数。但是，他的微型小说，却有个别篇章，在使用讽刺手法时，我以为，显得过于夸张。如此处理，当然可以从最大程度上，将讽刺对象的外在包装剥得精光。但它的缺失也是明显的，那就是，耽迷于夸张，则易于离开内心的中正，会让人误以为作家笔墨尖酸刻薄。这一点，或是南翔今后的文学书写需要注意的一个问题。

(2) 个人表达的一点赘余。比如个别地方，关于男女性事的用语，似可离当下语境远一些，比如，完全可以用缱绻、爱抚之类的词来代替“做爱”字眼。这或会令南翔的文学书写特质更为纯净。尽管这一类词，南翔用得极少，这类描写，相当干净，但私心所愿，认为还是对如是说法做些剔除要好些。

2. 击水舒翮，放歌图南：南翔文学书写的意义

南翔的文学书写，因其人性复调（容后再另文专题论述）、社会内涵、作品深度的自成气象，显得非常独特。所以，他的文学书写，有一种沉吟的意味、穿透的意义。

当然，我们还可以对南翔文学书写的意义，做些简化，就用此文开篇所言，其意义就在于它的“引燃希望”，拂去冷硬荒寒，成为“精神回响、心灵温慰”，就存于“在黎明中打开自己”、“轻摇的马灯 \ 照亮桃花惺忪的眼”之时（诗人胡永刚句）；就

存于“在开阔的云水之上，那种巨鸟呼风的感觉，穿越千里山林送入耳畔”之际（诗人黄恩鹏句）。

（二）云水万重涵翠阜，昊天千里射澄波：两个需要澄清的问题

另外，既然谈到南翔文学书写的意义，我觉得还有两个问题需要澄清：

第一，南翔的书写，因作家本人的沉静，在市场效益至上的当下，其意义还未真正完全显现出来。他的书写，还未能被这个时代所正确认知。人们对他作品的关注，更多的还是停留于浮在水面的那部分——比如故事的好读、人物的有趣方面。这显而易见降低了其文学书写的意义。其实南翔的文学书写留在水下的最大部分，才是它真正的价值所在，尚待后来者真正沉静下来，去发现内中的美玉特质，去真正看清楚其艺术根性、精神景象。

第二，南翔的文学书写，有其复杂性。这种复杂性，容易使人们目迷五色。甚至，这样的情形，导致一些学者都对此产生了若干疑似误判。比如，认为南翔的小说是对现实的一种抗拒。但我以为，从表面看，南翔有些作品，或会被认为是对现实的一种抗拒，比如《虎王之死》。不过，小说真正体现的，却是作家毫无保留的心灵参与。他的忧愤、批判、反思，都均有极强的现实指涉，这也正好说明，他不是抗拒，而是从心里捧出一种现实关怀。当然，学者的这种疑似误判，也自反方向证明，南翔的文学书写，是一种千面书写。

第三部分　“村南无限桃花发，惟我多情独自来”

结尾的话：“他的目的不是成功，是信仰！”

“他的目的不是成功，是信仰！”这句话，出自罗曼·罗兰的巨著《约翰·克利斯朵夫》。(转引自王元化《重读约翰·克利斯朵夫》一文）[1]

以之形容南翔，甚是合适。

数十年，依然沉静如初，我们当可据此与言南翔：他抱持的是这样一种信仰——文学就是至高无上的神。

---

[1] 王元化：《清园论学集》，上海古籍出版社 1994 年版，第 24 页。

这种信仰的尘俗表达，就是对文学的一世忠诚、守望，是心无旁骛。无论环境怎样恶劣，无论经历怎样曲折，这种信仰都绝不动摇。

对于沉静的南翔，我们还可以有些何等样的解读?

不算意外的是，学术界对将南翔归入学院派作家之列，均非常首肯，意见难得地一致。但这或许只是据其职业及作品的书写对象与特质来下断语的。我倒宁愿更谨慎一些，宁可对南翔的内心语境、成长语境先做一番也许永远无法深透却大有必要的考察，宁可将相关回应做出得晚一些。

其实，首先要做的不是给南翔派一个什么样的头衔，而是要认真考察南翔为什么是南翔，是如何成其为南翔的。也就是说，必须看他在文化上传承了一些什么，有什么样的文化滋养，他的文学书写，是不是与此相关，考察他有些什么样的文化倡扬举动。这当是我们后续的重要任务。

后记：淡然心寄水云间

李云龙

深圳的文学创作，穿越了改革开放至于今日的全部现场，经30年历练，奋力跨过开疆拓土阶段，早已是晴翠相接，画图生动。

较之以丰沃的创作现实，深圳的评论，则不免显得单薄，其岑寂之状，与创作盛况形成明显反差。大家每议及此，莫不为深圳评论的嘶哑发声而扼腕，言谈间，也就常常语带遗憾，其情既切，其心亦真，寄望殷殷，系念殊深。缘此，深圳评论之弱，时成圈内人心头之痛。

然而，对于深圳而言，无论痛也好，恨也罢，她的心性则始终未曾低伏尘泥，而且既能"流眄乎洛川"，又能够"淡然心寄水云间"。

这本《都市文学新景观——深圳作家作品研究：30年30家》的编定出版，即是深圳心性的一种形象诠释。虽非倚梧高树，却总是春寒料峭处的一抹新绿。

作为一本评论集，《都市文学新景观——深圳作家作品研究：30年30家》的成书，经历了许多繁难，是淡定相守的产物，得来不易，权记于此。

一是拢聚深圳文学创作成果不易。深圳文学天章云锦，摇曳多姿，花事缤纷，硕果累累。要盘点其成就，拢聚其收获，需要忍受寂寞、集中精力、长期积累、遍览文献。个中滋味，唯研究者自知。倘若没有一点"淡然心寄水云间"的情怀，是很难做到的。此中不易，非数言可尽道。

二是选择评论对象不易。深圳作家身倚南岭，心追明月，歌动瑶台，星光璀璨，然暂时由于篇幅所限，既无法悉数收入，又不能完全忽略代表性，更不能厚此薄彼，而且因了作家成分的特殊性——几乎遍及各个阶层，因了人口构成的动态性——来而复去又去而复来，所以取舍抉择，颇费斟酌，亦大为不易。

三是组织评论不易。这本评论集，其研究人员，有高校的学者，有在读研究生，有新闻单位的记者，有行政事业部门的干才，还有其他阶层的文学爱好者。工作地点分散，职业性质相异，作息规律不同，诸如此类的阻障，不在少数。这也甚为不易。

四是工作落实不易。一本研究文集的成书，须经历较长阶段；稿件的增删修改，也需多次往复；辑稿时间，同样彼此参差；细碎杂务，所在多有。过程中，执行主编南翔，差不多变成了“主办”：频繁致电、不停跑腿；逐个联系、上下沟通；解释叮咛、提醒督促；各项统筹事宜，均须一总其要。其大费心力之不易处，已是指不胜屈。

另外，此处既言及不易，则尚有一件事情不可不记——南翔差点将 30 家弄成了 29 家。

当初要做南翔的访谈，他即总在找借口退出。而对其所作研究评论，他也出语反对。后来，更甚者，他竟想撤下研究他的文章。其所持理由是，自己既为执行主编，放进这样的文章，难脱自说自话、自吹自擂嫌疑，于理相悖，于心不安。这使得我只能依靠与他的多次舌战，动气坚持自己的主张，逼他“就范”——我的说法是“南翔必须被‘绑架’”。这既为敝帚自珍，也为抛砖引玉，还为“立此存照”。事实上，对深圳文学、南方文学甚至中国当代文学而言，南翔，已经不完全属于其个人。从某种意义上来说，他其实就是一个符号，已经属于深圳、属于南方、属于民族文学的一个区间。

既如此，则我们当然不能因了他为求心安的君子之道，而向其妥协。在明知忽略必为谬误的情况下，依然坚持谬误，则真的会是于心有愧，于史有亏了。在这里，我可以做到的，大约也只能是先道一声“对不起了，南翔！”

除此，还不能不庄重地记一种格外的精神韵致。

“淡然心寄水云间”就是这种格外的精神韵致。这种精神韵致，与章必功先生、李凤亮先生还有深大众多儒雅博学的先生，以及由此产生的文化影响，是有内在关联的——我的意思是，深圳大学有一种优良的学术传统与浓厚的学术气氛。

事实上，这本研究集，即是由这种学术传统、学术气氛——当然也相关格外的精神韵致——所直接催生。

这本研究集的主力军，是深圳大学的学者汤奇云博士、曹清华博士、黄玉蓉博士（女）；友邻则为山东德州职业技术学院教师白吉秀女士；强大的后备军，则既有原就读于南翔门下现受教于谢有顺的博士生陈劲松，又有自深圳文学院毕业并已参加工作的硕士曹克颖（女）、董爱霞（女）、赖欢海、王华勋等，还有现就读于深圳大学作家班的作家、记者钟二毛，且有深圳大学的在校研究生吴炫（女）、孙巍巍、陈康太以及汤奇云博士指导的吴春蕾、陈静莹这两位年轻的在校女本科生。

此处需要专门提及的是，按姓氏笔画排列，研究丁力的文章，被放在了整部研究文集的开篇位置。这篇文章，系由曹清华与白吉秀各自的研究成果综合而来。曹清华主要研究作家的背景部分，白吉秀主要研究作品本身。两相补足，也是一种特殊的“珠联璧合”。

还需要特别提到的是，吴春蕾为汤奇云博士论谢宏一文的成篇、陈静莹为汤奇云博士论戴斌一文的成篇，投入了很大热情，做了很好的工作。我之所以郑重其事地提到陈静莹、吴春蕾，是因为她们撰稿时还是在校学生，尚处于本科阶段，即能有这样的热情，参与到这样一本评论集的研究工作当中来，实在是大有意义。这恰好又一次诠释了深圳大学优良的学术传统，也说明了深圳大学在学术方面，正是代有传人。

《都市文学新景观——深圳作家作品研究：30 年 30 家》，当然还只是青梅初著。但这并不会妨碍到它成为深圳文学的重要事件，因为它给了这座城市以喜悦，给了深圳评论以新的感觉。

它在作家创作方面，作了较为系统的梳篦；在理论方面，努力作了提升。它不但为理论工作者提供了一个参考，也为普通读者，提供了一个地标。这对深圳文学的健康发展而言，是件有益的事，是好事、喜事，是一件修路搭桥的善事。

达·芬奇说：谁能到泉源里吸水，谁就不会从水罐取点水喝。

这本书的相关研究者，百分之九十都还非常年轻。但是，他们已经懂得“到泉源里吸水”，而不是“从水罐取点水喝”。他们依托作家鲜活的创作现实，凭借较为扎实的理论根基，用心思考，提出了自己的见解。比如陈劲松在研究高成的过程中，即切入到了文学观念的内部，认为伟大的文学不是迎合而是引领读者，向善、向美、向崇高，并对社会与人生进行思考。

所有这些年轻学子，既有深圳大学前辈学者“淡然心寄水云间”的精神韵致做引导力，又有自己明月无声的追求做推动力，则必能让深圳批评燃烧起巨大火焰、创造出惊人奇迹。唯其如此，所以，我才敢放言，深圳文学批评的力量在青年，深圳文学批评的未来在青年。

不错，深圳批评至今仍弱。但帕慕克深挚的爱，不也正是从“废墟”和“呼愁”开始？

——“我慢慢懂得，我爱伊斯坦布尔，在于她的废墟，她的‘呼愁’，她曾经拥有而后失去的荣耀。”

弱，也会是“爱”的开始、锋缨在握的开始、“淡然心寄水云间”这种格外的精神韵致的开始、吞吐大荒的开始。

当然，《都市文学新景观——深圳作家作品研究：30 年 30 家》的未来，是可以预见的——或将沉淀，或将消释。

但结果究竟为何，并不重要。

重要的是，弹指百年今古，唯“淡然心寄水云间”的情怀永在，唯文学永在。

另，要特别说明的是，本著作是深圳市哲学社会科学“十一五规划课题”，原课题项目名称为“新都市文学视野下的深圳作家群研究”，编号：115A066。

书此为记。